Contemporánea

José Donoso nació en Santiago de Chile el 5 de octubre de 1924. Estudió en la Universidad de Chile y luego en Princeton, Estados Unidos. Entre 1967 y 1981 vivió en España, donde se consolidó como una figura central del *boom* latinoamericano. Publicó las novelas *Coronación* (1957), *Este domingo* (1966), *El lugar sin límites* (1966), *El obsceno pájaro de la noche* (1970), *Casa de campo* (1978), *El jardín de al lado* (1981), *La desesperanza* (1986) y *Donde van a morir los elefantes* (1995), así como diversas colecciones de relatos, memorias y ensayos, entre las que destacan *Cuentos* (1971), *Historia personal del «boom»* (1972) y *Conjeturas sobre la memoria de mi tribu* (1996). A título póstumo aparecieron las novelas *El mocho* (1997) y *Lagartija sin cola* (2007), y sus *Diarios tempranos* (2016). Entre otras distinciones, obtuvo el Premio Nacional de Literatura en Chile, el Premio de la Crítica en España, el Premio Mondello en Italia, el Premio Roger Caillois en Francia y la Gran Cruz del Mérito Civil, otorgada por el Consejo de Ministros de España. Después de su regreso a Chile en 1981, dirigió durante varios años un taller literario que desempeñó un papel fundamental en la narrativa chilena contemporánea. Murió en Santiago de Chile el 7 de diciembre de 1996.

José Donoso

El obsceno pájaro de la noche

DEBOLS!LLO

Papel certificado por el Forest Stewardship Council®

Primera edición: enero de 2022

© 1970, José Donoso
© 1997, de «Claves de un delirio: los trazos de la memoria en la gestación de
El obsceno pájaro de la noche», Herederos de José Donoso
© 2017, Penguin Random House Grupo Editorial, S. A.
Merced 280, piso 6, Santiago de Chile
© 2022, Penguin Random House Grupo Editorial, S. A. U.
Travessera de Gràcia, 47-49. 08021 Barcelona
Diseño de la cubierta: Penguin Random House Grupo Editorial
Imagen de la cubierta: Gabriel Pacheco
Fotografía del autor: Valeria Zalaquett

Printed in Spain – Impreso en España

ISBN: 978-84-663-5899-6
Depósito legal: B-17.638-2021

Impreso en Novoprint
Sant Andreu de la Barca (Barcelona)

P 3 5 8 9 9 6

PRÓLOGO

El terror

En algún punto de *El obsceno pájaro de la noche* de José Donoso, un patrón de fundo llamado Jerónimo de Azcoitía construye un país privado para su hijo, que ha nacido con varias deformidades. Utopía e infierno a la vez, ese país estará poblado por sujetos contrahechos, monstruos de feria y personajes bizarros que han sido contratados a través del territorio para que finjan ser ciudadanos de aquel lugar, donde lo normal será lo raro, lo extraño, la materia desde la que se define lo cotidiano. En otro momento de la novela, un narrador soñará con ser imbunchado, con que le cosan los agujeros del cuerpo para integrarse al aquelarre de brujas que habita en una casa de reposo para ancianas y niñas huérfanas en La Chimba, al otro lado del río Mapocho. Todas estas mujeres, que alguna vez pertenecieron al servicio doméstico de la aristocracia chilena, ahora esperan la llegada de un niño santo, hijo de una asilada. En otro episodio, sobre el final, una mujer soñará que le están robando sus órganos. La paranoia la poseerá. Todo transcurrirá en ese hospicio cuyo patio está lleno de santos rotos y donde las viejas (no hay nada que le atraiga y le aterre más a Donoso que la palabra *vieja*), conspiran entre murmullos, rodeadas de paquetes con un contenido desconocido que son esos tristes fetiches que atesoran de modo obsesivo.

Hay más, muchas más, pero recuerdo estas escenas porque dentro de la literatura chilena un aura oscura rodea este libro. Y esta tiene que ver con lo que significó para su autor, pero también con la complejidad para situarlo en el horizonte de nuestra narrativa, dada su peculiar originalidad y el modo en que se relaciona con los materiales que construyen nuestra tradición y memoria. Eso queda establecido en el hecho de que *El obsceno pájaro de la noche* exhibe en sus páginas una de las mejores paradojas que definieron la obra de su autor: un cuento de monstruos como representación de la mejor tradición de nuestra ficción más realista.

Rodeada de una leyenda negra sobre cómo fue escrita, la novela carga con una mitología lo suficientemente amplia como para desviar la atención de lo que narra. Densa y dolorosa, esa mitología invade nuestras lecturas al punto de que nos obliga a preguntarnos cómo funcionaba la violenta extrañeza del imaginario del novelista que la escribió. De hecho, es parte relevante no solo de *Correr el tupido velo* (2009), las terribles memorias de Pilar Donoso, su hija; sino también *Diarios tempranos. Donoso in progress, 1950-1965* (2016), el volumen editado por Cecilia García-Huidobro con los cuadernos que el novelista dejó en Iowa y Princeton. En ambos libros (así como en la crónica que cierra esta edición) se detalla el proceso de la escritura de la novela como un calvario que destruyó la salud y la moral del escritor, que estuvo a punto de llevárselo a la tumba.

Refiero lo esencial de todo aquello: Donoso tuvo el primer atisbo de la historia en una calle de Santiago en

1959, cuando con su amigo Fernando Rivas vieron a un chico deforme vestido de terno en el asiento trasero de un auto de lujo manejado por un chofer privado. A partir de esa imagen el escritor se hundió en la redacción de la novela por más de una década, hasta su publicación en 1971. No fue un proceso sencillo. Por el contrario, la redacción de *El último de los Azcoitía* (ese era su título original) mutó en un proceso larguísimo de reescrituras y planes fracasados, de saltos al vacío, de una frustración constante que terminó, literalmente, transformada en una enfermedad física. Durante esos años, Donoso no solo terminó de abandonar Chile, sino que se casó, adoptó una niña y ejerció el periodismo, mientras viajaba por México, Estados Unidos y España, además de participar de la pandilla del Boom, donde estaban García Márquez, Vargas Llosa, Cortázar y su viejo amigo Carlos Fuentes. Donoso fue, quizás, su miembro más opaco y excéntrico. Así, publicó otras novelas —*Este domingo* y *El lugar sin límites*— mientras seguía abducido por las vidas mutantes de los Azcoitía, protagonistas de «El pájaro», (que es como le decía en la intimidad a este libro inacabable), que lo empezó a devorar y se convirtió en una obra imposible, hecha de líneas paralelas que devinieron en un laberinto sin solución. Todo lo anterior está anotado en sus diarios, que no solo detallan la condición obsesiva de dicha escritura, sino también cómo esta supuso una dificultad casi infranqueable, que tensionó hasta el límite las relaciones que el mismo Donoso estableció entre la literatura y su propio cuerpo, pues el proceso lo enfermó físicamente. Aquello solo pudo cerrarse cuando fue ingresado de urgencia en un hospital por una úlcera y sufrió los efectos secundarios de una inyección de morfina. Producto de la alergia a la droga, Donoso terminó alucinando lo que sería el esquema final del libro. Logró entonces finalizar el libro, pero la salida de Carlos Barral de la editorial Seix Barral, lo dejó sin el Premio Biblioteca Breve, que sería la confirmación de su condición de obra maestra.

Todo esto no pasaría de ser más que una anécdota si no fuese porque *El obsceno pájaro de la noche* es el más complejo, el menos irreductible y el más insoportable de todos los libros de José Donoso. Anoto *insoportable* porque exige del lector una tolerancia y entrega respecto a su escritura densa y nerviosa, que cambia su centro constantemente, cruzando identidades, haciendo que el lector se hunda en los rincones de una cabeza que sintoniza demasiadas voces, todas desajustadas de sus cuerpos posibles. En esto radica el misterio de la novela, su perturbadora descripción del mundo, hecho de murmullos cosidos a la fuerza, licuados dentro de la fiebre de un narrador (el Mudito/Humberto Peñaloza, escriba de Jerónimo) que vive en el desalojo de su propia lengua, mutilado pero también poseído por palabras que no le sirven para contener el mundo crepuscular que habita.

Quizás este sea el mérito fundamental del libro: operar a partir del acopio de pedazos rotos de discursos, convertir la ficción en el basurero de la Historia. Algo que contiene los escombros de sus mitos de origen y de las promesas sobre su futuro. Y aquí aparece otra de las paradojas de la obra: en apariencia, Donoso publicó una obra total, una novela río capaz de rivalizar con las de sus amigos del Boom, pero cuya escritura en realidad estaba atada dramáticamente al «eriazo, remoto y presuntuoso», que es el modo como Enrique Lihn describió alguna vez a Chile. Esa fantasmagoría nacional la acerca más a *Pedro Páramo* que a *Cien años de soledad*. No es raro, de hecho, en sus diarios repite varias veces su admiración por Juan Rulfo, y eso permite sospechar cierto vínculo simétrico. Tanto *El obsceno pájaro de la noche* como *Pedro Páramo* comparten la condición de ser relatos infernales e historias construidas con los jirones de países muertos. Pero donde Rulfo exhibe brevedad, concisión y misterio, Donoso ofrece hipertrofia y agotamiento, locura y asfixia.

Todo ello vuelve irreductible al libro porque en tal exceso habita una lectura compleja del canon literario chileno. En *El obsceno pájaro de la noche* bailan las sombras de la literatura de José Victorino Lastarria, Alberto Blest Gana y Luis Orrego Luco, a quienes Donoso lee desde la perspectiva de un espejo torcido, acaso quebrado. Así, el Espelunco de Lastarria toma el nombre de La Rinconada, esa utopía de *freaks* que Azcoitía construye para su hijo Boy; la fundación romántica de la república de Blest Gana se vuelve una *conseja*, como un rumor que repta por árboles familiares hechos de brujas y monstruos, al modo de amenazas apenas susurradas por los campos, y todos los modales de *belle époque* de Orrego Luco son condensados en esos paquetitos guardados por las ancianas/brujas de la casa de La Chimba, como si lo único que quedase de sus vidas fuesen esos fragmentos inútiles que impiden que entren derechamente al olvido. Más adelante en el libro, además, prefigura ciertos aspectos de la escritura de Diamela Eltit y su tensión constante entre cuerpo y política como modo de exhibir las identidades vacías e incómodas del fin del siglo XX. Todas esas identidades difuminadas e insomnes aparecen en *Por la patria* y *El cuarto mundo*, estallan en la voz acosada de «El padre mío», para luego adquirir rostros concretos en *El infarto del alma*, ese libro donde Eltit y Paz Errázuriz se internaban en un psiquiátrico de Putaendo para volver de ahí con una serie de retratos alucinados, en medio de un paisaje arrasado.

Esta novela anuncia esos mundos, esas voces y esas imágenes. Permite comprenderlas y ponerlas en perspectiva. Así se configura como una bisagra, como un puente oculto que atraviesa nuestra memoria histórica y nuestra literatura. Por supuesto que no es una mirada agradable ni trae consuelo alguno, pues Donoso trata acá de descifrar el orden secreto del país, proponiendo a la literatura como una herramienta para comprender su trama secreta. El resultado es una versión contrahecha, doblada sobre sí misma, tensa por las posibilidades de su clausura física y simbólica, y el descentramiento de cualquier orden. Es aplicar la idea al territorio, comprenderlo como un mapa posible de suturas, cicatrices, abusos y neurosis. De este modo, el orden de las familias de Chile es presentado como una colección de monstruos. Es el terror a la propia letra que solo puede existir en su deterioro y degradación, la literatura como una lista de signos apenas comprensibles porque su sentido ha sido mutilado. Lo que queda es una literatura acumulada como una colección de desperdicios bien envueltos, como órganos extirpados para ser escondidos en cajones que nadie abrirá nunca.

Quizás por ello, Donoso nunca volvió de este libro. Es imposible saber cómo se sale de una novela como esta, en qué puede consistir la resaca de su escritura. Sí, escribió otras obras, publicó poemas, ganó premios, retornó a Chile y fundó un taller literario que se llenó con discípulos que lo leyeron y lo reverenciaron como maestro del realismo. Entremedio, le hicieron homenajes, escribió también teatro y guiones de cine. Todo eso sirvió para congelarlo tal y como se congela a la gente en este país, dándole el Premio Nacional de Literatura, tratándolo de maestro, limándole todo costado filoso. Cuando falleció, en 1996, parecía domesticado, pues era el centro vivo de nuestro canon; era posible ver en él a alguien que había encontrado su lugar. Quizás fue así mientras escribía relatos eróticos (*La misteriosa desaparición de la marquesita de Loria*), alegorías políticas (*Casa de campo*), revisiones agridulces de la vida de sus amigos rockstars del Boom (*El jardín de al lado*) y ajustes de cuentas con Chile (*La desesperanza*). En todos esos libros parecía haber un orden posible, la presunción de una carrera literaria que se había encauzado. Pero también había algo en ellos que hacía ruido, que fallaba. Ese fallo era menor, apenas un chirrido: la sospecha de que una vez publicado *El obsceno pájaro de la noche*, Donoso había perdido peso, adquiriendo cierta ligereza que no le venía mal, pero que hacía añorar la extrañeza de la que había sido capaz. Por eso, cuando volvía sobre sus monstruos, como en la nouvelle *Los habitantes de una ruina inconclusa*, era posible atisbar pequeños destellos de los abismos en los que se había internado alguna vez al hablar del Mudito, la Peta Ponce y Boy, el niño deforme.

Esos abismos son tal vez su mejor legado estético, lo que le da sentido a *El obsceno pájaro de la noche*. Ellos toman la forma de una utopía hecha de puro espanto, de una escritura imbunchada que dibuja un paisaje chileno como excusa para sumergirse en el horror familiar. En Donoso existe la valentía ciega de sumergirse en la propia conciencia para emerger de ahí con una literatura hecha solo de miedo, de una paranoia total. Un lugar donde la violencia social convive con los relatos fundacionales de la república y los cuentos secretos que las viejas familias susurran para refrendar sus derechos sobre el territorio. Aquello, que bien puede ser un horizonte imaginario o una biblioteca, es en la novela una casa de reposo que existe al otro lado del Mapocho, pero que bien puede estar situada en el borde del mundo. Ahí habita el mejor Donoso, un novelista excéntrico, alguien capaz de internarse en el terror. Ese terror es la hazaña principal de este libro; un terror hecho de la propia palabra deformada, un terror que dibuja una literatura construida con signos apenas comprensibles, porque su sentido ha sido mutilado y de ella solo ha quedado una lengua que únicamente puede encorvarse, perder el sentido y devorarse a sí misma.

ÁLVARO BISAMA

Para mis padres

Every man who has reached even his intellectual teens begins to suspect that life is no farce; that it is not genteel comedy even; that it flowers and fructifies on the contrary out of the profoundest tragic depths of the essential dearth in which its subject's roots are plunged. The natural inheritance of everyone who is capable of spiritual life is an unsubdued forest where the wolf howls and the obscene bird of night chatters.

HENRY JAMES SR.,
writing to his sons Henry and William

1

Misiá Raquel Ruiz lloró muchísimo cuando la Madre Benita la llamó por teléfono para contarle que la Brígida había amanecido muerta. Después se consoló un poco y pidió más detalles:

—La Amalia, esa mujercita tuerta que medio la servía, no sé si se acuerda de ella...

—Cómo no, la Amalia...

—Bueno, como le digo, la Amalia le hizo su tacita de té bien cargado, como a ella le gustaba de noche, y dice la Amalia que la Brígida se quedó dormida al tiro, tranquilita como siempre. Parece que antes de acostarse había estado zurciendo una camisa de dormir preciosa de raso color crema...

—¡Ay, qué bueno que me dijo, Madre por Dios! Con la pena se me estaba olvidando. Que hagan un paquete con ella y que la Rita me la tenga en la portería. Es la camisa de dormir de novia de mi nieta la Malú, la que se acaba de casar, se acuerda que le estuve contando. En la luna de miel la rajó con el cierre de la maleta. Me gustaba llevarle trabajitos así a la Brígida para que la pobre se entretuviera un poco y todavía se sintiera parte de la familia. Nadie como la Brígida para estos trabajos finos. ¡Tenía una mano...!

Misiá Raquel se hizo cargo del funeral: velorio en la capilla de la Casa de Ejercicios Espirituales de la Encarnación de la Chimba, donde la Brígida pasó sus últimos años, con misa solemne para las cuarentas asiladas, las tres monjas y las cinco huerfanitas, y asistencia de sus propios hijos, nueras y nietas. Como se trataba de la última misa que se celebraría en la capilla antes de ser execrada por el Arzobispo y demolida la Casa, la cantó el Padre Azócar. Luego, entierro en el mausoleo de los Ruiz, como ella siempre se lo había prometido. El mausoleo, por desgracia, estaba bastante lleno. Pero con unos cuantos telefonazos misiá Raquel dispuso que, fuera como fuera, se las arreglaran para hacerle un lugar a la Brígida. La confianza en que misiá Raquel cumpliría su promesa de dejarla descansar a ella también bajo ese mármol hizo que los años postreros de la pobre vieja transcurrieran tan apacibles: su muerte fue *como una llamita que se apagó,* según la retórica anticuada pero conmovedora de la Madre Benita. Dentro de un tiempo, claro, iba a ser necesario efectuar una reducción de algunos restos sepultados en el mausoleo —tanta guagua de cuando no había remedio ni para la membrana, una mademoiselle muerta lejos de su patria, tíos solterones cuyas identidades se iban volviendo borrosas—, para encerrar esa miscelánea de huesos en una cajita que ocupara poco espacio.

Todo resultó tal como misiá Raquel lo dispuso. Las asiladas se entretuvieron durante toda la tarde en ayudarme a decorar la capilla con colgaduras negras. Otras viejas, las íntimas de la finada, lavaron el cadáver, lo peinaron, le metieron los dientes postizos en la boca, le pusieron su ropa interior más primorosa, y lamentándose y lloriqueando durante las deliberaciones acerca de la toilette final más adecuada, se decidieron por el vestido de jersey gris-marengo y el chal rosado, ése que la Brígida guardaba envuelto en papel de seda y se ponía los domingos. Arreglamos alrededor del féretro las coronas enviadas por la familia Ruiz. Encendimos los cirios. ¡Así, con una patrona como misiá Raquel, sí que vale la pena ser sirviente! ¡Qué señora tan buena! ¿Pero cuántas tenemos la suerte de la Brígida? Ninguna. La semana pasada nomás, miren lo de la pobre Mercedes Barroso: un furgón de la Beneficencia Pública, ni siquiera respetuosamente negro, vino a llevarse a la pobre Menche, y nosotras mismas, sí, parece mentira que nosotras mismas hayamos tenido que cortar unos cuantos cardenales colorados en el patio de la portería para adornarle el cajón, y sus patrones, que por teléfono se lo llevaban prometiéndole el oro y el moro a la pobre Menche, espera, mujer, espera, ten paciencia, para el verano será mejor, no, mejor cuando volvamos del veraneo porque a ti no te gusta la playa, acuérdate de cómo te asorochas con el aire de mar, cuando volvamos, vas a ver, te va a encantar el chalet nuevo con jardín, tiene una pieza ideal para ti encima del garaje... y ya ven, los patrones de la Menche ni se aportaron por la Casa cuando falleció. ¡Pobre Menche! ¡Tan mala suerte! Y tan divertida para contar chistes cochinos y tantísimos que sabía. Quién sabe de dónde los sacaba. Pero el funeral de Brígida fue muy distinto: tuvo coronas de verdad, con flores blancas y todo, como deben ser las flores para los entierros, y hasta con tarjetas de visita. Lo primero que hizo la Rita cuando trajeron el ataúd fue pasarle la mano por debajo para comprobar si esa parte del cajón venía bien esmaltada como en los ataúdes de primera de antes: yo lo vi fruncir la boca y dar su aprobación con la cabeza. ¡Bien terminadito, el ataúd de Brígida! Hasta en eso cumplió misiá Raquel. Nada nos defraudó. Ni la carroza tirada por cuatro caballos negros enjaezados con mantos y penachos de plumas, ni los autos relucientes de la familia Ruiz alineados a lo largo de la vereda esperando la partida del cortejo.

Pero el cortejo no puede partir todavía. En el último momento misiá Raquel se acuerda de que en su celda tiene una bicicleta un poco averiada, pero que con unos cuantos arreglitos puede quedar de lo más buena para regalársela a su jardinero el día de San Pedro y San Pablo, anda, Mudito, anda con tu carro y tráemela para que mi chofer la meta en la parte de atrás de la camioneta y así aprovecho el viaje.

—¿Que no piensa venir a vernos más, misiá Raquel?

—De venir voy a tener que venir, cuando vuelva la Inés de Roma.

—¿Ha tenido noticias de misiá Inés?

—Nada. Le carga escribir cartas. Y ahora que le fracasó el famoso asunto de la beatificación y que Jerónimo firmó traspasando la capellanía de los Azcoitía al Arzobispado, debe estar con la cola entre las piernas y ni postales va a mandar. Si se queda mucho más en Roma será milagro que encuentre esta Casa en pie.

—El Padre Azócar me estuvo mostrando los proyectos de la Ciudad del Niño. ¡Son preciosos! ¡Viera qué ventanales! Los planos me consolaron un poco... que ésta haya sido la última misa en la capilla.

—¡Cuentos del Padre Azócar, Madre Benita! ¡No sea inocente! Es un cura politiquero, de lo peor. Esta propiedad que Jerónimo Azcoitía traspasó al Arzobispado es muy, pero muy, muy valiosa. ¡Ciudad del Niño! Apuesto que después de la demolición lotean todo esto y lo venden y la plata se hace sal y agua. ¡Por Dios que se está demorando el Mudito, Madre, y la Brígida esperando para que la enterremos! ¿En qué se habrá quedado el Mudito? Claro que es tan grande la casa, si una misma se demora en llegar por los pasillos y corredores a la celda donde tengo guardados mis cachivaches, y el Mudito es flaco y enclenque. Pero estoy cansada, quiero ir a enterrar a la Brígida, quiero irme, es demasiado impresionante para mí todo esto, toda una vida que entierro, la pobre Brígida sólo un par de años mayor que yo, Dios mío, y yo para cumplir con mi promesa le cedí mi nicho en el mausoleo para que ella se vaya pudriendo en mi lugar, calentándome el nicho con sus despojos para que los míos, cuando desalojen los suyos, no se entumezcan, no sientan miedo, cederle mi nicho por mientras fue la única manera de cumplir mi promesa porque hasta parientes a los que una les ha quitado el saludo durante años reclaman no sé qué derechos a que los entierren en el mausoleo, pero ahora no tengo miedo de que me quiten mi lugar, ella está ahí, reservándomelo, calentándomelo con su cuerpo como cuando antes me tenía la cama abierta y con un buen guatero de agua caliente, para acostarme temprano cuando llegaba cansada de mis correteos en el invierno. Pero cuando yo me muera ella tendrá que salir de mi nicho. ¡Qué le voy a hacer! Sí, sí, Brígida, voy a emplear abogados para que despojen a esos parientes de sus derechos, pero dudo que ganemos los pleitos... tendrás que salir. No será culpa mía. Ya no será responsabilidad mía, Brígida, qué sabe una qué van a hacer con una después de muerta. No puedes decir que no me he portado bien contigo, te he obedecido en todo, pero tengo miedo porque cuando te saquen no sé qué harán con tus huesos que entonces ya no le importarán nada a nadie..., qué sé yo en cuántos años más me voy a morir, por suerte tengo muy buena salud, fíjese que este invierno no he pasado ni un solo día en cama, ni un solo resfrío, Madre Benita, nada, la mitad de mis nietos con la gripe y mis hijas telefoneándome que por favor las vaya a ayudar porque en la casa tienen hasta a las empleadas enfermas...

—¡Qué suerte! Lo que es aquí, casi todas las asiladas cayeron. Claro, esta Casa tan fría, y tan caro que está el carbón...

—Fíjese. ¡Es el colmo! Tanto hablar de la Ciudad del Niño y mire la miseria en que las tienen. Yo les voy a mandar una limosnita cuando vaya al fundo. No sé qué habrá quedado de las cosechas de este año pero algo les mandaré para que se acuerden de la pobre Brígida. ¿Cupo la bicicleta, Jenaro?

El chofer se sienta junto a misiá Raquel. Ahora pueden partir: el cochero se encarama en la carroza, la nuera se pone los guantes calados para manejar, los caballos negros piafan inquietos, lagrimean los ojos de las viejas que salen a la vereda arrebozadas, tiritonas, tosiendo, para despedir el cortejo. Antes de que misiá Raquel dé la orden de partida, yo me acerco a su ventanilla y le entrego el paquete.

—¿Qué es esto?

Espero.

—¡La camisa de dormir de la Malú! ¡Por Dios! Si este pobre hombrecito no se acuerda, a mí se me olvida y hubiera tenido que tirarme la carreta para acá otra vez. Gracias, Mudito, no, no, espera, que espere el Mudito, Madre: toma, para tus cigarrillos, para tus vicios, toma. Toca la bocina, Jenaro, que parta el cortejo. Adiós entonces, Madre Benita...

—Adiós, misiá Raquel.

—Adiós, Brígida...

—Adiós...

Cuando el último auto desaparece al doblar la esquina, nosotros entramos, la Madre Benita, yo, las viejas que van dispersándose murmuradoras hacia sus patios. Yo cierro el portón con tranca y llave. La Rita cierra la mampara de vidrios tembleques. Una vieja rezagada recoge una rosa blanca de las baldosas de la portería y bostezando, agotada con tanta excitación, se la prende en el moño antes de perderse en los corredores para buscar a sus amigas, su plato de sopa aguachenta, su chal, su cama.

★ ★ ★

En el recoveco de un pasillo se detuvieron delante de la puerta que condené con dos tablas clavadas en cruz. Yo ya había aflojado los clavos para que resultara fácil sacar las tablas y ellas subieran al otro piso. Las huérfanas sacaron los clavos y las tablas y ayudaron a subir a la Iris Mateluna.

Ya, guatona, es que me da miedo, la escalera no tiene baranda, le faltan peldaños, todo cruje con el peso de esta gorda. Suben despacio, estudiando dónde poner cada pie para que no se derrumbe todo, buscando lo firme para izar a la Iris hasta el piso de arriba. Hace diez años que la Madre Benita me mandó a condenar esas puertas para olvidar definitivamente esa región de la Casa, no volver a pensar en limpiarla y ordenarla porque ya no nos queda fuerza, Mudito, mejor que se deteriore sin inquietarnos. Hasta que las cinco chiquillas aburridas de revolotear por la Casa sin nada que hacer descubrieron que esa puerta se podía abrir para escalar hasta las galerías clausuradas que rodean los patios por el piso de arriba, subamos, chiquillas, no tengan miedo, miedo a qué si es de día, vamos a ver qué hay, qué va a haber, nada, mugre como en toda la Casa, pero por lo menos tiene la gracia de que está prohibido andar por ahí porque dicen que puede desmoronarse. La Eliana les recomienda sigilo para que no las vayan a ver desde abajo, aunque hoy el peligro es poco, todas están congregadas en la portería despidiendo a la Brígida. Pero mejor no exponerse, la Madre Benita anda de malas, hagan algo útil, chiquillas de moledera, recojan eso, ayuden a limpiar ahora que van a hacer remate, doblen las servilletas, cuéntenlas, barran, pónganse a lavar, laven siquiera la ropa de ustedes, andan asquerosas de cochinas, no se lo lleven jugando... shshshshshsh, chiquillas, shshshshshsh... cuidado, que después nos castigan.

Circundan un patio y luego otro hasta llegar a la puerta que la Eliana empuja: una habitación con veinte catres de fierro mohoso, unos desarmados, otros cojos, ruedecillas que faltan, remiendos en los alambres de los somieres, dispuestos en dos hileras contra los muros como los catres de un internado. Dos ventanas idénticas: altas, angostas, alféizar amplio, vidrios pintados color chocolate hasta la altura de una persona para que nadie vaya a ver lo que hay afuera salvo esos nubarrones velados por la rejilla metálica y los barrotes. También aflojé los clavos con que yo mismo había clausurado esas dos ventanas. Las huérfanas ya saben abrirlas y las abrieron a tiempo para despedirse de la carroza de la Brígida conducida por los cuatro caballos empenachados, seguida por nueve autos cuenta la Eliana, ocho la Mirella, no, nueve, no, ocho, no, nueve y cuando desaparece el cortejo los chiquillos del barrio vuelven a invadir la calzada con sus carreras detrás de la pelota. ¡Buena, Ricardo! ¡Chutéala, Mito! Córrele, córrele fuerte, Lucho, pásala, ahora, chutéala, ya, gol, goooool, agudo chillido de la Mirella que celebra el gooooooooool de sus amigos y aplaude y les hace señas.

La Iris se ha quedado atrás, amodorrada en el fondo del dormitorio, sentada en un somier. Bosteza. Hojea su revista. Las huérfanas hacen morisquetas a los transeúntes, hablan a gritos con sus amigos, se sientan en el alféizar, se ríen de una señora que pasa, bostezan. Cuando comienza a escasear la luz, la Iris llama a la Eliana.

—¿Qué querís?

—Me prometiste que me íbai a leer ésta del perro Pluto con el marinero Popeye.

—No. Me debís el pago de dos leídas.

—Esta noche me voy a juntarme con el Gigante para hacer nanay. Mañana te pago.

—Mañana te leo, entonces.

La Eliana vuelve a pegarse a los barrotes de la ventana. Comienzan a encenderse los faroles de la calle. En la casa de enfrente una mujer abre su balcón. Mientras se peina el pelo largo y retinto, mirando la calle, pone la radio, rat-tat-tat-tatatat-tat-tatat, estridencias sincopadas de guitarras eléctricas y voces gangosas invaden el dormitorio, levantan a la Iris del somier, la ponen de pie en el pasillo entre las dos hileras de catres al oír babalú, babalú ayé, ya, échanos un bailecito, Gina, la animan las huerfanitas, échale nomás, con un gesto de yegua hace caracolear las largas ondas de su pelo contoneándose entre los catres al avanzar, éxtasis en los ojos entornados igual a las artistas que salen en las novelas, ya no tengo flojera, ya no bostezo, quiero salir a bailar como esa artista que se llamaba Gina y que vivía en un convento de monjas malas en ésa de Corín Tellado que me leyó la Eliana. La Iris se detiene. Hurga en sus bolsillos. Saca un rouge morado y se pinta los labios: su blanda carne infantil se transforma en masa cruda cuando se pinta la boca con ese horrible lápiz oscuro. Ya pues, Gina, échale, báilanos, y avanza bailando entre las dos filas de catres, muévete bien movida, así, así, más, más. En el alféizar la Eliana está encendiendo dos cirios que se robó de la capilla ardiente de la Brígida: ella sólo puede promover, es menor, los chiquillos de la calle no la llaman a gritos a ella sino a la Iris, ella no tiene tetas que mostrar ni muslos que lucir. Despacha a las otras huérfanas a la ventana de más allá y ayuda a la Iris a subirse al alféizar.

—Mira, Gina, llegó el Gigante.

—Grítale que voy a salir cuando se acuesten las viejas.

—Los cabros quieren que les bailes.

Queda sola en la ventana iluminada. Quiebra la cadera. Adelantando los pechos se ciñe el suéter con una larga caricia que recorre todo su cuerpo y termina arremangándose la pollera para mostrar los muslos gruesos, de masa vibrante, mientras con la otra mano se sube el pelo, frunciendo los labios como para besar con loca pasión. En la calle, el grupo que se va juntando debajo del farol la aplaude. La mujer que se está peinando en la ventana de enfrente aumenta el volumen de la música, acodándose en su balaustrada para mirar. La Iris comienza a moverse, muy lenta, sólo restregando un muslo con otro al principio, agitándose entera al ritmo del babalú desenfrenado después, girando, el pelo embravecido, los brazos estirados, las manos abiertas como si buscaran algo o alguien, girando otra, otra vez, encorvándose, estirándose, deja caer hacia atrás su cabeza, la cabeza y todo el pelo vertido hacia adelante después, gira toda encajada dentro del ritmo del rock, del frug, qué sé yo qué será, con tal de bailar girando para mostrar los muslos y los calzones cochinos y las tetas bamboleándose, la lengua caliente que también busca, bailar en el alféizar para que la aplaudan y la gente de la calle la celebre gritándole échale nomás, Gina, mijita, échale nomás mijita linda, que se te muevan harto las tetas, que se desarme el poto, que arda la Casa, que ardamos todos. Y el

31

Gigante, con su enorme cabezota de cartonpiedra, sale al medio de la calle a bailar como si bailara con la Iris, la Iris se cimbra, mueve su cintura y gira y se agita y chilla allá arriba encerrada en su jaula iluminada por los cirios, suspendida en el flanco de la Casa, bailando como una Virgen que se hubiera vuelto loca en su hornacina. El Gigante se para en la vereda de enfrente para llamarla: Gina, Gina, baja para que hagamos nanay, grítale tú, cabro, a mí no me oye porque estoy encerrado aquí dentro de esta cabeza de cartonpiedra hedionda.

—¡Que bajís, Gina!

—Oye, Eliana, pregúntale al Gigante qué me trajo de regalo hoy, si no, no bajo.

—Plata no, dice, pero te tiene cinco revistas de Corín Tellado y un rouge no nuevo pero bueno, con estuche de oro.

—Dorado será, de oro son muy caros.

—No le recibái porquerías, Iris, no seái lesa. Tenís que sacarle plata para que me paguís las leídas.

—Si no me leís tú me lee la Mirella, así que no me importa.

—Pero a ti te gusta como te leo yo, porque te voy contando el cuento y explicándote, porque si no, no entendís nada. Te tengo aquí, Iris Mateluna, aquí, porque si yo no te leo ni te explico las novelas de Corín Tellado y del Pato Donald, te morís de aburrimiento en esta Casa de mierda...

Se prende de los barrotes para mirarlo: es él, los ojos redondos del porte de dos platos, la risa que no cambia porque nunca se enoja, él es bueno, hacemos nanay rico y me dice Gina, la ceja arqueada que sujeta con las arrugas de su frente el ridículo sombrerito... es él, se quiere casar conmigo porque le gusta como hago nanay, me va a llevar a ver películas donde las artistas se mueven solas y hablan sin que la pesada de la Eliana me tenga que estar leyendo nada, el Gigante me va a llevar a uno de esos edificios altos que se ven allá en el centro para que yo baile en un concurso y me den el premio, pinturas para la cara dicen que le dan a la chiquilla que baila mejor y después la sacan retratada en todas las novelas y la tonta de la Eliana y la señora Rita y el Mudito y la Madre Benita y las chiquillas y todas las viejas me van a ver retratada en las novelas cuando yo salga.

—¿Con qué me vai a pagar si el Gigante no te da plata hoy?

La Iris se encoge de hombros.

—Porque me tenís que pagar antes que te casís, oye, si no, te mando a los carabineros que se llevaron a tu papá, para que te cobren, y si no pagái te van a llevar presa a ti también. Con dos revistas de las que el Gigante te va a dar hoy y el rouge, quedo pagada.

—¿Me creís huevona? Una revista y un par de pintadas y tranquila...

—Hecho. Pero me regalái el estuche del rouge cuando se te acabe la pintura.

—Hecho.

★ ★ ★

La Madre Benita permanece en la portería, muy quieta un segundo, las manos juntas y los ojos cerrados. La Rita y yo esperamos a que se mueva, que abra los ojos, y los abre y se mueve y me hace una seña para que la siga, ya sé que la tengo que seguir encorvado y enclenque arrastrando mi carrito, como si fuera su hijo imbécil arrastrando un juguete. Sé para qué quiere que la siga. Lo hemos hecho tantas veces: limpiar lo que dejó la muerta. Que repartiera sus cosas entre sus amigas, dijo misiá Raquel, no, entre sus compañeras, dijo, como si esto fuera un colegio para señoritas, no quiero ver la pieza de la Brígida, Madre por Dios, no quiero, no quiero revisar nada ni ver nada, no, si no puede haber nada que tenga valor, así es que no quiero ver nada le digo, haga lo que quiera con las cosas, Madre Benita, regálelas, estas viejas tan pobres van a quedar felices con cualquier recuerdo de la Brígida, tan querida que era aquí en la Casa.

La sigo por los corredores arrastrando la plataforma sobre cuatro ruedas donde pongo escobas, baldes, trapos, plumeros. En el patio de la cocina un grupo de viejas rodea a la Madre Anselma pelando papas en un fondo... lindo el funeral de la Brígida... el abrigo de misiá Raquel estilo princesa, dicen que vienen mucho otra vez... el cochero tenía bigotes, no sé si está bien que permitan que los cocheros de las carrozas de primera usen bigotes, es como una falta de respeto... tema para meses, otro grupo de viejas más allá ya olvidaron el funeral, ya olvidaron a la Brígida, están jugando a la brisca sobre un cajón de azúcar. Cuidado con esa grada, Madre, es grada, no sombra, y desembocamos en otro patio que no es el patio donde vivía la Brígida así es que hay que seguir por más pasillos, una, otra pieza vacía, hileras de habitaciones huecas, más puertas abiertas o cerradas porque da lo mismo que estén abiertas o cerradas, más piezas que vamos atravesando, los vidrios astillados y polvorientos, la penumbra pegada a las paredes resecas donde una gallina picotea el adobe secular buscando granos. Otro patio. El patio del lavado donde ya no se lava, el patio de las monjitas donde ya no vive ninguna monjita porque ahora no quedan más que tres monjitas, el patio de la palmera, el patio del tilo, este patio sin nombre, el patio de la Ernestina Gómez, el patio del refectorio que nadie usa porque las viejas prefieren comer en la cocina, patios y claustros infinitos conectados por pasadizos interminables, cuartos que ya nunca intentaremos limpiar aunque hasta hace poco usted decía sí, Mudito, con escobas y plumeros y trapos y baldes y jaboncillo, uno de estos días, en cuanto tengamos tiempo lo vamos a limpiar todo, porque esto está hecho un asco. Cuidado, Madre, yo la ayudaré, demos la vuelta alrededor de estos escombros, mejor por este corredor que remata en otro patio más, en un nivel distinto, para cumplir con funciones olvidadas, abierto a habitaciones donde las telarañas ablandan las resonancias y a galerías donde quedaron pegados los ecos de tránsitos que no dejaron noticia, o serán ratones y gatos y gallinas y palomas persiguiéndose entre las ruinas de esta muralla que nadie terminó de demoler.

Me adelanto a la Madre Benita. Me detengo junto a un grupo de casuchas de lata, de tablas, de cartón, de ramas, frágiles y plomizas, como construidas con los naipes manoseados con que las viejas juegan juegos antiquísimos. Usted ha intentado tantas veces convencer a las viejas de que duerman en las habitaciones. Hay cientos de piezas, buenas, grandes, todas vacías, elijan las que quieran, en el patio que quieran, yo y el Mudito se las acondicionaremos para que queden cómodas, no, Madre, tenemos miedo, son demasiado grandes y los techos demasiado altos y las murallas demasiado gruesas y pueden haberse muerto o rezado mucho en esas piezas y eso da miedo, son húmedas, malas para el reuma, son oscuras y vastas, demasiado espacio, y nosotras no estamos acostumbradas a piezas con tanto espacio porque somos sirvientas acostumbradas a vivir en piececitas chicas repletas de objetos, en la parte de atrás de las casas de nuestros patrones, no, no, Madre Benita, gracias, preferimos estas casuchas endebles construidas al resguardo de los corredores porque queremos estar lo más cerca posible unas de otras para sentir otra respiración en la casucha del lado y el olor a hojas de té añejas y otro cuerpo parecido al de una agitándose en otro insomnio al otro lado del tabique y las toses y los peos y las flatulencias y las pesadillas, qué importa este frío que se cuela por las ranuras de las tablas mal ajustadas con tal de estar juntas a pesar de la envidia y de la codicia, a pesar del miedo que va apretujando nuestras bocas desdentadas y frunciendo nuestros ojos legañosos, juntas para ir a la capilla al atardecer en bandadas porque da miedo ir sola, agarradas unas de los harapos de otras, por los claustros, por los pasadizos como túneles que no se acaban nunca, por las galerías sin luz donde quizás una polilla me roza la cara y me hace chillar porque me da miedo que me toquen en la oscuridad cuando no sé quién me toca, juntas para espantar las sombras que se descuelgan de las vigas y avanzan desperezándose ante nuestros ojos cuando la penumbra comienza. Aquí viene la vieja alegadora que se pinta las cejas con carboncillo. Y aquí viene la Amalia, buenas tardes, Amalia, no tengas pena, espérame por aquí que quiero hablar contigo después que termine de arreglar la casucha de la Brígida, no, no, gracias, el Mudito me va a ayudar como siempre, mira, está abriendo el candado de la ruca de la Brígida. Y la Rosa Pérez, capaz de alborotar un patio entero con sus chismes. Buenas tardes, Carmela, sí, sí te van a venir a buscar, espera, mujer, pero hace diez años que esperas y nadie viene, dicen que Rafaelito arrendó una casa en que le sobra una pieza, este pelito que tengo guardado aquí, mire nomás, madre Benita, es de él, del niño, de cuando yo lo criaba, rubio como pelo de choclo y nada de agua de manzanilla como otros, así lo tenía antes que comenzara a oscurecérsele, lástima que ahora, dicen, está pelado, lo llamé por teléfono el otro día pero la señora nueva ésa que tiene me dijo llámelo otro día, espera, Carmela, pero la Carmela espera lo que todas esperan con las manos cruzadas sobre la falda, mirando fijo a través de los grumos de resina acumulados en los ojos, por si divisan eso que avanza y crece y comienza a taparles la luz un poquito al principio, después casi toda la luz, y después toda, toda, toda, toda, toda, tinieblas de repente en que no se puede gritar porque en la oscuridad no se puede encontrar la voz

37

para pedir auxilio y una se hunde y se pierde en las tinieblas repentinas una noche cualquiera como anteanoche la Brígida. Y mientras esperan, las viejas barren un poco como lo han hecho toda la vida, o zurcen o lavan o pelan papas o lo que haya que pelar o lavar, siempre que no se necesite mucha fuerza porque fuerza ya no queda, un día igual a otro, una mañana repitiendo la anterior, una tarde remedando las de siempre, tomando el sol sentadas en la cuneta de un claustro, espantando las moscas que se ceban en sus babas, en sus granos, los codos clavados en las rodillas y la cara cubierta con las manos, cansadas de esperar el momento que ninguna cree que espera, esperando como han esperado siempre, en otros patios, junto a otras pilastras, detrás de los vidrios de otras ventanas, o se entretienen cortando cardenales colorados para adornar el cajón de palo en que se llevaron a la Mercedes Barroso, para que no se vaya sin ni siquiera una flor la pobre Menche aunque no sean más que estos cardenales polvorientos, por Dios que era divertida cuando bailaba esos bailes que le enseñó la Iris Mateluna, frug, rock, y las otras huerfanitas y hasta nosotras llevando el compás palmoteando para que bailaran juntas, la Iris con la Menche... pobre Menche... de puro gorda se debe haber muerto la Mercedes Barroso una noche igualita a la que va a comenzar ahora.

Me retiro un poco para que usted entre. Aquí caben apenas el peinador con espejo y el catre de bronce. El desorden de las sábanas es tan leve que nadie adivinaría que una mujer agonizó en ellas hace cuarenta y ocho horas. Aquí sigue viva la Brígida. Esta unidad es ella todavía, mantiene viva a otra Brígida mientras su cuerpo comienza a agusanarse: este orden peculiar, estos objetos que fue gastando con sus aficiones o sus manías, esta intención de elegancia, mire, Madre Benita, cómo colocó las palmas del Domingo de Ramos en un ángulo de la estampa de la Anunciación, cómo recubrió con papel de regalo de Pascua la botella de cocacola que usaba como florero. Retratos de la familia Ruiz Santos. Sus manos cuidadísimas fueron capaces de reconstituir los bordados de unas casullas que el Padre Azócar se llevó porque dijo que eran del siglo dieciocho, demasiado valiosas para dejarlas perderse en esta Casa, lo único de valor que hay aquí, Madre Benita, lo demás es todo basura, increíble que la oligarquía de este país haya sido incapaz de reunir más que mugres aquí. Y sobre el peinador usted palpa con la punta de dos dedos, sin mover los objetos, la fila perfecta formada por el dedal, el alfiletero, la lima, la tijerita, las pinzas, el *polissoir* para las uñas, todo en orden sobre la carpeta blanca, fresca, almidonada. Usted y yo hemos venido a descuartizar a esta Brígida viva, Madre Benita, repartirla, quemarla, aventarla, eliminar a la Brígida que quiso perdurar en el orden de sus objetos. Borrar sus rastros para que mañana o pasado nos manden a otra vieja que comenzará a hollar este sitio con la forma particular, apenas distinta pero inconfundiblemente suya, que irá tomando su agonía. Suplantará a la Brígida como la Brígida suplantó a... no recuerdo cómo se llamaba esa vieja silenciosa, de manos deformadas por las verrugas, que vivía en esta casucha antes que llegara la Brígida...

La noticia de que la Madre Benita ya comenzó a limpiar la ruca de la Brígida cunde por la Casa. Acuden viejas de otros patios a curiosear. La Madre Benita jamás les da preferencia a las pedigüeñas y por eso, al principio, no se acercan mucho: merodean calladas, o murmurando bajito, pasan y vuelven a pasar frente a la puerta, acercándose poco a poco, más y más. Alguna se atreve a detenerse un segundo: le sonríe angelicalmente a usted, a mí me guiña un ojo y yo le guiño el ojo al Mudito. Pasan cada vez más lentamente frente a la puerta hasta que ya casi no se mueven, pegadas como moscas a una gota de almíbar van ennegreciendo la entrada, susurrantes, torpes, clamorosas, hasta que usted me ruega que los ahuyente, que se vayan, Mudito, váyanse por Dios, déjennos trabajar en paz, después las vamos a llamar. Ellas vuelven a alejarse un poco. Se sientan en el borde del corredor, al pie de las pilastras, las manos inquietas en la falda, mira la colcha de raso azulino de la Brígida, dicen que es de pura pluma, a quién se lo irán a dar, yo creo que esas cosas buenas se las irá a llevar misiá Raquel para su casa de ella, mira la radio, Zunilda, apuesto que la van a mandar a un remate porque las radios son caras, a mí me gustaría tener radio como la Brígida porque ella se quedaba en cama los domingos para oír la misa cantada de la Catedral y a mí me gustaría oír misa desde mi cama algún domingo cuando haga frío. Y ese chal negro, mire pues Clemencia le digo, ése es el chal negro que yo le contaba el otro día, no ve, el que le regaló la señorita Malú para su cumpleaños y ella no se lo puso nunca porque no ve que a la Brígida no le gustaba el negro... estará nuevecito...

Usted envuelve las manchas y los olores de la agonía que nadie presenció en las sábanas de la difunta: al lavado. Yo levanto las dos hojas del colchón para sacarlas al corredor y dejarlas orearse. Usted arranca el cotí que protege el colchón del orín corrosivo del somier: una jaula de alambres, adentro se agazapan animales, gordos, chatos, largos, blandos, cuadrados, sin forma, docenas, cientos de paquetes, cajas de cartón amarradas con tiras, ovillos de cordel o de lana, jabonera rota, zapato impar, botella, pantalla abollada, gorra de bañista color frambuesa, todo aterciopelado, homogéneo, quietísimo bajo el polvo blanduzco que cubre todo con su pelambre frágil, suave, que un movimiento mínimo como parpadear o respirar podría difundir por el cuarto ahogándonos y cegándonos, y entonces los animales que reposan bajo las formas momentáneamente mansas de aditos de trapos, fajos de revistas viejas, varillas de quitasol, cajas, tapas de cajas, trozos de tapas de cajas, se movilizarían para atacarnos. Más y más paquetes debajo de la cama y mire, Madre Benita, también debajo del peinador, entre el peinador y el tabique y detrás de la cortina del rincón, todo agazapado justo debajo, justo detrás de la línea hasta donde alcanza la mirada.

No se quede así, con las manos caídas. ¿Desconoce a esta Brígida que domó el polvo y la inutilidad? ¿La desconcierta esta Brígida? Ah, Madre, usted no lo sabe, pero esa vieja tenía más vericuetos que esta Casa: el alfiletero, la tijerita, el *polissoir,* el hilo blanco, sí, todo ordenado a la vista de cualquiera sobre la carpeta blanca. Muy conmovedor. Pero ahora, de repente, usted tiene que encarar a esta otra

Brígida no oficial, la que no se exhibía sobre la carpeta almidonada, reina de las asiladas con su funeral de reina, que desde la pulcritud de sus sábanas bordadas, con sus manos perfectas y sus ojos afables, dictaminaba con sólo insinuar, ordenaba con un quejido o un suspiro, cambiaba el rumbo de vidas con el movimiento de un dedo, no, usted no la conocía ni la hubiera podido conocer, la mirada de la Madre Benita no penetra debajo de las camas ni en los escondrijos, es preferible compadecer, servir, permanecer a este lado, aunque eso signifique matarse trabajando como se ha matado usted durante años entre estas viejas decrépitas, en esta Casa condenada, rodeada de imbéciles, de enfermas, de miserables, de abandonadas, de verdugos y víctimas que se confunden y se quejan y tienen frío y hambre que usted se desespera por remediar, la enloquecen con la anarquía de la vejez dueña de todas las prerrogativas..., pobres viejecitas, hay que hacer algo por ellas, sí, usted se ha matado trabajando para no conocer el revés de la Brígida.

Suspira al inclinarse para sacar de debajo del somier un paquete cuadrado hecho con papel de manila amarrado con un cordelito. Lo sacudo con mi trapo y arriscamos las narices porque el cuartucho se llena de pelusas. Usted comienza a desenvolver el paquete: un cartón de ésos en que antes venían montados los retratos de estudio, con guirnaldas en realce y la firma del fotógrafo grabada en oro en una esquina, pero sin la fotografía. Llevo el papel y el cartón al centro del patio para iniciar la pila de mugre que será hoguera. Las viejas acuden con la intención de escarbar para apoderarse de lo que encuentren, pero es poco, muy poco. Nada. Claro, esto recién comienza. Y va a ser bueno. Porque la Brígida era rica. Millonaria, dicen. Es cuestión de esperar un rato más. Las viejas siguen vigilándonos apostadas en sus sitios del corredor o paseándose.

Todo lo que usted encuentra está amarrado, empaquetado, envuelto en algo, dentro de otra cosa, ropa harapienta envuelta en sí misma, objetos trizados que se rompen al desenvolverlos, el asa de porcelana de una tacita de café, galones dorados de una cinta de Primera Comunión, cosas guardadas por el afán de guardar, de empaquetar, de amarrar, de conservar, esta población estática, reiterativa, que no le comunica su secreto a usted, Madre Benita, porque es demasiado cruel para que usted tolere la noción de que usted y yo y las viejas vivas y las viejas muertas y todos estamos envueltos en estos paquetes a los que usted exige que signifiquen algo porque usted respeta a los seres humanos y si la pobre Brígida hizo tantos paquetitos, reflexiona la Madre Benita refugiada en lo sentimental, fue para levantar una bandera diciendo quiero preservar, quiero salvar, quiero conservar, quiero sobrevivir. Pero le aseguro, Madre, que la Brígida tenía métodos más complejos para asegurar su sobrevivencia... paquetitos, sí, todas las viejas hacen paquetitos y los guardan debajo de sus camas.

Abramos los paquetes, Mudito, no vaya a haber algo importante, algo que... es incapaz de concluir su frase porque teme amarrar con ella una idea que carezca de coherencia y, en vez, comienza a jugar al juego de suponer que desatando nudos, desenvolviendo trapos, abriendo sobres y cajas, va a encontrar algo que vale la pena salvar. No, todo a la basura. Trapos y más trapos. Papeles. Algodón café con la sangre de una herida pretérita. Envoltorio tras envoltorio. ¿No ve, Madre Benita, que lo importante es envolver, que el objeto envuelto no tiene importancia? Voy amontonando basura en el patio. Zumba el enjambre de viejas escarbando, peleándose por un corcho, una perilla de bronce, los botones guardados adentro de una caja de té, una plantilla para zapato, la tapa de una lapicera. A veces limpiamos la ruca de una asilada recién muerta y entre sus cosas aparece un objeto que reconocemos: esta anilla negra de madera para colgar cortinas, por ejemplo, es la misma que tiramos a la basura la semana pasada cuando se murió la Mercedes Barroso, y ella, a su vez, la había rescatado porque sí, para nada, de los despojos de otra muerta, y ésa de otra y de otra y de otra...

La vieja desdentada que me guiñó el ojo se prueba la gorra de baño color frambuesa contoneándose al son de los aplausos de las demás. La Dora deshace los restos de una chomba apolillada, ovillando la lana crespa y añadiendo pedazo con pedazo para lavarla y tejer una chaquetita para el niño que va a nacer. Este paquete: éste. Usted se va poniendo tensa, impaciente, tiene que ser este paquete el que contiene la clave para saber lo que la Brígida quiso decir. Éste. ¿Quiere abrirlo? Bueno. Sí, Mudito, abrirlo con respeto porque la Brígida lo envolvió para que yo comprendiera, no, Madre Benita, no, no se engañe, la Brígida hizo este paquete y los demás porque tenía miedo. Fue reina, verdugo, dictadora, juez, pero amarraba cosas y las guardaba como todas las viejas. Sé que usted está implorando que este paquete contenga algo más que basura. Le saca el papel café y lo bota. Aparece otro papel, más frágil, arrugado, lo rompe, lo deja caer al suelo. ¿Para qué sigue abriendo y rompiendo envoltorios, éste de tafetán color manzana, debajo un envoltorio de diario —Roosevelt y Fala y la sonrisa de Stalin a bordo de un barco—, si tiene que saber que no va a encontrar nada? Esta hombrera de algodón plomizo era lo que le daba blandura y volumen al paquete. Escarba, deshace la hombrera con sus uñas urgentes y deja caer el algodón. Queda un paquetito duro que usted sostiene entre su índice y su pulgar. Quita la capa de lienzo apercancado y aprieta un poco... sí, sí, Dios mío, hay algo adentro, algo duro, definido, esta unidad que palpo ansiosa. Sus dedos se entorpecen desanudando el lienzo: una bola de papel plateado. La raja, la rompe: el papel plateado queda convertido en escamas sobre la palma extendida de su mano que tiembla. Yo voy a soplar esas escamas para que se dispersen pero usted alcanza a apretar el puño a tiempo arrebatándoselas a mi aliento, y sus dedos, en un segundo, reconstituyen la bola plateada. La redondea, la endurece con la ansiedad de sus gestos lamentables. La mira. Me mira a mí, invitándome a reconocer yo también la unidad de lo que ha reconstituido. Avanza hasta la puerta. Las viejas se detienen, callan: sus ojos siguen la trayectoria de su brazo y luego el arco de la bolita brillante al caer. Corren para lanzarse al montón de basura en busca de eso plateado que surcó el aire. Seguro que volveremos a encontrar esa bolita entre los despojos de otra muerta.

¿Por qué se cubre la cara con las manos, Madre? Huye corriendo por los pasillos, por las galerías, por los patios, por los claustros, las viejas siguiéndola, pidiéndole, las caras nudosas, los ojos implorantes y legañosos, una voz opaca porque la chalina le protege la boca de un frío imaginario, de un contagio imaginario, otra voz áspera de tanto fumar, de tanto tomar té hirviendo para calentar el cuerpo aterido, manos extendidas para tocarle el hábito, para retenerla, para sujetarla por el delantal de mezclilla, por una manga, no se vaya, Madre, yo quiero el catre de bronce, a mí sus anteojos que a veces me prestaba porque yo no tengo anteojos y me gusta leer diarios aunque sean viejos, una frazada para mí porque paso tanto frío en las noches hasta en las noches de verano, yo era amiga, a mí me quería más, yo era vecina por la derecha, yo por la izquierda, yo le cortaba las uñas hasta las uñas de los pies y además los callos porque cuando yo era joven trabajaba de manicura, a mí me quería mucho más que a la Amalia que le cobraba de más por lavarle la ropa, tenazas con dedos de madera me sujetan los brazos, bocas arrugadas exigen cosas que no sé qué son, yo soy viuda, la tijerita era mía, mire el pelo de Rafaelito, Madre Benita, qué pena que el niño esté pelado ahora y hasta gordo dicen que se ha puesto, una aguja que le presté el otro día nomás, y yo un crochet, y yo unos botones. Estas manos resecas tienen más fuerza que las mías, dedos que crecen como ramas para retenerme, sus ruegos y letanías me amarran, para mí, para mí, Madre Benita, yo quiero, yo necesito, por qué no me regala a mí el té que le sobró a la Brígida mire que soy tan pobre, no, a ésa no, a mí, démelo a mí, ésa tiene fama de ladrona, no se descuide con las cosas mire que se las puede robar, démelo a mí, a mí, viejas de voces blandas como bolas de pelusas que la necesidad o la codicia alborotan en un rincón, uñas resquebrajadas, ropa inmunda que se les cae del cuerpo, cuerpos hediondos de vejez me arriman contra esta mampara de vidrios rotos, la llave, abro, salgo, cierro. Hago girar la llave por fuera. La saco y me la meto en el bolsillo del delantal. ¡Por fin, Dios mío! Se quedaron prisioneras detrás de la puerta, acumulando polvo. Por los hoyos de los vidrios quebrados se asoman sus brazos, sus rostros descompuestos por los visajes... se apaga el rumor de sus voces implorando.

2

Las viejas, en pares o en grupos, van abandonando la cocina como si partieran, no a dormir sino a reincorporarse
a la oscuridad. En el ámbito de la cocina llena de escaños,
de mesas de mármol pringosas con sobras de comida, de
pilas de ollas como monumentos de hollín y grasa en los
lavaplatos atorados, las voces, como los carbones, van ex-
tinguiéndose a medida que pasan las horas y los minutos
que no pasan.

Las últimas en partir eran siempre las seis que se sentaban en la mesa más cerca del calor de la cocina, junto a
la Brígida, un grupo de íntimas que yo siempre veía revolotear alrededor de la Iris Mateluna, regalándole dulces y
revistas, entreteniéndose en hacerle peinados estrafalarios
como a una muñeca. Yo me sentaba un poco más allá en la
misma mesa. Escuchando el runruneo sempiterno de sus
voces me iba adormeciendo hasta que después de tomar
mi último sorbo de té dejaba caer mi cabeza sobre mis
brazos cruzados en la mesa. Las oía comentar cosas: una de
ellas se hizo daño con una piedrecita en el pie, la Brígida
informaba que misiá Raquel recibió una postal de misiá
Inés de Roma, alguna adivinanza cien veces repetida, o un
cuento para entretener a la Iris sentada en la falda de la
Rita, que la arrebozaba con la punta de su chal.

Esa noche, no me acuerdo cuál de ellas repetía más o
menos este cuento:

Érase una vez, hace muchos, muchos años, un señorón muy rico y muy piadoso, propietario de grandes extensiones de tierra en todo el país, de montañas en el norte, bosques en el sur y rulos en la costa, pero más que nada de ricos fundos de riego en la comarca limitada al norte por el río Maule, cerca de San Javier, Cauquenes y Villa Alegre, donde todos lo reconocían como cacique. Por eso, cuando vinieron malos tiempos, años de cosechas miserables, de calor y sequía, de animales envenenados y de niños que nacían muertos o con seis dedos en una mano, los ojos de los campesinos se dirigieron hacia el cacique en busca de alguna explicación para tanta desgracia.

Este señor tenía nueve hijos varones que lo ayudaban a atender sus tierras, y una hija mujer, la menor, la luz de sus ojos y la alegría de su corazón. La niña era rubia y risueña como el trigo maduro, y tan hacendosa que su habilidad para los quehaceres de la casa llegó a darle fama en la región entera. Cosía y bordaba con primor. Fabricaba velas con el sebo que el fundo producía y frazadas con la lana. Y en verano, cuando los abejorros zumbaban golosos sobre la fruta remadura, el aire de la arboleda se ponía azul y picante con el fuego que sus sirvientes encendían debajo de las pailas de cobre, donde revolvía moras, alcayotas, membrillos y ciruelas, transformándolos en dulces para regalar el gusto de los hombres de su casa. Aprendió estas inmemoriales artes femeninas de una vieja de manos deformadas por las verrugas que, cuando murió la madre de la niña al darla a luz, se hizo cargo de cuidarla. Al terminar la última comida del día, después de presidir la mesa donde su padre y sus hermanos cansados se sentaban con las botas polvorientas, ella, mimosa, los iba besando uno a uno antes de retirarse por el pasadizo alumbrado por la vela con que su nana la guiaba, para dormir en la habitación que compartían.

Quizá por los privilegios que el lazo con la niña granjeó a su nana, o porque como no encontraban explicación para tanta desgracia era necesario culpar a alguien y los malos tiempos producen malas ideas, comenzaron a circular rumores. El caballerizo se lo debe haber dicho al quesero o el quesero al caballerizo o al hortalicero o a la mujer o a la sobrina del herrero. En la noche, grupos de peones murmuraban encuclillados junto a las fogatas encendidas detrás del chiquero, y si sentían acercarse a alguien se callaban de repente. El rumor cundió lentamente pero cundió, hasta que lo supieron los gañanes de la era y los pastores en los cerros más lejanos del fundo: se decía, se decía que decían o que alguien había oído decir quién sabe dónde, que en las noches de luna volaba por el aire una cabeza terrible, arrastrando una larguísima cabellera color trigo, y la cara de esa cabeza era la linda cara de la hija del patrón... cantaba el pavoroso tue, tue, tue de los chonchones, brujería, maleficio, por eso las desgracias incontables, la miseria que ahogaba a los campesinos. Sobre las vegas secas donde las bestias agonizaban hinchadas por la sed, la cabeza de la hija del patrón iba agitando enormes orejas nervudas como las alas de los murciélagos, siguiendo a una perra amarilla, verrugosa y flaca como su nana, que guiaba al chonchón hasta un sitio que los rayos del astro cómplice señalaban más allá de los cerros: ellas eran las culpables de todo, porque la niña era bruja, y bruja la nana, que la inició también en estas artes, tan inmemoriales y femeninas como las más inocentes de preparar golosinas y manejar la casa. Dicen que fueron sus propios inquilinos los que comenzaron estas murmuraciones, y que siguieron los inquilinos de los fundos colindantes, y se lo contaban a los afuerinos que, al dispersarse después de la vendimia o de la trilla, esparcieron los rumores por toda la comarca, hasta que nadie dudó de que la hija del cacique y su nana tenían embrujada a toda la región.

Una noche en un rancho, el mayor de los hermanos se levantó demasiado pronto de la cama de la mujer con que tenía amores, para regresar a la casa de su padre a una hora decente. Ella le gritó desde el revoltijo de mantas caldeadas por su cuerpo:

—Apuesto que tu hermana no ha llegado a la casa todavía. Las brujas vuelven cuando canta el gallo y comienza a clarear...

Él la azotó hasta hacerle sangrar la boca, hasta que lo confesara todo. Y después de oír le pegó más. Corrió a las casas del fundo a contárselo a su segundo hermano y después a otro y a otro, y los nueve hermanos ni en conciliábulos ni solos se resignaban a aceptar que el rumor fuera más que una mentira nefasta que los manchaba a todos. El terror entraba desde la intemperie de los miserables al ámbito resguardado de la casa regida por la hermana a quien era imposible creer otra cosa que una niña transparente y feliz. No debían creerlo. Bastaba con no aceptarlo.

Y dejaron de hablar del asunto. Sin embargo, volvían cabizbajos del trabajo del día, sin vender animales en la feria ni acordarse de recoger la cosecha antes que cayera el chubasco. Ya no bebían libre y alegremente como antes, porque los frenaba el temor de que el vino les soltara la lengua frente al padre, que no debía saber nada.

Sin embargo, todos juntos algunas veces, y después de que decidir que era mentira, solos, cada uno por su cuenta, como escondiéndose de los demás para que no fueran a suponer que aceptaban siquiera una pizca de verdad en los rumores, los hermanos solían acudir de noche a la puerta de la habitación de la niña. Oían siempre lo mismo. Adentro, la hermana se reía con su vieja y contaba adivinanzas o cantaban un poco, y después las oían rezar salves y rosarios hasta que las sentían apagar las velas y quedarse dormidas. Jamás oyeron otra cosa y jamás dejaron de oír la repetición de lo mismo. No era nada. Sólo una isla femenina en esa casa de hombres, inaccesible para ellos, pero no peligrosa. ¿Cuándo salían a hacer las correrías de que las acusaban, entonces? Después de un tiempo de vigilancia, seguros de la falsedad de los rumores, fueron a contárselos al padre para que castigara a los culpables de la difusión de tamaño chisme. El cacique, loco de ira y de dolor, interrogó a su hija: los ojos de la niña permanecieron tan claros al responder con negativas a acusaciones que su inocencia no alcanzaba a comprender, que el padre se calmó y sentando a su regalona en sus rodillas le pidió que le cantara alguna cosa. El hermano menor, sonriente ahora, tomó la guitarra de un rincón del estrado para acompañarla:

Al mar me arrojara por una rosa
pero le temo al agua que es peligrosa,
repiquen las campanas con el esquilón
que si no hay badajo con el corazón.

En el cuarto contiguo los hermanos decidieron que sería sabio esperar unos días, pero que sin duda era necesario deshacerse de la nana, porque de haber culpa, era suya, al envolver con su presencia equívoca la inocencia de la niña. ¿Qué importancia tenía, por lo demás, sacrificar a una vieja anónima, si eso saldaba el asunto en forma limpia? Se fueron a dormir con el ánimo tranquilo después de mucho tiempo de desvelo. A la una de la madrugada un peón golpeó la puerta del dormitorio del cacique:

—Patrón, patroncito, allá afuera andan la perra amarilla y el chonchón...

Y huyó a perderse antes de que el cacique, blandiendo su ramal, apareciera envuelto en la camiseta de dormir y el poncho, en la puerta del cuarto, gritando para despertar a sus hijos, para despertar a todo el mundo, que se vistieran, que corrieran, que los mozos ensillaran y montaran y salieran... los diez hombres dejaron una polvareda en la noche galopando a campo traviesa, preguntando, buscando, escuchando, no fueran a perderse el chonchón y la perra, y esta oportunidad única para develar la verdad. Un aullido lejano torcía el rumbo del tropel hacia el bosque. Un graznido, una piedra que rodaba por una ladera, los hacían remontar montañas buscando en cuevas que podían ser entradas a la salamanca de las brujas. Bajaban al río porque el ladrido de un perro, que podía ser la perra amarilla, los conducía hasta allá, pero no era, no era nunca la perra amarilla, y cantó el gallo y clareó el alba y dejó de ser la hora de las brujas y los diez hombres tuvieron que regresar abatidos por la derrota a las casas del fundo. Al llegar sintieron alboroto de hojas en las viñas:

—Agárrenla, agárrenla, es la perra amarilla que se quiere meter en la casa, el chonchón no debe andar lejos.

Y los diez hombres de precipitaron sobre ella para cercarla como en una topeadura y cortarle el paso, para pillarla y azotarla y matarla ahí mismo, los caballos encabritados y los ramales volando, la perra perdida en la polvareda de los cascos que no lograron impedir que se hurtara a ellos y se perdiera en la luz imprecisa de la alborada. Mandaron a los peones a que la buscaran. Que la encontraran costara lo que costara porque la perra era la nana y la nana era la bruja. Que no se atrevieran a volver sin la perra amarilla. Que la mataran y trajeran el pellejo.

El cacique, seguido por sus hijos, forzó la puerta del cuarto de la niña. Al entrar dio un alarido y abrió los brazos de modo que su amplio poncho ocultó inmediatamente para los ojos de los demás lo que sólo sus ojos vieron. Encerró a su hija en la alcoba contigua. Sólo entonces permitió que los demás entraran: la vieja yacía inmóvil en su lecho, embadurnada con ungüentos mágicos, los ojos entornados, respirando como si durmiera, o como si el alma se le hubiera ausentado del cuerpo. Afuera la perra comenzó a aullar y a arañar la ventana:

—Aquí está, mátenmela o los mato yo a todos...

La perra dejó de aullar. La niña lloraba en la pieza donde su padre la dejó encerrada.

—¡Nana! ¡Nanita! Que no la maten, papá, que no la maten, que la dejen volver a su cuerpo. Si no la matan, yo le juro que confieso todo...

—Tú cállate. No tienes nada que confesar.

Salieron al patio a reconocer el cuero ensangrentado. No resultó difícil pillarla, parecía cansada, acurrucándose temblorosa bajo la ventana de la niña: eso fue lo que aseguraron después los peones mientras los diez señores examinaban el pellejo de la perra amarilla. Ahora no quedaba más que deshacerse del cuerpo de la bruja. No estaba ni viva ni muerta. Podía seguir siendo peligrosa: enterrar el cuerpo de una bruja suele envenenar leguas y leguas de buena tierra de labranza, de modo que hay que deshacerse de ella de otra manera, dijo el cacique. Mandó que ataran el cuerpo de la malhechora a un árbol para que la azotaran hasta que despertara y todos oyeran la confesión de sus crímenes. El cuerpo lacerado sangró, pero ni los ojos ni la boca de la bruja se abrieron, aunque no dejó de respirar, suspendida en una región distinta de la vida y de la muerte. Entonces, como ya no quedaba otra cosa que hacer, tumbaron el árbol a hachazos. Y los nueve hermanos con sus inquilinos y los inquilinos de los fundos vecinos llevaron el cuerpo de la bruja al Maule y lo echaron al agua, amarrado al tronco para que no se hundiera.

El cacique se quedó en las casas. Una hora después de que se apagó la gritadera del gentío, partió con su hija a la capital. La encerró en un convento, para que unas monjitas de clausura se ocuparan de ella: nadie, nunca más, ni siquiera sus nueve hermanos que tanto la querían, volvieron a verla.

Mientras tanto, por la orilla del Maule se desplegó la cabalgata, siguiendo el cuerpo que flotaba río abajo. Si lo veían acercarse a la orilla, lo alejaban con picanas. Cuando la corriente parecía arrastrarlo al centro del caudal, lo atraían con garfios. En la noche, con los mismos garfios, sujetaban el cuerpo de la bruja a la orilla mientras ellos desensillaban sus cabalgaduras, encendían fuego, comían cualquier cosa y tendiéndose en sus pellones y ponchos, antes de dormir, relataban cuentos de brujas y aparecidos y de otros monstruos con cuyos rostros se disfraza el miedo en tiempos malos. Contaron lo que sabían de las brujas, lo que se murmuraba desde hacía generaciones, que alguien le dijo una vez a un abuelo que era necesario besarle el sexo al chivato para poder participar en las orgías de las brujas, y hablaron del miedo, del de antes y del de ahora y del de siempre, y caía el silencio, y para ahuyentar las figuras que querían perfilarse en la noche se felicitaban porque por suerte, esta vez, las brujas no lograron robarse a la linda hija del cacique, que eso era lo que querían, robársela para coserle los nueve orificios del cuerpo y transformarla en imbunche, porque para eso, para transformarlos en imbunches, se roban las brujas a los pobres inocentes y los guardan en sus salamancas debajo de la tierra, con los ojos cosidos, el sexo cosido, el culo cosido, la boca, las narices, los oídos, todo cosido, dejándoles crecer el pelo y las uñas de las manos y de los pies, idiotizándolos, peor que animales los pobres, sucios, piojosos, capaces sólo de dar saltitos cuando el chivato y las brujas borrachas les ordenan que bailen... el padre de alguien, una vez, había hablado con alguien que decía que una vez vio un imbunche y el miedo le paralizó todo un lado del cuerpo. Aullaba un perro. Volvía a caer el silencio sobre las voces asustadas. Los ojos de los peones semiadormecidos brillaban cuando las llamas de la fogata vencían la sombra de las alas de sus chupallas.

Ensillaron temprano a la mañana siguiente. Soltaron las amarras del tronco y durante todo el día, a rayo del sol y por los cerros pelados de la costa siguieron el curso del cuerpo de la bruja río abajo. De caserío en caserío se fue corriendo la noticia de que por fin se llevaban a la bruja, que la comarca quedaría libre de maleficios, que las mujeres tendrían partos normales y no habría inundaciones, y a medida que avanzaba la cabalgata una legión de pobladores y colonos se fue uniendo a ella. Antes de que cayera el sol se dieron cuenta de que el mar estaba cerca. El río se ensanchó, sosegándose. Apareció un islote. Bancos de arena suavizaron las riberas. El agua, en vez de verde, era cenicienta, hasta que allá lejos avistaron rocas negras y la línea blanca de las olas de la barra.

Los nueve hermanos en una lancha, con garfios y cordeles, arrastraron a la bruja hasta la barra: las corrientes la habían ido desvistiendo y revolviéndole los jirones de ropa y de pelo. Los pescados que mordisquearon su carne flotaban muertos alrededor de la lancha. El tropel de inquilinos a pie y a caballo, de colonos, de niños con sus perros, de vecinos, de curiosos, subió a la colina frente al mar. Muy tarde, el viento que soplaba en sus ponchos trajo el aullido de triunfo que lanzaron los nueve hermanos: por fin habían logrado que el cuerpo de la bruja traspasara la montaña de olas vertiginosas y que el mar se lo tragara. Quedó apenas un punto que fue disolviéndose sobre el mar dorado del poniente. Lentamente la cabalgata se dispersó en el camino de regreso. Cada uno volvió a su pueblo o a su rancho, tranquilo ahora y con el miedo apaciguado porque por fin se iban a terminar los tiempos malos en la comarca.

Dije que esa noche en la cocina, las viejas, no me acuerdo cuál de ellas, da lo mismo, estaban contando *más o menos* esta conseja, porque la he oído tantas veces y en versiones tan contradictorias, que todas se confunden. Algunas variantes afirman que los hermanos no eran nueve sino siete o tres. La Mercedes Barroso contaba una versión en la que los peones, aterrorizados ante la furia del cacique, habrían carneado a una perra cualquiera para mostrarle el pellejo, y que así la verdadera perra amarilla habría quedado viva. Sólo lo esencial siempre permanece fijo: el amplio poncho paternal cubre una puerta y bajo su discreción escamotea al personaje noble, retirándolo del centro del relato para desviar la atención y la venganza de la peonada hacia la vieja. Ésta, un personaje sin importancia, igual a todas las viejas, un poco bruja, un poco alcahueta, un poco comadrona, un poco llorona, un poco meica, sirviente que carece de sicología individual y de rasgos propios, sustituye a la señorita en el papel protagónico de la conseja, expiando ella sola la culpa tremenda de estar en contacto con poderes prohibidos. Esta conseja, difundida por todo el país, es originaria de las tierras del sur del Maule, donde los Azcoitía han poseído sus feudos desde el coloniaje. Inés, claro, porque al fin y al cabo tiene sangre Azcoitía por el lado de la madre de su madre, también sabe una versión de este cuento. La Peta Ponce se la debe haber contado cuando Inés era niña. En su mente aterrada separó, y seguramente olvidó, la conseja de la niña-bruja de la otra cara de la misma leyenda: esa orgullosa tradición familiar que conservan los Azcoitía, de una niña-beata que murió en olor de santidad encerrada en esta Casa a comienzos del siglo pasado y cuya beatificación ha sido un fracaso tan estruendoso que hasta los comentaristas de la radio y de los periódicos se han reído de ella. Pero la conseja sigue viviendo en las voces de las abuelas campesinas que invierno tras invierno la repiten, alterándola cada vez un poquito, para que sus nietos acurrucados junto al brasero vayan aprendiendo lo que es el miedo.

Aquí mismo, en la cocina de la Casa, se ha contado tantas veces, que la Iris se quedó dormida de aburrimiento en la falda de la Rita, chupándose el pulgar. Ya está grandota para eso pues, Rita, tienes que quitarle esa costumbre tan fea, dicen que poniéndole ají en el dedo se les quita, o caca, caca de perro... no, no, déjenla a la pobre que ya se le irá a pasar, no ven que los primeros meses del embarazo son los peores, andan cansadas, soñolientas, con la guata llena de flatos, se les hinchan las piernas, se les ponen coloradas, y hasta várices salen, miren las piernas de la Iris, gordas las ha tenido siempre pero ahora parece que el elástico de los soquetes le fuera a rebanar los tobillos.

Yo no estaba dormido. Pero no levanté la cabeza de mis brazos cruzados sobre la mesa al oír que la Iris iba a tener un hijo, porque tampoco la hubiera levantado si hubieran repetido que los parches de papa son mejores que los parches de colillas para el dolor de cabeza, o que si la Clemencia no fuera tan egoísta me prestaría ese lavatorio floreado que tiene, son sólo quejumbres que el hilo de sus voces va ovillando y el ovillo no crece, es otra versión del silencio... no: una arcada, la Iris vomitando, las viejas sosteniéndole la frente para que vomite sin dolor, la Iris lloriqueando, Mudito, ven a limpiar el vómito, apúrate antes que se apersone por aquí la Madre Benita y comience a preguntar cosas.

Me negué a hacerlo.

Miré a las seis viejas de frente. Entonces, hice un gesto indicando que me había dado cuenta del embarazo de la Iris, sí, sí, no me vengan con cosas, por eso es que ustedes andaban tan juntas, calladitas alrededor de esta tonta de la Iris, regaloneándola y consintiéndola en todo, por eso es que tiene las tetas tan grandes, sí, ya estaba notando algo raro yo, voy a llamar a la Madre Benita que dirá lo que hay que hacer en un caso así, yo no me quiero meter en boches, capaz que después me echen la culpa a mí...

—¿A ti, Mudito?

—Si no eres más que un pedazo de hombre.

—Quién te va a estar echando la culpa a ti...

Lloraban de la risa a pesar de que el Mudito seguía blandiendo su amenaza: la fueron inutilizando con la risa que anegaba sus ojos, con el insulto de sus índices retorcidos, señalándolo, hasta que sus burlas pisotearon y aniquilaron la amenaza, no, Mudito lindo, por favor no nos acuses, no seas malo mira que estamos enamoradas de ti, tan precioso que eres, quédate aquí con nosotras, te conviene, te vamos a hacer cariñitos ricos que te van a gustar porque eres tan macho, tan hombre sobre todo, cómo serás de hombre que ni te atreves a salir a la calle, si no te quedas callado Mudo de mierda te vamos a echar a la calle y te vamos a robar las llaves y no te vamos a dejar entrar nunca más a la Casa y te vas a perder en las calles como socavones oscuros donde te persigue don Jerónimo de Azcoitía, y los doctores y los carabineros con sus perros. Sí. Fueron a buscarlos. ¿No sabes que los tienen sin comer varios días para que estén hambrientos y sanguinarios? Zas... basta el chasquido de dos dedos del carabinero para que los perros se lancen a la noche ladrando. Aúllan persiguiéndome por las calles y la lluvia, el parque lleno de bestias ladrándome por avenidas intolerables, por el puente, me descuelgo por los fierros del puente hasta el río, aúllan persiguiéndome por las piedras resbaladizas, por estos montones de basura podrida, tropiezo en una rama, caigo, me corto en un tarro filudo que puede envenenarme, septicemia, tétano, mírenme las manos coloreando de sangre, me incorporo con las manos y las rodillas sangrientas, huyendo por debajo de los puentes, entre los matorrales raquíticos de este tajo de piedra donde el viento se traga mi voz y me deja mudo, no puedo más, ayúdenme, les imploro que me ayuden, les juro que no las voy a delatar, no te creemos, acusete, maricón, Mudito de mierda, eres una porquería, basura, basura, corro y corro para que no me alcancen porque oigo patas galopando detrás de mí, sus alientos fétidos y sus jetas hirviendo, sus garras me derriban y quiero incorporarme pero no puedo porque sus colmillos me tumban a la orilla del agua que arrastra los desperdicios de la ciudad... me están destrozando, estos animales de hocicos fosforescentes, me descuartizan, colmillos, lenguas humeantes, ojos que agujerean la noche, bestias que me despedazan y gruñen arrancándole al doctor Azula los trozos de mis vísceras calientes que él se está apropiando, que chapotean en el charco de mi sangre disputándose tripas y cartílagos, orejas y glándulas, pelo, uñas, rótulas, cada miembro mío que ya no es mío porque yo ya no soy yo sino esas piltrafas sanguinolentas.

—¿Quiubo?

Me quito las manos de la cara. Las miro, las reconozco: la Dora, la Brígida, la María Benítez, la Amalia, la Rosa Pérez, todas salvo la Rita que se llevó a la Iris para acostarla.

—¿Nos vai a acusar?

Les prometo que no. Me pongo en cuatro patas en el suelo a limpiar el vómito de esa hija de un presidiario que una mañana en la cama le rebanó el gaznate a su mujer y la Iris despertó nadando en la sangre de su madre: mírenme limpiar el vómito de la Iris. ¿Pero por qué se van? ¿No las aplaqué con mi sometimiento? No se vayan así, no me dejen, óiganme, yo las puedo ayudar, sí, sí puedo, yo guardo las llaves de todas las puertas de la Casa por si alguna vez las necesitan, y pueden necesitarlas, no me digan que no, no me desprecien este poquito de poder que pongo a disposición de ustedes... ustedes no saben que son sólo seis viejas y necesitan ser siete, siete es un número mágico, seis no, déjenme ser la séptima bruja, no se vayan, quiero ayudarlas y puedo...

No se fueron. Aceptaron mi ayuda y yo se lo agradecí. La Brígida fue la que dijo:

—Éste conoce bien la Casa. Que él nos busque una pieza, un entretecho escondido, alguna parte que nadie sepa que existe, para criar al niño milagroso que va a nacer del vientre de la Iris... Mudito, entiendes, búscanos dónde... que nadie sepa... que nadie oiga... que nadie vea...

Sólo cuando les dije que había encontrado el lugar justo, un sótano, quedé aceptado y me permitieron ser la séptima bruja.

3

La Capellanía fundada por el padre de la religiosa cuya beatificación Inés intentó promover en Roma ha mantenido esta Casa unida a la familia Azcoitía durante un siglo y medio. Fue, al comienzo, una modesta Casa para monjas de clausura que el terrateniente construyó en sus ricas propiedades de la Chimba, al norte de la capital, y que alojaría a su hija durante su vida, y después de su muerte el Arzobispo podría decidir qué uso darle a la Casa. Sin embargo, legalmente ya que no en la práctica, el mayor de los descendientes del fundador, el que lleva y transmite el apellido, conserva el derecho a venderla, traspasarla, dividirla, demolerla o donarla, si se le ocurre. Jamás ningún Azcoitía ha ejercido estos derechos, reiterando así de generación en generación la lealtad de la familia con la Iglesia, además de cierta indiferencia por algo tan improductivo como una capellanía de fines del siglo dieciocho. Sin embargo, al testar, o en el lecho de muerte, ningún Azcoitía deja de poner en claro el traspaso de la propiedad de esta Casa, entre sus cuantiosos bienes, a su heredero, recordando así, finalmente, lo que en realidad nunca olvidaron: que esta capellanía sepultada en archivos, preocupación de tías beatas y primas pobretonas, vincula y emparienta desde hace mucho tiempo a los Azcoitía con Dios, y que ellos le *ceden* la Casa, a cambio de que Él les conserve sus privilegios. En todo caso, antes de que comiencen a sentirse rondados por lo indescifrable, lo aclaran: que no nos molesten con cuestiones de monjitas y asilos y curas entrometidos y solteronas vergonzantes y capellanías que carecen de vigencia en el mundo contemporáneo. Que Monseñor haga lo que se le antoje con la famosa Casa. Por suerte estamos muy lejos de necesitar el dinero que podría producir la venta de la propiedad. Los cambullones y componendas, los heroísmos y sacrificios de la política de esta Patria que estamos creando nos envuelven, no podemos derrochar atención en cosas que no conducen a nada. ¿Que Monseñor dice que la hija del fundador de la Capellanía hizo milagros y merece una beatificación? Bueno, que él se preocupe si le interesa: a él le corresponde lo místico, lo espiritual. A nosotros, la rudeza de lo político, de lo material. ¡Que el Arzobispo no nos moleste con consultas innecesarias respecto a la Casa! Monseñor sabe perfectamente bien que tiene licencia para agregar todos los patios que quiera, construir cuantos pabellones necesite, levantar otro piso más, ampliar claustros y prolongar galerías y derribar murallones si se le ocurre hacerlo, con tal de que no pretenda que el dinero para las obras salga de nuestros bolsillos.

Abandonado a las necesidades sin concierto de distintos tiempos, este edificio creció tanto y tan anárquicamente que ya nadie recuerda, y quizá sólo a la pobre Inés le interesa saber cuál fue el sector inicial, los patios primitivos destinados a encerrar a la hija del fundador. La ciudad cruzó el río hacia el norte y se pobló esta orilla. Se organizaron callejuelas miserables que fueron desplazando más y más lejos las chacras cuyos tomates y melones nutrían a la ciudad, hasta que las callejuelas de la Chimba, al avanzar, se transformaron en avenidas con nombres de reivindicadores de derechos obreros, y al rodear y dejar atrás la Casa de Ejercicios Espirituales de la Encarnación de la Chimba, la enquistaron, muda y ciega, en un barrio bastante central.

En la época de la fundación de la Capellanía nadie pensó que podría llegar a faltar un hombre del apellido para heredar y transmitir sus derechos, ya que los hijos varones del fundador eran, como consta en las actas de la época que tuve el cuidado de incluir en el *dossier* que Inés se llevó a Roma, nueve, y se casarían y como todo el mundo tendrían muchos hijos y nietos y bisnietos. Pero los Azcoitía, desde siempre, fueron gente muy de a caballo, muy pendenciera, de modo que en cuanto estallaron las guerras de la Independencia organizaron montoneras tan feroces que la comarca al sur del Maule resultó infranqueable para el enemigo español. Los Azcoitía se cubrieron de gloria. Todos los patriotas hablaban de ellos. Pero su número quedó muy mermado.

Además, como por una maldición, durante el siglo que siguió a la Independencia, la familia Azcoitía produjo más que nada hembras, bellas y acaudaladas y virtuosas, que se casaban pronto y bien, emparentando a los Azcoitía con toda la sociedad de la época *por la sábana de abajo,* manejando el poder que emerge del corrillo junto al brasero, moviendo los hilos tenues que enredan a los hombres con sus cuchicheos y murmuraciones, con ese beso nocturno que rige el sueño de sus hijos, con la sonrisa de despedida que destruye o preserva reputaciones y tradiciones, mujeres discretas, silenciosas en su mundo de costuras y sirvientes y enfermedades y visitas y novenas, con los ojos gachos sobre las sedas multicolores del bastidor mientras las ásperas voces masculinas se enardecen discutiendo cosas que nosotras no entendemos ni debemos entender porque nosotras sólo entendemos cosas sin importancia como el calado que adorna el borde de un escote, o si vale la pena encargar a Francia guantes de cabritilla, o si el cura de Santo Domingo es buen o mal predicador. Y mientras el poder de la familia cundía, oculto bajo generaciones de mujeres emparentadas pero incapaces de transmitir el apellido ni conservar la unidad de la familia, la línea masculina de los Azcoitía se fue debilitando: cada generación producía muchas mujeres, pero un solo hombre, menos en el caso del clérigo don Clemente de Azcoitía, hermano del padre de don Jerónimo. El apellido corría peligro de extinguirse, y con él prebendas, derechos, posesiones, poder, sinecuras, honores, que al repartirse entre primos de otros apellidos disolverían la fuerza de ese único Azcoitía necesario en cada generación.

Inés y Jerónimo no han tenido hijo. El apellido desaparecerá después de ellos. Eso lo saben. La fortuna se repartirá entre parientes que no los estiman, instituciones que no les interesan, legados, caridades. El Arzobispo esperaba esta Casa con el proyecto de la Ciudad del Niño listo. Jerónimo podía traspasarla cuando quisiera, pero como con una esperanza insana de que el útero inservible de su mujer procreara, jamás ha podido desprenderse de nada, ni siquiera de las cosas más inútiles. Por eso es que cuando de repente firmó la serie de documentos traspasando en vida la propiedad real de esta Casa al Arzobispo, mientras Inés se demora en Roma, nadie lo pudo creer. Ni la Madre Benita lo cree, a pesar de su entusiasmo con el proyecto. Ni yo, a pesar de mi miedo. Pero el Padre Azócar nos advirtió que fuéramos pensando en preparar la Casa para un remate de lo que él llama *todas estas mugres,* previo a la demolición que no tardará en iniciarse en cuanto la Casa quede vacía.

Esta manzana de muros llagados por los enlucidos que se han ido desprendiendo tiene el color neutro del adobe. Rara vez se vislumbra desde afuera un reflejo de luz en sus cientos de ventanas ciegas de polvo, o ciegas porque yo las cerré con tablas remachadas y vueltas a remachar, y otras aun más ciegas porque, por ser peligrosas, yo las tapié. En las tardes, en el barrio bullanguero de casas modestas que nos rodea, en casas también de teja y adobe pero pintadas de rosa o celeste o lila o crema, se van encendiendo las luces, atronan las radios de las peluquerías y las panaderías, y los televisores en las cantinas repletas, mientras en ellas y en el taller de reparaciones de motos y en el negocio de compra-venta de novelas y revistas usadas y en el despacho de la esquina, se teje y entreteje la vida de este barrio que nos excluye.

No sólo he ido condenando todas las ventanas que dan hacia afuera. También adentro de la Casa he clausurado secciones peligrosas, como el piso de arriba, por ejemplo, después de que la Asunción Morales se apoyó en la balaustrada y se desplomó todo, con balaustrada, madreselva y Asunción. Ahora no se necesita tanto espacio, por eso hay que ir limitándolo. No es como antes, cuando el Arzobispo subvencionaba regiamente la Casa y todos los años la elegía para hacer su retiro, acompañado de clérigos copetudos, canónigos, secretarios, diáconos y subdiáconos, amigos, parientes, y hasta algún Ministro de Estado muy beato. Grupos de caballeros principales, congregaciones religiosas, colegios de señoritas de corazón purísimo, las corporaciones más distinguidas del país, solicitaban fecha con meses de anticipación con el fin de venir a encerrarse en esta Casa para retomar contacto con el Señor. Desde el púlpito y en el confesionario, frailes de pico de oro exhortaban a la penitencia y al sacrificio, a la magnanimidad y al arrepentimiento, inflamando vocaciones cuya luz, a veces, iluminaba la Historia. Algunas noches se oían hasta muy tarde, detrás de las puertas de las cien celdas que formando una U abrazan el patio de los naranjos, llantos y quejidos: el dolor de los que descargaban sus culpas en flagelaciones nocturnas, quedando con el cuerpo lacerado pero con el alma prístina, para entregarla a la mañana siguiente, después de una comunión fervorosa, a plácidos sueños monacales en el rincón más florido de la huerta, sueños que solían culminar en una limosna espléndida.

Hoy, claro, a nadie se le ocurre venir a hacer ejercicios espirituales en la Casa de la Encarnación de la Chimba. Existen colegios inundados de luz, con calefacción o ventilados según la época del año, sus ventanales abiertos al panorama incomparable de la cordillera nevada, dispuestos a acoger penitentes. ¿Para qué arriesgarse, entonces, a que sean los górgoros de las cañerías descompuestas y los guarenes corriendo en el entretecho, no un examen de conciencia, los que produzcan el desvelo? Hasta hace poco, ahora ya no, solían retirarse a esta Casa las alumnas de algún colegio insignificante o los miembros de cualquier corporación mezquina, para sostener sus platiquillas con el Señor y escuchar tibios sermones inspirados en las consabidas injusticias sociales, no en la Magnificencia y en la Cólera y el Amor de Dios, como en los buenos tiempos.

Pero qué se le va a hacer. Dicen que ya nada es como en los buenos tiempos. Sin embargo, esta Casa se conserva igual, con la persistencia de las cosas inútiles. Ahora hay sólo tres monjas donde antes una congregación entera velaba por la comodidad de los penitentes para que sus almas volaran sin trabas materiales a las regiones más puras del éxtasis. Sólo tres monjas, y, claro, las viejas, que van muriendo y van siendo reemplazadas por otras viejas idénticas que también mueren cuando llega la hora de dejar sitio para otras viejas que lo reclaman porque lo necesitan. Y las huérfanas que mandaron un día, hace casi un año, por un par de semanas, Madre Benita, usted tiene espacio de sobra para alojarlas por un par de semanas mientras le ponen las terminaciones al pabellón nuevo del orfelinato, usted sabe que las terminaciones demoran tanto y que los obreros de ahora se emborrachan y no cumplen, y aquí andan las cinco huerfanitas perdidas en este laberinto, hambrientas, aburridas, sin que nadie les organice una vida porque el Padre Azócar siempre promete que en una semana más, Madre Benita, un par de semanas más, y nadie se acuerda de ellas. Yo tengo las llaves y cierro las puertas. Señoras recomendadas por el Arzobispo o por Inés nos alquilan celdas para guardar sus cachivaches, no tienen ningún valor pero son cositas de las que una no se resuelve a desprenderse y que no caben en las casas tanto más chicas en que una vive ahora. Ellas aparecen de vez en cuando por aquí a buscar alguna cosa, o a pagar meses atrasados, sí, nos hace falta esa plata, hemos llegado a eso, a la necesidad de arrendar las celdas para pagar las cuentas más apremiantes porque el Arzobispo manda muy poco dinero. Lo que más manda son camiones con desechos, santos quebrados que no se pueden tirar a la basura porque son objetos de culto y hay que respetarlos, montones de revistas y diarios viejos que van poblando habitaciones y habitaciones con sus noticias de urgencia desvanecida transformadas en alimento de los ratones, completando mi biblioteca de enciclopedias truncas, de colecciones empastadas de *Zig-Zag, Life, La Esfera,* de literatura que ya nadie lee, Gyp, Concha Espina, Hoyos y Vinent, Carrere, Villaespesa, camionadas de objetos inconexos, relojes que no funcionan, sacos para retobar quién sabe qué, pedazos de alfombras gastadas, colgaduras, sillones desfondados, cualquier cosa, que van llenando piezas y piezas que nunca terminan de llenarse.

Jerónimo, jamás en toda su vida ha pisado esta Casa. Inés, en cambio, antes de partir a Roma venía muy seguido, dos, a veces tres veces por semana, para escarbar en las maletas y entre los trastos de las cuatro celdas grandes que, como *dueña* de esta Casa, se apropió. La autoridad del timbre en que mete el dedo y no lo saca hasta que la pobre

Rita con sus juanetes incurables corre a abrirle indica su preeminencia. A veces la acompañaba misiá Raquel Ruiz, que la escuchaba paciente sin tratar de disuadirla, mientras la veía hurgar en sus cajones repletos, sacando papeles y retratos y planos y reliquias que quizá podrían llegar a servirle, indicándome que le bajara el canasto redondo de encima del armario, que moviera el rollo de alfombra de pasillo para alcanzar una sombrerera de cuero donde podía haber un envoltorio donde podía haber un sobre donde podía haber guardado hace años miles cierto certificado importante o cierta fotografía, y yo le bajaba el canasto y le pasaba la sombrerera a pesar de que yo sabía que el certificado no estaba ahí, porque yo conozco lo que contiene cada cajón, cada canasto, cada maleta, cada baúl, cada armario de sus celdas mejor que ella misma... Sin embargo, reuniendo lo que pudo, Inés partió a Roma muy elegante, muy sobria, con los papeles que yo mismo le metí en una plebeya bolsa de plástico para presentar su petición ante los cardenales purpúreos, que movieron la cabeza solemnes, magníficos, insinuándole que todo lo que llevaba era inservible, que mejor se quedara tranquila en su patria y diera una limosna digna de su rango.

La falta de interés de los Azcoitía por esta Casa es secular. Como si le tuvieran un miedo que no se confiesan ni a sí mismos y prefirieran desentenderse de ella en todo sentido menos en el de mantener su derecho de propietarios. Yo sólo sé que hayan hecho uso de sus derechos esa vez que mandaron a don Clemente a agonizar aquí. Esa vez también dijeron hay tanto espacio de más en la Casa, y agregaron que al fin y al cabo es un Azcoitía y tiene derecho a que lo reciban.

Era un ancianito muy tranquilo y muy triste cuando lo trajeron. La Madre Benita le daba de comer cucharada por cucharada como a una guagua, y entre ella y yo lo desvestíamos para acostarlo. Yo lo ayudaba a hacer sus necesidades, porque como no avisaba teníamos que estar atentos para que no ensuciara su ropa varias veces al día. Don Clemente sonreía triste, sin decir nada, sentado en un sillón junto a la ventana, apoyado en su bastón, hasta que poco a poco, como quien va descorriendo muy lentamente una cortina, la sonrisa se le fue desvaneciendo y dejó sólo una pena fija tallada en sus facciones de Azcoitía. Después fuimos notando que esa tristeza de sus ojos azules se anegaba en lágrimas que un buen día comenzaron a resbalarle por las mejillas como si sus ojos ya no tuvieran fuerza para retenerlas. Se pasaba semanas enteras sentado en su poltrona de terciopelo mirando los naranjos del patio, tranquilo, sin pedir alimento, sin reclamar que lo limpiaran, silencioso, con las lágrimas cayéndole por la cara y empapándole la sotana como la baba de un niño empapa su pechera. Hasta que comenzó a quejarse, suavemente al principio, como un animal, como si algo le doliera, nada más, como un perro que uno acaricia cuando se queja y le pregunta qué te pasa viejo, qué te pasa, aunque uno sabe que el pobre bruto no puede contestar y se queja por algo que uno no entiende, y uno se desespera porque no entiende y quisiera entender para hacer algo para aliviarle el dolor y acallar esos quejidos enloquecedores. Después de

un tiempo los quejidos de don Clemente no eran quejidos sino gemidos, ya no se quedaba tranquilito, como antes, sentado en su poltrona mirando los naranjos del patio.
Comenzó a agitarse en su celda, a golpear la puerta y los
vidrios de la ventana, hasta que sus gemidos se transformaron en aullidos y rompió los vidrios y casi derribó la
puerta con sus golpes, así es que tuvimos que cerrarla con
llave porque de otro modo lo encontrábamos perdido por
estos corredores y era muy difícil arrastrarlo hasta su celda
porque pataleaba y gritaba con el poco de voz que pareció
encontrar otra vez, sílabas que sonaban a miedo y noche y
cárcel y oscuridad y engaño, esas cosas, o pedazos de esas
cosas que gritaba cuando lo dejábamos para que se durmiera en la noche y nos agarraba la ropa para que no nos
fuéramos, se incorporaba, quería seguirnos, no nos dejaba
ponerle la camisa de dormir para acostarlo, peleando con
nosotros para que no lo desvistiéramos ni lo abrigáramos,
pero tampoco quería quedarse vestido, rajó sus sotanas, las
ancianas las iban remendando pero las volvía a rajar y no
dejaba que se las pusiéramos. Andaba a medio vestir en su
celda, y completamente desnudo después que le cerramos
la puerta con llave, y desnudo se asomaba a su ventana
pidiendo socorro, que vinieran a acompañarlo, a rescatarlo
de este hospital terrible en que lo maltrataban. Ni la Madre Benita ni las viejas entraban a la pieza de don Clemente desnudo, sólo yo, y me echaba, roto de mierda, ándate de
aquí, no me toques, si me tocas te mato de un bastonazo,
y volvía a asomarse desnudo a su ventana de vidrios rotos.
Las viejas y las monjitas ya no se atrevían a cruzar el patio

de los naranjos. Decidimos que lo mejor era condenar los postigos de su celda. Pero lograba romperlos. Hasta que yo, una noche, mientras don Clemente dormía, con ladrillos y cemento le tapié la ventana, la primera ventana de la Casa que tapié. Después, esto fue iniciativa mía, la pinté por fuera del mismo color del muro. Ahora no se nota donde hubo ventana.

Hasta que una tarde don Clemente derribó la puerta de su celda. Salió a recorrer los pasillos desnudo, apoyado en su bastón, y durante el rosario, con todas las asiladas reunidas, se presentó como Dios lo echó al mundo en el presbiterio, rompiendo a bastonazos todo lo que encontraba, mientras las viejas gemían y chillaban y huían escandalizadas por don Clemente desnudo que profanó la capilla, que profanó sus ojos purificados por la vejez y la miseria y el sufrimiento. Al dar un bastonazo, el anciano se cayó y se golpeó en la cabeza. Yo corrí a cubrirlo con un alba. Me lo llevé a su celda, donde murió llorando de pena, mudo otra vez, un par de días más tarde.

Quedan viejas que se enorgullecen del hecho de que han estado tanto tiempo en la Casa que recuerdan esa tarde terrible en que don Clemente de Azcoitía entró desnudo en la capilla. Yo no les creo. Quizá lo digan porque saben que es tan fácil confundir a una vieja con otra vieja. En todo caso, una de sus mayores causas de terror, lo que les impide transitar solas por los corredores cuando se acerca el anochecer, es que dicen que don Clemente se aparece completamente desnudo y las persigue, y que ellas ya están demasiado viejas para correr. Cuentan que a veces lleva el sombrero y las ligas puestas. O los calcetines y los zapatos. O una camiseta que no le tapa el ombligo. Nunca lleva puesto nada más. Cuando se sabe que don Clemente ha hecho una de sus apariciones, un estremecimiento de fervor sacude la Casa, las viejas se encierran en sus rucas a rezar rosario tras rosario, avemarías y padrenuestros y salves, he oído el murmullo de las viejas enloquecidas, irracionales, reiterativas, rezando más y más rosarios porque aseguran que con sus rosarios conseguirán vestir el ánima del pobre don Clemente, a quien Dios tiene condenado a rondar por la Casa desnudo en castigo por haberlas escandalizado con la exhibición de sus vergüenzas y que Dios sólo perdonará al clérigo cuando tantas, tantas viejas hayan rezado tantos, tantos rosarios, que Él, en Su Misericordia, consienta en ir devolviéndole poco a poco su indumentaria para que así pueda entrar vestido en el Reino de los Cielos. Mientras tanto, tiene que seguir rondando esta Casa para recordarles a las viejas que recen por él y así Dios le vaya devolviendo zapatos, sotana, calzoncillos, sí, los calzoncillos son lo más urgente. Dicen que hace mucho tiempo que don Clemente no aparece sin calcetines ni camiseta. Por lo menos eso. Es lo lógico que los calzoncillos sean lo próximo que Dios le conceda. Que sean largos, rezan las viejas. Y de franela para el invierno. El murmullo de sus rosarios al atardecer envuelve la Casa con un runruneo de insectos atareados en hilar la tela de esos calzoncillos y don Clemente, desnudo, de repente asalta a una vieja en la penumbra cuando ella cree que va pensando en otra cosa.

4

La Rita jamás veía sangre en los calzones de la Iris. Ella misma se los lavaba. Pobre chiquilla sin madre. Y con el frío, los sabañones le hinchaban las manos. Pero sangre, nada.

Se encerró con ella en una pieza para interrogarla. ¿Nunca has tenido sangre? Bah, ustedes creen que yo soy una pura cabra chica nomás, y no, soy mujer, me da la regla todos los meses y me sale harta sangre, soy la única de las huérfanas que tiene la regla, las demás sí que son cabritas chicas y por eso me aburro con ellas... es que cuando tengo sangre yo misma lavo mis calzones para no molestarla a usted que es tan buena conmigo pues, señora Rita.

La Rita no le creyó ni una palabra. La conocía demasiado bien: la Iris no era limpia, ni considerada con los demás. Trató de insinuarle cómo sucedían las cosas entre un hombre y una mujer. ¿Pero cómo, si ella misma era virgen? No estaba muy segura de nada. No sabía qué pensar. No entraban nunca hombres en la Casa. La Iris ni se había asomado a la calle desde que la trajeron. Pero la pobre chiquilla sabía tan poco del asunto que pasaba con los hombres, que bostezaba aburrida con la conversación, incapaz de fijar su mente en lo que la Rita le preguntaba con toda cautela para no abrirle los ojos porque era inocente, casi no la oía, chupándose el pulgar, ya, déjate, no te metas el dedo en la nariz ni te comas los mocos, chiquilla cochina, encrespándose el pelo con un dedo mientras la Rita hacía prodigios de discreción con sus preguntas... sí, era inocente. Pero la Rita no le pudo creer que lavaba sus propios calzones cuando tenía la regla. La estuvo observando: claro, nada este mes, ni el siguiente, mentira que lavara ninguna cosa. Y lo peor era que seguía engordando y engordando, y poniéndose más floja y más soñolienta.

La Rita acudió donde la Brígida con la zozobra de su secreto. Ella, que lo sabía todo, debía saber también cómo eran esas cosas: tuvo dos guaguas, claro que nacidas muertas, quién sabe por qué, así lo quiso Dios. Y al poquito tiempo se le murió el marido. Desde su cama la Brígida escuchó con muchísimo interés lo que la Rita le contaba y después de meditarlo medio minuto dijo que, claro, era un milagro. Cuando nacen niños sin que un hombre le haga la cochinada a una mujer es milagro... baja un ángel del cielo y ya está. Milagro. Claro que lo primero era hacer examinar a la Iris para quedar seguras del embarazo. La María Benítez es meica. Pero cómo le vamos a contar el milagro, pues, Brígida, para que lo sepa toda la Casa antes de la hora de la oración y nos roben a la Iris y al niño o se la lleven para castigarla porque la gente de ahora es muy hereje y no cree en milagros, dicen que ahora hay gente que no cree ni en la Virgen. Pero la Brígida insistió en convocar a la meica: que la examinara con mucho cuidado, sin meterle nada porque la Iris era virgen, para que la chiquilla no se diera cuenta de lo que le estaba pasando. La María Benítez dijo que sí: está esperando guagua, no digo yo, si estas chiquillas de ahora quedan preñadas con oler un par de pantalones.

Para pegarle un tapaboca y que no dijera más porquerías sacrílegas, le participaron que se trataba de un milagro. Quedó apabullada. Que nadie más lo supiera. Todas las viejas eran unas envidiosas que iban a tratar de robarles al niño, mientras que así lo cuidarían entre ellas tres nomás, en secreto, y las tres tomaron té en el cuartucho de la Brígida, y como la Amalia les estaba sirviendo, también le contaron lo del milagro: somos cuatro, no, cinco confesó la Rita, que le había confiado sus primeras sospechas a la Dora, que como también sabía escribir la reemplazaba en la portería y anotaba los mensajes telefónicos del Padre Azócar y de los parientes y patrones de las asiladas. Así es que eran cinco. Y cuando se dieron cuenta de que la Rosa Pérez comenzó a rondarlas, curiosa por saber qué hacían siempre con la Iris, la Brígida, que tenía muy buena cabeza, opinó que para protegerse sería mejor contarle lo del milagro a esa chismosa, porque si no, de puro metete las iba a descubrir y entonces, por Dios, se iba a venir la Casa abajo, capaz que se le ocurriera telefonear al Arzobispo para delatarlas: sí, mejor contarle todo. Así sería ella la que con más celo defendería el secreto. Porque era necesario que nadie, absolutamente nadie más que ellas seis, tuviera el privilegio de saber que la Iris estaba esperando una guagüita. Entonces, la Brígida comenzó a hablarles:

—Amalia, sirve las galletas que hay en ese tarro. La Madre Benita anda en Babia con esto de que van a demoler la Casa y van a construir la Ciudad del Niño y a ella le van a dar el puesto de ecónoma jefe, eso dicen que le prometió el Padre Azócar. No se fija en nada, ni en las chiquillas, después de que al principio trató de hacerles clases y todo, y ustedes ven cómo las anda trayendo vestidas. Cuando a la Iris se le comience a notar la guagua voy a regalarle un abrigo café que tengo guardado. Le va a quedar grande. Si la Madre Benita me pregunta algo, voy a contestarle pero Madre, si este pobre ángel andaba tiritando de frío, por eso le regalé este paltó que le queda un poco grande pero en cuanto tenga un tiempecito se lo voy a arreglar para que le quede bien. Y después, sin que nadie más que nosotras seis sepa, va a nacer la guagüita. Hay que buscar una pieza en el fondo de la Casa para guardarla escondida, que nadie vaya a saber que el niño nació, y así va a crecer lindo y santo, sin salir jamás en toda su vida de esa pieza en que lo escondimos de los males del mundo. Y cuidarlo bien cuidadito, al niño. Tan lindo que es cuidar una guagua… arroparla con chales para que no vaya a tener frío… darle de comer… lavarla… amarrarla bien amarrada en sus pañales… vestirla. Y cuando vaya creciendo lo más importante de todo es no enseñarle a hacer nada él mismo, ni a hablar siquiera, ni a caminar, así siempre nos va a necesitar a nosotras para hacer cualquier cosa. Ojalá que ni vea ni oiga. Nosotras seremos sus mamás buenas que le vamos a adivinar cualquier señal que nosotras nomás comprenderemos y tendrá que depender para todo de lo que nosotras le hagamos. Así es la única manera de criar a un niño para que sea santo, criarlo sin que jamás, ni cuando crezca y sea hombre, salga de su pieza, ni nadie sepa que existe, cuidándolo siempre, siendo sus manos y sus pies. Claro que nosotras nos iremos muriendo. Pero no importa. Viejas siempre habrá. Y a pesar de lo que dicen, Casa siempre habrá, misiá Raquel me estuvo diciendo que lo de la demolición eran puras cosas del Padre Azócar para sacarle plata a la familia Azcoitía, al marido de misiá Inés, que es tan buena. Cuando una de nosotras se muera hay que elegir a otra y el niño irá pasando de vieja en vieja, de mano en mano, hasta que él haga su voluntad y un día decida que ya está bueno de tanta muerte y nos lleve a todas a la Gloria.

El imbunche. Todo cosido, los ojos, la boca, el culo, el sexo, las narices, los oídos, las manos, las piernas. Desde el fondo de su origen rural en otra región y en otro siglo, cuando alguna abuela medio india amenazó a la niña asustada que la Brígida sería entonces con transformarla en imbunche para que se portara bien, la tentación de serlo, o de hacerlo, quedó sepultada en su mente y surgía ahora convertida en explicación y futuro del hijo de la Iris. Todo cosido. Obstruidos todos los orificios del cuerpo, los brazos y las manos aprisionados por la camisa de fuerza de no saber usarlos, sí, ellas se injertarían en el lugar de los miembros y los órganos y las facultades del niño que iba a nacer: extraerle los ojos y la voz y robarle las manos y rejuvenecer sus propios órganos cansados mediante esta operación, vivir otra vida además de la ya vivida, extirparle todo para renovarse mediante ese robo. Y lo harán. Estoy seguro. El poder de las viejas es inmenso. No es verdad que las manden a esta Casa para que pasen sus últimos días en paz, como dicen ellos. Esto es una prisión, llena de celdas, con barrotes en las ventanas, con un carcelero implacable a cargo de las llaves. Los patrones las mandan encerrar aquí cuando se dan cuenta de que les deben demasiado a estas viejas y sienten pavor porque estas miserables, un buen día, pueden revelar su poder y destruirlos. Los servidores acumulan los privilegios de la miseria. Las conmiseraciones, las burlas, las limosnas, las ayuditas, las humillaciones que soportan los hacen poderosos. Ellas conservan los instrumentos de la venganza porque van acumulando en sus manos ásperas y verrugosas esa otra mitad de sus patrones, la mitad inútil, descartada, lo sucio y lo feo que ellos, confiados y sentimentales, les han ido entregando con el insulto de cada enagua gastada que les regalan, cada camisa chamuscada por la plancha que les permiten que se lleven. ¿Cómo no van a tener a sus patrones en su poder si les lavaron la ropa, y pasaron por sus manos todos los desórdenes y las suciedades que ellos quisieron eliminar de sus vidas? Ellas barrieron de sus comedores las migas caídas y lavaron los platos y las fuentes y los cubiertos, comiéndose lo que sobró. Limpiaron el polvo de sus salones, las hilachas de sus costuras, los papeles arrugados de sus escritorios y sus oficinas. Restablecieron el orden en las camas donde hicieron el amor legítimo o ilegítimo, satisfactorio o frustrador, sin sentir asco ante esos olores y manchas ajenos. Cosieron los jirones de sus ropas, les sonaron las narices cuando niños, los acostaron cuando llegaron borrachos y limpiaron sus vómitos y meados, zurcieron sus calcetines y lustraron sus zapatos, les cortaron las uñas y los callos, les escobillaron la espalda en el baño, los peinaron, les pusieron lavativas y les dieron purgantes y tisanas para la fatiga, el cólico o la pena. Desempeñando estos menesteres, las viejas fueron robándose algo integral de las personas de sus patrones al colocarse en su lugar para hacer algo que ellos se negaban a hacer... y la avidez de ellas crece al ir apoderándose de más cosas, y codician más humillaciones y más calcetines viejos regalados como dádivas, quieren apoderarse de todo. Por eso la Brígida ha armado esta conspiración, para robarle los ojos y las manos y las piernas al niño que la Iris lleva en su vientre, quieren atesorarlo todo en un gran fondo común de poder que algún día, quién sabe cuándo, quién sabe para qué, utilizarán. A veces siento que a pesar de que las viejas deberían estar durmiendo, no duermen, sino que están atareadísimas sacando de sus cajones y de debajo de sus camas y de sus paquetitos las uñas y los mocos, las hilachas y los vómitos y los paños y los algodones ensangrentados con menstruaciones patronales que han ido acumulando, y en la oscuridad se entretienen en reconstituir con esas porquerías algo como una placa negativa no sólo de los patrones a quienes les robaron las porquerías, sino del mundo entero: siento la debilidad de las viejas, su miseria, su abandono, acumulándose y concentrándose en estos pasillos y habitaciones vacías, porque es aquí, en esta Casa, donde vienen a guardar sus talismanes, a reunir sus debilidades para formar algo que reconozco como el reverso del poder: nadie va a venir aquí a arrebatárselo. Y porque Jerónimo de Azcoitía siempre ha tenido pavor, aunque no lo confiese su orgullo que no acepta tener pavor de nada, sí, pavor de las cosas feas e indignas, jamás en toda su vida se ha atrevido a venir aquí, aunque la Casa le pertenecía hasta que se desprendió de ella. No debió hacerlo. Fue un error. Hay que conservar las cosas, siempre queda esperanza. Habrá que arreglar eso de alguna manera porque, aunque usted no lo sabe, su estirpe se prolongará, y su hijo debe seguir propietario de esta Casa: las viejas, nosotras siete ahora que me han despojado de mi sexo y me han aceptado dentro de su número, estamos cuidando a su hijo en el útero de la Iris, yo se lo restituiré a don Jerónimo para que herede esta Casa a pesar de los papeles firmados, para que no la destruyan jamás y yo pueda permanecer refugiado aquí donde don Jerónimo jamás vendrá a buscarme porque les tiene terror a los callos que las viejas cortaron y guardaron, a los pelos que taparon el desagüe del lavatorio y que ellas conservan envueltos en trapos y papelitos. Sí, don Jerónimo, no las desprecie, no son tontas como parecen, o su estupidez constituye una especie de sabiduría. Por eso guardan esos amuletos, para mantenerlo a usted a raya. ¡No se venga a meter aquí! Yo fui su fiel servidor, don Jerónimo. Aunque quisiera dejar de serlo, no puedo. Usted me marcó en la oreja como a un carnero. Yo sigo sirviéndolo. Y al servir a estas rémoras, al ser sirviente de sirvientes, al exponerme a sus burlas y obedecer sus mandatos, voy haciéndome más poderoso que ellas porque voy acumulando los desperdicios de los desperdicios, las humillaciones de los humillados, las burlas de los escarnecidos. Soy la séptima vieja. Yo me encargaré de velar por el Azcoitía que nacerá. El vómito de la Iris que fregué en las baldosas de la cocina me ungió. Y lo guardo envuelto en un estropajo, con mis libros y mis manuscritos, debajo de mi cama, donde guardan sus cosas todas las viejas.

★ ★ ★

Lo primero que tuve que hacer fue ganármelas. Mientras no las deslumbrara de algún modo, quedaría aceptado sólo nominalmente, pese a haberme sometido como me sometí. Dejé pasar unos días mientras lo iba preparando todo, permitiéndoles que me hablaran poco y que me miraran con cierta desconfianza. Hasta que una tarde les participé que creía haber encontrado el sitio ideal para que la Iris diera a luz sin que nadie lo supiera, y donde las siete viejas del secreto podíamos criar al niño para siempre, sin que nadie nos molestara.

Las llevé al patio donde vivo en el fondo de la Casa, que también sirve de cementerio de santos. Las viejas se persignaron al pasar frente a la capilla, cruzamos el patio de los naranjos y nos perdimos en los vericuetos de la parte de atrás de la Casa, en ese revoltijo de patios y pasillos menores que sólo yo conozco, hasta que llegamos a mi patio.

Al abrirles la puerta y oír sus exclamaciones me di cuenta de que con sólo eso, con abrirles la puerta al cementerio de santos rotos, las había conquistado. Avanzaron gritando de alborozo entre San Franciscos decapitados, San Gabrieles Arcángeles sin el dedo alzado, San Antonios de Padua cojos y mancos, Vírgenes del Carmen, del Perpetuo Socorro, de Lourdes, con las vestiduras desteñidas y sus distintivos borrados, de Niños Jesuses de Praga sin corona ni mano sosteniendo la bola, la elegancia simulada de sus armiños y la falsedad de sus pedrerías de yeso pintado desvaneciéndose al sol y con la lluvia, santos de facciones disueltas, un monstruo abrazando el mundo bajo unos pies que dijo la Brígida que iba a guardar porque eran de la Inmaculada Concepción, guárdamela por ahí, Mudito, a ver si después encontramos lo demás y la armamos, ángeles sin alas, santos sin identidad, fraccionados, sin miembros, de todos los tamaños, fragmentos que los años y el clima fueron reduciendo, que las palomas han ido cagando, que los ratones roen, que los pájaros picotean en los ojos o en el ombligo, sí, claro, no se pueden tirar a la basura los fragmentos de objetos que han sido de culto, hay que respetarlos, no se los puede confundir en el basurero con los desperdicios de la comida y del aseo, no, hay que traerlos a la Casa de Ejercicios Espirituales de la Encarnación de la Chimba, donde todo cabe. La Madre Benita me pide que traiga mi carrito, cargo los fragmentos y los arrastro hasta mi patio para que los años y las lluvias terminen con ellos, mientras en los altares sus existencias son sustituidas por imágenes casi idénticas encargadas al fabricante, quizás esta versión de la Bernardita tenga menos bizcos los ojos, quizá los rizos del niño Jesús sean de otro tono de amarillo, quizá la pose de San Sebastián parezca menos ambigua. La Madre Benita no conoce mi patio. Tiene estrictamente prohibido que nadie se venga a meter aquí. Es el patio del Mudito. Él lo eligió. Él sabrá por qué le acomoda. Que por lo menos tenga eso suyo para que haga lo que quiera, ese pedacito de vida privada, hay que respetársela a este pobre hombre que hace tantos años se está sacrificando aquí en la Casa por nosotras.

Las viejas se distribuyeron por el patio dando exclamaciones, encuclillándose y volviéndose a parar, blandiendo trozos de yeso, manos, torsos, coronas, drapeados, escarbando, exhumando santidades oscuras que sólo ellas son capaces de reconocer, Santa Ágata y San Cristóbal y San Ramón No Nato no pues, Dora, ese hábito es de San Francisco, no de Santo Domingo de Sales, que no ve el capuchón café, le diré que los San Sebastianes son bastante escasos, oye Amalia, encuéntrame el otro pedazo de la Inmaculada, va a ser difícil, aunque aquí hay una cabeza con estrellas y quizá tenga algo que ver, no sé, y a este San Gabriel voy a buscarle su dedito parado para completarlo y me voy a conseguir una Virgen cualquiera, quién se va a estar fijando, y voy a armar una Anunciación encima de mi cómoda.

—El 25 de marzo es la Encarnación...

—Qué pena que aquí en la Casa no la celebremos.

—Pero el nacimiento del Niño, nueve meses después de que apareció San Gabriel Arcángel, sí que se celebra...

—Pero la Encarnación no es lo mismo que la Anunciación...

—No sé, vamos a preguntarle a la Madre Benita.

—A ver si encuentro el dedito del arcángel.

Tuve que golpear las manos como en el recreo de un colegio para llamarles la atención y devolverlas a la realidad de lo que teníamos que hacer, por aquí, no tropiecen, aquí vivo yo, ésta es mi habitación y ésta mi cama, nada más hay aquí salvo esta puerta falsa que conduce a un sótano, el sótano que les tengo listo, yo estaré siempre aquí, cuidando la entrada. No sólo me había ocupado en pulir y encerar el suelo de tablas resecas y en empapelar los muros con diarios viejos, sino que como sé muy bien qué cosas guarda cada señora en cada maleta y en cada cajón de cada una de las celdas, y cuáles son las celdas de las señoras que jamás se aportan por la Casa, desvalijé varios armarios cerrados desde hace años, arrastrando alfombras y cuadros, camas con frazadas y colchas, veladores, una cuna de bronce con pirinolas y baldaquino, todo un poco estropeado pero en fin, qué se le iba a hacer, en la penumbra del sótano todo relucía ante los ojos de las viejas.

Hubiera querido también traer la ropa de Boy que Inés tiene guardada en un baúl especial en su segunda celda, la que más visita. No me atreví porque Inés sabe exactamente qué cosas tiene y dónde están guardadas. Es maniática, pulcra, meticulosa. Hace años que no abrimos el baúl que contiene el ajuar completo de Boy, ese mundo negro con remaches de bronce lleno de maravillas destinadas al Azcoitía que su útero empecinado no quiso producir. Cuando yo andaba buscando cosas para este Boy que otra va a producir, no pude refrenarme, abrí el mundo para verlas otra vez y me costó resistir la tentación de robarme siquiera algo, un babero bordado por la Peta Ponce, un par de botines de lana celeste. No lo hice. Quizá cuando Inés regrese de Roma con la cola entre las piernas después de haber hecho el ridículo con lo de la beata, ya sin ninguna ocupación ni esperanza con que matar su tiempo, vendrá más que nunca a la Casa, a vivir en el limbo de sus cachivaches, que ordenará y limpiará y reordenará. Si pregunta quién tocó algo de su celda durante su ausencia, le diré que fui yo, que emprendí una limpieza a fondo y puse naftalina entre la ropa, por si acaso. Entonces ella me dará una propina que aceptaré como un insulto más para sumar a los muchos que he ido acumulando.

Hace dos meses que las vidas de nosotras las siete viejas gira alrededor de completar los preparativos para recibir al niño. Le estamos cosiendo ropita, pañales finos con una sábana de hilo que regaló la Brígida, este chal hay que deshacerlo para lavar bien lavada esta lana que es muy buena, no como las lanas de ahora que son con electricidad, y volver a tejer el chal, que la Dora lo teja, tan curiosa que es la Dora para cuestiones de tejidos. Y vamos a adornar la cuna de bronce con estos tules un poco parchados pero qué se le va a hacer, somos pobres pero el niño va a tener una cuna que en la penumbra se ve como cuna de rey. Lástima que la pobre Brígida se haya muerto y no lo vaya a conocer. Era la más entusiasta. Claro que el niño la sacará de su tumba para que se vaya con todas nosotras al cielo. En fin. Así es la vida. Estos meses van a ser los difíciles porque la Iris no se siente nada de bien, pasa con jaqueca, se está hinchando demasiado, usted que es meica pues, María, usted sabrá qué tiene así a la chiquilla ésta.

Hay que tenderla en la cama. ¿Te sientes mal otra vez? Ésta es tu cama y ésta la cuna para que juguemos contigo a las mamás, juguemos a que tú te tendías y eras la mamá. Pero si vamos a jugar a las mamás pues, señora Rita, por qué no me traen una muñeca, algo amarrado en trapos siquiera como cuando yo jugaba a las muñecas cuando era chica, el juego sin muñeca no vale, me dijeron que me iban a regalar una muñeca grande que mueve los ojos y dice mamá, del porte de una guagua de verdad, pero es mentira. Espera, Iris, descansa, ya te la vamos a dar, quédate tranquilita, duérmete, no tienes que saber que estás esperando guagua porque te va a dar miedo estar esperando un niño milagroso y puedes acusarnos a todas y nos pueden robar al niño.

El sótano está caliente con el brasero que tenemos encendido día y noche para que se seque el engrudo con que el Mudito empapeló la pared. La Amalia plancha pañales. La María Benítez quiere tenerlo todo preparado con tiempo para el nacimiento: revuelve mixtos fragantes sobre el fuego, espera a que hiervan, echa otras yerbas que cambian el olor de la habitación, un poco más de agua, cuela, deja enfriarse, vierte aguas de colores dentro de frascos. Esto sirve para restañar la sangre, una nunca sabe con una primeriza. Y esto desinfecta. Y esto para ponerle fomentos por si le siguen las jaquecas. No hablen tan fuerte, déjenla que se quede dormida. ¡Mírenla dormir! Vengan a ver qué linda es. Miren la cara de santa que tiene, igualita a esa virgen a todo color que la Madre Benita tiene en su oficina. Tan jovencita. Tan bonito cutis. ¿No dicen que el cutis siempre se pone bonito con el embarazo? No siempre, a algunas se les echa a perder que es una calamidad, pero a ella no. La Damiana, la nueva, le toca la mejilla apenas con el dorso de su mano... una seda. ¡Qué linda se irá a ver con su guagüita, dándole el pecho aquí en este cuarto tibio, oloroso, soterrado! Todas nos movemos en la punta de los pies para no despertar a la futura mamá, reverentes ante lo misterioso envuelto en el útero, protegido por las capas sucesiva de sus entrañas y su carne y su piel, que para eso son.

La Iris duerme en la cama, con el pulgar en la boca, chupando, mientras nosotras nos ocupamos de las milenarias tareas femeninas de preparar el cuarto donde un niño va a nacer, regodeándonos con esos ritos que encandilan nuestros instintos adormecidos junto al vacío en que cayó la Brígida hace tan poco, y entonces, para esa ocasión, también solemne, nuestros instintos también revivieron con la magnificencia de los ritos de la muerte, y lloramos y nos lamentamos porque desde el comienzo del tiempo uno de los papeles de las viejas es el de llorona, y es bueno llorar y lamentarse en los funerales, así como es bueno regocijarse con un nacimiento. Se quiebran nuestras voces añosas, ese ovillo interminable de comentarios, shshshshsh, más despacito, no la vayan a despertar, ese rumor adornado ahora con una tibieza nueva, con un rubor, como si nuestras voces hubieran resucitado con los ritos previos al nacimiento, una liturgia en que ningún hombre puede participar.

Sí. El embarazo de la Iris es un milagro. Una vez establecido el hecho, nadie lo discutió: aceptamos con toda facilidad la ausencia de un hombre en el fenómeno de la gestación. ¡Con qué alegría olvidamos el acto mismo que engendró al niño, sustituyéndolo por el milagro de una encarnación misteriosa en el vientre de una virgen, que destierra al hombre! Necesitamos rechazar la idea de que un hombre intervino. Tenemos que alejar el miedo de que un padre venga a reclamar a su hijo. ¿Por qué vamos a compartir el hijo con un hombre si es una la que sufre, él no sabe criar, es una la que se sacrifica, el hombre sólo tuvo el placer de engendrarlo, un placer sucio, efímero, que si alguna vez sentimos, lo dejamos olvidado allá lejos, detrás del placer de ser madre, las que tuvimos esa dicha? La Iris es casta. Ningún hombre tiene derecho sobre lo que lleva en su vientre. Que nadie sepa. Que nadie la vea. Aquí en el sótano que nos preparó el Mudito, tan bueno el Mudito, qué hubiéramos hecho sin él, estamos realizando nuestra plenitud al planchar y doblar pañales para el niño, tejiendo chales, muchos chales para no tener que envolver a la criatura en trapos cualesquiera cuando haga frío, es peligroso que se resfríen los niños chicos aunque dicen que ahora hay unos supositorios que cortan los mocos en un par de días, hay que comprar de esos supositorios, y sujetamos blondas con lazos de seda a los cortinajes que caen del baldaquino de pirinolas de bronce, y aquí tienes el hule para que el colchón no se pudra con los meados porque los colchones podridos son harto hediondos y este sótano no es mucha la ventilación que tiene, habrá que hacer baberos con esta seda tan bonita, tan fina, seda celeste porque va a ser niño, no, los baberos de seda no sirven para nada porque después no se pueden lavar a mano, no ven, y no vamos a estar mandándolos a la tintorería cada vez que la guagua los ensucie y las guaguas ensucian muchos baberos, varios cada día, pero si la seda se lava pues, Amalia, cómo va a ser tan tonta que no sabe ni eso siquiera, la seda natural, la fina de veras, hay que rociarla bien rociadita y se deja orear un poco y entonces, después, con la plancha no muy caliente...

5

No es que oyera pasos ni voces, ni que sintiera que me vigilaban en los pasillos que me levanto a recorrer en esta Casa insondable. Pero poco a poco se me fue ocurriendo, y después advertí, que alguien había comenzado a recorrer los patios, las habitaciones huecas, los pasadizos, igual que yo. No eran las viejas, guarecidas desde temprano en sus covachas, ni las monjitas, que caen agotadas, sin fuerzas ni para rezar en cuanto las asiladas se encierran en sus patios.

Eras tú. Lo adiviné desde el principio. No te veía ni te oía, pero me acometió la certeza de que tú, tu cuerpo infantil y obsceno y mal lavado, estabas compartiendo el mismo espacio que me envolvía a mí. ¿Por qué? A estas horas debías dormir como las demás huérfanas y no andar vagando despierta, caminando quizás, o detenida, a veces no muy lejos de donde yo caminaba. ¿Por qué merodeabas los pasillos en la noche? ¿Sólo simulabas, entonces, participar en el miedo de las viejas por la oscuridad, telarañas, cucos, imbunches, derrumbamientos, asaltantes, don Clemente, perros malos, huecos en que una cae, gitanos que se roban a los niños, cosas negras, cuco, cuco...? ¿Por qué me seguías? ¿O me perseguías? No, no me perseguías. Era sólo que una presencia, y esa presencia tenía que ser la tuya, iba invadiendo el equilibrio de mi vacío nocturno, donde nada me rozaba, ni siquiera recuerdos, ni siquiera

deseos, donde ninguna presencia se ofrecía a mi vulnerabilidad. Te tienes que haber levantado de tu cama sin que
las otras huerfanitas se dieran cuenta para cerciorarte de
que todas las noches me quedo rondando por la Casa hasta
muy tarde, a veces toda la noche, porque yo no duermo,
y te pusiste en mi camino sin mostrarte al comienzo, sólo
obligándome a sentirte ocupando el espacio de la noche,
mi comarca, exigiéndome que te siguiera sin verte, como
un perro sigue la pista insinuada por un olor.

De día, yo iba cruzando un patio para acudir a tapo-
near un tubo roto que amenazaba inundar un claustro, y
te veía a ti, jugando al luche con tus compañeras, al lado
del tilo... antes de seguir me quedaba mirándote desde la
sombra del corredor, por si me dieras un indicio o me hi-
cieras una señal. Ni siquiera sé si me veías. Aunque quizá
me hayas visto, porque sabes mirar sin mirar, y saber sin
darte cuenta de que sabes. No estoy enamorado de ti. Ni
siquiera despiertas en mí una de esas nostalgias aberrantes
que los hombres de mi edad sienten con la proximidad
de una vida joven: eres un ser inferior, Iris Mateluna, un
trozo de existencia primaria que rodea a un útero repro-
ductor tan central a tu persona que todo el resto de tu ser
es cáscara superflua. Pero tu presencia en la Casa exigía mi
atención en forma tan perentoria, que tuve que dejar de
quedarme esperando encontrarte por casualidad durante
el día y comencé a inventar maneras de toparme contigo,
esperando una señal. No me mirabas. No me veías. Estoy
acostumbrado a ser una presencia sobre la que los ojos se
resbalan sin que la atención encuentre nada en qué fijarse.

¿Por qué me seguías, entonces, si ni siquiera me ibas a conceder existencia con una mirada?

Hasta que una tarde te encontré sola en un corredor, jugando a hacer bonetes triangulares con grandes hojas de diario. Te pusiste un bonete, sonriéndome con esa estúpida sonrisa tuya que revela un incisivo roto, como si ponerte ese cucurucho fuera la gracia más grande del mundo. No recuerdo más de tu cara esa tarde. Pero no puedo olvidar que me hirió la amenaza del puño en alto y la expresión feroz del líder barbudo que vociferaba desde el pasado irrecuperable del bonete de hojas de diario.

Fue la señal que inició el terror: el líder barbudo me perseguía con sus esbirros armados de carabinas, malolientes, vengativos, por los corredores, en la noche, con su amenaza de crueldad y de sangre. ¿Qué había hecho yo para que me amenazara, quién era yo? Nada, nadie, no soy nada ni nadie. ¿De dónde lo conocía, fuera de las noticias en los diarios atrasados que el Arzobispo manda a la Casa en camiones para que no se pierdan, Madre Benita, los diarios y revistas y libros, por muy viejos que sean, siempre sirven para algo? ¿Qué me exigía esa figura apocalíptica que llenaba la Casa? En la noche no me dejaba en paz en las galerías, gritándome insultos, cobarde, lameculos, apollerado, vendido, arrastrando todo su séquito revolucionario que recitaba las letanías de las tragedias del mundo por mis pasadizos, invadiendo mi soledad, arrinconándome, convocando a una multitud alborotada que irrumpió en mi mundo con la intención de despedazarlo.

Al formar tu bonete de papel, plegando la hoja de diario como lo hiciste —no me negarás que sabías muy bien lo que estabas haciendo y para qué—, dejaste ese rostro, esa amenaza, dirigida directamente hacia mí.

Pero esta Casa es muy grande. El poder acumulado por la quietud de las viejas, que llenan este vacío con la voluntad de sus amuletos, es disolvente, y las multitudes se fueron perdiendo en esta inmensidad, silenciándose, hasta que quedó sólo el líder barbudo con su mano en alto durante unas cuantas noches, antes de volver a su calidad de bonete, de noticia, regresando a la dimensión de papel viejo y dejando en su lugar tu presencia clara ahora, con la mano alzada junto al muro que hay entre el patio de la palmera y la calle. Los focos de un auto que pasó afuera relumbraron verdes en las astillas de vidrio erizadas para impedir que alguien escale el muro y entre a la Casa, o salga. Bajaste la mano: imposible. Y seguiste rondando por la oscuridad, segura, sin miedo, obligándome a ir detrás, eso es lo que querías, que te siguiera, que hiciera lo que tú hacías, que nos detuviéramos para escuchar a alguien que, muy tarde, regresaba a su casa silbando una canción. Sabías que me quedé acechándote detrás de una mampara sin que me vieras. Hubieras podido sorprenderme ahí, pero preferiste no hacerlo. Mejor no verme. Viéndome, tendrías que reconocerme y tú me conoces como el Mudito que barre y arrastra el carro con trastos viejos, mire, Madre Benita, tendría que ir a delatarte entonces, mire lo que hace esta chiquilla en vez de estar acostada durmiendo, me levanté porque oí un ruido y creí que podían ser ladrones y era ella, qué tiene que andar haciendo levantada a estas horas, hay que castigarla, que la vigilen... No, te convenía más no verme.

Todas las noches me arrastrabas de un lado de la Casa a otro, para mirar los reflejos de los faroles de la calle sobre las tejas, para escuchar las bocinas, para oír a los niños que en las noches ahogantes del verano jugaban en las veredas al qué quería su señoría, mandandirun dirun dan, yo quería uno de sus hijos, mandandirun dirun dan, y qué nombre le pondremos, mandandirun dirun dan... yo siguiéndote a todas partes, no fueras a perderte, no fueras a quedarte encerrada para siempre en una habitación secreta, no fueras a desaparecer, no fuera a quedarme sin la solución del enigma de nuestros paseos nocturnos, juntos pero sin vernos... abrir las puertas condenadas que suben al piso de arriba, desclavar esas tablas en cruz, forcejear para que cedan, pero no cedieron a tus tirones, abre esta puerta, ábremela, no seas malo, qué te cuesta abrirme una puerta para subir a ver lo que hay arriba, lo que se ve desde el otro piso, que yo jamás he visto. Hasta que una noche, después de varias noches que acudías a esa puerta y te parabas frente a ella y después te ibas, probaste abrirla de nuevo y encontraste los clavos flojos y las tablas cedieron porque yo había comprendido tus órdenes, las había cumplido, y abrí la puerta condenada para que subieras a rondar las galerías del otro piso, y te abrí el dormitorio de los veinte catres, y desclavé las ventanas para que miraras la ciudad. Mi sometimiento te aplacó. Encontré el bonete de papel tirado en el barro del patio, y lo quemé. El olor a barbas chamuscadas pronto se disipó en la brisa.

Subías todas las noches a mirar la calle desde la ventana. Amistaste con los chiquillos del barrio. Dialogaban a gritos, bailabas en el alféizar para un grupo siempre renovado que se reunía para aplaudirte. Ya no circulabas sin dirección por la Casa. Teniéndote arriba, volcada hacia la calle, con la espalda vuelta hacia mí, la paz de los corredores y las galerías volvió a acogerme.

Sé que cuando uno cede ante una exigencia, uno se humilla, y por lo tanto el aplacamiento es sólo momentáneo, el monstruo ávido vuelve a desnudar sus garras para exigir más y más y más y más. Yo sabía que la Iris Mateluna iba a dejar muy pronto de ir a la ventana, e insatisfecha me iba a exigir otra cosa, o lo mismo pero más, más, que ibas a reanudar tus persecuciones por las galerías en la noche, buscándome para obligarme a darte lo que me ibas a exigir y yo no quiero obedecerte, Iris Mateluna, no eres más que un trozo de carne dotada de tropismos, ya has olvidado a tu padre que degolló a tu madre en la cama en que los tres dormían, como vas olvidándolo todo, sustituyendo cada deseo elemental por otro, luz encima de un muro, después ventana a la calle ahora... no podía dártelo y para que no me lo exigieras huía hasta perderme en la hondura de la Casa. Pero nunca logré perderme, siempre me encontrabas y me obligabas a seguirte, enredándome en los pasillos que yo creía ser el único para quien no eran laberinto, haciéndome perder el rumbo en esta Casa, que es mi Casa, que conozco como la palma de mi mano, hasta que, cuando creí haberte conducido a un recoveco donde iba a encerrarte para siempre, me encontré, de repente, en el patio de la portería. ¿Cómo?

Me escondí entre las matas de cardenales que decoran las rocas simuladas de la gruta de Lourdes. Te vi quitarle la tranca al portón. Luego te oí mover el cerrojo, sin forzarlo, sólo para comprobar lo que ya sabías, que estaba con llave como todas las noches, clic, clic, clic, pero sobre todo para indicarme tu nueva exigencia. No, Iris. Es demasiado. Apreté las llaves en el bolsillo de mi guardapolvo. No tenía por qué obedecerte. Al fin y al cabo, jamás me habías visto seguirte. Sólo lo adivinabas, y si tu venganza por no obedecerte se hacía pública, bastaba con fingir ignorancia. Te quedaste esperando, haciéndote la que jugabas con una piedra, como al luche, dándome tiempo para que te abriera la puerta. No lo hice. No te obedecí. Y desapareciste por el claustro, saltando en una pata y dándole con el pie a la piedrecita. Habías dejado la puerta de la calle sin tranca. En cuanto vi que ya no estabas corrí a trancar la puerta, es mi deber, lo he estado haciendo noche a noche durante años y años. No me gusta que la puerta de calle quede sin tranca en la noche.

Hiciste lo mismo varias noches. Sacabas la tranca, abrías y cerrabas el cerrojo aunque sabías perfectamente bien que lo encontrarías con llave —el clic, clic, el mensaje era lo importante—, y luego te alejabas rumbo a tu patio. Dejabas la puerta sin trancar. Yo volvía a trancarla en cuanto desaparecías. Hasta que una noche no te fuiste a tu patio. Te debes haber escondido un momento para engañarme, y a los tres minutos, en cuanto tranqué y me escondí, volviste a la puerta que encontraste ahora con la tranca puesta. Ni siquiera te molestaste en manipular el cerrojo. ¿Para qué, si me habías descubierto?

—Mudito.

Iris, respondí. No me oíste porque mi voz no se oye. No salí de la gruta. Pero con tu artimaña me habías obligado a aceptar la complicidad. A la noche siguiente, en cuanto la Casa se durmió, fuiste a la puerta. La encontraste sin tranca. Y sin llave. Te observé: no hiciste ningún movimiento de más ni demostraste sorpresa. Abriste el portón y saliste a la calle.

Me quedé esperándote entre las rocas de cemento desteñido. Cerrar. Echar llave y trancar por dentro. Inventar rápidamente una leyenda que explicara tu desaparición, te robaron los gitanos, te comió el cuco, huiste con el asesino que es tu padre, te devoró la oscuridad de la Casa, te caíste a una noria, te perdiste en los entretechos, quedaste encerrada en algún baúl en que te metiste a hurguetear, creerían cualquier cosa y sólo yo sabría que te dejé afuera, en manos de los carabineros, que te entregarían a los doctores para que te descuartizaran, pieza por pieza, tienes un cuerpo joven, hay mucha gente que necesita tus órganos y el doctor Azula está siempre ávido de glándulas y úteros, de ojos, sobre todo de ojos, porque busca unos ojos que no puede encontrar y que don Jerónimo le exige que encuentre y se los entregue, y así, descuartizada, injertada pieza por pieza en los cuerpos de otros, repartida, dejarás de existir.

Pero antes de que yo actuara para entregarte a los verdugos, la puerta se abrió y entraste después de menos de diez minutos afuera, canturreando en voz bastante alta, demasiado alta, como si ya no te interesara el secreto porque yo, tu cómplice, tenía la misión de protegerte. Al pasar frente a la Virgen de Lourdes te santiguaste sin suspender tu canción, negra, negra consentida, mueve tu cintura, muévete para acá, ni el ritmo de tu paso. Ni siquiera ibas sonriendo como si hubieras cometido una fechoría. Nada. Cantabas. Bostezabas. Y desapareciste.

Fui a trancar y a echarle llaves al portón. Ni siquiera te habías molestado en cerrarlo: lo encontré abierto de par en par, la noche terrible transcurriendo apaciblemente afuera.

★ ★ ★

De vez en cuando le dejaba la puerta de la calle abierta para que saliera. Me quedaba esperando su regreso, a veces horas y horas, hasta el amanecer, oculto entre las rocas de mampostería de la gruta. Pero yo ya no me quedaba en la Casa: la Iris, afuera, abriéndose camino por la maraña de lugares que iba recorriendo, de perros insaciables, de casas y edificios muy altos desde donde la acecharían, de puentes, de avenidas, de autos, de algazara, iba arrastrándome para entregarme a don Jerónimo.

Porque me arrastraba. Como a un perro. Amarrado a una cadena para que la siguiera a todas partes y la obedeciera, ciego y sin voluntad, atado para que no me fuera a bajar a la calzada y un auto me atropellara, con un collar con puntas para adentro de ésos que usan para amaestrar a los perros, uno no puede hacer otra cosa que obedecer porque el collar hiere cuando uno se resiste y las púas dejan el cuello sangriento si a ellos se les antoja tironear la cadena y uno resiste un poco, aunque sea muy poco, hasta que por fin, con el cuello llagado, uno ya no es capaz de resistir más y obedece porque duele demasiado no obedecer y pretender tener voluntad y deseos propios hasta que por fin, para que no duela y no sangre mi cuello cuando a ella se le ocurra darle un tirón a la cadena y las púas me pinchen, llego a olvidar que alguna vez, en el pasado, lejos, lejos, quizá tuve voluntad o intenté desobedecer cuando aún comprendía lo que es desobedecer. Yo no la desobedezco. La Iris es cruel y a veces hace que el collar de púas me pinche el cuello por el gusto de verme sufrir, siguiéndola desde lejos pero sin perderla de vista aunque sin dejar que ella me vea a mí, dejándola libre para que hable con sus amigos... alguien le compra una cocacola... entra al negocio donde los muchachos del barrio se reúnen a jugar en los futbolines y a vender y a cambiar revistas usadas... le enseñan bailes nuevos y canciones de moda... juegan al emboque y a las bolitas y leen novelas... Sigue al Gigante para ayudarlo a repartir volantes multicolores: *Almacenes Martín Pescador. Facilidades de pago. Colchones. Camas. Frazadas. Menajes. Los precios son tan bajos que hay que agacharse para mirarlos.* Gina la amiga del Gigante, le dicen en el barrio. Todo tan ingenuo, tan infantil.

¿Y si don Jerónimo llegara a saber que la Iris me anda arrastrando por las calles? Lo más probable sería que no me reconociera, transformado en el perro de la Iris, despojado de todo lo de Humberto salvo del principio activo de mi mirada, que el doctor Azula no pudo extirpar. ¿Y si sus secuaces sorprendieran eso, mis ojos, en la cara del perro de la Iris? Entonces se apoderarían de mí, esta vez para siempre, no puedo esperar más, Humberto, estoy envejeciendo, el doctor Azula con sus cuchillos y sus ayudantes de mascarilla y vestidos de blanco están listos, todavía a mi servicio, esperando el momento de encontrarte, ahora sí que tienes que devolverme eso mío que guardas. Hay gente disimulada en los umbrales, gente suya, un hombre que de pronto, al doblar una esquina, se encuentra conmigo y finge acariciarse el bigote, pero no se lo está acariciando, se lo está pegando con goma porque es un bigote falso para que yo no lo reconozca, como si pudiera reconocer, no reconozco a nadie, ni a Emperatriz, me debe vigilar desde las ventanillas de los autos que pasan, sus colmillos babosos, las arrugas concentradas en su frente de enana, buscándome, cada uno para lo suyo, y la Peta Ponce, la más peligrosa, la más implacable, la más feroz, la más difícil de distinguir porque la puedo confundir con cualquier vieja, sus pisadas no se oyen, sabe desaparecer, vieja lasciva que no me dejas en paz, yo me río de ti porque vivo sirviendo a viejas que son como tú pero que no me conocen en la situación en que me conociste tú y por eso me dejan tranquilo adentro de la Casa, soy otra vieja más, don Jerónimo, soy el perro de la Iris, déjeme descansar, no me acose, yo ya lo he servido, ser testigo también es ser sirviente, usted sabe que los sirvientes se quedan con una parte de sus patrones, sí sabe, cómo no lo va a saber si yo me quedé con lo principal suyo cuando usted me tuvo a sueldo como testigo de su dicha. La perfección de la pareja feliz se desarrollaba allá lejos, remota como un panorama de montañas soberbias pero intocables que mantenían mis ojos encadenados por esa admiración y esa codicia que Jerónimo y que Inés conocían y necesitaban. No eran capaces de vivir sin la presencia de mi mirada envidiosa creando su felicidad, el dolor de mis ojos que los contemplaba iba suministrando la dicha que ellos consumían. No fue a mí —yo era descartable—, fue a mi envidia que don Jerónimo tuvo a sueldo durante tantos años. Pero yo me quedé con la mirada cargada de poder, eso es mío, no se la doy, no voy a permitir que me la quiten, por eso la escondo aquí en la Casa, para que usted no me la quite, don Jerónimo, para que jamás vuelva a acercarse a la dicha, y por eso nunca más voy a salir a la calle con la Iris, ni siquiera disfrazado de perro, aunque me patee y me azote para que la obedezca, no saldré, me quedaré aquí donde estoy, quieto como un santo de yeso entre estas rocas de mampostería.

El Gigante y la Iris eran la pareja feliz. Mi mirada se cebaba en ellos, adivinando las minucias de esa relación que se hizo exclusiva porque la Iris adoraba a su Gigante, se va a casar conmigo, les contaba a las huérfanas, miren su retrato que sale aquí en esta revista de Mickey Mouse, ven, aquí lo viene siguiendo el perro Pluto, éste es él, el Gigante, que pasa por el barrio varias tardes a la semana y yo lo espero en el balcón del piso de arriba para citarnos a gritos, más tarde, Gigante, cuando se hayan acostado las viejas, espérame un poco, ya voy a ir a reunirme con tu figura portentosa que domina a todos los que andan por la calle.

Se sentaba en la cuneta para conversar. No sé de qué. No se me ocurre de qué se puede hablar con un ser como la Iris Mateluna, que no conoce más que su propio cuerpo, porque lo demás, su pueblo, su madre muerta, su padre presidiario, quedaron olvidados en otra encarnación que nada tiene que ver con la encarnación presente, la de la amiga del Gigante que ni siquiera se llama Iris, sino Gina, es más moderno, Gina, Gina, báilanos un bailecito moviendo harto las tetas, Gina, aquí mismo, en esta esquina, ya Gina, muévete bien movida...

Debo decir la verdad: Romualdo, al principio, porque no es un muchacho malo, fue afectuoso como un hermano mayor con la Iris, como si le tuviera lástima. Le contaba cosas... los caballeros turcos dueños de los Almacenes Martín Pescador eran buenos, cuando alguien iba a hacer una compra importante diciendo que el Gigante les había dado uno de sus volantes multicolores, los caballeros turcos me pasan una propina, me dejan dormir en el Almacén, me ponen una colchoneta a la entrada y me dan las llaves, tienen mucha confianza en mí, soy sereno además de Gigante, y algunos días vengo a este barrio y otros días a otro, pero me gusta más venir por aquí, me gustaría vivir en este barrio, cuando gane más voy a buscarme una pieza en una pensión por aquí pero quién sabe cuándo irá a ser eso, claro que a veces me escondo en un sitio que hay más abajo por esa calle para dormir siesta, quién se va a estar fijando, hay un auto viejo, puro chasís, sin ruedas ni motor, y me meto en el auto y duermo siesta.

Yo lo seguí hasta el baldío. La cabezota de cartonpiedra pintado presidiendo en el asiento delantero. Él, en posición fetal, dormía en el asiento de atrás. Metí la mano por la ventanilla sin vidrio. Toqué suavemente los ojos pintados del Gigante. Romualdo despertó gritándome:

—Déjame...

Lo dejé.

—¿Qué querís?

—Nada.

—Córrete, entonces.

Salí despavorido, tapándome la boca con una mano y agarrándome la garganta con la otra, por las calles que mi voz zanjó en un abismo entre las caras de esas personas que eran todas don Jerónimo, el doctor Azula, Emperatriz, la Peta, gente cruel que me iba a delatar a la Madre Benita, que le contaría al Padre Azócar que toda mi vida era fabulación, el Mudito habla, siente deseo, tiene la mirada potentísima, sabe cosas, oye, es un rufián, un ser peligroso, y entonces me quitarían las llaves, éstas con que me encierro aquí para que nadie me alcance ni me descubra, sí, llamarían por teléfono al Arzobispo, que se pondría en comunicación con don Jerónimo para que viniera a llevarme, porque yo ya no salía arrastrado por la cadena de la Iris, sino solo, por mi cuenta, como si hubiera olvidado que el doctor Azula me va a extirpar los ojos, los conservará vivos y videntes en un frasco especial par entregárselos a don Jerónimo y entonces él se olvidará de mí y me dejará regresar al montón de basura a que pertenezco, porque mi mirada es lo único que le interesa, prescindió siempre de todo lo demás pero no de mi mirada, dolorida, nostálgica, envidiosa, lo demás de mi persona no le importaba nada, nada, nada, esa palabra delatora que se me había escapado iba quemándome la garganta.

Encerrado en mi patio y metido en mi cama no me encontrarían. Fiebre, temblores, las viejas me arroparon con trapos como a una guagua. La garganta hinchada me hubiera impedido hablar aunque quisiera. Imposible tragar con este dolor. Las papilas de la lengua enrojecidas, el paladar sangriento, la laringe áspera, nada, nada, envuélvanme, viejas, arrópenme bien para que no tirite de fiebre, para no poder mover los brazos ni las manos ni las piernas ni los pies, apúrense, viejas, cósanme entero, no sólo la boca ardiente, también y sobre todo mis ojos para sepultar su potencia en la profundidad de mis párpados, para que no vean, para que él no los vea nunca más, que mis ojos consuman su propio poder en las tinieblas, en la nada, sí, cósanmelos, viejas, así dejaré a don Jerónimo impotente para siempre.

★ ★ ★

Las viejas me dieron unas agüitas de lo más eficaces para sanarme. La María Benítez me hizo tocaciones con azul de metileno: mi boca era una caverna que no me atrevía a mostrar porque hasta las viejas se reían de mis labios morados y de mi lengua gris, otra tocación, María, aunque no la necesite, porque con la boca azul no me voy a atrever a salir a la calle porque me creerían loco y me llevarían a la Casa de Orates... no podemos seguir haciéndote tocaciones para siempre, Mudito, ya no tienes fiebre, podrías levantarte si quisieras, estás mejor, y mira, mira el sol, mira qué rico está este solcito de otoño...

Yo conocía las costumbres del Gigante. Era flojo. A pesar de sus historias de propinas fantásticas, su paga miserable y su trabajo lo tenían insatisfecho. Era agotador, además de humillante, transitar por las calles con la cabezota ridícula, repartiendo volantes que no le interesaban a nadie salvo a los niños, doblándolos y redoblándolos los transformaban en botecitos que hacían flotar por los hilos de agua que en invierno se escurrían junto a las cunetas. Trabajaba lo menos posible. En verano el calor dentro de la cabezota lo sofocaba. Cuando hacía frío tiritaba bajo su traje de percala. En el Ford abandonado en el baldío improvisó una especie de hogar: tarritos ennegrecidos para calentar el té, revistas manoseadas, naipes para solitario, en el parabrisas pegada la fotografía de un melenudo conjunto musical, la cabeza del Gigante cercenada del cuerpo reposando en el asiento delantero. Yo merodeaba para mirarla. Miraba a Romualdo dormir. Pero no quería que durmiera y de nuevo toqué sus ojos.

—¿Otra vez? ¿Qué mierda querís?

La cabeza del Gigante. Eso es lo que quiero. Arrendártela, Romualdo, para ponérmela y con ella cubriéndome formar parte de la pareja feliz. Ibas a preguntarme para qué la quería, pero te detuviste a tiempo en medio de la frase para preguntarme, mejor, cuánto. Mil. Una sonrisa lenta bajo tus bigotes negros descubrió tus dientes blancos, mojados... sí, pero no, imposible, esto del Gigante es mi trabajo, los caballeros turcos son dueños de la cabeza, es muy fina, mira, de cartonpiedra livianito, todo pintado al duco, brillante, ves, los caballeros turcos me vigilan para que haga bien hecho mi recorrido y reparta los volantes, no ves que esto es publicidad... es de ellos la cabeza del Gigante, no mía, si fuera mía, bah, te la prestaba con mucho gusto, pero no es mía...

—Mil quinientos.

—¿Por cuánto rato?

—No sé, una hora, un par de horas...

—Hecho.

La pregunta «para qué» te picaba en la lengua, pero en fin, qué tengo que andar metiéndome en lo que la gente hace, este gallo es harto rarífico, hay que ver la voz que tiene y la boca morada como la del oso polar del zoológico... y mil quinientos no le vienen mal a nadie. Quién se va a estar fijando en que no soy yo el Gigante, si la gente ya ni mira al Gigante en la calle cuando pasa, y además me prometió que va a ir repartiendo los volantes igual que si fuera yo.

—Hecho.

Sacas la cabezota del asiento delantero del Ford, la máscara descomunal, colorada, pecosa, de payaso, títere, demonio, muñeco, ojos saltones y risotada fija que muestra un par de dientes de conejo.

—Bueno. Entonces te voy a vestirte.

—Bueno.

—Pasa los mil quinientos.

Se los entrego. Romualdo me entrega un par de pantalones de percala floreada. Me los pongo.

—¿Ahora la chaqueta?

—No, la cabeza primero, después la chaqueta, para que te tape las tiras con que voy a sujetarte bien sujetada la cabeza.

Me la pones por encima, ritualmente, como el obispo mitrado coronando al rey, anulando con la nueva investidura toda existencia previa, todas, el Mudito, el secretario de don Jerónimo, el perro de la Iris, Humberto Peñaloza el sensible prosista que nos entrega en estas tenues páginas una visión tan sentida y artística del mundo desvanecido de antaño cuando la primavera de la inocencia florecía en jardines de glicinas, la séptima bruja, todos nos disolvimos en la oscuridad de adentro de la máscara. No veo. Ahora, además de carecer de voz, no tengo vista, pero no, aquí hay una ranura en el cuello del Gigante por donde tengo que ir mirando. A nadie se le va a ocurrir buscar mis ojos en la garganta de este fantoche de cartonpiedra.

—No, si cómoda no es, para qué te voy a decir una cosa por otra, y tú eres tan enclenque. ¿Pero ves que no es tan pesada como parece al principio? Es que es fina, el cartonpiedra es delgadito, de primera. Tenís que acostumbrarte a ir mirando por el hoyo, eso es lo principal. La cosas que no te vayái a estrellar por ahí y me abolles la cabeza, mira que el patrón tiene malazas pulgas y esta cabeza es muy valiosa. Ya, ahora la chaqueta.

El oficiante se retira inclinado, respetuoso. La chaqueta también es floreada, pero de un floreado distinto, como si hubieran confeccionado mis galas ceremoniales con retazos de percala desteñida. Doy un paso hierático, dos, sujetándome la corona con las manos, pero pronto me doy cuenta de que no es difícil mantenerla allá arriba porque es mi propia cabeza, sí, siento la brisa que la acaricia y mi mano que toca mi mejilla, adiós, Romualdo, hablo claro y alto, veo la ciudad rodeándome tan benigna como la Casa porque nadie podrá descubrime bajo este disfraz. Lo veo todo desde mi altura heroica, mayor que la de don Jerónimo, con mis maravillosos ojos de cartonpiedra allá arriba contemplando las torres de cristal de mi reino. Me meto por una calle cualquiera sin preocuparme de mirar el nombre para poder regresar sin perderme, sé que no me voy a perder porque el Gigante no se pierde en su reino.

Es la hora más pálida del día. Si no sucede algo para salvar las cosas, todo puede desvanecerse ante mi estatura descomunal. La cuadra larguísima es una sola pared con puertas a intervalos regulares, malvalilarrosalimón, trechos de colores distintos alrededor de cada puerta marcan las casas distintas, plantas, un banco, la llave de agua que gotea, la artesa, la escobilla de rama, la señora que compró cocina a gas licuado, la begonia en la tetera abollada, cada puerta revela un mundo distinto, y la fila de nogales sin hojas a lo largo de la vereda por donde vienen la Gina con el Gigante caminando juntos y riéndose y ella le pide una cocacola que él le compra y la Gina tira volantes de colores que no se distinguen a la luz engañosa de esta hora y la Gina gira entre la lluvia de volantes que caen, para atrapar los papeles que ella misma ha tirado por el placer de girar entre papeles multicolores. Una mujercita saca un brasero a la vereda. El agua que corre a lo largo de la cuneta refleja la llama azul que va a encandilar los carbones para transformarlos en ascuas. La Gina le da un volante.

—¿Es circo, señorita?

—No, es película.

—¿Usted quién es?

—Soy Gina, la Pantera de Broadway.

Las figuras embozadas que cuchichean en las esquinas y las voces y los ruidos amortiguados esperan un sortilegio para desplegarse y hacerse verdaderos. La Iris no me conduce, yo la conduzco a ella porque lo conozco todo a pesar de la penumbra de las calles abiertas. Más allá una vieja se encuclilla encogida como una gárgola soplando sobre los carbones de otro brasero... la cola de chispas invade la calle, es el resuello crepitante que sale de la boca de esta bruja benigna para encender los faroles que iluminan nuestro tránsito, y la magia estridente de la electricidad cambia de repente el signo de las cosas, el celeste es violeta, el rosa es púrpura, el limón es anaranjado y las figuras apostadas en las esquinas como conspiradores... las reconozco, la electricidad las devela, a mí no, sigo siendo el Gigante que conoce a todo el mundo en el barrio, los Cuatro Ases fumando en una esquina no conspiran contra nadie, son Aniceto, Anselmo, Andrés, Antonio, ya pues, Irma, suelta a tu pololo, no seái sinvergüenza, no ves que se prendió la luz, y seguimos por la vereda donde aparecen más mujeres a encender sus braseros, soplan y comentan, mírala, la chiquilla de la Casa, la que baila, Gina dicen que se llama, no es cierto, se llama Iris, es la amiga del Gigante, crucemos al otro lado de la calle, y nos tomamos de la mano y durante un instante los focos de un auto que frena logran transfigurarnos, iluminados, funambulescos, más grandes y más bellos que lo cotidiano que las horas van deteriorando, mientras que a nosotros esos focos, en ese segundo de la frenada, nos aíslan y nos preservan, y no oímos los gritos indignados del chofer, que sigue hasta perderse en la realidad de otras esquinas. Conduzco a la Iris hasta el baldío. Nos escondemos detrás del Ford.

—Hagamos nanay.

Nada en mí titubea. Ni mis manos encendidas ni mi sexo entusiasmado mientras ella acaricia mi mejilla de cartonpiedra, ni mi peso que la aplasta obligándola a contonearse con los ojos bajos, eres mi amor, quiero casarme contigo porque eres tan lindo, porque es tan rico el nanay que me estás haciendo, no me dejes, más nanay, más y yo le doy más y más amor porque puedo darle todo el amor hasta hartarla... hasta que sea hora de separarnos, tengo que irme, Gigante, te prometo que voy a salir contigo toda una noche para ir a reírnos y a bailar juntos, sí, Gina, y te voy a comprar cosas lindas, cuándo, Gigante, díme cuándo, no sé, no puedo prometerte nada porque no sé cuándo voy a poder volver a este barrio otra vez porque si me pillan los caballeros turcos entonces me van a echar de la pega, no ves que tengo que recorrer todos los barrios cerca de los Almacenes Martín Pescador, qué saco con recorrer siempre el mismo barrio si lo que yo hago es publicidad y para eso me pagan, cuándo entonces, Gigante, no sé, no sé, bueno, te espero todas las tardes en la ventana del piso de arriba, voy a estar cateando para ver si vienes y así salir a juntarme contigo, hazme una seña y bajo... adiós, Gigante, rico el nanay, adiós, Gina, y quedo esperándote escondido entre las rocas de la gruta.

6

Yo soy el padre del hijo de la Iris.

No hay milagro. Tengo algo que don Jerónimo, con todo su poder, jamás ha logrado tener: esta capacidad simple, animal, de engendrar un hijo.

Yo espiaba la venida de Romualdo. Me las arreglaba para que la Iris pudiera salir, salía yo al poco rato, cambiaba mi cabeza por la cabeza del Gigante y hacíamos nanay. Romualdo había comenzado a comprarse un reloj-pulsera a plazos, pagándolo con el dinero que yo le daba a cambio de prestarme la cabeza del Gigante. Después de que la María Benítez examinó a la Iris y dijo que sí, que claro que estaba esperando, no digo yo si estas chiquillas de ahora quedan preñadas con oler un par de pantalones, esa misma tarde le dije a Romualdo que no volvería a necesitar la cabeza del Gigante.

—¿Y mi reloj?

Me encogí de hombros.

—¿Cómo voy a terminar de pagarlo?

No le contesté. Quería que él mismo encontrara la solución para que no me pudiera culpar de nada.

—Voy a tener que arrendarles la cabeza a otros cabros.

Exacto. Justo. Bravo, Romualdo, eres el intermediario perfecto. La Iris ya tenía a mi hijo adentro. Era necesario demoler el resto inútil de su persona que rodeaba ese útero ocupado por mi hijo. Miré a Romualdo. ¿No había llegado demasiado sin titubear a la solución precisa? Le propuse que usara él mismo la cabeza del Gigante para hacer el amor con la Gina.

—Yo no necesito ninguna máscara para culiarme a esa cabra medio tocada.

Le pregunté si ya lo había hecho.

—No.

No le creí. Necesitaba tener la certeza absoluta de que el hijo de la Iris era mío. Le propuse una apuesta. Si lograba seducir a la Gina sin la cabeza del Gigante, yo le daría el dinero para que pagara todo lo que le faltaba de su reloj.

—Hecho.

Lo vi todo desde la ventanilla de atrás del Ford. Cuando Romualdo comenzó a sacarse la cabeza, la Iris aulló chonchón, chonchón, que no vaya a volar, brujo, malo... y la cabeza cayó al suelo. Romualdo trató de atracar a la Iris contra la maleta del Ford pero ella le rasguñó la cara, gritando y llorando y cruzándose de piernas y mordiendo las manos de Romualdo que querían agarrarle los pechos, Romualdo enardecido y furioso con la sangre y la pelea. Yo me puse la cabeza mientras peleaban. Me puse mi vestidura de percala para acudir a salvarla de las manos del perverso, llevándomela abrazada por la calle, consolándola, sí, es malo ese hombre, es pecado meterse con uno que no sea el Gigante, yo soy el único bueno, Gina, toma los volantes para que los vayas repartiendo, toma, te traje estas revistas de regalo, mira, quieres que te lea esta novela tan linda que sale aquí en *Cariño*, toma una cinta de terciopelo celeste para el pelo y un par de medias, una cocacola, un helado de tres colores.

Romualdo me dijo que muy bien, que le había ganado la apuesta. Me confesó que ahora ya no estaba tan inquieto por lo de su reloj porque tenía dos clientes para la cabeza, dos cabros que le iban a dar no mil quinientos, claro, pero sí mil... quién sabe para qué querían la cabeza del Gigante, él no iba a estar metiéndose en los gustos de los demás.

Como yo la dejaba salir con mucha frecuencia, la Iris pronto se hizo una clientela estupenda en el barrio. Yo me escondía adentro del Ford para verla hacer el amor conmigo, chillando de placer, revolviendo los ojos, riéndose, acariciándome la mejilla, revolcándose en mi mirada. La reputación de la Iris no tardó en extenderse por toda la ciudad. Acudían de barrios lejanos para hacer el amor con ella. Al principio llegaban artesanos y colegiales, después pijes en autos. Más tarde vi a caballeros en coches manejados por choferes de uniforme, diplomáticos de chaquet, generales con charreteras brillantes, académicos de la lengua con el pecho cubierto de condecoraciones y entorchados, canónigos panzudos y calvos como bolas de grasa sobada, terratenientes, abogados, senadores que peroraban sobre la lamentable situación del país mientras hacían el amor, artistas de cine maquillados como putas, comentaristas de radio que sabían la verdad absoluta. Trocaban sus lujos por mis galas, sus rostros por el mío que los revitalizaba, para refregarse con la Iris y hundir sus manos en esa blanca carne enamorada de mí, que yo veía ceder a mis presiones y caricias desde la ventanilla de atrás del Ford. Una vez, vi bajar de su Mercedes Benz a don Jerónimo de Azcoitía, hablar con Romualdo, pagarle y ponerse la cabeza. No tuve miedo: el útero de la Iris ya pertenecía a mi hijo. Al contrario, le tuve compasión, porque desde que lo dejé hace tantos años, lo intenta todo, cualquier cosa, hasta las más estrafalarias, para recuperar su potencia que yo conservo guardada en mis ojos. Ya no es tan joven. Sus secuaces le buscan oportunidades y experiencias aberrantes a las que se somete desesperado. Pero es inútil. Usted sabe que es inútil, don Jerónimo, hasta que yo se lo permita, y el pobre permanece encerrado dentro de sí mismo sin posibilidad de conectarse, el sexo flácido como una manga sin brazo.

Al verlo y no sentir miedo, supe inmediatamente que tenía que correr un riesgo que valía la pena: autorizarlo para que, disfrazándose de mí, hiciera el amor con la Iris Mateluna. Bastaba que yo lo mirara mientras hacía el amor, que me colocara por unos instantes en mi viejo papel de testigo de su dicha y de sus triunfos.

Mi cabeza se lo tragó. Y cuando llegó la Iris, arrimándola al muro, se revolcaron juntos, pero nada, qué te pasa, mi lindo, que ya no me quieres que no se te para, quieres a otra, no, no, espera, estoy cansado, espera un poco, a través de la percala del traje que le quedaba estrechísimo llegó hasta mí la angustia de su urgencia, su desesperación implorando mi ayuda, invocando mi nombre, codiciando mi mirada. Cuando sentí que su angustia iba a estallar, me asomé por la ventanilla del Ford para que me pudiera ver a mí, a Humberto Peñaloza, al que lo acompañaba a las casas de prostitución cuando Inés estaba embarazada y él temía tocarla para que nada estropeara la perfección del niño que iba a nacer, vamos, Humberto, acompáñame, y me tenía ahí, mirándolo gozar con cualquier puta, diciéndome mira qué macho soy, Humberto, mira cómo la hago gozar, apuesto a que tú no podrías hacerla gozar como la hago gozar yo con mi potencia descomunal y la fuerza de mis brazos y la pericia de mis piernas y mis manos y mi lengua y mis labios, mira, Humberto, mírala, oye cómo chilla, te das cuenta de que eres un pobre tipo porque no puedes despertar el ardor que yo sé despertar, el dolor te azota y te hiere, deja que la nostalgia quiebre todo lo que permanecía en pie en ti, siente tristeza porque eres incapaz de lo que yo soy capaz... de lo que era capaz, don Jerónimo. Ya no. Hoy sí, porque yo le permito que vea mi rostro encuadrado en la ventanilla del auto, y el dolor de mis ojos mirándolo, el dolor que sigue habitando mis pupilas: por eso pudo hacer aullar de placer a la Iris Mateluna.

No soy incapaz de imaginar el tormento de indecisión que sintió don Jerónimo al verme: dejar a la Iris allí mismo, interrumpiendo su único acto de virilidad en muchos años, para perseguirme y apoderarse de mí por fin; o permanecer con la Iris y, al gozarla, perderme, y perderse a usted mismo para siempre. Fue un segundo en que me vio, y supo que era yo, no una alucinación. Huí a esconderme en la Casa. Ya no voy a salir nunca más. ¿Para qué? Todo está listo y dispuesto, y mi plan trazado: nada me costará convencer a don Jerónimo de que mi hijo, que va a nacer del vientre de la Iris Mateluna, es suyo, el último Azcoitía añorado y esperado y buscado en el vientre de Inés que se negó a producirlo. Don Jerónimo lo reconocerá. Le dará su nombre y sus tierras. Será dueño de esta Casa. La salvará de la destrucción, y seguirá igual, un laberinto de murallones carcomidos y solitarios donde yo podré permanecer para siempre.

¿Qué diría mi padre, mi pobre padre, profesor primario, si supiera que un nieto suyo, un hijo mío, un bisnieto del maquinista de un tren que con su tizne de carboncillo unía dos o tres poblachos del sur, va a ostentar el apellido Azcoitía? No, no, Humberto, hay que respetar el orden, no se puede engañar ni robar, para ser caballero hay que empezar por ser honrado. No podemos ser Azcoitía. Ni siquiera tocarlos. Somos Peñaloza, un apellido feo, vulgar, apellido que los sainetes usan como chiste chabacano, símbolo de la ordinariez irremediable que reviste al personaje ridículo, sellándolo para siempre dentro de la prisión del apellido plebeyo que fue la herencia de mi padre. Porque tuve padre, don Jerónimo, sí, aunque usted no lo crea, aunque jamás se preocupó por investigar ni preguntarse sobre ese hecho innegable, yo tuve padre, y tuve madre, y tuve una pobre hermana que fue lo primero que desapareció, tragada por un matrimonio vergonzoso pero necesario con el dueño de la papelería de la esquina donde yo compraba mis primeros cuadernos para garabatear versos, y ella postales de Cleo de Merode, Pastora Imperio y la Bertini, perdida ahora y quizá ya muerta en el pueblo más lluvioso de las provincias del sur. Mi padre sólo recordaba a su propio padre, el maquinista de la locomotora, más allá sólo la oscuridad de la gente como nosotros, sin historia particular de la familia, pertenecientes a la masa en que las identidades y los hechos se borran para gestar leyendas y tradiciones populares. No recordaba nuestra historia, era sólo un Peñaloza, un profesor de chiquillos consentidos que le trizaban los nervios. Oigo la voz de mi padre bajo nuestra lámpara fétida de parafina. De noche, después de haber comido cualquier guiso que tenía más de la imaginación de mi madre que de enjundia, mi padre trazaba planes para mí, para que de alguna manera llegara a pertenecer a algo distinto a ese vacío de nuestra triste familia sin historia ni tradiciones ni rituales ni recuerdos, y la noche nostálgica se alargaba en la esperanza de su voz que ansiaba legarme una forma, y la gotera insistente que caía del techo en una bacinica lo iba contradiciendo empecinadamente. Mi padre me lo explicaba todo. Me lo exigía sin exigírmelo, con la vehemencia de su mano tierna pero pudorosa que quería tocar la mía sin atreverse a hacerlo sobre la carpeta bordada de mi hermana, que lograba disimular la ordinariez pero no la cojera de nuestra mesa. Sí, papá, sí se puede, cómo no, se lo prometo, le juro que voy a ser alguien, que en vez de este triste rostro sin facciones de los Peñaloza voy a adquirir una máscara magnífica, un rostro grande, luminoso, sonriente, definido, que nadie deje de admirar. Y como compadeciéndome en mi empresa inútil, mi madre levantaba la vista por un segundo para mirarme, y luego la volvía a concentrar en la enagua de alguna ricachona de barrio que estaba remendando. Alguien. Ser alguien. Mi madre supo desde el primer instante que yo jamás iba a ser alguien. Quizás por eso, pese a sus sacrificios para apoyar nuestros sueños en que no creía, la he olvidado tan completamente. Jamás me sentí ligado a ella. Permanecía en la periferia, cuidándonos, pero jamás se hundió en lo que nos arrastraba a mi padre, a mi hermana y a mí. Ser alguien. Sí, Humberto, me decía mi padre, ser un caballero. Él tenía la desgarradora certeza de no serlo. De no ser nadie. De carecer de rostro. De ni siquiera poder fabricarse una máscara para ocultar la avidez de ese rostro que no tenía porque nació sin rostro y sin derecho a llamarse caballero, que era la única forma de tenerlo. Él sólo tenía la dicción ridículamente cuidadosa de un maestrito de escuela y la angustia por pagar sus deudas a tiempo, cosas que después supe no son atributos esenciales de los caballeros. Me decía allí, bajo la lámpara, en el frío con olor a guiso y a cosas que se han ido ablandando con la humedad, me repetía, claro que él no era un iluso ni un ingenuo, de modo que se daba cuenta de que yo jamás iba a poder llegar a ser un caballero de veras, como ese señor, por ejemplo, que esta mañana figuró en el diario firmando el tratado de límites con un país colindante, o como esos señorones que promovían leyes de censura o de fomento industrial o agrícola, ni como los que efectuaban transacciones de minas y tierras, manejando este país minúsculo donde *todos se conocen* y donde, sin embargo, nadie, absolutamente nadie salvo otros profesorcillos, nadie salvo el carnicero de la otra cuadra y la verdulera de más allá, nadie que fuera *alguien* nos conocía a nosotros los Peñaloza... no, no era un tonto ni un iluso que aspiraba a que yo fuera un caballero como ellos porque daba por descontado que eso era imposible, uno nace caballero, lo es por Gracia Divina, y al fin y al cabo, pasara lo que pasara, yo sería siempre un Peñaloza y él no era más que un profesor primario con el traje nublado por la tiza del pizarrón y mi abuelo no había sido más que el maquinista de una locomotora que echaba mucho humo pero tragaba pocas leguas. No. Eso no. No aspiraba a tanto. Pero quién sabe si con sacrificio y empeño yo pudiera llegar a ser algo siquiera parecido, un remedo que consiguiera tender un puente cualquiera con tal que fuera honrado, para rozarlos a ellos. ¿Por qué no? ¿No se hablaba tanto del surgimiento de la Clase Media en nuestro país? ¿Quién sabe si perteneciendo a la Clase Media —pronunciaba esas palabras con una reverencia sólo menor a la reverencia con que pronunciaba la palabra *caballero*— pudiera llegar a ser algo semejante? Abogado, por ejemplo, notario o algo así, o juez. Y pasar a la política. Era cosa sabida que muchos jóvenes como yo, carentes de relaciones, dinero, parentescos y presencia, jóvenes de origen tan desconocido como el mío y con apellidos casi, casi tan ridículos como el mío, se habían afirmado en la política para saltar la barrera y llegar a ser *alguien,* huyendo del limbo poblado por los que carecen de facciones. Mi padre no pudo huir. Nunca siquiera lo intentó. El mundo de los otros, de los que eran *alguien* por derecho propio, *gente conocida,* tenía para él proporciones mágicas y resonancias fabulosas. ¿Cómo es posible que la imaginación de mi pobre padre, enclenque y cuadriculada en otras cosas, fuera tan efusiva en este sentido? Cómo cenaban. Cómo eran sus casas. Qué decían y con qué palabras y pronunciadas cómo. Dónde iban en la tarde de un domingo o de un día cualquiera. Gastaba la plata que mi madre ganaba tomando un poco de costura en comprar todas las revistas y los diarios, y de pronto se tentaba con algo carísimo, con un número de *La Esfera*. Mientras esperábamos la comida bajo la pantalla de caireles rotos —mi hermana gorda y holgazana suspiraba leyendo poemas de Villaespesa, mirando las elegancias dibujadas por Bartolozzi, las descripciones de García Sanchiz de algunas mujercitas envidiables, entre ingenuas y depravadas, que recibían a sus amigas para hablar de amantes en sitios misteriosos llamados *boudoirs*—, mi padre volvía las hojas de los diarios leyendo, absorbiendo, impregnándose, especulando en voz alta sobre esos seres de rostros indudables porque los estaba viendo reproducidos sobre el papel, porque él, que no los conocía personalmente, los reconocía, que oyéramos lo que nos contaba sobre ellos, que sintiéramos el veneno de la tristeza monótona que su sueño iba inyectando en nosotros. Recuerdo sus ojitos miopes detrás de las gafas al leernos las noticias, esos ojos cuyo color no recuerdo porque naufragó en la persistencia de su nostalgia.

Mucho después, cuando él ya no existía si es que alguna vez existió y todo esto no es invención mía, puede comprobar que sus obsesiones eran pura fábula, porque la gente que era *alguien,* la gente con rostro, era casi igual a nosotros: también ellos solían comer cebolla, las sillas en que se sentaban eran muy poco menos feas que la nuestras, el refinamiento que lo deslumbraba no existía más que en un puñado de familias algo viajadas. La mayor parte de la *gente conocida* resultó ser campesinos ignorantes y avaros, usaban palabras groseras, sus farras en los prostíbulos eran ruidosas, azotaban a sus mujeres, las engañaban, eran, en realidad, bastante parecidos a nosotros y a los demás profesorcillos y al carnicero y al verdulero. Pero si entonces alguien lo hubiera insinuado delante de mi padre, no lo hubiera creído. Él sabía otras cosas. Él leía todos los diarios. Sabía muy bien las cosas tremendas que eran capaces de promover, excluyéndolo a él y a nosotros. ¿Cómo no iba a dolerle esta exclusión, cómo no iba a dolerme a mí, viendo cuánto le dolía a mi padre? Porque mi pobre padre no era un arribista, don Jerónimo, no permito que lo crea ni por un segundo. Ni siquiera puedo decir que era un ambicioso que codiciaba bienes materiales: jamás se le ocurrió proponerme hacer fortuna mediante el comercio, por ejemplo, para llegar a ser *alguien*. No, mi padre era otra cosa, era un fantasioso, un obsesionado, un ser desesperadamente excluido de sus propias fantasías... Vivía en una constante contemplación de esa barrera infranqueable que nos separaba de la posibilidad de ser *alguien*. Sí, no vaya a atreverse a creer otra cosa, mi padre era un desgarrado, un excluido, un triste, un dolorido. Y en los coches que en las tardes pasaban al trote rumbo al parque, desde la esquina donde nos apostábamos para verlos, me iba señalando a esos afortunados que poseían rostro propio sin tener que matarse, como iba a tener que matarme trabajando yo, para adquirirlo: me enseñó a reconocer a esos caballeros bigotudos reclinados junto a damas fabulosas que para mis ojos de niño eran manchas fugaces bajo sombrillas rosa o color limón.

Una mañana mi padre me llevaba de la mano por el centro porque con unos ahorritos acumulados por mi madre escéptica que sin embargo cosía y cosía, me iba a comprar mi primer traje oscuro para que desde chico sintiera la exigencia de vestir como caballero. Y una camisa blanca y una corbata negra de nudo hecho y un par de zapatos de charol: la tenida honrada que nace con destino al brillo en el asiento y en los codos. Inflamado con el ímpetu de su nostalgia que se iba a apaciguar durante quizás unos instantes al comprarme un disfraz de caballero, yo lo acompañaba feliz, como si ese traje nuevo me fuera a abrir una ventana sobre un paisaje insospechado donde todo era posible, sí, por qué no, papá, voy a ser alguien, un gran abogado, un gran político, mire las notas excelentes que saco en el colegio, oiga lo que mis profesores dicen de mis adelantos en historia, en inglés y en francés y en latín, sí, estudiaré, haré todo lo que usted me proponga, se lo prometo, encarnaré su sueño para que no sufra más, no soporto sentir esa tristeza que usted siente. El traje que íbamos a comprar tenía que ser bueno, durable, holgado para que no me quedara chico demasiado pronto, poco vistoso para que la gente no se diera cuenta de que era mi único traje, y lo más barato posible. Nos parábamos a mirar las vitrinas de las tiendas elegantes del centro aunque sabíamos que no era allí, sino pagando a plazos en alguna tienducha de nuestro barrio donde su firma no sería sospechosa, que yo iba a adquirir mi primer disfraz. Pero era primavera. Las mujeres vestían ropas ligeras. Nada costaba mirar las vitrinas llenas de cosas suntuosas.

De pronto mi padre me dio un tirón de la mano. Yo seguí la dirección de esa mirada suya a la que uní la mía. Por la vereda avanzaba entre el gentío alegre de esa mañana un hombre alto, fornido pero gracioso, de cabello muy rubio, de mirada airosa encubierta por algo que yo interpreté como un elegante desdén, vestido como jamás soñé que ningún hombre osara vestir: todo era gris, muy claro, perla, paloma, humo, zapatos alargados, polainas de gamuza, y unos guantes ni grises ni cáscara ni amarillos ni blancos, piel pura, suavísima, casi viva. Llevaba los anteojos de carrera terciados al pecho, un guante puesto y el otro empuñado. Al pasar junto a mí en el gentío mañanero, ese guante que usted llevaba empuñado me rozó aquí, en el brazo, justo en este sitio: lo estoy sintiendo ahora, quemándome todavía después de tantos años, debajo de estos harapos que también esconden la herida de un balazo.

Entonces, al mirarlo a usted, don Jerónimo, un boquete de hambre se abrió en mí y por él quise huir de mi propio cuerpo enclenque para incorporarme al cuerpo de ese hombre que iba pasando, ser parte suya aunque no fuera más que su sombra, incorporarme a él, o desgarrarlo entero, descuartizarlo para apropiarme de todo lo suyo, porte, color, seguridad para mirarlo todo sin miedo porque no necesitaba nada, no sólo lo tenía todo sino que era todo. Yo, en cambio, no era nada ni nadie, eso me había enseñado la tenaz nostalgia de mi padre. Él pronunciaba las sílabas de su nombre: Jerónimo de Azcoitía, que logré descifrar de su tartamudeo, mirándolo siempre, hambrientos los dos, mientras usted se paraba en las gradas del Banco para hablar con un grupo de amigos y saludar, levantando su chistera gris, a una que otra persona conocida que iba pasando.

Seguimos camino sólo porque no podíamos quedarnos parados ahí, contemplándolo para siempre, que es lo que él y yo queríamos. Mi padre suspiró. Tan cerca de nosotros que había pasado. Y nosotros sin conocerlo, sin poder saludarlo, sin conocer siquiera a alguien que conociera a alguien que lo conociera, para que por lo menos mencionara nuestro nombre en su presencia. No sólo porque eso bastaría para hacerme una carrera si don Jerónimo se dignaba colocarme como una ruedita en uno de los muchos engranajes que manejaba, ahora que por fin había regresado de Europa y, según decían, estaba a punto de casarse. No fue sólo por eso que suspiró mi padre esa mañana, don Jerónimo. También suspiró por lo otro, por la nostalgia incurable de su mirada dolorida que comenzaba a dolerme incurablemente a mí. Mi padre suspiró por el dolor de lo inasible, de una idea fantástica, abstracta, por la pena que causa lo inalcanzable, por la humillación que produce saberse incapaz de alcanzarlo, por esa pena suspiró mi padre esa mañana, don Jerónimo, por esa nostalgia.

7

—Quiubo, Tito. ¿Cómo te fue?

—Malazo.

—¿Y por qué?

—No me dejó. Se reía todo el tiempo porque una perra que se metió adentro del Ford nos miraba desde la ventanilla, y después salía y le lengüeteaba la pierna, y a mí me tironeaba los pantalones. Mira, me los rajó aquí. Y la Gina se estrujaba de la risa, la tonta. Después, cuando creí que la tenía bien atracada, porque creímos que la perra se había ido, apareció otra vez la perra mirándonos desde la ventanilla, como con cara de risa, lengüeteándose el hocico y moviendo la cabeza como si estuviera saboreándose, fíjate, y entonces me dio toda la risa y no pude, y la Gina también se puso a reírse y se subió los calzones y yo me quedé con todas las ganas...

—¡Puchas la lesera! Mala pata, cabro, para otra vez será. Yo voy a conseguirte una mina buena de veras. Pero es culpa de la Gina. Esa perra amarilla siempre anda siguiéndola y dicen que a otros cabros también les ha echado a perder el asunto. Así no vale. Voy a hablar con el Romualdo. Te tiene que devolver la plata.

—Claro. Si ni las tetas alcancé a besarle.

Gabriel es el hermano mayor del Tito, el dueño del negocio de revistas y novelas de segunda mano. Ha logrado comprar dos futbolines donde los chiquillos del barrio están jugando. Romualdo se rasca el bigote mientras prepara una jugada magistral. Alega, gritonea, dirige, desplazando más aire con sus gestos que el resto de los muchachos. Es un poco mayor. Piensa comprar una motoneta. Algunos cabros se aburren de jugar con él porque es tan prepotente, se cree, comentan, no sé de qué se puede creer Romualdo pero ha cambiado mucho desde que compró reloj... mejor ir a los estantes donde sacamos revistas, las hojeamos, las devolvemos a los estantes, sacamos otra, se la mostramos a alguno que está acodado en el mostrador o sentado junto a la Gina en el escaño. Después de salir de la escuela pasamos la tarde en la tienda de Gabriel, sobre todo en las tardes cuando oscurece temprano, con el pretexto de que quizá compremos una novela, pero primero tenemos que hojearla bien hojeada para ver si nos conviene. La Gina se deja acariciar las piernas por el que le está leyendo. El Tito escondió mi cabeza y mi traje de percala detrás del mostrador: su cara es estrecha como la de un pájaro, manchada de acné.

—Oye, Romualdo, le tenís que devolverle la plata a mi hermano. La Gina no lo dejó hacerle ni una cosa.

—Mira, cabro, yo no sé qué cosas habrá querido hacer el Tito con ella, yo apenas la conozco. Yo le arriendo la cabeza del Gigante al que quiera, pero no sé para qué me la arriendan, eso es cosa de cada cabro, así es que a mí no me vengái con cuestiones.

—No te vengái a hacer el inocente aquí, oye.

—Si tu hermano fuera bien hombre, bien macho, se la hubiera culiado bien culiada nomás.

—Mi hermano es cabro chico, así es que no vengái a hablar mal de él... cuidadito.

Los Cuatro Ases se acercan a oír.

—Sí, huachito. Yo no tengo la culpa de lo de la perra amarilla ésa. El Tito me arrendó la cabeza del Gigante, yo le hice precio por ser hermano tuyo, pero yo no tengo por qué saber para qué me la arrendó. No me interesa.

Hemos dejado las revistas porque aquí va a haber pelotera, y abandonamos los futbolines. Los Cuatro Ases quieren mucho al Tito. No van a estar aguantando que un gallo como el Romualdo lo estafe, si el Tito no es más que un cabro chico y quiso saber cómo es la cuestión... claro, de alguna manera hay que empezar. Aniceto es el que está más enojado.

—Cafiche de mierda.

Romualdo le da un bofetón en el ojo. Los otros tres Ases se lanzan sobre él, pero Romualdo se desprende, no me vengan con huevadas, la Gina es una puta y ni Gina se llama, qué tengo que ver yo con ella, déjense de cuestiones, cabros de porquería, por meterme con guaguas como ustedes me pasa, ya, me voy, dónde está mi cabeza, me llevo mi cabeza y no vuelvo nunca más por este barrio. Andrés se mete detrás del mostrador y reaparece con mi cabeza puesta, sujetándosela con las manos, bailando.

—¡Sácate mi cabeza, cabro de mierda!

—*Su* cabeza, *su* cabeza, la cabeza del perlas, mírenlo nomás... la cabeza de don Romualdo.

Gabriel lo encara. Todos nos metemos en la discusión porque esto va a pasar a más, la cosa se está poniendo buena. No seái desgraciado, Romualdo, todos en el barrio sabimos lo que hacís con la Gina y con la cabeza del Gigante aprovechando que la cabra es medio tocada del cerebro. Que se vaya el Romualdo, decimos todos, a nadie le va a hacer falta en este barrio, desde que se compró reloj con cadena dorada se cree, claro que lo de la motoneta nadie se lo traga, que se vaya Romualdo, es un cafiche de mierda. Pero que primero le devuelva su plata al Tito.

—No se la devuelvo.

Andrés se saca mi cabeza.

—Entrégame mi cabeza, te digo. Total, me voy y aquí no ha pasado nada... más punga este barrio...

—¿Ah, sí? ¿Punga? Don Romualdo quiere su cabeza, fíjate, no le desobedezcamos que ahora está tan importante y se va a comprar una moto.

—¿No dicen que se anda comprando uno de esos autos grandes, negros, con chofer y todo?

—Me pareció oír que prefería uno de esos convertibles blancos...

—O colorado.

Nadie le hace caso a la Iris que está chillando porque ve que Andrés ha tirado mi cabeza al suelo. Cesó el tacataca de los futbolines. Ya, Gina, quédate tranquila, no seái huevona, alguien que la sujete que está como loca y no nos va a dejar hablar con *don* Romualdo.

—Oye, Anselmo, fíjate que *don* Romualdo, porque ahora que es dueño de la cabeza del Gigante y que se está comprando auto hay que decirle *don* con todo respeto, don Romualdo dice que por favor tengan la bondad de dejarle *su* cabeza de Gigante porque se la pueden manchar.

—Qué raro. Yo ni sabía que era de él. Yo creía que el tal Romualdo era un muerto de hambre nomás, un cafiche de mierda que no tenía ni donde caerse muerto.

—¡Cómo se te ocurre, oye!

—Cuidado, Antonio, no le vayái a hacer nada a la cabeza de *don* Romualdo, que es muy fina.

—Déjenmela, mierda...

Gabriel se adelanta.

—No vengái a gritar aquí, Romualdo. Y tú también, Gina, quédate callada, no seái huevona. Pueden venir los carabineros y me van a cerrar, no ven que soy clandestino, no pago patente. Ya, Gina, cállate, mierda, sujétenla pues cabros, que no deja ni hablar.

La Iris se tira al suelo para abrazarme. El polvo del piso me pica en los ojos. Andrés me toma, me comienza a golpear como si fuera un tambor mientras los otros tres Ases y el Tito improvisan un baile tom-tom-tom-tom como si sus palmadas no me dolieran tom-tom-tom levantan a la Iris del suelo tom-tom para que sin dejar de llorar baile con ellos al ritmo de los azotes que me están dando en la cara tom-tom-tom-tom-tom ya Gina échale nomás, más, otra vuelta más y Romualdo rompe nuestro grupo para atacar a Andrés, que me deja caer al suelo. La Iris gime, defendiéndome de los demás que quieren levantarme, todos queremos apoderarnos de la cabeza del Gigante porque el jueguito éste se está poniendo divertido de veras y entre todos derribamos a Romualdo. Los Cuatro Ases lo sujetan boca arriba en el suelo, patalea, escupe, pero pronto deja de patalear y escupir. Ya no hay necesidad de sujetarlo. Pone su mano sobre mi nariz ganchuda. Allá arriba lo rodea el círculo de nuestros rostros de muchachos, divertidos, amenazadores, la Iris con los ojos borrosos de lágrimas. Gabriel le dice a Romualdo:

—Degenerado.

Romualdo abre sus ojos despojados de su precisión negra. Lentamente se incorpora un poco sobre un codo. Los Cuatro Ases se lo impiden, pisándolo. Queda tendido otra vez, sin tocarme ahora, los ojos cerrados, los músculos lacios, las greñas revueltas, la ropa hecha jirones. Sólo sus labios se mueven:

—La culpa la tiene otro gallo, no yo...

Quiere delatar al Mudito. Quiere explicar quién es, él lo inició en este juego que está terminando. Pero no sabe quién soy. Nadie en el barrio me conoce porque no salgo nunca. No saben que estoy protegido por las paredes de cartonpiedra de la cabeza del Gigante, mirándolo todo.

—¿Qué otro gallo?

No puede explicar. Dice:

—La Gina es una puta.

—Oye, Gina, don Romualdo está diciendo cosas feas de ti...

—¿Quién? Es el chonchón... bah, está picado porque no lo dejé hacer nanay conmigo. Es más pesado, por suerte el Gigante me defendió...

—¿No es cierto que es un muerto de hambre?

—A mí nunca me regala nada.

—Métele miedo, Gina...

La Iris ruge, hace morisquetas horripilantes arriscando los labios y apretando los dientes y enmarañándose el pelo.

—Grrrrr, soy la Pantera de Broadway, grrrrr, y te voy a comerte vivito, grrrrrrr...

—Cómetelo, Gina.

—Patéalo.

—Grrrrrrr, soy la Pantera...

El grupo que formamos para presenciar el espectáculo se ha estrechado tanto alrededor de Romualdo y la Iris que nuestras piernas me ocultan... hace cinco minutos que no me ves, Iris, y ya te has olvidado de mí: eres la Pantera de Broadway, la que baila en las esquinas y en la ventana de la Casa, arrastrada por este nuevo juego que borra los anteriores y los suplanta, bailando una danza salvaje alrededor del cuerpo yaciente de tu víctima. Desde el suelo, entre las canillas, veo que te sacas los zapatos, que levantas tu pollera para lucir tus muslos, que contoneas el trasero, aplaudimos entusiasmados, siempre te aplaudimos, pisoteas al Romualdo y nosotros también ponemos un pie encima de su pecho si intenta incorporarse. Andrés me busca y me encuentra.

—Mira, Romualdo, mira esta cosita tan linda que me encontré. ¿La querís? Toma, peloteála, Aniceto...

Mi cabeza vuela por el aire, Aniceto la recibe, me lanza y me agarra Antonio, que me lanza otra vez, vuelo, vuelo, mis orejas nervudas batiendo el aire sobre los chiquillos que juegan conmigo como si fuera una pelota descomunal, Tito, Gabriel, la Iris aterrada chilla el chonchón, el Romualdo es brujo y transformó en chonchón a mi Gigante y sigo volando, volando liviano convertido en chonchón, volando de mano en mano hasta que alguien me deja caer al suelo. El golpe me magulla una oreja. No tengo manos para tocarme ese pedazo de cartonpiedra gris que duele ahí donde la pintura se raspó.

—Cuidado con mi cabeza, cabros de mierda, les digo...

—La cabeza del precioso...

—No se la vayan a ensuciar, rotos...

—Mira, Romualdo. ¿Ves? Se está descascarando aquí en la oreja. Mejor que le saquemos todo ese pedacito.

De un tirón Anselmo me arranca un pedazo de oreja y lo exhibe ante nuestros gritos y aplausos. La Iris se lo arrebata. Se arrodilla gimiendo para ponerme el pedazo de oreja de nuevo pero no puede, no se pega, y alguien le da una patada y después pisotean ese pedazo de mi oreja. La Iris queda hincada junto a mí, llorando porque ya sabe lo que va a pasar, lo que nosotros, calientes con la juerga, vamos a hacer conmigo y yo no tengo manos para defenderme ni piernas para huir, sólo ojos para mirar y esta fina piel de pintura para sentir los golpes.

—Miren, miren lo que hicieron, la oreja, el patrón me va a matar, la hicieron tira de adrede, desgraciados, me van a tener que pagar la compostura.

—No tiene compostura, Romualdo. Estái frito.

Me van pasando de mano en mano, me dejan caer al suelo, me tiran al aire, la Iris me persigue para salvarme, la dejan que me tome, me arrebatan de sus manos, no, no, que no maten al Gigante, es bueno, me vuelven a hacer volar, magullado, dolorido, raspado, el cartonpiedra gris revelado bajo los colorinches de mi piel pintada, me dejan caer al suelo, se me parte el sombrero, eso por lo menos no duele. Romualdo se arrastra hasta los pies de uno de nosotros, donde he quedado: Anselmo. En el mismo momento en que Romualdo me va a cubrir con su cuerpo para defenderme, Anselmo me empuja con su pie y me manda rodando hasta los pies de Aniceto, que pregunta:

—¿Quiubo, le vai a devolverle la plata al Tito?

—No.

En respuesta, Aniceto me da una patada en medio de la cara, su pie se incrusta en mi carne desgarrada que apresa ese pie que me está deshaciendo, ya no tengo rostro otra vez, mis facciones han comenzado a disolverse, van a desaparecer, apenas veo con mis ojos trizados, voy a quedar ciego, pero no ciego, porque nada de mí va a quedar, Aniceto comienza a andar con su pata metida adentro de mi cara, me pisotea por dentro, cojea, los demás nos retorcemos de la risa, oye, puchas qué estruje, qué divertido ese huevón de Aniceto y el tonto de Romualdo persiguiéndolo en cuatro patas por el suelo para pescar la cabeza, como si fuera otra cosa que un montón de jirones de cartonpiedra ahora, como si pudiera salvarla, abollada, raspada, despintada y la tonta de la Iris persiguiendo a Romualdo, persiguiendo a la cabeza y a Aniceto, para qué la querrá ahora que no sirve para nada más que para tirarla a la basura, tratando de quitársela a Aniceto la raja más todavía y chilla de terror, mira, se quedó con el sombrero en la mano, póntelo, Gina, te queda grande, baila, Gina, con el sombrero del Gigante puesto, baila, así, así me gusta, mijita, dame el sombrero para ponérmelo yo, a mí, no, a mí, yo quiero, partámoslo, yo una oreja, no, no, por favor, qué van a decirme los caballeros turcos, cómo voy a pagar la cabeza del Gigante si soy pobre y por culpa de ustedes me van a echar de la pega, ustedes me van a tener que pagar la cabeza, miren, un pedazo de ojo, cabros desgraciados, voy a llamar a los carabineros para que los metan presos a todos empezando por ti, Gabriel, que soi clandestino así es que ándate con cuidado, atrévete nomás Romualdo desgraciado, si vienen los carabineros nosotros les vamos a contar que andái explotando a esta pobre huevona de la Gina que es menor de edad, y todos nosotros somos menores de edad, tú tenís veintiún años y no te hai presentado para el servicio militar, mírenla cómo llora como tonta la cabra huevona, con la nariz del Gigante en la mano, baila con la pichula, Gina, baila, déjate de llorar, ya, no seái lesa y baila, te digo. Tírame otro pedazo de la cabeza, Gabriel, a mí, Antonio, a mí, Tito, yo quiero la otra oreja, estos dientes de conejo, rájalos, uno para ti y uno para mí, y cuando los carabineros vengan y les contemos que andái explotando a la Gina que se cree bailarina porque la pobre cabra ni se da cuenta de que es puta, a los carabineros no les va a gustar nadita lo que les contemos, así es que vai a ser tú el que va a salir perdiendo, ya, alguien que vaya a llamar a los carabineros, a nosotros no nos va a pasar nada, a ti sí, por cafiche, por degenerado. No, Gina, no te vayái para que hagái declaraciones cuando vengan los carabineros, mira a Andrés cómo baila con la nariz puesta como pichula, es lo único que queda, a eso estoy reducido, mi enorme nariz transformada en falo, soy un falo lacio, hueco, de cartonpiedra, nada más, yo entero fláccido sin sangre ni nervios, alguien

me agarra, ya, suéltame la pichula, para dónde se habrá ido
la tonta lesa de la Iris que por arrancarse se está perdiendo lo mejor, salió corriendo porque les tiene miedo a los
carabineros, ya, Anselmo, ya, suéltamela, la estái rajando,
para qué la hacís tira si ya hicieron pedazos todo lo demás,
miren los pedazos en el suelo, todos los trozos plomizos de
la cabeza del Gigante que era tan bonita, no, no me des-
trocen eso, sólo eso queda de mí, déjenmelo, se arrebatan
el falo unos a los otros, me rajan peleándose mi falo magnífico, en dos, en tres pedazos, ya no queda nada y la tonta
de la Gina que se fue, dicen que cierra los ojos y abre la
boca suspirando cuando besa como las artistas y dice rico
el nanay mijito, más nanay, dónde se habrá ido la Gina en
esta lluvia. Ahora que no hay más Gigante ya no se va a
volver a asomar al balcón del piso de arriba para bailarnos,
qué lástima, bailaba bien la tonta de la Gina, eso sí, tonta
será pero de bailar, baila con harta tinca la cabra. Romualdo se arrastra hasta la puerta. Ya nadie se acuerda de él. Se
levanta acezando. Sólo entonces lo ve Gabriel:

—No te vai a ir.

—Devuelve la plata, Romualdo.

—Ladrón.

—Degenerado.

—Pervertidor de menores.

Antes de que los chiquillos alcancemos a secarnos las
lágrimas de risa, Romualdo huye por la calle apagada. Nos
aglomeramos en la puerta para gritarle degenerado, desgraciado, muerto de hambre, cafiche, ladrón, agitando trozos
del Gigante como pañuelos en una despedida. Ninguno

de nosotros trata de seguirlo porque la lluvia arrecia y Romualdo, en un minuto, se pierde en una calle sin faroles.

—Bueno.

—La fiesta estuvo buena.

—Valió la plata que te robó...

—Claro, ustedes la gozaron y pagué yo.

Gabriel le dice a su hermano que no se preocupe, que él le devolverá los mil pesos. Los Cuatro Ases le palmotean la espalda, tranquilízate, hombre, qué son mil pesos, nosotros te vamos a conseguirte una mina buena de veras, una mina de verdad con la que te puedas meter en la cama en pelota, nada de tonteras de meterte adentro de una cabeza de cartonpiedra para culiarte a una cabra atracada a la pared, eso está bueno para correr mano, claro, pero para culiar nada como una cama con una mina calentita metida adentro, una noche entera, no puedo quedarme una noche entera afuera de la casa porque mi mamá y mi papá se pueden enojar porque soy muy chico, yo te tapo, Tito, yo la engaño a mi mamá para que salgái a pasar una noche entera con una mina caliente en una cama, como debe ser, lo demás no vale la pena y yo te voy a dar los mil pesos para que te consolís y vayái juntando plata para pagarle a una mina buena de veras.

Nos hemos ido yendo bajo la lluvia. Andrés, de repente, dice que es tarde y sale del negocio. Gabriel nos pide a los que vamos quedando que lo ayudemos a ordenar un poco, que su mamá le dijo que muy bien, te cedo la única pieza de la casa que da a la calle para tu negocio de compraventa de revistas y novelas, pero yo ya estoy vieja y me toca mucho trabajo y no estoy dispuesta a matarme barriéndote el negocio ni ayudándote en nada. Así es que ustedes, cabros, que fueron los que hicieron el destrozo, tienen que ayudarme a limpiar.

Gabriel recoge revistas de todas partes. Las va ordenando en los anaqueles. Alguno manipula un futbolín, lo deja, y desganado, con el pie, reúne un montoncito de pedazos de Gigante. Aniceto y Anselmo se acercan a los futbolines pero ni siquiera tocan los monigotes, son sólo remedos desoladores de los héroes de la gesta real. Bostezan, salen del negocio, y sin despedirse se van corriendo bajo la lluvia, cada uno para su lado. Sólo queda Aniceto ayudando a los hermanos a reunir los trozos en los baldes. Si el pedazo que encuentran es demasiado grande y no cabe en un balde, rajan ese fragmento para hacerlo caber. Aquí hay otra sección de ojo, blanca, con unas puntas negras como de estrella, y el lóbulo será digo yo de una oreja colorada. Cuando todo queda limpio, Gabriel descubre el traje del Gigante, exangüe y desteñido, detrás del mostrador.

—Bah. Se nos olvidó esto.

—¿Qué vamos a hacer con él?

—No sirve para nada.

—Regalémoselo a la Gina.

Se ríen.

—Estaba como loca la tonta.

—¿Será cierto que creía...?

—Es puta. Se hace la inocente con lo del Gigante.

Aniceto se queda en la puerta mirando la lluvia, esperando a que escampe antes de irse. Comenta:

—No creo. Es rara. Dicen que cuando culea lo hace como jugando nomás, no en serio como otras minas menos ignorantes, y dice nanay, nanay, como las guagüitas. Oye, a veces me dan ganas de ir a decirles a las monjitas, no vaya a pasarle alguna cosa a esta cabra que además dicen que es huérfana.

—No te metái, Aniceto.

—Sí, no te metái.

—Claro, mejor no meterse.

—Ya, ándate, Aniceto, que quiero cerrar.

—Se aburrirá en la Casa.

—El Romualdo, hay que ver cómo estaba.

—A ése sí que no le vamos a volver a ver ni el polvo por este barrio. ¿Qué le irán a decir los famosos caballeros turcos?

—Ya, Aniceto...

—No te quedís hablando ahí.

Está escampando.

—Ya voy. ¿Cuánto hiciste hoy?

—No sé. Creo que no mucho, mañana voy a hacer la caja. Mucho no hago nunca cuando llueve. Y lo que más pica me saca es que algunos vivos se aprovecharon de la toletole que armaron ustedes para robarme unas novelas nuevecitas que me las tenían medio palabreadas.

—Me voy.

Los hermanos no contestan. Las casas de la vereda de enfrente se han amoratado. Las ramas de los nogales ya no son borrones, sino garabatos a la luz de los faroles.

—¿A qué hora vai a abrir mañana?

—Según.

—A ver si paso.

—Ya nomás.

—Chao, Gabriel.

—Chao.

—Chao, Tito...

—Chaíto.

8

El sótano está tibio y oloroso, iluminado por la vela que
arde en su palmatoria. Las siete viejas tendemos a la Iris en
la cama. No está nada de bien esta pobre chiquilla. La Rita y
la Dora la desnudan rápidamente, le secan el pelo que es lo
más difícil porque lo tiene crespo, tantísimo pelo que tiene
la Iris por Dios, si no se le va a secar nunca y puede pescar
una pulmonía con tanto pelo mojado, le ponen ropa abrigadora, camisa de franela, calcetines, suéter, un chal, qué más,
sí, una botella de agua caliente en los pies pero si el agua
está hirviendo hay que meter una pajita en la botella, de las
pajitas que se sacan de las escobas, para que la botella no se
quiebre con el agua hirviendo. La María Benítez acerca el
brasero. La tapan bien tapada con chales, qué sé yo qué le
habrá pasado a esta chiquilla, empapada como la encontramos, tirada en un charco de agua en el patio de la portería,
sin zapatos siquiera, quién sabe dónde habrá dejado los zapatos. Le tocan la frente, la María Benítez nos asegura que
no tiene fiebre, nada grave, arroparla, tilo con limón caliente,
cuidarla para que no se le ocurra levantarse otra vez, chiquilla porfiada, cuando hace viento y frío y con esta lluvia.
Ténganle el tilo con limón para cuando despierte, que la
Amalia se lo vaya preparando. Que descanse. Que duerma.

—No hay que meter bulla.

La Damiana está barriendo. La Dora teje. La Rosa Pérez, que no sirve para nada, se pone a hacer hilas, por si

acaso, para restañar la sangre, una nunca sabe con las primerizas, hay que tener cuidado con las primerizas, después, con la segunda, con la tercera guagua ya no importa tanto, una tía mía tuvo dieciocho hijos. Nuestras actividades producen rumores blandos, algodonosos, sin aristas que puedan golpear el sueño. La Iris comienza a agitarse:

—Señora Rita...

La Rita se acerca. Todas nos acercamos. La Rita se sienta al borde de la cama, le acaricia la frente, la Iris le busca su mano, se la aprieta, nuestros ojos siempre al borde del llanto se humedecen al presenciar ese gesto desolador.

—¿Cómo se siente, mijita?

La Iris nos mira sorprendida, porque de pronto se asoma a un mundo horrible, nuevo, los labios temblorosos, el miedo inundando sus facciones tensas. Esconde la mano. Llora un poco, y después más y más, si parece que se le fuera a partir el alma a la pobrecita, qué será lo que le duele, pero si es como si no le doliera nada, como si fuera otra cosa, no sé si alguien le habrá contado que condenaron a muerte a su papá por asesinato con premeditación y alevosía, sí, oí a la Madre Benita y al Padre Azócar comentando que lo iban a fusilar.

—Además salió en el diario.

Todas miramos a la Damiana.

—¿Y cómo sabes tú?

—Lo leí... claro que en el diario de hace como dos meses y salía hasta la foto del papá de la Iris, nada de mal parecido... ahora ya estará muerto.

—Apuesto a que le dijiste y por eso está así.

—¿Yo? ¿Para qué se lo iba a estar diciendo?

Hemos elegido a la Damiana para que tome el séptimo lugar, el de la Brígida, completando el número de las siete viejas que oficiamos en los ritos de los nacimientos y las muertes. La Damiana es pequeña, casi enana, de piernas y brazos cortos, la boca enorme desdentada como la de un lactante, la cara una maraña de arrugas anudadas alrededor de un par de ojitos minúsculos pero brillantes. Sigue barriendo. No tiene por qué acercarse mucho a la Iris, como nosotras. Es demasiado nueva, la última de todas. Pero no se puede negar que es bien mandada, está contenta de que la elegimos a ella en vez de a la Zunilda Toro a pesar de que dicen que cuando era sirvienta la echaban de todas las casas porque era lo más callejera que hay. Trata de agradar, como si fuera nuestra sirvienta.

—Damiana, enhébrame esta aguja que no veo nada.

—Damiana, está hirviendo la tetera...

—Damiana, a ver, supongo que sabrás hacerles hoyo a los chupetes para mamadera, mira, se calienta una aguja en el fuego y se limpia y entonces...

Toma, Iris, este tilo con limón calentito te va a hacer bien y no llores más, qué te pasa, no te des vuelta para la pared, no te arrincones contra esos hombres con barba y carabina que son tan feos... la idea del Mudito de poner justo ahí al lado de la cama de la Iris a esos abocastros, esta chiquilla se va a asustar, mira para este otro lado, no llores, así, calladita, si no pasó nada, duérmete otra vez...

La Iris no se duerme. Se queda con los ojos fijos en el techo y nosotras tratamos de hablar de otras cosas, de canesús y leche agria y flatulencias, pero no podemos dejar de darnos cuenta de que los ojos de la Iris se llenan de lágrimas que le embarran la cara. Los ojos están precisos en esa cara donde, de repente, no queda nada de gordura infantil. La desconocemos. No sabemos qué hacer. Comienza a gemir. La Damiana, minúscula como una laucha, se introduce en nuestro círculo, observa, se acerca al velador donde están los baberos para la guagua, toma uno y poniéndoselo se mete en la cuna de bronce adornada con blondas celeste, balbuceando agú, agú, los ojos enormes inocentes, las manitas levantadas pidiendo que la mimen.

—Agú...

—Ya, Damiana, déjate...

—Vas a ensuciar la cuna con tus patas cochinas.

La Iris mira a esa guagua monstruosamente vieja que le ofrece sus bracitos diciéndole mamá, mamá, que le sonríe con sus ojos inocentes pidiéndole que la tome en brazos y que la acaricie porque a las guaguas les gusta que las mamás las tomen en brazos y las acaricien y a las mamás les gustan tomar a sus hijas en brazos y acariciarlas, que patalea, las piernas varicosas en el aire, los pies nudosos con callos y juanetes, la cara rayada y manchada que exige caricias, salivando su vieja saliva sobre el babero primoroso. La Rita enjuga las lágrimas de la Iris, que se incorpora un poco, y toma del velador un gorrito blanco con pompón. Se inclina sobre la Damiana. Se lo pone. Ella berrea y llora mientras la Iris le amarra las cintas bajo el mentón peludo. Cuando el lazo queda listo, la guagua hace un mohín. Todas, incluso la Iris, soltamos carcajadas.

—Sácale ese gorro, Iris.

—La Damiana tiene piojos.

—Ese gorro es para tu muñeca.

—La Damiana es mi muñeca.

—Tan fea la cara de tu muñeca.

—Mentira, es linda, y dice mamá...

—Teno fío, mamá...

—Pásenme un chal para abrigarla.

Se lo pasamos. La Iris se levanta de su cama y envuelve las caderas y las piernas de la vieja con el chal. Upa... upa... ayudamos a la Iris a tomar a la Damiana en brazos, ataviada con el gorro con pompón, el babero bordado, el chal. La guagua se pone a gemir.

—Hay que pasear a las guaguas para que se callen.

La Iris la pasea de un lado para otro... shshshshsh... shshshsh mijita shshshsh... hasta que el llanto de la Damiana amaina.

—Se durmió.

—Va a despertar con hambre.

La Damiana abre los ojos.

—Quelo papa, mamá...

La Iris se sienta en un piso junto al brasero, seria, concentrada. Desabotona su chaleco. Saca uno de sus pechos pesados.

—Papá, mamá...

—Chupe, mi guagüita.

—Ya, Damiana, toma tu papa, no te hagái de rogar, cuándo te vai a ver en otra...

La boca desdentada de la Damiana se une al pezón de la Iris mientras nosotras nos apretamos el estómago de la risa, esta Damiana, más divertida que la Menche nos salió, parece guagua de circo, qué guagua más fea, mira el mamarracho que tuviste de guagua pues, Iris, no te da vergüenza, escóndela, mejor esconderla en alguna parte para que nadie la vea porque se van a asustar o se van a reír de ti, una guagua peluda, fíjate, dónde se ha visto, y la Iris dice que no, es preciosa mi muñequita chiquitita que habla y es rico como me chupa las tetas, Damiana, sigue, mijita, chupa niña mía y después te voy a mecer y te voy a hacer nanay y voy a pedirles a las viejas que te dejen dormir conmigo en la misma cama para que me des calor ahora que me hace falta, soy friolenta a pesar de lo gorda, ya pues, Damiana, ya chupaste bastante, no seái golosa, aprovechadora, ya está bueno. La Iris guarda sus pechos. Vuelve a pasearse por el sótano con la guagua en brazos, palmoteándole la espalda para que eche el flato. Iris, pégale fuerte en la espalda a esa vieja cochina, mira que si no echa el flato después se hincha y llora y no va a dejar dormir a nadie en toda la Casa porque cuando la Damiana llora, llora de veras, acuérdense de cuando murió la finada Brígida cómo lloraba, si se debe haber oído en la Plaza de Armas, pégale más, Iris, más. Hasta que la Damiana suelta un eructo que estremece el sótano y nosotras reventamos de risa.

—Eso sí que lo deben haber oído en la Plaza de Armas.

—Mamá, mamá, me hiche pipí...

—No vaya a ser cierto, esta cochina.

—Capaz.

—No vaya a manchar el chal que es nuevecito.

—Hay que cambiarla al tiro, no se vaya a cocer.

—Sí. Tienes que cambiar a tu guagua, Iris...

La Iris tiende a la Damiana sobre una toalla para que no manche la sábana. La Rita le pasa un pañal flamante, la Amalia trae el talco, la Rosa Pérez una esponja, la María Benítez una pomada, la Dora hace sonar un cascabel para distraer a la guagua y así no se enoje porque la están cambiando, que a veces las guaguas se enojan. La mamá le sube la pollera harapienta y la enagua olisca, le baja las medias de lana y los calzones mojados, agua tibia necesito, no, caliente no, no se me vaya a quemar la niña, pero de dónde sabrá tanto de guaguas esta chiquilla, si parece que no hubiera hecho otra cosa en su vida que cuidar niños, mírenla, ya se le pasó la pena porque era pena lo que tenía, ahora la Iris se está riendo, feliz, mírenla cómo se ríe con el espectáculo de ese sexo inútil, inerte, negro, más arrugado que un higo seco. Casi ciega de la risa con las morisquetas que está haciendo la Damiana, la Iris le lava el sexo, con cuidado. No le vaya a doler, mijita, que tiene su chuchita tan tierna, tan delicada, ábresela, Iris, hay que ver qué vieja más hedionda a poto, pero ábresela bien abierta pues Iris no ves que a las niñitas mujeres hay que abrírsela bien la chuchita para lavarla, por dentro porque de otra manera con tanto polvo y pomada se junta la mugre y se infecta, así, adentro, suavecito pero bien refregado para que no vaya a quedar nada de mugre, suavecito, así, así, justo ahí, acariciar suavemente ese sexo enternecedor que es el sexo de mi hija, de mi muñeca que habla, yo que nunca tuve más que un palo amarrado con trapos cuando era chica, es más divertida que la muñeca que me habían prometido porque ésta es una muñeca viva, acariciándote el sexo con la esponja para que te quedes tranquila, para que hables, para que digas agú, mamá, mamacita linda, tus manos ásperas que son las de mi guagua tocándome la mejilla, y te doy dos palmaditas en las nalgas tiernas, sí, son tiernas tus nalgas, Damiana, aunque las otras viejas se atraganten de risa porque revuelves las caderas mientras sigo lavándote. Ya no mueves tus caderas, se cierran tus ojos. Te doy un beso en el vientre arrugado:

—Qué guatita tan linda la de mi hijita.

La Damiana parece haberse dormido. La Iris canturrea mientras va espolvoreando talco sobre el vello negro. Las demás queremos enseñarle a ponerle los pañales, así no se hace pues, Iris, así, así es, así queda mejor, no así pues, Dora, que le queda muy apretado el pañal y después la niña llora porque le duele y se puede cocer... lo peor es cuando las guaguas se cuecen... vai a ver nomás Damiana cochina lo que te va a doler cuando se te cueza el poto por meona, no les digo que así queda mejor, así cambiaba yo a los niños de misiá Gertrudis y nunca se me cocían.

Nos retiramos cada una a sus quehaceres. La Iris arropa a la Damiana en el chal y se sienta en un rincón para arrullarla, meciéndola, meciéndola dulcemente en sus brazos, su mejilla pegada a la mejilla escamosa de la vieja, canturreándole muy bajito:

La Virgen lavaba,
San José tendía
y el niño lloraba
del frío que hacía...

Cuando la guagua vuelve a lloriquear pidiendo más papa, mamá, quelo más papa, la Iris saca un pecho y la guagua vuelve a chupárselo. Esta chiquilla está desvelada, no se quiere dormir, mejor cantarle otra cosa, algo que le meta miedo y se quede dormida porque si no, no vamos a terminar nunca y nosotras tampoco vamos a poder dormir.

Arrurrurrupata
que viene la vaca
a comerte el poto
porque tiene caca...

★ ★ ★

Ya no se separan, ella y la Damiana. Todas hemos olvidado que se llama Damiana. Le decimos la guagua de la Iris. En cuanto nos damos cuenta de que no hay extraños, viejas intrusas como la Carmela con sus eternas quejumbres o como la Zunilda Toro que parece un buitre revoloteando alrededor de nosotras esperando a que una se muera para que la elijamos a ella aunque no sabe a qué la elegiríamos, la Iris abre los brazos, la guagua fea da un brinco para sentarse en su falda o acurrucarse en sus brazos y la mamá le hace nanay, nanay la niña buena que no se hace caca en los calzones, mijita linda, tuto, tuto guagua que viene la vaca y le corren los mocos y la mamá le limpia la nariz peluda, y se hace pipí y la Iris le cambia los pañales y cuando pide papa ella vuelve a sacar su teta blanca y pesada y la guagua chupa y echa su flatito y después se duerme. Cuando despierta, generalmente está mojada, es una costumbre que no se le ha podido quitar a pesar de las protestas de las viejas, mojada otra vez esta chiquilla por Dios, cuándo irá a aprender a avisar para no tener la esclavitud de lavar pañales todo el tiempo con tanto que hay que hacer... sí, hay que cambiarla al tiro porque si no se va a cocer, y todas sabemos que eso es lo peor.

La Iris abre las piernas de la Damiana. No me ofende la fealdad de su sexo descubierto. Al contrario. El hecho de que nosotras, que somos tan púdicas y castas, no nos avergoncemos de mostrarle al Mudito la parte del cuerpo más celosamente guardada, significa que pertenecer al círculo de las siete viejas ha anulado mi sexo. Voy disminuyendo poco a poco. Puedo guardar mi sexo. Como he guardado mi voz. Y mi nombre, repetido nueve mil trescientas veces en los cien ejemplares de mi libro que conserva don Jerónimo en su biblioteca, sellados entre las curiosidades bibliográficas que jamás nadie consulta, en los anaqueles a la derecha al entrar en esa estancia de maderas cuyo color se ha ido decantando y muebles del terciopelo más silencioso. Sin saberlo, él me conserva, me guarda, coopera conmigo, me ayuda, me sirvo de él para que proteja mi nombre, para que esconda esas sílabas y ya nadie las recuerde salvo él, porque yo a veces me olvido, no existo, no tengo voz, no tengo sexo, soy la séptima vieja. Destruí mi inteligencia hace mucho tiempo ayudando a la Madre Benita a limpiar y a barrer y a combatir lo incombatible, qué hacer con los juanetes de la Carmen Mora que está quedando coja, no hay más que garbanzos y las viejas prefieren los porotos y para calentarse, Mudito, ya que no queda nada de carbón, lo mejor será ir arrancando las maderas de los pisos de las habitaciones del fondo de la Casa y los marcos de las ventanas, y las vigas, qué importa si van a demoler, barrer, limpiar, a veces encender las velas del altar y golpearme el pecho y hacer tintinear las campanillas ayudando en la misa, no oigo, no sé hablar, qué más quieren, el sexo era lo más difícil, pero soy la séptima vieja, mi miembro es un trozo de carne y pellejo inútil que se ha ido encogiendo, no muy distinto a la vulva de la Damiana. Cuando sale el sol o corre el viento colgamos los pañales de la guagua de la Iris en el patio de los santos quebrados para que sequen y se aireen, no se vaya a quedar sin ropita limpia la guagüi-ta de la Iris. Llamamos a la Amalia, perdida en otros patios buscando el dedo, para que recoja los pañales.

La Damiana se ha encogido mucho. Está más redonda y más liviana. Ha perdido, como yo, el habla: sólo dice teno chueño, papa mamita, más papa, agú, agú, quelo caca, y tiernamente se entretiene con los pezones de la Iris, los toma con sus dedos ásperos, juega con ellos, los masca con sus encías gomosas, los babosea riéndose porque concentró todo el universo en esas dos puntas de placer que aprisio-nan a la Iris dentro del sueño que le hemos fabricado para cosechar lo que queremos: su hijo, nuestro hijo milagroso que nos llevará a todas al cielo sin pasar por el trance de la muerte que es preferible evitar, mi hijo, el hijo de don Jerónimo de Azcoitía que prolongará nuestra estirpe. Nos envolvemos en conversaciones sobre flujos menstruales, en la sabiduría ancestral sobre la eficacia de ciertas papillas y ciertas pomadas, sobre cintas de raso, y hule para la cama. La Iris también se ha transfigurado, suplantando una encarnación con otra sin recordar nada de la anterior, como si su memoria estuviera fabricada de una materia tan resbaladiza que las cosas no logran adherirse a ella. Ya no es Gina, la Pantera de Broadway, la novia del Gigante. No recuerda al Gigante. Ahora es entera y completamente la mamá de la Damiana. Ni una gota de la Iris queda afuera de este nuevo juego que sustituyó al anterior.

¿Pero qué haré con la cáscara de la Iris, ese continente inservible que rodea al útero, una vez que haya cumplido con su función específica de dar a luz? No puedo permitir que sucesivas encarnaciones vayan borrando las previas hasta que la Iris se disuelva, desmenuzada y repartida, pedazos suyos encontrados en los envoltorios de viejas muertas, o que nosotras guardamos debajo de nuestras camas, a mí también me gusta guardar objetos inútiles debajo de mi cama, manuscritos que nunca publicaré y notas y cuadernos llenos de lo que en mi tiempo llamábamos *pensamientos,* y los recortes de críticas que me nombran, también tengo mi nombre guardado entre los trastos viejos que voy acumulando debajo de mi cama, soy codiciosa, no quiero que otras viejas me roben trozos de la cáscara descartada de la Iris, la quiero entera para mí. Para eso estoy preparando esta casita. La encontré entre los despojos de la Brígida y la guardé antes de que la Madre Benita se diera cuenta de lo que estaba haciendo. Es una cajita de música, un chalet suizo de madera. Si uno levanta el techo pegado al resto con dos bisagras, toca *El Carnaval de Venecia*. Es la única melodía que toca. Manipulando los resortes logré componerla. Está casi lista. En el sótano tibio, mientras la Iris muestra sus tetas desfachatadas dándole de mamar a la Damiana que jamás se harta, yo me entretengo en pintar la fachada del chalet: la nieve simulada de los aleros y la chimenea, los pajaritos de madera, las cortinas rojas con lunares verdes recogidos a cada lado, entre las cuales pegué trocitos de espejo para indicar la posibilidad de asomarse al interior. Debo acomodar a la Iris en ese interior. Porque he decidido apoderarme de lo que quede de la Iris después del parto para que viva aquí adentro una existencia de juguete. Incluiré a la Damiana. Cuando nazca el niño verdadero, el destino de la Damiana tendrá que permanecer unido a la cáscara inservible de la Iris... en el chalet suizo dormirán entrelazadas, prisioneras de sus caricias que irán perfeccionando, y les cerrarán todas las salidas porque ya no las necesitarán... no querrán salir, tendrán miedo a lo que no sea ese ámbito reducido donde vivirán amarradas por su juego. Sí, Iris, vas a quedar contenta en tu casita con la Damiana, mucho más que afuera. A veces abriré la tapa para mirarlas y oirás *El Carnaval de Venecia*. Lo encontrarás muy bonito, te lo juro, su tintineo insignificante llegará a gustarte más que tus jerks y tus frugs que bailabas en la ventana del piso de arriba, porque al repetir y repetir su melodía pegajosa, el chalet suizo te irá haciendo olvidar todo lo demás, descartando definitivamente todo tu interior, corteza pura, encerrada en esta encarnación última, definida por el ámbito estrecho, único, insulso, reiterado de *El Carnaval de Venecia*. Te juro que envidio tu existencia protegida dentro de la cajita de música. Guardaré esta encarnación final sin permitir que te escapes y te transformes en otra cosa, amarrada en un paquete, debajo de mi catre, con mis papeles inútiles clasificados y ordenados, junto a las demás cosas que quiero conservar porque son mis cosas, soy la séptima vieja, tu impudor me lo demuestra todos los días.

★ ★ ★

Iba a bajar al sótano porque creí que en ese instante estabas sola. Quería mostrarte el chalet suizo para que comenzaras a codiciarlo: invitarte a que te asomaras por los espejos de la ventana, contándote toda clase de mentiras sobre la magnificencia del interior, para que se las transmitieras a la Damiana, y las dos, sin que las otras lo supiéramos, me imploraran que las deje jugar con el chalet suizo, que incorporarían poco a poco a sus vidas, terminando por entrar a través del espejo diminuto de la puerta.

No bajé al sótano. Me quedé en la sombra, escuchándolas, mirándote a ti y a tu guagua terrible que no es tu guagua porque no dice chueño, pipí, caca, dice los americanos bombardean las cercanías de Hanoi, Onassis declara, Panagra la línea aérea del hombre moderno, Allende al poder, minifaldas expulsadas de la catedral metropolitana, intelectuales deben tomar parte en la zafra este año declara Fidel Castro, Fi-del, Cas-tro, Castro, aprende bien las letras pues, Iris: C-A-S-T-R-O, la *a* de Castro díme dónde está aquí en esta otra palabra: Nikita, claro, ésa es la *a*, ves que no eres tonta y no cuesta nada, pero para qué quieres saber por qué echaron a ése que se llamaba Nikita si ni siquiera sabes leer bien todavía, mejor espera antes de preguntar por qué pasan las cosas, si ya sé leer, Damiana, aunque no de corrido, ya no me equivoco casi nunca, no ves, aquí: se vende la producción de diez mil aromos por Dios qué harán con las flores de diez mil aromos que duran tan poco, pasan una temporada en las Termas de Panimávida las familias Cristi Ramos, Palma Cristi, Cristi Cristi, Pieyre de Baudoin Cristi... qué lata, tanto primo... rémoras de la Belle Époque, no sé lo que querrá decir eso, Damiana, es en otro idioma que yo no entiendo, si el Mudito no hubiera pegado otro diario encima de lo que sigue... mira aquí pues, Iris, esto sí que es bonito, el retrato de la perrita Laika ésa que mandaron a la luna, a ver, dónde está la *a*, claro, ésa es, la reconociste a pesar de que está escrita con mayúscula, no ves que esto es mucho más entretenido que las tonterías del Pato Donald y de Corín Tellado, que son puras mentiras, Iris, no vayái a creer ni una palabra de esas papas, aquí es más entretenido leer porque son cosas de verdad que les pasan a personas de verdad, no a monos pintados, hay que leer los diarios, todo sale en los diarios, así supe lo de tu padre, sí, sí, llora, ves, ahora te importa que hayan fusilado a tu paire, a la hora nona te viene a importar, qué le vai a

157

hacer, chiquilla, es un destino... veís que tenís que aprender a leer para que leái los diarios y no seái una bruta ignorante y no dejís que todas estas viejas se aprovechen de ti y te tengan convencida de que yo soy tu guagua, no soy, soy la Damiana, y te van a meter en la cabeza que el chiquillo que vai a tener es de milagro, que erís virgen, cómo vai a ser virgen si te lo llevavai acostándote con el Romualdo ése dueño de la cabeza del Gigante que es el paire de tu criatura, hay que buscarlo, que te venga a buscar para que se case contigo y tengái un hombre que trabaje para ti y te mantenga, y tú cuides a tu hijo, no estas viejas, tenís que aprender a defenderte, por eso tenís que aprender a leer, a ver, qué dice aquí, no llorís más, qué dice aquí en este renglón, revolución de los hippies, qué serán los hippies, una ya no sabe, está muy vieja, pero tú puedes saber qué son los hippies, mira, sale una foto, parecen maricones con el pelo tan largo, pero andan abrazados con mujeres así es que no pueden ser maricones, y aquí dice... una Damiana gigantesca iluminada por la claridad abierta de esa ventana de diarios con que empapelé los muros, sus ojos de pupilas agudas asomándose a esa ventana, lista para lanzarse por ella con la Iris, tanta luz en sus caras estupefactas ante la realidad, tanta precisión en sus letras, sus sílabas, la exactitud del índice de la vieja señalando las palabras y las frases y los titulares a la luz de la vela con que la Damiana, parada junto a la Iris sobre la cama, va recorriendo esa literatura en que lo urgente agonizó, la vela de un lado para otro, buscando, de abajo para arriba, hasta el techo, buscando más noticias, más frases, enormes, asomadas a esa ventana.

No puedo dejarlas solas nunca más. Tengo que vigilarlas minuto a minuto porque la Damiana nos ha estado engañando para robarnos al niño y perderse con él en un tugurio fétido donde nadie descubrirá bajo su ropa de mendigo al hijo de don Jerónimo de Azcoitía. Cada segundo que ésas dos pasan juntas es peligroso. Tengo que urdir algo para deshacerme de la Damiana, pero no puedo vigilarlas, duermen juntas y no puedo dormir con ellas. Cuando las viejas se reúnen en el sótano la Iris toma a la Damiana en brazos y con las mejillas juntas, como quien canturrea, hablan, sé que hablan, están planeando una fuga para salir en busca de Romualdo, el padre que no es padre y sin embargo debía ser el padre, avisarle hoy mismo a don Jerónimo para que venga a rescatar a su hijo del lodo en que la Damiana quiere hundirlo, no canturrean por lo bajo, no se miman: traman, conspiran, mientras la Dora teje, la María Benítez revuelve mixtos sobre el fuego, la Rosa Pérez plancha, la Rita ata un nudo de raso, la Amalia se enjuaga el ojo tuerto en una copita azul, y la Damiana, diminuta otra vez, dormita en la falda de la Iris esperando qué sé yo qué momento, qué oportunidad, y la Iris, abotargada, se mete el dedo en la nariz y bosteza. Y yo, la séptima vieja, me instalo en un rincón para pintar un *edelweiss* en la cajita de música, vigilando.

—¿Cuándo irá a nacer?

—Eso no se sabe en los nacimientos milagrosos.

—Lástima no poder preguntarle cuándo fue.

—¿Cuándo fue qué?

—Bueno, desde cuándo hay que empezar a contar los nueve meses...

—Los nueve meses no cuentan cuando es milagro te digo, Amalia, no seas porfiada, la guagua nace cuando tiene que nacer y sanseacabó... hay que esperar...

—¿Y cómo la Virgen?

—¿Cómo?

—Claro, la fiesta de la Encarnación, cuando el Arcángel San Gabriel se le apareció a la Virgen María con su dedito parado y ella dijo hágase Su voluntad, es el 25 de marzo. Y el nacimiento de Nuestro Señor Jesucristo es el 25 de diciembre, nueve meses justitos.

—Pero la Iris no es la Virgen María, es un nacimiento milagroso cualquiera, hay muchos nacimientos milagrosos, así es que no hay que ser tan preguntona, Amalia, es malo...

—No sé. ¿Y cuando nazca el niño, la Iris irá a seguir siendo virgen? Los niños salen por donde mismo...

—Ay, no sé, eso se verá...

—¿Será virgen la Iris, pues?

—Cómo no va a ser, Amalia. La Brígida dijo y la María Benítez la examinó... ¿No es cierto, María?

La María no contesta.

—¿No es cierto, María?

La María Benítez deja de revolver sus mixtos olorosos.

—No sé... quería decirles... pero no había encontrado la oportunidad.

—¿Qué?

—Bueno, el otro día cuando la encontramos enferma en el patio con ese como ataque tan raro que le dio. ¿No se habrá metido alguien en la casa, digo yo?

—¿Cómo?

—No sé, los hombres son tan cochinos y ella es tan linda. Tengo miedo... dicen que cuando una mujer se mete con un hombre después que ya está esperando, el hijo nace fenómeno. La finada Brígida me contó que por eso nunca dejaba que su marido la tocara después que quedaba esperando. Claro que todas sus guagüitas le nacieron muertas, así es la vida, Dios lo quiso así. Dicen que si un hombre se mete con una mujer embarazada, el hijo nace fenómeno, un monstruo con cabeza grandota, con los brazos cortos como aletas de pingüino, la boca de sapo, el cuerpo peludo o con escamas, hasta sin párpados puede nacer, y por eso los niñitos monstruos no pueden dormir y lloran todita la noche de pura pena de ser monstruos y también porque no tienen párpados que cerrar para poder dormir, debe ser terrible no poder dormir en la noche, dicen...

Dicen... dicen... dicen: palabra omnipotente en las bocas raídas de las viejas, sílabas que almacenan todo el saber de las miserables... dicen... dicen que la Brígida era millonaria, dicen que la seda fina se plancha con la plancha tibia y rociando un poquito... dicen que no van a demoler nunca esta Casa... dicen que metiendo una pajita en una botella el agua hirviendo no quiebra el vidrio... dicen... dicen, siguiendo los meandros de los años y quizá los siglos la repetición de la palabra dicen, quién sabe quién dice y a quién se lo dice y cuándo lo dice y cómo lo dice, pero de decirlo sí lo dicen, y ellas repiten la seguridad de la palabra dicen que cuando un hombre se mete con una mujer embarazada el hijo nace monstruo. En la penumbra del sótano ocupado por viejas como montones de harapos que se agitan un poco, la María Benítez revuelve el contenido de la olla sobre las brasas incandescentes y el vapor fragante de esta infusión de paico que dicen que es tan buena para el estómago va concentrándose para dar forma a la verdad irrefutable del hijo monstruoso de don Jerónimo y la Iris que alguien engendró en alguien cuando por fin Inés quedó embarazada, no quiero tocarla porque temo estropear a mi hijo que tiene que ser perfecto y dicen que si uno hace el amor con... quién sabe dónde y cuándo oyó don Jerónimo ese *dicen* que está definiendo a este hijo suyo estropeado por todos los chiquillos del barrio, por todos los pijes del centro revolcándose con la Iris, por todos los generales y los académicos disimulados dentro de la cabeza del Gigante, sí, don Jerónimo, su hijo va a ser un monstruo sensacional, digno de un Azcoitía, yo, un Peñaloza, no podría engendrar la magnificencia de un hijo monstruoso, sólo una guagua fea, débil, desnutrida, de las que lloran por hambre y no porque sueñan la realidad irrefutable de pesadillas estupendas como las que va a soñar el monstruo producido por el útero fértil de la Iris Mateluna, sigue, María, tú eres meica y sabes lo que dicen, sigue revolviendo esa olla de donde brota el vapor que dibuja esa cara deforme, ese cuerpo contrahecho que arrancará a don Jerónimo de la placidez del sillón del Club donde lee el diario y dormita olvidando toda empresa noble, abandonando la tarea del poder, todo intento arduo como los de antaño, porque prefiere cultivar su fláccida papada con la que traiciona el dolor de mi padre que es digno de respeto, no tiene derecho a defraudarlo, don Jerónimo, para la nada y la cosa ninguna como diría la María Benítez que sigue revolviendo la olla que convoca al monstruo salvador, y tú, Amalia, aseguras que también has oído decir lo mismo, no la interrumpas, Dora, ni tú, Rita, asegurando que eso no tiene nada que ver con la Iris porque la pobre no se ha metido nunca con nadie, ni antes ni después, los hombres no existen, la Brígida inventó el embarazo milagroso, la Brígida concibió el hijo de la Iris, la Brígida es la madre del monstruo, la Brígida sabía todo. La María sigue revolviendo la olla sobre las brasas, ese Azcoitía torcido y estropeado me sonríe desde el vaho, quiero mecerlo en mis brazos mientras las viejas hablan y comentan y dicen y murmuran y escuchan a la María Benítez, que es meica, y dicen que sabe muchas cosas, no tanto como la Brígida, pero de saber, sabe harto la María Benítez:

—... se me ocurrió nomás. No se ofenda, Rita... que esa noche que la encontramos, bueno que alguien hubiera entrado para abusar con la pobre inocente, hay hombres muy degenerados que dicen que buscan a niñitas como la Iris para hacer cosas asquerosas con ellas y claro, entonces, con el susto, todos los humores del cuerpo se envenenan... y si es como digo, si no se ha muerto el niño, seguro que saldrá monstruo.

—Muerto no está.

—Yo le puse la mano en la guata ayer y se movía.

—Puede ser indigestión, comió plátano muy tarde...

—No, dicen que el plátano hace mal con cerveza de noche, cae pesado al estómago, y cerveza no tomó la Iris, de dónde va a haber sacado cerveza.

—Entonces quiere decir que va a salir monstruo.

Nos miramos todas sin saber qué decir, hasta que desde la falda de la Iris dormida dijo la Damiana:

—¿Y qué importa que el niño salga monstruo?

No supimos qué contestar. Sigue, Damiana, sigue:

—Hasta mejor sería. Si sale monstruo nadie lo va a querer y no van a venir a meterse aquí en la Casa a reclamar al niño. La gente les tiene miedo a los monstruos. Claro que dicen que a veces vienen los doctores y se llevan a los niños que nacen monstruos para examinarlos en los hospitales y hacer experimentos con ellos. Sufren mucho los pobres. Los monstruos son harto valiosos, son escasos, casi no hay. Yo tenía una comadre que parió un niñito fenómeno. Se lo robaron los doctores y dicen que lo metieron en un frasco de vidrio con agua colorada y le daban de comer con sondas, y mi comadre no volvió a ver a su hijo nunca más, ni le pagaron ni un cinco por él.

Yo sé por qué estás estimulándolas para que crean que el hijo de la Iris va a nacer monstruo: con la intención de tranquilizarlas mientras traman, tú y la Iris, la fuga hacia lo que creen que es la realidad. Estás segura, pobre vieja, de que el Gigante es el padre. Que Romualdo fue el único que ocupó la cabeza del Gigante. En tu mente tradicional existe un padre que hay que buscar para cargarlo con el hijo. No sabes el otro lado de las cosas, las docenas de padres que escondió la máscara del Gigante, lo que yo tramé antes que tú comenzaras con tu pobre historia realista: familia, madre, padre, hijo, casa, mantener, dar alimentos, sufrir... esas cosas, sigue creyéndolas, Damiana, urde tu historia de felicidad vulgar, de tristeza cotidiana mientras yo, con el vapor que se concentra y se hace sólido, voy urdiendo algo nacido de la libertad anárquica con que funcionan las mentes de las ancianas de las cuales yo soy una.

—Sí, pero nosotras no estamos para lesas. No se lo pensamos entregar a los doctores ni a nadie, ni a la Madre Benita siquiera, ni al Padre Azócar. Ahora que sabemos que va a ser monstruo tenemos que cuidarlo mucho más para que nadie sepa que existe. Y guardarlo encerrado aquí hasta que él quiera irse con todas nosotras a la Gloria, en una carroza linda como la que se llevó a la Brígida, nada más que toda blanca y con caballos blancos en vez de negros y con alas tendrá que ser para volar al cielo en medio de una lluvia de flores y oyendo música celestial...

—¡Si estuviera viva la pobre Brígida!

—¡Ojalá que nosotras no nos muramos!

—Lindo el funeral de la Brígida.

—Lindo.

—El más lindo que hemos visto en la Casa.

Vigilarlas todo el día, a la Damiana y a la Iris, hasta que fuera hora de comer y de irnos a dormir. Cuando el sueño nos dejó anuladas en el fondo de nuestras rucas, la Iris y la Damiana esperaron el silencio completo para levantarse. Vigilarlas. Seguirlas. ¿Por qué mi temor, si yo tengo siempre en mi poder las llaves? Pero la Damiana es una amenaza peluda y vociferante que se introdujo en la Casa, luego en nuestro círculo, para destruirlo todo. Sube al piso de arriba con la Iris en la noche, sigilosas, para quedarse contemplando el esplendor de la ciudad, las luces escarlatas que parpadean en el aeropuerto, los focos de las torres de transmisión, los garabatos de neón en los edificios de cristal del centro, faros girando en la oscuridad buscándolas, agarra ese rayo, Iris, agárralo que ahora viene para acá, espera la otra vuelta y entonces lo agarras y te encaramas por él y la Iris alza el brazo y su mano coge el rayo que se escabulle para ir a aclarar otros vericuetos de la ciudad tendida hasta la cordillera. Desde la ventana que yo les abrí, la Damiana le está enseñando a la Iris el plano entero de la ciudad, el río, las plazas, el centro, las avenidas, no te vayas a perder, trazando los itinerarios que seguirían a través de las calles que la Damiana conoce bien, porque cuando era sirvienta tenía fama de callejera, pronunciando esos nombres con exactitud, sílaba por sílaba para que entren en la cabeza dura de la Iris y no los olvide, para que no se pierda como me perdería yo si saliera de la Casa, a esas calles que la Damiana conoce y yo no.

Creí que harían algo más en la ventana, me figuré que limarían los barrotes para descolgarse con sábanas amarradas y huir. Pero pronto cerraron la ventana. Bajaron. Se despidieron con un beso de amigas en la mejilla. Cada una se fue a acostar en su cuarto. Yo me quedé rondando por los claustros, con las llaves empuñadas en el bolsillo de mi guardapolvo, no voy a dormir, ni esta noche ni nunca, en la noche se meterán a mi pieza y me sacarán las llaves de debajo de mi almohada sin que yo me dé cuenta, aunque las meta debajo de mi cama junto con mis manuscritos y mi chalet suizo, se lo llevarán todo cuando huyan de la Casa, porque huirán, mañana o pasado, por eso es que tengo que avisarle a don Jerónimo inmediatamente que está a punto de perder a su hijo en el anonimato de la miseria, voy a salir esta noche misma para avisarle porque sé lo que están tramando para arrebatarle la única ocasión que le queda de ser enorme y noble otra vez, al enfrentarse con la paternidad de un hijo monstruoso, sí, no puedo perder el tiempo, tengo que meter el chalet y las llaves y mis manuscritos en un atado de trapos, claro que se pueden llevar el atado entero, huir con él, ir diseminando por las calles los cordeles, los trapos, los trozos del chalet, la máquina que hacía música, mis manuscritos llenos de mi letra y mi nombre, y entregárselos a gente desconocida, quizás a la Peta Ponce que así sabrá donde encontrarme, a gente sin rostro como mi padre o como las víctimas a quienes el doctor Azula les roba las facciones, papeles, papeles que ni ellas ni aquellos a quienes se los entreguen leerán porque no sirven para nada, los tirarán al suelo para que las ruedas de los autos los embarren, para que los niños hagan botecitos o cucuruchos, como si fueran volantes multicolores, hasta que uno de los volantes caiga en sus manos y la Peta corra hasta aquí para obligarme a hacer el amor con ella otra vez, vieja inmunda, vieja lasciva, insaciable, no quiero salir, no voy a salir...

Mudito. Mudito. Su voz urgiéndome para que me desprenda de la sombra donde sabe que me refugio aunque sé caminar silenciosamente, corriendo por los pasillos cuando apura el paso en la oscuridad... otra noche, Mudito, Mudito... cuidado, Iris, hay un escalón, no te caigas, puedes matar a tu hijo, quizá sea eso lo que quieres, sea ésa tu venganza, matar esa figura de vaho que fue surgiendo de la marmita de la María Benítez, esa bruja que no es bruja sino meica y curandera porque ninguna de nosotras somos brujas sino viejas, nada más, viejas con privilegios de vieja. Mudo, Mudito, sí, se fue la Damiana, no sabes que la Damiana se fue sin que tú pudieras retenerla, la Damiana sabe escabullirse, no necesita tus llaves, en esta Casa hay agujeros que no conoces por donde entran y salen personas que tú no registras, la Damiana desapareció, somos seis ahora las viejas, dame las llaves, Mudito, quiero ir a juntarme con la Damiana... espera hasta que ella me llame, porque me va a llamar cuando haya localizado a Romualdo que se disfrazaba de Gigante y es el padre de mi hijo, corre, corre por los pasillos sin hacer ruido. Mudito, pero te imploro, Iris, que no repitas la palabra Mudito, Mudito, Mudito, Mudito en voz tan alta, te pueden oír, casi gritas, como si no pudieras seguir ni un segundo más sin mi presencia, calla, calla, nos van a oír. ¿Y la Damiana? ¿No me estará esperando en algún recoveco de los pasadizos, gigantesca, forzuda, con su barba y su carabina para ultimarme con una bala? Mudito... Mudito... los guarenes y las lauchas huyen a nuestro paso, rajamos las estructuras que las arañas proyectan en los corredores, te descubro entre los naranjos cargados de frutos de oro, escondida para verme pasar, tengo que adelantarme a la portería para cerciorarme de que el cerrojo está con dos vueltas de llave. Éste no es pasillo hondo: alguien, quizá yo, pintó una infinita perspectiva sobre una ventana tapiada, quizá la Damiana se haya perdido en esa simulación de profundidad, búscala por ahí, pero no, te engañas, te das cuenta de que no son más que líneas sobre un muro mentiroso y te detienes y doblas por otro corredor buscándome. Me escondo en un rincón para descansar acezando después de tu persecución, eres joven, yo soy enclenque, ahora no oigo tus pasos, descansar un poco en la portería antes de salir a decirle a don Jerónimo que te venga a llevar ahora con su monstruoso hijo de vaho dentro de tu útero antes que te lleve otra, acosado por las galerías, tu aliento hirviendo en mi nuca como el aliento de las bestias antes de descuartizarme, descansar, respirar en paz, sumido en este rincón adonde no llega ninguna luz.

Tú me tocas.

—Mudito.

Tengo el chalet suizo bajo el brazo. Mis llaves empuñadas en el bolsillo del guardapolvo. Hablas con una voz muy baja y muy serena, que desconozco.

—Quiero salir.

Lo sé, Iris.

Siento un olor a mugre, a ropa vieja, a esos ungüentos con que nosotras te embadurnamos, esta pomada es buena para los bronquios, Amalia, tú que tienes más fuerza que yo dale una buena friega a esta chiquilla en la espalda, y esto que parece agüita nomás es regio para frotarle ese tobillo que se le está hinchando... te niego el permiso con la cabeza. Me agarras la muñeca. Suelto las llaves en el bolsillo de mi guardapolvo. Tomas mi mano y la colocas sobre tu pecho que va a amamantar a un monstruo, que no es hijo de Romualdo aunque tú y la Damiana lo crean, ni es hijo mío porque soy la séptima vieja y no tengo sexo, Peta:

te juro que no tengo sexo, así es que no te vengas a meter en esta Casa. Es el hijo que don Jerónimo de Azcoitía, animado por mi mirada envidiosa, engendró en la hija de un criminal.

—Toca.

Toco.

—¿Rico?

No respondo.

—Aprieta, tonto. ¿Creís que no sé que querís hacer nanay conmigo? Toma, tócame bien tocada y después me dejái salir.

Arranco mi mano de tu pecho. Enciendo una luz discreta y te muestra la cajita de música, abro la tapa, oyes *El Carnaval de Venecia,* tus ojos se van a iluminar, los haré asomarse a los espejitos de la puerta y de la ventana: te indico la puertecita, quiero que entres, ahora, ahora, ahora mismo, cazarte dentro de la caja de música.

—¿Creís que soy huevona? ¿Que vai a poder hacerme lesa con ese juguete?

No sé qué contestar.

—Ya, te digo, ábreme.

No oigo. Soy sordomudo, eso lo sabes, Iris, no sé para qué me hablas tanto si sabes que no oigo. No entiendo nada de lo que me estás diciendo, por lo tanto aunque pudiera o quisiera hacer lo que me pides no te obedecería.

—Mentira. Pura mentira. No soi mudo. Me di cuenta desde el principio que no soi mudo, que te hacís el mudo nomás. Por eso es que te iba llamando por los corredores, para que me oyerai y me dejarai salir. No soi mudo ni sordo. Cuando hacís tintín con las llaves en el bolsillo de tu guardapolvo llevái el compás de A Dios Queremos En Nuestras Leyes En Las Escuelas y En El Hogar, A Dios Queremooooooos... y los mudos de veras no pueden llevar el compás de ninguna cosa porque no oyen, así es que no me vai a hacer lesa. La Damiana antes de arrancarse de la Casa dijo que te iba a acusar al Arzobispo, así es que cuidadito, te va a llegar uno de estos días. Si no querís que te acuse a la Madre Benita, déjame salir.

Es un razonamiento perfecto, Iris, te felicito, tu razonamiento me acorrala y me desnuda, exponiéndome a todo porque voy a tener que sacarlo todo de debajo de mi cama, mi voz, mi facultad de oír, mi nombre olvidado, mi sexo aterido, mis manuscritos inconclusos, todo voy a tener que usarlo y desplegarlo, qué haré con mi humildad, cómo no, señora, dice mi venia, para servirla está mi carrito, no soy vieja, soy Humberto Peñaloza, el padre de tu hijo, los embarazos milagrosos son cuentos de viejas a cuyo círculo no me dejas pertenecer porque estás arrancándome de ese refugio blando para que te permita franquear la puerta y perderte en el destino que la Damiana te ha convencido de que es tu destino verdadero, pero no le creas, Iris, la gente tiene muchos destinos, puede absorberla cualquiera, y el que te ofrece la Damiana es literal, pobre, insulso, miserable.

—Quiero salir.

—¿Sola?

—Claro.

—¿Para ir a juntarte con la Damiana?

—Vieja cochina.

—¿Por qué?

Esperas un momento.

—Estoy preñada. La Damiana salió contándome el cuento de que va a buscar al Romualdo, pero no es cierto, no lo va a buscar porque ella quiere quedarse conmigo. Yo no quiero irme a vivir con esa vieja maricona de la Damiana en la casa de una señora que ella dijo que conocía y que me podía alojar hasta que encontráramos al Romualdo y donde hay otras cabras, no quiero. Yo quiero ir a buscar al que me dejó preñada, quiero ir a vivir con él.

—No fue Romualdo.

—¿Quién fue, entonces?

—Yo sé quién fue.

—Claro, el Gigante.

—No, el que estaba adentro del Gigante.

—Claro, Romualdo...

—No, otro señor, un caballero...

—No me vengái con cuestiones, déjame salir.

Tu sueño realista es difícil de destruir, una encarnación que no quieres dejar, es lo que te pertenece, casi no es un sueño, eres naturalmente la pareja de Romualdo y lo sabes y no quieres dejarme destruir ese sueño para iniciarte en otro. El sueño de Romualdo lo comprendes entero, el que te propongo, no, te queda grande, pero yo lo puedo rebajar a tu medida, te puedo ir encajando poco a poco dentro de él. Estás urgida, no puedes más, salir, salir ahora es lo que quieres, no puedes postergar tu deseo de salir.

—Te vas a perder.

—No me importa.

—No vas a tener dónde dormir ni qué comer.

Te encoges de hombros con un gesto que desprecia mi temor de la intemperie que no quiero que desprecies porque necesito que lo hagas tuyo, por lo menos ahora, esta noche: te hablo, me escuchas, te explico que todo lo del Gigante fue una farsa porque el verdadero padre se escondía dentro de Romualdo, que no era más que otra máscara como la del Gigante que ella vio que destruyeron, ahora hay que destruir la máscara de cartonpiedra de Romualdo para encontrar al otro adentro, al verdadero padre de tu hijo, vive en su palacio de fierro y cristal, lo puedes ver desde tu ventana; uno de esos palacios que despiden haces de luz que tratas de atrapar con tus manos para encaramarte a ellos, no tendrás para qué encaramarte a un haz de luces, Iris, yo destruiré la máscara de Romualdo y te traeré al verdadero padre, espérame aquí, las calles son terribles, hay hombres barbudos que acechan y médicos que hacen sufrir al extirparte órganos con sus bisturís finísimos, y los perros de los doctores persiguen a la gente que anda por la calle de noche y no tiene identificación ni domicilio conocido, la oscuridad de afuera no es como la oscuridad de esta Casa, Iris, esa oscuridad de allá es la de la gente que no tiene ni donde caerse muerta como dicen y no tiene donde caerse muerta porque esa oscuridad es el vacío que traga y uno cae gritando y nunca deja de caer gritando y gritando y cayendo y cayendo porque no hay fondo, hasta que la voz se pierde pero uno sigue y sigue cayendo en esa infinidad de calles vertiginosas con

173

nombres que tú no conoces, llenas de caras de gente que se reirán de ti, que viven en casas donde no te van a dejar entrar y hacen cosas que tú no entiendes, no te acerques más, Iris, no me toques así, no, Humberto, no permitas que la Iris siga tocándote porque va a romper tus disfraces, si no huyes tendrás que volver a ser un tú mismo que ya no recuerdas dónde está ni quién es, acercas tus labios gordos a mi boca y tus muslos hurgan entre mis pobres piernas flacas que tiemblan, no le permitas que te transforme en Humberto Peñaloza con su carga de nostalgia intolerable, huye para que tu sexo no despierte con la presión de esas palmas carnosas, que no responda a su lengua que explora tu boca y tu lengua, mantenerte yerto en el rincón donde sus tetas y sus caderas te aprietan. Humberto no existe, el Mudito no existe, existe sólo la séptima vieja. Tu mano no encuentra nada.

—Iris...

—¿Qué?

—Yo voy a salir a buscar al padre.

—¿Dónde?

—Yo sé dónde vive.

—¿Dónde?

—Yo sé dónde vive.

—¿Dónde?

—En una casa amarilla frente al parque, y tiene muchos pisos.

—Vamos.

—No, espera...

—¿Por qué?

—No sé si está.

—No importa que no esté.

—Es que tiene cuatro perros negros feroces, que cuando él no está se comen a las personas que entran, y como a ti no te conocen...

—¿Y a ti?

—A mí me conocen.

—¿No te van a comer?

—No me harán nada.

Piensas.

—¿Y es linda la casa?

—Sí.

—¿Y es encachado el cabro?

Te contesto que sí, que don Jerónimo de Azcoitía es un cabro excepcionalmente encachado.

—No sé... esos perros...

Por eso, yo iré a traértelo para que venga a buscarte en su auto con chofer, no, no quiero con chofer, quiero colorado y convertible, bueno, Iris, lo que quieras, le diré que te venga a buscar en un auto colorado y convertible y te lleve lejos de esta Casa y de la Madre Benita y de la Damiana y de mí, porque no quiero verte más, voy a reducirte al tamaño de mi chalet suizo, cómo abrirte la puerta para que entres en la casita nevada, obedéceme, entra mientras esperas mi regreso trayéndote al padre de tu hijo, tómala para que te entretengas un rato mientras te lo traigo para que se lleve a nuestro hijo, Iris, que será dueño no de este chalet de madera, será dueño y preservará todo el laberinto de esta manzana donde se cultiva un tiempo

175

que no transcurre sino que se remansa entre paredes de adobe que jamás terminarán de caer.

—Espérame aquí, Iris.

—Bueno. Pero apúrate si no quieres que te acuse y te lleven preso, porque si no te apuras voy a despertar a la Madre Benita para contarle todo.

—¿Todo qué?

No contestó.

—¿Que yo soy el padre?

—Sí.

—¿Lo crees?

Se rió diciendo que claro que no.

—Apaga la luz, Iris.

—Bueno. Te espero aquí en la portería.

—Ya vengo.

Quito la tranca. Abro la puerta y salgo. Cierro. Pero por dentro, inmediatamente, vuelven a poner la tranca... golpear, golpear para que me abran, estoy enfermo, está lloviendo, estoy transido, tengo fiebre, Madre Benita por favor abra, perdóneme por haber salido de la Casa, abra, abra, no sé quién habrá trancado el portón, ya no veo, ya no puedo gritar más, los carabineros me maltrataron, los perros me mordieron, tengo fiebre, nadie me reconoció, sólo me humillaron y me soltaron al parque donde llovía y llovía y yo corría y corría y grito y golpeo, y ya no tengo fuerzas para gritar y golpear, Madre Benita, sálveme, que por lo menos la Peta Ponce no me encuentre, déjeme entrar, ya no tengo puños, ya no tengo voz, soy nada más que esta manga exangüe a la puerta de un convento en una noche lluviosa, y no abren...

9

Agua, más agua... un paño frío en la frente pero no me quite su mano, Madre Benita, por favor déjeme seguir así con mi mano en la suya hasta que se vayan, porque se van a ir cuando se den cuenta de que usted me protege ahora como me ha protegido siempre con su silencio, dígales que se vayan, échelos, dicen que son perversos, que los carabineros nos martirizan para hacernos confesar el robo de una bufanda o de un pan. ¿Pero qué quieren que confiese, si no robé nada? Las manos de ese carabinero se empuñan. Mire sus nudillos blancos de furia, me va a pegar, Madre Benita, interpóngase, apriéteme la mano para que no me duela tanto el golpe... por eso es que cuando los carabineros nos persiguen corremos y corremos y corremos y antes de que puedan pillarnos nos rajamos el abdomen aquí, Madre Benita, mire mis heridas, nos rajamos el abdomen con una navaja finita una y otra vez, pero sólo superficialmente, para que lo carabineros nos encuentren tirados en el charco de nuestra propia sangre riéndonos a carcajadas... me llevarán al hospital, un hospital bueno donde no estará el doctor Azula para robarme ni un pedacito de piel, ni un trozo de glándula, codicioso y cínico, será un hospital que él no conoce donde me llevarán porque nadie, ni ellos, se atreven a torturar a un herido porque los heridos somos sagrados. Así, herido, estoy a salvo, porque ahora son ellos los que me tienen miedo a mí, no yo a ellos, no tengo que confesarles nada, sólo a usted le diré la verdad, Madre Benita, sí, me robé algo de la casa de don Jerónimo, mire, este pequeño volumen de lomo verdoso, nada más que un volumen, aunque hubiera querido traerme los cien ejemplares, pero no pude, paralizado en su biblioteca, rodeado de los sillones de terciopelo gris de siempre, de luces bajas, de troncos chisporroteando en la chimenea, parado sobre la alfombra de tintes tan profundos que me ahogó el terror de naufragar en ellos y de que su lujo me tragara... salvar lo que se pueda, estiré la mano hacia mis libros, donde siempre estuvieron esos cien ejemplares, intactos como una burla entre sus curiosidades, esos cien ejemplares que suscribió generosamente para ayudar a un pobre estudiante a publicar su librito, que repite y repite su nombre y el nombre de Inés en todas las páginas, Inés lo miró con ternura entre las flores azules que arreglaba en un búcaro de cristal de Lalique, Jerónimo de Azcoitía bajó las escaleras vestido con su traje de viaje para partir a la Rinconada, Inés y la Peta cuchicheaban junto a la quencia de la galería mientras pasaban las horas tejiendo para el ajuar de Boy... y mi nombre arriba, sobre el texto de todas las páginas izquierdas, Humberto Peñaloza, Humberto Peñaloza, Humberto Peñaloza, esa reiteración de mi nombre destinada a conjurar su vergüenza, a consolar a mi padre, a burlar a mi madre, a asegurarme a mí mismo que al fin y al cabo, con mi nombre impreso tantas veces, nadie podía dudar de mi existencia. ¿Repetido cuántas veces? A ver, Madre Benita, ayúdeme a calcular, la fiebre me suelta la lengua pero no puedo concentrarme para hacer una operación de aritmética, cada ejemplar tiene ciento ochenta páginas, son noventa Humbertos Peñalozas por ejemplar, más una vez en cada portada, una vez en cada portadilla y una vez en cada lomo... saquemos la cuenta: mi nombre repetido nueve mil trescientas veces en la biblioteca de don Jerónimo de Azcoitía. ¿Cómo no iba a temer que me tragara esa alfombra reverberante de signos? No, mi nombre sólo nueve mil doscientas siete veces porque antes de huir me robé *un* ejemplar. Cuando esté sano y no me tiemblen las manos con la fiebre y no se me borronee la vista quizá le lea a usted, a usted por ser usted y porque me tiene la mano tomada y está escuchándome, uno que otro pasaje de esas prosas cursis, de las ingenuidades del exquisito escritor de estilo tan artístico, de sensibilidad tan selecta, el poeta de las viñetas primaverales, el joven talentoso que sale recién de la crisálida para respirar el aire fragante de un futuro venturoso que será honra para las letras nacionales, y después de leerle algún retrato de mujer de los que escribía entonces porque no conocía ninguna, sólo me las imaginaba enfundadas en una ola de aromas orientales porque entonces los aromas eran siempre orientales, y las túnicas siempre recamadas, y las poses exangües y la coquetería cruel pero risueña destrozaba corazones, y el plenilunio era ubicuo, un mundo perdido más atrás de otros mundos perdidos más atrás de otros mundos perdidos, excelencia sustituyendo excelencia caducada, cabezota de cartonpiedra dentro de cabezota de cartonpiedra, el olvido ahogándolo todo, yo me he colocado voluntariamente en sus fauces, he reptado hasta su garganta para lanzarme por su esófago y desaparecer y he desaparecido, sí, Madre Benita, aunque usted tenga mi mano en la suya y me consuelen sus palabras piadosas, ya no soy. Tal vez lo mejor será que cuando me mejore me meta en el atado de trapos debajo de mi cama donde guardo el chalet suizo y mis manuscritos, así ellos no me pegarán porque con sus puños endurecidos me quieren obligar a hablar. No puedo. No quiero confesar por qué salí corriendo de la casa de don Jerónimo de Azcoitía, la patada de un carabinero que no logra agarrarme, y me tiro al caudal de autos achaparrados bajo el chubasco, que llenan la calzada, ladrón, ladrón, pitazos que llaman más carabineros, y en los autos ellos vuelven de ver ésa nueva de la Jeanne Moreau y van a comer bistec con puré de papas: me ven en el abanico despejado de sus limpiaparabrisas, frena, mierda, casi choco, no se ve nada con esta lluvia, roto de mierda, por Dios que ha llovido este año, me ven a un metro de distancia en el foco de luz que la lluvia rasguña, disuelto en la lluvia pero el limpiabrisas me devuelve y me devuelve y me devuelve y me devuelve y me devuelve la solidez de que carezco, para que ellos puedan verme, un hombrecito como ciego, el pelo empapado, empapado entero en el segundo de nuestra frenada, huyendo a tientas entre el acoso de los autos que lo aprietan, los carabineros furiosos en la vereda piteando frustrados en su autoridad, el fantoche perseguido bailando como una alucinación en las luces rojas que le muerden las pantorrillas mientras él huye entre los Citroën que patinan, los Ford que chocan, que bocinean, roto de porquería y esta manga que no amaina, frena, cuidado,

Hernán, que vas a matarlo, qué me importa a mí si casi me hizo chocar mi Renault nuevecito, pero ya se perdió detrás del Morris allá en la lluvia del parque y se irá a esconder en el río, pero yo no soy ladrón, Madre Benita, se lo juro, uno no roba su propio nombre porque uno tiene derecho a disponer de él para lo que quiera, aprovechar uno de esos días de invierno cuando oscurece temprano para quemar todos mis papeles, todos mis nombres idénticos y reiterados, sin dejar ni una huella, los tiraré desde este puente de fierros negros al cauce de piedra y después de descolgarme hasta aquí encenderé una hoja, dos, un cuadernillo quizá, para calentarme las manos un poco porque hará frío. Ese lengüetazo de tibieza no será suficiente. Necesito más calor para combatir la intemperie aterradora. Otros papeles, pensamientos, viñetas, diario de una semana que no continué, ejemplares robados de bibliotecas públicas de donde nadie jamás los había sacado, libretas de anotaciones cubiertas con mi letra temblorosa pero vehemente. Mire, Madre Benita, cómo crece el círculo rojizo a mis pies, óigalos, son ellos, los que no tienen rostro, que se vienen acercando a mi llama de uno en uno. Algo se agita entre esas matas: un perro acude a echarse junto a mi fuego. Un bulto se dibuja contra la línea del agua por donde se escabullen ratones gordos cebados de desperdicios, el bulto se hace sólido, avanza. Un trozo del muro de granito tiembla y cae: no, no tema, Madre, no es más que un niño que saltó desde la boca de una cloaca. Más libros, más papeles al fuego y mis libros y mis papeles en que arde mi nombre hacen crecer el ámbito generoso al que ellos, que ya han sido sometidos a las intervenciones quirúrgicas que borran sus rostros, están entrando para calentarse, no, no sólo para eso, para reconocerme y acogerme como a uno de ellos cuando haya eliminado definitivamente mi nombre. Porque son ellos, los privilegiados, los que no sienten miedo ni vergüenza porque ni la autoridad ni la burla pueden despojarlos de nada porque no tienen nada, esas figuras que las llamas de mis papeles convocan. La marea de tinieblas se va retirando, los deja casi descubiertos como rocas disfrazadas con algas harapientas, pero los reconozco bajo sus disfraces: el príncipe oriental, turbante, barba negra, manto, uñas largas, tiende voluptuosamente su cuerpo junto a mi fogata sobre la arpillera dorada de su saco en que llevará... nada, cosas, trapos, cartones, nada. El nudo de niños y perros pulguientos forma un solo animal monstruoso en el suelo, pies desnudos, embarrados, yertos, ojos ardiendo, pelajes overos, granos, colas, belfos arriscados, orejas translúcidas, narices chorreando, y acuden más y más portadores de disfraces efímeros, si no nos disfrazamos de algo no somos nada, monjes de facciones demacradas casi ocultas por la sombra de la cogulla oscilante en mi llama, mire a esa vieja que acerca a la luz su mano verrugosa como la de la Peta Ponce y su mano es tan transparente que usted y yo vemos los huesos delicados dentro de esa carne que se desmorona entre los harapos que se van fundiendo en el calor de mi fuego. ¿No siente el olor a trapos empapados recalentándose, a mendrugos de pan añejo que ponen junto al fuego de mis papeles para que se reblandezcan un poco, a colillas que encienden en mi llama? Cuando

Boy se deshaga de don Jerónimo en forma definitiva, me devolverá todos mis libros, los noventa y nueve ejemplares que le quedan, para alimentar con ellos esta llama inmensa a que acuden, mírelos, Madre Benita, de dónde vendrán, el ocre de su miseria, la sepia de su mugre, los grises de sus harapos lujosos, más rostros y bultos y manos, y ojos revelados en un destello, y pliegues imperiales, acuchillados que descubren el brillo de la cota de malla que es un chaleco que se desintegra, flecos que son tiras, jubones que son piyamas viejos, emblemas que son parches, penachos que son greñas, hasta que caigo consumido con mi último papel y mi último ejemplar, y el fuego se va apagando porque no queda nada mío con que alimentarlo. Espere, Madre Benita, no se vaya, sus quehaceres no son tan apremiantes como para no escucharme hasta el final y contemplar la lenta retirada de los príncipes con sus cortes de enanos y negros, de esclavos y miñones, de favoritas y alcahuetas, de confesores y niños y perras tiñosas, de alabarderos, de pajes. Usted cree que sólo están disfrazados de lo que parecen ser. Quitémosles los disfraces y quedan reducidos a gente como yo, sin rostro ni facciones, que han tenido que ir hurgando en los basureros y en los baúles olvidados en los entretechos y recogiendo en las calles los despojos de los demás para confeccionar un disfraz un día, otro disfraz otro, que les permita identificarse aunque no sea más que por momentos. No tienen ni siquiera máscara. Hay tan pocas máscaras, por eso es que me da pena que hayan destruido la cabezota del Gigante. Yo no entiendo, Madre Benita, cómo usted puede seguir creyendo en un

Dios mezquino que fabricó tan pocas máscaras, somos tantos los que nos quedamos recogiendo de aquí y de allá cualquier desperdicio con que disfrazarnos para tener la sensación de que somos alguien, ser alguien, gente conocida, reproducción fotográfica en el diario y el nombre debajo, aquí nos conocemos todos, en realidad casi todos somos parientes, ser alguien, Humberto, eso es lo que importa y parpadea la luz de la lámpara y cojea la mesa bajo los codos de mi hermana sosteniendo su rostro en sus manos como en la última postal de la Bertini, máscara también la de mi hermana, máscara de la Bertini porque su rostro no era suficiente, uno va aprendiendo las ventajas de los disfraces que se van improvisando, su movilidad, cómo el último ocultó al previo, basta un trapo a cuadros amarrado a la cabeza, un parche de papas en los sienes, afeitarse el bigote, no lavarse durante un mes para cambiar de color, cómo alterarlos y perderse dentro de sus existencias fluidas, la libertad de no ser nunca lo mismo porque los harapos no son fijos, todo improvisándose, fluctuante, hoy yo y mañana no me encuentra nadie ni yo mismo me encuentro porque uno es lo que es mientras dura el disfraz. A veces compadezco a la gente como usted, Madre Benita, esclava de un rostro y de un nombre y de una función y de una categoría, ese rostro tenaz del que no podrá despojarse nunca, la unidad que la tiene encerrada dentro del calabozo de ser siempre la misma persona. Éstos que acudieron a calentarse en mi fuego, al contrario, son fluctuantes como las llamas y las sombras, me acogen benévolamente en su número ahora que he quemado mi nombre definitivamente, mi voz la

perdí hace mucho tiempo, ya no tengo sexo porque puedo
ser una vieja más entre tantas viejas de la Casa, y mis papeles incoherentes de garabatos que intentaron implorar que
se me concediera una máscara definida y perpetua, los
quemo, pero no todos, no todos, quedan tantos volúmenes
allá en la biblioteca de los sillones grises, pero no lo saben,
creen que soy como ellos porque he aprendido a ir disfra-
zándome con los desperdicios que voy encontrando tirados en los rincones o en la calle... alguna vez lograré ser
uno de ellos... partir sin dejar rastro... no hollar el suelo...
no alcanzar sombra de contorno recortado... sólo así lograré liberarme de don Jerónimo que me busca porque
me necesita y necesita cosas que conservo y de las que no
me puedo desprender todavía, y de la Peta Ponce, que no
muere jamás, llega hasta aquí como un eco nacido en la
pesadilla inicial, no logro engañarla con mi sucesión de
disfraces, por lo menos confundirme con ellos, sombras,
espaldas cargadas con sacos, barbas, encías sin dientes, piti-
llo caído en la esquina de la boca, quisiera integrarme a la
corte que lentamente se va yendo... yo, víctima temblorosa
dotada de una identidad precaria, transformado como
ellos en débil verdugo intocable porque nada podemos
perder porque no tenemos nada que nadie nos envidie ni
desee... se van... vámonos de aquí, Madre Benita, sigámos-
los, hace frío aquí en el cauce de piedra y los carabineros,
arriba, siguen vigilando para buscarme porque me robé mi
propio libro, pero no, hasta los carabineros se van porque
ya es tarde. Síganos, Madre Benita, confundámonos con las
sombras que se dispersan, estoy aprendiendo a ser uno de

ellos y poco falta... usted también podría, si quiere, yo le puedo enseñar cómo, ya tiene algunos signos exteriores que la marcan como de los nuestros, su papalina ajada, sus manos ásperas, su amargura, venga, no se quede atrás, no desaparezca, Madre Benita, y no me deje aquí, temblando de frío y de fiebre, solo, sin su mano en mi mano, sin su protección contra estos brutos que me maltratan, ladrón, ladrón, ya, vamos, a la comisaría, pataleo y me arrastran y grito, y usted no viene, Madre Benita, me deja solo, suelta mi mano, no me deje, no me deje... no me peguen que no he hecho nada...

★ ★ ★

Estás ahí, sentado frente a mí. Oigo la lluvia que cae afuera, la persistencia familiar de la gotera cayendo en la palangana colocada bajo el vidrio roto de la claraboya. ¡Qué mal zurcida tienes la cara! Qué inútiles los esfuerzos del doctor Azula para fabricarte ese remedo de párpados normales, esa frente sin límite preciso, para injertarte orejas donde debe ser, para dibujarte la mandíbula que la naturaleza no te dio. Eres mucho más monstruoso que la imagen con que la María Benítez nos amenaza si la Iris llega a *meterse con un hombre...* pero no sabe que tu madre se metió con todos los chiquillos del barrio, con todos los pijes y las autoridades de la capital, por eso naciste así. Un sillón Chesterfield de cuero manchado, un escritorio con muchos cajones, un espejo de luna trizada en que veo algo que podría ser mi rostro lamentable, es todo lo que llena esta salita donde los carabineros me trajeron para esperarte. Han encendido una lámpara baja, un cuello de cisne, que ilumina el detalle de las facciones artificiales que el doctor Azula tuvo que fabricarte, porque naciste sin rostro a pesar de ser Azcoitía, la miseria increíble de tu cuerpo retorcido que las fricciones y los ejercicios ideados por Basilio no lograron corregir. No creas que me sorprende verte. Te he visto tanto después de la muerte de don Jerónimo, te he seguido con tanto empecinamiento, seguro que no me reconocerás porque al fin y al cabo yo estuve a cargo tuyo en la Rinconada sólo hasta que cumpliste cuatro años, te he esperado durante horas enteras en la puerta de la sastrería donde te hacen la ropa que disimula apenas la deformidad de tu cuerpo. Un día, de intento, choqué contra ti en la multitud de una esquina, y te sentí en mis brazos, como cuando eras niño y miss Dolly me pasaba ese envoltorio que eras, para que te meciera unos minutos. Tú no me miraste. Seguiste tu camino. Aunque me hubieras mirado y me hubieras visto, no sabes quién soy. ¿Te sorprendió mucho cuando el teniente de guardia de esta comisaría te dijo respetuosamente, porque sabe que eres el hijo del senador y mereces respeto a pesar de ser un monstruo, que un mendigo entró en tu casa esta noche para robar un librito de ciento ochenta páginas? Es ese libro que hojeas. Lo conoces bien. Poesías, al fin y al cabo, cien ejemplares, y pasas casi todo el tiempo en tu biblioteca, como para recobrar los años que nosotros, Melchor y Emperatriz y yo y todos, te hicimos perder. Yo, oculto en un banco entre los acantos del parque, te he visto leyendo junto a la ventana abierta si es verano, o me he acercado a los vidrios empañados si es invierno y te he divisado trepándote a la escalera para hurgar entre los libros de tu padre como si buscaras algo, examinando sus libros sin cambiarlos de sitio, como si así quisieras preservar algo de esa armonía que era de don Jerónimo pero que tú contradices con tu existencia. Caminas mal, eres torpe y vuelcas las cosas, tu respiración es ronca, eres torcido y patizambo. Perteneces a una Rinconada sombría y laberíntica, existencia de pasadizos, de rincones olvidados, tu ser dibujado por las caries del tiempo en el enlucido de un muro. Pasas las páginas de mi libro al azar, como sin curiosidad, tienes que partir, regresar a tu casa amarilla frente al parque. Además, no te intereso. Más bien estás un poco contrariado porque te llamaron al cuartel de policía a esta hora para un asunto tan trivial. Te vas a ir. No me concedes importancia. Vas a dejar mi libro y te vas a ir para siempre sin saber quién soy, a quién le debes todo lo que eres y lo que no eres, no te vayas, Boy, no te vayas, reconóceme siquiera un instante, págame el hecho de existir siquiera devolviéndome los noventa y nueve ejemplares de mi libro que te quedan y no te interesan, para quemarlos e ingresar definitivamente al mundo de los que olvidaron su nombre y su rostro, no me abandones así, ésta es mi última oportunidad, y por miedo a que desaparezcas para siempre pico tu curiosidad trazando estas palabras sobre un papel: *Yo escribí ese libro que está hojeando.* Me has obedecido porque te sientas otra vez. Ahora hojeas el libro con más detenimiento. ¿Usted? ¿Por qué se metió en mi casa para robárselo? ¿Por qué usó mi nombre y el nombre de mi padre y el nombre de mi madre como si fueran nombres de ficción? ¿Por qué nos conoce una persona como usted? No creo que una persona como usted haya escrito este libro... No te oigo. Eso lo sabes. En la sala de guardia te dijeron que cuando me iban a martirizar para que confesara mi nombre como quien confiesa el más atroz de los delitos, señalé mi boca y mis oídos, no, no entiendo, no oigo, soy sordomudo, y los vencí con mi debilidad, no me azotaron los puños de esos brutos porque ser sordomudo es igual a rajarse el abdomen: la mano amenazante del carabinero que estaba a punto de abofetearme cayó inutilizada. No me pegaron. Bueno, qué le vamos a hacer, llévenselo a la salita para que espere a que el dueño de casa venga a declarar si hubo robo o no, yo creo que no, que este pobre diablo se debe haber metido en esa casa para protegerse de la lluvia, hay que ver qué lluvia la de esta tarde, sí, es sordomudo. Soy sordomudo. Te lo advirtió el teniente.

Con un orgullo que me recuerda al de tu padre me estás preguntando: ¿Qué relación hay... qué contacto *puede* haber habido...? No te oigo. Te hago repetir tus preguntas. Lo haces vocalizando con cuidado para que yo pueda leer lo que formulas con la imprecisión de tus labios de pescado. ¿No te das cuenta de que tu boca es tan deforme que resulta imposible leer en tus labios? ¿Cómo puede probarme que es verdad que usted es el autor de este libro que habla de mí, de mi padre, de mi madre? Sigues hojeando. De pronto levantas tu cabeza de gárgola y bajo esos párpados que son el remedo de párpados humanos veo el azul de arco voltaico de los ojos de tu padre, ese azul que exige pruebas, porque un señor de sangre vasca no debe creer en cosas que no se prueban. Tengo frío. Me tiemblan las manos con la misma fiebre que me las hace temblar ahora que le estoy pasando a usted, Madre Benita, el volumen de lomo verdoso para que usted también vaya comprobando que todo lo que digo es verdad. Mi ropa se me pega al cuerpo porque todavía pesa, empapada. En la hoja de papel trazo la respuesta: *Para demostrarle que es verdad lo que digo, puedo escribir de memoria cualquier capítulo del libro.*

Aceptas. Tú mismo colocas papel sobre el escritorio, acomodas la luz, me entregas tu Parker de oro, porque te he vencido, tu curiosidad es mayor que tu deseo de volver a tu casa, lo que está sucediendo en esta salita de la comisaría no es insignificante, valió la pena salir en esta noche de lluvia. Voy a escribir el prólogo. Abra el libro, Madre Benita, está un poco húmedo con la lluvia porque no pude protegerlo cuando me escondía de los carabineros que me atraparon en el río, pero vaya leyendo para que usted también me crea. Te sientas justo frente a mí, bajo el espejo de la pared. No te veo. Pero ni por un minuto dejas de mirarme.

★ ★ ★

Cuando Jerónimo de Azcoitía entreabrió por fin las cortinas de la cuna para contemplar a su vástago tan esperado, quiso matarlo ahí mismo: ese repugnante cuerpo sarmentoso retorciéndose sobre su joroba, ese rostro abierto en un surco brutal donde labios, paladar y nariz desnudaban la obscenidad de huesos y tejidos en una incoherencia de rasgos rojizos... era la confusión, el desorden, una forma distinta pero peor de la muerte. Hasta entonces el copudo árbol genealógico de los Azcoitía, del que él era el último en llevar el apellido, había dado sólo intachables frutos de selección: políticos probos, obispos y arzobispos y una beata de piedad espectacular, plenipotenciarios en el extranjero, mujeres de belleza deslumbrante, militares generosos con su sangre y hasta un historiador de fama en todo el continente. Era lícito esperar que Jerónimo no fuera el último Azcoitía, que el lustre del apellido se prolongara en la semilla de hijos y nietos para que la estirpe continuara produciendo frutos cada vez más perfectos hasta el fin del tiempo.

Pero Jerónimo no mató a su hijo. El espanto de verse padre de esta versión del caos logró interponer unos segundos de sorpresa paralizadora entre su primer impulso y la acción, y Jerónimo de Azcoitía no mató. Eso hubiera sido ceder, incorporarse al caos, ser víctima de él. Y encerrado durante semanas en el cuarto del recién nacido, conviviendo con él y alimentándolo con sus manos, llegó a decidir por medio de sus conversaciones con su secretario y confidente, el único con acceso a su encierro, que muy bien: esta burla brutal significaba, entonces, que lo abandonaban las potencias tradicionales de las que él y sus antepasados recibieron tantas mercedes a cambio de cumplir con el deber de guardar Su orden en las cosas de esta tierra. También se vio abandonado por las otras potencias, las más oscuras, a las que Inés, enloquecida por el ansia de darle descendencia, logró convencerlo de que acudieran. Ahora, tanto las potencias de la luz como las de la oscuridad eran igualmente sus enemigas. Quedó solo. Pero él no las necesita. Es fuerte y lo probará, probará que hay otra dimensión, otros cánones, otros modos de apreciar el bien y el mal, el placer y el dolor, lo feo y lo bello. El niño monstruoso que pataleaba llorando en su cuna porque tenía hambre era un engendro que le proporcionaría no sólo los medios para prevalecer, sino para probar que él, Jerónimo de Azcoitía, era el más grande y el más audaz de todos los Azcoitía de todos los tiempos, como no se cansaba de repetírselo su secretario.

Jerónimo no mató. Siguió viviendo casi —casi— como antes. Era uno de los hombres más envidiados del país. Envidiado, porque después del luto por su mujer, muy pocas personas recordaban la existencia de Boy, su hijo que vivía en la Rinconada, un fundo remoto adonde Jerónimo nunca iba, ocupándose, sin embargo, de rodearlo allí de todas las comodidades que un hijo suyo podía —y debía— necesitar. No es raro que el recuerdo de Boy se borrara de la memoria de la gente. El tiempo, claro, fue un factor importante, pero no el único ni el decisivo. La gente olvidó a Boy porque resultaba tanto más cómodo hacerlo. Acordarse de él hubiera sido reconocer que un hombre tan dotado de armonía como Jerónimo, que representaba con tanta altura lo mejor de todos ellos, puede contener la semilla de lo monstruoso, y entonces la convivencia amistosa con el senador resultaría no sólo inquietante sino terrible. Al fin y al cabo, nadie salvo ese secretario había visto a Boy. ¿Quién tenía pruebas de su existencia? Era más fácil pensar en la incongruencia de que este paradigma de caballeros hubiera engendrado un hijo deforme, y de ahí pasar a decirse que Boy, con seguridad, constituía una de esas leyendas negras que por último es natural que la envidia haga surgir alrededor de los personajes ilustres.

Y la gente tal vez tuviera razón, puesto que Jerónimo mismo contribuyó con su silencio a borrar todas las sombras de lo que para él debe haber sido una tragedia. Sólo hurtándose a las conmiseraciones podía asumir la plenitud de su papel de terrateniente poderoso, de senador que defiende los derechos de su casta contra las pretensiones de los advenedizos, de figura que en los salones, en las carreras, en el foro, en el Club, en la calle, atraía las miradas. Algunas mujeres, bajo simulada pasión política, acudían al Parlamento para oír hablar al viudo y deleitarse desde la galería con el espectáculo de su cuello clásico y su estatura heroica: no eran secretos los nombres de las señoras que aspiraron a ocupar el vacío que creían advertir detrás de la suntuosa fachada de su porte y su palabra. Pero nadie, nunca, logró penetrar más allá de esa fachada. Sus enemigos lo tildaban de arrogante, hasta de vanidoso. Era, sin duda, muy consciente de su apostura, pero sólo como era consciente de todo refinamiento, en sí mismo y en los demás. Quizá no fuera más que cierto amaneramiento en el vestir lo que los molestaba, cierto rebuscamiento algo pretérito, recuerdo, sin duda, de su larga permanencia en Europa, donde, se rumoreaba, pasó una juventud libre y dispendiosa con los elegantes de entonces. El hecho es que la presencia de Jerónimo era una lección de armonía, incómoda porque era imposible emularla en estas latitudes bárbaras. Hasta en su último discurso en el senado antes de retirarse a sus tierras para encerrarse en su vida privada, adoptó al hablar sus habituales actitudes de estatua, un poco cansadas ya, es cierto, pero siempre viriles y convincentes.

Una atronadora salva de aplausos acogió el discurso de despedida del senador. Sus palabras fueron tan lúcidas que al día siguiente los diarios lanzaron en primera plana el nombre de don Jerónimo de Azcoitía como posible candidato a la Presidencia de la República. Pero a los correligionarios que acudieron a felicitarlo les advirtió que no contaran con él, que iba a tomar unas vacaciones largas para viajar, o para no viajar; en todo caso, contemplaba un descanso de duración indefinida.

Entonces Jerónimo desapareció de la capital sin explicar nada a nadie, cortando bruscamente amistades y compromisos, delegando obligaciones y trámites en administradores de confianza. En fin, dijo el público después de unos meses, él sabrá lo que hace. Por lo demás, la edad ya comenzaba a notársele y dentro del partido tradicional surgían nuevas voces que señalaban nuevos rumbos. Además —recordaron brevemente antes de olvidarlo—, ¿no estaba un poco raro ahora último, no había sido siempre, visto desde ahora cuando uno tenía perspectiva para analizarlo, distinto, raro? ¿No era verdad que su arrogancia, que ni sus íntimos se atrevían a negar, había terminado por encerrarlo detrás de un muro donde reinaba él solo, dueño y señor de una verdad evidentemente absoluta, cuyo secreto jamás reveló a nadie?

A pesar de todo, al cabo de algunos años, la noticia de su muerte causó verdadera consternación. El país entero, entonces, recordó los servicios del eminente hombre público y se le tributaron los mayores homenajes: trasladaron sus despojos al cementerio sobre una cureña cubierta con el tricolor nacional. Muchos opinaron que esto no debió haber sido así, ya que el papel de Jerónimo de Azcoitía fue más bien político antes que histórico, y su nombre perduraría sólo en textos especializados. A pesar de las discusiones a propósito de los honores concedidos —o quizá por eso mismo—, todo el mundo acudió a su entierro. Junto al mausoleo de la familia —su cuerpo ocupó un nicho con su nombre y las fechas de su nacimiento y de su muerte, equiparándose en el mármol con los Azcoitía que lo precedieron— los oradores evocaron sus logros, la enseñanza de esta vida ejemplar que señalaba el fin de una raza a la que el país, pese a los cambios del mundo contemporáneo, se reconocía deudor. Una pesada cadena de fierro cerró las rejas del mausoleo donde, dentro de unas horas, comenzarían a podrirse las flores. Dándole la espalda, los caballeros vestidos de negro se alejaron lentamente entre los cipreses, lamentando el fin de tan noble linaje.

★ ★ ★

¿Ves? Palabra por palabra. No te miré ni una sola vez mientras escribí el prólogo. Pero tú no me quitaste la vista de encima: todo el tiempo sentí el arco voltaico de tu mirada escudriñándome. Una quietud inmensa nos ha envuelto durante más de dos horas. Pongo punto final. Pero no levanto la vista de las hojas de mi prólogo, pongo una coma aquí, un acento allá, indico párrafo aparte con dos rayas paralelas, cualquier cosa, porque no me puedo desprender de lo que acabo de escribir a pesar de que siento que te estás levantando del sillón bajo el espejo. Cuando por fin alzo la vista te veo encuadrado en ese espejo borroso, deforme mi rostro angustiado en esa agua turbia en que se ahoga mi máscara, el reflejo que jamás me dejará huir, ese monstruo que me contempla y que se ríe con mi cara porque tú te has ido, Boy, ni siquiera lees el prólogo que he escrito anunciando tu nacimiento para que sepas quién eres, y ellos vuelven, sin sus perros hambrientos esta vez, para decirme bueno, puedes irte, ándate, lárgate de aquí que más el trabajo que nos has dado y que no te volvamos a ver ni el polvo, tienes suerte de que te soltemos, el futre no pudo venir, telefoneó para decir que lo siente mucho pero que todo es tan insignificante, tan sin importancia, que no vale la pena caminar las dos cuadras desde su casa hasta la comisaría, sobre todo con esta tormenta que no amaina, nunca he visto llover así, el cielo se está cayendo, ya, qué son esos papeles, tómalos, son tuyos, métetelos en tu bolsillo si quieres, nosotros no queremos quedarnos con mugres, llévatelos, ya, afuera se ha dicho, qué nos importa que un mendigo como tú se moje, debes estar acostumbrado, te refugiarás en la glorieta de algún parque, bajo la barriga de bronce de alguna estatua ecuestre en una plaza hasta que pare la lluvia, qué sé yo, o volverás al río, debajo del puente se congrega la gente como tú, ya, a la calle, y cuidadito con entrar a las casas de los caballeros aunque no robes nada, mira que otra vez no te va a ir tan bien como te fue hoy... y huyo, Madre Benita, por el parque y por lluvia sin perros acosándome, huyo, perdido en las calles, ahogado por el vacío sin dirección en que me encuentro porque la lluvia lo borra todo, la Casa, dónde está la Casa, dónde está la Casa, cómo llego a la Casa, esta lluvia brutal puede disolver la estructura de barro, el adobe viejo tiene que caer, los laberintos empapados tienen que desmoronarse, pero no, no caerán, todas las viejas, acogedoras y solícitas, y la Madre Benita también, están esperando para abrirme el portón, para dejarme entrar y encerrarme y protegerme, cómo no me van a proteger y a cuidar si me encontraron tirado inconsciente junto al portón que se tiene que abrir para dejarme entrar.

10

El portón se abrió. Ella le dio la bienvenida con una sonrisa acogedora y lo condujo a través del patio, entre las palomas indiferentes que picoteaban las baldosas, hasta el otro lado del corredor. Sentándose, se reclinó en el respaldo del sillón. El crujido del mimbre era cordialísimo bajo la sombra de la madreselva que devoraba las pilastras. La sirvienta dijo que su tío no había llegado, pero no tardaría. Jerónimo tomó un sorbo de aguardiente y le dio las gracias. Hizo chasquear sus dedos para interrumpir a las palomas, pero continuaron ensimismadas bajo el sol vertical, persistiendo en su coloquio monótono, que la retirada de la sirvienta cruzando entre ellas tampoco logró interrumpir.

A su regreso de Europa lo único que en su país no lo había defraudado eran los fragantes congrios servidos los viernes en la mesa de su tío, el Reverendo Padre don Clemente de Azcoitía. Los congrios, y claro, lo que iba con ellos: el silencio remansado en esos patios cuya tosca arquitectura de adobe indicaba una vida casi de frontera comparada con la que él conocía, y la charla de su tío, más política que eclesiástica, más mundana que mística, aliñada con picantes anécdotas de la familia, de esa gran familia a la que todos pertenecían. Jerónimo había emprendido el viaje de regreso a su patria para ver si intengrándose a algún nivel de esa *familia* lograba pertenecer por fin. Ahora, al cabo de dos meses y a pesar de su tío y del deleite de los congrios y la madreselva, especulaba sobre un posible regreso al punto de partida, aunque sólo fuera para hacer la estupidez de lanzarse a las llamas que envolvían a Europa. Se inclinó para dejar el vasito en la mesa. Esta vez bastó ese ligero movimiento para que las palomas inconsecuentes volaran a continuar su cháchara sobre las tejas. La demora de don Clemente no era habitual. Siempre esperaba a sus contertulios de los almuerzos de los viernes sentado en esa parte del corredor, con el diario de la mañana bien leído y su crítica a la última actuación del partido lista para sus invitados, aun antes de que tomaran asiento. El Arzobispo lo había dispensado de sus deberes sacerdotales para que, cargado de honores, se retirara a cumplir el resto de su vida de señorón criollo, y pudiera morir en esa casa donde tanto él como Jerónimo nacieron. Pero ni los años ni las dolencias menguaron la sociabilidad del clérigo. Todos los viernes reunía en su comedor, alrededor de una mesa cargada de pescados y mariscos, a una distinguida tertulia masculina experta en relacionar las perturbaciones de la bolsa con cambios de gabinete, un grupo ducho en parentescos, en el precio del ganado y las propiedades, formadores de comités para recibir a dignatarios extranjeros, portadores de sabios consejos, dadivosos para otorgar puestos a los que, aunque no fueran como ellos, desearan parecérseles. El rumor ciudadano hacía circular el cuento de que quien determinaba los acontecimientos políticos del país era una tal María Benítez, cocinera de toda la vida de don Clemente, cuya caricatura solía aparecer en un insolente pasquín ilustrado como la encarnación de la oligarquía, revolviendo con su cucharón descomunal la olla rotulada con el nombre del país. Don Clemente, entre carcajadas, aseguraba:

—¡Pero si no son más que almuerzos de familia!

Lo que era verdad, porque los parentescos y vinculaciones de los Azcoitía incluían todas las ramas del poder. En el primero de estos almuerzos a que asistió Jerónimo, en medio de los habanos soberbios proporcionados por don Clemente, los caballeros, con uno que otro botón del chaleco desabrochado, lo saludaron con afecto, recordando a su padre y a su abuelo, alegrándose de que por fin, después de cinco años de ausencia, se encontrara otra vez entre ellos. Un ministro de barriga campechana, cuya frente tostada abajo y blanca cerca del pelo acusaba la presencia consuetudinaria del sombrero patronal, dijo:

—Tu lugar está aquí, hombre. ¿Para qué quieres seguir viviendo en Europa entre descreídos y degenerados, si aquí eres alguien? Claro que allá las mujeres...

Los comensales celebraron con risotadas esta prueba de los apetitos proverbialmente insaciables del ministro. Dejándose admirar, bebió hasta el fondo otro vaso de tinto y después de la primera bocanada de humo de su habano, calculó la edad de Jerónimo:

—A ver. Tus padres se casaron al final de la guerra en que recuperamos las provincias del norte. Me acuerdo muy bien porque, como tuve que quedarme en la frontera después de firmada la paz, no pude asistir al casamiento. Y tu pobre padre murió como un héroe en la revolución. Yo ya era ministro entonces, y usé la palabra en el entierro.

Estoy viéndote: muy serio, con el pelo de paja de todos los Azcoitía, encabezando el cortejo. Tendrías ocho años. Todos comentamos tu hombría. Sin duda estabas destinado a realizar las promesas que la muerte prematura de tu padre dejó truncas. ¿Y cómo no me voy a acordar de que tenías cerca de... de veintiséis años al irte a Europa si yo mismo te ofrecí ser mi secretario cuando la cuestión de límites, con el fin de retenerte aquí? Debes andar por la treintena.

—Treinta y uno...

Para desviar la conversación que tan incómodamente ligaba su historia personal con la historia del país, Jerónimo explicó que su regreso se debía más que nada a la guerra. Los caballeros acercaron sus sillas y dejaron sus vasos, rodeándolo para preguntarle sobre Verdún... Pero el interés por estos asuntos pronto se marchitó, y la charla fue desviándose hacia las cepas recién importadas, hacia la posibilidad de que un desastre francés les abriera un mercado de exportación, robusteciendo así al Partido en las próximas elecciones. Ése era el problema importante. En cierta provincia clave faltaba un candidato con ascendiente sobre el populacho, un hombre de fortuna que estuviera dispuesto a comprar lo que no se daba, un nombre que significara fuerza real. Barajaron personalidades desconocidas para Jerónimo, discutiendo filiaciones políticas y familiares. La voz epicena de don Clemente sonaba acalorada sobre el debate, mientras un juez que se abstuvo de participar en una discusión tantas veces repetida cabeceaba en un rincón, la servilleta llena de migas extendida sobre la barriga. Los miembros de las dos facciones irreconciliables del Partido cruzaron palabras gruesas sobre los restos del almuerzo. Un diputado abandonó furioso el comedor sin despedirse de nadie. Y más tarde, cuando la modorra comenzó a dispersar a los comensales hacia sus siestas digestivas, el ministro puso su mano sobre el hombro de Jerónimo, estrechándole largamente la derecha:

—Tu lugar está con nosotros.

¿Por qué las palomas no se decidían a llevar su diálogo a otros tejados y reiterarlo para otros oídos? Poniéndose en pie Jerónimo se paseó por la parte sombreada del corredor para que los pilares sucesivos fueran afirmándole que su lugar estaba efectivamente aquí. Pero no lograba interesarse por ese lugar, era tan pobre el incentivo. En cinco años allá había aprendido su derecho natural a las personas de calidad más alta y a los objetos más hermosos. Después de reconocerse entero en todo eso era difícil reducirse a los rudos agrados de las tertulias en la casa de su tío cura. *On dit que Boy est le propriétaire d'un pays exotique quelque part, je ne me rapelle plus le nom. Je crois qu'il l'a inventé...* eso decían sus amigas en París. Y hasta cierto punto era verdad. Se había venido por la guerra. Verdad. Pero más que nada porque en el último tiempo andaba con el centro de su orgullo herido. Y para que la simetría de su vida resistiera el examen de su propia exigencia debía ser distinta, nacer de una raíz propia, ineludible, más poderosa que su voluntad. Solamente la falta de libertad determina deberes. Y al sobrepasar la treintena Jerónimo fue adquiriendo la certeza de que, en último término, los deberes son lo único que da nobleza. Cuando estalló la guerra vio que carecía de un sitio natural dentro del fragor.

Su participación hubiera tenido el carácter de un elegante gesto deportivo. Y porque se comenzaba a aburrir de comprobar que esas elegancias no eran más que subterfugios, Jerónimo regresó a su tierra americana, burda y primitiva, en busca de obligaciones que dieran nobleza a su libertad.

¿Pero cómo tomar la resolución de incorporarse a un mundo cuyas verdades más altas son decretadas por un guiso de congrio en escabeche? La fragancia del pescado que la María Benítez preparaba lo alcanzó allí y se confundió con la fragancia de la madreselva. Al oír pasos apuró otro trago de aguardiente. En el fondo del vasito apareció el sacerdote, encorvado sobre su bastón. Antes que Jerónimo tuviera tiempo para ponerse de pie, el anciano explicó:

—Me atrasé porque andaba en una diligencia tuya.

—¿Mía?

—Sí, tuya. ¿Qué tal, ese aguardiente?

Husmeó el licor antes que su sobrino lo ayudara a sentarse en el sillón de mimbre, sobre el chal deshilachado que le servía de cojín amoldado por las flacas asentaderas de don Clemente. El sudor en el rostro del sacerdote parecía el rocío en un botón de rosa rosado pero marchito a costa de tanta templanza. Su mentón partido, su estatura, sus ojos azules pero sin electricidad y rodeados de pestañas demasiado claras, eran un remedo frágil pero reconocible de la materia contundente de Jerónimo.

—¿Cómo ha estado, tío?

—Más o menos nomás, mijito. Tantas preocupaciones. Pero yo ya no importo, lo que necesitamos es que tú estés bien. Tengo algo que proponerte.

Don Clemente olió con nostalgia la copita de aguardiente de su sobrino: su templanza voluntaria, además de su salud, le permitía gozar sólo así, remotamente, de las exquisiteces que ofrecía a sus visitas. Don Clemente siguió:

—Vengo del Partido. La Asamblea estuvo de acuerdo en que tú eres el hombre que necesitamos para presentar de candidato a diputado por la provin...

Jerónimo no contuvo su carcajada. ¿Era ésta la gran tentación que esperó que su país le ofreciera? Se vio tratando con boticarios de provincia y con profesores rurales deseosos de interesarlo en la reconstrucción de un puente barrido por las últimas crecidas. ¿Cómo explicarle a su tío que no era eso, sino algo mucho más sutil, lo que su ánimo requería para retenerlo en suelo americano? La solución que su tío estaba proponiéndole era primaria. Tan primaria que sólo suscitó en él una carcajada que no descorazonó a don Clemente, distraído con las instrucciones que daba para que destaparan cierta botella de vino muy especial.

—Porque hoy vamos a celebrar.

—¿Qué?

—Tu diputación.

—A mí no me interesa la política.

—Sabía que iba a tener dificultades contigo. Después que murió tu padre, tu madre no hizo otra cosa que regalonearte. Nada peor que los viajes. Llenan de estupideces la cabeza de la gente joven y terminan casándose con extranjeras. ¡Boy! ¡Qué ridiculez! Que no se vaya a saber que tus amigotas francesas te tenían ese sobrenombre de mariconcito, que si se llega a saber vas a perder las elecciones.

—Pero si yo no...

—Avisé a mis contertulios que hoy no me sentía bien y no iba a recibir a nadie. No quiero que tus tonterías de chiquillo consentido me dejen en vergüenza delante de gente que tanto espera de ti. ¡Que no te interesa la política de tu país! ¡Qué ridiculez tan grande! ¿Pasemos al comedor, mijito?

Jerónimo siguió a don Clemente en silencio. Los vagos recuerdos enredados en las sombras de los objetos detenidos en las habitaciones que iban cruzando no eran suficientes para hacerle olvidar que para los propietarios de estos muebles feos y estas cortinas pesadas que ocultaban el desorden del patio de *adentro,* sólo lo útil, sólo lo inmediato era serio. Y sin embargo... sin embargo... a medida que en su interior se iba enarbolando la fácil dialéctica que derrotaba todo esto, algo suyo iba quedando prendido en los arrimos de jacarandá y en los sillones *capitonnés.* Le estaba resultando difícil conservar una estructura clara cuando la luz disolvente, o más bien la penumbra fresca de los murallones de adobe, como en el comedor, por ejemplo, protegía todo, salvo a la sandía ya zanjada sobre la bandeja de plata, del asalto de la inteligencia.

—Tío.

—¿Qué?

—Vine a decirle que me vuelvo a Europa.

—No puedes irte, Jerónimo. Escúchame, hijito, sé razonable. Ya no quedas más que tú... y a mí se me fue a ocurrir meterme de cura, Dios me perdone. Eres el último que puedes transmitir el apellido. ¡No sabes cómo he soñado que un Azcoitía vuelva a figurar en la vida pública del país! ¡Con qué ansias te he esperado, sustituyéndote en lo que eran tus deberes, mientras tú te divertías con inmoralidades en París! Pero ahora estás aquí y no te voy a dejar que te vayas. ¡Qué mala está esta sopita de espinaca que me hizo hoy la María! ¿A ver, con qué te dio a ti el pescado?

—Con alcaparras. Está delicioso.

—¡Qué buen olor tiene!

—Yo no entiendo nada de política, tío.

—No te permito que digas que no te interesa la política de tu país. Es una blasfemia. Significa que gente advenediza y ambiciosa, toda clase de radicales descreídos, podrán trastornar las bases de la sociedad tal como Dios la creó al conferirnos la autoridad. Él repartió las fortunas según Él creyó justo, y dio a los pobres sus placeres sencillos y a nosotros nos cargó con las obligaciones que nos hacen Sus representantes sobre la tierra. Sus mandamientos prohíben atentar contra Su orden divino y eso justamente es lo que está haciendo esa gentuza que nadie conoce. ¿Eres cristiano?

—Usted mismo me bautizó.

—Eso no tiene nada que ver. Después de cinco años en Europa todo es posible, están tan de moda las dudas. Pero las dudas son demasiado complejas en estos tiempos de cruzada. Tenemos que defendernos y defender a Dios, que está amenazado en Su orden y en Su autoridad. Defender tu propiedad mediante la política es defender a Dios. Apuesto que ni siquiera te has preocupado de visitar lo que es tuyo. ¿Estuviste en la Casa?

—En la Rinconada...

—No, la Casa de Ejercicios, la de la Chimba...

—No sé, las confundo, son todas iguales.

—No comprendo cómo puedes decir que las confundes. ¿Cómo quieres que no dude de que eres cristiano si jamás te diste la molestia de contestarme acerca de la posibilidad de la beatificación de nuestra pariente Inés de Azcoitía?

—No fui a Roma en esa época y después se me olvidó.

—Debías haber hecho un viaje especial, ya que hiciste tantos viajes frívolos a otras partes. Si tuviéramos el arma de su beatificación en la mano, publicada en todos los diarios, si hubieras llegado blandiéndola como símbolo de nuestro poder conferido por Dios, no nos costaría tanto ganar en estas elecciones.

—¿A quién se le ocurrió la idea de mi candidatura?

—A mí.

—Yo no pertenezco al Partido.

—Yo te inscribí hoy. Es cuestión de que pases a firmar, nada más, qué te cuesta, te queda de paso...

Jerónimo se puso de pie y tiró la servilleta sobre la mesa. Don Clemente se atragantó con las verduritas de su papilla. Con los ojos llorosos de tos alcanzó a preguntarle a su sobrino:

—¿Adónde vas?

Jerónimo estaba dispuesto a responder: a tomar el primer barco que me lleve lejos de ustedes y de este mundo que quiere convencerme de que no soy más que una figura monstruosa, quizás un enano, quizás un jorobado o una gárgola difusa que el deterioro ha ido dibujando en estas feas paredes de barro viejo y descuidado, soy otra cosa, pertenezco a un mundo más claro, aun el absurdo gesto deportivo de sacrificar mi vida por una causa con la que sólo mi voluntad me liga es preferible a este encierro dentro de patios inexorables donde lo único posible es reproducirse, a esta prisión en que mi tío Clemente me quiere conservar para sus usos siniestros, estoy seguro de que me cortará todo, que se apoderará de mis miembros, me deformará para transformarme en un muñeco obediente que cumpla sus designios, pero mi pobre tío sigue tosiendo, salpicando de espinacas toda su servilleta, la tos lo puede matar. Jerónimo, en vez de partir, se acercó a su tío, lo hizo beber lentamente un vaso de agua y le dio unas palmaditas en la espalda como a un niño, asegurándole que sí, que era inmortal, que seguramente los enterraría a todos, que ya iba a venir la María Benítez a ayudarlo, que no tosiera tanto, que estuviera seguro de que no se iba a morir en su propio comedor atorado por unas verduritas desabridas.

11

Los viajes que Jerónimo de Azcoitía emprendió para dejar impresa la imagen de su poder como candidato a diputado en la mente de los votantes le daban poco tiempo para otras cosas. Sin embargo, entre viaje y viaje, asistía a las fiestas a que las innumerables mujeres de su parentela lo hacían invitar para exhibirlo como un triunfo más de la familia. Y sucedió lo que tenía que suceder, lo que el ritual de los poderosos exigía que sucediera: Jerónimo se enamoró de la muchacha más linda e inocente que por entonces bailaba en los salones, una prima lejana con muchas abuelas Azcoitía.

Inés Santillana, heredera, como él, de tierras y abolengos, era dueña sobre todo de una belleza ágil, movediza como la de un pájaro, de un colorido atenuado como lavado en miel. A su lado Jerónimo parecía un gigantón. Los ojos de Inés eran amarillos, a veces pardos, a veces verdes, verdes sobre todo en la noche cuando el enjambre de adolescentes de piel imperfecta, tiesos dentro de sus fracs, la rodeaban para rogarle el favor de un baile, y ella, risueña, elegía, accedía, aplazaba. La aparición de Jerónimo dispersó inmediatamente el enjambre de pretendientes, porque ningún torpe jovenzuelo criollo podía competir con un hombre hecho y derecho, rico y hermoso, ataviado aún con el prestigio del continente superior de donde venía.

Inés no resistió el asedio del impetuoso cortejante. No tuvo para qué resistirlo, por lo demás, ya que lo amó desde el primer instante y la relación jamás se planteó más que bajo la sagrada fórmula de un matrimonio que a todos complacía. Durante las tranquilas veladas en la quinta de los Santillana, Jerónimo daba consejos mundanos al mayor de sus futuros cuñados y contaba historias fabulosas a los más chicos, mientras, tradicionalmente, sujetaba la madeja de lana para que la madre de Inés ovillara. Y de noche, en las orillas de los salones donde la danza de la juventud giraba fantástica bajo la luz, las damas que ya habían aprendido a delegar sus emociones en otros suspiraban satisfechas ante el encuentro de estos dos seres privilegiados, formulando votos para que Jerónimo, que ya tenía edad para hacerlo, asentara por fin cabeza.

El domingo antes del domingo señalado para el matrimonio, el almuerzo campestre con que las dos tribus reunidas celebraron las risueñas perspectivas de la nueva pareja terminó con las mujeres sentadas alrededor de Inés interrogándola sobre los detalles de su ajuar, y más allá el grupo de hombres, colorados con el calor y el vino, abanicándose con sus jipijapas, concertando los pormenores de la campaña electoral de Jerónimo, que entraría en su fase final al regreso de la luna de miel. La novia miró a Jerónimo desde el otro lado de la mesa improvisada bajo el parrón. En los últimos meses antes del matrimonio las reglas impuestas por costumbres inmemoriales no permitían gran intimidad a la pareja. A Inés le complicaban sabiamente las horas con visitas, costureras, invitaciones, regalos, de modo que apenas le quedaba tiempo para que, en la penumbra de la galería que la familia abandonaba por discreta consigna durante unos instantes al atardecer, sus labios buscaran los labios de Jerónimo.

Bajo el parrón, Inés esperó a que Jerónimo terminara el vaso de oporto que estaba tomando con don Clemente, remozado con el giro que su vida adquiría encarnándose en la de Jerónimo. Y ante las protestas de los mayores que querían seguir tratándola como a una chiquilla, arrastró a su novio para gozar solos de la sombra de los duraznales de la quinta.

Inés no alcanzaba a comprender las implicaciones que Jerónimo saboreaba en todo esto. Las reglas y las fórmulas, el ritual tan fijo y tan estilizado como los símbolos de la heráldica, que iban regulando el proceso del noviazgo, inscribían su propia figura y la de Inés, entrelazadas como iban debajo de los árboles cargados de fruta, como en un medallón de piedra: este medallón no era más que una etapa de friso eterno compuestos por muchos medallones, y ellos, los novios, encarnaciones momentáneas de designios mucho más vastos que los detalles de sus sicologías individuales. El cuerpo y el alma de Inés, intactos, esperaban que él la animara para sacarla de ese primer medallón y hacerla ingresar en la suntuosidad del medallón siguiente.

Jerónimo debió olvidar muchas cosas para resolverse a entrar en ese mundo. Su pasión por Inés lo colocaba en el centro mismo de este juego de reglas, etapas y fórmulas. Pero la certeza de que él, Jerónimo, de haberlo preferido, hubiera podido participar en otras formas de vida más evolucionadas, lo colocaba también afuera, a una distancia irónica de todo este juego. Él sólo velaba para que se cumpliera en él y en su novia la magnífica leyenda de la pareja perfecta. ¿Para qué explicar a Inés que un ser es grande en proporción a la magnitud de lo que voluntariamente sacrifica, que es poderoso según lo que es capaz de clausurar en sí mismo, de guardar?

—¿Quieres? Le prometí llevarte. Ella te ve cuando nos dejan solos en la galería. Nos mira besándonos, escondida entre las plantas de afuera. Me dijo que pareces un príncipe, te encuentra tan hermoso...

Jerónimo la besó para hacerla callar. Ese vientre que se agitaba pegado al suyo se abriría para procurarle inmortalidad: el friso de medallones, a través de sus hijos y sus nietos, se prolongaría para siempre. En la piel clara de la muchacha, en su voz, veía una sexualidad que ella no sospechaba vigorosa: él la estamparía con su propia forma. Jerónimo murmuró:

—Falta tan poco...

—Falta tanto...

Jerónimo la apartó, y del brazo continuaron paseándose.

—Me voy a llamar igual que ella. Qué raro, ¿no?, llamarse igual que una santa.

—¿De qué estás hablando?

—Bueno, de esta antepasada tuya y mía que se llamaba Inés de Azcoitía... la de la Casa, dicen que es beata.

—Yo no lo he oído jamás.

—Porque tu mamá se murió cuando eras muy chico y tú eres hombre y ésas son cosas de que hablan las mujeres.

—A tu mamá tampoco se lo he oído jamás...

—Yo sé que es beata y que hizo milagros.

—¿Cómo sabes tú?

—La Peta me contó la historia. Que eran nueve hermanos, y que la nana de la niña-beata le regaló una crucecita hecha con ramas y amarrada con tientos, que siempre conservó, y dicen que fue esa cruz que le hizo su nana la que salvó la casa del terremoto. Que la Peta te cuente.

—¿Qué Peta?

—¿Cómo que qué Peta? La Peta Ponce. Hace horas que te estoy hablando de ella, pero tú no me oyes porque crees que soy una chiquilla que no sabe nada y que no habla más que leseras. Vas a ver cuando nos casemos. Te tiene un regalo...

—¿Quién?

—La Peta Ponce, pues Jerónimo, quién va a ser. Te he contado mil veces que fue tan buena conmigo cuando me enfermé. La habían traído del fundo de mi abuelo Fermín para que bordara las sábanas de mi mamá cuando se casó y después se quedó en la casa para ayudar a coser. Te tiene un regalo que dice que es digno de ti. Vamos a verla.

—Vamos.

Buscaron la morada de la Peta más allá de los gallineros y galpones, donde la casa se desmenuzaba en un desorden de construcciones utilitarias sin pretensión de belleza: el revés de la fachada. Inés se paró ante una puerta. Algo le había sucedido, como si de repente sólo ese portón tuviera importancia. Se volvió bruscamente:

—Me la voy a llevar. Mi mamá me la dio. Me dijo que puedo llevármela si quiero porque aquí no sirve para nada.

—Si no te he dicho que no.

—Es que como a veces eres tan raro.

—¿Ella querrá?

—La Peta Ponce quiere cualquier cosa que quiera yo. ¿No te importa, no es cierto, mi amor? No va a molestar. Vas a ver.

Inés empujó la puerta. Adentro, se abalanzó sobre Jerónimo el áspero olor de la bodega, olor a sacos de porotos y papas y garbanzos y lentejas, a fardos de alfalfa y paja y trébol, a cebollas de guarda, a ajís y pimientos, a ajos colgados en ristras de las vigas. Después de la opulencia de luz y calor del día que quedaba afuera, era difícil orientarse y calcular extensiones en esa bóveda. Jerónimo llamó a Inés en voz muy baja. Creyó que ella le respondería desde lejos, como un eco, pero la sintió tomarle la mano y susurrar a su lado:

—Por aquí.

Los ojos de Jerónimo, a medida que Inés lo hizo sortear cajones, sacos, fardos, fueron desprendiendo de la oscuridad la altura del techo envigado de donde colgaban arneses y riendas. Pero al acercarse a un murallón de fardos, un olor distinto desplazó a los armoniosos olores naturales: olor a ropa vieja, a brasero, a comida recalentada, a cosa ennegrecidas por el humo, ajenas al espacio noble de la bodega. Un resplandor dibujó una línea minuciosamente erizada de pajitas. En ese rincón resguardado por el muro de fardos la luz temblona de una vela rescataba algunos objetos. Las sombras blandas de los barrotes del catre bailaban flojas sobre el muro donde santos desteñidos bendecían el tiempo agotado de calendarios pretéritos y del puntero único del reloj. Un ser sentado en un piso devolvió la tetera al fuego del brasero.

—Peta.

—¡Viniste!

El montón de andrajos se organizó para dar respuesta humana a la exclamación de Inés. Entre la vieja y la niña se entabló un diálogo que Jerónimo no estaba dispuesto a tolerar. Esta escena no calzaba dentro de ningún medallón de piedra eterna. Y si calzaba en alguno era en la otra serie, en la leyenda enemiga que contradecía a la suya, la de los condenados y los sucios que se retuercen a la siniestra de Dios Padre Todopoderoso. Tenía que llevarse a Inés inmediatamente. Impedirle participar en esta otra serie de medallones ligados a la servidumbre, al olvido, a la muerte. Inés no era más que una niña que podía mancharse con cualquier cosa.

—... y le traje a Jerónimo, Peta.

La vieja se acercó a Jerónimo para escudriñarlo.

—... y quiere que se venga a vivir con nosotros.

—¿No va a ser una molestia, patrón?

Inés terció antes que Jerónimo respondiera:

—No. La casa nueva es grande.

—Como quieras, mijita.

—¿No le tenía un regalo a Jerónimo?

La vieja escarbó entre los envoltorios escondidos debajo de su cama. Puso en manos de Jerónimo un paquetito albo.

—Ábralo.

215

Jerónimo obedeció, más que nada para darse tiempo y decidir qué hacer para romper la relación de Inés con el mundo de abajo, de la siniestra, del revés, de las cosas destinadas a perecer escondidas sin jamás conocer la luz. Dentro del paquete encontró tres pañuelos blancos de la batista más fina, con ribetes e iniciales tan ricamente bordados que lo hicieron estremecerse. ¿Cómo era posible que hubieran salido de debajo de ese catre, de las manos verrugosas de esa vieja? Eran los tres pañuelos más bellos y perfectos que había visto en su vida... si alguna vez soñó con pañuelos, eran éstos, su fragilidad, su equilibrio, esta finura, sí, había soñado con estos pañuelos, exactos, estos pañuelos que tenía en sus manos..., esa vieja se introdujo en su sueño y se los robó. Porque de otra manera, ¿de dónde, en la miseria de su mundo, de qué oculto centro de fuerza podía haber sacado la Peta las sabias nociones de gusto y destreza para ejecutar esas tres obras maestras? Un tizonazo de admiración hizo trastabillar su orden al reconocer en la Peta Ponce a una enemiga poderosa.

—Gracias. Ahora tenemos que irnos.

—Pero, Jerónimo... ¿Que no querías que la Peta te contara la historia de la beata? ¿Y de la Casa? Ella es tan vieja que sabe cosas que ya nadie recuerda.

—No quiero saber nada. Vámonos.

La tomó del brazo.

—Adiós.

Antes de llevarse a Inés, Jerónimo dejó una moneda en las manos de la vieja: eran manos verrugosas, deformes, tembleques, de uñas astilladas y amarillentas, manos con poder para todo, incluso para crear belleza que no tenían derecho a crear porque creándola lo relegaban a él a un plano inferior, de admirador de la belleza mínima de esos tres pañuelos. Afuera Inés lo encaró:

—¿Por qué lo hiciste?

Inés iba llorando, arrastrada por Jerónimo, que sólo la soltó al cruzar el lavadero, en el desfiladero de dos larguísimos manteles blancos colgados de alambres paralelos, seguidos por sus familias de servilletas.

—¿Por qué hice qué?

—Todo. Darle plata.

—No quiero que nunca tengas nada que ver con ella.

—La Peta me salvó la vida.

Hacía frío en el lavadero. Un frío resbaladizo, indiferente a los reflejos del sol de afuera en el agua azulada de las artesas y en el pavimento donde goteaba la ropa tendida. Jerónimo quería irse definitivamente aunque Inés llorara. Las manos infantiles de su novia lo aferraron para detenerlo y contarle:

—Yo era muy chica. Cuando mi mamá iba a tener a Fermín estuvo muy grave, y para que no molestara me mandaron donde las monjitas de la Casa de la Encarnación de la Chimba. La Peta me acompañó. Y en la Casa me comenzaron unos dolores terribles en el vientre, algo aquí, espantoso, parecía que me iban a partir por dentro. A veces todavía se me ocurre que se me van a repetir esos dolores y me da terror. Mandaron médicos a la Casa, fue mi papá, iban todos los días porque estaban arrepentidos de haberme llevado a un sitio tan alejado pero de donde ya no me podían sacar, estaba tan enferma. Los médicos no entendían nada. Movían la cabeza, nada más, y a pesar de que yo era tan chica, vi que mi destino era morirme ahí. Me moría, Jerónimo, me moría de algo que nadie era capaz de comprender ni curar. Cada puntada de dolor iba a ser la última. Una noche, cuando sentí los dolores más espantosos, la Peta se levantó. La estoy viendo, encorvada en la oscuridad, consolándome, y a pesar de los dolores me callé y oí ese silencio tan grande que a veces se oye en la Casa. Dejé que la Peta me desnudara. Y acercando sus labios a mi vientre me los puso aquí, Jerónimo, justo en el foco del dolor y comenzó a chupar y a chupar y a chupar hasta que mis dolores desaparecieron completamente con el último sorbo de la Peta en mi vientre. Me quedó algo como un vacío, aquí. Me hizo jurar que nunca se lo iba a contar a nadie. Tú eres el primero. Ni mi mamá lo sabe. Entonces sucedió algo muy raro: la pobre Peta Ponce comenzó a enfermarse con los mismos dolores que yo había sentido. La Peta ha seguido sintiendo esos dolores míos toda la vida.

—Bruja. No debían haber salido nunca más, ninguna de ustedes dos, de esa Casa condenada. Te ha ensuciado la mente y a mí me va a tocar el trabajo de limpiártela. Para comenzar voy a decirle a tu mamá que te prohíbo que veas nunca más a la Peta Ponce, voy a hacer demoler la Casa inmediatamente...

—No te atrevas...

Inés dio un paso hacia Jerónimo. Le arañó la cara. Él retrocedió ante el ataque de esas cinco uñas desconocidas, y enredándose en uno de los manteles cortó el alambre. La materia viscosa y mojada cayó sobre él, y lo tiró al suelo con su peso. Cuando Jerónimo logró desprenderse de ese sudario pegajoso Inés ya no estaba. La mano con que palpó su mejilla quedó enrojecida: rasguños hondos, certeros, garras que saben herir y causar dolor. Usó los pañuelos de la Peta para restañar su sangre. Salió de la casa escondido para que no lo vieran. ¿Qué sacaba con explicar ahora? Era demasiado tarde para echar pie atrás. El matrimonio se efectuaría dentro de siete días.

La mañana de la ceremonia Jerónimo entró en la Basílica de la Merced luciendo las cicatrices rojas en su mejilla izquierda. Avanzó por el desfiladero de flores blancas y rostros complacidos, arrogante, seguro, dominando a la concurrencia para que nadie se preguntara qué eran esas cicatrices en la cara del novio.

La emoción de vestir su traje recamado y tieso como una armadura ahogó por una hora el terror de Inés al jurar falsa obediencia a su marido ante la mirada llena de confianza de don Clemente, que con sus dorados paramentos de ídolo y entre la humareda de los incensarios le exigió ante Dios, el más poderoso de los parientes que asistían a la ceremonia, que no abrigara proyectos impuros. Frente al altar de oro, entre los cánticos y las antiguas palabras sagradas, Inés juró en falso, sabiendo muy bien lo que estaba dispuesta a hacer. Cuando la semana anterior su madre la llevó donde don Clemente para que la preparara para el matrimonio, el sacerdote, advirtiéndole que era pecado mortal negarle su cuerpo a su marido, no se dio cuenta de que estaba poniendo un arma en manos de Inés.

Sabía muy bien cuánto la deseaba Jerónimo. Por eso, en la noche de bodas, fríamente, con la cabeza despejada, cometió el pecado mortal de negarle su cuerpo a su marido, a quien ella también deseaba. Y se lo hubiera seguido negando durante toda la vida si hacia el alba su cuerpo implacablemente desnudo junto al de Jerónimo no hubiera incendiado la lucidez de su marido. Ella logró triunfar: él se lo prometió todo, lo que quisiera, lo que le pidiera, hasta que ella le hizo prometer en el momento en que calculó que ya no se daba cuenta de lo que prometía con tal de que ella cediera, que jamás, por ningún motivo, la iba a separar de la Peta Ponce. Desde esa noche Jerónimo e Inés jamás han estado solos en el lecho conyugal. Cualquier sombra, la mía, la de Boy, la de la Beata, siempre los acompaña. Esa primera noche de casados fueron don Clemente y la Peta Ponce, pugnando por prevalecer, los que los animaron, como titiriteros a sus monigotes de cartonpiedra.

12

Sus cuatro perros negros gruñen disputándose el trozo de carne caliente aún, casi viva. Lo desgarran, ladrándole en la tierra y revolcándolo, babosos los hocicos colorados, los paladares granujientos, los colmillos, fulgurantes los ojos en sus rostros estrechos. Devorada la piltrafa, vuelven a bailar alrededor suyo para que los acaricie: mis cuatro perros negros como las sombras de los lobos tienen el instinto sanguinario, las pesadas patas feroces de la raza más pura. Sólo conmigo, dueño de la carne que comen y del parque que cuidan, se muestran dóciles.

—Tírales otro bofe.

El gañán hace volar la víscera sobre los brincos de mis brutos, que no la atrapan por pelearse y gruñir... muerdan, brutos, no se distraigan, no peleen que no ven que esa perra amarilla les está robando el bofe, muérdanla, mátenla, la perra flaca que andaba rondando la merienda de mis perros nobles aprovechó la confusión de patas y hocicos para robarles la piltrafa, allá va, a toda carrera, encogida, temblona, la cola entre las piernas, arrastrando el bofe por la explanada hasta perderse detrás de la capilla. Antes que mis cuatro perros negros se den cuenta de la afrenta, este peón les lanza otra piltrafa. ¿Lo habrá hecho para distraerlos y encubrir la huida de la malhechora? Seguro que en las elecciones de mañana se hará pagar su voto, comerá carne mía y tomará mi vino, y después votará en contra porque me odia.

—¿Es tuya esa perra amarilla?

—No, patroncito. No es de nadie.

—¿Cómo, de nadie?

—A veces entra a robar basura en el patio de la cocina. Y también entra al parque cuando usted sale a caballo con los perros negros.

—¿Y por qué no la echan del parque?

—La señora no nos deja que la echemos.

Ahítos, mis perros se tienden en la maleza fresca que crece junto a la acequia. Han rondado toda la mañana por los corrales donde carnearon a los novillos para celebrar mi victoria en las elecciones. Allá apareció la perra amarilla otra vez, lengüeteando los cueros sanguinolentos colgados al sol en las tranqueras, embadurnando su hocico con sangre en la que se ceban las moscas pegajosas idiotizadas por el calor, cerca de los chiqueros del otro lado de la explanada donde los chanchos se rascan los lomos contra las estacas. La perra amarilla es un garabato flaco, ansioso, voraz, insaciable, capaz de comer cualquier cosa, hasta la más repugnante. Ronda las patas de los caballos amarrados a la vara, encogida por su avidez de morderles las canillas. Se conforma, como en espera de placeres mayores, con husmear el charco de sus meados y meter la nariz en las bostas frescas. Tengo que hablarle a Inés a propósito de la perra amarilla, esto no puede ser, es tan poco de Inés aceptar a un animal mugriento como éste, ella que no sale al sol sin un sombrero con velos y no toca una rama sin ponerse guantes.

★ ★ ★

Era tarde cuando me tendí junto a ella en el corredor. Cubrí sus pies con un poncho de vicuña y los míos con otro. Y vimos aparecer los signos estrafalarios de los astros entre las sombras que cuelgan de los árboles del parque de la Rinconada. El canto de las ranas limita el mundo de nuestra intimidad, protegiéndonos de toda intrusión.

—¿En qué piensas?

Inés se desperezó apenas.

—¿Yo? En nada...

¿Por qué no piensa en nada? Debe pensar en algo, debe decírmelo aunque no sea más que por Dios qué cosa más horrible el color del vestido de la Laura o qué pena que parece que el matrimonio de Carlos con la Blanquita no anda nada de bien. Quizá sea verdad que no piensas en nada, aunque no pensar en nada justamente en los momentos más íntimos es una defensa, Inés, una huida que te mantiene la mente en blanco, bloqueada por la ausencia de tu ser para que el miedo y las preguntas no se inscriban en ti... piensa en cualquier cosa con tal que pienses y me puedas decir en qué piensas, aunque pienses en esa perra amarilla de la que te voy a hablar si me acuerdo de algo tan trivial, cuando ya no estés en otra parte que no sea aquí, ahora, conmigo, en otra parte donde estás pensando en una cosa terriblemente definida que es la misma cosa en que yo no puedo dejar de pensar aun en los momentos en que esta pasión real que siento por ti debía arrasar con todo pensamiento, tuyo y mío, pero no puede arrasar con una

223

ausencia, con un vacío que es lo que me muestras y lo que exijo que me muestres porque lo otro no me lo debes mostrar porque no es verdad. Podría repudiarte. Y odiarte. Y buscar en otra lo que tu empecinada sangre mensual me ha estado negando durante cinco años de matrimonio. Pero no puedo. Cualquier cosa menos la dicha completa inauguraría el terror.

Un diamante azul se enciende entre los matorrales del parque, se apaga y vuelve a encenderse dorado más allá, titila más acá y se apaga otra vez y entre esos macizos de plantas oscuras nacen más fulgores que nos están mirando a ti y a mí, que desaparecen, joyas, astros, ojos, fulgor que disimulan las hojas, vuelve a aparecer multiplicándose, desvaneciéndose, paseándose entre los arbustos oscuros, no al acecho sino que vigilándonos porque son los ojos de mis perros vagando entre las hortensias, lentos ahora, rojos, rosa, atentos, allá se extinguieron esos dos ojos de acero que ahora se encienden más cerca, aquí, entre los matorrales al pie mismo del corredor donde tú y yo estamos tendidos, centellas fijas en la línea de claridad fina como el canto de una hoja que insinúa tu perfil perfecto. Dejo caer mi mano que roza casi casualmente tu mano. Ocultas tu perfil porque me miras descomponiéndote en otros planos que me presentan otra versión de ese rostro que no piensa en nada porque no está, pero los ojos dorados, los ojos de acero, las chispas verdes o azules entre las hojas negras del parque me confirman que Inés está, y apaciguados, los ojos se desplazan, fulguran, se apagan, nos fijan en un reflejo instantáneo que se disuelve, todo está oscuro, no ven, ahora es cuando tengo que borrar en ella todo lo que no sea fe completa en nuestra dicha, demoler la ansiedad de esa palabra murmurada al pasar, nada, no pienso en nada, tengo tiempo para destruirla porque una gota tiembla en una hoja y en esa gota hay una pupila, y esa pupila encendida nos mira, otras chispas más lejos, más cerca, precisas, disueltas, ojos de testigos exigiendo nuestra dicha, observándonos por si la oscuridad insinuara alguna trizadura en esa dicha, no podemos decepcionar a los testigos ansiosos de ver nuestro amor perfecto. De nuevo rozo tu mano. ¿Ven cómo Inés se estremece apenas, pero se estremece? Ustedes sólo pueden contemplar ese estremecimiento, no experimentarlo, ustedes son sólo ojos ansiosos de que les demostremos nuestra dicha ahora, aquí mismo, ustedes los testigos mandan, si no cedo inmediatamente a la exigencia de demostrarles nuestra capacidad de gozo, ustedes desaparecerán haciendo que todo se desvanezca si no hay ojos mirándonos, dejándome convertido en una de esas piltrafas con que hago alimentar a mis perros negros que no reconocerán la sangre de su amo, me devorarán si no les demuestro aquí, ahora, que nuestra dicha es total. Aprieto la mano de Inés. Es fría, perfecta. Responde a mi mano que la aprieta apenas, y la aprieto más y la arrastro hasta los macizos de hortensias para escondernos como adolescentes.

—Jerónimo... no...

—Sí.

—Tenemos la casa entera y toda la noche...

—No importa, aquí.

—Tengo miedo.

—¿De qué?

—Pueden vernos.

—¿Quién?

—No sé...

—No seas tonta.

El círculo de miradas fulgurantes se ha instalado en la espesura alrededor nuestro. No temas a los testigos, Inés. Mira qué bellos son sus ojos de visos azules. Todos me pertenecen. Déjame desnudarte ante el lustre de sus miradas. Tiéndete en este lecho de hojas. Contémplenla, que para eso los tengo, y a mí, que también me desnudo, también contémplenme: celebren mi potencia erguida, envídienmela que para eso los alimento, vean cómo me acuesto junto a Inés entre el frío lanceolado de las hojas, cómo la obligo a abrir sus ojos pardos, verdes, para mirar esos otros ojos refulgentes cuyo dolor al contemplarnos acrecienta nuestra estatura, cómo te acarician mis manos, mis labios que recorren tu frescura que se entibia, se calienta, arde, mi sexo te hace suspirar, gemir, olvidar que no estás pensando en nada, yo ocupando todo el vacío que no me entregas y te has negado a entregarme durante cinco años de dicha, óiganla gemir, cómo cede el pudor de Inés y cae y la deja más desnuda y más pegada a mí, murmurando mi nombre prodigioso, gimiendo a medida que la invado, aullando por fin sin importarle que la oigan y la vean cuando por fin triunfo en ella y caigo entero frente a esa infinidad de ojos acerados, amarillos, verdes, glaciales, bruñidos, que se encienden oscilantes y se ocultan y reaparecen ansiosos de ver de nuevo, renovando mi potencia, siempre que vea fosforescer miradas entre la vegetación que también me ocultaba a mí, Madre Benita, porque yo los estaba vigilando, dos de esos ojos encendidos en la oscuridad del parque de la Rinconada, dos de esas pupilas del coro necesario para la singularidad del placer, dos de esos ojos, los más ávidos, los más atormentados, los más heridos eran mis ojos, Madre Benita, estos mismo ojos que ahora usted ve nublados por la fiebre, cuyos párpados usted trata de bajar con sus manos para que descanse y duerma, duerme, Mudito, duerme, descansa, duerme, cierra tus ojos, me dice usted, apaga tu mirada que ya ha servido, baja los párpados y duérmete, pero no los puedo cerrar porque arden en mis órbitas mirándolos gozarse entre las hojas, mis oídos alerta a las palabras entrecortadas y al rumor de sus cuerpos, mi nariz al perfume del amor, y mi mano, esta mano que usted tiene en la suya, sin que ellos se dieran cuenta en el alboroto de sensaciones, esta mano tocó esos cuerpos mientras creaban la dicha una y otra vez, hasta que los ojos entre la vegetación se fueron apagando y don Jerónimo los buscaba para renovarse en sus miradas fulgurantes opacadas, dónde están, dónde están, se han ido, Inés, se han ido, quedamos en la oscuridad total, quizá no haya habido nunca ojos contemplándonos y todo haya sido siempre oscuro, no, ahí están los ojos amarillos, soy yo otra vez, te deseo más que nunca ahora porque sé que estás cansada y porque yo estoy cansado, esos ojos amarillos y legañosos ven cómo te penetro, cómo revives, los ojos legañosos cerca de los nuestros, más, más, hasta que Inés lanzó el grito final, Madre

227

Benita, que no fue sólo un grito de placer sino también un grito de terror, porque al abrir los ojos para ver la constelación de miradas relucientes de los testigos alrededor del rostro de Jerónimo, vio a la perra amarilla que se acercó a husmearlos o a lamer los jugos que sus cuerpos dejaron sobre las hojas: la perra amarilla, acezante, babosa, cubierta de granos y verrugas, el hambre inscrita en la mirada, ella, dueña del poder para provocar el grito.

★ ★ ★

Cuando llegó la noticia de que en un pueblo de la cordillera, en el sector donde los radicales habían envenenado a los mineros con promesas de reivindicaciones, alguien cometió la fechoría de robarse las urnas durante la votación, los cabecillas conservadores congregados alrededor de don Jerónimo de Azcoitía decidieron que era más prudente trancar las puertas y las ventanas del Club Social. El Partido jamás tuvo la pretensión de que su influencia llegara hasta la zona minera. Se daba por descontado que ese sector caería en manos de los radicales. Pero algún imbécil anónimo, seguramente un borracho inconsciente, entró a caballo en la escuela donde los mineros estaban votando y huyó con las urnas para congraciarse con don Jerónimo por medio de este supuesto acto de heroísmo. La gravísima consecuencia fue que la multitud en la plaza, frente al Club Social, ignorante y sin duda instigada por los radicales que se aprovecharon de la coyuntura tan gratuitamente ofrecida, los culpó a ellos, a los caciques, de lo que a todas luces y para cualquiera con dos dedos de frente era un paso en falso desde el punto de vista político.

Ahora, cualquier cosa sería insuficiente para que los peones endomingados que galoparon desde los pueblos hasta la cabeza de la provincia desencadenaran la violencia y hasta hicieran correr la sangre. Pero la multitud achispada por el vino se paseaba sin centro por la plaza. Fumaban, se repartían en grupos murmuradores, pero sin motivación inmediata para enardecerlos.

Don Jerónimo de Azcoitía pasó toda la tarde encerrado en el Club Social, consumiendo más y más botellas de tinto con sus correligionarios, esperando a que la multitud se dispersara. Pero la multitud no se dispersó. Cayó una tarde opaca. Una masa gris, susurrante, se iba aglomerando bajo la doble fila de palmeras que bordeaba la plaza por los cuatro costados. Y los faroles no se encendían.

Don Jerónimo quería salir, tomar su coche y marcharse a la Rinconada como si nada hubiera sucedido, porque ésa era la verdad en cuanto a lo que a él se refería. Pero sus correligionarios, que espiaban por las rendijas de las ventanas, le rogaron que no lo hiciera. Por el bien del país, por el bien del Partido debía quedarse, esperar, salir ahora sería un reto, el paso necesario para que comenzara la camorra. Él alegó la urgencia de aprovechar este último momento de desconcierto del populacho para salir del Club Social. Además, todos debían ir saliendo poco a poco, cada uno por su lado, como si no sucediera nada, porque, no se cansaba de repetirles, ellos no eran culpables. En cambio sería de gran utilidad imprimir en la mente de la multitud su total inocencia en el asunto del robo de las urnas. Los demás cabecillas, que conocían mejor la mentalidad de la peonada, opinaban que, de salir del Club ahora, sería más propio huir escondidos, antes que el infaltable agitador instigara al pueblo. Era absurdo salir con la arrogancia insultante que Jerónimo proponía, preferible trepar a los techos y escabullirse hacia otras casas para alcanzar las calles de atrás, donde nadie se iba a fijar en ellos porque toda la atención estaba concentrada en la plaza, en la puerta del Club Social. Así, cuando se les ocurriera asaltarlo como sede de la oligarquía abusadora, lo encontrarían vacío.

Pero don Jerónimo insistía en que hacer eso era reconocer una culpa inexistente, la mejor forma de entregarse en sus manos, echando por tierra los resultados de la elección. Imbéciles, ignorantes, rotos de mierda, traidores, no se puede confiar en ellos, qué roto de porquería habrá metido mano en esto. Los caciques de manta y espuelas que bebían con don Jerónimo en la vara de la cantina o se paseaban entre las aspiditras de la galería no se conformaban. Otra botella de tinto, de ése bueno que tienes tan guardado pues Pancho, y si no queda, un tintolio cualquiera pero que no vaya a ser vinagre y unos sándwiches de arrollado picante, ya no queda nada, hasta el pan está comenzando a escasear y seguro que vamos a tener que pasar la noche aquí si los carabineros no los dispersan, no sé qué diablos están esperando estos malditos carabineros. Los rotos nos odian. Mírenlos cómo cuchichean allá afuera sin atreverse a hacer nada si alguien no los manda. Nos tienen envidia. Quieren quitarnos todo. Hablan de reivindicaciones pero no son más que una tropa de asaltantes, de criminales que no debían andar sueltos. Miren los felices que están. Claro, si teórica y judicialmente, por los menos, ahora tienen razón. Don Jerónimo se puso de pie.

—Vamos, Humberto.

—Sí, don Jerónimo, cuando quiera.

—¿Qué mierda pasa con el alumbrado de este pueblo?

—También le van a echar la culpa a usted.

La multitud aglutinada iba avanzando desde las avenidas laterales de palmeras para concentrarse en la avenida frente al Club Social. Algunos señores se asomaron para tratar de reconocer identidades y saber sobre quién, después, dejar caer la venganza. Encima de las frondas de las palmeras el cielo conservaba algo de luz penetrada por la aguja de la torre de la parroquia, frente al Club Social por el otro costado de la plaza: allá esperaba el coche de don Jerónimo. Pero para alcanzarlo era necesario cruzar entre cientos y cientos de hombres silenciosos que miraban la puerta del Club al que no tenían acceso, cómo es por dentro, dicen que las tomatinas y las comilonas son fabulosas, que se pierden y ganan fundos enteros al monte, el amarrado con trapo apareció cuando no se esperaba y provocó el suicidio del dueño de Los Pedregales, qué vamos a jugar nosotros, unos cuantos pesos, una vuelta de tinto cuando mucho y huir cuando no se puede pagar el vino apostado, esos cientos de hombres silenciosos de la plaza nos odian, van a hacer algo, esperan, desplazándose de un lado para otro, cuchicheando, las manos en los bolsillos. No oímos el rumor de sus voces, pero ya lo oiremos. Un hombre se encarama en un banco de la plaza y comienza

aperorar, abuso, injusticia, cohecho, traición, estas elecciones extraordinarias para reemplazar al senador muerto que
era de los nuestros descubre los abusos que se cometerán
con nosotros en las próximas elecciones presidenciales, es
un comentario siniestro a lo que serán esas elecciones si
permitimos que futres de la calaña del Azcoitía ése...

—¿Tienes las pistolas, Humberto?

—Sí, las tengo.

—Dame la más grande a mí.

—¿Qué vamos a hacer?

—Sígueme.

—¿Pero qué vamos a hacer, don Jerónimo?

—Haz exactamente lo mismo que haga yo.

—¿Qué van a hacer estos locos?

—Sáquenle la tranca a la puerta.

—Están malos de la cabeza.

—Jerónimo, no...

—Quiubo, saquen la tranca les digo...

Te van a matar, Jerónimo, te van a linchar, no ves que
el odio que nos tiene esa multitud anónima está concen-
trado sobre tu persona, no salgas, espera un poco a ver qué
pasa. Como nadie le obedeció en quitar la tranca, lo hizo
él: esa tranca de fierro antiquísimo tan pesada que a diario
tenía que ser levantada por dos empleados, la levantó él
solo. Se hinchó su brazo bajo la tela blanca de su chaque-
tilla, su rostro enrojeció durante un minuto de modo que
centellearon sus ojos azules. Los gritos, afuera, amainaron
cuando alguien notó:

—Están abriendo.

—Miren...

Abrieron la puerta y salió. Se puso su sombrero después de mirar al cielo como si temiera que fuera a llover. Tiró al suelo su puro. Se quedó mirándolos desde lo alto de las gradas. Un murmullo surgió de la multitud. Más allá del grueso del grupo los hombres se llamaban unos a otros, ven, vengan, el futre salió, aquí anda, no se lo pierdan que vale la pena verlo, convocándose apremiados, corriendo desde todos los extremos de la plaza, dejando los bares desiertos, las puertas de las casas de par en par, el pueblo entero en la plaza para contemplar a don Jerónimo de Azcoitía. Fue un momento de estupefacción, de manos hundidas en los bolsillos, de charla y cigarrillos apagados porque lo más importante era ver. Sólo el agua seguía cayendo indiferente por los orificios de las ninfas en la fuente que agraciaba el centro de la plaza.

Alguien urgió:

—¡Que hable!

—¡Sí, una explicación!

—No tengo nada que explicar.

Bajó las gradas.

—Bueno, déjenme pasar, me voy al fundo, aquí ya no hay nada más que hacer...

Su voz no era pública. Era tranquila, privada, como si estuviera diciéndome, igual que tantas veces, que volveríamos a la Rinconada porque era tarde y no quería que Inés se inquietara esperándolo. Se detuvo para encender otro puro. Se demoró en hacerlo. Dio un paso y la multitud se arqueó para hacerle lugar. No cruzó, como creí que iba a hacerlo, hacia la fuente de las ninfas retozonas por el centro de la plaza, para alcanzar el costado donde sería fácil tomar el coche. Caminó muy tranquilo, como si nada especial estuviera ocurriendo, por las avenidas de palmeras alrededor de la plaza, partiendo la multitud en un callejón de rostros sombríos debajo de las chupallas, de cuerpos hediondos a vino, de miradas vengativas, de puños tensos pero bajos aún. En los bordes de afuera del apiñamiento, los que se subían a los bancos y se trepaban a los postes de alumbrado para ver y gritar comenzaron a enardecerse, apaléenlo, mátenlo, capen a ese futre de mierda...

—¿Por qué no se habrán prendido las luces?

—Ya es hora, culpa del alcalde.

—No dejes de hacer lo que yo haga, Humberto.

—No.

A medida que don Jerónimo se iba acercando a la parroquia los bordes de la multitud iban contagiando su violencia a la gente de más adentro. Se agitaban sombreros en el aire. Gritos que llevaban el nombre del malhechor escrito con ánimo de puñales, interjecciones obscenas, insultos, todo el odio del populacho viajó hacia el centro de la multitud alrededor de don Jerónimo, que caminaba fumando otro puro en medio de ese claro rodeado de rostros todos iguales, que se estrechó.

—Déjenme pasar.

Un gigante mal afeitado preguntó:

—¿Pa dónde va?

—A mi coche.

El gigante no se quitó de en medio.

—Déjame pasar.

El claro se encogió más. Era el minuto antes de la sangre. Don Jerónimo lo vio: reculando hasta la puerta de la parroquia se afirmó en ella y sacó su pistola:

—¿Qué quieren?

Se callaron.

—Quiubo. Digan. ¿Qué mierda quieren?

La primera fila del semicírculo retrocedió por el asombro ante su pistola. Y como poseído, como repentinamente borracho con la eficacia de su arrojo, comenzó a gritarles, amenazando al semicírculo con su pistola:

—Quiubo, rotos de mierda, digan, díganme lo que les hice para que estén tan furiosos, qué mierda quieren, son tan imbéciles que ni siquiera son capaces de decir lo que quieren, por qué están tan furiosos, ni saben, rotos de porquería, rotos cobardes...

Vi un corvo que brilló. Una mano que buscó una pistola bajo su manta. Un ramal dispuesto, un palo, un puño que se endurecía, alguien que se inclinaba para recoger una piedra, una mirada que alcanzó a estallar apretándolo contra la puerta de la parroquia, que se abrió y don Jerónimo desapareció como tragado por una trampa.

Ya adentro, yo ayudé al párroco a trancar la puerta. Los puños de esos animales feroces cayeron sobre la puerta de la iglesia y se alzaron los gritos de la masa.

—Sígame, don Jerónimo, por aquí, pase, le tengo una escalera lista para que se suba al tejado y pase a la casa de atrás. Lo está esperando un coche. No, el suyo no, para que no sospechen nada.

Engañados, sorprendidos por el repentino escamoteo de la figura culpable, frustrados al no tener a nadie contra quien dirigir su furia, la multitud siguió gritando un rato, pero comenzó a desorganizarse, sin centro, sin saber qué hacer ya que era imposible derribar la puerta de la parroquia. Por muy radical que uno fuera la iglesia siempre seguía siendo iglesia. El cura nos estaba ayudando a trepar al tejado. Vista desde arriba, la multitud todavía cercaba la parroquia. De pronto alguien gritó:

—Ahí está... ahí está...

Recuerdo esa mano alzada, Madre Benita, recuerdo las facciones del primer hombre que señaló el techo, recuerdo cada una de esas miradas que se alzaron.

—¿Dónde?

—Allá va.

La masa volvió a encontrar su centro. Allá va, corriendo por el tejado de la casa del párroco, mírenlo, es él, don Jerónimo de Azcoitía que se va arrancando, no es cierto que el futre se va arrancando, pero mírenlo, miles de testigos vieron a don Jerónimo parado sobre el techo, enorme, heroico, una sombra destacada contra la escasa claridad que quedaba en el cielo.

—Mátenlo.

Sonó un balazo.

Ante miles de ojos que dieron testimonio de lo sucedido, la figura prócer de don Jerónimo de Azcoitía se encogió de dolor, perdió el equilibrio y cayó hacia el patio del cura por la vertiente del tejado que en vez de entregar al culpable a la masa para que lo destrozara, lo escamoteó.

Cuando la multitud de la plaza se dio cuenta de lo que algún bruto inconsciente que era todos ellos había hecho, comenzaron a preguntar quién fue, quién lo hizo, quién fue el imbécil, quién fue el criminal, fuiste tú, Lucho, no, fue el Anacleto, no, yo no tengo pistola, fue él, fuiste tú, el del sombrero plomo tenía pistola, ese gallo con los bigotes gachos que ninguno de nosotros conocemos debe haber sido, allá va el de bigotes gachos arrancándose, no, no se va arrancando, yo lo conozco, no es capaz ni de matar a una pulga, nadie se arranca, nadie sabe quién sería el huevón criminal que lo mató cuando no se saca nada porque estos futres siempre salen ganando, puchas qué gallo padre este don Jerónimo, futre será pero hay que ver qué valiente, nos insultó, nos desprecia, nos esclaviza, nos explota, nos va a engañar y engatusar para las elecciones presidenciales y va a comprar votos para su candidato, nos va a emborrachar con vino de sus bodegas y nos va a embarcar en carretas como a animales para llevarnos a votar por el candidato que él disponga, sí, había que matar al futre. Irrumpieron los carabineros a caballo para tomar preso a alguien, pero a quién, y por qué, bueno, alguien diga qué pasó, en todo caso hay que dispersar a esta multitud porque no se puede tomar presos a mil hombres, dónde está el senador, seguro que salió de senador aunque capaz que lo hayan matado, ya, a la casa, cada uno por su lado sin meter boche, después se hará la encuesta, tomar preso a cualquiera, no importa, nunca vamos a llegar al fondo del asunto, dispérsense... hasta que no quedó nadie en la plaza. El capitán de carabineros golpeó en la puerta de la parroquia. El cura se demoró en abrir.

—Pase, capitán, pasen. Ya era hora de que vinieran.

Éste es el hecho tal como lo registra la historia, Madre Benita, como apareció en los diarios y como lo he consignado en esas páginas que usted está leyendo. Pero no fue don Jerónimo el que cayó herido, Madre Benita: fui yo.

★ ★ ★

Cuando gritó rotos de mierda, bueno, ya está, díganme qué es lo que quieren pues rotos de porquería, qué les he hecho yo para que estén tan picados, encarando mil ojos que lo miraban en la plaza donde todavía no se encendían los faroles, yo iba casi oculto detrás de los pliegues de su poncho. A mí nadie me veía. Era él, solo frente a la muchedumbre pendenciera lista para atacar pero que no atacaba. Y sin embargo, Madre Benita, a usted puedo confesárselo porque estoy enfermo y con fiebre y los enfermos tienen prerrogativas, aunque yo estaba con él, estaba también contra él, con ellos, rencoroso, odiándolo porque mi voz jamás tendría la autoridad para gritar rotos de mierda, qué quieren, ya pues, váyanse entonces si no quieren nada, deseando pasarme al lado de ellos porque a mí también me estaba insultando pese a que yo iba protegido por su poncho, pasarme al lado de la masa anónima otra vez, multiplicar mi odio en esos cientos que lo estaban odiando, hundirme entre los que lo iban a linchar, estar con las víctimas que se iban a convertir en verdugos, sí, Madre Benita, por qué no confesarle la verdad a usted: en ese momento mi ansia de ser don Jerónimo y poseer una voz que no fuera absurda al gritar rotos de mierda fue tan desgarradora que gustoso lo hubiera lanzado para que entre todos lo descuartizáramos, apropiándonos de sus vísceras, cebándonos en sus gemidos, en su ruina, en el fin de su dicha, en su sangre. Podía haberlo hecho, Madre. La gente me conocía como su hombre de confianza para todo, sobre todo para las cosas que él prefería no hacer. Gritarles: él es el culpable, yo, Humberto Peñaloza, su secretario, les juro que me consta que él lo tramó todo. Eso hubiera bastado para que lo atacaran con palos y cuchillos y yo viera el espectáculo de la sangre de don Jerónimo derramada a nuestros pies.

¿Pero y yo, entonces? ¿Qué sería de las facciones aún tan precarias que iba adquiriendo mi rostro? ¿No daría fin con esta acción a todas mis posibilidades de participar en el ser de don Jerónimo de Azcoitía? Ahora por lo menos era parte de él, una parte tan insignificante que casi no me veía junto a su estatura, pero parte de todas maneras. Fue por eso que dejé que lo siguieran mirando amenazantes pero inactivos, porque así siquiera algo de ese odio que reflejaba la magnitud de su poder me correspondía a mí.

El cura párroco nos abrió la puerta. La trancamos por dentro. Lo tenía todo dispuesto en el patio: una escalera de mano para subir al techo y de ahí pasar a la casa de atrás donde nos esperaba el coche para huir mientras la atención del pueblo se concentraba en la parroquia. Yo, que era más liviano, subí primero para ir tanteando la resistencia de las tejas musgosas. Era muy fácil: cuestión de escalar la vertiente desde el patio del cura y bajar por la otra vertiente, donde había una escalera prevista para llevar al patio de la casa de atrás. Le dije a don Jerónimo que esperara un instante para comprobar si al otro lado lo tenían todo listo. Pero ya arriba no fui capaz de dominarme. Al oír los alaridos de la multitud agolpada a la puerta de la parroquia, no pude contenerme, Madre Benita, tuve que ir a pararme en la arista del tejado frente a la plaza.

—Humberto...

Don Jerónimo me llamaba.

—¿Estás loco? ¿Qué estás haciendo?

No pude contestarle. Me detuve un minuto, dos minutos, en el techo frente a la plaza. Grité:

—Mátenme si quieren, rotos de mierda, aquí estoy...

La crónica no registra mi grito porque mi voz no se oye. Mis palabras no entraron en la historia. Pero alguien me señaló. Mil ojos vieron a don Jerónimo de Azcoitía sobre el tejado. Sonó el disparo. Mil testigos me vieron encogerme con el dolor de la bala que me rozó el brazo justo aquí, Madre Benita, en el lugar donde años antes me había rozado el guante perfecto de don Jerónimo. La cicatriz se me pone dura como un nudo, sangrienta como un estigma. ¿Cómo no va a quedarme la marca que me recuerda que mil ojos, anónimos como los míos, fueron testigos de que yo soy Jerónimo de Azcoitía? Yo no me robé su identidad. Ellos me la confirieron. La historia recogió ese momento como el momento culminante del poder de una oligarquía que, a partir de entonces, comenzó a declinar. Pero el público que lee la historia, contrario o favorable al Partido tradicional, no puede dejar de conceder su admiración al arrojo que don Jerónimo de Azcoitía demostró ese atardecer en la plaza del pueblo. El público sigue sin saber que es a Humberto Peñaloza a quien están admirando, a esa figura heroica y sangrienta que los insultó, recortada sobre lo que iba quedando de crepúsculo.

—Cuidado, Humberto...

—¿Lo mataron?

No, no me mataron. Al encogerme de dolor perdí el equilibrio y caí hacia el patio. Logré aferrarme de las tejas y sostenerme de la canaleta, mientras el cura corría con la escalera y don Jerónimo trepaba para bajarme en peso. Me desmayé. Me tendieron en el corredor del párroco, entre sus macetas de begonias y sus conmovedoras jaulas donde brincaban tencas y loicas.

La gran pena de mi vida, Madre Benita, es que el único momento estelar, el único en que he sido protagonista y no comparsa —ese breve momento en que don Jerónimo y el párroco rajaron mi manga y curaron mi herida—, lo pasé inconsciente. No conservo recuerdo de ese momento. Porque a los pocos minutos, en cuanto recuperé los sentidos, encontré a don Jerónimo con su propio brazo desnudo y manchado con sangre, sí, con mi sangre, Madre Benita, con la sangre de Humberto Peñaloza, vendándose el brazo exactamente en el lugar donde me dolía a mí. Cuando completaron el vendaje acercaron mi brazo herido al suyo y estrujaron mi herida para que vertiera toda la sangre posible y así manchar en forma espectacular esos falsos vendajes heroicos. Tenía que ser todo muy rápido, dijo, de otro modo se pueden dar cuenta de que fuiste tú, no yo, el que cayó herido, y es vital aprovechar esta oportunidad, porque con este atentado contra mi vida —sí, había sido un atentado contra su vida, yo no fui ni podía pretender haber sido más que una encarnación accidental de su valor— tengo un arma que blandir en público contra los que pretendan acusarme de abuso, puedo mostrarles mi brazo ensangrentado a los carabineros y a los periodistas que intenten acusarme de faltar a la ley, ya comienzan a golpear la puerta de la parroquia para que los dejen entrar. A mí me escamotearon en cinco minutos: me subieron al techo por la escalera, disimula tu dolor, Humberto, que al fin y al cabo no será tanto, que nadie se dé cuenta de que estás herido, sube solo, baja al otro lado y desaparece, nadie va a preguntar por ti, ándate rápido en el coche a la Rinconada. Y me fui al campo, Madre Benita. Me esfumé.

Don Jerónimo de Azcoitía, disfrazado con la sangre de Humberto Peñaloza, salió a la puerta de la parroquia a recibir a las autoridades y mostrarles su sangre, protestando que esto era el colmo, que el país no ofrecía ninguna garantía a los que se sacrificaban por servirlo, que ya no existía autoridad, nadie acataba las leyes más elementales y así y todo se atrevían a acusarlo a él de un abuso que él, un hombre que representaba el orden, sería incapaz de cometer, no, para qué buscar al culpable si la persona que disparó no tenía importancia como tampoco tenía importancia la herida en sí, lo que sí importaba era la actitud del partido político enemigo que utilizó a un pobre peón ignorante azuzado por instigadores diestros en desaparecer cuando llegaba el momento del compromiso, para que lo eliminara a él, Jerónimo de Azcoitía, porque había vencido con toda rectitud en las justas electorales. Ofreció declaraciones magnánimas a los periodistas, que las transmitieron inmediatamente a los diarios de la capital. Esa misma noche apareció un suplemento noticioso con fotos de don Jerónimo —Inés conserva ejemplares amarillentos guardados en una de las maletas de su celda—, del cura entre sus loicas, de la multitud en la plaza, y una larga y enardecida relación del atentado.

Don Jerónimo de nuevo cruzó la plaza, triunfante con su brazo vendado, luciendo mi sangre ante testigos ahora despojados de violencia, seguido por una escolta de carabineros a caballo. Era don Jerónimo de Azcoitía, Senador de la República. En sus ojeras y sus facciones demacradas a pesar de la sonrisa se notaba el dolor de la herida aunque él no se cansaba de insistir en que no era nada, no se preocupen por mi herida, hay cosas más importantes en juego. En la plaza y en las cantinas comenzó a murmurarse que aún no habían podido extraerle la bala, que se le incrustó en el hueso, que su brazo quedaría inutilizado, que quizás iba a ser necesario amputárselo, en fin, quizá no cortárselo todo pero... mírenlo al futre, no se le mueve ni un pelo, encachado como siempre, valiente el futre éste... capaz que no sea tan orgulloso como dicen, capaz que hasta resulte un gran senador.

13

Inés iba a menudo a pasar la tarde con la Peta Ponce cuando Jerónimo la dejaba libre en la Rinconada. Estar juntas era reanimar los temas de la niñez: rescatar personajes perdidos en la memoria, juegos que quizá no fueron juegos, cucos, devociones, y la emocionante tarea de conservar lo que ya no tiene para qué seguir existiendo. Todo eso revivía en la penumbra del cuarto de la vieja, al fondo de la última galería y del último patio donde siempre espera la Peta Ponce, Madre Benita, donde el enlucido descascarado revela la estructura de los adobes, y la humedad dibuja los rostros monstruosos de lo que allí mismo, aquí mismo, Madre Benita, podía y puede acontecer.

Mientras las dos mujeres se quedaban hablando de tonterías encerradas en el escondrijo de la vieja, enquistadas en el fondo del laberinto de las casas de la Rinconada, Jerónimo salía a cumplir con sus airosas tareas de hombre: recorrer el campo a la cabeza de una cuadrilla que bajo su mando abría un canal destinado a fertilizar cien cuadras más, dirigir a los peones ensangrentados por la vendimia, levantar bodegas nuevas, silos nuevos, marcar los animales para el matadero. Él jamás mencionaba a la Peta. La autoridad de su silencio la eliminaba. Pero cuando la pareja iba del campo a la ciudad o de la ciudad al campo, la Peta Ponce los seguía. Al comienzo del matrimonio, cuando la desesperanza no agrietaba aún la felicidad, Inés se entretenía con su nana tejiendo ropa para Boy, cosiendo camisitas y bordando iniciales y guirnaldas risueñas en la ropa finísima. Pero poco a poco, cuando el heredero comenzó a tardar, no hubo más remedio que hacer mandas y rezar novenas y esperar, y seguir tejiendo y bordando con menos esperanza. Era imposible hablar con Jerónimo del ser que faltaba. No hubiera aceptado un tema que deformaría el contorno forzosamente satisfactorio de su medallón presente.

Para hablar de esas cosas estaba la Peta Ponce: para recibir el dolor que Inés tenía que callar. Hablaban y hablaban, sobando y sobando el dolor que crecía con los años de esterilidad, viviendo con su nana lo que no podía vivir con su marido porque era absolutamente necesario ser bella y elegante y tierna y apasionada y envidiada por todo el mundo y nadie la envidiaría si supieran que, en las tardes, acudía al cuartucho de su nana, a hablar interminablemente, a deshilvanar la perfección, a rezarle a Santa Rita de Casia, Patrona de Imposibles, a gemir. Quizá sin darse cuenta —aunque no sé, Madre Benita, no me sorprendería que por un acuerdo profundo que iba contabilizando la duración que podía tener la esperanza ambas mujeres supieran exactamente lo que estaban haciendo—, a medida que el descontento mudo de la pareja fue creciendo y la posibilidad de que naciera Boy se alejaba en el fondo del pasadizo donde sólo se oía retumbar la palabra nada, nada, nada, no pienso en nada, el tamaño de esa ropa que para el niño las dos mujeres cosían fue disminuyendo y disminuyendo a lo largo de la perfección de esos cinco años, hasta que llegaron a coser y tejer ropa como para una muñeca minúscula. Además, con cartulina y maderitas frágiles obtenidas de cajas de fósforos, se entretenían en construir camas y mesas y sillas y cómodas y roperos y armarios, y floreros diminutos de miga de pan pintada, todo haciéndose más y más pequeño a medida que Santa Rita de Casia, Patrona de Imposibles, y todos los demás poderes las desoían, hasta que llegaron a ser tan minúsculos esos objetos y esas ropas, Madre Benita, que hay que tomarlas con pinzas y mirarlas con lupa para apreciar la suntuosidad maniática de sus detalles. Uno de estos días, antes que Inés regrese de Roma, voy a llevarla a su celda y mostrarle las cosas de Boy, sí, no sea incrédula, si quiere vamos ahora mismo para probarle que lo que digo es verdad: yo he recorrido todos los cajones de ese baúl-mundo porque me tienta robarme algunas de esas cosas para alhajar el chalet donde vivirá la Iris Mateluna después de que nazca Boy. Conozco las sábanas de hilo, las colchas de raso, los trajecitos tejidos o bordados, todo lo que Inés hacía con la Peta Ponce en la pieza del fondo de la casa, cuando aún conservaban una esperanza de que Santa Rita de Casia, o la beata, las oyera. Pero en los cajones de más abajo del mundo, todo meticulosamente clasificado según la cronología de la desesperación, están las otras cosas, las que van disminuyendo de tamaño de cajón en cajón, Santa Rita ya no nos oye, hay que rezarle a Inés de Azcoitía, pero si Inés de Azcoitía no fue santa pues Peta, qué importa que no sea santa, ni beata será pero hay ánimas no santas capaces de hacer milagros, cosas más grandes que los milagros que hacen los santos de los altares porque esas ánimas no santas siguen rondando por el mundo, no desaparecen, viven con nosotras, pueden aconsejarnos, recémosle a Inés de Azcoitía, encomendémonos a ella que es antepasada tuya y ella nos dará consejos para hacer algo porque esto no puede seguir así, y tejían cosas más reducidas porque la beata tampoco las ayudaba ni las aconsejaba, cosas diminutas a medida que pasaban los meses infructuosos, hasta que en el último cajón del mundo hay cajas que contienen esa ropa y esos muebles tan aterradoramente diminutos que temo tocarlos, porque los podría romper. Me he pasado tardes enteras en la celda de Inés viendo cómo de cajón en cajón, de año en año, de mes en mes, de semana en semana, fueron desvaneciéndose sus esperanzas hasta llegar a las miniaturas de la época en que Inés me dio cita aquí en el cuarto de la Peta Ponce. Las cosas ya no podían continuar como estaban. Era imposible construir y tejer cosas más pequeñas porque no existía hilo tan fino ni madera tan delgada, como también era imposible romper el círculo de perfección con que Jerónimo se rodeaba a sí mismo y a su pareja. La otra, desde el pasado, no respondía a las invocaciones de esas dos mujeres enloquecidas que ya no sabían qué hacer. Era el fin. La esperanza se agotó. Ninguna potencia les prestaba ayuda.

¿Ninguna? Estoy seguro de que por fin la niña-beata de la tradición familiar de los Azcoitía, que es la misma que la niña-bruja que el amplio poncho paternal escamoteó del centro de la conseja maulina para salvarla de la aureola infame, estoy seguro de que ese ser murmuró por fin un plan en el oído atento de la Peta. Impulsada por ellas dos, Inés me dio cita aquí en el cuarto de su nana la noche de las elecciones.

Mientras don Jerónimo disfrazado de Humberto Peñaloza triunfaba en la plaza del pueblo, el coche en que yo iba encogido por el dolor de la herida de don Jerónimo trotaba por los caminos de tierra que en esa época llevaban a la Rinconada. Sí, me había robado mi herida, Madre Benita, pero le aseguro que nadie roba una herida sin pagarla. Si me la hubiera pedido prestada, yo hubiera accedido gustoso, porque yo admiraba a don Jerónimo, pero él me la robó durante la inconsciencia de mi desmayo, me la quitó sin consultarme, convencido de que mi herida, como todo lo mío, era de su propiedad. Al robármela me dejó entero, sin herida. Sí, Madre Benita, fue él quien me convirtió en Jerónimo de Azcoitía, él y los mil ojos de los testigos en la plaza, él y los periodistas que dan testimonio de mi arrojo.

Con linternas que oscilaban en las manos de los peones, Inés acudió a la llegada del coche en la entrada del parque, que yo jamás usaba a no ser que fuera acompañando a don Jerónimo. Salté del coche como si no sintiera ni fatiga ni dolor. ¿Cómo está, cómo se siente, cómo está Jerónimo, va a volver, cuándo? Mientras nos paseábamos por el corredor frente al parque, vigilados, ella y yo ahora, por los ojos destellantes de los perros, le relaté la verdad de lo sucedido. Me flaquearon las rodillas, como si me fuera a desmayar de nuevo. Inés me tomó del otro brazo, tiéndase aquí en la reposera de Jerónimo y déjeme cubrirle los pies con su chal, déjeme acompañarlo un rato si no se siente bien, no le vaya a pasar algo, me hubiera bastado rozar su mano con la mía para que todo sucediera. Sentí su admiración encendiéndome con esa solicitud dirigida hacia el nuevo ser que ahora era yo. Me interrogaba, apremiante, más y más apremiante agolpando sus preguntas, como si deseara, como deseé yo, que esa bala que rozó mi brazo hubiera alcanzado el corazón de su marido. Y no sería extraño, Madre Benita, que Inés haya sentido algo de eso: al fin y al cabo ella, como yo, no era más que una sirviente de don Jerónimo, una sirviente cuyo trabajo era dar a luz un hijo que salvara al padre.

Al hablarle de estas cosas, Madre Benita, veo que Inés no puede haber deseado la muerte de Jerónimo como la deseé yo, porque ella lo amaba. Tuve la certeza de su amor esa noche frente al parque, porque como yo era Jerónimo sentí el amor de Inés tocándome. Tirité. Me preguntó si tenía frío. Sí... sí... un poco, aunque la noche se ha puesto tan tibia. Insistió en que sería mejor que me fuera a acostar. Me acompañó hasta la puerta de mi dormitorio. Iba a completar la sustitución, iba a entrar en mi pieza para entregarse a su marido. Permaneció afuera.

—Buenas noches, Humberto.

—Buenas noches...

—Ah, quería decirle una cosa: si se siente mal o le duele el brazo, lo mejor es que vaya donde la Peta Ponce. Ella sabe todos mis secretos y los guarda, así es que no importa que sepa que la herida es suya y no de Jerónimo... Ella que duerme tan poco y sabe de esas cosas, es meica...

Meica, alcahueta, bruja, comadrona, llorona, confidente, todos los oficios de las viejas, bordadora, tejedora, contadora de cuentos, preservadora de tradiciones y supersticiones, guardadora de cosas inservibles debajo de la cama, de desechos de sus patrones, dueña de las dolencias, de la oscuridad, del miedo, del dolor, de las confidencias inconfesables, de las soledades y vergüenzas que otros no soportan. Yo acudía con frecuencia a pasar el rato aquí en la pieza de la Peta Ponce. Me sentaba con ella junto a este brasero en que calentaba el agua para el mate y tostaba los terrones de azúcar sobre las brasas hasta que el humo dulzón llenaba la penumbra. Hervía el agua en la tetera. La vertía en la calabaza donde, además de la yerba mate, había agregado una ramita de hinojo, esperaba un instante, agitaba la boquilla y chupaba para probar, está rico, tome usted primero don Humberto y yo chupaba, y ella volvía a llenar el mate y chupaba ella y después volvía a llenarlo y yo me tomaba otro matecito caliente sin sentir asco de que la bombilla pasara directamente de esos labios raídos a los míos porque ese contacto nuestro a través del mate cimentaba una conciencia de que nuestras posiciones junto a Jerónimo y a Inés eran simétricas. Hablábamos poco. ¿Qué iba a hablar yo, universitario, escritor, con una vieja como la Peta Ponce? Comentábamos quién está enfermo y de qué y qué hay que hacer para mejorarlo, y cuándo regresaremos a la capital que ya están comenzando las heladas. Al llegar a Inés y a Jerónimo, nuestras palabras los circunnavegaban por lados distintos, dejando un vacío en el medio, pero era un vacío que llenaba todas nuestras conversaciones con su significado inconfundible, aunque solo comentáramos el día bonito que hizo hoy después de que ayer estuvo tan nublado y por qué habrán despedido a Dionisio y cuándo llegará de su permiso la Rosalba y con tanta lluvia este otoño todo el mundo anda resfriado. Charla banal, pero nadie ceba mates como la Peta Ponce, engolosinan, después de probar sus mates los otros no tienen gusto a nada, y yo venía y volvía a venir donde la Peta para no hablar de eso de que no podíamos hablar porque ni siquiera nuestros patrones se atrevían a hablar de ese tema y como nosotros al fin y al cabo no éramos más que servidores... a mí me gustaba venir donde la Peta a sentarme en el piso junto al brasero, el mismo piso en que Inés se sentaba para traspasar su dolor a la vieja, y así, deshaciéndose de su dolor, quedar libre para continuar junto a Jerónimo su existencia dentro de los límites del medallón de la dicha conyugal perfecta. Era para tomar mate que yo acudía donde la Peta. Para sentarme junto a este brasero. Pero también para tocar a través de la vieja a una Inés más entera que la Inés de Jerónimo. A veces me daba cuenta de que, en forma elíptica, por medio de una frase aparentemente incolora de la Peta, Inés me pedía auxilio:

—Hoy ha estado medio tristona la niña...

—¿Por qué?

—Esta tarde no la encontré nada de bien...

Su salud era perfecta.

La Peta y yo sabíamos qué no estaba bien. Yo no preguntaba. Las cosas tenían que seguir mudas, porque en el fondo de ese silencio yo adivinaba un destino para mí, y al romper el silencio eliminaría ese destino. Con el tiempo, este *no estar nada de bien* de Inés, reiterado por la vieja, se fue transformando en un grito apremiante que no solicitaba mi ayuda sino que me la exigía, yo era sirviente, y ella, Inés, cuyo marido me pagaba sueldo, tenía derecho a mis servicios. No está bien la niña. No está nada de bien. Está tristona. Está muy decaída. Tengo miedo de que si no le hacen alguna cosa, algo le va a pasar. No está nada de bien la Inesita. Y yo la acababa de ver radiante en el salón luciendo el vestido de macramé color tango para recibir a los invitados a su comida de cumpleaños, a la que, naturalmente, no me invitaban a mí. O divisaba a la pareja galopando en alazanes estupendos por larguísimas alamedas otoñales.

Fue cuando sus manos ya no pudieron construir muebles ni coser camisas más diminutas, que la Peta le propuso el plan. Tráemelo, eso me dice tu antepasada bruja que está hablando a través de mí, que me lo traigas, tráeme a don Jerónimo, Inés, convéncelo de que yo existo, que me venga a ver, ella dice que si él consiente una noche en hacer el amor contigo aquí en mi habitación, en mi cama de sábanas sucias, hediondas con mi cuerpo viejo, encima del colchón que oculta una infinidad de paquetes cabalísticos, en esta oscuridad con olor a cosa gastada, quieta pero inquieta esta quietud con el salto y salto del tordo en su jaula, entonces, Inesita, entonces, te juro, quedarás embarazada.

Claro. ¿Pero cómo convocar a Jerónimo a este cuarto, cómo traerlo hasta aquí, a la habitación de la Peta, si la Peta era inexistente ya que su repugnancia por ella la anulaba?

Yo, en cambio, su sirviente, sí podía venir: él me robó mi herida, e Inés, al despedirse de mí en la puerta de mi dormitorio, me lo dijo sin decírmelo: tú eres él.

Cuando más tarde esa noche desperté con el dolor de mi herida agarrotándome el brazo, tuve la certeza de que no se trataba de un dolor real, era el poder de la Peta Ponce punzándome la herida para urgirme a que acudiera a la cita que Inés me dio en este escondrijo, que cumpliera con mi deber de sirviente, para eso le pagan, don Humberto, no ve que para eso lo tienen a sueldo, no duerma, levántese, no puede dormir, don Humberto, si la Inesita lo necesita, venga, lo estamos esperando en mi pieza, si no viene haré que le duela más el brazo, mucho más, se lo dejaré tullido para siempre, venga, venga, lo estamos esperando, tiene que ser ahora, venga... ahora mismo...

Me vestí torpemente porque el dolor de la herida me impedía mover el brazo con libertad. Fueron patios y más patios los que tuve que cruzar, pasadizos, meandros de adobe, habitaciones vacías, estancias inútiles, la anarquía de construcciones levantadas hace siglos con propósitos olvidados, perderme en estos corredores de barro revenido y deteriorado, pero no perderme, Madre Benita, porque a medida que iba avanzando el dolor me soltaba el brazo indicándome que sí, que ésta era la dirección cierta, la Peta me iba conduciendo hasta aquí, trayéndome, arrastrándome hasta el fondo de estos pasadizos y estos patios de barro. Me di cuenta de que ésta era la puerta porque de repente el brazo dejó de dolerme. Abrí esta puerta. El escondrijo estaba oscuro, lleno de la humareda de un trozo de azúcar quemándose en las brasas y del salto menudo del tordo en su jaula. Afuera, la casa y el campo conspiraban con una quietud total. Detrás de mí se abrió esta puerta y después se cerró.

—Jerónimo.

Sí, sí, soy Jerónimo de Azcoitía, tengo mi herida sangrando para demostrártelo: la tomé en mis brazos. La llevé a la cama de la Peta. Inés lloraba repitiendo y repitiendo el nombre de Jerónimo para anular lo que pudiera quedar de Humberto, y mientras más lo repetía más iba creciendo Jerónimo, sí, sí, has anulado a Humberto que se deja anular con tal de tocarte, soy Jerónimo, tócame, conoces mi carne, no tengas miedo, soy Jerónimo y lo seré para siempre si me lo permites. Intenté besarla pero ella me hurtó su boca, Madre Benita, entiende, mantuvo mis labios lejos de su cara como si fueran labios inmundos. A pesar de todo yo no era Jerónimo. Sólo mi sexo enorme era Jerónimo. Lo reconoció. Por eso me estaba permitiendo subirle el vestido, y abrió sus piernas, y me ofreció su sexo, manteniendo mi cara y mi cuerpo lejos de ella para que nada mío salvo mi miembro que era Jerónimo la pudiera tocar, para que mis manos no gozaran de su belleza, para que persistiera la nostalgia del servidor que la estaba sirviendo y sin embargo ella decía Jerónimo, Jerónimo, y Jerónimo la penetró, Madre Benita, dejando a Humberto afuera, mudo desde ese momento porque no quiso oír mi voz reclamándole que me reconociera. Oblígala, Peta, que por lo menos me deje tocarle la mano, tú tienes poder para obligarla. Pero no me permitió ni eso porque tenía sus manos ocupadas en alejar de sí todo lo mío salvo mi sexo. Yo, esta corteza que es Humberto Peñaloza, no le servía para nada. Por eso la he venido a guardar en esta Casa llena de mugres, vejestorios, cachivaches, cosas abyectas, inmundas.

★ ★ ★

Encendieron todas las luces del corredor. Los cuatro perros negros bailan, brincan, ladran alrededor de Jerónimo de Azcoitía mientras él despacha el coche con órdenes para que esté listo a las siete de la mañana porque tiene que regresar a esa hora a la capital. Ahora a dormir. Sus perros tratan de lengüetearlo, mendigando su atención y sus caricias.

—Váyanse, estoy cansado.

Inés va conduciéndolo al dormitorio. Él no tiene ganas de contestar ni comentar, sólo dormir, es muy tarde, cansado, cansado, tanta preocupación, tanto que hacer y sólo tengo unas pocas horas para dormir, me incomodan las vendas, sácamelas, Inés, por favor, sí, todas, no, cómo se te ocurre que me va a doler el brazo si Humberto te tiene que haber contado que la herida no es mía sino de él, tienes que lavarme la sangre de Humberto con agua tibia, no hay sensación más desagradable que la de la sangre seca, sobre todo si es de otra persona, una esponja, jabón para que salga toda esta suciedad que está manchándome, aunque no es sangre ajena, Inés, la compré para que me haga estos servicios, le pago a Humberto, buen hombre Humberto, servicial, se puede contar con él para todo, voy a hacerle un buen regalo, qué crees tú que le hará falta, se me ocurre que una capa y un chambergo le gustarán ya que se las da de escritor entre sus compinches de las cantinas, y es inteligente, tiene una educación excepcional para un hombre que no ha viajado, una sensibilidad extraordinaria, ya ves lo bien que muchas veces conversamos de cosas que tú no entiendes. Ahora lávame su sangre de mi brazo. Ya no me sirve, ya la lucí, hizo su papel, ahora no es más que una costra inútil que me estás lavando del brazo con agua tibia y jabón perfumado para que mañana, antes de la hora de partir, me vendes con vendas limpias que prolonguen la superchería. Buenas noches, Inés. Tengo que dormir porque mañana será una jornada agotadora a pesar del triunfo.

Cada uno se acuesta en su cama. Apagan las luces. Pasan unos cuantos o quizá muchos minutos, Jerónimo no sabe cuántos porque la noche se estira y se encoge y él cierra los ojos y los abre sin saber si ha logrado dormir o no ni en qué parte de la noche vuelve a despertar con los chillidos de la bandada de queltehues que vuela rumbo a la laguna. Escucha atento: la amplitud de sus tierras va configurándose en la noche donde la luna enumera la indiferencia de las cosas que posee, vuelve la bandada de queltehues, la misma, quizás otra, un caballo galopa llevando un jinete desconocido hacia un destino desconocido, los ladridos de los perros, cercanos algunos, otros remotísimos, señalan las distancias desmesuradas del campo en la noche, ese ladrido viene de los corrales, el otro, más al oeste, debe ser el perro del mayordomo, y otro ladrido cerca, aquí mismo, al pie de la ventana entre las yedras, tan cerca que oigo el rumor del cuerpo agitándose entre las hojas, es como si el aullido saliera de adentro de mi dormitorio, como si Inés aullara, ahora no aúlla, sólo gime, no deja de gemir al pie de mi ventana y ahora lanza un aullido afilado que raja la noche, sollozos suaves que remontan otra vez para culminar en un aullido que no me deja dormir, otro, y otro muy estirado como un arco que llega a la luna. ¿Por qué, por qué justamente hoy, cuando es importante que descanse, por qué? ¿Por qué esta compulsión ininteligible de los perros en el campo de aullarle a la luna? ¿Por qué le aúlla a la luna esta perra justo esta noche, justo debajo de mi ventana? Jerónimo se incorpora. Va a ir a la ventana para echarla.

—Déjala.

Es la primera palabra de Inés en muchas horas. ¿Sabe por qué aúlla esta perra en la noche, qué quiere comunicarle a la luna, qué mensaje le lleva, qué cosas encubre esa penumbra plateada de afuera donde las cosas crecen y se multiplican y actúan ajenas a su autoridad? La perra no debe aullar de nuevo. Él es don Jerónimo de Azcoitía que tiene que dormir para ir mañana a la capital a hacer declaraciones importantes. La perra vuelve a aullar.

—Esta perra no me deja dormir.

Inés permanece muda.

—¿Por qué anda en el parque esa perra amarilla?

Se incorpora. Que Inés conteste.

—... voy a ir a echarla...

—No.

Jerónimo cae de nuevo en su cama. La perra amarilla corre impune entre las ramazones del parque, dialoga con la luna, gime, vuelve a huir y a acercarse y a instalarse a aullar intolerablemente debajo de su ventana. Se desploma un silencio que no es silencio porque las arañas, los termites, los escarabajos urden sus vidas en esos matorrales y esos árboles que le pertenecen a él, arrastran un fragmento de hoja, cruzan la barrera ciclópea de una ramita caída, cavan agujeros cubiertos de una baba blanquizca, en unos minutos se multiplican en miles de generaciones que horadan galerías en un tronco o extienden la mancha herrumbrosa de la peste en el revés de una hoja, todo lo oigo en el silencio, soy capaz de percibirlo todo hasta que la perra amarilla, la ladrona enclenque, vuelve a instalarse debajo de mi ventana para lanzar otro aullido a la luna. Jerónimo se pone sus zapatillas. Inés vuelve a decir:

—No.

—Tengo que echarla.

Y al atar brutalmente el cinturón de su bata comprende lo que tiene que hacer:

—Voy a matarla.

—No.

—¿Es tuya la perra amarilla?

—No.

—¿Entonces?

Inés lo agarra, tratando de impedirle que salga del dormitorio, pero Jerónimo la rechaza y sale. En el corredor se detiene a silbarles a sus cuatro perros negros... claro, por eso permanecía impune la perra, porque ellos, sus cuatro perros nobles, quedaron encerrados en el patio dormitando debajo de los naranjos. Acuden a bailar alrededor suyo.

—Tranquilos... tranquilos... vamos...

Los perros negros obedecen. Caminan detrás de él como sombras, las patas sigilosas, los colmillos cubiertos. Este macizo de abutilones. Más allá el prado. El muro de laureles y después el claro de gravilla: allá está la perra aullando al pie de la ventana sin saber que él ya no está adentro de su dormitorio sino entre los laureles, listo para castigarla.

Al estirar su cuello señala con el hocico puntiagudo el centro mismo del cielo al concluir su aullido, parte de esa autonomía de las cosas que crecen y crujen y se arrastran y se reproducen. La cháchara de los bichos sin nombre es agobiadora. Hasta que la enemiga de sus cuatro perros negros inicia otro aullido, suave y plañidero al comienzo, que se va a transformar en un mensaje indescifrable si él no lo corta. Jerónimo señala a la perra. Hace chasquear sus dedos y sus perros se disparan, un instante es suficiente, un revoltijo de babas y patas y sangre y tierra, un minuto, nomás, en que mis cuatro perros negros como las sombras de los lobos la matan para detener su diálogo con el astro cómplice.

★ ★ ★

Don Jerónimo y yo partimos a la capital al día siguiente. No tuve tiempo para recorrer el parque en busca de los despojos que lo confirmaran todo: tengo que confesar que ni siquiera se me ocurrió hacerlo, tan seguro estuve durante ese primer tiempo de la realidad única.

Sólo meses después, cuando se anunció el glorioso embarazo de Inés de Azcoitía y regresamos a descansar aquí en la Rinconada, me acometió la tentación de interrogar a los jardineros que deben haber limpiado el claro de gravilla rodeado por laureles. Ninguno recordaba ni despojos, ni huellas de lucha y sangre, nada, porque es evidente que el cadáver de una perra sin dueño, angurrienta y verrugosa, es algo que ni siquiera los más humildes ayudantes de jardinero se molestan en recordar, no sé, patroncito, podría ser pero no me acuerdo, cómo nos vamos a acordar de si era amarilla o no, y si la encontramos descuartizada y muerta, si ni siquiera nos acordamos de haber encontrado un cuerpo de perra y ya debe hacer como tres meses de lo que usted dice pues, patrón, uno se olvida de cosas así, tanta mugre que se junta en este parque tan grande.

¿Y si no hubiera muerto la perra? ¿Si la verdad fuera que Inés *no* acudió a la cita mientras la perra la encubría? Boy va creciendo en su vientre. No quedó ninguna prueba de que esa noche Jerónimo se ausentó de su dormitorio para que Inés, usando la coartada sangrienta en que se sacrificó su nana, se escabullera para reunirse conmigo. Quizá la perra amarilla no haya muerto, como afirmaba en su versión de la conseja la Mercedes Barroso, puede haber quedado libre y viva y rondándonos, puede ser ella que me ha acosado hasta aquí sin dejarme salir, oculto bajo el disfraz de otra vieja más, para expiar lo que haya que expiar y ocultar lo que haya que ocultar. ¿No se da cuenta, Madre Benita, de que es espantosamente probable que esa noche, como de costumbre, Inés y Jerónimo hayan hecho el amor en su dormitorio para apaciguarse después de la jornada, mientras lo importante sucedía en otros planos?

Las viejas como la Peta Ponce tienen el poder de plegar y confundir el tiempo, lo multiplican y lo dividen, los acontecimientos se refractan en sus manos verrugosas como en el prisma más brillante, cortan el suceder consecutivo en trozos que disponen en forma paralela, curvan esos trozos y los enroscan organizando estructuras que les sirven para que se cumplan sus designios. Se trataba de que Inés le diera un hijo a Jerónimo. Urgía dárselo para impedir que todo se desmoronara. Era el momento enloquecedor en que el tiempo se agota justo antes de la catástrofe que sólo la acción inmediata puede impedir: sacrificar a quien fuera y como fuera porque las cosas no podían seguir así —de dónde iban a sacar hilo más delgado, no existía madera ni papel más fino—, humillar y herir, sustituyendo y robando, la venganza confundida con el amor y la felicidad, la vergüenza con la gloria y el rencor y el placer. ¿Cómo saber con certeza que fue la Peta Ponce la que dispuso los acontecimientos de esa noche, y cómo, y qué dispuso? Quizá no haya muerto la perra amarilla. Quizá ni un trozo de mi carne haya tocado la carne de Inés, pero...

... Increíble, increíble, Madre Benita, iba a suceder, mi nostalgia y la nostalgia de mi padre iban a aplacarse porque mi avidez iba a alcanzar el objeto único capaz de saciar a todos los Peñaloza porque por fin íbamos a dejar de ser sólo un testigo de la belleza para participar en ella. Avanzó desde la oscuridad. La cogí y la llevé a la cama y la poseí como ya le dije. Más allá del silencio que nos aislaba, creo que oí los aullidos de la víctima y la tolvanera de los perros negros que la destrozaron. Y sin embargo el silencio de la pieza era tan hondo que dudo que oyera algo fuera del acezar de mi compañera en la cama. No oí los gemidos de la perra porque Inés y Jerónimo estaban en su dormitorio haciendo el amor aislados por otro silencio distinto al que nos aislaba a nosotros, pero a quiénes aislaba, a quiénes, Madre Benita, en esas tinieblas yo puedo no haberle dado mi amor a Inés sino a otra, a la Peta, a la Peta Ponce que sustituyó a Inés por ser ella la pareja que me corresponde, la Peta, raída, vieja, estropeada, sucia, mi miembro enorme la penetró a ella, gozó en su carne podrida, gemí de placer con la cercanía de sus manos verrugosas, de sus ojos nublados por las legañas, mendigando el beso de su boca acuchillada por las arrugas, sí, en las tinieblas de esa noche sólo los ojos del tordo vieron que fue el sexo de la vieja, agusanado por la cercanía de la muerte, el que devoró mi maravilloso sexo nuevo, y esa carne deteriorada me recibió.

En el momento del orgasmo ella gritó:

—Jerónimo.

Y yo grité:

—Inés.

La Peta y yo quedamos excluidos del placer. Ella y yo, la pareja sombría, concebimos el hijo que la pareja luminosa era incapaz de concebir. La vieja lo tramó todo: la herida en el brazo, los ojos de los testigos mirándonos en el parque, los aullidos de la perra, la complicidad de la luna, la oscuridad de este cuarto o de otro, hasta la soledad del mío, porque a veces tengo la esperanza de que la Peta haya manejado también mi sueño, me atrevo a suponer que todo fue sólo un sueño que al ser urdido por la Peta tuvo la eficacia del hecho real. Que bastó soñarlo para que Inés quedara grávida, no fue porque la Peta y yo hicimos el amor al mismo tiempo que ellos sobre esta cama de sábanas sucias, sobre este colchón apolillado, encima de este catre que cruje ocultando los paquetitos incomprensibles que las viejas ocultamos debajo de las camas. Los jardineros no encontraron el cadáver de la perra y el terror de la pesadilla invadió mi vigilia. La víctima sigue rondándome. Ni siendo Jerónimo pude formar pareja con Inés. Mi destino, como el de la Peta, es permanecer afuera del reconocimiento del amor aunque no del acto mecánico del amor: cuando Inés cayó en los brazos cansados de Jerónimo, fueron revitalizados por nosotros, porque en la oscuridad del cuarto de la pareja grotesca nuestras miradas doloridas buscaron, y vieron, los rostros de ellos dos en nuestros rostros deformados por la nostalgia, cumpliendo desde las sábanas sucias nuestra misión.

El terror es de las cosas más fáciles de olvidar, Madre Benita. Existen miles de subterfugios, eso usted lo sabe, no se puede vivir siempre al borde del terror y por eso usted reza padrenuestros y salves y avemarías, sí, para huir del miedo usted sacrificó su vida enterrándola en la inutilidad de esta Casa. Cuando se comprobó por fin el embarazo de Inés, logré durante un tiempo olvidar mi terror: quedé deslumbrado al darme cuenta de que, si bien don Jerónimo me había robado mi fertilidad, yo me robé su potencia. Su miembro gozador pareció agotarse, quedó convertido en un apéndice vergonzoso, en cambio mi propio sexo creció, rojo como un tizón. Algo parecido tiene que haberle sucedido a la Peta: porque los despojos de la perra sacrificada fueron barridos del parque sin dejar rastro ni en la memoria de los ayudantes de los jardineros, la Peta Ponce renació. A todos les pareció evidente que lo que le dio energía nueva fue el júbilo de ver que por fin su niña iba a tener un hijo. Pero no. No era eso. Yo iba percibiendo cada día con más certeza, en los guiños de sus ojos gomosos, en los tics de su boca, que esa vieja repugnante me perseguía a mí, que esa noche en las tinieblas de su cuarto mi miembro hizo revivir en su cuerpo seco la sexualidad que en ese instante le robó a Inés, entregándole, en cambio, la satisfacción de ser madre del hijo de Jerónimo. Esta satisfacción anuló todo deseo en Inés, pero enardeció a la vieja que me acosa incansable para repetir con lascivia renovada el acto de esa noche, y yo no quiero, Madre Benita, me niego, me sigo negando, yo quiero a una Inés bella, de piel suave y pechos vivos, los contornos que mis manos siguen soñando, el pelo profundo, las axilas y la nuca y el pubis sabroso. No, Peta. No me persigas. Mi miembro ávido de belleza comenzó a podrirse con el contagio de tu carne agusanada, no me busques más, muere de una vez, abandona la seguridad de que soy tu pareja por desamparado y miserable, el miedo a tu acoso me ha hecho refugiarme aquí, yo no le pertenezco, Madre Benita, aunque mejor decirle que sí, que le pertenezco para que así me deje en paz por lo menos hasta que nazca Boy, Inés te prometió que serás comadrona en el nacimiento del niño aunque no lo serás porque don Jerónimo dice déjala que crea, Humberto, para qué la contradices, cómo se te ocurre que voy a permitir que una meica ignorante atienda el parto de Inés y asista al nacimiento de Boy, pero para tranquilizarlas, que las dos crean que cumpliré mi palabra mientras contrato a los mejores especialistas. Después me desharé de ella. No es más que un juguete, un monigote de harapos para mantener contenta a Inés. Mientras tanto que cosan, que borden, que tejan, después tiraremos ese harapo a la basura, no les digas nada, Humberto, contigo puedo hablar de estas cosas y de todas las cosas, este miedo que siento de hacer el amor con Inés ahora que lleva a mi hijo adentro me deja insatisfecho, Humberto, soy un hombre ardiente, no puedo seguir absteniéndome, acompáñame, ven conmigo, como no puedo tocar a Inés porque ella tampoco quiere ser tocada necesito usar mi potencia con otras mujeres, búscame mujeres, vamos a una casa de putas porque no quiero liarme con ninguna mujer individual, sólo con mujeres sin rostro, búscame un prostíbulo discreto tú que conoces los vericuetos de esta ciudad, paga lo que quiera la cabrona para que me tenga mujeres jóvenes, que clausure la casa para el público, que sólo nos deje entrar a ti y a mí, arréglamelo tú que siempre me has arreglado tan bien las cosas, ven, acompáñame donde doña Flora que me tiene cuerpos jóvenes, mira cómo desnudo a esta mujer que se llama Rosa, le quito la enagua desollándola para sensibilizarla a mis caricias, ésta se llama Hortensia, tiene grandes pechos con los que juego, no, no salgas de la habitación, Humberto, mira cómo me desnudo yo también como si me desollara, quédate aquí para que veas cómo soy capaz de hacer el amor, quiero que te extasíes ante la fuerza de mi virilidad que tú no tienes, mi sabiduría en estas artes que tú ignoras, y compruebes con tu mirada envidiosa mi capacidad para demoler la simulada resistencia de la Violeta, préstame tu envidia para ser potente, mira nuestros cuerpos entrelazados, descifra nuestras palabras embarradas por los besos, el olor de nuestra intimidad, tócanos con tu mano para que tu piel sufra porque soy perfecto aunque cuando estoy solo con Inés no soy perfecto, eso tú lo sabes, Humberto, sé que el temor de estropear el hijo que ella lleva en sus entrañas no es más que un cuento de viejas, pero es la excusa de que me valgo para no revelar mi impotencia desde esa noche en que engendré a Boy, tú eres dueño de mi potencia, Humberto, te quedaste con ella como yo me quedé con tu herida en el brazo, no puedes abandonarme jamás, necesito tu mirada envidiosa a mi lado para seguir siendo hombre, si no, me quedará esto lacio entre las piernas, apenas tibio, mírame, y yo lo miraba, Madre Benita, incansable y dolorosamente lo miraba con envidia pero también con otra cosa: con desprecio, Madre Benita. Sépalo. Porque cuando él hacía el amor con la Violeta o con la Rosa o con la Hortensia o con la Lila bajo el beneplácito de mi mirada, yo no sólo estaba animándolo y poseyendo a través de él a la mujer que él poseía, sino que mi potencia lo penetraba a él, yo penetraba al macho viril, lo hacía mi maricón, obligándolo a aullar de placer en el abrazo de mi mirada aunque él creyera que su placer era otro, castigaba a mi patrón transformándolo en humillado, mi desprecio crecía y lo desfiguraba, don Jerónimo ya no podía prescindir de ser el maricón de mi mirada que lo iba

envileciendo hasta que nada salvo mi penetración lo dejaba satisfecho, lo que quieras, Humberto, lo que se te antoje
con tal de que nunca te vayas de mi lado. En las noches,
solitario en mi cama de testigo porque las camas de los
testigos son siempre solitarias, comencé a oír a la Peta Ponce paseándose afuera de mi cuarto, y a toser o carraspear,
pasos endebles como los pasos de las viejas de esta Casa, la
veía acecharme desde detrás de un árbol o una puerta, por
una ventana entreabierta esperando el momento en que yo
accedería pero jamás accederé, no quiero repetir la escena,
no existió tal escena, fue una pesadilla engendradora de
monstruos y lo sigue siendo porque la Peta está rondando
esta Casa, no entiendo cómo puede haber adivinado que
estoy aquí, quizá la Damiana se lo haya dicho pero no sé si
conoce a la Damiana y la Damiana no sabe quién soy yo,
claro que la Damiana era famosa por lo callejera y dicen
que en las calles se saben muchas cosas, los cuchicheos de
las empleadas en las esquinas con sus bolsas de pan o verduras o mientras esperan turno en los despachos y la voz
corre de esquina en esquina, claro que la Peta Ponce no
me reconocería ahora, después de que el doctor Azula me
cambió la cara con sus operaciones, aunque mi mirada, eso
no me lo ha cambiado, no me ha robado los ojos dolori-
dos, los conservo, don Jerónimo no puede hacer que el
doctor Azula me los quite porque son míos, lo único mío.

    ¿Pero qué importancia tenía eso si Boy iba a nacer?
Todo estaba dispuesto. Jerónimo había logrado por fin sacar a Inés del medallón estático de la dicha conyugal perfecta: ayudada por su mano galante la conduce para tomar

las actitudes prescritas en el siguiente medallón, en que figurarían como padres. Mientras, la Peta y yo, seres fantásticos, monstruos grotescos, cumplíamos con nuestra misión de sostener simétricamente desde el exterior ese nuevo medallón, como un par de suntuosos animales heráldicos.

Pero cuando Jerónimo entreabrió por fin las cortinas de la cuna para contemplar al vástago tan esperado, quiso matarlo ahí mismo: ese repugnante cuerpo sarmentoso retorciéndose sobre su joroba, ese rostro abierto en un surco brutal donde labios, paladar y nariz desnudaban la obscenidad de huesos y tejidos en una incoherencia de rasgos rojizos... era la confusión, el desorden, una forma distinta pero peor de la muerte.

14

Don Jerónimo de Azcoitía mandó sacar de las casas de la Rinconada todos los muebles, tapices, libros y cuadros que aludieran al mundo de afuera: que nada creara en su hijo la añoranza por lo que jamás iba a conocer. También hizo tapiar todas las puertas y ventanas que comunicaran con el exterior, salvo una puerta, cuya llave se reservó. La mansión quedó convertida en una cáscara hueca y sellada compuesta de una serie de estancias despobladas, de corredores y pasadizos, en un limbo de muros abierto sólo hacia el interior de los patios de donde ordenó arrancar los clásicos naranjos de frutos de oro, las buganvillas, las hortensias azules, las hileras de lirios, reemplazándolos por matorrales podados en estrictas formas geométricas que disfrazaran su exuberancia natural. Mandó demoler las dependencias hacinadas alrededor del sector noble: que destrozaran ese inmundo laberinto de adobe, de galerías y corredores y patios y bodegas, era necesario desenmarañar esos tejidos y ligamentos de barro, desanudar sus amarras que con los años habían crecido, fijando y humillando la nitidez de los cuatro patios destinados a su hijo. Para acomodar a los servidores de Boy, que construyeran pabellones diseminados en el parque que el niño jamás iba a conocer. Hizo talar todos los árboles cuyas copas pudieran divisarse desde el interior de la casa. Dispuso, además, que cerraran el último patio, el del estanque, con un murallón inexpugnable, y a la cabeza de este estanque rectangular erigió una Diana Cazadora de piedra gris tallada según sus estipulaciones: gibada, la mandíbula acromegálica, las piernas torcidas, luciendo el carcaj sobre su giba y la luna nueva sobre su frente rugosa. Adornó los demás patios con otros monstruos de piedra: el Apolo desnudo fue concebido como retrato del cuerpo jorobado y las facciones del futuro Boy adolescente, la nariz y la mandíbula de gárgola, las orejas asimétricas, el labio leporino, los brazos contrahechos y el descomunal sexo colgante que desde la cuna arrancó ohs y ahs de admiración a las enfermeras. Boy, al crecer, debía reconocer su perfección en la de ese Apolo, y sus instintos sexuales, al despertar, se encontrarían con la figura de la Diana Cazadora, o con una Venus picada de viruela y con un trasero de proporciones fantásticas arruinado por la celulitis, que retozaba insinuante en una caverna de yedra.

Don Jerónimo cuidó todos estos detalles porque nada de lo que rodeara a Boy debía ser feo, nada mezquino ni innoble. Una cosa es la fealdad. Pero otra cosa muy distinta, con un alcance semejante pero invertido al alcance de la belleza, es la monstruosidad, por lo tanto merecía prerrogativas también semejantes. Y la monstruosidad iba a ser lo único que desde su nacimiento don Jerónimo de Azcoitía iba a proponer a su hijo.

Delegó a su secretario para que recorriera ciudades, aldeas, campos, puertos, minas, en busca de habitantes dignos de poblar el mundo de Boy. Al principio fue difícil encontrarlos, porque los monstruos tienden a esconderse, aislando la vergüenza de sus destinos en escondrijos miserables. Pero Humberto Peñaloza no tardó en hacerse perito en monstruos. En cierto monasterio de provincia, por ejemplo, descubrió a un hermano de fe endeble, pero inteligente, deformado por una joroba de proporciones sensacionales. Acudió a entrevistarse con él una y otra vez, tentándolo con sueldos fabulosos y una vida a la que podría darle el contorno que él escogiera, dentro de un mundo donde la deformidad no iba a ser anomalía sino regla: el hermano Mateo huyó del monasterio donde durante tantos años había disfrazado su terror con el hábito de la piedad. En casas de prostitución, en ferias, en circos de barrios pobres, Humberto reclutó enanos de todas las variedades imaginables, de cabezotas enormes, de rostros arrugados como muñecos envejecidos, de piernas cortas, avaros, orgullosos, inteligentes, de voces atipladas. Descubrió a Miss Dolly, una *mujer más gorda del mundo* de mucho renombre, hembra mostrenca de obesidad espectacular y andar bamboleante que se exhibía ataviada con un bikini de lentejuelas, bailando sobre el aserrín de la pista de un circo, pareja de Larry, su marido, payaso de brazos y piernas larguísimos y la cabeza diminuta como la de un alfiler en la punta de su cogote flaco, allá arriba.

En la noche, que es cuando los monstruos salen de sus guaridas, recorriendo los parques y los baldíos de las orillas de la ciudad, Humberto Peñaloza acechaba a ciertos seres deformes que, si la destitución no había alcanzado a estragar sus inteligencias, contrataba para el servicio de Boy. Encontró a la Berta, por ejemplo, con toda la parte inferior del cuerpo inutilizada, arrastrándola como cola

271

de lagarto por el suelo con el esfuerzo de sus manos y sus brazos hipertrofiados: era figura conocida en las localidades más baratas de los cines de barrio, donde, tendida en las banquetas de palo, sus ojos vivísimos engullían la sabiduría de película tras película. Y Melchor, leyendo diarios y revistas viejas en su cueva del basural, era una sola mancha color frambuesa cuyos grumos le borroneaban las facciones. Llegó a ser cuestión de orgullo para Humberto Peñaloza presentarle a don Jerónimo ejemplares más y más fantásticos, creaciones insólitas con narices y mandíbulas retorcidas y la floración caótica de dientes amarillentos repletándoles la boca, gigantes acromegálicos, albinas transparentes como ánimas, muchachas con extremidades de pingüino y orejas de alas de murciélago, personajes cuyos defectos sobrepasaban la fealdad para hacerlos ascender a la categoría noble de lo monstruoso.

A pesar del aislamiento en que viven, no tardó en correrse entre los monstruos la voz de que cierto caballero tenía la extravagancia de ofrecer sumas fabulosas por sus servicios. Así, después de un tiempo, Humberto Peñaloza no necesitó adentrarse en la noche ciudadana para desentrañar a los monstruos de sus guaridas, porque comenzaron a acudir, sin que nadie los convocara, a la puerta de la casa de don Jerónimo, agolpándose clamorosos en la calle para solicitar audiencia cotizando a alto precio lo que hasta entonces fue una aflicción, mendigando un puesto, un sitio, un empleo, un lugar cualquiera en ese mundo sin humillaciones que el señor ofrecía. Don Jerónimo recibió cartas, telegramas, informes, descripciones detalladas, fotografías.

Acudieron monstruos de todas partes, bajaron de las montañas y salieron de los bosques y subieron de los sótanos, llegando a veces desde regiones remotas y hasta del extranjero para suplicar que a ellos también les permitieran ingresar a ese paraíso que don Jerónimo de Azcoitía estaba creando.

En la oficina junto a la biblioteca de don Jerónimo, Humberto Peñaloza entrevistaba a esta multitud, regodeándose con la gran variedad que se le ofrecía. Sólo dejaba pasar a la biblioteca a los ejemplares más excepcionales: allí, don Jerónimo, después de examinarlos y hablar con ellos, los hacía firmar contrato o los desechaba. Los desechados, en realidad, eran pocos. Se trataba al fin y al cabo, no sólo de rodear directamente á Boy de monstruos con conciencia de lo que estaban haciendo, sino también de proporcionar a estos monstruos de primera clase un mundo de submonstruos que los rodearía, sirviéndolos a ellos, panaderos, lecheros, carpinteros, hojalateros, hortaliceros, peones, en fin, todo, de modo que el mundo de lo normal quedara relegado a la lejanía y por fin llegara a desaparecer.

Frente a esa *élite* de monstruos de primera clase que cuidaría y educaría a Boy, Jerónimo tuvo que desarrollar el fino trabajo de convencerlos de que el ser anómalo, el fenómeno, no es un estadio inferior del género humano frente al que los hombres tienen derecho al desprecio y a la compasión: éstas, explicó don Jerónimo, son reacciones primarias que ocultan la ambigüedad de sentimientos inéditos muy semejantes a la envidia, o erotismo inconfesable producido por seres tan extraordinarios como ellos, los monstruos. Porque la humanidad normal sólo se atreve a reaccionar ante las habituales gradaciones que se extienden desde lo bello hasta lo feo, que en último término no son más que matices de la misma cosa. El monstruo, en cambio, sostenía don Jerónimo con pasión para exaltarlos con su mística, pertenece a una especie diferente, privilegiada, con derechos propios y cánones particulares que excluyen los conceptos de belleza y fealdad como categorías tenues, ya que, en esencia, la monstruosidad es la culminación de ambas cualidades sintetizadas y exacerbadas hasta lo sublime. Los seres normales, aterrados frente a lo excepcional, los encerraban en instituciones o en jaulas de circo, arrinconándolos con el desprecio para arrebatarles su poder. Pero él, don Jerónimo de Azcoitía, iba a devolverles sus prerrogativas, redobladas, centuplicadas.

Con este fin —y en recompensa por servir a su hijo Boy, también monstruo, pero que a diferencia de ellos jamás debía conocer la humillación de serlo en un mundo incomprensivo— estaba preparando su fundo de la Rinconada, por cuyos patios y alamedas otoñales, en tiempos venturosos, paseó un amor tan perfecto que sólo pudo producir a un ser magnífico como Boy. El niño debía crecer encerrado en esos patios geométricos, grises, sin conocer nada fuera de sus servidores, enseñándosele desde el primer instante que él era principio y fin y centro de esa cosmogonía creada especialmente para él. No podía, no debía por ningún motivo sospechar otra cosa, ni conocer la nostalgia corrosiva que ellos, los sirvientes, conocían de los placeres que se les negaron porque nacieron y vivieron en un mundo no coordinado para ellos.

¿Pero valía la pena, comenzaron a preguntar los monstruos, sacrificarse para fantasear la eliminación de un mundo cuya existencia, por desgracia, ya los había hecho víctimas? ¿De qué iba a servirles, entonces, el dinero de sus sueldos estupendos y esta flamante seguridad de ser superiores, si sólo se les iba a permitir acceso a la abstracción de los patios y las estancias despojadas donde crecería Boy? No, no, no... que entendieran, los exhortaba don Jerónimo, además de sus emolumentos recibirían todo el resto de la Rinconada para organizar un mundo propio, con la moral y la política y la economía y las costumbres que quisieran, con las trabas y las libertades que se les antojaran, con los goces y los dolores que se les ocurrieran, les daba plena libertad para que se inventaran un orden o un desorden propios, tal como él inventaba un orden para su hijo. Era una sola su exigencia: que Boy jamás sospechara la existencia del dolor y del placer, de la dicha y de la desgracia, de lo que ocultaban las paredes de su mundo artificial, ni oyera desde lejos el rumor de la música.

No todos comprendieron los complejos designios de don Jerónimo. Algunos, asustados por lo que creyeron exigencias, regresaron a sus escondrijos en sitios eriazos, en grutas horadadas en la zarzamora, a sus conventos y a sus circos. Pero otros escucharon y entendieron. Emperatriz, sobre todo, hacía muchas preguntas y muy inteligentes. Ella fue la primera reclutada: pariente de don Jerónimo por una rama empobrecida, pero con una educación que ella suplementó con la lectura de revistas y libros, regentaba un taller de ropa interior finísima donde su autoridad, pese a su estatura de Pulgarcito y su cabezota y jeta babienta y colmillos y chalchas de *bull-dog,* era temida por las operarias. Ella regentaría la casa hermética de Boy. Era el único monstruo que trataba de igual a igual a don Jerónimo, y como pariente, aunque lejana, tenía acceso a él por conductos privados, sin pasar por la oficina del secretario que velaba junto a la biblioteca.

—¿Y este Humberto?

—¿Qué quieres saber de Humberto?

Ella encendió un cigarrillo y se cruzó de piernas.

—Bueno, cuál será su posición frente a nosotros.

—Ya te dije. Toda autoridad emanará de él. Tienes que concebirlo no tanto como mi representante en la Rinconada sino como yo encarnado en él viviendo entre ustedes y cuidando a Boy. Después de nuestra última reunión la semana que viene, ustedes no podrán comunicarse conmigo más que a través de Humberto. El castigo por cualquier intento de comunicación directa será la expulsión.

—¿Ni yo, como pariente?

—Déjate de tonterías, Emperatriz: olvídate de parentescos, al fin y al cabo sólo tenemos una tatarabuela en común. Humberto mismo será tan yo entre ustedes que él sólo necesitará comunicarse conmigo una vez al año.

Emperatriz se removió entre los cojines de felpa gris del sofá. Sus piernas apenas alcanzaban al borde del asiento, como las de una muñeca obscena que olía a *Mitsouko.*

—Eso no contesta a mi pregunta, Jerónimo.

—¿Qué, entonces?

—Algo que hemos hablado entre nosotros porque nos preocupa, la Berta, Melchor...

—¿Ah, sí?

—Mira, para decir las cosas claras, es esto: Humberto no es monstruo. Es un ser normal, común y corriente, feíto y harto insignificante el pobre. Pero comprenderás que su posición entre nosotros será bastante ambigua.

—¿Pero por qué?

—Porque su presencia siempre nos recordará lo que no somos. Terminaremos por odiarlo.

—Quizás tengas razón. Pero el papel de Humberto entre ustedes es importante por lo menos por dos razones. Una, porque un único ser normal en un mundo de monstruos adquiere *él* la categoría de fenómeno al ser *anormal,* transformándolos a ustedes en normales. Para Boy, él encarnará la experiencia de lo monstruoso.

—Interesante. ¿Y la otra razón?

—Humberto es un escritor de gran talento que no ha tenido la paz ni la oportunidad para desplegar totalmente sus posibilidades creativas. Le he encomendado hacer la crónica del mundo de Boy, la historia de mi audacia al colocar a mi hijo fuera del contexto corriente de la vida.

Emperatriz exhaló una bocanada de humo.

—¿Es escritor Humberto? No sabía. Interesante. Puede resultar de lo más entretenido esto de la Rinconada...

★ ★ ★

Los adelantos estupendos que don Jerónimo de Azcoitía les concedió sobre sus sueldos futuros les permitieron deshacerse de todas sus pertenencias anteriores, de sus

277

modestos ternos que pretendían disimular deformidades espectaculares, de sus hábitos y sotanas, de sus andrajos mugrientos, de sus galas circenses, teatrales o prostibularias, para instalarse en la Rinconada con ajuares flamantes. La Berta trajo cuatro maletas llenas de zapatos: de charol, de lagarto, de cocodrilo, dorados con taco puntiagudo para la noche, de taco plano y cuero mate para el *sport,* y hasta un par, comenzaron a murmurar desde el primer día, con hebillas de brillantes auténticos. Basilio, el cabezón acromegálico de fuerza descomunal exhibía camisetas estampadas con el Superman, con Marilyn Monroe, con el Che Guevara, lucía pantalones de baño de raso, zapatos de fútbol con toperoles reforzados, toallas y batas con iniciales de campeón. Emperatriz, media hora después de su llegada al campo, comenzó a probarse turbantes de terciopelo granate, *chechias* de astrakán, pamelas, capelinas de tul malva, que había transportado en una docena de sombrereras. Y el doctor Azula, cuyo acento español impuso respeto desde el principio, con su ojo único brillante de satisfacción casi en el medio de su frente y sus manos de pájaro de rapiña, colgó diez trajes nuevos, de tela inglesa, en colgadores de caoba, eligiendo un traje, azul no muy oscuro y bastante liviano, para pavonearse por el parque el primer día, maravillado ante la cordillera imponente del país americano donde don Jerónimo de Azcoitía lo trajo a sueldo de oro para que se hiciera cargo del cuidado de su hijo.

Luego vino el alborozo de elegir habitaciones y departamentos, que fueron alhajando cada uno según el alcance de su gusto, con los objetos descartados en pro del gris

abstracto de los patios y las estancias de Boy: delicadas sillitas estilo Directorio, un pastel de Rosalba Carrera, un gran
crepúsculo sobre ruinas decorativas firmado por Claude
Lorrain, cómodas venecianas, *petits meubles* de marquetería,
cortinajes de seda aguada, de terciopelo de Génova, de
toile de Jouy, que se subastaron al que chillaba más fuerte
o empujaba más. Basilio sonreía, superior a tanta bagatela:
él extendió en el suelo de su pieza un estupendo saco de
dormir de Abercrombie and Fitch, decoró sus paredes con
retratos de equipos de fútbol y de conjuntos musicales, y en
la alcoba contigua colgó un *punching-ball* para entrenarse.

Era verano. Las chicharras entonaban el consabido
concierto del calor en la magnificencia del parque. Los
monstruos que no estaban de turno junto a Boy se pusieron sus trajes de baño para lanzarse a la piscina. La Berta,
con sus manos anchas como raíces aceitaba los grumos
escarlata del cuerpo de Melchor, y él, después, aceitaba
las piernas inertes de la Berta, hasta sus pies calzados con
chanclos de lentejuelas irisadas. Tendidos uno junto al otro,
mudos, con los ojos cerrados bajo los anteojos oscuros, se
tostaban al sol. Desde la sombra Emperatriz le comentó
a Melisa, que como era albina no podía exponerse a la
plenitud de la luz:

—Esto se hace: van a ver, va a resultar casorio y la Berta me dijo que yo sería madrina. Tengo un modelito con
aigrettes de lo más apropiado.

Los que se abstenían de la natación tomaban cocte-
les bajo sombrillas multicolores o jugaban al croquet o
al fútbol en los prados. Larry y Miss Dolly, cumplidos sus

trabajos y Boy durmiendo en su cuna, se tendían en el corredor. En fin, cada una con su gusto, susurraba la Berta, lo que es yo, el Larry ése, ni regalado, tan largo, qué asco, y Emperatriz buscando con su lengua de perro la guinda en el fondo de su copita de Manhattan, asentía:

—¡Hay que tener un gusto verdaderamente depravado! Larry, ni regalado.

15

Desde el punto de vista científico, lo confirmaron los expertos, el nacimiento de Boy era una aberración: ese gargolismo que le encogía el cuerpo y le encorvaba la nariz y la mandíbula como ganchos, ese labio leporino que le abría la cara como la carne de una fruta hasta el paladar... increíble, inaceptable, dijeron los médicos, los niños-gárgola sólo viven días, cuando mucho semanas, este caso de labio leporino es inaudito, esta joroba, estas piernas, si parece que todos los defectos posibles estuvieran congregados en este cuerpo, no, usted, don Jerónimo, tiene que conformarse con la idea de que su hijo morirá, y quizás sea para mejor, imagínese el destino de un ser como éste.

—Ustedes ocúpense de que no se muera. El destino de mi hijo es cuestión mía.

Sus agentes europeos encontraron en Bilbao a uno de los grandes expertos en casos de esta clase, el doctor Crisóforo Azula, él mismo víctima de serias deformidades. El caso, según el relato que le hicieron llegar, le interesó. Y le interesó aun más cuando se nombró la cifra espléndida de su sueldo, aunque viajar a América para permanecer unos cuantos años allá significara abandonar sus investigaciones científicas. Pero no importaba. Regresaría más rico en todo, en conocimiento, ya que el caso Azcoitía era a todas luces único, y con el bolsillo repleto para continuar sus investigaciones... o quizás, hasta poder cumplir con su ambición de instalar una clínica especializada.

En cuanto llegó, se puso a trabajar para ir dotando a Boy de remedios de párpados, zurciéndole la cara, dibujándole una boca utilizable, rectificando los caprichos anatómicos que ponían en peligro la vida del niño. Don Jerónimo lo apuraba. Que lo hiciera todo inmediatamente, antes de que la memoria incipiente de su hijo quedara estampada con el recuerdo del sufrimiento físico, con el terror de sondas y sueros, inyecciones y transfusiones, antes de que su conciencia registrara los adormecimientos artificiales durante los cuales el doctor Azula lo tajeó y lo cosió para organizar en el revoltijo de su anatomía los aparatos esenciales para que funcionara.

Sí, le advirtió don Jerónimo, que el doctor Azula hiciera todo lo posible para que Boy viviera. Pero que no se fuera a equivocar en una cosa: nada debía inducirlo a emprender intentos cobardes para disfrazar con un remedo de normalidad lo que no lo era, ni alterar la condición de monstruo de Boy. Todo intento en ese sentido sería superficial, cuestión de piel y fibras que no borraban el abandono insultante en que lo dejaron todos los poderes. Cualquier intento para remedar a la belleza sería imponerle a su hijo una vergonzosa máscara para ocultar una derrota que, invirtiéndola y mirándola con otra perspectiva, debía ser triunfo.

Humberto Peñaloza ocupó en la Rinconada esa torre en el parque que don Jerónimo hizo construir durante el embarazo de Inés, para que la habitara Boy y desde sus ventanas y terrazas fuera familiarizándose con las constelaciones. Sobre la chimenea hizo colgar el magnífico crepúsculo de Claude Lorrain. Encargó sillones de terciopelo gris como los de don Jerónimo, llenó los anaqueles de libros codiciados desde siempre, cubrió el suelo con los tapices de tonos más apaciguados. Y junto a una ventana que dominaba el parque, instaló un gran escritorio de nogal macizo, con su Olivetti, resmas de papel para original y para copia, cajas de carbónico, lápices, gomas, tinta, chinches, clips, todo listo para comenzar.

Al principio, Humberto Peñaloza viajaba a menudo a la capital para desplegar ante sus compinches de otros tiempos su nueva magnificencia de origen misterioso, y sentir la admiración por su capa y su chambergo que lo proclamaban bohemio bien trajeado. Pero en las tertulias de escritores y artistas de los cafés del centro, el vino era ordinario. Y aunque no lo fuera, no podía beber. Lo de siempre. Su estómago. ¡Maldito! Sucedía cada vez que iba a emprender un trabajo que lo apasionaba, como cuando de estudiante escribió su librito. Y al no beber quedaba excluido. Además, ¡qué limitadas las aspiraciones de estos escritorzuelos que creían en la existencia de *una realidad* que retratar, qué tediosos los pintorcitos de mentalidades competitivas y nacionales, qué toscos sus apetitos, qué literal la chismografía que les proporcionaba entretenimiento! Él, que antiguamente era la voz cantante en estas reuniones, comenzó a quedarse más y más callado, en la orilla. A los pocos que se interesaron por preguntarle por qué tanta reserva, les contestó que su nuevo trabajo le estaba absorbiendo no sólo todo su tiempo sino toda su imaginación.

Y era verdad. Poco a poco llegó a sucederle que nada que no se refiriera al mundo de la Rinconada lograba interesarlo. Sus permanencias en la ciudad se hicieron más y más breves. Regresaba feliz a su torre, a su biblioteca dominada por las ruinas de Claude Lorrain, a sus charlas con el doctor Azula y Emperatriz y el hermano Mateo en su terraza.

El hermano Mateo, como un monje medieval en su celda, ejecutaba minuciosos dibujos de desollados que mostraban una anatomía inventada por Humberto bajo la dirección del doctor Azula. Detalles de órganos y cuadros de funcionamiento destinados a excluir las preguntas que Boy hiciera cuando le llegara la edad de preguntar, torciendo sus respuestas hacia esos gráficos que ilustraban su propia perfección. Y cuando una tarde el hermano Mateo mostró junto al fuego los astrolabios y mapas de la geografía total del universo, que no era más que el cielo y la tierra de los patios, ya habían llegado entre todos a la determinación de que serían innecesarios, puesto que Boy debía crecer con la certeza de que las cosas iban naciendo a medida que su mirada se fijaba en ellas y que al dejar de mirarlas, las cosas morían, no eran más que esa corteza percibida por sus ojos, otras formas de nacer y de morir no existían, tanto, que principales entre las palabras que Boy jamás iba a conocer eran todas las que designan origen y fin. Nada de porqués ni cuándos, de afueras, de adentros, de antes, de después, de partir, de llegar, nada de sistemas ni de generalizaciones. Un pájaro que cruzaba el cielo a cierta hora no era *un* pájaro que cruzaba el cielo a *cierta* hora, no se dirigía a otros sitios porque no existían otros sitios, ni a otras horas porque no existían otras horas: Boy debía vivir en un presente hechizado, en el limbo del accidente, de la circunstancia particular, en el aislamiento del objeto y el momento sin clave ni significación que pudiera llegar a someterlo a una regla y, al someterlo, proyectarlo a ese vacío infinito y sin respuesta que Boy debía ignorar. Los monstruos eran todos excepciones. Ninguno pertenecía a estirpes ni tipos. El papel de la Berta, justamente —que a menudo se instalaba en el *boudoir* de Emperatriz a quejarse de lo agotador de su trabajo—, era arrastrar sus extremidades inferiores por los corredores de Boy, o reclinarse en un banco, o enroscarse en una grada acariciando junto a sus pechos desnudos a un gato de cabeza hipertrófica, la Berta, la Berta, presente desde el comienzo ante los ojos del niño en su papel de ilustración de lo inexplicable, de lo excepcional, de lo gratuito.

A pesar de sus regalías, Humberto esperaba hambriento su reunión anual con don Jerónimo: al fin y al cabo, la plenitud de una experiencia sólo puede compartirse con un par, con alguien que estuviera también fuera del juego por no ser monstruo. Y además, todos los recuerdos y los afectos y los largos años juntos... ¿Cómo estaba Boy? ¿Era tan experto y dedicado el doctor Azula como sus agentes le aseguraron? ¿Terminó las operaciones? ¿Comenzaba a andar Boy, a hablar...? No, eso no, iba a demorarse un poco más que un niño corriente, aunque después de una serie de *tests* el doctor Azula aseguró que la inteligencia de Boy se desarrollaría prodigiosa a pesar del retardo inicial debido a tantas operaciones.

—Era de esperarse.

—Claro.

¿Y él, Humberto? ¿Feliz? Ante la solicitud de don Jerónimo por su persona, Humberto sentía que se reencontraba con la otra parte suya, y que sólo así, una vez al año, podía ser un hombre completo.

—¿Un puro?

—No, gracias, don Jerónimo, no...

—¿Un coñac?

—No me atrevo...

—Lástima...

¿El doctor Azula, entonces, no había sido capaz de curar sus acideces, sus dolores, sus calambres al estómago? Lástima... paciencia. ¿Había comenzado a escribir esa crónica de la Rinconada? No... no, bueno, a escribirla todavía no, los calambres, las acideces rebeldes cada vez que comenzaba a desarrollar sobre el papel alguna de sus ocurrencias, los dolores, lo tumbaban durante días y días... claro que la estructura de la obra, los personajes, las situaciones, algún detalle de humor, alguna anécdota... todo ese mundo bulléndole adentro de la cabeza hasta tal punto que expulsaba todo lo demás: gran parte del tiempo, le confesó a don Jerónimo que no pudo dejar de admirar al artista, no sabía cuál era la realidad, la de adentro o la de afuera, si había inventado lo que pensaba o lo que pensaba había inventado lo que sus ojos veían. Era un mundo sellado, ahogante, como vivir adentro de un saco, tratando de morder el yute para buscar una salida o darle una entrada al aire y ver si era afuera o adentro o en otra parte donde estaba su destino, beber un poco de aire fresco no confinado por sus obsesiones, dónde comenzaba a ser él y dejaba de ser los demás... por eso el dolor, el mordisco necesario para salir, o para dejar entrar el aire.

—¡Lástima, Humberto!

—¡En fin...!

¿Por qué no hacía algo radical, entonces? Quizás una operación a cargo de las delicadas manos del doctor Azula, en quien Humberto parecía tener tanta confianza. Quizás él pudiera eliminar ese punto corrosivo. No, no, don Jerónimo, no es para tanto. Quizá no sea ni siquiera eso, ni siquiera una úlcera, quizá no sea más que otra de las cosas que me imagino, encerrado como estoy...

—¿Encerrado?

—Sí.

—¿En la Rinconada?

—Está muy distinta...

—Pero mucho más bonita.

—No sé, hay cosas que me hacen falta... patios viejos por donde me gustaba pasear, corredores que echo de menos...

★ ★ ★

Emperatriz mandó a Basilio que corriera donde Humberto para decirle que era urgente que fuera a tomar té con ella esa misma tarde. Lo esperaba en su *boudoir*. Lo recibió sentada detrás de un minúsculo escritorio de marquetería, construido en el siglo dieciocho para la hija de algún marqués. Se levantó para darle una bienvenida cordial en cuanto Humberto entró. Tenía el moño engalanado con una orquídea de trapo, las cejas depiladas y en el maquillaje azuloso de los párpados relucían pequitas de plata como las de la maniquí de la portada del último *Vogue,* que Humberto apartó sobre la mesa frente al sofá para que Basilio colocara la bandeja con el fragante té *Lapsang-Souchong.*

—¿O prefiere *Jasmine?*

—No, no, gracias. Éste me cae mejor al estómago.

—Es Twining, exquisito.

—Sí, exquisito.

Emperatriz se sentó frente a Humberto. Sirvió dos tazas de té y después de cruzar sus piernecitas rechonchas cogió un *Marlboro King Size* entre sus dedos arrugados como tornillos, esperando que su interlocutor se lo encendiera. Al inclinarse para hacerlo, él notó que la frente de Emperatriz, más arrugada que de costumbre, se distendía al exhalar la primera bocanada y sonreírle, de modo que sus colmillos se insinuaron babosos bajo las cenefas de carne en los extremos de su jeta.

—¿Qué pasa, Emperatriz?

—Nada. ¿No puedo convidarlo a tomar una taza de té sin que sea por una razón específica?

—Pero Basilio dijo que era urgente.

—Basilio siempre anda apurado. Es para tener tiempo para ir a jugar fútbol con sus jovencitos.

Humberto insistió en no creer que lo había convocado así, intempestivamente en medio de una tarde calurosa, por el gusto de estar juntos... que él, claro, reconocía no sólo como un gusto sino como un privilegio. Sólo cuando Basilio abandonó el *boudoir,* Emperatriz se permitió arrugar otra vez la frente y confesarle que sí, que tenía un problema, que como nadie tenía que saberlo más que ellos dos, había mandado al fiel Basilio en vez de llamarlo por teléfono. La operadora telefónica, la de las orejas enormes como alas de murciélago, era una intrusa, y esto...

—¿Qué pasa, Emperatriz?

—Boy está con diarrea verde.

—Hay que consultar con el doctor Azula inmediatamente pues, Emperatriz, esto es grave, mandémoslo llamar, no puede ser, a ver, su teléfono...

—Espere...

El pecho de Emperatriz se agitó con el portento que tenía que contarle, o quizá fuera sólo con la intimidad de estar tan cerca de él en el *boudoir* rosa. Que el doctor Azula esperara. Tenían que hablar ellos dos primero. Era evidente que el doctor Azula, durante su último año, cuando dejaron de ser necesarias las operaciones consecutivas y la vigilancia diaria, perdió bastante el interés por Boy. La verdad era que su misión estaba terminada. ¿Por qué no regresaba a las investigaciones de su instituto en Bilbao, que, repetía hasta el cansancio, tanto añoraba? Es cierto que el año pasado tuvo un enredo amoroso con una de las tantas *mujer más gorda del mundo* que pululaban en la Rinconada...

—Y ahora que pelearon, con todas, Humberto, hasta con la Berta que usted sabe no siente nada de aquí para abajo, se metió con ella cuando la pobre Berta se emborrachó en el malón que le dimos al hermano Mateo para su cumpleaños...

—Yo no estuve en esa fiesta...

—No, usted no va a las fiestas. Le diré que yo voy a empezar a hacer lo mismo. Usted y yo tenemos que conservar la cabeza clara aunque todos los demás la pierdan.

Usted y yo: Emperatriz planteando la terrible simetría. La venía insinuando desde tiempo atrás, con su pecho apenas acezante cuando se le aproximaba, esa solicitud con que le tenía cositas que a él le gustaban, té *Lapsang-Souchong,* por ejemplo, que era bastante difícil de conseguir, regalándole para su cumpleaños el cuarteto 15 por el cuarteto Lehner, la versión que él prefería. Pero ésta era la primera vez que enunciaba la pareja así: usted y yo.

—En todo caso, el doctor Azula, en un apuro así...

—No, Humberto...

Él tuvo la certeza de que Emperatriz se las iba arreglando para excluir a todos los demás. Al principio hubo igualdad entre los monstruos de primera, celebrando sus banquetes, sus fiestas de disfraces, chapoteando en la piscina, emprendiendo bucólicos picnics en que todos participaban. Luego, la *élite,* creada por Emperatriz mediante sus invitaciones para tomar té con ella, se fue restringiendo y restringiendo hasta excluir a la Berta y a Melchor, con los que ya casi no se hablaba. El otro día, no sé qué cosa dijo del hermano Mateo... ahora el doctor Azula. ¿Y después? ¿También lo eliminaría a él?

—Hay que deshacerse del doctor Azula, Humberto. A pesar de que Boy va a cumplir los cuatro años y apenas comienza a hablar, se está desarrollando como se previó y su desarrollo se acelera cada día más. Y ahora, este asuntito de la diarrea verde. Culpa de la negligencia del doctor Azula, que seguramente no se ha estado preocupando de ajustar la fórmula de su papilla a las necesidades del crecimiento de Boy.

Para eliminar el placer y la falta de placer en la comida de Boy, desde la primera infancia lo alimentaron con papillas de textura homogénea. Las fórmulas alimenticias que lo nutrían como era debido, proteína, fierro, calcio, vitaminas, todo iba embozado por el sabor monótono de la vainilla. Boy jamás tuvo un trastorno digestivo. Y ahora, de repente, caca verde...

—¿Le preguntó a Miss Dolly?

—Estoy segura de que ella, mejor que el doctor Azula, sabrá darle al niño lo necesario para que se sane. Quedó muy bien después de su parto. Más trabajadora que nunca. Si todas fueran como ella...

—¿Qué fue?

—Niñito.

—No, monstruo o normal...

—Ah, no, normal otra vez la pobre. También se tuvieron que deshacer de él. Es el único defecto que le encuentro a Miss Dolly: sus partos cada nueve meses que terminan en llantina porque ninguno de sus hijos se parece ni a ella ni a Larry. Con el porte de Miss Dolly por lo menos podría tener la decencia de demorarse en tener niños lo que se demora una elefante y no cargarnos con problemas cada nueve meses.

Emperatriz se calló para dejar que Basilio recogiera la bandeja del té. Su mirada siguió la salida del gigante acromegálico de torso ciclópeo, piernas cortas, brazos de orangután, mandíbula pendiente. ¿Amante de Emperatriz? ¿Por qué no? En el cuerpo mínimo de Emperatriz todo salvo un erotismo que Humberto suponía desenfrenado carecía de lugar. Emperatriz sonrió maliciosa después de que Basilio cerró la puerta.

—Ése es otro problemita que vamos a tener...

—¿Con Basilio, tan buenazo?

—Demasiado. ¿No lo ha visto en el parque entrenándose con sus amiguitos adolescentes que recluta no sé dónde, entre los monstruos de segunda y de tercera y hasta de cuarta y quinta categoría? ¿No lo ha visto en la piscina enseñándole el *crawl* a ese jorobadito rubio que tiene cara de muñeco de loza?

—¡Emperatriz, por Dios!

—¡Ay, Humberto! Todo esto tiene un ambientito tan sospechosamente griego. Claro que en el fondo yo soy una *femme à tapettes*.

—Bueno, Emperatriz. Ahora tenemos cosas más importantes de que preocuparnos.

—¿De la caca verde, por ejemplo?

Humberto se rió. Y Emperatriz, ajustando la orquídea de trapo con su mano recargada de anillos, le mostró a Humberto una axila fresca, recién depilada.

★★★

El sol del verano era tan quemante que la capelina de tul malva no impedía que el vientre, los senos, las piernas, los hombros de Emperatriz ardieran. Y a pesar de que, en principio, le interesaba lo que Huxley decía sobre ese cuarteto de Beethoven, le resultaba imposible concentrarse en la charla, y tenía que morderse las uñas para resistir el impulso enloquecedor de rascarse el vello púbico. Una lástima esta regla de que nadie podía entrar vestido en los patios ni estancias de Boy: ella no se veía bien desnuda; mientras que con ropa se sacaba partido. Lo de la capelina era una concesión: tan leve, tan amplia. Se sentía como una callampa caminando junto a Humberto alrededor del estanque de la Diana Cazadora, incapaz de aportar nada al diálogo porque lo único en que podía pensar, lo único que quería en el mundo, era rascarse como una orate el vello púbico. Y eso, claro, no podía hacerlo en presencia de Humberto, sobre todo si hablaba de los últimos cuartetos de Beethoven.

En fin, detrás de la Diana con su jauría, junto al murallón cubierto de yedra que cerraba el último patio, corría un poco de fresco. Larry, en su cargo de jardinero jefe, por suerte había descuidado podar la yedra, que en este lugar caía como una cascada, ofreciendo una posibilidad de disimulo si el paseo seguía lento y si lograba hacer que Humberto silbara el adagio, porque cuando lo hacía cerraba los ojos y ella podía aprovechar para rascarse un poquito.

Humberto enmudeció de repente. Alguien, escondido en algo que debía ser como una gruta detrás de la cascada de yedra, estaba hablando:

—Pa... pá...

—Ma... mamá...

—Mamá.

El balbuceo de un niño y el ruido de un beso. Luego silencio. Humberto y Emperatriz entreabrieron la yedra: un brazo larguísimo de Larry rodeaba cuanto podía del volumen de Miss Dolly. Con la mano ofrecía la teta rebalsante de su esposa a Boy, que chupaba, y por el rostro del niño-gárgola, cuyas cicatrices ya iban perdiendo el acordonamiento morado, se escurría leche de la giganta. Emperatriz chilló:

—¡La caca verde!

—¡Emperatriz!

—¡Lo vas a matar, Miss Dolly!

Y Humberto:

—¿Quién le enseñó esto de papá y mamá?

Miss Dolly apretó al niño contra la desnudez de sus tetas descomunales y salió del escondrijo seguida por Larry. Los dos parecían estar a punto de llorar cuando Humberto y Emperatriz los enfrentaron al borde del estanque, diciendo al unísono:

—Entréguennos al niño.

Y Humberto:

—Los dos quedan despedidos. Es increíble que durante todos estos años, con la confianza que hemos depositado en ustedes, especialmente en usted, Miss Dolly, nos hayan estado engañando. No han comprendido ni la primera letra de nuestro proyecto. No merecen ser monstruos ni de segunda, ni de tercera, jugando a tener una guagua monstruita igual a ustedes, nada menos que con el hijo de don Jerónimo de Azcoitía. Se van esta misma noche.

La giganta se secó las lágrimas. Lo miró de frente y dijo:

—Le hemos enseñado muchas cosas.

—¿Qué?

Larry, apuntando a Humberto con su dedo, le preguntó al niño:

—¿A ver, mijito, diga cómo es don Humberto?

La boca remendada enunció:

—Feo... feo...

Y se echó a llorar a gritos, escondiendo su cara en los pechos de Miss Dolly, tendiéndole los brazos a Larry para que lo protegiera, mientras Humberto no pudo resistir el impulso de mirar su imagen en el agua del estanque, feo, mezquino, ni monstruoso ni bello, insignificante, por supuesto que todo es cuestión de proporciones, de armonía, y yo le estoy creando a Boy un mundo que armonice con él, pero yo no armonizo, no soy monstruo, en este instante daría toda mi vida por serlo, feo, feo, repetía Boy desde los brazos de Miss Dolly, feo, feo, feo, feo, y Larry y Miss Dolly y Emperatriz se estaban riendo a carcajadas: los tres juntos. Humberto arrancó brutalmente al niño de los brazos de su aya. Los tres monstruos dejaron de reírse. El niño comenzó a berrear en los brazos de Humberto, que se lo devolvió a Miss Dolly:

—Hágalo callarse.

Emperatriz había aprovechado la confusión para rascarse el pubis a su regalado gusto, sin que esto la aliviara nada. Además, estaba demasiado furiosa con Miss Dolly, que se sentó en el borde del estanque de la Diana meciendo al niño en sus brazos. Le limpió los mocos y las babas, besándolo, acariciándolo para que se callara. Larry, de pie como una garza, se inclinó para ayudar a apaciguar el llanto. Miss Dolly comenzó a canturrear:

Señora Santa Ana,
por qué llora el niño.
Por una manzana
que se le ha perdido.

Y como seguía llorando, Larry cantó aun más tiernamente, desde su altura, posando una mano sobre el hombro de Miss Dolly:

La Virgen lavaba,
San José tendía,
y el niño lloraba
del frío que hacía.

Desde la sombra de la Diana en que se había refugiado para rascarse, abanicándose con su capelina, Emperatriz murmuró que ya estaba bueno de leseras, que se lo entregaran a ella, que a ella no le iba a tener miedo, por qué iba a tenérselo al fin y al cabo, si hasta eran parientes... y precedió el cortejo, desnuda, asorochada, con su capelina de tul malva puesta y con el niño en brazos, seguida por Humberto, por Miss Dolly y por Larry. Circundaron el estanque hasta alcanzar los corredores del otro patio. Emperatriz les dijo:

—Vayan a preparar sus cosas para irse esta noche.

Humberto los detuvo:

—No, que no salgan de este patio. Si salen, le van a contar las cosas a todo el mundo, y como son unos mentirosos, se va a producir un caos. Yo llamaré a Melchor para que tenga el auto listo en media hora.

—Pero Humberto, no se pueden ir desnudos. Al fin y al cabo tienen sus cositas que han ido comprando con los sueldos de cuatro años de trabajo.

—No merecen nada. Que se vayan con una mano por delante y la otra por detrás, tal como llegaron. Usted, Emperatriz, vaya a buscarles un pantalón y un vestido, nada más. De aquí de este patio no salen más que para la estación. Que no hablen con nadie. Yo me quedaré cuidando a Boy.

Emperatriz sonrió dulcemente:

—Pero puede despertar, pues Humberto, y a usted le tiene tanto miedo porque usted es... distinto.

El anzuelo. El gancho sangriento. Lo penetró, lo pescó, dejándolo agarrado a una enana monstruosa que le decía que el niño le tuvo miedo a su normal insignificancia, testigo de su vergüenza, los testigos son los que poseen la fuerza, ella también se había reído de él con los otros dos monstruos junto al estanque, ella, acunando al niño en sus bracitos rechonchos, acunándolo funcionalmente como lo dictaminan las reglas del juego que don Jerónimo y yo, sí, yo mismo inventé las reglas de este juego que me ha atrapado con un gancho que me está haciendo sangrar.

16

En cuanto partió el auto llevándose a Miss Dolly y a su marido, Humberto se dio cuenta de que era su deber ante don Jerónimo y ante sí mismo tomar en sus manos el control de la situación. Convocaría esa misma tarde a todos los monstruos de primera clase para una reunión en la terraza de la torre. Interrogándolos minuciosamente, uno por uno, iba a llegar al fondo de cualquier irregularidad que podía haber escapado a sus ojos, ya que lo cierto era que él sólo vigilaba los sucesos desde la orilla.

Presentaría como ejemplo de irregularidad criminal, sí, criminal ya que el asunto de la caca verde puso en peligro la vida de Boy, el comportamiento de Miss Dolly y Larry, descubierto esa misma tarde junto al estanque de la Diana Cazadora.

Esta convocatoria tenía también otro propósito: subrayar, dejar en claro de una vez y para siempre, su propia superioridad por el hecho de ser normal. Ellos dependían de él. No él de ellos. Él era el carcelero. No ellos, acechantes y susurrantes. Él los había inventado a ellos, no ellos a él. La Rinconada, los patios de Boy, la organización, la dieta, el doctor Azula, la estructura de la casa, la demolición de las dependencias donde era tan fácil perderse, todo, todo, había sido idea suya. Ellos mismos, y sus quehaceres, eran invento suyo. Que no se rebelaran. Ya veían lo que podía sucederles: lo que a Larry y Miss Dolly, ser expulsados de este universo cómodo, protegido por monstruos de segunda, de tercera, de cuarta, de quinta categoría que servían a los de la categoría superior para sustituirlos algún día, capas sucesivas que envolvían a ese núcleo, a esa *élite* que eran ellos. En el momento en que iba a descolgar el fono para pedirle a la operadora que se ocupara de convocarlos para que estuvieran en su terraza dentro de treinta minutos, oyó desde lejos, cruzando hasta sus oídos desde el otro extremo del parque donde se alzaban los pabellones de los monstruos, el rumor de la música y de... sí, sí, eran carcajadas. No descolgó el fono.

—¡Qué diablos...!

Puso dos cubos de hielo en un vaso. Lo llenó hasta la mitad de whisky puro. Con el vaso en la mano avanzó hasta la balaustrada de su terraza. Escuchó. Sí, un poco de música... y muchas carcajadas, como si estuvieran celebrando un acontecimiento festivo. Olió el whisky. ¡Tan mal que le hacía! ¡Pero qué diablos, las cosas, hoy, no estaban como para andar con tantos cuidados! Tenía que aplacar sus nervios de alguna manera. Tomó un sorbo largo, que después de estremecerlo, lo cauterizó. Dejó el vaso sobre la balaustrada y con ambas manos se apoyó en ella, atento a esos laberínticos rumores del atardecer que lo encerraban, los grillos, las ranas veraniegas, las voces, las risas tamizadas por los olmos y los castaños, esforzándose por descifrar en esas voces quizá su nombre ahorcado por una carcajada en la frase que diera el pinchazo necesario para ultimarlo.

Había sido un ingenuo al permitir que Melchor manejara el auto que condujo a Miss Dolly y a Larry hasta la estación. El trayecto era corto. Pero esos diez minutos seguramente bastaron para que la pareja le contara a Melchor la otra vertiente del episodio del estanque, en la que él, Humberto Peñaloza, un ser normal, común y corriente, a cuyo paso en la ciudad nadie daría vuelta la cabeza para fijarse en él, había sido objeto de la burla de tres monstruos. Que su aspecto inocuo causó terror a un niño también monstruoso. El tono de las risas, como el del canto de las ranas, fue aumentando a medida que iba oscureciendo: bocas de ofidio, piel de reptil, ojos de lechuza, brazos de perro, de insecto, voces de animal, de perra angurrienta, riéndose de él. Era evidente que de alguna manera la noticia de que Miss Dolly, Larry y Emperatriz se burlaron de él y que él, aterrorizado con el escarnio de los monstruos, se había mirado en el espejo de agua, iba cundiendo por la Rinconada. Las risas venían de todas partes. Eran, además, no sólo risas sino cuchicheos, murmuraciones, monstruos que corrían de puerta en puerta cargados con la noticia, carcajadas ahogadas reventando, la centralita telefónica más ocupada que nunca, la operadora comentando, interviniendo para corregir versiones de los que hablaban para citarse según sus categorías o amistades, reírse de él, desmenuzar la noticia, jugar con ella, destruir definitivamente su autoridad, el ruido de los telefonazos mezclado con las carcajadas y con el canto de las ranas, oyó claro, clarísimo, el tartamudeo de Melchor relatando algo... pero no: no era el tartamudeo de Melchor, no era el bote y rebote de la pelota en la cancha de tenis donde Melchor y Melisa concluían una partida antes que se agotara la luz. No. Los monstruos no estaban reunidos hablando de él. Fijó sus ojos borrosos: Melisa, definitivamente blanca con su tenida de tenis, se había tendido en una hamaca para hacer crochet. Y la Berta, junto a ella, contándole por enésima vez el trágico destino de su vida sentimental. José María, el jorobadito con cara de muñeco de loza, aparecía y desaparecía entre los arbustos, ejercitándose en su *sprint* diario. En el departamento de Emperatriz, frente a la torre de Humberto, se encendieron las luces. La enana, ataviada con quién sabe qué insólita *robe d'intérieur,* iba a sentarse como todas las tardes para sacar las cuentas.

Ante sus ojos, la realidad desplegaba las pruebas de que no se reían de él. La vida de la Rinconada transcurría como siempre. Era cierto que Miss Dolly y Larry desaparecieron, pero qué importancia tenía eso. Para comenzar, el tal Larry era un inservible. Y entre los monstruos que poco a poco se fueron allegando a la Rinconada había otra gigante mostrenca tanto o más enorme que Miss Dolly, que tenía la ventaja de ser estéril, y que por ser relativamente nueva en el ambiente se empeñaba en hacer *social climbing.* Que no se preocupara, lo reconfortó Emperatriz, la gordura gigantesca es la forma más vulgar de la monstruosidad. Como el niño era tan chico no iba a costar nada reemplazar a una gigante por otra sin que se diera cuenta. Las diferencias entre una *mujer más gorda del mundo* y otra son casi nulas, toditas iguales, como los negros o los chinos.

Humberto suspiró. Iba a tomar otro trago de whiskey pero no lo hizo porque desde su estómago encendido borbotones de amargura y de acidez le llegaron hasta la garganta. Tiró el resto del whisky al pasto y entró a su biblioteca: lo mejor de todo para olvidar sus preocupaciones era el trabajo. Como Emperatriz, que para olvidar su amor por él se sumergía todas las tardes en las cuentas obsesivas de los gastos de la Rinconada. Humberto se sentó frente a su máquina. Arregló la luz. Sabía exactamente lo que iba a escribir. Tenía toda la estructura planeada hasta el último detalle, todos los personajes desarrollados, todas las situaciones, todas las anécdotas compuestas, incluso el párrafo inicial con su última coma, cantándole en la mente, el párrafo trampolín desde cuya altura se despeñaría la catarata de todas las cosas que tenía encerradas adentro, desde tanto tiempo listas para saltar.

Cuando don Jerónimo de Azcoitía abrió por fin las cortinas de la cuna para contemplar a su vástago tan esperado, quiso matarlo ahí mismo: ese repugnante cuerpo sarmentoso retorciéndose sobre su joroba, ese rostro abierto en un surco brutal donde labios, paladar y nariz desnudaban la obscenidad de huesos y tejidos en una incoherencia de rasgos rojizos... era la confusión, el desorden, una forma distinta pero peor de la muerte. Pero Jerónimo no mató a su hijo. El espanto de verse padre de esta versión del caos colocó unos segundos de terror paralizante entre su primer impulso y su acción, y no mató. Eso hubiera sido ceder, incorporarse al caos, ser víctima de él. Muy bien: esta burla brutal significaba, entonces, que lo abandonaban para siempre las potencias tradicionales de las que él y sus antepasados recibieron tantas mercedes a cambio de resguardar Su orden sobre las cosas de la Tierra...

No. Tierra con minúscula. En fin. Todo en la cabeza, todo. Una hoja de original, pesada, gruesa, lujosa: así daba gusto trabajar. Y este papel carbónico de un azul tan bonito. Y el frufrú delicioso de las hojas de copia, tan suave, voces femeninas murmurando, cuchicheando... eran voces femeninas. Y masculinas. Y no murmuraban sino que reían. A carcajadas. ¡Estúpido! Había dejado abierta la puerta de su terraza y la brisa de la tarde, con el fresquete tan placentero, le traía los murmullos de los personajes de la Rinconada. Se levantó para cerrar.

Salió a la terraza en vez de cerrar la puerta. Había oscurecido. ¿Cuánto rato estuvo sentado frente a la Olivetti sin escribir nada? ¡Si no hubiera tomado ese maldito trago de whisky sería tanto más fácil concentrarse! Seguro que los calambres al estómago no lo iban a dejar dormir esta noche y mañana amanecería imposibilitado para escribir un renglón. Apoyándose en la balaustrada vio que habían descorrido las cortinas del departamento de Emperatriz. Basilio iba y venía, de chaqueta y guantes blancos, llevando y trayendo bandejas entre la concurrencia... exquisiteces que ofrecía a los monstruos pero que a él le negaba. El doctor, Azula, claro... Melisa... Rosario con sus muletas... la Berta... Melchor... el hermano Mateo estrenando una sotana *wash-and-wear* para el verano que se iniciaba delicioso, todos los monstruos de primera charlando, comentando, riéndose a carcajadas de él que no estaba invitado a la fiesta porque jamás iba a las fiestas de los monstruos, conservándose aparte, el único ser normal en toda la Rinconada.

Quizá siempre se reían de él. Esas risas eran el primer círculo que lo encerraba. Porque con los años se fueron acumulando colonias de gigantes y jorobados y fenómenos de cabezas hipertróficas y pies y manos palmados, círculos y círculos concéntricos alrededor del primer círculo, un círculo prisionero de los sucesivos, él, Humberto, en el centro de todas esas risas de todos los monstruos de todos los círculos, él en el centro porque él, no Boy, era el prisionero, a él, no a Boy, había querido encerrar don Jerónimo, todos riéndose de él, del prisionero ahogado en la cárcel de sus risas, las ventanas tapiadas, los vidrios pintados color chocolate hasta la altura de una persona para que nadie mirara hacia afuera, las rejillas, los barrotes, las puertas condenadas, los pasadizos en que uno se pierde, los patios que no reconoce, las risas de los monstruos que apacientan rebaños en el monte, de los acromegálicos que siembran el trigo, de los jorobados que pescan en la laguna y cazan en los bosques, de los enanos que marcan el ganado esperando que los monstruos de los círculos interiores desaparezcan o se mueran para poder ascender, envuelto en capas sucesivas de monstruos menos importantes, el mundo es éste, nuestro mundo que ríe, esta *élite,* estos elegidos prisioneros de los que nos envidian y que sólo lo envidiamos a él, a don Humberto que no envidia a nadie, ahogado porque no puede envidiar a nadie, aunque si ustedes supieran que sí, sí envidio, lo envidio a él, al que me inventó y me puso aquí en el centro de esta envidia que me ahoga. ¿Cómo era posible que Emperatriz tuviera la falta de corazón para dar una fiesta esa misma tarde en que su risa y la de la pareja despedida sonaba aún, rompiéndole los oídos, penetrándolo? A Emperatriz sólo le interesaban las fiestas. Todos los años daba un gran baile de disfraces siempre alrededor de un tema: «La Pagoda China», «Versalles», «En Tiempos de Nerón»... recordaba el año anterior: «La Corte de los Milagros», todos los monstruos disfrazados de mendigos y de lisiados y ladrones y monjas y viejas desdentadas y brujas, la casa misma de Emperatriz, acondicionada para este propósito, se transformó en un laberinto de galerías irrespirables, de muros a medio derruir, de patios abandonados... fue muy divertido, dicen, él vio los preparativos, dio incluso algunos consejos para la decoración: cómo simular manchas de humedad en los muros, cómo fingir, mediante unos cuantos trazos, perspectivas de pasillos tenebrosos en un paño de muralla. ¿Qué había tramado la pareja de monstruos durante esa media hora en que cometió la torpeza de dejarlos en el patio mientras él iba a escarbar en los closets buscando una camisa y un pantalón? Emperatriz era capaz de envenenar mucho en media hora... y de que Emperatriz tramaba cosas, no cabía duda: por ejemplo, las sutilezas de sus intrigas para lanzar a la Berta en brazos del doctor Azula que la abandonó después de la consabida noche de placer, y ella, después de haberse hecho tantas ilusiones, tuvo que volver a Melchor que por suerte la recibió gustoso, *Intermezzo* de Ingrid Bergman y Leslie Howard, todos la vieron en la sala de proyecciones privadas de la Berta, porque al fin y al cabo Melchor no era más que un pobre mecánico, mientras que el papel de la Berta en la Rinconada era decorativo, noble. Por suerte, después de ese episodio Melchor quedó enconado contra Emperatriz. Quién sabe si ese rencor por la enana lo hubiera hecho deformar lo que la pareja despedida le contó sobre el incidente de la tarde que a él lo dejó tan mal puesto, para dejar, en cambio, a Emperatriz, su enemiga, en ridículo. Pero justo en ese momento de esperanza, Humberto divisó enmarcada en la luz de la ventana la silueta de Melchor con una copa de champaña, que chocaba con la copa de champaña que Emperatriz alzaba hacia la suya. No. Melchor lo había contado todo tal como fue. Seguramente, entre los dos estaban difundiendo una versión magnificada, transformada en escarnio, en sainete, del incidente del estanque, que a estas horas iría corriendo de boca en boca de un extremo a otro de la Rinconada. Lo oí: ya no croan las ranas al atardecer, es mi nombre, mi desventura, repetida por bocas burlonas, todos aliados, todos riéndose y yo no logro despachar esas risas atronadoras aunque me siente a mi máquina de escribir para seguir escribiendo, no, no seguir escribiendo porque no he comenzado a escribir nada todavía, pero que todos tomen nota: una de estas tardes voy a comenzar a escribir para liberarme de esta asfixia de las carcajadas con que don Jerónimo me encarcela.

Ahora, lo que sí puedo hacer es algo por remediar mi dolor de estómago. Esta puñalada en el vientre. Al lado izquierdo. No, puñalada no, mordisco permanente, dientes aguzados que no sueltan, anzuelo que me engancha, sí, esos colmillos sanguinarios que conozco, sé muy bien de quién son, no van a soltar hasta arrancarme ese trocito mínimo que con su dolor me centra. El whisky. Maldito whisky. ¿Por qué lo tomé? No me gusta... en el fondo siempre he preferido el vino tinto... claro que con los mismos resultados.

Me tiendo en la cama. Mi obra entera va a estallar dentro de mi cuerpo, cada fragmento de mi anatomía cobrará vida propia, ajena a la mía, no existirá Humberto, no existirán más que estos monstruos, el tirano que me encerró en la Rinconada para que lo invente, el color miel de Inés, la muerte de la Brígida, el embarazo histérico de la Iris Mateluna, la beata que jamás llegó a ser beata, el padre de Humberto Peñaloza señalando a don Jerónimo vestido para ir al Club Hípico, y su mano benigna, bondadosa, Madre Benita, que no suelta ni soltará la mía y su atención a mis palabras de mudo y sus rosarios, esta Casa es la Rinconada de antes, de ahora, de después, la evasión, el crimen, todo vivo en mi cabeza, el prisma de la Peta Ponce refractando y confundiéndolo todo y creando planos simultáneos y contradictorios, todo sin jamás alcanzar el papel porque siempre oigo las voces y las risas envolviéndome y amarrándome, miro la luz en las ventanas de Emperatriz, Basilio llevando y trayendo bandejas, quizá los monstruos se dispongan a bailar, mi dolor, aquí, aquí, el mordisco de los colmillos sanguinarios que no sueltan su minúscula presa, el anzuelo de Emperatriz penetrándome. Me levanto para llamar al doctor Azula por teléfono. ¿Dónde puedo encontrarlo? Es urgente. Dice la telefonista: donde la señorita Emperatriz.

—¿No te cabe?

—¿No estás viendo que no?

—Engordaste en la Rinconada.

—No es cierto. Lavé el bikini y se encogió.

—¡Cómo no vas a haber engordado pues, Miss Dolly, con todo lo que comíamos allá!

—¿Y cómo tú no? Bueno, engordé. Mejor. Así va a ser más fácil encontrar trabajo. Claro que voy a tener que aprender canciones y bailes de los que están de moda ahora, cambian tanto, aunque claro que hay clásicos, como *Babalú,* que nunca pasa de moda. Tú podías preocuparte de eso en vez de llevártelo lloriqueando por Boy, porque si no, voy a tener que mantenerte yo y te diré que en los circos de ahora no hay tanta demanda como antes por *la mujer más gorda del mundo.* Hay muchas gordas ahora, dicen que por la política nueva comen mucho y aunque yo no pueda decir que estoy mal...

—¡Te crees la Tiny Griffith!

—¡Ojalá! Quizás en los mejores días de la Rinconada. Pero tengo miedo de que ahora que nos echan de todas las pensiones porque no pagamos vaya a comenzar a fundirme.

Sentada al borde de su cama, con los anteojos puestos, Miss Dolly estaba cosiendo unas lentejuelas que se le desprendieron del sostén.

—Voy a tener que entresacar algunas lentejuelas para hacerlas alcanzar. La culpa la tiene la Emperatriz por no defendernos. Mucho nos dijo durante esos minutos en que don Humberto se demoró en ir a buscarnos la ropa, que nos prometía que iba a hacer que volviéramos en cuanto se deshiciera de don Humberto, que faltaba poco porque él estaba muy enamorado de ella y que cuando le propusiera matrimonio toda la Rinconada quedaría en sus manos y nos mandaría buscar...

—¿Cómo estará el niño?

—Yo sentiría muchísimo perderme el matrimonio de don Humberto con la Emperatriz. Me estuvo mostrando la ropa que tiene preparada. ¡Te imaginas la fiestoca!

Bostezaron los dos.

—¿Nos acostamos?

—Tenemos que esperarla.

—¿Qué hora es?

—Las once.

—Debe estar por llegar.

Esperaron, revolviendo el cuartucho mal empapelado de la pensión, oyendo los llantos de la guagua de la pieza contigua, hasta las once y media. Alguien golpeó la puerta.

—Es ella. Ábrele.

Miss Dolly se puso el kimono para dejar entrar a una vieja deformada por racimos de verrugas que le borroneaban las facciones, un monstruo repugnante de manos ásperas, de boca incierta, de ojos apretados por pólipos escamosos. Larry bajó la luz. Miss Dolly la hizo sentarse en la única silla. Ellos se sentaron en la cama para preguntarle:

—Bueno. ¿Qué dijo don Jerónimo?

La anciana tosió.

—Preferí no ir a verlo. Pensé otra cosa que quizá resultaría mucho mejor.

—¿Qué ?

—Irme yo a la Rinconada.

—¿Pero qué vamos a sacar con eso? Hay cientos, miles de monstruos, hasta hermanos siameses dicen, aunque yo nunca los vi, que esperan que los tomen en cuenta para algún empleíto. No creo que a usted, que al fin y al cabo no es más que una enferma, le vayan a hacer mucho caso...

—Puede ser. Pero yo conozco a don Humberto muy bien y sé por dónde falla. Ni siquiera voy a necesitar acercarme a las casas. Puedo esconderme en cualquier parte y echar a correr rumores... lo del estanque...

—¿Y eso de qué nos va a servir? Eso a estas horas lo debe saber todo el mundo, porque nosotros se lo contamos a Melchor.

—A través de la gente que tengo apostada en la Rinconada sé muy bien no sólo que don Humberto está enamorado de la Emperatriz, sino que la Emperatriz está perdida por don Humberto. Si llegan a casarse, los monstruos no tendrán a nadie que los dirija en contra de esa pareja siniestra, porque están enamorados, sé que todas las noches hacen el amor juntos. Él es insaciable. Es necesario deshacer esa pareja. Que ella se transforme en enemiga de don Humberto.

¡Pero si la Emperatriz *es* mi enemiga, Peta! Oigo su risa todas las noches desde mi torre, me odia, qué necesidad hay de que tú vengas a la Rinconada para propiciar un odio que ya existe, eres tú la que te quieres apoderar de

311

mí, no vengas, no eres monstruo, daré órdenes para que no te dejen entrar, y si entras, que te maten, quién va a echar de menos a una vieja vagabunda, enferma, sin identidad, que se muere en el campo, nadie, que te maten antes de que llegues aquí, nada de esto existe pero no puedo pensar en otra cosa que en estos monstruos que se ríen de mí para esclavizarme por orden de don Jerónimo y robármelo todo, Madre Benita, eso es lo que quieren, estoy sellado dentro de sus intrigas y maquinaciones que yo urdo para ahogarme como si quisiera ahogarme y no quiero que me engulla el fango que no me deja pensar en otras cosas, me desgarra la nostalgia de otros tiempos cuando tenía capacidad de pensar en otras cosas, mirar para afuera, por la ventana, luz, viento, rostros, hojas, libros, conversaciones, todo tan remoto, antes de la Rinconada, antes de que usted misma, Madre Benita, existiera aquí junto a mi cama rezando, acariciando mi mano, antes de que Jerónimo existiera, esa tarde de verano cuando buscando un poco de fresco para estudiar mis textos de Derecho me paseaba por la galería del segundo piso del Museo Antropológico mientras afuera el verano tierroso lo cubría todo con una cogulla de hastío. En mi casa era difícil estudiar. Mi padre, demasiado solícito, rabiaba si mi madre producía el menor ruido con las ollas en la cocina. Sentado frente a mí al otro lado de la mesa, él arreglaba mis textos de manera que los confundía, o ajustaba la luz sin que yo se lo pidiera, o cerraba las ventanas para que no me perturbara el ruido de la calle, que no me perturbaba absolutamente nada. Huí. Los parques: pero siempre les he tenido miedo a los parques. Las iglesias eran frescas, pero escasa la luz. El Museo Antropológico, en cambio, durante los días de semana quedaba casi desierto. Un guardia dormilón parecía un ejemplar imperfecto que no mereció ser embalsamado, cabeceando en una esquina antes de descomponerse definitivamente y que lo tiraran a la basura. La galería del segundo piso forma un gran óvalo por donde se puede caminar leguas y leguas sin la interrupción de esquinas, memorizando artículos: cuando distraigo los ojos veo desde arriba, campeando en la sala del primer piso, el esqueleto descomunal del milodón reconstituido, que nadie visita en días de semana y poca gente en días festivos. Era la paz, Madre Benita. La seguridad. Preparar mis exámenes para pasar de segundo a tercer año de Derecho, caminar ininterrumpidamente alrededor de ese óvalo, obtener una licenciatura, el primer peldaño, después el doctorado, como juez o notario adquiriría un rostro propio... todo estaba al alcance de mi mano siempre que siguiera caminando alrededor del óvalo de la galería del segundo piso. Adosadas a los muros de la galería hay vitrinas que contienen objetos de barro seco, piedras de talla tosca, cuencos horadados en trozos de madera, agujas de hueso, y en una gran vitrina como un acuario, hacinadas, revueltas, desnudas, despedazándose, en posición fetal, patas arriba, resecas, las momias atacameñas me sonríen desde detrás del cristal. Me detengo a mirarlas. Las conozco. Son mis amigas. En el reflejo del cristal de esa vitrina mi rostro calza perfectamente en el rostro de algunas momias. Sus sonrisas son mi sonrisa que sonríe ante la muerte porque voy a ser tan gran abogado que no voy a necesitar los antiguos soles del desierto para conservar mis facciones, sus sonrisas me protegen contra cualquier peligro menos contra el peligro de verlo a él, vestido de gris muy claro, de pie detrás de mí, observando las momias atacameñas sin que su rostro calce dentro de ninguna de esas sonrisas. Lo reconocí. Me habló. Le contesté. Caminamos juntos por la galería que encierra en su óvalo al milodón del primer piso. Yo estudio Leyes, ¿por qué?

Fue entonces, Madre Benita. Pude haberme salvado despeñándome al otro piso y rompiéndome la cabeza contra el pavimento. Pude haber huido, pude haberme disfrazado de araucano con las galas sombrías exhibidas en un maniquí al que podía sustituir, pero no huí. No comprendo por qué le contesté a don Jerónimo: qué le contesté. Le dije: soy escritor. Como mi memoria es excelente, poco estudio me bastaba. Y en las tardes lluviosas me iba a la Biblioteca Nacional a leer, mucho Nietzsche, mucho Hölderlin, mucho Shakespeare, mucho Goethe, pero también mucho Insúa y Vargas Vila y García Sanchiz y Villaespesa y Emilio Carrere, sí, ellos, pero también los clásicos, aunque se me note en el estilo más la huella de Insúa que la de Goethe, todos me abrían ventanas ahora selladas y asfixiantes, que después de mi respuesta a don Jerónimo esa maldita tarde de verano me encerraron en esta casa. Le dije: soy escritor. Me preguntó cómo me llamaba. Me puse colorado al responder:

—Humberto Peñaloza.

—Estaré atento a la aparición de su próximo libro.

—Me alegro de que le interese.

—Me interesa todo lo suyo...

—Gracias.

—... como si fuera mío...

—Gracias, Emperatriz.

—No tiene qué agradecerme, Humberto.

—¡Tantos favores...!

—¿Cómo conseguirle té *Lapsang-Souchong?*

Ella bajó sus párpados. Las pequitas plateadas del maquillaje azul destellaron, y al sonreír, en los pliegues de su jeta de *bull-dog,* babearon sus colmillos tenaces. El cuerpo de la enana ya no se asorochaba como al comienzo del verano: su piel lisa, sus pechos pequeños, toda ella entera tenía un color castaño bruñido del que se encargaron los ungüentos de Guerlain que, después de la escena del estanque, comenzó a aplicarse. Caminaron un poco más, muy lento, casi tocándose. Allá había un rincón. Allá la encerraría en sus brazos, a esa enana horripilante, la poseería porque la deseaba, sí, para qué engañarse, iba a hacer el amor con ella en un minuto más, en cuanto alcanzaran la sombra, porque su miembro se había erguido repentino al rozarla y los ojos gachos de Emperatriz no podían haber dejado de notarlo, deseaba a ese monstruo, a ese renacuajo con cabezota de perro que muerde y no suelta y arranca el trozo, agarrarla en sus brazos, penetrarla con su sexo, matarla de placer al ensartarla gritando con su sexo inmenso...

Sintió su pantalón mojado. Su miembro decayó. Apoyando sus codos en la mesa a ambos lados de la Olivetti, ocultó su cara en las palmas de sus manos. ¿Cómo evadirse? ¿Hacia dónde? Anularse. No desear ni ser deseado por nadie. La página metida en la máquina, en blanco. Ir a buscar a Emperatriz. Engañarla para que se le entregara.

—Emperatriz, por favor, perdone mi pretensión. Al fin y al cabo, yo no valgo nada, no soy más que un bohemio que vaga por los crepúsculos en busca de un ideal que siempre se me escapa, que mis manos solitarias jamás tocarán... Emperatriz... cásese conmigo...

La cabeza de Humberto se desmoronó sobre su máquina de escribir. Sus brazos volcaron la lámpara del escritorio. Su cuerpo fue deslizándose de la silla y quedó hecho un montón de escombros en el suelo.

★ ★ ★

Mis pies buscaron las zapatillas. Me cubrí como pude con la bata, Emperatriz, Emperatriz, Emperatriz, cruzar el prado hasta el departamento de la enana, por lo menos no morir solo aunque quién sabe si es preferible, pero no, preferible morir en los brazos de una enana repulsiva y no abandonado en una torre silenciosa destinada al ser perfecto.

Abrieron. Gracias, Madre Benita, usted siempre está en todas partes para conseguir que me abran la puerta en el momento preciso. Todos desnudos en el *boudoir* de Emperatriz, todos los monstruos que me arrastran, Melchor, Basilio, veo sus deformidades desafiantes como si no tuvieran vergüenza de ellas, no jueguen a que no tienen vergüenza, ustedes están escondidos aquí en la Rinconada donde saben que nadie va a dar vuelta la cabeza para mirarlos riéndose, están refugiados, el círculo de terror los tiene presos, no salen nunca de la Rinconada, podrían salir si quisieran, tienen permiso, pero no salen, no pueden salir, como yo tengo permiso para salir pero no puedo salir a pesar de ser normal, ven que soy normal, cómo no van a verlo si me están tendiendo en la *chaise-longue* de moaré color rosa de Emperatriz... ustedes, monstruos, tienen miedo de de salir, tenemos miedo de salir, tenemos miedo de que nos vean y por eso nos refugiamos aquí, cómo no va a tener miedo el doctor Azula de que lo vean con todo su cuerpo cubierto de escamas y sus manos de ave de rapiña que me tocan, me hurgan, me examinan, mientras Emperatriz me saca la bata, me deja en piyama, me palpa la frente y me va a seguir palpando y con ese contacto de la enana no puedo contenerme más, me abro entero y me cago y mi mierda líquida y fétida y negra cae manchando el moaré, el Aubusson, los *petits meubles,* los velos del cortinaje, los monstruos desnudos se cubren la cara con pañuelos blancos, se tapan las narices, huyen, no me soportan, soy demasiado asqueroso, el doctor Azula opina que debo llevar varios días desangrándome, esto es muy grave, hay que operar, no se puede operar porque estoy demasiado débil, he perdido demasiada sangre, me abre el párpado, blanco, necesario el examen de sangre, tomar presión, tráiganme mis aparatos, baja y baja y baja y baja la presión de la sangre, los monstruos se tapan las narices asqueados de mi persona pero la curiosidad los clava cerca, se cubren la cara con pañuelos porque sigo cagándome, transfusiones de sangre, dice Azula, no puedo temer nada en manos del doctor Azula. Quién quiere donar sangre para don Humberto, yo, yo, yo, yo, todos quieren donar su sangre monstruosa como si desearan deshacerse de ella, se han vestido de blanco para disimular que los sorprendí en una orgía, desnudos pero vestidos de blanco, disfrazados de enfermeros con delantales y con mascarillas que no ocultan sus monstruosidades, tú eres Melisa, te reconozco por las gafas negras, tú Basilio, cómo confundirte, y tú Emperatriz y tú Azula y tú Mateo y hasta la telefonista de orejas de alas de murciélago ha abandonado el conmutador para vestirse también de blanco y presenciar lo que haya que presenciar, miembros de una orden misteriosa, monjes de dominós blancos para un baile de fantasía en que la careta no es de rigor porque cada cual tiene la propia, y los monstruos ataviados con dominós blancos y caretas fantásticas manejan termómetros, sondas, inyecciones, lavativas y rayos equis, un frasco de suero va vaciándose lentamente dentro de mí desde lo alto. Una bolsa roja me llena la vena del otro brazo con sangre de monstruo y siento cómo la sangre poderosa de Basilio va escurriéndose dentro de mí y crecen mis brazos y se me abulta la mandíbula, me están monstruificando, la sangre de la Berta me inutiliza las piernas que ya sólo podré arrastrar decorativamente como la cola de un lagarto, y con sus monstruosidades específicas e individuales anuladas por sus dominós blancos ya no distingo quién es quién, no importa porque distingo las sangres que me van penetrando como si tuvieran sabores distintos que reconozco, la sangre de Emperatriz me encoge, la de Boy me produce una joroba, la de Melchor me llena de grumos colorados formando una especie de mármol al revenirse en la blancura de la sangre que me dio Melisa, he perdido mi forma, no tengo límites definidos, soy fluctuante, cambiante, como visto a través de agua en movimiento que me deforma hasta que yo ya no soy yo, soy este vago crepúsculo de conciencia poblado de figuras blancas que vienen y me pinchan la vena, cuántos glóbulos rojos, ya casi no le quedan, me inyectan, esto es para que no sienta dolor, pero si no siento dolor, ustedes me están inventando esta enfermedad, para qué quieren convencerme de que estoy grave si no siento dolor, vienen y me toman la temperatura, vienen y me toman la presión, mueven la cabeza, mal, esto va mal, va perdiendo demasiada sangre, habrá que ponerle otra unidad más de sangre, de quién será, atento, trato de descifrar lo que contiene esa sangre, qué monstruosidad ajena se va incorporando a mi ser, qué sangre opulenta se va sumando a mi sangre insignificante, de quién es este calor desconocido que gota a gota va penetrándome con la intención de salvar mi vida. ¿Pero salvarme para qué? ¿Qué designios perversos tienen estos monstruos disfrazados con sus galantes dominós dieciochescos de los que asoman sólo las caretas fenomenales? Alguien murmura: «De aquí no sale más.» ¡Déjenme salir, no quiero morir asfixiado entre estas paredes de adobe que se descascaran, ustedes no son más que manchas de humedad en el barro, déjenme salir! Por lo menos cruzar la línea imperceptible que separa la penumbra de la oscuridad. Ni lo notaría. Estoy al borde. Pero no, no me dejan cruzar a la oscuridad donde ninguna zozobra existe, me quieren mantener a este lado, en la penumbra donde los objetos no tienen borde y las cosas apenas se desplazan, la telefonista insiste en darme su sangre que no quiero, aprieto mis orejas, las aplasto para que no crezcan, rajo el cartílago, no sale sangre, claro, si no tengo, crecen mis orejas a pesar mío, sin lóbulo, como grandes paraguas que lo oyen todo, me quieren salvar con su sangre, ardo con la sangre roja de Melchor, me disuelvo en el hielo de la sangre de Melisa, no jueguen más conmigo, es un juego, no lo nieguen, déjenme cruzar la línea, más allá nada se mueve, nada se ve, morir en paz, no me pinchen otra vez. Doctor Azula, no, no puedo resistir esa sonda que me mete por la nariz hasta el estómago, esa jeringa que extrae litros y más litros de sangre mía, de Humberto Peñaloza cuando era Humberto Peñaloza, sangre de antes que me metieran sangre de monstruo en las venas, cuando yo era yo y no un fenómeno fluctuante, Crisóforo Azula me odia y me tiene celos porque sabe que Emperatriz está enamorada de mí, robándome sangre para sustituirla por la de los monstruos que yo no quiero, me tienen clavado a esta cama mientras afuera de la puerta de mi cuarto los monstruos clamorosos esperan mi sangre que será vieja pero por lo menos es sangre normal que ellos beben, no se inyectan, piden a gritos mi sangre, más sangre de Humberto Peñaloza, más sangre de Humberto Peñaloza, oigo el clamor de la multitud sedienta que se agolpa a mi puerta, yo no puedo moverme porque me tienen inmovilizado con estas sondas que duelen, por las visitas constantes de los monstruos disfrazados con sus dominós y sus caretas galantes que intercambian, me preguntan cómo me siento, muy preocupados me dicen que no me preocupe, que todo andará bien, que son cosas de rutina, no, nadie ha preguntado por mi salud, estos médicos y enfermeras dicen que no saben cómo me llamo, me preguntan, traen fichas para llenarlas con informaciones que saben de memoria pero dicen que no, dicen que me encontraron tirado en un charco de mierda sanguinolenta y que cómo van a saber cómo me llamo, me están quitando la identidad, hasta eso me están robando, Humberto Peñaloza, Humberto Peñaloza, Humberto Peñaloza, les grito mi nombre pero mi voz no se oye y mueven la cabeza compadeciéndome, pobre, pobrecito, y guardan sus fichas en que se han negado a escribir mi nombre. Madre Benita, se están burlando de mí porque se dan cuenta de que estoy tan débil que hasta me he olvidado de cómo me llamo, soy incapaz de identificarme, ayúdeme usted que es piadosa y compasiva, aunque no quiero saber quién soy, además ya no soy quien fui si es que alguna vez fui alguien, no se vaya, Madre Benita, no me suelte la mano, no me deje morirme solo, no sé cómo la han dejado entrar hasta aquí. No. Váyase. Usted no es la Madre Benita. Es sólo alguien que se disfrazó de la Madre Benita. Váyase. Aquí no soy un desconocido, puedo llamar a Emperatriz en el momento que se me antoje, ella no sólo me quiere como la Madre Benita sino que me desea y me ama y quiere casarse conmigo y yo le prometí casarme con ella porque yo también la amo, puedo llamarla para que se venga a sentar al lado de mi cama y con un algodón perfumado con colonia me quite el sudor de la frente y me tome la mano y la acaricie dulcemente diciéndome que no me preocupe, que no tema, que ella está velando por mí, que todos los monstruos de la Rinconada están desolados con mi tragedia, donando litros y litros de sangre, gordas gigantescas, larguiruchos, hermanos siameses, acromegálicos, jorobados, albinas, enanos de todas las variedades imaginables, toda esta sangre está ahora fluyendo en mis venas mientras el doctor Azula me saca y me saca mi vieja sangre mezquina por la sonda que me tiene metida por la nariz y me dice no tema, está bien, es sangre vieja, le estamos limpiando el estómago, pero yo sé que no. Es robo. Sé que esa sangre mía es buena.

Es negra sólo porque está concentrada y la van a guardar en frascos rotulados con un nombre que ellos saben pero que se ha borrado de mi memoria, Madre Benita, soy esta colección de monstruos que me han traspasado deformidades para adueñarse de mi sangre insignificante.

17

¿Estoy sordo además de mudo? ¿Y además de casi ciego, porque apenas logro distinguir bultos y reverberaciones blancas que pueden ser inciertamente sillas, armarios, lavatorios, personajes, cortinas que aparecen y desaparecen y cambian de lugar y se velan y se apagan y se pasean sin dar explicación y después, en medio del paseo, se extinguen, se borran? No oigo sus pasos. Ningún ruido. Todo está hecho de algodón y gasa y el algodón no tiene contorno, es blando, uno puede escarmenarlo, puedo hincar mis dedos en ese bulto de algodón que es una persona, médico, enfermera, lo que sea, o apretar con mis brazos este fardo de algodón difuso colgado en la pared, que simula luz disolvente. Yo también soy de algodón. Con mis manos recorro mi cuerpo. No siento su forma ni su consistencia porque es de algodón y mis dedos son de algodón y el algodón no puede explorar ni sentir ni reconocer, sólo puede continuar siendo blando, blanco, a veces la sugerencia de un rostro solícito que se inclina sobre mí, la careta abre la boca para decir algo que no oigo, y la materia blanca, blanda, vuelve a tragar ese bosquejo de persona que se acerca a mi cama, porque estoy en una cama, lo único que no es de algodón son los cuatro barrotes blancos al pie de mi cama, donde cuelga el gráfico con mi nombre que el médico toma para estudiar, que comenta con la enfermera blanca. Hundo la cabeza en el algodón de la almohada.

—Se va a dormir.

—Mejor.

—Así no sentirá nada.

¿Qué es lo que no debo sentir? Otras enfermeras se acercan, los rostros cubiertos con sus mascarillas de gasa, ahora no puedo ni siquiera ver sus caretas, cuchichean, alisan mis sábanas, mueven la bolsa de sangre remota, cerca del techo blanco, consultan el gráfico, me meten el termómetro en la boca, cuchichean, sonríen, siempre sonríen, sonríen demasiado cuando no hay por qué sonreír, y una me da palmaditas suaves en la mano, como a un niño muy bueno:

—Duérmase.

Eso es lo que quieren. Pero no me voy a dormir. Esa sangre que se escurre por el tubo hasta mi vena me permite aferrarme de algo negro, rojo, para resistir este blanco sueño que me enfunda, y así escuchar retazos del diálogo de esos seres embozados que cuchichean que don Jerónimo mandó decir que no se escatimasen gastos ni esfuerzos para operarme y atenderme, que me han extirpado el ochenta por ciento y me han dejado el veinte y que ha sido todo muy grave, la muerte rondando.

Las manos que levantan mi ropa de cama, que me obligan a ponerme de lado, que me bajan el pantalón áspero del piyama son ásperas de repente y áspera la aguja enemiga que me penetra, y áspero el líquido que deja en mi nalga, y áspera y dura mi vigilia que apenas roza el sueño. Está sentada junto a mi cama acomodando jeringas y agujas con un estrépito insoportable en el riñón de fierro enlozado blanco con su fino ribete azul. ¿Por qué no lo hace con más cuidado y silencio si don Jerónimo mandó que me cuiden? La miro con la intención de repetírselo, pero me callo porque la reconozco. Es ella. Pese a su mascarilla blanca alzada sobre coturnos, disimulada por la toca, es ella vigilándome, ella que mueve la bolsa de sangre y abre la válvula un poco, más, más, mucho, y me enciendo, me pongo rojo, ardo y no puedo soportar el calor y el fuego y el dolor de todas mis heridas porque tengo heridas que me duelen no sé dónde, pero que me van a matar de dolor porque esa sangre que sale de la bolsa está saliendo de golpe, me enardece, todo, todo rojo, rajado por garras, partido por colmillos, descuartizado en una mesa de operaciones, el cuchillo extirpándome tres cuartas partes, el ardor que cauteriza, la sangre que mana y yo la absorbo, yo centuplicado y rojo y el dolor centuplicado y rojo, yo rajado por uñas y cuchillos y dientes... cae demasiado rápido la sangre, cortarla un poco más, más, y me comienzo a entibiar, a enfriar, a helar, soy este trozo de hielo que gotea y gotea, gotea mi nariz y gotean mis manos y mis pies, un trozo de hielo que se está disolviendo y no queda nada. Y vienen enfermeras que me destapan, conversan sin temor a molestarme, me desnudan con expresión de asco porque estoy sucio y a medida que pasan las horas me pongo más hediondo y más sucio y a ellas les da asco lavarme aunque están acostumbradas a estas cosas, soy yo que les produzco repugnancia, el piyama limpio que me ponen es tosco, escogieron el más viejo y parchado, me bandean entre cuatro enfermeras para cambiarme la sábana de abajo mientras hablan a gritos de Pedro Pérez que compró auto y salió de paseo con Fernando Fernández que fue despedido de su trabajo por llegar tarde pero le dijo a Gonzalo González que no tenían derecho a hacerlo y llaman a gritos a otra enfermera que se está riendo afuera de mi puerta para que pida a la farmacia otro frasco de suero, ya no son silenciosas, ya no me respetan, no me tratan como enfermo recomendado por don Jerónimo, sino como su prisionero, yo creo que se ríen de mí porque saben que me ha hecho extirpar el ochenta por ciento y no se puede respetar a nadie a quien le hayan extirpado el ochenta por ciento... agua, agua, creo que digo agua, agua, pero debo haber dicho otra cosa porque mueven la cabeza negándomela y a nadie se le puede negar un vaso de agua aunque le hayan extirpado el ochenta por ciento. Algo muy definido dio vuelta a todas las enfermeras en contra de mí, me van a hacer sufrir, para eso están, los cuatro barrotes del pie de la cama no son los barrotes del pie de la cama sino los barrotes de fierro de la ventana, me tienen prisionero en este cuarto donde todas las enfermeras y todos los médicos me odian, prueba de ello es que me niegan alimento y agua que no se le puede negar a nadie, y bajo sus mascarillas de gasa arriscan la nariz por el olor fétido que despido. Aunque no despida olor fétido me tienen asco porque yo soy yo, que por fin caí en manos de don Jerónimo, el complot se fraguó y tomó forma y lo creí todo, caí en la trampa, piqué el anzuelo, hace mucho tiempo que él tramó lo que vino a culminar en esto: tenerme amarrado a una cama en una celda con barrotes, dopado, incapaz de moverme, atado a sondas y tubos de goma que me entran por la nariz, y sangre de monstruo que necesito para no desvanecerme, prisionero en este pequeño cuarto blanco, frente a esta ventana por la que veo una calle, unas casas, una estación de servicio, alguien que pasa por la acera de enfrente, un mecánico de overol azul que se encuclilla para revisar el aire en los neumáticos de un auto, el primer auto de la mañana porque es muy temprano y las enfermeras del nuevo turno me despertaron con sus risotadas en el pasillo, con sus telefonazos, sí, don Jerónimo, despertó recién, le acabamos de poner otra inyección, no fallará nada, no se preocupe, déjelo en nuestras manos, todas las intenciones que usted ha venido combinando tan laboriosamente durante tantos años se realizarán, él tiene la culpa, debe pagar las consecuencias de su osadía cuando esa tarde en el Museo Antropológico le dijo que era alguien, escritor, bueno entonces, que escriba, pero no escribe nada, se lo lleva hablando de lo que va a escribir, una biografía suya, una biografía de la beata familiar, una novela, un ensayo filosófico, cambia todos los días o siempre es lo mismo bajo formas distintas, no se decide, no puede comenzar, cada vez que se sienta a la máquina termina con la página en blanco metida en la Olivetti, y si recuerda bien, don Jerónimo, nos atrevemos a insistir en que este individuo no le dijo que *quería llegar a ser escritor*, que en un muchacho como era él entonces hubiera sido emocionante y comprensible, sino que le dijo que *era* escritor, como si se naciera escritor, claro, ustedes que son enfermeras y tienen que hacer un curso difícil y costoso para llegar a serlo no pueden comprender que al decir que yo era escritor yo no mentía, *era* escritor al sentir que esa figura es más digna de la imaginación que de la realidad. Tomé el compromiso. Dije en voz alta lo que jamás le había dicho a nadie:

—Soy escritor.

Tomé ese compromiso con usted, don Jerónimo. Ya no podíamos separarnos, me até a la Rinconada, a Inés, a la Peta, a usted, a la Casa, a la Madre Benita, a estas figuras blancas del baile que Emperatriz dio hace años: «En el Hospital.» Este mandato sustituyó la débil exigencia de mi padre, Doctor en Derecho, hijo, eso vale la pena, si llegas a ser eso serás alguien, y yo no le contaba nada a mi padre y casi no me lo confesaba a mí mismo que escribía versos por la noche, velas para que nadie lo sospechara en nuestras casas siempre distintas, siempre iguales, siempre pequeñas, con un balcón para que mi hermana se sentara a urdir su sueño de poseer un piano cubierto con un mantón de Manila. A veces le decía en la noche a mi padre:

—Tengo que salir a una reunión del Partido.

Él me anudaba el lazo de la corbata. Al llegar a la esquina me deshacía el nudo. Me iba al bar Hércules y me sentaba en la mesa del rincón a completar mi libro. La Rosita me servía un sándwich, una caña de tinto:

—Si no tiene ahora, después paga.

Yo esperaba hasta que cerraran. La acompañaba a su casa: me llamo Zoila Blanca Rosa López Arriagada, me dijo, ruborizándose al darse cuenta de que me pareció una cursilada, pero me duró poco la risa, vencida por su ternura cuando me confesó que al nacer después de cuatro hermanos hombres, su padre la vio tan linda, tan blanca, tan rosa, que en la pila bautismal le dio ese nombre: Zoila Blanca Rosa. Yo le acariciaba el revés de los brazos, un poco la rosa rosa y le prestaba una bufanda porque era otoño y caían las hojas de los plátanos, y de pronto todo era grave, de una seriedad conmovedora, aunque comprendía que era una ridiculez llamarse Zoila Blanca Rosa. Sí, ridículo pero serio: esa cursilería era lo mío, no necesitaba saltos ni puentes para darme cuenta de que eran lo mío mis nuevos compinches de la universidad, esos poetas tísicos que se reunían en el bar Hércules, los zapatos mojados moteados por el aserrín del suelo, jugando dominó con algún gorra colorada de la estación vecina, anarquistas algunos, decadentes otros, pobres todos, adiós a los textos, yo ya había vendido los míos para comprar tabaco, nada de partido tradicional ni de corbatas ni de apellidos decorativos, mis amigos mal afeitados casi nunca iban a clase, se reunían en el Hércules más que nada para reírse de los profesores, para abrir un cajón que una nostálgica madre campesina mandó desde el sur porque habían matado el chancho para que el niño comiera prietas y arrollado y perniles con sus amigos, era tan poca la plata que le podían mandar para sus estudios que por lo menos ese cajón perfumado de ají y cilantro y ajo lo ayudaría a pasar los fríos del invierno, café para mantenerse despierto, las puntas de los nervios afiladas, amigos, compinches, hediondos a vino tomado con las chalinas enrolladas en el cogote porque hacía frío en el Hércules y en las pensiones en que vivían y en las calles que recorrían a pie, mojados por la lluvia, la suela de un zapato gastada, un hoyo tapado por dentro con cartón, pero a pie porque hay que ahorrar los centavos del pasaje en tranvía para la caña de tinto que convidarle al amigo, vender los textos de estudio, empeñar el reloj, qué sacas con escribir, Humberto, si no tienes ni un peso para publicar y para que un editor te publique necesitas influencia, un nombre y tú no tienes nombre, desgano por el estudio y por Nietzsche del que ya ni siquiera hablamos porque ésas son cosas de los burguesitos de primer y segundo año y de los pijes de polainas de gamuza. Luis tose, hasta que tose demasiado y se lo llevan y no se sabe nunca nada más de él.

—Se debe haber muerto.

—Suerte, morirse joven.

—Convídame otra caña, Rosita. El lunes te pago.

—¿Cómo vas a publicar, entonces, Humberto?

Por suscripciones, claro. Hablé con el impresor. Una cuota inicial bastaba. Después, a medida que vendiera más ejemplares pagaría el resto, pero la cuota inicial era necesaria. Entonces le escribí a usted, recordándole nuestro encuentro en el Museo Antropológico, ofreciéndole mi libro escrito pero no publicado aún por carecer de fondos para esa cuota inicial. En la posta restante del correo encontré varios días después su cordialísima carta acompañando un cheque que suscribía no uno sino cien ejemplares de la tirada de quinientos. Llevé mi manuscrito y el dinero donde el impresor.

Y cuando apareció por primera vez mi nombre que ya no recuerdo, pero que sé que está escrito en el gráfico a los pies de mi cama que los dominós blancos a veces consultan

mientras mueven la cabeza, y que usted no sabe, Madre
Benita, porque para usted no soy más que el Mudito que
barre y limpia y recibe propinas y arregla cañerías y clausura ventanas, mi padre lloró de orgullo. «Un talento incipiente que apenas se atreve a salir de su crisálida, pero con
promesas de frutos de alta sensibilidad artística, de senti-
miento refinado bordeando en lo enfermizo, que se rego-
dea con el lujo de las imágenes a veces decadentes, pero
un nombre que no se debe olvidar porque, aunque nuevo,
ya ha dejado su huella, imprimiéndose por la delicadeza
de su sensibilidad artística en nuestra literatura: Humberto Peñaloza.» Así me llamo, Madre: Humberto Peñaloza.
Sabía que no iba a olvidar mi nombre para siempre, que
nadie me lo iba a robar porque para qué iban a querer
un nombre tan feo estas enfermeras vestidas de blanco,
estas figuras de algodón. Mi padre no sabía... cómo iba a
adivinar estas aficiones mías, por qué se las había ocultado,
él hubiera comprendido, la profesión de las letras puede,
también, encumbrar a los hombres. Mi nombre escrito así,
con grandes letras encabezando el artículo de la página
literaria dominical en el diario más importante le daba un
nombre a la familia, que lo leyera, ahí en ese artículo del
diario aparecía muy claro, Humberto Peñaloza, que también era el nombre de él, y pidiéndole la tijera a mi madre
la hincó con crueldad en el papel para recortar ese artículo.
Le dije que fue usted, don Jerónimo, el que suscribió tan
espléndidamente cien ejemplares de la primera tirada para
hacer posible la existencia de mi librito de ciento ochenta
páginas, de feo lomo verdoso.

—¡Don Jerónimo de Azcoitía! ¿Cómo diablos lo conociste?

—Es asunto mío.

Se quedó mirándome confuso antes de preguntarme:

—¿Le hiciste una visita para agradecerle?

—No.

—Esto es el colmo. Vístete inmediatamente... tu traje oscuro, tu mejor camisa... si no está lista, que tu mamá te la planche. Vas a ir a verlo. ¿Cómo es posible tu falta de cortesía? Que un hijo mío, que lleva mi nombre...

La primera vez que se atrevía a hablar de su nombre.

—... que lleva mi nombre se porte como un roto mal agradecido...

Le grité me estoy muriendo de dolor al estómago desde que usted me pinchó con las tijeras para robarme mi triunfo. Que mi hermana estúpida se deje de pegar en su álbum los recortes de los artículos que me nombran, decorando el contorno de cada artículo con guirnaldas de flores y palomas, devuélveme ese álbum para quemarlo, si quiere saber la verdad ya no pertenezco al Partido, me emborracho casi todas las noches en las cantinas con amigos que de veras se alegran con mi triunfo que no es triunfo sino apenas un pequeño éxito y ellos lo saben y lo aprecian en forma justa ni más ni menos de lo que es, ya no voy a la Escuela, no pienso ser abogado ni notario, no quiero ser nadie, déjeme tranquilo, no me robe lo poco que tengo que es mío, mi libro... no llevarás dote a tu matrimonio, hija, le decía a mi hermana, pero tu marido se enorgullecerá de esto que le puedes dar: el libro de recortes que repite y repite que tu hermano existe, que es alguien, que tiene un nombre.

—No puedes dejar mal mi nombre.

—¡Desde cuándo tiene nombre usted!

Salí dando un portazo y no volví nunca más. La noche que usted apareció en el bar Hércules a buscarme, don Jerónimo, hacía meses que estaba viviendo con la Rosita en un cuartucho hediondo a limpieza encima de una lavandería. Con su cuerpo fresco y menudo, pero siempre abrigador, enroscado al mío en la noche, mi padre y sus exigencias se hicieron inconsistentes, hasta que los calambres de mi estómago fueron desapareciendo. Ella no me preguntaba sobre lo que escribía. Tampoco los gorracoloradas de la estación con quienes jugaba dominó. Mis compinches universitarios se fueron dispersando hacia otras tertulias en otros bares, pero yo me quedé en éste, me acomodaba porque la Rosita me sonreía desde detrás de la máquina para hacer café... no los echaba de menos, el poeta tísico murió como debía morir, en un tugurio, Manolo se consiguió un puesto en la Caja de Empleados Particulares, suche, viejo, que le voy a hacer, ya estoy cansado de tener hambre y que mi mamá me diga no tenemos nada, nada, nada, Nicanor regresó a su provincia lluviosa a casarse con una novia de la niñez aprobada por sus padres porque tenían la posesión junto a la de ellos, tierras minúsculas que al juntarse quizás... pero Nicanor jamás nos había hablado de esta novia secreta, y yo jugaba dominó tranquilo hasta que lo vi aparecer a usted en la puerta. Avanzó hasta el mostrador para preguntarle a la Rosita si yo estaba. Me señalaste con tu dedo inocente allá en el fondo de la sala junto a la salamandra que calentaba muy poco, y usted me miró por encima del hacinamiento de parroquianos oliscos bajo la luz amarillenta, tú, Rosita, me señalaste para entregarme a don Jerónimo, amarrado de pies y manos, incapaz de resistir. Sentí el dolor aquí, en un sitio que ahora está cubierto por capas de algodón y gasa y tela emplástica y fue aumentando y haciéndose más agudo y más agudo mientras usted se acercaba a mí entre las mesas repletas. Con los codos apoyados en el mármol a ambos lados de mis cartas trataba de concentrarme en mi próxima jugada, pero el tijeretazo me cortó la respiración, usted detrás de mí, silencioso... cómo habría averiguado dónde encontrarme, quizás haya ido a casa de mi padre, quizá mi padre zalamero y servil lo haya hecho pasar a nuestra salita conmovedora, esa mesa coja, esa carpeta bordada por mi hermana, quizá le haya mostrado el álbum, presentándole a mi madre discreta, incrédula, solapadamente irónica...

—Chancho tres.

La mano de don Jerónimo colocó la carta. Me levanté para encararlo:

—¿Qué te venís a meter, futre de mierda?

Usted se rió. No, primero sólo sonrió.

—¿No me reconoce?

Las conversaciones de las otras mesas bajaron de tono. El patrón y la Rosita nos miraban entre los embutidos colgados y el humo. Alguien murmuró:

—Va a haber rosca.

Fue entonces que usted se rió de veras al decir:

—No, no va a haber rosca.

Y dando media vuelta salió entre las mesas. Mi contrincante, que se quedó observando lo que sucedía a mi espalda, me dijo que el futre se había parado un minuto antes de irse, para escribir algo y entregárselo a la Rosita. Gané la partida.

—Me voy yendo.

—¿Tan temprano, esta noche?

—La revancha mañana.

Yo ya sabía que no iba a haber mañana. Me enrollé la chalina al cogote. Me acerqué al mostrador para decirle a la Rosita:

—Me voy.

—¿Adónde...?

—No me siento bien, la guata...

Iba saliendo cuando ella me llamó:

—Oye.

—¿Qué?

—El pije te espera mañana a las diez en su casa. Su tarjeta con su dirección. La rompí.

—Que se vaya a la mierda.

Claro, no necesitaba su dirección, conocía la fachada amarilla de su casa frente a los árboles del parque, de modo que romper su tarjeta no fue más que un gesto decorativo para que la Rosita no se diera cuenta de que después de esa noche yo no iba a dormir apretado a su carne.

18

Todo, desde el principio, desde el Hércules, no, desde antes, desde esa tarde en el Museo Antropológico o antes aun, cuando su guante me rozó el brazo en la calle, todo ha sido urdido cuidadosamente, paso a paso, con infinita paciencia, encerrándome en su confianza cuando entré a su servicio, haciéndome testigo de su amor para aprisionarme, Inés la carnaza para que picara el anzuelo, la supremacía en el mundo de los monstruos donde yo lo debía encarnar con mi carne mezquina y ser el padre de su hijo, la tentación final, el anzuelo más fino, piqué, el anzuelo me atravesó y no puedo librarme, atado a una cama que de pronto arde y de pronto hiela, inyección tras inyección que no me dejan pensar porque no lo niegue que están destinadas a eso, a arrebatarme la luz y hundirme en esta penumbra que no es ni vida ni muerte, bolsa tras bolsa de sangre que me impide morir pero tampoco me deja juntar las migas dispersas que quedan de mi conciencia, para qué, don Jerónimo, para qué, no es para transformarme en imbunche que para eso me quieren las viejitas benignas entre las que vivo porque eso sería la paz total, todo cosido en vez de todo abierto en tajos precisos por el cuchillo del doctor Azula, cosido escuchando sus pasos titubeantes afuera, no, ellas no quieren tajearme, ellas vienen a coserme porque son buenas, por la ventana las veo pasearse en la calle esperándome en la esquina de la estación de servicio, parece que es la Dora la que me está sonriendo desde la ventana de enfrente, por qué no las deja entrar a verme, todas las clínicas tienen horas de visita pero ésta no porque no es clínica sino encierro blanco, y por eso las viejitas buenas de las cuales yo soy una me esperan en el cuadrado de mi ventana para darme paz, para recogerme, envolverme en un paquete para que no tenga frío, para eso trajeron sus sacos que ya tienen listos, nada quieren de mí, tienen paciencia, esperan sin prisa porque el tiempo de las viejas es interminable, van sustituyéndose unas a otras, no, no tenemos apuro, podemos esperar a que se vacíe la bolsa de sangre en la vena del pobre Mudito.

Afuera hace frío. Corre un viento helado que sé que no volveré a sentir nunca más, como no volveré a sentir agua en mi boca porque se niegan a dármela, como si el agua le hiciera mal a alguien... no veo viento, no hay banderas ni estandartes ni árboles ni distingo las ropas de los transeúntes, en realidad parece que no hay transeúntes, ni autos, nada se mueve en este paisaje de ciudad en que uno adivina el frío del invierno. Me tendrán para siempre aquí en este conservatorio demasiado caliente.

Cierro los ojos para alejar la nostalgia desoladora de la calle. Detrás de mis párpados se proyecta la certeza: *Te quieren conservar vivo aquí sin dejarte salir nunca más para robarte todos tus órganos, ya ves, te sacan el ochenta por ciento...* ¡Claro! Eso es lo que van a hacer. Lo que están haciendo. Abro los ojos: nada se ha movido en el cuadrado de mi ventana. Trato de incorporarme. No puedo. Quién sabe cuánto tiempo me tienen amarrado en esta cama, hundido en este crepúsculo. ¡Claro! Comenzaron por sustituir mi sangre: vi con mis propios ojos al doctor Azula sacar jeringa tras jeringa de sangre de mi estómago y entregársela a la multitud clamorosa que espera mi sangre buena, y con ella se apaciguan durante unos instantes. Se disponen a seguir con lo demás: me irán extirpando órganos sanos para ponérselos a los monstruos en vez de sus órganos defectuosos, anoche sentí el serrucho que me cortaba los pies, cómo trazaron un círculo rojo alrededor de mi tobillo derecho, y después, del izquierdo. Y esta mañana amanecí con los pies enormes, con membranas amarillas entre los dedos, pies palmados, sospecho que también hicieron lo mismo con mis manos, no quiero vérmelas, me las robaron y las han sustituido por estas manos palmadas ajenas que no quiero ver y que por eso oculto debajo de la sábana para no ver las membranas repugnantes que unen mis dedos enmarañados en telarañas espesas de carne de monstruo. Debe haber una lista de prioridades que Emperatriz irá controlando. No ha venido, Emperatriz, debe estar muy ocupada en su escritorio de recepción, tocada con su gorra blanca perfectamente almidonada, apaciguando la avidez de los monstruos por apoderarse de mis órganos, hay que ir por orden, primero los monstruos de primera, después los de segunda, dígame cómo se llama, qué quiere, una cara entera nueva para suplantar su cara de facciones deformes, es lo más difícil porque hay muchos pedidos de cara, todos quieren caras nuevas y hay pocas, se demora más el proceso, es más lento y delicado, una cara es más importante que un pie, digamos.

Y luego mi piel, me desollarán para cubrir con mi piel el cuerpo albino de Melisa, y despertaré después de quién sabe cuántos días de adormecimiento transformado en un ánima blanca con un par de anteojos negros... y mi nariz, y mis riñones, y mis brazos, y mi estómago, no, eso ya me lo sacaron, por lo menos el ochenta por ciento, hígado, pulmones, todo sano para los monstruos clamorosos que hacen cola frente al escritorio de Emperatriz implacable, minuciosa, consciente de las precedencias y necesidades, anotando una cruz, un punto, si es rojo significa urgencia, la antesala llena de monstruos ávidos de mi insignificancia, de gigantes que quieren mi estatura, de manchados que codician mi piel lívida, de madres normales que traen hijos deformes para que yo les dé algo, cualquier cosa sana con tal de sanar a este pobre hijo monstruo que tengo, hijos normales que traen a padres deformes para ver si a su edad es posible hacer algo por borrar la vergüenza, cargándome a mí con sus órganos defectuosos que van conformando un nuevo yo que nunca terminará de formarse, suma de todas las monstruosidades, pero en el que yo quedaré condenado a seguir reconociéndome, en ese infierno fluctuante de lo enfermo y de lo deforme y de lo risible y de lo erróneo que seré yo, mientras mis órganos sanos injertados en los que fueron monstruos irán sanándolos, despojándolos de su monstruosidad hasta que queden transformados en seres perfectamente insignificantes como yo mientras a mí me tienen amarrado a esta cama, mirando el cuadrado de esa ventana sellada nada más, esperando a que me adormezcan otra vez para robarme otro riñón, una oreja, las uñas para sustituirlas por garras, todos los monstruos quedarán sanos en la Rinconada, todos normales, insignificantes, libres, comunes y corrientes para que inicien vidas comunes y corrientes en la ciudad o en el campo, tengan vecinos, hagan amistades, y yo, aquí dentro, encerrado en ellos...

Pero no puede ser. Tiene que ser de otro modo. Otra cosa. Al fin y al cabo, yo soy un ser limitado. Sólo tengo dos pulmones, una nariz, dos orejas, treinta y dos dientes, dos manos, dos pies... cuando desperté, no sé a qué hora del día o de la noche porque nada, ni la luz ni la sombra, ha variado en mi ventana, me di cuenta de una cosa muy extraña: que mis pies y mis manos ya no estaban palmados, que al injertármelos a mí los miembros y los órganos defectuosos de los monstruos adquieren, otra vez, formas normales. Por eso me adormecen. Dormido, siento cómo el bisturí del doctor Azula me corta, cómo me serruchan huesos, cómo rajan, cómo cosen, tajean, desprenden, arrancan trozos de mi cuerpo que no eran de mi cuerpo pero que al injertarlos en mi cuerpo recobran la normalidad, duermo, pero lo siento, por eso me tienen encerrado aquí y jamás voy a salir porque soy vivero de órganos y fábrica de miembros sanos, por eso no me deja morir don Jerónimo, por eso ha montado esta fábrica en que sólo trabajo yo, sólo mi cuerpo produce. Para que no me dé cuenta de este abuso me mantiene una conciencia crepuscular, desinflado pero con algo de aire, muy poco, suficiente para que no muera completamente, y con este intercambio de órganos mi tiempo se irá alargando y alargando de modo que como nunca más seré una persona, sólo un terreno de cultivo para trozos de otras personas, jamás moriré, prolongaré mi crepúsculo para siempre sin que nada suceda salvo el adormecimiento periódico, el desangramiento consecutivo obviado por la sangre de los monstruos siempre deseosos de donar lo que tienen de más, nada sucede, todo es igual, es diminuta la diferencia entre el sueño y la vigilia, no, don Jerónimo no me dejará morir, quiere que se ceben en mí todos los monstruos del mundo y desaparezcan de la faz de la tierra dejándome a mí cargado con sus monstruosidades. En los pasillos y patios afuera de mi puerta oigo el clamor: una oreja para mí, el dedo pulgar del pie derecho, no, tiene que ser del derecho y no del izquierdo, bueno, entonces tiene que esperar porque el pulgar del pie derecho está pedido... cuatro turnos, quién sabe cuánto tiempo, a veces los pulgares se demoran mucho en volver a crecer, un párpado, un trozo de piel, un dedo para la mano monstruosa que nació con cuatro, después me crecerá otro y me volverán a sacar dedos y a ponerme otros, y a sacarme la nariz y a ponerme otra... se va extendiendo el tiempo al que soy ajeno, nada cambia, nada se mueve en la calle que mi ventana enmarca, ni de día ni de noche, ni frío ni calor, esta sustitución eterna de órganos que me renuevan, sin derecho a la muerte, el tiempo estático y elástico, las cosas idénticas, ni agua ni no agua, todo blanco, todo en penumbra, voces apagadas, el reloj sin punteros, el corazón que no palpita, la falta de hambre a las horas del hambre y a cualquier hora porque no tengo estómago, me lo robaron, ochenta por ciento y a veces más, el tiempo no transcurre en esta penumbra que me niega el derecho al orgasmo del fin.

Creen que duermo. Hablan en voces muy bajas. El doctor Azula examina el gráfico. ¿Mi fiebre? ¿Mi presión arterial? ¿El aumento o desaparición de mis glóbulos rojos? Se lo muestra a don Jerónimo. Comentan el gráfico, preguntan detalles a las enfermeras que los rodean, sí, ellas dicen que sí y el doctor Azula vuelve a colgar el gráfico. Yo no abro los ojos, pero como me han puesto párpados de ofidio, transparentes, lo veo todo. Que me crean dormido. No estoy dispuesto a que don Jerónimo me hable ni me trate amablemente, como si aquí no estuviera pasando nada. Es mi enemigo. Todos son enemigos. No voy a abrir los ojos.

—Está muy bien, don Jerónimo.

—¿En condiciones para la gran operación?

—Son dos operaciones simultáneas, don Jerónimo. Los adormeceré a los dos en mesas contiguas y al mismo tiempo, y mientras lo abro a usted, preparándolo para el injerto, tendré que ir extirpando los órganos de Humberto para ir traspasándolos al cuerpo suyo, listo para recibirlos...

—Con tal de que yo quede bien. Con mis órganos genitales puede hacer lo que quiera, hasta tirarlos a la basura. Me quedaron inservibles después que este roto envidioso y traidor logró emborracharme con su intriga para que hiciera el amor... yo... con una vieja asquerosa de sexo podrido, que contaminó mi sexo y lo inutilizó para siempre. Mientras tanto él, que parecía tan sumiso, con Inés. ¡No, cuernos, no! ¡Inés tampoco sabía que era Humberto el que estaba haciendo el amor con ella, creía que era yo!

No le puedo perdonar a este roto de porquería que haya tocado a mi mujer, que haya tenido el atrevimiento de acercarse a lo que para gente como él es y tendrá siempre que ser, prohibido, a lo que él nació sin derecho a tocar. Hay que castigarlo. Que nunca más pueda usar su sexo. Injérteme el suyo, y el mío, no se lo pongan a él ni siquiera inútil como está, tírenlo a la basura.

Cuando salieron de mi cuarto abrí los ojos. Miré la ventana, la calle interminable, fija como la fotografía de algo cotidiano, sin interés, sin belleza, fotografía sacada porque sí, sin propósito, tal vez sólo para terminar de una vez por todas el rollo de película en que las otras fotografías eran las importantes, no esta pobre perspectiva de una calle en que nada cambia. Una gran paz me invadió al mirar esa ampliación fotográfica pegada al muro frente a la cual, en este cuarto, iba a transcurrir mi interminable vida de sustituciones. Paz y alegría. ¿Cómo no? Don Jerónimo lo aseguró: yo, esa noche, en el cuarto de la Peta Ponce, hice el amor con Inés. Toqué su belleza. ¿Qué importaba, entonces, que la muerte me estuviera vedada? ¿Y el agua? ¿Y el sueño completo, y la vigilia total? ¿Cómo no voy a sentir paz mirando esa calle única que se pierde en la distancia monótona de lo que será mi vida? ¿Para que me servirán, entonces, mis órganos genitales? ¡Que me los arranquen, que se los tiren a los perros para que se los coman! Salté la barrera. Toqué lo prohibido: Inés. Sí, don Jerónimo no puede saber este último triunfo mío, él cree que me va a robar mis órganos genitales tal como me robó mi herida, pero no, don Jerónimo, no: se los regalo, ya no los necesito. Tómelos, son suyos. Que el doctor Azula me los extirpe. He encontrado la paz. Figuras conocidas comienzan a moverse en la calle. Oigo pasos. Me sonríen, al principio solapadamente, desde la vereda, esperándome en la esquina, ahora me hacen señas, que baje, que baje, la Rita dice que ella me abrirá la puerta, la Dora me asegura que me acogerán, la Brígida agita su mano llamándome, oigo las campanadas de la torre de Fray Andresito, las cuatro de la tarde, sol, es invierno pero hay sol, afuera el aire estará fresco, que me esperen, les hago señales indicándoles que me esperen un poquito, hoy no podré bajar a reunirme con ellas, quizá mañana tampoco, pero pasado o después de pasado con toda seguridad porque entonces ya me habrán hecho la operación. Ven, ven, Mudito, Mudito porque se olvidaron de reemplazar tu garganta por otra y has quedado mudo, tus oídos por otros y has quedado sordo, ven, te estamos esperando para acogerte, nosotras no te exigiremos nada, sólo queremos cuidarte, ser buenas contigo, envolverte, mira los sacos que hemos traído para llevarte sin que nadie se dé cuenta de que te llevamos, entre nosotras ya no importa que no tengas sexo porque nosotras somos tan viejas y decrépitas que es como si jamás hubiéramos tenido sexo, tenemos otros entretenimientos, ya verás, cosas más complejas que suceden en el reverso de lo que estás viendo, biseles que refractan el tiempo y las imágenes, ya te enseñaremos a usarlos porque tú, como nosotras, has sido despojado de todo y tienes el poder de los desposeídos y los miserables y los viejos y los olvidados, ven a jugar con nosotras, no, si no son más que juegos

344

inocentes, pero ya verás las cosas que pueden suceder cuando nosotras las manejamos, las liturgias que sabemos crear, los ritos ingenuos pero estrictos. En nuestras galerías húmedas y muros ruinosos y patios abandonados el sexo no existe, de modo que no serás un fenómeno impotente, serás igual a nosotras, otra vieja más que superó la tiranía, ríete de don Jerónimo, eres tú el que lo ha esclavizado a él dándole lo que tú tienes ahora y que mañana o pasado ya no tendrás y quedarás libre para venir a vivir con nosotras, barrer un poco, limpiar, preparar a la gente para la muerte, rezar salves y reírnos con los chistes de la Mercedes Barroso y los bailes modernos de la Iris Mateluna antes que estuviera esperando al niño milagroso porque ahora es como si supiera que está embarazada y por eso baila poco, tomar un matecito y toser y pelar a los patrones ingratos que nunca se acuerdan de una después de todo lo que una se ha sacrificado por ellos, y un rosarito más porque dicen que anoche oyeron a don Clemente paseándose otra vez... shshshshshsh, mujeres, no hablen tanto, no griten, no me llamen así, quédense tranquilas, calladas, que las pueden oír gritándome:

—Baja, Mudito.

—Baja.

—Te estamos esperando.

—Te echamos de menos.

Se aglomeran en la acera de enfrente, llamándome, los gestos de sus manos, sus pañuelos en el aire, sean buenas, mujeres, tranquilícense, si me voy a ir con ustedes, no me demoraré mucho, me van a dejar salir a respirar el aire, van a permitir que ustedes me lleven para que todo sea como debe ser.

★ ★ ★

¿Usted también está tejiendo algo para Boy? ¿Quién la metió en la conspiración de las siete brujas? Debe haber sido durante mi ausencia en el hospital mientras me extirpaban el ochenta por ciento. La desconozco así, en reposo, Madre Benita, como si tuviera todo el tiempo de la eternidad, igual que yo, crepuscular, atenuado, sin palpar el apaciguamiento de la extinción, ni el vidrio de la ventana, que debe ser tan fresco. ¿Me tienen amarrado? Usted ve, Madre Benita, no me puedo mover. O quizá no me vea. Tiene que ser difícil ver en una cama tan grande como ésta el veinte por ciento a que me dejaron reducido. Sin embargo, debo estar convaleciendo, porque de otro modo usted andaría agitada moviéndose de un lado para otro, decidida a hacer algo por mí y no, está tranquila sentada a mi lado tejiendo algo que puede ser un chal blanco porque aquí todo es blanco, para Boy. La paz de este atardecer interminable que usted sabe, como yo, que está destinado a quedar inconcluso la seduce con la penumbra de la calle anodina que enmarca mi ventana y donde nunca nada cambiará para mí. Usted me toma la mano porque sabe que tengo miedo de no morir, pero no siempre tengo miedo, Madre Benita, a veces me exalta la seguridad de que mi tiempo se prolongará sin origen y sin fin por esta calle que es otra versión del paraíso, fachadas, veredas, faroles, pavimento, ventanas, puertas, árbol seco, antenas, cables, porque desde aquí y resguardado por usted, todo esto no es otra versión del infierno como era la intemperie de las calles miserables que tuve que sufrir cuando huí de la Rinconada al darme cuenta de que todo estaba tramado no para centrarse en torno a Boy, sino para darme caza a mí, para pescarme, y huí, sólo, al frío, sin facciones ya porque el doctor Azula sólo me dejó el veinte por ciento, disfrazado de mendigo por temor a que alguien reconociera mi mirada, y el frío y el hambre y la destitución y la miseria inalterables eran entonces los rostros enemigos en las calles a que me echaban a patadas las patronas de las pensiones cuando no pagaba porque no tenía con qué, vagando por el tiempo plano que se extendía ante mí, noche y día, noche y día siempre iguales, unos más inclementes que otros pero idénticos en su enemistad cuando vagaba no por los parques en la noche, no los parques con monumentos ecuestres y pérgolas y estanques, sino por los otros, los de la orilla de la ciudad, que son entre parque y potrero, terreno de nadie que nadie vigila y por eso en la noche los poblamos nosotros, encendiendo fuegos minúsculos para calentar las manos o el té, apagando la fogatita de hojarasca para que no nos descubran, ni nos descubramos unos con otros porque podemos matarnos. Ahora que soy sólo el veinte por ciento vago por las calles sin miedo de que la Peta me descubra, me adentro en los parques abandonados no para esconderme de ella sino para que compruebe que no soy quien ella busca. Que se dé cuenta de que ya no vale la pena el esfuerzo que hace la pobre anciana porque no es a mí sino a él a quien tiene que acosar, él lo tiene todo, Peta, fue él quien te penetró y te hizo aullar de placer en el único orgasmo que tu vida venía buscando desde el fondo de los siglos a partir de la pesadilla inicial de la que salimos, él pesó sobre tu cuerpo esa noche en tu cama, no yo, yo penetré a Inés, por eso es que él me ha despojado de los órganos que la tocaron a ella, por eso me echaron a la calle, a esta calle que veo por la ventana, donde nada sucede, la estación de servicio vacía, la calle se prolonga y retrocede y vuelve a prolongarse y doblar en el tiempo estático, el mendigo enclenque y barbudo, vestido de harapos, a quien se ve frecuentemente pedir limosna a la puerta de las iglesias porque el pobre es sordomudo, deambula por la calle, se pierde de vista como arrebatado por el viento, se va al parque donde se esconden otros como él, pero él no se esconde, Madre Benita, se lo juro, hace su fogata de hojarasca en una zanja y se duerme con la esperanza de que en la noche la Peta venga y hurgue en sus pantalones fingiendo que quiere robar, Madre Benita, pero la Peta no quiere robar, ha venido a buscar en mí lo que siempre ha buscado. Yo no despertaré porque la Peta no encontrará nada. La noche se tragará su rugido de rabia que no oiré y se irá a buscar a otra parte después de cerrarme los pantalones... aunque no sé, Madre Benita, no estoy muy seguro, a veces me da miedo porque no sé muy bien en qué parte del proceso de sustitución y de injertos me tiene el doctor Azula, es posible que no haya hecho el cambio aun, que todo esto no sea más que preparativos y no hay mendigo en la calle que veo desde la ventana, ni viejas, se fueron, regresaron a la Casa, qué ganas tengo de regresar a la Casa para deambular por mis pasillos en la noche y ver a la Dora y a la Rita, pero ya no están en la calle contenida en la ventana que veo desde mi cama, fría mi cama, fría la ventana, fría la calle sin autos ni mecánicos ni estación de servicio, las veredas sin transeúntes, el viento sin hojas en los árboles y sin ropa que secar, todo estático, detenido en un instante inmensamente alargado, y usted a mi lado, cuidándome, velando por mí en silencio, vigilándome, sí, no me cuidas, me vigilas, Emperatriz, te reconozco bajo el dominó galante de raso blanco con el que pretendes hacerte pasar por enfermera, has hecho este alto junto a mi cama antes de regresar al baile de fantasía donde tu monstruosidad que creerán simulada ganará el premio. Te sientas y no te vas. Algo habrás encontrado. No te mueves de mi lado, pasan las horas y permaneces junto a mí vigilándome, reteniéndome aquí para que no me escape y cumpla con mi promesa de casarme contigo. No estás vestida con uniforme de enfermera. No es un galante dominó dieciochesco. Es el terrible vestido de novia que has venido preparando desde siempre, bordado y recamado de pedrerías, la cola se extiende magnífica por el suelo, el velo blanco que apenas nubla tu rostro se agita con tu respiración, no te sacas tu vestido de novia ni de día ni de noche por si llega el momento, esperando que yo despierte y en ese momento pescarme, el tocado de moños y bucles y trencillas platinadas, las cuencas de tus ojos vigilantes moteadas de brillos, la diadema de piedras refulgentes que retiene el tul blanco de tu pureza lista para la ceremonia definitiva, no me vaya a escapar, ésta es tu única oportunidad, estar lista día y noche acechando, vigilando para que no me escape.

Pero entonces... tú tienes que saberlo y por eso esperas dispuesta: no me han operado, estoy entero, no han injertado en él los órganos que poseyeron a Inés ni han tirado los de Jerónimo de Azcoitía a la basura, estoy entero y tú, por eso, acechándome aquí adentro, y por eso la Peta Ponce acechándome allá afuera en ese parque que no veo donde quizás después de adormecerme con un mate mágico hizo el amor conmigo en vez de partir furiosa al no encontrar nada. Atizó su deseo por mí. Me espera en el parque. No me han operado todavía. Don Jerónimo no ha tenido tiempo, retenido por negocios de Estado: que espere en la penumbra, que espere en el crepúsculo, el tiempo no se extingue, es perpetuo, que espere mirando la ventana, que Emperatriz lo vigile, pero Emperatriz no ha sido jamás sirviente de nadie, es su propia dueña, y por eso, porque no me han operado y estoy entero y peligroso, por eso se pasea como una fiera por los pasillos hasta que yo despierte, enloquecida de inquietud arrastrando la cola de su vestido de novia como la cola de un pavo real blanco, por los pasillos blancos de la clínica, su diadema destellante, las arrugas de su frente y los pliegues de sus mejillas temblorosos de miedo de que don Jerónimo me arrebate de sus manos, mi mano en su mano, se va descorriendo el velo que descubre su rostro horrible, el rostro arrugado del dolor, enfermeras, es ella junto a mi lecho, la enana libidinosa y pertinaz, enfermeras, no puedo espantar a este rostro, pónganme otra inyección para no sentir más y más dolores que van creciendo más y más, ustedes son buenas, te juro, Emperatriz, me casaré contigo si consigues que me inyecten más para matar este dolor que está matándome, te juro que me casaré aquí mismo, yo tendido en la cama y tú luciendo tu cola recamada y tu diadema si consigues que me inyecten otro poco para borrar tu rostro horrible, pero veo en tus ojos que dudas, por eso tus paseos, dudas de que soy hombre, quizás ya me hayan hecho la operación, me hayan restituido el sexo contaminado por la Peta, fláccido, inútil, no alcanzaste a verlo al abrir mi piyama, te paseas, siento en el pasillo la suntuosa escoba de tu cola arrastrándose al dar otra vuelta. Te sientas junto a mí. Me tomas la mano. Todo cubierto con un velo blanco, sí soy capaz, Emperatriz, créeme, Humberto Peñaloza a pesar de ser la pareja de la Peta es capaz de hacerte feliz, te quiero mostrar que tengo sexo, por eso levanto la ropa de la cama, por eso, porque quiero probártelo para que sepas que valgo la pena y me consigas una inyección para borrar tu rostro horrible, levanto tu vestido de novia para violarte, eso es lo que quieres, Emperatriz, no lo niegues, no trates de impedir, con una escaramuza simulada, que yo me incorpore, no finjas lamentaciones al tratar de arrancar mis manos que se meten por tu horripilante escote pecoso de enana vieja y mis dedos que buscan tu sexo para excitarlo aunque siempre está resbaladizo y excitado, no te vayas, no te vayas, no me dejes solo, no huyas chillando porque trato de violarte, no corras tropezando en la cola de tu traje de novia, no protestes, tú me apremiaste para que te poseyera aquí mismo y

ahora me has abandonado en este sótano sin salida, probe-
tas y tubos que bullen, sondas de suero y transfusiones además de muchos hilos que no sé lo que son y me fijan,
quiero huir, sí, tengo que huir para que no me maten de
ahogo, abrir la ventana para respirar un poco de aire no
enclaustrado, pero la ventana no es ventana, ahora me doy
cuenta del engaño, es la ampliación fotográfica de una
ventana que han pegado en la pared de adobe para simular
luz y espacio mentirosos, para que desee abrirla, tocar su
vidrio que no es fresco porque no es vidrio sino papel
muy delgado tendido sobre el barro, fotografía, mentira,
no hay ventana, no hay puerta, no hay salida, no hay hacia
dónde salir, araño, rajo, arranco jirones de esa fotografía
que miente un exterior que jamás ha existido en ninguna
parte, la arranco a tiras, rompo trozos de la fotografía de la
ventana con la esperanza de que haya un orificio de verdad, me duelen las uñas, rajo, araño, nada, no hay nada, no
hay ni luz en este cuarto minúsculo como una tumba,
arranco toda la fotografía, no hay nada, pared de adobe,
muro de barro empapelado con diarios pretéritos, con noticias espeluznantes que no importan, inundación en el
Yang-Tse-Kiang, terremoto en Skopje, hambruna en el
nordeste de Brasil, este rompecabezas de horrores, capa
tras capa de noticias que ya no son noticia, he arrancado la
ventana y su luz fingida y su aire y su viento y su calle sin
interés por donde podía haber huido siguiendo el camino
señalado por las viejas que me llamaban, nada, tumba de
primicias caducas, de tópicos desvanecidos, de discusiones
zanjadas de una vez y para siempre, no es ni siquiera una

habitación, es tierra, ya no hay papel, barro, piedras, un hoyo, socavón no socavado que estoy cavando en el barro reseco, mazmorra donde me encerraron en el centro de la tierra y me sellaron, no saco nada con pedir auxilio a gritos, Emperatriz, Emperatriz, sálvame, mi voz no se oye, el doctor Azula me extirpó la garganta, no quiero hablar, no quiero gritar porque nadie me oirá, estoy solo en el centro de la tierra, rodeado de paredes ciegas en este sótano que me comprime, rocas, ladrillos, tierra, huesos, cavo, cavando y rompiendo con las uñas y los dientes el recuerdo de esa ventana mentirosa que habían colgado para que creyera que existía un afuera, cavando con mis manos ensangrentadas tendré que llegar a algo, arriba, abajo, no hay dirección porque no hay afuera aunque debe haber porque recuerdo algo más, pero poco más que esta celda cerrada en que me debato, en que mi cuerpo apenas cabe, estoy agotando el aire, horadar túneles y galerías y pasillos y pasadizos en la tierra para salir, crear patios y habitaciones que recorrer, un espacio siquiera, no este encierro de tumba que muerdo, araño, rompo sin conseguir nada, mi espacio se encoge, me estoy ahogando porque no hubo jamás ventana porque no hay nada que mirar por las ventanas, el aire fresco fue alucinación, el agua que corre por la acequia un invento que no me dejan tocar, ni sentir en mi rostro el airecillo revoltoso que agita los naranjos indicando la necesidad de una chalina, y el sol endeble a través de las ramas de los naranjos mintiendo una luz subacuática en que nadamos sin urgencia, los destrozos de este muro hay que barrerlos y dejarlo todo limpio, diarios viejos rajados, bárrelo todo, Mudito, que quede hecho un montón bien hechito para que no se vea mugre, sí, Dora, no me apure porque estoy un poco cansado, que no ve que estoy barriendo mientras usted se cubre la boca con su chal para reírse de algo que le dice la Rita y después descubre esa caverna desdentada, aquí no hay nadie con la cara cubierta, no hay máscaras ni antifaces ni caretas ni mascarillas, no, aquí todos tienen su propia cara deteriorándose en el orden de un tiempo lineal, como debe ser, y el Mudito con su escoba hace otro montoncito más con los trozos del enlucido que se derrumbó y más diarios rotos, tanto diario, hay habitaciones llenas de diarios viejos en la Casa, tanto papel inútil que nos manda el Arzobispo. La Madre Benita y misiá Raquel Ruiz se han estado paseando por el corredor ininterrumpidamente durante horas y horas, discuten, han hablado de todo pero más que nada de la llegada de misiá Inés, sí, de lo más achunchada dicen que está la pobre y ahora los diarios de izquierda no hacen otra cosa que hablar en contra de ella y ponerla en ridículo por lo de la Beata. ¡Mire la tontería, con los millones que tiene, hacer voto de pobreza! Seguro que es de pura rabia porque Jerónimo firmó los papeles del traspaso de la Casa sin consultarla, aprovechando que ella está en Europa, aunque estoy segura de que Jerónimo jamás le ha consultado nada a la Inés, y cuando llegue va a encontrar la Casa rematada, a las viejas en otros asilos, las paredes de adobe demolidas... de eso han estado hablando, vuelta y vuelta alrededor del patio, mientras el Mudito barre y la Rita y la Dora se entretienen arrancando rábanos colorados, echándolos en un cucurucho de papel de diario para guardarlos y comérselos cuando se presente la ocasión, tiernecitos los rábanos. Vamos, Rita, la llama la Madre Benita, misiá Raquel tiene que irse, ven a abrirnos el portón, voy a ir a despedirla... ya vuelvo, eso me dicen sus ojos, espérame, Mudito, ya vuelvo, sigue barriendo, que todo siga igual hasta que yo vuelva al patio de los naranjos después de despedir a misiá Raquel en la portería, dicen que esto lo van a demoler, pero eso lo están diciendo desde que yo era chica pues Madre Benita y venía a hacer mis ejercicios espirituales aquí, ya ve, no demuelen nada, todo sigue igual, el Mudito barriendo, la Dora inclinada sobre sus rábanos, examinando minuciosamente los tubérculos sangrientos como muñones que las viejas devorarán.

19

¿Por qué esa expresión perturbada, Madre Benita? Dejo mi escoba para acudir cuando usted me llama sin llamarme. Despidió a misiá Raquel en la portería, regresa al patio de los naranjos, y está mirando de un lado para otro como quien busca apoyo, pero no quiere pedir nada, no importa, yo entiendo que me lo pide, vamos Mudito me está diciendo, que no te tenga que rogar que me acompañes, sígueme por las galerías que conducen hasta la capilla. Sólo la oración podrá disipar esa angustia que veo enmarcada en su papalina sucia, acompáñame Mudito, lo que más quiero es estar sola y tú sabes acompañarme dejándome sola en la capilla donde ya no se dice misa: no es más que una bodega de adobe, con bancos, un altar, santos de yeso, reclinatorios, confesionarios, utilería de un culto que ya no existe, pero las viejas siguen viniendo en las tardes, recorriendo los pasadizos, agarradas unas a las ropas de otras, a rezar rosarios en esta capilla que ya no es capilla. Por suerte esta tarde no hay ninguna vieja que interrumpa mi meditación con cuchicheos y letanías, mi ansia de rezarte, Señor mío, en este lugar condenado que es donde he tratado de llegar a ti desde hace cuántos, veintidós, no, veintitrés años. Al principio la Superiora me decía sí, te estoy buscando otra ocupación más activa, una religiosa inteligente como tú no puede estar perdiendo el tiempo en esa Casa y creo que el año que viene voy a poder mandarte a... ya no me acuerdo adónde. De modo que ten paciencia, hija. Continúa tu labor con la humildad que siempre has demostrado... pero Madre, un poco de ayuda, no, no sólo dinero, mándeme otras monjas, activas, jóvenes, las dos que tengo, la Madre Anselma y la Madre Julia, ya se confundieron con las viejas zaparrastrosas que me rodean, las viejas se han tragado a las religiosas destinadas a ayudarme, pero que ahora comparten sus harapos, manías, supersticiones, ya no distingo a la Madre Julia y a la Madre Anselma de las demás viejas. Sólo el Mudito. ¿Estás ahí, en la sombra del confesonario, Mudito, acompañándome? ¿Está ahí, Madre Benita, sentada en el último banco de atrás, tratando de rezar sin lograrlo? La Superiora decía: espera un poco. Esperé. Nos metíamos enteros, con el Mudito, en el trabajo inútil de intentar mantener algo parecido a la dignidad y al orden en la Casa, sin el Mudito sería imposible combatir los desmoronamientos, cada año podemos combatir un poco menos, sí, ahora ya casi nada, no sé qué andabas barriendo en el patio hoy, otro desmoronamiento, bueno, hay que hacer algo, sí, Madre, hay que hacer algo, y la Madre Superiora le decía a la Madre Benita espera, hija, espera, el año que viene te prometo que te pondré a la cabeza de un colegio, tú con tu ilustración y tu clase estás desperdiciada en la Casa, pero a esa Superiora la mandaban a Roma o se moría y la Superiora nueva no conocía la labor de la Madre Benita, así es que también le decía espera, hija, espera, tengo que conocerte mejor para saber de qué eres capaz, nadie tiene informes escritos sobre tu labor que no ha dejado huellas, dicen... dicen... no basta ese dicen, así es que tengo que comprobarlo con mis propios ojos, por favor, Madre, que me estoy muriendo en la Casa, de aburrimiento, de no tener con quién hablar, me muero de miedo de que esta legión de viejas me devore como devoraron a las demás monjas, me muero de estar rodeada de imbecilidad y decrepitud, ya tengo cuarenta y ocho años, cincuenta, cincuenta y cuatro, cincuenta y ocho, espera, hija, pero después ya no decían espera sino resígnate, ofrécele tu sacrificio a Dios que con eso te vas a ganar el cielo porque es grande tu sacrificio quedándote en la Casa, mira que si no te tenemos a ti la Casa se nos cae, y ahora la Casa se va a caer a pesar de mi presencia, eso me aseguró misiá Raquel, vendrán los rematadores a hacer el inventario de todas estas porquerías, bancos de palo, santos de yeso, litografía dulzona de la Virgen y el Niño, ahora no hay capilla: un papel firmado por el Arzobispo la execró. Pero todavía arde tu presencia roja en la lámpara del Santísimo. Y después de los rematadores vendrán las palas mecánicas y los combos y los camiones y los obreros con picota... dónde nos iremos, Mudito... qué será de nosotros, Madre Benita, dónde nos refugiaremos, el proyecto de misiá Raquel es otra confabulación para esclavizarnos a las viejas, por eso es que yo la veía a usted discutiendo con misiá Raquel, dando vuelta tras vuelta por los corredores del patio de los naranjos, yo las vigilaba desde la sombra, no sucedía nada, la Carmela cruzaba canturreando Venid y Vamos Todos yo con mi escoba, la Dora y la Rita arrancando muñones ensangrentados, sí, misiá Raquel, el Padre Azócar me prometió que el cargo de Ecónoma Jefe de la

Ciudad del Niño será para mí pero a usted no se le puede hablar del Padre Azócar sin que se sulfure, ay, Madre Benita, es increíble lo ingenua que es usted a pesar de sus años, cura mentiroso, politiquero, sí, esto lo van a demoler, pero no va a haber Ciudad del Niño porque él se va a echar la plata al bolsillo y este terreno lo van a lotear y vender para gastarse la plata en campañas políticas que apoyen a su candidato, estoy viéndolo, es más claro que el agua, por eso el apuro por demoler ahora que las elecciones están cerca, que a mí no me venga con cuentos el tal cura Azócar que quién sabe de dónde habrá salido, no va a haber Ciudad del Niño y ustedes van a quedar abandonadas, qué sé yo dónde las irán a meter... claro que yo, Madre Benita, puedo ofrecerle otra cosa... algo mejor... algo maravilloso... la llamita del Santísimo parpadea y tiembla mientras su sombra se pasea por el presbiterio convenciéndome, demoliendo mi fe en que voy a poder librarme de las viejas algún día para trabajar con gente joven y frente a ventanales amplios, habla, acciona, es como si estuviera predicándome, desde el banco de atrás de la capilla la oigo decirme que me puede ofrecer algo mucho más interesante:

—¿Qué?

—¿Si le ofrezco la posibilidad de organizar un establecimiento para asilar ancianas, no estaría dispuesta a hacerse cargo de dirigirlo?

—Pero no hay ninguna posibilidad, misiá Raquel. Se necesitaría una fortuna. Hice una lista de todas las asiladas con sus historias personales, o lo que ellas se acuerdan o me quieren contar. Muchas debían estar hospitalizadas.

Hay que mandar a varias al manicomio... la pobre Amalia, por ejemplo, se acuerda de ella, esa mujercita medio tuerta que le servía a la Brígida anda llorando desesperada porque dice que no encuentra el dedo, y ni ella ni nadie sabe qué dedo es, pero lo busca por todas partes sin saber ni siquiera cómo es ese dedo que no ha visto nunca, no habla de otra cosa... y las famosas huerfanitas...

—¿Y la Brígida?

—¡Pero misiá Raquel! Usted está un poco rara... usted misma la enterró hace un año, cómo no se va a acordar...

—Claro que me acuerdo.

—¿Entonces?

—Estoy liquidando la herencia de la Brígida.

—No entiendo qué tiene que ver... no puede ser usted la que me está hablando a gritos desde el presbiterio, misiá Raquel, usted no les grita más que a sus nietos cuando le roban dulces, es la Brígida la que anda en el presbiterio y hurga en el altar, estará limpiando como limpiaba siempre, zurciendo, remendando, pero no, no es la Brígida porque está vestida de negro y a la Brígida no le gustaba el negro así es que tiene que ser usted diciéndome que la Brígida ahorró cada centavo que ganó como empleada suya durante cincuenta años. Jamás se supo que gastara ni un centavo en nada. No salía nunca, no tenía familia, enviudó joven del jardinero de la casa de mi mamá y yo le regalaba de todo, sábanas, cama, radio, zapatos, lo que quisiera, y toda mi ropa le quedaba regia porque teníamos el mismo cuerpo. Guardaba su plata en un hoyo en su colchón. Y antes de irnos a veranear a fines de año, le llevaba sus ahorros en un paquetito a mi marido para que los invirtiera en acciones de la bolsa que dieran buen interés, porque no sé si sabes, Mudito, que el marido de misiá Raquel era uno de los corredores de la bolsa más famosos y más ricos, sí, sí sabía, era amigo de don Jerónimo, jugaban juntos al rocambor en el Club de la Unión y con los diarios del día sobre la cara dormitaban en sillones unánimes en la biblioteca. Con los años el dinero de la Brígida en manos de mi marido se fue centuplicando. Mi marido quería mucho a la Brígida. A veces le gustaba ir él mismo a las dependencias de la casa a hacerle una visita y darle cuenta del estado de sus inversiones. Se quedaba conversando un buen rato con ella y después me decía:

—Qué cosa tan rara, esta mujercita que nunca sale de la casa y que no sabe más que de novenas y rosarios tiene mejores ideas para la bolsa que yo. No sabes lo que la Brígida me ha hecho ganar con sus sugerencias. ¿Tú le crees, Mudito? No puede ser. Sí, yo le creo, Madre Benita, porque sé que la Brígida era capaz de eso y de mucho más. El hecho es que en una época la Brígida anduvo de lo más nerviosa, hasta que de repente una mañana llamó por teléfono a la oficina de mi marido y pese a todo lo que él se resistió la Brígida dio instrucciones para que vendiera todos sus valores y que le compraran oro. Mi marido creyó que la Brígida se había vuelto loca. Pero como el oro nunca ha sido mala inversión, y no perdía nada, le obedeció. Lo curioso es que después de este incidente mi marido anduvo como tristón, nervioso lo noté yo... hasta que de repente un buen día se levantó temprano y aunque los otros corredores creyeron que estaba completamente loco, agarró todos los bonos y acciones de nuestra fortuna, los vendió y compró oro, igual que la Brígida. Nunca supo explicar por qué lo hizo. Sólo yo sé que no fue su genio como corredor de la bolsa lo que lo salvó, como se dijo a los pocos días cuando vino ese bajón enorme en la bolsa internacional y la gente lo perdió todo y muchos se suicidaron... nosotros lo salvamos todo, y después, cuando la gente vendía cosas valiosísimas por nada, nosotros compramos muy bien.

—Misiá Raquel, si quiere hacer una donación del dinero de la Brígida, por qué no a la Ciudad del Niño...

—Usted es bastante más simple de lo que parece, Madre Benita. Déjeme seguir contándole: cuando enviudé hace quince años la Brígida no quiso que nadie tocara su plata, colocada por mi marido en propiedades urbanas cuando se vendían tan baratas después del bajón de la bolsa. Su oficina se las administraba. No confiaba en nadie más que en él. Y en mí. Por eso cuando mi marido murió, la Brígida sacó toda su plata de la oficina de mi marido y la puso a nombre mío, sus casas y departamentos, porque ella decía:

—Pero, misiá Raquel, si yo no sé ni leer ni escribir, ni siquiera sé firmar, así es que todo tiene que estar a nombre suyo. ¿Ve, Madre Benita? La tiranía de los débiles, a los chiquillos riéndose con las tripas cortadas no los llevan a la cárcel para atormentarlos, el sordomudo vence los puños de la policía y la operación del doctor Azula me puso a salvo porque ya nadie puede desear nada mío... oigamos a ese ser que habla desde el presbiterio, esa silueta alumbrada por la luz roja que desfallece en la lámpara del Santísimo: desde entonces me dediqué yo a administrar las cosas de la Brígida. Con sus rentas, que seguía acumulando en el hoyo de su colchón, yo le compraba más casas y más departamentos. Como a ella no le gustaba salir a *callejear* como las otras empleadas a quienes despreciaba por hacerlo, yo le tenía que correr con todo: le iba a ver las casas que se ofrecían en venta, se las describía, le describía el barrio, la calidad de las construcciones, entonces la Brígida me decía que la dejara pensar, y a la mañana siguiente, cuando me llevaba a la cama el desayuno y el diario, me decía:

—Compre.

—Y, en vez de quedarme en la cama hojeando el último figurín o hablando por teléfono con mis nueras, tenía que levantarme temprano para ir a efectuar tal o cual transacción, una casa, un terreno para la Brígida. Me dio sus poderes notariales, Madre Benita. Es terrible que a una la carguen con los poderes de otra. Y como a ella no le gustaban las discusiones y murmuraba: dicen que la gente de ahora es tan discutidora y tan atrevida, me delegaba a mí para que le hiciera las cobranzas de sus arriendos. Yo firmaba por ella los recibos, las escrituras de compraventa a mi nombre, yo trotaba a las notarías, a buscar un gásfiter de confianza para que arreglara la pieza de baño que los inquilinos que tuvimos que echar porque no eran casados dejaron hecha una calamidad, en fin, yo se lo hacía todo. Y me gustaba hacerle las cosas a la Brígida, Madre Benita, para qué le voy a negar que me entretenía, y que ese dinero suyo, inútil, cuyo único destino era acrecentarse sin que sirviera para nada, era mucho más mío que todo lo que heredé. Usted sabe que la vida de una mujer como yo, que tiene hijos grandes y administradores a cargo de todo, es bastante aburrida. Y así como mis amigas se entretenían jugando al bridge yo me entretenía amasando esa fortuna inservible, hipotética, yo ayudaba a que creciera como un cáncer, sin relacionarse con nada, sin servir para nada. Era un juego. Pero yo no jugaba, el juego jugaba conmigo, porque yo no podía salirme de él, me envicié, corriendo de departamento en departamento, rabiando por un vidrio roto, pescando bronquitis en los corredores de las casas de renta de la Brígida, en sus conventillos distanciándome de mis amigas, descuidando a mis nietos que me interesaban menos que este juego, desgañitándome de tanto gritarle a un arrendatario que no quería o no podía pagar, mientras ella, la Brígida, me esperaba en mi casa calefaccionada, siempre tranquila y compuesta con su moño gris tan *soignée*. Se arrodillaba a mis pies para sacarme los zapatos embarrados porque tuve que recorrer toda una población para averiguar si era verdad que unos arrendatarios estaban subarrendando piezas, dicen, y a mí no me gusta que subarrienden en mis casas. En la noche yo caía en mi cama rendida por este juego en que la Brígida me encerró, y ella me traía una taza de té y unas tostadas muy finitas, justo como a mí me gustaban, y con sus brazos cruzados respetuosamente junto a mi cama, me interrogaba: no será mucho lo que pagó por el papel de empapelar para el departamento de Riquelme, dicen que hay una fábrica en San Isidro que tiene unos papeles muy bonitos y muy baratos... dicen... dicen... no sé de dónde llegan esas voces que dicen, y acosada por esos dicen yo salía compulsivamente a jugar ese juego del dinero inútil de la Brígida. Cuando tuve la pésima idea de sugerirle que sería bueno que hiciera testamento, lloró muchísimo, claro, ahora, después de tantos años de servicio yo no quería seguir ayudándola con su platita... y las cosas se empeoraron cuando le dije que no, que lo que quería explicarle era que no tenía para qué seguir siendo empleada mía, que era una mujer rica, con vivir en uno de sus departamentos con una chiquilla... como la Iris Mateluna, por ejemplo, para que la sirviera, con sus rentas tenía para vivir como una reina... ¡uf! Viera cómo lloraba, lo que usted quiere es deshacerse de mí ahora que estoy vieja, tirarme a la calle como si fuera basura. Y entonces, porque era rencorosa la Brígida y jamás me perdonó la sugerencia de que se fuera a uno de sus departamentos, habló con la Inés para venir a vivir en esta Casa porque dijo que para qué se quedaba conmigo si ya no servía para nada. Y resultó que le gustó vivir aquí en la Casa, supongo que porque yo tenía que venir desde el otro lado de la ciudad, un día sí y un día no, a traerle noticias de sus negocios. Pero murió sin testar. Toda su fortuna está a mi nombre. Estoy terminando de liquidarla... no sé qué hacer con tanto dinero, sigo cobrando arriendos, sigo haciendo transacciones de propiedades como si la Brígida viviera... dicen que en el barrio Matadero... dicen que las cocinas a gas licuado... pero no puedo seguir prisionera de la plata de la Brígida, no puedo seguir oyendo esos dicen, quiero deshacerme de ella, estoy cansada, quiero sacarme a la Brígida de encima para vivir lo que queda de mi propia vida... claro que quizá no va a quedar nada...

Está vestida de negro, allá en el presbiterio. Si hubiera un poco más de luz podría ver con más claridad la expresión de su rostro y distinguir sus movimientos y gesticulaciones. Ha engordado mucho. Mudito, anda a encender unas velas para ver qué está haciendo, anda a ayudarla a mover esa sillita dorada, creo que la está moviendo, para qué estará moviéndola, espera, espera, Mudito, se parece más a la Mercedes Barroso, tan grande y tan gorda, y vestida de negro, se detiene para hablarme lo que ella no puede saber:

—Por eso es que vine a consultarlo con usted. Ahora que todo esto se va a terminar, es cuestión de semanas, eso lo sabe, el Padre Azócar mandó que hicieran el inventario, mugre, claro, pero algo se podrá sacar y ustedes se van a tener que ir a otra parte y no tienen dónde irse... yo pensaba, Madre Benita, yo pensaba que con el dinero de la Brígida... una institución racional, moderna, con médicos especializados y usted a cargo de todo. La «Institución Brígida... Brígida...». ¿Va a creer que no me acuerdo ni siquiera de su apellido?

Yo permanezco en la sombra escudriñando a ese ser que la Madre Benita oye proponerle el plan de que todos vivamos en un hospital aséptico, con mascarillas blancas y enfermeras cuidándonos. Pero yo la conozco tan bien, Madre Benita, que sé que usted va a decir que no, que por ningún motivo, aunque ella insista en que compraría una casa moderna y agradable, con jardín, quizá con parque, trata de convencerla a pesar de que usted le explica a ese ser apenas iluminado por la luz de la Presencia en esta capilla que ya no es capilla, que las viejas son tantas, demasiadas...

—Pero van a ir disminuyendo. La gente de ahora no tiene empleadas como las que tenía una, de las que hay que preocuparse toda la vida. Yo quería proponerle, justamente, no aceptar más viejas. Quedarnos con las que hay, que se irán muriendo poco a poco hasta que no quede ninguna. Con la experiencia que usted tiene, podría hacerse cargo de administrar la Casa nueva, una Casa blanca, bonita... Que las viejas que quedan vivan regiamente en nombre de la Brígida, con veraneos, calefacción central, buenos médicos, micros para que hagan paseos a la playa y al campo, y así gastar toda esta plata inútil de la Brígida, que si no la gasto va a quedar pesándome sobre los hombros...

—No... no... no quiero más ancianas... siempre se las arreglarán para tener braseros a pesar de la calefacción, y jaulas con tordos, o loicas, y paquetitos debajo de la cama... no...

Esa figura pomposa, vestida de negro ha arrastrado la sillita dorada hasta la lámpara del Santísimo, no, no te subas, Menche, eres muy gorda, muy vieja, muy torpe, la sillita es ordinaria, mugre, de palo y yeso, no va a resistir, no te subas...

—No, misiá Raquel, deshágase de su Brígida como pueda. No me la pase a mí. Hace veinte años que vivo rodeada de decrepitud. El Padre Azócar será todo lo que usted quiera pero sabe lo que hace.

—... voy a quemar los billetes. Puro papel. Puro papel, papel de diario picado y recortado que sólo sirve para quemarlo, no creo que a la Brígida le importe que lo queme...

¡Pobre Mercedes Barroso, que se quiere subir a la silla para robarse la lámpara del Santísimo! Lo único bueno que hay en esta casa, Madre Benita, lo demás es mugre, la necesito para el oratorio de Monseñor; que inauguraremos pronto, y esta lámpara, que es de trabajo colonial interesantísimo, lucirá mucho ahí, es una lástima que esté enterrada en esta Casa. A la Menche la vinieron a buscar en un furgón ni siquiera respetuosamente negro y nosotras le tuvimos que poner un puñado de cardenales polvorientos recogidos en el patio de la portería para que no se fuera sin flores la pobre Menche que era tan divertida pero tan pobre... no como los funerales de la Brígida, que sí, ésos sí que fueron funerales de veras que los pagó usted, misiá Raquel, que es tan buena y tan generosa, no crea, Madre Benita, la Brígida tenía más recovecos que esta Casa: el funeral de la Brígida no fue regalo mío. La Brígida, pese a su terror a la muerte cuando se trataba de hacer testamento, jamás le tuvo miedo a la fantasía de sus propias exequias suntuosas, rodeadas de ritual y pompa. Costearse un funeral estupendo, no debérselo a nadie, planearlo en todos sus detalles, fue la obsesión de su vida. Desde antes de que viniera a vivir aquí se lo llevaba llamando por teléfono a todas las empresas de Pompas Fúnebres para consultar precios, calidades de cajón —yo, claro, tenía que ir a examinarlos y darle los pormenores—, forrados en qué metal, en qué calidad de terciopelo o de raso, cuántos caballos, cortinajes negros con borlas de oro, candelabros con cirios de verdad, de cera, no eléctricos como los de ahora. Pero no quería por ningún motivo que las demás ancianas de aquí de la Casa supieran que era ella la que se estaba costeando su propio funeral. La gran ilusión de su vida fue, mediante este funeral fastuoso, ponerles el pie encima a todas las demás sirvientas, no con su propia riqueza: jamás logré darle un concepto claro de la enormidad de dinero que tenía, porque ella comprendía el detalle, no la totalidad de su fortuna. Lo que quería era impresionarlas con el hecho de que tenía una patrona que la quería tanto, que le regaló este funeral: transformarme en ese monstruo de amor que no soy fue el lujo que se compró con su fortuna. Claro que yo le hubiera pagado un funeral de todas maneras, la Brígida y yo fuimos muy unidas, pero ni para mí ni para mis hijos voy a gastar en funerales tan ridículamente pomposos como los de la Brígida. Fíjese que me había dado plata en sobrecitos separados para que yo le comprara coronas de flores a nombre de toda mi familia. Ellos hubieran mandado flores de todas maneras, pero no tan caras como las que ella me mandó comprar...

Llámala, llámala Mudito me está implorando usted pero mi voz no se va a oír en la oscuridad, Madre. Esa silueta en el escenario del presbiterio, llámala, recemos juntos para que el ánima regrese al Purgatorio, Menche, ándate, qué estás haciendo en el presbiterio, recemos, Dios te salve, Reina y Madre, Mártir de Misericordia, Vida y Dulzura y Esperanza Nuestra, a Ti clamamos desde este Valle de Lágrimas... La figura parece inventada por la vacilación de la llamita de la lámpara del Santísimo... no, claro que no es misiá Raquel, es la Menche que de puro pobre se está acercando al tabernáculo para robar, no lo abras,

Menche, es sacrilegio, sólo un sacerdote puede abrirlo cuando el Señor está adentro, pero la Menche lo abre y se inclina sobre el paño blanco y reza... conozco el gesto con que se inclina, Mudito, conozco el gesto con que abre la portezuela del tabernáculo, con que mete la mano y saca la cajita redonda que encierra la hostia y se la mete entre los botones de la sotana, porque es sotana, no es la Menche, es un cura pomposo y gordo como la Menche que hace una genuflexión y se incorpora... es él. Lo reconozco en cuanto se da vuelta para observar la llamita rojiza que cuelga allá arriba: el pelo engominado como si en la mañana se lo pintaran con tinta china sobre el cráneo, las cejas espesas que no veo pero adivino, los ojos oscuros, grandes, de raso, de pestañas demasiado crespas y párpados demasiado carnosos. ¿Por qué no me obedeces, Mudito, y lo llamas y le avisas que estamos aquí, en el último banco, mirándolo desde la oscuridad, para que no haga algo que no debamos ver? Tiene que ser un sueño horroroso mío, esto de que el señor Azócar mira la lámpara del Santísimo, se coloca debajo de ella, estira la mano, no la alcanza, se mete el dedo en la boca como la Iris Mateluna y se queda pensando. Luego estira la mano otra vez dando un saltito: tampoco alcanza a tocar la lámpara. ¡Es el señor Azócar que vino a robar la lámpara del Santísimo! ¡Qué pesadilla tan horrible, Señor mío, soñar que el Padre Azócar viene a apagar la luz del Santísimo, a detener el corazón de la Casa! El Arzobispo firmó la execración, pero sólo ahora se efectúa el acto... apagar la Presencia... llevarse la lámpara... la hostia... Ahora se restriega las manos gordas, blancas, cubiertas con vello negro. Mira la lámpara. Es pecado mortal soñar que un prelado bueno, sí, es bueno, tiene que ser bueno si es secretario del Arzobispo, que un prelado distinguido pero muy gordo resopla al empujar la sillita de damasco para dejarla justo debajo de la lámpara del Santísimo. La quiere descolgar, va a llevársela. Ya me lo había advertido, pero no así, así es robo, Padre Azócar... que se la lleve, tú, Mudito, que estás ahí detrás del confesonario, ayúdalo a apagar la luz del Santísimo y a dejarnos sin la Presencia. Espera... mira... se va a subir, se quiere encaramar en la sillita de yeso dorado que es tan frágil, no suba, Padre, no suba porque usted es torpe y gordo y el Mudito es ágil y lo mandaré a traer una escalera para que descuelgue la lámpara del Santísimo que usted quiere llevarse, no me obligue a verlo haciendo cosas ridículas, se lo imploro. Esa silla es ordinaria como mis mesas de mármol reconstituido y mis pedestales de madera simulando mármol y el linóleo gastado y los bancos de palo, es endeble, se va a quebrar si usted se sube porque usted es muy pesado. Por favor, hágame caso. Y tú también, Mudito, no te quedes ahí viendo mi pesadilla y escuchando mi voz sin responderme. Anda, deténlo, que no se suba a la sillita, está arremangándose la sotana, pugna, puja, le va a costar mucho subirse. Con la sotana arremangada levanta una pierna gorda, la deja un segundo en el aire con el pie en punta como si fuera el pie de una danzarina, y la baja porque no puede subirse a la sillita. Alza la otra pierna, resopla, la baja, es incapaz. No sabe qué hacer. Se sienta en la sillita. Contempla la lámpara. Se pone de pie y da brincos para alcanzar la lámpara pero claro, no puede, sólo logra rozarla y la hace oscilar y la llamita parpadea y todas las sombras de la capilla, yo y él y el Mudito y los santos, todos bailamos. Ahora se arrodilla sobre el asiento de damasco granate y agarrándose del respaldo trata de izar su cuerpo, no, Padre Azócar, el respaldo está suelto, yo conozco esa silla... sus piernas obscenas... sus ligas... Señor, Señor, no me permitas vengarme del Padre Azócar que sabe que esta casa es pura mugre, que nosotras somos pura mugre, no permitas vengarme de él con este sueño, lo odio porque me prometió liberarme de las viejas pero no va a hacerlo y lo odio y quiero controlar mi sueño y no puedo. Resopla. Se ha izado y está encaramándose en la sillita, que se queja bajo su peso, no se mueva, Padre, se va a caer, quieto, pero usted levanta los brazos, toca la lámpara y la silla oscila, está temblando y él se da cuenta y estira los brazos para conservar el equilibrio como el que baila en una cuerda en el circo... todo está tambaleando, estamos tambaleando todos y no puede descolgar la lámpara codiciada. La silla tiembla. Ahora tiene miedo. Arrepentido. Quiere bajar. Se arremanga la sotana de nuevo y baja tentativamente un pie como un niño que lo mete en el agua y lo retira porque el agua está fría... bailando encima de la sillita dorada, ese cuerpo rechoncho con los brazos estirados... se va a caer, Padre, ya viene el Mudito a ayudarlo, levanta el otro pie, lo pone en punta, flexiona la otra rodilla, lo oigo resoplar porque usted es gordo y tiene miedo, ayúdalo, Mudito, piensa en mi pecado de estar soñando este sueño escandaloso, sácame de esta pesadilla, Mudito, no quiero seguir pecando con este sueño pero qué puedo hacer para detener un sueño que arrastra y arrastra y la Madre Benita aprieta su puño contra su boca para no llorar de miedo, la Brígida debe salvarme, ella nos salvará a todas, eso me prometió misiá Raquel, se cubre la boca para no llorar de miedo de que el Padre Azócar siga haciendo piruetas de bailarina encima de la sillita endeble, y la Madre Benita se aprieta el puño y se tapa la boca para tragarse el llanto, eso que está subiendo en mi pecho y me duele, siento mis lágrimas, se agita mi pecho y algo me sube y me sube, Dios mío, no puedo controlar esta marea, no me permitas hacerlo, Señor, no me dejes, y cuando el Padre Azócar está con el pie en punta en el aire listo para bajar, la carcajada de la Madre Benita suena escandalosa en la capilla que ya nunca volverá a ser capilla porque mi carcajada la execró definitivamente... el prelado dio un traspiés y cayó.

—Mierda...

La Madre Benita se levanta de la sombra intentando restañar su carcajada y ella y yo corremos al mismo tiempo al presbiterio para ayudar al cura que bufa y resopla y maldice tratando de ponerse en pie:

—Ay, ayayaycito...

La Madre Benita y el Mudito lo ayudan a incorporarse. Cae otra vez, tiramos y él bufa hasta que queda parado, limpiándose el polvo de la sotana, pasándose la mano por el pelo para restituir la perfecta falsedad de su negrura. De pronto cambia el ritmo de su respiración.

—¿Por qué no me hizo notar su presencia, Madre Benita?

Usted no puede decir: porque estaba durmiendo. Mejor no decir nada, no decir porque estaba hablando con misiá Raquel que me dijo algo que mejor será que ella se lo diga a usted... usted podrá hacer algo para que misiá Raquel nos ayude, o el Arzobispo, no sé quién, necesitamos refugio ahora que todo esto se está acabando... pero no puedo. Callar, obedecer, como he callado y obedecido siempre.

—¿Por qué no le dijo al Mudito que me ayudara?

Callar. Callar.

—No sé si se acuerda de que hace un tiempo la llamé para pedirle que me tuviera esta lámpara lista para llevármela... antes que vengan los rematadores a hacer lotes para el remate previo a la demolición...

—Sí, sí...

—Salvar esta pieza extraordinaria...

—Sí, si sé, Padre Azócar, todo lo demás es mugre, lo comprendo, lo acepto, las palas mecánicas nos rasarán, nos dejarán al nivel de la tierra de donde esta Casa se levantó. ¿Y nosotras? ¿Yo y el Mudito y las viejas? ¿También caeremos? Sus ojos de raso repentinamente petrificado me aseguran que no seré ecónoma de la Ciudad del Niño. Mi carcajada me condenó. No. Estábamos todos condenados desde antes porque ustedes se habían olvidado de nosotros, Padre Azócar, ni una limosna, ni la menor misericordia porque no tenemos importancia y casi no somos seres humanos sino desechos, sí, sí, no diga que no, nos desprecia como al resto de la mugre de la Casa y nuestro destino no tiene importancia... con qué derecho me pide que no piense eso si usted y el Arzobispo nos han abandonado hambrientas, sin ropa, enfermas durante años y años... no, Padre...

—¡Cálmese, hija!

—Me pide calma y no me da con qué calmarme.

El Padre Azócar se yergue: es enorme, negro, reluciente, todo entero él de raso flamante, el poder enhiesto, la voz segura, el dedo blanco que amenaza es cruel, una amenaza que se cumplirá porque él va a encargarse de que se cumpla.

—Esto es una falta de disciplina que no puedo tolerar, Madre Benita. Voy a tener que hablar con su Superiora porque esto no puede quedar así.

—Hace seis meses que no sé nada de ella. Ni se digna contestar el teléfono cuando la llamo, está tan ocupada...

—Bueno, bueno, se acabó... y mañana voy a mandar a buscar la lámpara, déjemela en la portería con la Rita. Ahora me llevo las especies, y después que hayan descolgado la lámpara, que el Mudito condene todas las puertas de la capilla. Que abran sólo cuando los rematadores vengan a hacer el inventario.

Está a punto de salir de la capilla que ya no es capilla. Se vuelve hacia el altar. Va a hincarse para hacer la señal de la cruz, pero recuerda que la hostia ya no está en el tabernáculo que ya no es tabernáculo y que él, el Padre Azócar, un prelado distinguido, la lleva en su pecho, bajo la sotana, junto al corazón. Se vuelve hacia la monja otra vez:

—Hasta luego, Madre.

—Hasta luego, Padre.

—Ah, y...

La cara del señor Azócar se ablanda. Por un instante recupera sus ojos de raso. La monja le sostiene la mirada.

—¿Sí, Padre?

—... espero que no lo comente con nadie...

Ahora es usted la que manda, Madre Benita, ahora es usted la que no baja los ojos porque sabe que no fue su pobre carcajada lo que execró la capilla sino que la palabra sucia del cura al caer de la silla.

—¿Qué es lo que quiere que no comente con nadie?

Usted se lo pregunta cruelmente, como debe ser porque usted sabe: que no comente su figura ridícula bailando de codicia sobre la sillita que crujía, que no comente su palabrota al caer. Pero usted quiere que ese cura, ese hombre que la humilla se lo ruegue, que al decírselo confiese, él, su propia humillación. Sí. Que sus ojos de raso y su palabra pomposa se doblegen al pedirle discreción. Los ojos del prelado vuelven a endurecerse.

—Nada, Madre Benita... no se preocupe...

Queda sólo la lucecita colorada, viva aún, dolorosa como un muñón, colgada a un lado del altar. Es cuestión de apagarla y descolgar esa pieza de orfebrería, lo que contiene ya no significa nada porque el Padre Azócar se llevó la hostia, sólo el continente tiene importancia porque es muy valioso, es una pieza única, Madre. A pesar de que aún arde la llamita esto ha quedado convertido en otra habitación vacía de la Casa. Sentimos el viento que se cuela por las rendijas como en cualquier habitación. Un vidrio roto, quizá dos o tres, hay que tener cuidado con los vitrales.

En una esquina, roen y roen y roen los ratones para ir a ocultarse quién sabe en qué profundidad de los murallones de adobe. Yo todavía puedo rezar en esta cáscara vacía. Esa llama roja es mi plegaria... qué será de nosotros, Dios Mío, cuando caigan estas paredes de barro. No quiero pensarlo. Cierra los ojos.

—Señor Mío Jesucristo, Dios y Hombre Verdadero...

Al abrir los ojos se da cuenta de que ha estado durmiendo otra vez. ¿Otra vez, Mudito? ¿No será sólo otra parte de la misma vez? Mudo, Mudito, no me dejes sola, dónde estás, siento la derrota... mi amenaza no asusta a nadie, mi plegaria jamás llega a completarse porque me canso y me duermo... me voy a acostar porque estoy vieja y no sé cuándo estoy dormida y cuándo estoy despierta... enciende una vela, Mudito, alúmbrame el pasillo para llegar hasta mi celda y guarecerme en mi cama.

20

Los rematadores abrieron la capilla y sacaron todo, organizando lotes en los corredores, cada lote con su etiqueta y su número: confesionarios carcomidos, más y más sillitas doradas cojas y con el damasco carmesí gastado y rajado y manchado, banquetas de palo, pedestales de madera simulando mármol, reclinatorios de terciopelo polvoriento con los resortes vencidos. Los rematadores le advirtieron a la Madre Benita:

—Esto no lo van a pagar más que como leña.

—Eso adviértanselo al Padre Azócar.

—Bueno. Para que no se haga ilusiones.

—No creo que se las haga. Hace tiempo que se llevo lo poco de valor que había.

Los rematadores también sacaron lo único que servía de verdadero ornato de la capilla, su lujo: los cuatro grandes vitrales de principios de siglo en los que cuatro grupos de benefactoras de la Casa ataviadas con mantos negros, arrodilladas, inclinadas sobre sus manos unidas en oración, sus distinguidos nombres relumbrando al pie de cada vitral, rodeaban a San Gabriel Arcángel con su dedito alzado y a la Virgen de ojos pudorosos, el primer grupo; a la Inmaculada Concepción aplastando con sus pies purísimos la cabeza del monstruo que tiene la bola del mundo en sus garras, el segundo grupo; a Santa Ana que concibió a la Virgen sin pecado original, el tercer grupo;

y el cuarto grupo rodeando a la Virgen visitando a Santa Isabel con el vientre hinchado por un invisible San Juan Bautista que se alegra ahí adentro de que ese abrazo lo limpie a él también de pecado original. Los vitrales eran de trabajo catalán, artísticos de veras según algunos entendidos, interesantes como ejemplos del gusto de esa época. Después de arrancarlos de las ventanas, los adosaron a las pilastras del claustro con el propósito de que el día del remate los traspasara un sol tentador —los colores eran, en realidad, muy bonitos, y también los bordes y decoraciones casi chinescas, lotos y garzas y cosas que parecían batros— para que los posibles compradores dieran siquiera algo por ellos, aunque para qué diablos iban a servir esos vitrales, la presencia de esas señoras buenamozonas vestidas de negro cuyas identidades ya no significaban nada para nadie inutilizando un conjunto que, de otro modo, quizá pudiera tener algún valor.

En los muros de la capilla con las puertas condenadas por cruces de madera quedaron cuatro boquetes enormes. Como el remate se iba demorando, algunos pájaros comenzaron a anidar en esos boquetes y las arañas tendían sus estructuras de vitrales efímeros, barridas por las corrientes de aire que en la noche hacían vacilar la llama de las velas —poquita luz, no se vaya a ver desde afuera— encendidas por las asiladas. Entronada en la silla de oro y damasco carmesí que colocaron en medio del presbiterio que ya no era más que una tarima de palo, la Iris Mateluna estornudó. La Dora dijo:

—Ave María Purísima.

En la falda de la Iris, el niño también estornudó.

—Sin pecado concebida.

—Arrópate bien arropada, Iris, y arropa al niño, mira que las bronquitis son muy contagiosas en esta época del año y dicen que anda mucha gripe en el barrio.

La Iris se subió el cuello del abrigo café, cuya amplitud disimulaba su preñez, esa preñez insistente, inquietante, irresuelta, que se prolongaba meses y meses con el temor de todas, que repetimos es milagro, es milagro, la Brígida lo dijo, ella sabe de esas cosas, cuando es milagro el embarazo puede ser corto pero también puede ser mucho más largo, hasta que el niño, en su sabiduría, estime que haya llegado el momento preciso para irnos todas con él al cielo en cuanto nazca, lo antes posible, porque van a echar abajo esta Casa y quién sabe qué va a ser de nosotras cuando comiencen a demoler, dónde nos irán a mandar, una se preocupa, cómo no se va a preocupar, pero no hay que tener miedo sino confianza en el niño, las cosas sucederán cuando él quiera y mientras tanto nosotras tenemos que cuidar a la Iris, mañosa se ha puesto esta chiquilla, de malas pulgas, pero hay que obedecerla y venerarla rodeándola de cánticos y cirios y rezos. El niño volvió a estornudar.

—Cuidado, Iris...

Ella bostezó:

—Ya, pues. Estuvo aburrida la fiesta esta noche. Miren cómo le corren los mocos a la guagua. Si no es más divertida la fiesta de mañana, las voy a acusar a la Madre Benita. Ya está bueno. Estoy cansada de pasármela sentada aquí con la guagua en brazos, vámonos para adentro. Tengo sueño. Quiero acostarme. La guagua está mojada y por eso estornuda.

—Los meados no se enfrían, conservan el calor.

—Pero nada más que cuando la guagua tiene calzón de goma encima pues, Amalia, y al niño no le pusimos...

—¿Ah, sí? No sabía.

—¿Cuándo sabe nada usted pues, Amalia?

Un mes atrás, antes de que vinieran los rematadores para organizar los lotes, el Arzobispo hizo sacar los santos. Las asiladas quedaron tristes con la capilla vacía, aunque sabían que ya no era capilla porque estaba execrada. Pero el Mudito les dijo que no fueran tontas, que para qué lloraban, que fueran al patio de él, donde encontraron trozos de drapeados de yeso, mantos, armiños, pedrerías, un puñal hundido en el pecho de una mártir, aureolas y coronas y ojos vigilantes desteñidos y pedazos de cabeza con restos de potencias, el pasto crece, hay que descubrir serpientes diabólicas sin lenguas debajo de la maraña de zarzamora, rostros fundidos entre la galega y las teatinas, piernas retorcidas por el dolor del éxtasis, dedos hojeando un libraco de yeso o desgranando un rosario. El Mudito insinuó que si el Arzobispo les quitaba sus santos, ellas podían fabricar otros, era el colmo que dejaran la capilla convertida en una barraca. Las asiladas se enorgullecían con sus hallazgos y con sus creaciones. Tuvieron mucho tiempo de entretenimiento en que casi olvidaron a la Iris con su niño, porque esto de armar seres, organizar identidades arbitrarias al pegar trozos con más o menos acierto, era como un juego, y una qué sabe, puede resultar un santo de verdad con estos pedazos que vamos pegando, pero qué importa, para eso está el Mudito que ahora no puede hacer trabajos pesados, él sabe, dibuja facciones en los rostros borrosos, sugiriendo combinaciones de trozos interesantes que a una quizá no se le hubieran ocurrido, la Iris armando santos entre la galega, la Dora detrás de la zarza, esta mata de hinojo que tiene agarrada en sus raíces a un santo que parece San Juan Bautista, hay que hacer un hoyo para desenredarlo, ala con rostro de mujer, cabellera de Magdalena con fauces de dragón que no humean, hay que disimular con un poco de pintura la línea en el cogote donde pegamos esta cabeza que no pertenece a este cuerpo, no, no la disimulen, es la beata Inés de Azcoitía que conservó toda la vida la cicatriz en el cuello, por eso la papalina, por eso esta Casa construida para encerrar y ocultar. La Amalia dice:

—Pero no podemos venerarla porque no resultó la beatificación. Pobre misiá Inés.

—Pero puede resultar. Dicen que va a dejar todos los papeles en Roma para que los abogados de allá y el Embajador se ocupen del asunto, aunque dicen que el Embajador ante la Santa Sede es comunista y por eso no resultó la beatificación. Es cuestión de esperar que cambie el gobierno y que manden a un Embajador menos malo para que resulte.

La Amalia, después de pensar, dice:

—Peor, entonces. No armemos una Santa Inés de Azcoitía. Dicen que cuando llegan a saber las autoridades que ha habido culto a un santo antes de que Roma lo canonice, entonces ese santo no puede ser santo porque es idolatría, y los cardenales mueven la cabeza y dicen que no, ésa es una de las condiciones principales para que resulte una beatificación.

—¿Y ésta de dónde saca tanta cosa?

—¿Pero para qué le hacen caso si la Amalia no sabe nada?

—¿No se da cuenta de que ésos son cuentos de vieja pues, Amalia? Y no lloriquee por todo...

—No estoy lloriqueando, me lagrimea el ojo tuerto nomás. No he podido encontrar el dedito de San Gabriel Arcángel...

—Miren, este santito me resultó precioso.

—Un poco raro, las piernas tan cortas...

—Y la cabeza tan grande...

—No importa, de ser santo, es santo porque lo hice con pedazos de santo. ¿A ver, Mudito, qué nombre le pondremos?

Las viejas se congregan alrededor mío, entre las matas, entre trozos de yeso, para que decida, y con mi pincel, en los pedestales de las creaciones de sus fantasías anárquicas, pinte nombres de santos. Santa Brígida, la primera, por sus dedos tan finos, de aspecto tan inútil, por su aire sentimental. San Fidel, por lo barbudo, y le pinté una bandolera terciada llena de cartuchos. Y un San Jerónimo, espigado, airoso, me demoré toda una mañana de sol, con las viejas encuclilladas murmurando alrededor mío, en conseguir el azul exacto de la mirada. La Beata Inés de Azcoitía, con su gran tajo de chonchón en el cuello y sus orejas desmesuradas, fue desde el principio la más popular de las Santas.

Y una Santa Peta Ponce de mirada libidinosa, y un San Doctor Azula, que todas encontramos muy parecido a la Amalia, cuyo ojo tuerto lagrimeaba y lagrimeaba.

—¿Pero qué importa que San Gabriel no tenga dedito pues, Amalia?

—Importa.

—Lo tienes casi completo. Déjanos que lo carguemos en el carro del Mudito para llevarlo a la capilla, se va a ver lindo.

—No quiero. Hasta que encuentre el dedo.

—¿Qué le ha dado con la cuestión del dedo a esta tonta?

La Amalia, lloriqueando, busca a gatas entre la zarzamora.

—No le hagan caso, está difariando.

—Quedó medio rara después de la muerte de la pobre Brígida.

—Yo nunca le he visto el dedito a San Gabriel.

—Poco nos va a durar la Amalia.

—Poco.

En el carro del Mudito van llevando sus creaciones para repoblar la capilla vacía, disponiéndolas alrededor de la Iris Mateluna entronada, con el niño en brazos, rodeándola con una corte apenas vislumbrada a la luz temblorosa de las velas que arden alrededor nuestro, protegidas por un baldaquino que infla el viento al entrar por los cuatro boquetes de las ventanas.

Ya no son siete las confabuladas. Sin que nadie supiera cómo, el rumor cundió por la Casa... dicen que en la capilla... dicen que la Iris Mateluna... dicen que le prenden velas, que la rodean de flores y ramas, dicen que hace milagros, dicen, dicen... se murmura en los rincones de los patios más insignificantes, se oyen pasos escabulléndose, las viejas espían, miradas de reojo en la cocina, preguntas tramposas, verdades ganadas o perdidas al monte cuando la sota de patas no trajo rey, dicen que... pisadas, sombras, cuchicheos, orejas pegadas a tabiques, cómo no va a cundir el rumor, cuando hay milagro es natural que la cosa cunda, y fue necesario ir aceptando más y más viejas en el círculo secreto porque si las rechazábamos podían resultar peligrosas, tan habladora ésa que anda vestida de manda de Lourdes y que vive en el patio del lavadero, envidiosas todas, metetes, intrusas, peladoras, y qué le vamos a hacer si el embarazo de la Iris va durando tantísimo, hay que rezar, el enjambre de viejas reza rosario tras rosario de noche en la capilla alrededor de la Iris entronada con el paquete de su niño en las rodillas, su muñeca que no suelta por nada en el mundo, rosarios y salves para que esta chiquilla de moledera para ligerito y sin dificultad, que el niño de veras nazca y no haya que usar a este sustituto que tranquiliza a la chiquilla, está hecha un demonio, que no se demore más el niño concebido sin la mancha del placer, que lo alcancen a mecer ellas también en sus brazos antes de morirse si es que el niño no se las lleva al cielo antes que se mueran. A pesar del viento enloquecido en los rincones de la capilla y de las toses y los estornudos y del miedo a apulmonarse y del sueño que a veces tumba a alguien en medio de una salve, las viejas rezan y rezan, le hacen reverencias a la Iris que es lo que a ella le gusta porque le da risa, y que le echen de ese humito oloroso, y hasta que le bailen haciéndole aaaaassssssíííííí, aaaaassssssíííííí con los brazos, genuflexiones con sus rodillas que crujen, que se apure el niño, ellas ya tienen sus atados listos para irse con el niño al cielo porque eso es lo que la Brígida prometió, unas cuantas cositas nomás para llevarse amarradas en paquetes, el reloj despertador, un chal, naipes para la brisca porque allá no dejan jugar al monte no ve que el monte es el juego del demonio, la tetera, y quizá ni siquiera necesitemos llevarnos esas cosas al Cielo porque dicen que allá dan de todo, y nuevito.

La Iris sigue engordando cubierta por su abrigo. Tiene los ojos colorados. Hoy ha estornudado ocho veces, las conté. Claro que es una noche excepcionalmente fría. Y yo estornudé otras tantas. Pero como está medio adormecida de aburrimiento en su sitial no me limpia los mocos. Ahora traen mi carrito. Ya era hora. La Iris se sienta en la plataforma. Me colocan sobre su falda. Ella, que es una mamá buena, insiste en que me pongan el gorro de lana de la guagua, el que tiene ponpón, para que no me siga resfriando. Las viejas vuelven a clavar las tablas con que condené la capilla, para que parezca que nadie hubiera entrado después de que los rematadores sacaron todas las cosas. Y precedidas por dos viejas que llevan velas dentro de cucuruchos de papel de diario, arrastran mi carrito, llevándome a mí y a la Iris sobre la plataforma, seguidos por la comitiva de alcahuetas y comadronas harapientas, de meicas fragantes a yerbas, de compositoras, de lloronas, de nanas, de brujas de menor cuantía que ni saben que son brujas, rezando por los pasillos, tosiendo, comentando, sorbiendo.

Desde que el doctor Azula me operó, no sólo cambiaron los rasgos de mi rostro dejándome esta máscara casi desprovista de facciones que nadie se ha preocupado de repintar. También me redujo a lo que soy, apoderándose del ochenta por ciento y dejando el veinte, reducido y enclenque, centrado alrededor de mi mirada. Las viejas me bajan al sótano y me tienden en una de las camas. Han despachado a las asiladas de adhesión más reciente, el sótano no es grande, no sean curiosas mujeres por Dios, otro día te vamos a dejar bajar a ti, Lucy, ahora no cabemos todas las que queremos ver a la Iris cambiando a su muñeca, queremos ayudar, no cabemos todas y nos van a estorbar y hay tantísimo que hacer, cuando las necesitemos las vamos a llamar. Ya, Iris, déjanos desnudarte, ponte la camisa, acuéstate que es tarde, se nos pasó la hora rezando en la capilla, la Iris quiere cambiar ella misma a su guagua pero nos deja que nosotras la ayudemos porque es difícil cambiar sola a una guagua que es más bien grandecita, como esta muñeca. Me sacan los pañales.

—Esta muñeca es menos meona que la Damiana.

Ante sus ojos queda descubierto mi sexo aterido. Ellas creen que es el sexo del Mudito, pero no, está sólo disfrazado del sexo sumiso del Mudito, aunque me lo afeitaron por orden de la Iris para que quedara como el sexo de un niño, es el suyo, don Jerónimo, el que la tocó a ella, porque logré huir *antes* de que el doctor Azula hiciera la transferencia. Me toman el sexo para lavarlo con la esponja,

387

comentan qué cosa más fea, no sé cómo algunas mujeres pueden ser tan asquerosas y me lo espolvorean con talco como si fuera una golosina que se preparan a devorar y hacerlo desaparecer como desapareció el sexo contaminado que lleva don Jerónimo, que no toca a Inés desde años y años y años y años porque yo no quiero que la toque, para eso disfrazo mi sexo potente de sexo de niño, por Dios, señor, cuándo nacerá el niño de veras para no tener que hacerle estas cochinadas al Mudito, hacérselas a una guagua no importa, a esta muñeca yo ya no tengo estómago para seguir haciéndole estas cosas, cada vez que me toca lavar al Mudito me dan ganas de vomitar, lávalo tú, Iris, es tu muñeca, nos dejas lo más pesado a nosotras y una la tonta sacrificándose mientras ella descansa, hasta cuándo nos vas a tener esperando tu niño, te diré que con la demora la fe de algunas está flaqueando, no creas que todas las murmuraciones son favorables, muchas hay que dudan, otras están asustadas porque dicen que es contra la ley o cosas así, yo oí decir el otro día que hay una vieja que vive en el patio de la palmera que dice que esto es un verdadero crimen, que lo va a delatar porque todas estamos locas, casi todas las asiladas saben que pasa algo, huelen que hay gato encerrado en nuestras conversaciones sigilosas, nosotras mismas estamos empezando a flaquear, ya ves a la Amalia, con el cuento de que anda buscando día y noche el dedito de San Gabriel ya ni se aporta por aquí, apúrate pues Iris, qué vamos a hacer Dios mío si vienen a demoler la Casa antes que nazca el niño, nos irán a echar a la calle a pedir limosna, a dormir por ahí en los umbrales y en los parques, no, no sean lesas, no van a echar nada abajo aunque rematen, ése va a ser uno de los milagros principales que va a hacer el niño cuando nazca, pero mientras tanto juguemos con el Mudito que se deja hacer cualquier cosa porque anda como atontado el pobre, medio dormido, si parece que no estuviera ni vivo ni muerto, Madre Benita, qué le pasará a este pobre hombre. Usted dice que ya no sabe qué hacer con él. Ya no ayuda en nada. A veces se esconde y como conoce la Casa tan bien porque está aquí desde mucho antes que todas nosotras y que la misma Madre Benita, se nos pierde y tenemos que salir a buscarlo repartiéndonos por las galerías y los pasillos y los patios y los sobrados hasta encontrarlo, porque tenemos que encontrarlo, si no, la Iris se enoja con nosotras, nos rasguña furiosa o nos pega con una varilla, que le traigan a su muñeca al tiro porque si no, va a dejarse caer por una escalera para matar al niño milagroso y así no va a haber milagro, y nos quedaremos todas como tontas chupándonos el dedo, a ver qué van a hacer entonces, no va a haber milagro, ningún milagro, y se van a morir todas porque son viejas y están enfermas, así que encuéntrenme a mi muñeca, voy a acusarlas a la Madre Benita para que las castigue, al Padre Azócar para que las eche a la calle, sé de memoria el teléfono privado del Arzobispo y voy a llamarlo para decirle todo si no me encuentran a mi muñeca, hace dos días que anda perdida mi muñeca, y nosotras, cojeando, casi ciega porque a mí me salió este orzuelo que me molesta tanto, y yo beso mi escapulario para tener suerte en la búsqueda, aterradas con la oscuridad que nunca se aclara, tenemos que repartirnos por toda la Casa, por pasadizos que nunca antes recorrimos, por patios donde hay liebres mire, Rosario, cría de liebres en este patio, cacemos una, que son tan ricas guisadas con harto ajo, ahora que no hay casi nada que echarle a la olla, fíjense chiquillas que encontramos liebres en un patio de allá adentro, cómo van a ser liebres pues Carmela, no seái lesa, mujer, son conejos nomás, pero los conejos también son buenos para comerlos, si no son ni conejos siquiera, son cuyes, por qué habrá cría de cuyes en este patio yo no sé. El Mudito no aparece. La Iris está chillando que nos va a acusar a todas, parada encima de una baranda para tirarse y matar a su hijo si no le traemos a su muñeca, hasta que la Rita da un grito, aquí está, aquí está, lo encontré, sentado en el suelo con los brazos rodeándole las piernas y la cara oculta sobre las rodillas, manso, tan bueno el Mudito se deja agarrar sin resistencia y le damos de comer pero muy poquito porque ahora casi no come... y cuando otras veces se pierde, es distinto, porque cuando lo encontramos y se da cuenta de que lo vamos a pillar se echa a correr como si fuera un chiquillo y se nos pierde por los pasadizos porque nosotras no podemos correr tanto, hasta que días después —a veces tenemos que encerrar con llave a la Iris para que no haga cosas peligrosas y no grite tanto y no nos azote con su varilla— encontramos al Mudito en una de las piezas donde han ido almacenando los diarios y revistas y libros viejos, en guaridas que el Mudito se organiza entre tanto papel inservible, fardos de revistas, libros roídos por los ratones, hacinamientos de diarios, montones de enciclopedias truncas, de libros de pasta lujosa manchados de colorado porque las tapas se fueron destiñiendo, a veces lo encontramos leyendo porque dicen que el Mudito se ha leído todos los libros y todas las revistas y todos los diarios que hay en la Casa y que por eso ya no tiene fuerza, y sin embargo, cuando lo pillamos en esos escondrijos, refugiado en esas cuevas de letras inútiles, se nos arranca otra vez, escala los fardos de diarios a veces hasta el cielo raso, pero nosotras, aterradas con la amenaza de la Iris, a pesar de que los huesos rechinan, quejándonos, trepamos persiguiéndolo por la montaña de los *Zig-Zag* y de *La Esfera* y del *Je Sais Tout* empastados y revenidos que conozco de memoria, cercándome como a un animal, gritando para que vengan más viejas a ayudar, hasta que me pillan, Mudito, Mudito, no seas tonto, entrégate, por qué te arrancas, nosotras te queremos y nunca te tratamos mal, sólo te queremos pedir el favor de que nos ayudes a entretener a la Iris hasta que nazca el niño.

Comienzan a envolverme, fajándome con vendas hechas con tiras de trapo. Los pies amarrados. Luego me amarran las piernas para que no pueda moverlas. Cuando llegan a mi sexo lo amarran como a un animal dañino, como si adivinaran a pesar de su disfraz infantil que yo lo controlo, no se vaya a saber lo que oculto, y me fajan el sexo amarrándomelo a un muslo para anularlo. Luego me meten en una especie de saco, con los brazos fajados a las costillas, y me amarran en una humita que sólo deja mi cabeza afuera. Me acuestan en la cama de la Iris, a su lado, eso es lo que ella exige para aplacar su furia, que me fajen bien y acuesten a su muñeca a su lado en la cama, debajo de las sábanas, porque a ella le gusta dormir con su guagüita, como cuando su papá y su mamá dormían en la misma cama que ella y mientras ella dormía hacían nanay hasta que una mañana la Iris no recuerda más y todo rebota hacia el presente de su muñeca, en su cama, a su lado para jugar con ella.

—Toma tu chiquillo, Iris.

—Duérmete ahora.

—Y que él también se duerma.

—Por suerte que esta cría no es mañosa para dormirse como la tonta de la Damiana, se duerme al tiro, sin llorar. Pero no vayas a dejar que te haga ninguna cochinada, Iris, que para que no te toque y para que no se le vaya a parar su pichulita lo fajamos tanto, que duerma contigo como una muñeca de veras, el Mudito es casi como un muñeco de veras, qué va a ser capaz de nada, es más bueno el pobre, capaz que sea santo él también, miren la cara con que ayer lo encontramos leyendo algo empastado que parecía ser la Biblia porque los libros gordos empastados con mucho oro son Biblias, y algunas dicen que lo han visto escribiendo unas cosas que creo que se llaman pensamientos y que son las cosas que escriben los santos, por eso es que no importa que duerma con la Iris que también es casta, pero entre santa y santo pared de cal y canto, así es que mejor tomar precauciones porque al fin y al cabo un pedazo de hombre nomás será pero hombre al fin y al cabo y los hombres son todos unos cochinos que se lo llevan buscando ocasiones para toquetear a las chiquillas, fajarlo para que no la vaya a tocar con sus sucias manos de hombre, con su carne ávida que tiene que sepultar, porque si la llega a tocar entonces a la pobre le pueden dar malos pensamientos, eso es pecado, y entonces la Iris dejará de ser casta y pura y si deja de ser casta y pura entonces no habrá milagro y no habrá niño, tuvimos que decirle que está esperando para que no nos echara al agua, las cosas ya no son como en el tiempo de la Brígida, han cambiado mucho, y si no hay niño milagroso entonces nosotras nos vamos a tener que quedar en este valle de lágrimas esperando a la pelá que vendrá a llevarnos una noche de terror, cuyo rostro alcanzaremos a vislumbrar, en esta Casa que dicen que caerá aunque va a llegar misiá Inés de Roma, qué irán a hacer con nosotras cuando demuelan esta Casa si se han olvidado de nosotras, hasta Monseñor, todos menos el niño que va a nacer para salvarnos, no va a permitir que nos metan en un furgón de la Beneficencia Pública como a la pobre Mercedes Barroso para botarnos a que nos pudramos en la fosa común, porque claro, no diríamos nada si fuera un funeral como el funeral que misiá Raquel le costeó a la Brígida, patrona como ella no se ha visto, eso sería muy distinto, no daría tanto miedo quedarse encerrada en un buen cajón, en un nicho de mármol verdadero, blanco, con el nombre escrito y las fechas y todo y la familia Ruiz presente rezando que se veía que tenían pena de veras de que se les hubiera muerto la pobre Brígida, pero nadie tiene la suerte de la Brígida, por eso es que hay que cuidar a la Iris, porque tiene que haber un niño que haga el milagro de echar a los hombres malos que traen las cajas negras, y para que, tocando con su dedito santo las carrozas y los caballos que nos transportarán al cielo, se transformen en blancos y entonces ya no da miedo, porque nosotras creemos que las cosas blancas son inofensivas y por eso la Brígida nunca se ponía ese chal negro que le regaló la señorita Malú para su cumpleaños y que quedó nuevecito... quién sabe quién se habrá quedado con él... capaz que se haya desteñido y se haya puesto blanco porque el milagro puede comenzar cualquier día, por eso, para estar lista una, hay que hacer paquetitos con las cosas que nos vamos a llevar, la tetera, el despertador, las medias abrigadoras porque puede correr viento, un chal de cualquier color...

★ ★ ★

Apagan las luces. Se van. Sólo dejan a una vieja de turno durmiendo en la otra cama del sótano. La oigo removerse entre las sábanas. A través de mis vendas y de los paños que me aprisionan impidiéndome todo movimiento, me siento envuelto en el calor del cuerpo de la Iris. La vieja se ha dormido. Musita cosas. Saborea, duerme. Tú y yo, tendidos uno junto al otro, hemos aprendido a reconocer el momento en que la respiración desacompasada de las viejas cae en el orden del sueño, que a ellas también las mete en sacos que impiden sus movimientos y suspenden su vigilancia.

Tú no me tocas.

Ni me hablas todavía, hay que esperar no sólo el momento en que el sueño engulla a la vieja de turno, sino ese en que el dolor destroce mi resistencia y me atreva a quejarme, y te implore. Tú misma les enseñaste a liarme para dejarme totalmente inmovilizado, le tengo miedo a la muñeca, dijiste, y las diriges porque son esclavas de tu útero, que me acuesten a tu lado de manera que, inmóvil, me canse pronto y pronto me duela la espalda tullida y quiera cambiar de postura para buscar un pequeño alivio que tú no me das porque te niegas a moverme y yo no puedo moverme sólo, para que así tenga que rogarte, Iris, Iris, lo tramaste todo tú, estoy en tu poder, lo sé, susurro: te imploro que me muevas un poquito porque me estoy tullendo, ya no puedo más, quizás me tenga que quedar en esta posición fija y dolorosa para siempre aquí en este sótano, quizás cuando las viejas me despojen de las vendas al amanecer sea incapaz de dar un paso ni estirar un dedo.

Respiras de una manera distinta a las viejas que duermen. Ya no puedo más. Sé que pronto voy a comenzar a acalambrarme. Te urjo:

—Iris.

No me contestas, para que te tenga que rogar:

—Muéveme un poquito.

—No quiero.

—Por favor, Iris.

—Ssssssssshhhhhhhhhh...

Y no me tocas.

Inmóvil, intolerablemente estático, nace el calambre donde siempre, en los tendones del empeine, se agarrotan, el dolor me agarrota el tobillo prisionero en la posición fijada por las vendas y el calambre remonta por los tendones de mis piernas inanimadas y por mi cuerpo entero incapaz de defenderse del dolor del que podría defenderse con cualquier movimiento mínimo que tú te has encargado de que sea incapaz de hacer, el calambre sigue subiendo, endureciendo, ligando todo mi costado izquierdo, hasta el brazo, hasta la clavícula, ya ni moviendo los tendones del cuello puedo defenderme, no tengo derecho al menor movimiento que podría despejar el calambre, tú me quitaste el derecho de moverme para transformarme en tu muñeca porque sabes que liado así me agarroto y el dolor remonta mi cuerpo hasta mi cuello, y voy a tener que gritar de dolor y no grito, sólo vuelvo a susurrar:

—Iris.

No contestas.

—Un poquito.

—No.

—Me estoy muriendo de dolor.

—Tu castigo.

—Iris.

—¿Te duele mucho?

—Sí.

—¿Te gustaría moverte?

—Sí...

—¿Y qué harías por mí si te moviera?

—Lo que me mandaras.

—Mentiroso de mierda.

—No, Iris... ya no aguanto...

—Por mentiroso de porquería te pasa. ¿Cuántas veces te he mandado que me vayái a traer al gallo que me hizo la guagua? Nada. Siempre llegái con cuentos, noticias... que alguien dijo... un mensaje, nada, el gallo, ni agua y ya está bueno. Uno de estos días voy a tener la guagua. Creo que hasta me pasé, claro que no me acuerdo de las fechas, aquí adentro los días son todos iguales, pero se me ocurre que debe ser para ahora, así es que el gallo ése tiene que venir a buscarme nomás y a reconocerme la cría. No quiero que sea huacho... y si nace aquí en la Casa qué va a decir la Madre Benita. Si no me traís al gallo antes que nazca la guagua, te voy a acusar de todo...

Susurro:

—Oye, Iris...

—Nada de cuestiones.

—Tengo una idea.

—Estoy cabriándome con tus ideas.

—Ésta sí que es buena.

—No te creo nada.

—Muéveme un poquito.

—No...

—¿Cómo quieres que te hable, entonces?

La Iris me cambia de posición en la cama, me ayuda a encoger y a estirar las piernas y es como si las metiera en agua fresca que ablanda la dureza, disuelve un poco el dolor. Yo sé. La Iris me va a dejar en esta posición hasta que extraiga de mí lo que quiera, y entonces, cuando comience a agarrotarme de nuevo en este silencio, yo sé, me hablará otra vez y yo le prometeré otras cosas para que me vuelva a mover y el nuevo dolor vuelva a desaparecer o por lo menos se suavice. Le hablo al oído para no despertar a la vieja de turno:

—Es que ya no está, Iris. Se arrancó el padre de tu hijo cuando le dijeron que yo andaba buscándolo y le perdí la pista. Cuando oye decir que ando buscándolo, se cambia de casa y de barrio hasta que lo pierdo otra vez, vieras las cosas de que me tengo que disfrazar para que no sospechen que soy yo el que anda detrás de él... tiene miedo porque lo andan persiguiendo y eso es lo que da más miedo de todo, que a uno lo persigan y uno se inventa motivos y urde dramas en que protagoniza hechos que jamás ocurrieron para justificar ese miedo...

—Ya no te entiendo... habla claro...

—Cuando en la noche me sueltas las vendas mientras duerme la vieja de turno, y me obligas a vestirme y me echas a la calle como a un perro y me robas las llaves esperándome hasta el amanecer detrás del portón, yo camino por toda la ciudad, Iris, es terrible la ciudad, no sé para qué quieres salir si aquí te dan de todo, ya me conocen en los bares, en los prostíbulos, en las ferias, en los circos, en las galerías de los teatros de barrio donde hay banquetas de palo igual a las que antes había en la capilla, en todas partes lo busco, te juro, pero siempre me dicen hace tiempo que no viene por aquí, le contaron que lo andaban buscando para una venganza y le dio miedo y cambió de picada, claro que a nadie se le ocurre que el instrumento de la venganza soy yo, así es que no les importa contarme todo.

Me escuchas porque crees que es una novela.

—Óyeme, Iris...

—Sí, pero no me voy a quedar para siempre en esta Casa de porquería, con estas viejas y contigo.

—Te dejo salir cuando quieras.

—¿Qué saco? ¿No decís que la Damiana anda por ahí? Yo no quiero meterme más con esa vieja maricona. Si salgo sola, ella fue la que me dijo, me van a llevar a parir en un hospital donde tratan mal a las chiquillas. Sí, yo también, a veces, en la noche, oigo los pasos de la Damiana rondando la Casa, silbando para que me asome al balcón, pero no me asomo, no me quiero ir con ella. Prefiero esperar hasta que él me venga a buscar, jugar con las viejas a la cuestión de los milagros para que si no encuentras el gallo me ayuden a parir y ellas me críen a la guagua. No estoy para andar por la calle como limosnera con el chiquillo. Plata, eso es lo que me tenís que traer si no encontrái al gallo.

—De eso quiero hablarte.

—¿De qué?

—Suéltame un poco las amarras.

—Así me hai engañado otras veces.

—Suéltame y te digo...

Debajo de la ropa de cama, la Iris manipulea los cordones y las amarras que me transforman en un paquete. Puedo moverme. Tengo brazos, tengo piernas: existen más allá del dolor de los calambres y ajenos a la incomodidad y al terror del agarrotamiento eterno, Iris, Iris, suéltame otro poquito más y te contaré un proyecto cualquiera para engañarte otra vez, una tontería fabulosa como una fotonovela para que puedas creerla y te meteré entera en esa ilusión como dentro de mi cajita de música, me sueltas más, dicen que él le contaba a todos que a ti nomás te quería... otra amarra... y que no podía ofrecerte nada porque era pobre... otra... que no te merecía... ahora este cordón... qué sacaba con venir a buscarte si no iba a poder darle ni educación a tu hijo... me acerco más a tu oído atento aconsejándote esta noche por fin que no vale la pena seguir buscándolo porque puedes parir de un momento a otro y además el tal Romualdo era un muerto de hambre, no era ni dueño de la cabeza del Gigante con que te hizo lesa, se esfumó el tal Romualdo, no dejó ni rastros, como si cuando despedazaron la cabeza del Gigante también hubieran despedazado al Romualdo, mejor olvídate de ese tonto, Iris, no seái lesa, yo también me quiero arrancar de esta Casa a pesar del terror que les tengo a las calles y a veces hasta prefiero los calambres de dormir fajado e inmóvil junto a ti una noche entera antes que salir a vagar, pero ahora cuando me desamarras y me echas de la Casa y cierras la puerta con llave por dentro para no dejarme entrar si no te doy alguna explicación sobre Romualdo, durante estas noches cuando he andado buscando por ahí, he visto muchas casas, he espiado por las ventanas y ahora sí que sé dónde conseguir plata. Mucha plata.

—Ladrón de mierda.

—¿Por qué?

—Puta seré, pero no ladrona.

—¿Quién te dijo que eras puta?

—La Damiana.

No eres puta, Iris, eres casta y pura, yo sé, te lo aseguro, te lo prometo. Y en la noche silenciosa y resguardada del sótano yo hilvano la fábula en tu oído para salvarme y para que me sueltes porque si no el dolor me va a matar, por eso invento y voy improvisando según tus reacciones: cierta casa muy grande, amarilla, frente a un parque muy terrible que hay al otro lado del río, fabulo y te cuento de esa gente rica que vive en esa casa amarilla, toda la plata y todo el poder que tienen me lo deben a mí así es que no sería robo, Iris, yo soy pobre y enclenque porque ellos me lo robaron todo, no me han pagado nada de lo que me deberían pagar porque no existirían si no existiera yo, yo les puse todo en las manos, yo les conferí belleza y poder y orgullo, sin mí se esfumarían, entiendes, su plata y sus joyas y todo lo que tienen me pertenece: en la oscuridad del sótano arden tus ojos fascinados con esta nueva novela que urdo porque necesito engañarte para que no me mates de dolor, así es que si quieres puedo ir a sacar esa plata, no a robarla, esa plata que hay en la casa amarilla frente al parque es mía, nada más fácil que apoderarme de esa plata, cómo será lo bien que conozco a esa gente que me debe toda su riqueza a mí que me sé de memoria la combinación que abre la caja de fondos que él tiene en su biblioteca, escondida detrás de unos libros de lomo verdoso, entrando, arriba, a mano izquierda. Él a veces abre su caja de fondos para contar sus millones. Yo puedo sacar toda esa plata de ahí donde está, Iris, sí, Iris, sí, suéltame, suéltame un poco más, más, no nos demoremos, créeme esta vez de nuevo, y haremos lo que tú quieras con la plata.

—Pero yo no me quiero ir a vivir contigo.

—Bueno. Mitad y mitad, para que hagas lo que quieras. Lo piensas.

—No. No me conviene. Soy menor de edad. Lo mejor será quedarme aquí. ¿Qué van a decir si llego así, por mi cuenta, sin papeles, a tener guagua en una clínica?

Entonces yo murmuro:

—Casémonos.

—¡Ni muerta!

—Te digo que nos casemos para que tú hagas lo que quieras nomás. Con harta plata, la que te voy a dar, y papeles de casada, puedes hacer lo que se te antoje y nadie va a estar preguntándote cosas. Y también te conviene que nos casemos para que tu chiquillo no sea huacho, para que así por lo menos tenga apellido...

—¿Qué apellido?

—El mío.

—¿Cuál es?

No puedes obligarme a pronunciarlo.

—Qué importa ahora, despés te cuento todo eso...

Las manos de la Iris me han ido soltando a medida que escucha, arrobada, mi historia que deforma su ilusión y me deja en libertad: desnudo, con el sexo rapado, pero libre junto a ella, tendido como un hombre junto a una mujer. Podría violarte, Iris, aquí mismo, sin que esta vieja se dé cuenta, casi sin que tú misma te des cuenta, pero no, no lo voy a hacer porque no tengo sexo y quiero que todas las viejas sepan que no tengo sexo para que le transmitan la noticia a la Peta Ponce y se calme y quizás decida, por fin, morirse, yo no soy más que otra vieja de turno para vigilarte y estar atenta por si esta noche, por fin, fuera la noche del alumbramiento. Tú dices:

—No tengo papeles ni de soltera.

—Yo tampoco.

—¿Entonces cómo...?

No importa cómo, Iris, no te preocupes, primero conseguir la plata, con plata se hace todo, así dicen los que saben. Después, con la platita en la mano, veremos qué se hace, no seas tonta, te digo que no es robo, puedo hacer lo que quiera con esa gente, encerrarlos en la cajita de música para que enloquezcan con la repetición eterna de *El Carnaval de Venecia,* a ellos los encerraremos en esta cabañita con pájaros y *edelweiss* pintados. Pásame los pantalones y la camisa que tengo escondidos debajo de la cama. Déjame vestirme tendido aquí a tu lado cubierto por las sábanas y frazadas para que la vieja no se vaya a dar cuenta, ya, levantémonos, ponte el abrigo encima de tu camisa de dormir: mira, permito que me guíes, que me lleves maniatado y con una correa al cuello guiándome como a un perro por los pasillos hasta la portería, tú guardas las llaves ahora, tú dominas, tú mandas, tú me obligas a salir a la calle para recorrer esa vasta extensión donde no existen buenas viejitas imbecilizadas por los años, y cierras la puerta con llave después de echarme a empellones. Tráemelo. Hoy sin falta. Si no llegas con el Romualdo le voy a decir a la señora Rita que trataste de hacer la cochinada conmigo, que mañana te van a tener que fajar más apretado, mucho, mucho más duro que hoy, que no puedas mover ni un solo dedo nada para que te mueras de dolor y te maten los calambres y la incomodidad Mudito de mierda y yo a tu lado no voy a moverte ni a tocarte ni aunque grites y me implores, si sé que te puedes esconder adentro de la Casa, *tu* Casa, pero de tanto buscarte y perseguirte la cosa se ha transformado en algo como un juego, como jugar al pillarse o al credo pero más entretenido, por los sótanos y los sobrados y las galerías y los entretechos, ya conocemos la Casa casi tan bien como tú y es fácil pillarte, mire, señora Rita, le diré mañana, es malo este niño, este muñeco es cochino le diré porque en la noche se le lleva parando el pirulín, por qué no se lo cortamos mejor para que no se le pare, yo no sé para qué sirve el pirulín, señora Rita, así que mejor se lo cortamos para que no se le pare porque me molesta y no me deja dormir, y entonces, si esta noche no cumples con tu promesa, Mudo de mierda, te juro que voy a conseguir que estas viejas te corten la pichula.

—Bueno.

—Te espero en la portería.

—Bueno.

—Trae harta plata.

—Bueno.

Abres. Me quedo parado en el umbral. Me echas con un empellón y cierras la puerta detrás de mí como otras veces. Estoy solo en la calle, la lluvia cae y no sé qué hacer, qué fábula urdir para que mañana por la mañana cuando dé tres golpecitos en la puerta de la Casa me abras y mientras me abres te comenzaré a enredar en un cuento que parecerá verdad, buscaré abalorios, cuentas, mostacillas de colores, eso bastará, te diré que son de un vestido, por ejemplo, y que alguien te los manda para que elijas, y alrededor de esas mostacillas tejeré un cuento que te enredará... y yo ya estaré adentro.

Adentro, libre. No ahogado. Otra vez envuelto en los murallones de adobe. Aprovecharé el pasmo de la Iris con mi fábula para huir de su crueldad y perderme en la Casa insondable. Ustedes creen que la han llegado a conocer entera. Pero se equivocan. Siempre quedan rincones, baúles intocados, oscuridades sólidas que hay que palpar para conocer y que sólo yo sé traspasar y de las que es imposible volver, te juro que esta vez no me encontrarán, te desafío a que lo logren. O me encontrarán sólo cuando yo lo permita, cuando algo vaya creciendo de nuevo en mí como los cuernos de un caracol y sienta el momento vivo en que necesito que las viejas y que tú me descubran para que vuelvan a fajarme y a vendarme y empaquetarme otra vez, y así volver a cumplir mi destino de muñeco amarrado en trapos que sirve para entretener a una de las encarnaciones de la hija de un presidiario... y esperar a que llegue la hora en que me precipitarás de nuevo al abismo de la calle.

21

Maletas, cajones, escaleras de tijera, sacos... un montón de sacos entre los que me oculto y un arado que quién sabe cómo llegó aquí y una poltrona y un pedestal, ven, Mudito, el enjambre me persigue hasta este sobrado, ven, ven, no tengas miedo que ahora no estamos jugando y sólo a nuestros juegos hay que tenerles miedo, ven, la Madre Benita nos mandó a llamarte, que necesita hablar contigo. Me incorporo y soy el Mudito otra vez o lo que queda de él, menos y menos cada día, por Dios, qué vamos a hacer con este hombre que tiene tan mala cara dice la Madre Benita, cada día más enclenque, cada día más chico, pero a ustedes las mandó a que me llamaran y que fuera a la portería para darme la noticia de que llegó un cable desde Suiza y quería que yo también lo leyera. La encontré con las manos desplomadas sobre su delantal y el papel a su lado en el banco junto a la salita del teléfono. Creció el murmullo regocijado de las viejas que iban llegando a compartir la noticia mientras yo leía el cable: VOTO POBREZA ME INSPIRA PASAR ÚLTIMOS DÍAS DE MI VIDA EN CASA QUE ME PERTENECE PUNTO RUÉGOLES DETERMINAR PATIO ORIGINAL HABITADO POR BEATA PARA PREPARARME CELDA Y BAÑO PUNTO VA CARTA INSTRUCCIONES PUNTO CARIÑOS PUNTO INÉS AZCOITÍA.

Usted mantiene una larga conversación por teléfono con misiá Raquel porque no se atreve ni se ha atrevido jamás a hablar con don Jerónimo, cómo va a hablarle si él la ignora a usted y a la Casa y a todos nosotros. Misiá Raquel le está diciendo que claro, que tiene toda la razón de la vida de no hablar con Jerónimo, si a la Inés yo la conozco como la palma de mi mano, voto de pobreza con lo regalona que es, no le dije yo hace un tiempo, Madre Benita, que la Inés se iba a picar con Jerónimo porque traspasó la Casa al Arzobispado y que se iba a vengar... ve, ésta es la venganza, la Inés nunca se venga de frente, menos de Jerónimo, es imposible vengarse de Jerónimo de frente porque no da el frente, como si no tuviera frente o estuviera demasiado alto y la voz de una no alcanzara a llegarle, así es que la Inés se va a vengar viniendo a vivir a la Casa, porque sabe que si ella se instala en la Casa el Arzobispo no se va a atrever ni a tocar la Casa mientras ella viva aquí, por mucho vínculo y capellanía que se haya traspasado, la Inés no tiene nada que ver con cuentos, Madre Benita, y debe estar furia porque le falló lo de la beata que todos sabíamos que le iba a fallar y no nos hizo caso y todo el mundo y Jerónimo se han estado riendo de ella, claro, y ella se instala aquí porque así el Arzobispo no va a tocar ni una teja, claro, si hace algo ella cambia su testamento que está todo a favor del Arzobispado y le deja su fortuna a cualquiera, a la Sociedad Protectora de Animales, qué sé yo a quién, y el Arzobispo no se va a arriesgar a perder el fortunón de los Azcoitía, imagínese, al cura Azócar le da una pataleta, a Jerónimo mejor que no le avisemos nada por teléfono, Madre Benita, que se lleve la sorpresa, oiga, Madre, mejor que le haga empapelar su celda mire que la Inés odia las paredes sin empapelar porque dice que son húmedas y malas para el reumatismo, si quiere yo le ayudo a escoger el papel, yo le conozco el gusto y hay una fábrica en la calle San Isidro que hace unos papeles muy bonitos y nada de caros y como es mejor hacerlo todo como en familia misiá Raquel misma mandó al marido de su nieta la Malú, un arquitecto joven con un elegante revoltijo de pelo largo y gran desparpajo de pantalones de diablofuerte, para jugar a lo que él mismo llamó el juego de las adivinanzas en este laberinto de patios, cómo es posible que no hayan conservado un archivo que nos ayude a fijar las fechas de las distintas construcciones aunque esto sea todo puro parche y pegote sin ningún interés arquitectónico, lo que superficialmente podría parecer unidad no es más que un total descuido, Madre Benita, no desprovisto de cierto encanto, claro que misiá Raquel no sabe de qué está hablando cuando alega que es el colmo que el gobierno que tiene plata para tantas leseras no tome cartas en el asunto y salve una de las pocas construcciones antiguas que nos van quedando, no se puede decir que esto sea antiguo, Madre, es un vejestorio nomás, claro que ya que hay que precisar alguna cosa quizá podríamos decir que este patio que ustedes llaman el patio de la palmera es el más viejo: mire la falta completa de ornamentación en los poyos de piedra que sostienen las pilastras del claustro, las celdas tan estrechas y el adobe tan grueso y los corredores tan mezquinos, parece cárcel y al fin y al cabo el hecho de que esté centrado alrededor de esta palmera que debe tener por lo menos ciento cincuenta años nos da una clave relativamente segura... lástima que ya no queden palmeras así aunque parece que esto era un bosque de palmeras, las últimas las han estado exterminando las señoras que leen revistas de decoración norteamericanas donde aprenden que las palmeras *no se usan,* ojalá que la Ciudad del Niño respete por lo menos esta palmera venerable tan linda, le da cierta gracia a este patiecito de tejados ondulantes y musgosos pero no hay ningún indicio seguro de que éste haya sido el patio original, Madre Benita, aunque de ser primitivo es primitivo, pero seguridad no hay ninguna, quién sabe, podría ser...

¿Seguridad? ¿Quién pretende que se ofrezca seguridad en este asunto fluctuante y borroso? ¿Qué significa, por ejemplo, que Inés en su cable diga la *beata* cuando hace ya muchísimos meses que el Vaticano zanjó el asunto de una vez y para siempre, sí, lo siento mucho, Inés, pero lo zanjó para siempre, con un *no* enfático? Ese cable es una rebelión contra las autoridades eclesiásticas máximas, una herejía casera como un guiso de porotos con aroma de brujería... una herejía insignificante para otros, Inés, pero no para ti porque desnuda tu incapacidad total: no fuiste capaz de darle un hijo a tu marido, y ahora demostraste que también eres incapaz de engalanar la estirpe con una beata expuesta al culto del público, que venerándola a ella veneraría a la familia que tu útero inservible exterminó. Y a pesar de que el Vaticano te negó su venia para *iniciar* el expediente de beatificación, fíjate, no te dieron permiso ni siquiera para iniciarlo, tú sigues hablando de la *beata.* ¿Qué curso monstruoso estarán tomando tus esfuerzos para que esa religiosa que jamás profesó y murió en esta Casa a fines del siglo dieciocho no muera definitivamente contigo, y al morir ella sea como si ni tú ni ella jamás hubieran existido?

Inés nunca tuvo la menor probabilidad de conseguir esa beatificación. Todas las pruebas son tan inciertas, siempre el dicen es lo que impera, se sabe sólo el nombre de la persona que oyó el dicen, no el nombre de la persona que dijo el dicen... cuestión de alguien que le contó algo a alguien en una habitación desaparecida de una casa desaparecida en una calle que ya no se llama igual ni tiene la misma dirección pero no se sabe por qué es la misma calle, palabras que repitió la abuela o la madre de Inés, o la Peta Ponce, o tías pobretonas cuyo orgullo no tenía más que rumores así en que cebar su hambre, aunque existe un manojo de cartas que dicen poco, partidas de nacimiento, actas de defunción, y una que otra crónica posterior recordando hechos que se murmuraba podían considerarse milagrosos. Lo único que consta como realidad firme y legal, sostenida por documentos que la prueban, es la fundación de la capellanía: a fines del siglo dieciocho un rico terrateniente de ascendencia vasca, viudo, padre de nueve hijos y una hija, llegó de sus feudos situados al sur del río Maule para encerrar a su hija de dieciséis años en el convento de monjas Capuchinas, de clausura, de las que la hermana mayor del terrateniente era superiora. Por razones que no registra la crónica, la niña no profesó de Capuchina, como hubiera sido natural. Pero fue seguramente en interminables conversaciones cuya verdad se perdió en el secreto del torno que la sabia superiora convenció a su hermano de que en un caso así lo mejor era fundar una capellanía que ligara a la familia directamente con Dios, creándole al Altísimo la obligación de protegerla. ¿No había oído decir su hermano que, justamente, las monjitas de la Encarnación no tenían Casa propia? ¿Por qué no construirles una Casa para que guardaran en ella a Inés hasta el fin de su vida, ya que de eso, de guardarla, se trataba? Así se hizo. En cuanto quedó terminada la Casa, se instalaron las monjitas carceleras, cuidando a Inés y atendiéndola. Fue tan opulenta la capellanía, dotada de las tierras más envidiables de la Chimba, que sirvió de sabroso comentario para toda la sociedad de la época, hasta que las guerras de la Independencia borraron toda preocupación por santidades y munificencias, ya que sólo se podía hablar de sangre y de fuego, y del enemigo que amenazaba por todos lados. Inés de Azcoitía murió a los veinte años en esta Casa, en olor de santidad.

Todo esto es histórico. Pero a través de obras escritas por damas que recogieron el rumor más tarde, o por alguna viajera europea cuya curiosidad le dio acceso a lo que se comentaba en la intimidad de los hogares del país, llegan hasta hoy tenues ecos de su piedad inigualable y sobre todo de lo que puede considerarse su milagro más espectacular: durante el más catastrófico de los terremotos de fines del siglo dieciocho, el que derribó la mayoría de las casas de la capital y de los campos circundantes, la Casa de la Encarnación de la Chimba permaneció intacta, firmemente en pie, pese a que no era más que una construcción de adobe y teja como todas las de esos tiempos. Dicen... dicen que antes de que comenzaran los remezones de tierra,

Inés de Azcoitía —también vale la pena notar el hecho curiosísimo de que aunque llevaba el hábito de la Encarnación tampoco profesó en esa orden— cayó arrodillada en el medio del patio mientras las monjitas la vigilaban respetuosas desde el claustro. Entonces, cuando los truenos subterráneos y las sacudidas que agrietaron los campos amenazaron con tumbar los muros de la Casa, Inés abrió sus brazos en cruz proyectándolos como con un terrible esfuerzo que sacrificaba a su ser entero para sostener esos muros, y los sostuvo, y la Casa no cayó. El pánico de las monjitas, que por ser de clausura no podían huir, apenas les permitió entrever a la luz de los relámpagos que iluminaban la cordillera esas manos que salvaron la Casa: con el esfuerzo parecían haberse convertido en ramas secas o en sarmientos, como verrugosas manos de vieja. Inés siempre comía sola en su celda —jamás hizo vida de comunidad—, de la que salía sólo para asistir a la capilla, o para pasear sola y silenciosa por el claustro, sus manos plegadas bajo el delantal del hábito, sosteniendo entre ellas una cruz de ramas secas amarradas con tientos, regalo de su pobre nana vieja para su primera comunión, lo único que logró o quiso traer, y seguramente de contrabando, de sus tierras del sur del río Maule.

Después del terremoto las religiosas se dedicaron a vigilar con atención obsesiva las manos milagrosas de Inés: sí, sí, era verdad, durante sus oraciones en la capilla, iluminada, ensimismada, o en contacto con un nivel de existencia al que las monjitas no tenían acceso, entre las sombras de los pliegues del hábito, sus dedos parecían unirse con los palos sobados y torcidos y ennegrecidos por los años y quizá por los siglos de la cruz de su nana, sus manos se iban transformando en ramas secas, y a medida que se alzaban más y más en el éxtasis y las monjitas atemorizadas y reverentes iban abandonando la capilla, los brazos de Inés transformados en ramas se prolongaban más hacia el interior de las mangas, hasta que, cuando ya sólo quedaban una o dos velas encendidas, Inés con sus ojos fijos en la luna nueva pisada por la Inmaculada, los brazos abiertos en oración, parecía haberse convertido en algo como un tronco añoso cuyas arrugas y nudos parecían atar al tronco el anciano rostro del dolor, anulando el rostro lozano de la muchacha, hasta que más tarde, al clarear el alba, la luz rescataba la identidad de la hija del fundador.

La leyenda de su piedad traspasó el claustro, viajó de un convento a otro y después cundió por la capital. Los Azcoitía se complacieron en tener, además de tantos héroes, una santa, o por lo menos una beata tan comentada, que adornara con su fervor el árbol de la familia.

Pero sobrevinieron tiempos revueltos, poco propicios para cultivar santidades. Era más urgente la victoria inmediata, el odio recién atizado, la venganza nunca saciada, el peligro que era necesario derrotar con el sacrificio de la propia vida... y después, la organización de la república mínima y remota, inventar leyes, definir clases, derribar privilegios para crear otros... tuvieron que transcurrir varios decenios después de la muerte de Inés de Azcoitía antes de que el rumor conservado en los claustros, pero que iba desvaneciéndose afuera, llegara hasta el Arzobispo en la forma de una propuesta oficial para iniciar los trámites de la beatificación, firmada por la superiora de la Casa. Fue necesario, antes que nada, exhumar los restos. Inés asegura que en su familia se ha venido diciendo durante muchas generaciones que, al abrir el ataúd, el Arzobispo sobrecogido encontró el raso fresco, limpio, nuevo, como si no hubieran pasado tantos años y como si ningún cuerpo jamás hubiera yacido en él. Claro que nada de esto —que por lo menos podía haber llegado a despertar la curiosidad del Vaticano— consta en ningún documento. La verdad es que el tiempo debe haber borrado el lugar de la sepultura de la niña-beata, que desapareció sin dejar otra huella que esta Casa construida como cárcel para ella, que ha ido creciendo más y más, proliferando alrededor de la leyenda de una prisionera inicial ya disuelta en la memoria.

★ ★ ★

Casi nada de lo que rodea la vida y los milagros de la niña-beata pasa de ser conjetura, o recuerdo de un rumor. Sin embargo, no me parece demasiado aventurado sostener la hipótesis de que al morir Inés de Azcoitía, víctima de una de las tantas pestes comunes en el pasado, la sabia superiora de las Capuchinas, con su conciencia manchada por el secreto que su hermano le confió antes de entristecer definitivamente y morir, se las haya arreglado con toda discreción para que no se diera sepultura en tierra sagrada a una mujer que, por muy pariente suya y Azcoitía que fuera, había sido bruja: por eso se negó desde el principio a acogerla entre sus almas angelicales, y por eso la niña nunca profesó, ni en las Capuchinas, ni en la Encarnación. Y por eso el Arzobispo no pudo encontrar el ataúd con sus restos en la sepultura familiar: esta ausencia de cajón y despojos constituye el meollo de realidad que los Azcoitía y sus sirvientes durante un siglo y medio han venido transformando en la bonita leyenda del raso limpio de un ataúd que nadie nunca vio.

Inés tiene que haber oído los detalles de la tradición de su antepasada beata contados y discutidos en múltiples versiones por la Peta Ponce, mientras en las largas tardes de la niñez junto al brasero la vieja le enseñaba a coser y a bordar. Pero en cuanto interviene la Peta en cualquier cosa todo se hace ingrávido y fluctuante, el tiempo se estira, y se pierde de vista el comienzo y el fin y quién sabe qué parte del tiempo está ocupada por el supuesto presente... y la Peta tiene también que haberle contado a Inés la conseja de la niña-bruja. Esta conseja es elástica, fluida y quién sabe si una de las múltiples variantes, la que le contaba la Peta, lograba estirarse hasta sintetizar la conseja de la niña-bruja con la tradición de la niña-beata, devolviendo así la plenitud de su potencia a ambas.

Porque hay que reconocer que, incluso desde el punto de vista literario, la conseja de la niña-bruja es curiosamente insatisfactoria. La línea del relato, al comienzo, nos hace fijar los ojos en la figura protagónica —por ser bella, por ser de cuna esclarecida— de la hija del cacique. Pero al abrir el amplio poncho paternal para ocultar lo que sucedía en el dormitorio de su hija, ese gesto torció el rumbo del relato y lo escindió en dos. En un trozo, el popular, el inmortal que seguirá siendo contado durante siglos y siglos por viejas y trabajadores cansados y niños, el cacique escamotea a su hija del centro del relato, sustituyéndola por una vieja verrugosa cuya identidad no interesa a nadie, que expió lo que las dos mujeres debían haber expiado juntas si el personaje hasta entonces principal no hubiera desaparecido sin dejar huellas en el relato. La otra mitad es la tradición angélica y aristocrática encerrada hasta el ahogo en una familia que está a punto de extinguirse: una niña purísima sufre éxtasis místicos que salvan de la catástrofe a unos cuantos patios que, según dijo el arquitecto que estuvo revisándolos el otro día, no valen absolutamente nada. Yo he visto a don Jerónimo alzar el brazo y con él los pliegues de su poncho de vicuña como el del cacique, para indicar que aquí no ha pasado nada, que éste es territorio vedado, que la voluntad de su gesto es eliminar, desgajar del volumen entero el trozo que está dispuesto a mostrar. Es seguro que don Jerónimo levantó su poncho ante Inés, con el propósito bien definido de separar esta partícula manejable de misterio casero que es la tradición de la niña-beata de la insondable eternidad de la conseja popular, dejando a ambas truncas, incompletas, con facetas opacadas, sin la plenitud de proyecciones que podría tener la síntesis: Jerónimo consiguió que Inés olvidara la conseja de la niña-bruja. Lo que Jerónimo no presupuestó fue que el gesto encubridor de su brazo lanzó una sombra de miedo a la extinción sobre Inés —antes jamás lo sintió como propio, sólo lo experimentó externamente, a través de su amor por un Jerónimo traicionado por su incapacidad de darle un hijo—, miedo que la impulsó a viajar a Roma con el fin de hacer todo lo posible por darle un acceso a la historia a la niña-beata en la que ella, y ellos, los Azcoitía a través de ella, podían haber sobrevivido. Por eso es que su mente anárquica se aferra irracionalmente a este gajo de eso mayor que está cubierto por los nobles pliegues del olvido, para darle rango de *beata* a su antepasada y que así la veneren las generaciones venideras. Pero resulta que no es antepasada directa suya sino de la Peta Ponce: el intento de Jerónimo de separar, de censurar una realidad de tan poderoso contorno, está creando otra fase de la incertidumbre.

Pero la incertidumbre no es de ahora. Es de siempre. ¿Qué ocultaron los brazos del cacique al extender sobre el vano de la puerta la discreción de su poncho? ¿Fue el momento en que la maléfica cabeza del chonchón iba uniéndose al cuerpo de la niña por medio de una llaga colorada en el cuello, y las orejas como alas de murciélago que nunca terminaron de reabsorberse y por lo tanto era urgente, urgentísimo, ocultarlo todo bajo la papalina blanca del hábito de la Encarnación? ¿Es posible que la mirada del padre detuviera el proceso por el cual las manos de su hija iban recuperando su lozanía, haciéndolas retener para siempre formas sarmentosas, como palos negros deformados por nudos y ranuras, de ramas secas, retorcidas, que era urgente, urgentísimo, ocultar para siempre bajo el delantal de alguna orden? ¿No es posible que ante las figuras de estas mujeres que se confunden como imágenes de humo, mutables y constantemente mutando y vacilando y oscilando,

417

el cacique haya sentido el pavor de ver disolverse a su hija y por eso la encerró inmediatamente donde fuera, en su cuarto, en las Capuchinas, en esta Casa construida como una red para atrapar cualquiera encarnación, aunque fuera híbrida o ya muy difusa, de su hija tan querida?

Puede ser. Todo es posible cuando interviene la Peta Ponce. Es para vencer a la Peta que no puedo dejar de preguntarme, con la intención de fijarlo, cuál fue el burdo hecho real que dio origen a este monstruo de tantas caras llenas de pólipos, de variantes infinitas y laberínticos agregados posibles que nada útil aportan y que sin embargo, de una manera o de otra, pertenecen. ¿Qué sucedió, en realidad? A fines del siglo dieciocho un riquísimo agricultor de ascendencia vasca, padre de nueve hijos y una hija, abandonó sus feudos al sur del Maule y encerró a su hija en un convento, dando origen a la capellanía vinculada a la familia Azcoitía: esto es histórico. ¿Pero por qué un padre querendón, viudo y ya no tan joven, iba a encerrar para siempre a su única hija en un convento? ¿Por qué castigarla por bruja si las brujas no existen, ni existen los chonchones ni los imbunches ni las salamancas? ¿Castigó a la nana para que el populacho siguiera creyendo en esas máscaras del miedo? ¿Por qué construir una Casa especial para encerrar a su hija si era verdad que la poseían éxtasis místicos y era material de beata cuya santidad podía y debía exhibirse?

Inés de Azcoitía no fue ni bruja ni santa. Estoy seguro de que sucedió lo más simple: la adolescente solitaria, encerrada en el remoto mundo campesino del siglo dieciocho cuando apenas existían senderos, ni siquiera caminos, en la tierra virgen poblada sólo por animales y hombres pendencieros, se enamoró de un muchachón, quizá más delicado y hermoso, o simplemente más limpio, que sus hermanos y su padre. Encubierta por la vieja en su avatar de alcahueta que nada podía negarle a su regalona, tuvo amores con el muchacho, que la vieja le procuró. Puede haber sido un vecino. O un mozo, o un caballerizo, cualquiera, no importa. Me pregunto si no sería el parto de su hija lo que cubrió el poncho paternal al extenderse por encima de la puerta demasiado grande de la realidad. ¿No torció la furia de la peonada hacia la vieja para que la destruyeran porque ella era la única que sabía el secreto? ¿No escamotearía a su hija de la realidad para que encerrada en esta Casa expiara un pecado vulgar, dando nacimiento a una leyenda en vez de a un bastardo?

¿Y ese bastardo? ¿Y el padre del bastardo?

Naturalmente, era necesario deshacerse de los dos. Al padre bastaba con no buscarlo. Ignorarlo. Aquí no ha pasado nada. Mi hija tan querida, que es casta y pura, va a profesar en una orden religiosa, y es para agradecer al Altísimo el don de su ejemplar virtud, que yo instauro esta capellanía. No hay mancha. No hay hijo, jamás lo hubo y jamás lo habrá. Y si no hay hijo, claro, no puede haber padre ni venganza contra el padre que no existe. El silencio completo del cacique, que no confió el secreto ni a sus propios hijos porque ellos no comprenderían una venganza tan fina como la de no vengarse, anuló a ese pobre padre tímido que huyó antes de que esos nueve salvajotes lo mataran, pero no lo mataron porque no lo persiguieron porque no existe, no hay padre, no hay hijo, mi hija Inés va a profesar en una orden religiosa, es casta y pura, aquí no ha pasado nada...

El cacique se deshizo de su nieto abandonándolo en la casa de un peón en otro de los fundos de su propiedad que debieron atravesar en su viaje a la capital. El bastardo creció como huacho sin nombre ni origen, criado por cualquiera, moquillento y desnutrido, confundido con los chiquillos moquillentos y desnutridos de la peonada. Seguramente, al hacerse hombre, él también tuvo hijos moquillentos y desnutridos que esparcieron la sangre de los Azcoitía por toda la región, mezclándola con la de los campesinos del sur del Maule. Cuando un caballero procrea bastardos en las mujeres de sus tierras, los hijos conservan con cierto orgullo la marca del bastardo hijo del patrón, y es como si este solapado orgullo acentuara en el bastardo las facciones del padre que todos, menos su padre y su madre oficial, señalan como suyo. Pero cuando es una mujer la que da a luz un bastardo, el hijo pierde instantáneamente todo vestigio de identidad, se borran todas las huellas de su origen exaltado: en este caso, no es sólo la barra negra que cruza los blasones sin borrar las armas, es la mancha que las oscurece y las estompa para que nadie vaya a reconocerlas, porque aquí no hay hijo, aquí no ha pasado nada...

La Peta Ponce nació en uno de los fundos de los Azcoitía al sur del Maule, de una estirpe oscura y anónima allegada a la familia preclara, trabajando sus tierras y cuidando sus casas, cortando su maíz, pastoreando sus ovejas y pisando sus uvas para el vino. Dicen... dicen que la madre de la Peta tenía un trasero descomunal y que en tiempos de plaga de zancudos la tendían de noche, completamente desnuda, a los pies de la cama donde dormía la abuela de Inés, para que así los bichos prefirieran cebarse en glúteos gordos, dejando limpia y lozana la carne de la dama que dormía sin molestia.

Estoy seguro de que esa noche en el cuarto de la Peta en la Rinconada, cuando murió la perra amarilla cuyos despojos nadie pudo encontrar, logré creer tan enteramente que era Inés la que gemía de placer bajo mi peso porque la Peta tiene sangre de la otra Inés de Azcoitía y desciende de ella, aunque generaciones y generaciones de antepasados humillados hayan sepultado toda huella de raza noble en la profundidad de su cara de hechicera mestiza... quizá la niña-santa misma, la niña-bruja misma, se hicieron carne bajo mi peso esa noche para recibir de mí lo que engendró al monstruo. Sí, veo el rostro de la antepasada en las tinieblas de mi amor. Y después, hundiendo mi atención en las facciones carcomidas para escudriñar a la Peta, a veces he logrado percibir, como un eco que llega rebotando desde una distancia infinita por el desfiladero de generaciones miserables, los signos tenues de las facciones luminosas de la familia patronal, de Inés bruja e Inés beata resucitadas en la Peta que me persigue para apoderarse de mí y demostrarme que ella pertenece a una estirpe, que tiene un origen, que tuvo madre y padre y abuelos y tatarabuelos y choznas, una de ellas, seguramente, beata y bruja.

Quiere demostrármelo para reírse de mí porque ella sabe que yo perdí mi origen, o más bien sabe la verdad, que el doctor Azula me extirpó el ochenta por ciento que incluía a Humberto Peñaloza escritor, a Humberto Peñaloza secretario del prohombre, a Humberto Peñaloza de capa y chambergo recitando versos en las cantinas, a Humberto Peñaloza hijo del profesor primario, nieto de un maquinista de un tren de juguete que echó tanto humo que no se puede ver más atrás. Sí, hasta esos modestos orígenes me robó el doctor Azula, dejándome convertido en ese lamentable veinte por ciento. Las viejas dicen muchas cosas en esta Casa. Ahora que los rematadores hacen pilas de objetos en los corredores, es cierto que murmuran menos por la fascinación de sentarse sobre un montón de ocho colchones y dar bote sobre ellos como guaguas desdentadas, mira, Zunilda, así debe ser el Cielo, pero siempre les queda tiempo para murmurar, dicen que misiá Inés llega la semana que viene, dicen que llegó y no va a venirse todavía y quizá no se venga, no, dicen que no es cierto, que no ha llegado, que hizo una peregrinación a Fátima y otra a Lourdes, dicen que cuando misiá Raquel le regaló la llave de su celda a la Madre Benita, la Madre Benita puso cara de mártir y le dijo qué quiere que hagamos con todas esas cosas, como si misiá Raquel no tuviera cosas valiosas, tan buena misiá Raquel, pero la Madre dijo ahora que el Mudito está así no voy a tener quién me ayude a sacar las cosas de su celda y ordenarlas porque desde que el Mudito anda así es como si fuera otra vieja más, misiá Raquel, como la Madre Anselma y la Madre Julia, cuándo se acabará esto, que hasta el Mudito ande enfermo, si apenas se puede tener en pie y cuando estuvo clavando las puertas se cayó de la escalera y tuvieron que ayudarme a terminar las huerfanitas, pobre Mudito, de dónde habrá salido... murmuran, susurran, hace años y años que las viejas cuchichean y sus cuchicheos quedan pegados a los muros, pero las viejas duran poco porque tienen muchos años y se mueren pronto y llegan otras viejas que oyen los rumores, las murmuraciones que deformadas transmiten a las viejas más nuevas que morirán un poco después que las anteriores, después de haber transmitido el acervo de sombras y la caterva de rumores recogidos aquí en la Casa a sus sucesoras... dicen... dicen que el Mudito nació aquí en la Casa, claro pues, Clementina, pobrecito el Mudito, si nunca ha salido a la calle en toda su vida porque les tiene miedo a las bocinas de los autos, cómo va a ser pues, Mercedes —otra, no la Mercedes Barroso, a ella se la llevó el furgón de la Beneficencia Pública que nos viene a llevar a casi todas—, cómo les va a tener miedo a las bocinas si es sordomudo... será, pero siempre ha estado aquí, dicen que desde antes que la Madre Benita, cuando había muchas, muchas monjitas, no como ahora, y dicen que entonces una chiquilla joven amaneció en el umbral de la Casa y las monjitas que eran muy buenas, no rabiosas y mandonas como la Madre Benita que no sé por qué se estará poniendo así, entraron a la chiquilla para adentro, para el patio y ahí, dicen, la chiquilla parió a un sietemesino que entre las asiladas de entonces criaron y salvaron de la muerte pero no pudieron salvarle ni el oído ni la voz, y dicen que por eso, porque es sietemesino, el Mudito es tan chico claro que se está achicando más y medio idiota dicen que es también claro que una nunca puede saber si la gente es idiota cuando no dice nada mírenlo cómo anda ahora último, raro anda el pobre Mudito, casi no se mueve, como tullido parece que estuviera el pobre hombre. Le pica el cuerpo con tanta mugre y la cabeza con los piojos pero no puedo rascarme, lacias las manos y los brazos, todo el día sentado al sol, cuando hay sol, en el sitial gótico que una señora que vino a su celda ahora que van a demoler la Casa, a elegir las cosas que le conviene llevarse y decidió que no, es muy grande, dónde lo voy a meter, se lo regaló a la Madre Benita y cuando la Madre Benita le dijo gracias pero qué quiere que haga yo con un mueble así de grande ahora que va a haber remate, y yo qué hago si no me cabe en mi departamento moderno y además las cosas estilo gótico ya no se usan dice el *House and Garden* que saca monadas pero eso sería lo de menos porque yo tengo mucha personalidad para poner mi casas según todas mis amigas así es que no comprendo y me ofendo un poco porque usted dice que este sitial no le sirve para nada, cómo va a ser, es bueno, de nogal, era del *hall* de la casa de mi mamá en la calle Dieciocho además dicen que no es verdad que van a demoler porque la Inés se va a venir a vivir aquí... dicen que hizo voto de pobreza... con sus millones... alguien que la vio en Roma, o en Suiza, no sé, en alguna de esas partes, dijo que ha cambiado mucho, dicen que se dejó de teñir el pelo, dicen que tiene el pelo de un canoso harto feo, dicen que al Mudito lo criaron para sacristán entre las asiladas y las monjitas aquí en la Casa, por eso es que es tan bueno pero está tan concluido, tan cansado el pobrecito que parece que ya ni mirara, eso no es verdad, yo veo, miro, mi mirada nostálgica es lo único vivo que me queda de lo que siempre existió y me relaciona con el origen que ahora me queda porque dicen... dicen que una señora que antes vivía aquí en el patio del lavadero le oyó decir a una mujercita que se murió hace mucho tiempo y ésa a otra que me conoció entonces que yo era una guagua muy linda, con esas caras chiquitas y cerosas que ponía de niño enfermizo pero con los ojos muy grandes y tristes como si siempre estuviera a punto de llorar, y una mendiga en una población callampa me encontró un día en su puerta, desnudo, a la intemperie de la misma noche a la que la Iris me expulsa para que vaya a traérselo pero yo sólo puedo quedarme detrás del vidrio en la fachada mirando para adentro y lo miro desde la lluvia, en su biblioteca de sillones grises abriendo un paño de su biblioteca que no son cien tomos de un libro verdoso con mi nombre en el lomo sino que los simula, es sólo una puerta que cubre la caja de fondos cuyo contenido no me interesa, sólo me interesa regresar a la Casa con un uno por ciento menos ahora que sé que mi nombre sólo existe en el lomo de esos cien libros simulados, quizá mi nombre mismo sea simulado, esperando que la Iris me deje entrar como esa mendiga que me encontró en su puerta en el frío de la intemperie una noche. Nadie en la población sabía quién era mi madre y para qué decir mi padre, eso nunca se sabe, casi nadie tiene padre, cuando mucho un profesor primario corto de vista, el traje oscuro encanecido por la tiza del pizarrón. Pero mi mirada era tan desgarradoramente triste

—solamente triste entonces, una forma inferior de la nostalgia que después me dotaría de tanto poder— que la mendiga que me encontró se dio cuenta de mis posibilidades y no se deshizo de mí como hubiera sido natural porque yo representaba una boca más y los tiempos no estaban para caritas... dicen que esa vieja salía conmigo envuelto en harapos, pocos, para que el frío me pusiera la piel verdosa, a pedir limosna en las calles o en las puertas de las iglesias, a la salida de la novena de la tarde. Cuando se daba cuenta de que los feligreses iban a comenzar a salir del templo me pellizcaba para que llorara. Era tal el dolor de mi expresión, tan desgarradores mis gemidos, que la gente caritativa se acumulaba alrededor de la vieja para verme llorar y llenarle las manos de monedas... dicen que nunca me daba mucho de comer esa señora para que no fuera a engordar y estuviera siempre al borde del llanto, hambreado, transparente, así era más conmovedor, más comercial mi aspecto... dicen, fíjese Lucy, dicen las malas lenguas que esa vieja se enfermó y ya no tenía salud para salir a callejear pidiendo limosna conmigo en brazos, que a pesar del hambre iba creciendo, ya no era liviano, y como ella ya no salía pero mi fama se había extendido por toda la ciudad me arrendaba a otras viejas que me llevaban en sus brazos hambriento, lagrimoso, para incitar al público a dar limosna, las viejas a las que me arrendaba también me pellizcaban para que llorara, pero a la salida de la misa también me hacían cariño sobre todo cuando los crédulos se arremolinaban alrededor nuestro para dar una limosnita por el amor de Dios, no llore mijito lindo, tan lindo mijito el pobre, miren cómo llora, claro, si tiene mancha al pulmón, pobrecito, mi único nieto, y mi hija en el hospital y el padre qué sé yo dónde andará, ése es un fresco que se hizo el leso y adiós, y yo, ya ven ustedes, una pobre vieja inválida incapaz de trabajar para comprarle un poco de leche, un pedazo de pan que ponerle en la boca para que esta criatura no llore tanto y cuando no llora es peor porque la expresión de sus ojos... y de vuelta a la población arrastrando las chancletas por la vereda para no pagar la micro, las monedas sonando en su bolsillo pesado escondido entre los pliegues de sus harapos, para devolverme a la vieja que no era mi madre ni mi abuela sino mi dueña, y que después se murió y me dejó en herencia a otra vieja, y esa vieja a otra... hasta que dicen fíjese Melania que lo trajo para acá para la Casa la primera de todas las asiladas, una señora muy callada y muy buena dicen que era y se llamaba Peta Ponce, entonces dueña del Mudito que estaba demasiado grande para salir a pedir limosna con él, pero esa señora era muy vieja, y dicen que una tarde salió sola a andar por los pasillos de esta Casa que son tan largos y se ponen oscuros desde tan temprano y hay tantos patios y tantos sótanos y tantos corredores, no sé si ha visto la pila de cojines que los rematadores juntaron en el corredor del otro patio, cojines y plumones y almohadas, vaya, Melania, vale la pena verlos, hay cosas buenas, y como le digo, dicen que esta señora un buen día salió a andar por los pasillos y se perdió aquí en la Casa y nunca más la volvieron a encontrar, como si la profundidad se la hubiera tragado, la buscaron en los sótanos y en todos los pisos pero nada, no apareció y tampoco aparece en los registros como muerta, así es que no sé dónde estará...

—Y ahora cortaron la electricidad.

—Qué terrible, ¿no?

—¿Por qué la cortarían?

—Porque van a demoler.

—Si no van a demoler.

—¿Cómo no van a demoler?

—¿Cómo van a demoler si misiá Inés va a llegar?

—¿Quién te dijo, Amalia?

—Dicen...

—No puede venirse sin electricidad...

—Es que la cortaron por mientras nomás...

—¿Para qué?

—Están arreglando los cables de la celda de misiá Inés.

—Pero no salgamos nosotras a caminar por los pasillos para no perdernos como esa señora que dicen que se perdió aquí, cómo se llamaba, no, no se llamaba Peta Ponce, se llamaba Peta Arce, no, Peta Pérez Arce, claro, y no era la que trajo al Mudito, porque la que trajo al Mudito era otra señora... dicen que ni siquiera lo trajo una señora, dicen que el Mudito llegó aquí un buen día cuando estaba lloviendo y...

22

El papel que eligió misiá Raquel para la celda de Inés resultó ser un modelo color ocre muy clarito, casi transparente, con un diseño de liras estilizadas como las que tocan los ángeles en el cielo, blancas unas, otras color ocre un poco más oscuro. Muy sobrio, muy elegante, y nada pretencioso, como tenía que ser para la habitación de alguien que ha hecho voto de pobreza. Pero bajo ese discreto papel angélico, entre el muro y el papel nuevo y para protegerlo de la aspereza del adobe, yo pegué una camisa de papeles de diario como en las covachas de las viejas, noticias pavorosas desprovistas de urgencia pero con el pavor intacto, miles de prisioneros políticos olvidados en las cárceles desde hace treinta años, miles de vidas destruidas por las crecida del Yang-Tse-Kiang, ultimados los watusi, hambruna en el nordeste del Brasil, rostros alarmantes y alarmados, manos clamando entre ruinas de ciudades asoladas por guerras y terremotos, ojos que imploran clemencia ante el horror de lo inevitable que ya llegó, que está sucediendo, gritos silenciados por la distancia y el tiempo porque el horror arrancado de su contexto es aun más horrible y más horrible convertido en papel de diario que uso para organizar un rompecabezas sobrecogedor bajo el papel pintado que lo cubre todo y mantiene intacto el espanto.

—Bonito.

Abrió la maleta sobre su cama.

—Sí, ¿no es cierto?

Se sacó su vestido negro y su abrigo y se puso zapatillas y una bata lacre.

—¡Qué elegante, misiá Inés! Siempre había oído decir que las cosas italianas de ahora son preciosas...

—Es suiza. Es lo único que compré en Europa, fuera de media docena de vestiditos negros, todos iguales, que me durarán hasta que me muera.

La Madre Benita la ayuda a colgar sus desilusionantes vestidos negros en el ropero y le dice que creía que el proceso de beatificación estaba muy avanzado y que por eso se demoró tanto en Europa. Y la fila de zapatos negros con sus hormas en la parte de abajo del ropero.

—No, estuve en un sanatorio en Suiza después del ataque que sufrí cuando los cardenales me dijeron que no...

Y mueve la cabeza, definitivamente, como deben haber movido la cabeza los cardenales diciéndole que no, que la beata no es beata, que no fuiste capaz de prolongar la estirpe mediante un hijo y que tampoco pudiste hacerlo sacando el asunto de la beata del baúl de las cosas viejas, para colgar su relumbrón en el árbol de la familia... mueves la cabeza: te ves en la luna del espejo, te tocas el pelo y sigues...

—... además quería dejar que me creciera el pelo para volver con canas, se acuerda de que antes de irme me lo aclaraba, un poco como cuando era joven. Quise llegar con este moño de lavandera, sin ninguna pretensión, igual a las viejas que viven aquí. ¿Y usted cómo está, Madre Benita?

—Tan ocupada ahora, con esto del inventario para el remate.

—No va a haber remate.

—¿Habló con el Arzobispo?

—¿No le dije que no había hablado con nadie? Tomé un taxi directo desde el avión, me traje una maleta y mandé las otras maletas en otro taxi a la casa. A ver que se aporten por aquí esos rematadores mañana... llámeme... los voy a echar a gritos y que le vayan a decir a Jerónimo.

La Madre Benita cierra los postigos. Se inclina para meter la maleta de Inés debajo de la cama. Al incorporarse la ve observando las liras con tal intensidad que parece que quisiera traspasar las liras, la camisa de noticias caducas, para penetrar al fondo del adobe de las paredes para desentrañar algo que está más allá de todo eso y que usted, Madre Benita, no sabe lo que es. Sin cambiar la expresión de sus ojos fijos en la pared y sin mirarla, le pregunta a la Madre Benita:

—¿Y la portera? ¿Cómo se llamaba?

—La Rita.

—¿Cómo está?

—Muy bien.

—¿No tendrá algún mensaje para mí?

—No me dijo nada.

—Claro, Jerónimo no ha llamado. No sabe que llegué. El taxi con mis cosas habrá llegado cuando él estaba en el Club y no va a saber que llegué hasta más tarde. Si llaman, que le diga la Rita que estoy rezando en la capilla y que no me pueden interrumpir. Yo vine a rezar y a hacer penitencia aquí.

—¡Pero misiá Inés!

—¿Qué ?

—¿Que no sabe?

—No...

—¿No le contaron que lo primero que hicieron fue execrar la capilla y hace meses que está con las puertas condenadas y le sacaron los vitrales y todo?

Inés se cubre la cara con las manos.

—¿Por qué hicieron una cosa tan terrible?

—El Padre Azócar andaba muy apurado con el asunto del remate para comenzar la demolición... pero las cosas se han ido alargando. No dicen misa ni nada...

Inés se descubrió la cara: era otra cara, que a usted la atemorizó, Madre Benita, porque era como si una de las caras de detrás del empapelado de liras lo hubiera traspasado para ocupar con su alarma el centro de la celda.

—¿Hasta sin misas me quiere dejar Jerónimo?

—No diga eso...

—Usted no lo conoce...

—No...

—No sabe cómo es...

—No...

—Yo no vine a esta Casa para quedarme sin misas. Voy a avisar que trasladen el oratorio de mi casa para acá. Lo podemos instalar en la pieza de aquí al lado. Y que si el Padre Azócar tiene algún sentido de lo que le conviene, que me mande un curita que me diga misa y me traiga la comunión todos los días... en fin, mañana me las voy a arreglar. Ahora tengo sueño... voy a acostarme...

—¡Qué pena! Las asiladas están todas en la cocina esperando que usted vaya a saludarlas...

—Esta noche no... estoy cansada... mañana. Ah, Madre Benita, acuérdese, y que la Rita también se acuerde, que si Jerónimo me llama por teléfono no puedo hablar con él... de venir, no va a venir... no me va a dejar vivir tranquila llamándome por teléfono. Díganle siempre que estoy ocupada.

—Cómo no.

—Gracias.

—¿Necesita algo más esta noche, misiá Inés?

Camina alrededor de la celda palpando las liras con la yema de los dedos. Los retira, como heridos, y mete sus manos en los bolsillos de su bata lacre. Mira a la monja.

—No sé, Madre Benita...

—Bueno, me voy entonces...

—¿Dónde duerme usted?

—Un patio más allá.

—¡Qué grande es la Casa!

—Enorme.

—Es como si hubiera crecido mientras yo estuve afuera.

—Uno nunca termina de conocerla.

—Dicen que el Mudito es el único que la conoce entera. ¿Es cierto?

—Dicen. Pero dicen tantas cosas... puede ser... todo puede ser aquí en la Casa.

—No diga esas cosas, Madre por Dios.

Se sienta en la cama.

—Aquí está el timbre para llamarme si me necesita.

—Gracias.

—De nada.

—Madre...

—¿Sí...?

—¿Me oirán si grito?

—¿Por qué va a gritar?

—Les tengo miedo a las arañas.

—Limpiamos esto muy bien.

—Es que...

La Madre Benita te puso sus manos benignas sobre los hombros. Parada frente a ti te buscó la mirada para aliviarla con la suya, pero tú se la hurtaste.

—¿Qué le pasa, misiá Inés? Cuénteme...

No la miras.

—Fíjese, Madre, que desde que falló el asunto de la beatificación tengo unos insomnios terribles. No me los pudieron curar ni en Suiza, para eso fui a internarme. Y de las pocas veces que duermo, viera qué pesadillas, como cárceles, como si nunca fuera a poder librarme de ellas y estuviera condenada a vivir para siempre en el interior de una pesadilla, muchas veces ni sé si estoy adentro o afuera...

—No sabe si está dormida o despierta... es terrible...

—¿Cómo sabe?

—A mí también me ha pasado...

—Pero no como a mí, y me da tanto miedo. Creo que lo mejor sería que me instalaran un teléfono aquí en mi pieza por si acaso...

—¿Por si acaso qué, pues, misiá Inés?

—Hay olor a cemento.

—No parece...

—¿No han estado haciendo construcciones?

—Pero si van a demoler.

—Esta Casa no era tan grande.

—No va a haber crecido.

—Pero no era tan grande.

—¡Cómo va a ser, pues, misiá Inés!

Tú te fijaste sin saber que te fijabas, al entrar a la Casa: las puertas que he tapiado con cemento y ladrillo, porque hay que tapiar habitaciones y galerías para no perderse, yo me ocupo de eso, las ventanas que he ido sellando para que no las destruyan: encima, sin que la Madre Benita ni nadie se dé cuenta, voy poniendo enlucido y pintando manchas de humedad y de vejez de modo que nadie sospeche que detrás están esas habitaciones y galerías y patios y pasadizos. Nadie nota el cambio. Sólo tú, que sabes que tapiando y clausurando se agranda, no se restringe, el ámbito de la Casa porque nadie, nunca, ni demoledores ni rematadores, va a poder entrar a los sitios clausurados.

—¿Es el baño que está sonando así?

—No, es la acequia del patio.

—No me va a dejar dormir.

—Mañana la hago arreglar.

—No, esta noche. Tengo que descansar.

—Voy a ver.

—Espere, no se vaya todavía.

—¿Necesita algo más?

—Creo que no.

—Bueno, entonces...

—Madre Benita...

—¿Sí?

—¿Usted cree, no es cierto?

—¿En qué?

—En la beata.

—Bueno, yo...

—... es que me han dejado tan sola.

—¿Y su marido?

—¡No lo conoce!

La Madre Benita no entiende. Cuando ella se sienta a tu lado sobre la cama, tú te levantas y comienzas a caminar por la pieza, mirándote de pasada en el óvalo de espejo del ropero, quizás adivinando los rostros furtivos que se definen detrás de las liras, paseándote de arriba abajo, de arriba abajo por tu celda.

—¿Pero quiere decirme, Madre Benita, qué mayor prueba quieren de que fue beata que la existencia de esta Casa?

—Tiéndase, mejor...

—Dígame, usted que es una mujer creyente.

—Misiá Inés...

—Dígame...

—¿Lo del terremoto famoso ése...?

—Y que está sepultada aquí, en la Casa, y que yo voy a buscar sus restos aunque tenga que cavar con mis propias uñas... mire cómo las tengo. ¿Se acuerda de lo bien cuidadas que tenía mis manos antes? Eran mi lujo. Mire ahora...

Sacas las manos de tus bolsillos y las muestras, temblorosas, las uñas destrozadas, astilladas. La Madre Benita las

toma, las junta para que no tiemblen tanto y las vuelve a
dejar en tu regazo lacre.

—Una lástima.

—¿Sabe qué pasa?

—Descuido... ya no le interesan las vanidades...

—No, es que en la noche, dormida, esas pocas veces
que duermo, parece que trato de aferrarme de algo, de cualquier cosa, que rasguño la sábana, la cama, lo que sea... viera
cómo dejé la cabecera de mi marquesa en el Gran Hotel de
Roma porque soñaba algo que no me acuerdo y trataba de
agarrarme de lo que fuera, y después, en el día, para que no
duelan tanto me como las uñas y me duelen más... por eso
me interné en Suiza. Estuve muy mal en Roma.

—¿No quiere acostarse?

—No.

—¿Una tacita de té?

—... a quemarlo todo, a eso vine, a quemar absolutamente todo lo que tengo guardado en mis celdas. Por eso voy a
comenzar. Pero le quiero advertir una cosa, Madre Benita: no
voy a quemar nada sin revisarlo por el revés y por el derecho
y por adentro. Voy a leer todas las cartas y los recortes y los
contratos y los reversos de las fotografías. Voy a buscar en todos los cajones, en todas las cajas, en los bolsillos de todos los
trajes y vestidos y abrigos y hasta disfraces que tengo guardados apolillándose a pesar de que el Mudito cuida todo tan
bien... en los forros y adentro de las carteras, y cada cosa que
vaya revisando no crea que las voy a regalar ni a hacer caridades, voy a quemarlas, todas, y el Mudito me va a ayudar...

—¿Pero qué quiere encontrar?

—Algo, alguna cosa que me dé una pista. Había algo. Para no rasguñar cuando me duerma, si es que me duermo, aunque no creo que pueda dormir mucho.

—¿Le gustaría un almohadón además de la almohada?

—No. Quiero hacer penitencia.

—Ya que se sacó su bata métase a la cama, no ande así medio desnuda, mire que esta celda está recién empapelada y un poco húmeda. En un par de días va a estar seca.

—¿Qué le estaba contando, Madre Benita?

—Que quería encontrar no sé qué cosa.

—Eso es lo que me deprime más.

—Qué.

—Que nadie, ni yo, nos acordemos.

—Duerma ahora. Descanse. Tenemos tanto tiempo por delante para conversar. No se deprima. Aquí todas la vamos a regalonear, va a ver. Y se puede quedar todo el tiempo que quiera...

Estás con tus greñas plomizas sueltas sobre los hombros, los pies desnudos, la Madre Benita tratando de obligarte a que te pongas las zapatillas, rogándote que te acuestes, que te calmes, que tomes un vaso de agua.

—¿Cómo se atreve a tener la impertinencia de convidarme a vivir todo el tiempo que quiera en esta Casa, si esta Casa es mía y nada más que mía? Sí, Jerónimo puede haber firmado todos los papeles del mundo pero la Casa es mía, no quiero que la boten, no voy a permitir que ni un demoledor toque ni una de estas paredes, la Casa tiene un secreto, algo opaco que no entiendo ni yo ni usted ni nadie, pero es mía porque sé que tiene un secreto, aunque nunca desentrañe ese secreto y ese secreto me mate, es mía, claro que la propiedad viene legalmente por la línea masculina, pero somos nosotras las mujeres las que hemos preservado esta Casa. Estoy segura de que esta Casa no ha salido de las manos de los Azcoitía porque una sucesión de mujeres piadosas que ya nadie recuerda, cada una a su manera, con sus mañas, con sus debilidades, con sus pequeñas tretas y secretos que no registra la historia, ha ido cada una impidiendo que su marido se desprenda de esta Casa, siempre por motivos irracionales, totalmente subjetivos, imposible comprender esos motivos que hicieron que generaciones de mujeres Azcoitía hayan ido intrigando y urdiendo una red de protección para esta Casa... no sé qué esperamos de la Casa... imagínese que un buen día, haciendo un hoyo en el patio del tilo, por ejemplo, encontremos los restos de la beata... yo me los voy a guardar para mí sola, la beata es mía porque nadie más, ni usted, cree en ella... la voy a guardar porque hay que guardar las cosas, con mucho cuidado aunque superficialmente parezcan cachivaches, esconderlas, envolverlas, porque en cuanto una saca a la luz algo que vale la pena ellos se apropian de eso, es mío, dámelo, tú no entiendes nada, anda a coser, anda a jugar bridge, llama por teléfono a tu prima mientras ellos se quedan con lo que una encontró, ellos entienden lo que significa y saben explicarlo, y explican tanto que las cosas dejan de tener significado... yo no quiero saber qué significa nada, quiero encontrar algo para no rasguñar en la noche cuando me duermo, si es que duermo, nunca sé... gracias, Madre Benita, sí, ese chal, a los pies de la cama, póngamelo por favor, así...

—¿Quiere que le apague la luz de arriba y le deje prendida la del velador?

—No me apague ninguna luz, voy a dormir con todas las luces prendidas y también déjeme prendida la luz del pasillo allá afuera, yo no sé para qué han gastado plata en hacerle agregados a esta Casa ahora último si la van a demoler... tan grande que la encuentro esta noche... será cuestión de acostumbrarse...

—Va a ver que en unos cuantos días va a estar más contenta que en su clínica y ni va a soñar.

Claro, Madre Benita, para qué va a soñar si yo me voy a encargar de regir su sueño, de guiarla hasta que se pierda en los pasillos y se encuentre con quien yo quiera y cuando yo quiera.

—Lástima que no se les haya ocurrido arreglarme una celda al lado de la suya, Madre.

—Pero si usted puso cable diciendo que buscáramos el patio más antiguo...

—De veras.

—No debía tener miedo.

—No.

—Ella está protegiéndola.

—Si existió...

—Récele a Dios.

—Dios tiene cosas más importantes de que preocuparse.

—Tome agua, y su veronal.

—No pienso tomármelo todavía. Qué sé yo qué voy a soñar esta noche, primera noche que duermo aquí en la Casa, capaz que sueñe y después encuentre que mientras dormía, alguien, no sé quién ni para qué, tapió la puerta del sueño con cemento y ladrillos... por qué sentiré este olor tan raro...

Miras para todos lados.

—Anda alguien.

Tu oído finísimo, o tu necesidad de mi presencia, me sintió escabullirme en el pasillo. Le haces una seña a la Madre Benita para que se acerque a ti y murmuras en su oído:

—El documento que lo certificaba...

—¿Que certificaba qué?

—Desapareció.

—No puede ser.

—Sí. Lo tenía guardado en mi celda. Estoy segura. Jerónimo, para que fracasara todo lo de la beata, lo hizo desaparecer.

—Pero, misiá Inés...

—Todo lo necesario desaparece. Queda sólo lo inútil. Quizás no fuera por orden de Jerónimo... no sé, desapareció porque las cosas a veces desaparecen nada más que por eso, porque los hombres las necesitan y las usan y las usan tanto que las gastan hasta hacerlas desaparecer... a no ser que nosotras las mujeres ignorantes que no comprendemos nada ni sabemos nada de nada y nos cansamos con todo y lloramos porque no tenemos otra cosa en que entretenernos, nosotras a veces guardamos las cosas, las escondemos para que ellos no las usen y después las boten y pasen a otra cosa... nosotras no, las guardamos porque nos llamamos por teléfono y comentamos y hablamos estupideces y nos contamos chismes, pero en esas estupideces y en esos chismes que nos contamos por teléfono, en la cama, por la mañana, con las migas de las tostadas del desayuno en la colcha, en esos comentarios idiotas, a veces, una preserva algo importante disfrazado de cosa trivial, y otra mujer, una prima a la que una le debe visita, por ejemplo, y la llama por teléfono porque le aburre ir a verla, guarda eso, lo envuelve, lo preserva y lo transmite. Pero yo no tengo a nadie a quien contarle la historia de la beata, nadie quiere creer que existió siquiera, y menos que fuera beata... pobrecita... tan joven que murió... después que yo me muera a nadie va a importarle que la beata haya muerto joven. Si duermo bien esta noche y amanezco con energía voy a comenzar a quemar todas las cosas que hay en mi celda. Dígale al Mudito que esté preparado temprano para ayudarme, sí, aunque no tenga la fuerza de antes, aunque ya no sea más que un bulto, lo que sea, él sabe qué hay en mi celda, apenas claree el alba vamos a comenzar porque estoy viendo que con el ruido que hace esa acequia que yo creía que era el estanque del escusado no voy a dormir ni una pestañada... ahora, después del viaje, cuando más necesito descansar. A ver, déme el veronal, Madre... qué sé yo con qué me voy a encontrar adentro de mi sueño, lo peor es cuando no puedo acordarme de los horrores que soñé. Pero espere, Madre, espere mientras me saco la crema de la cara... páseme el espejito que hay dentro de la bolsa colorada que hay dentro de mi cartera negra, que está adentro de la bolsa de plástico, en un compartimento con cierre que hay adentro de la maleta que está debajo de la cama. Gracias, Madre Benita.

Casi no me muevo durante el día, sólo a veces, desde el sitial hasta el borde en un corredor para sentarme, la cara entre las manos, antes de ir a la cocina cuando hace frío, afirmándome en las paredes de los pasillos, tú me ves cuando pasas conversando con la Zunilda Toro y mueves la cabeza suspirando con esperanzas de que me reponga, pobre Mudito, se le tiene que pasar esto que tiene, pues, Antonieta, cómo le va a durar tanto, yo estoy esperando que se mejore para comenzar a escarbar entre los cachivaches de mi celda porque sola no puedo, él sabe ayudarme, sabe dónde está todo lo que a mí se me olvidó dónde está, prefiero esperar unos días más hasta que el Mudito se reponga y así descansar un poco antes de poner manos a la obra, pero deambulas sin nada que hacer, Inés, tu piedad no encuentra centro porque el Padre Azócar todavía no ha conseguido la dispensa para instalar tu oratorio contiguo a tu cuarto, no es fácil rezar con piedad cuando hay que hincarse en el suelo. Ellas te siguen, tan buena misiá Inés, una lástima que ahora se arregle tan poco, hubiera sido más entretenido verla llegar de Europa hecha un brazo de mar, pero claro, cómo, si hizo voto de pobreza, dicen que es tan rica que compró esta Casa para venir a vivir aquí y por eso no hacen el remate, va a traer su oratorio, con un altar de oro, y después dicen que poco a poco va a ir trayendo de su casa todos sus muebles y sus cosas para amueblar la Casa para que quede linda, por eso es que ahora ya no vienen esos hombres intrusos que venían antes a meterse en todas partes para hacer lotes con números para el remate y hasta nuestras covachas querían desarmar, dónde quiere que vivamos si desarman nuestras rucas, a estas alturas no vamos a estar cambiándonos a las piezas, sobre todo si las van a demoler, no es cierto, misiá Inés...

—No van a demoler.

—¿No van a demoler, misiá Inés?

—Mientras yo viva.

—Y usted tiene buena salud.

—No como nosotras, que tosemos tanto.

—Sí, pero ustedes no tienen insomnio como yo.

—¿Insomnio, misiá Inés?

—Duermo tan poco.

—¡Pobre!

Pobre, qué terrible no dormir, lo que es nosotras dormimos tanto que ni sabemos cuándo estamos dormidas y cuándo estamos despiertas, la Antonieta, esa vieja tan larguirucha con que la vimos conversando el otro día es famosa porque se queda dormida parada, y sigue hablando, parada y dormida. Claro que usted no puede entretenerse barriendo, como nosotras, o pelando papas, lástima que no le guste coser ni bordar, el punto cruz es muy bonito.

—Antes me gustaba.

—Pero ahora no.

—No tengo tranquilidad.

—Mata el tiempo.

—Después...

A la Rita vas a verla a menudo en la portería. La tarde cuando la Dora regresó de su salida anual a la casa de sus patrones —antes de Santa Teresa, un par de días, a preparar los dulces para el santo de la señora porque la Dora tiene mano de ángel para hacer pasteles y tortas—, las tres estuvieron en la sala de la Rita, al lado de adentro de la puerta de calle, donde está el teléfono de pared y apenas caben la mesa para hacer los apuntes, dos sillas y el brasero. A Inés le trajeron otra silla, una de las ubicuas sillitas doradas con asiento de damasco carmesí para que la señora se sentara un rato. La Dora apareció con dos paquetes. Abrió el más grande: yemas, trozos de torta, merengues, alfajores, príncipes, mano de ángel tiene la Dora para los dulces, misiá Inés, le decía la Rita mientras sacaba la tetera de las brasas para cebar el mate.

—Pruebe...

Probaste.

—¡Qué rico este alfajor!

—Pero le diré, Dora, que encuentro que esta torta moka no le quedó tan buena como la del año pasado, quién sabe por qué será.

—Se me pasó la mano con el café.

—Se me olvidaba decirle, misiá Inés...

—¿Qué?

—Llamó el Padre Azócar.

—¿Para qué?

—Que va a estar aquí mañana a las once en punto.

—Ah, será para que firme los papeles para mi oratorio.

—Para eso.

—¿Y de mi casa no han llamado?

—Don Jerónimo.

445

—¿Qué dijo?

—Que cuándo se iba a ir para su casa.

Te reíste a carcajadas. Las viejas abrieron los ojos sorprendidas, cómo es posible que viviendo en un palacio como dicen que viven ellos dos solos con una docena de empleados se venga a vivir aquí y después se ría porque su marido dice que se vaya para allá, pero misiá Inés, por Dios, ya querríamos nosotras tener a alguien tan preocupado por nosotras que somos tan solitas, a nosotras nadie nos echa de menos ni se preocupa de cómo estamos ni qué nos pasa, claro que fuera de la Madre Benita, claro que no queremos que usted se vaya de la Casa porque entonces demolerán y nos echarán a la calle a pedir limosna por ahí, pero hay que tener una guagua para pedir limosna y que den plata, porque si una no tiene guagua la gente no da y nosotras de dónde vamos a sacar una guagua. La Rita patea a la Dora por debajo de la mesa para que no hable de cosas que no debe ante gente como misiá Inés, se puede enojar, no va a comprender, a nosotras nadie nos comprende más que nosotras, hay que ser una de nosotras para comprender y creer en la guagua de la Iris que sufre durmiendo con ella porque la Iris la martiriza, sigue expulsándome todas las noches para que salga a la intemperie y no me deja entrar hasta la amanecida, cuando quedo agotado, lacio en un pasillo, en el sitial gótico que era del *hall* de la casa de mi mamá en Dieciocho, cómo no le va a servir, Madre, y si no sirve remátelo y lo que saquen que sea mi donación para la Ciudad del Niño, pero que no me vengan a pedir más plata después, no he podido ni divisar a la Inés, dicen que llegó hecha una facha, me muero de ganas de verla, pero en cuanto tocan el timbre se esconde como una laucha, he venido una vez esta semana y dos la semana pasada, pero ni la he divisado, mis amigas no me pueden creer cuando les digo por teléfono que es verdad que la Inés se arranca y se esconde como si tuviera la lepra, dicen, claro, capaz que la tenga, que por eso Jerónimo la encerró con la excusa de que hizo voto de pobreza, a otro perro con ese hueso, como si no supiéramos lo trapera que era la Inés aunque he oído decir que ahora anda con el pelo canoso y moño cuete y unos vestidos negros que parece prima de curita de pueblo, qué dirá Jerónimo, estará de muerte, la semana que viene tengo que ir otra vez a la Casa porque voy a medir una hamaca para mandarle a hacer los cojines, claro que es el colmo que la Inés se deje estar así, todo es cuestión de preocuparse un poco, mírame a mí que tengo tres no dos años más que ella. No te han podido ver porque te escondes cuando tocan el timbre. Cuando no lo tocan te pasas la tarde con la Rita, al lado del teléfono.

—¿Y este otro paquete, qué es, Dora?

—Un canódromo que me regaló el niño menor.

—¿A ver?

—Yo sé jugar a las carreras de caballos, pero no a las carreras de perros. Capaz que se juegue igual.

—Me regaló el canódromo el niño porque perdió tres perros y no quedan nada más que estos tres, de plástico son, éste colorado, éste azul, éste amarillo.

—Perra.

—¿Qué dice, misiá Inés?

—Que es perra.

—¿En que se nota?

—Son mejores para correr.

—¿Quiere jugar, misiá Inés?

—Ya.

—¿Pero cómo? El niño me regaló el canódromo porque también se le perdió el dado y no se puede jugar a las carreras de perro ni de caballos sin un dado.

—Dicen que la María Benítez tiene un dado.

—¿Por qué no va a pedírselo prestado, Dora? Me dieron todas las ganas de ver correr a mi perra amarilla, a ver qué pasa.

Cuando se fue la Dora tú abriste las piernas, apoyaste los codos sobre las rodillas y extendiste las manos sobre el fuego. Después, como quien no quiere la cosa, le dijiste a la Rita que llamara a tu casa por teléfono, que preguntara por Jerónimo sin decir que ella estaba al lado del teléfono, y que por encargo de ella le dijera que mañana mismo mandara un ludo, un juego de damas, un dominó... en fin, todos los juegos que encontrara o se le ocurriera. La Rita marcó el número. Tú te quedaste esperando al lado.

—¿No contestan?

—No.

—¡Qué raro!

—¿Por qué?

—Porque a esta hora él está en la casa, acostado oyendo el noticiario político en la radio, con el teléfono al alcance de la mano. Y además todas las empleadas...

—Ahora... ¡Aló!

La Rita, deshecha en venias y sonrisas como si don Jerónimo la estuviera viendo a través del aparato, se disculpa porque teme haberlo despertado, no, no lo ha despertado, habla con la Rita, la portera de la Casa, y don Jerónimo la saluda diciendo que la reconoce porque les ha tocado hablar tantas veces ahora último, que cómo está la Inés, se asusta porque si lo llaman por teléfono de la Casa a esta hora es que le pasa algo a la Inés, no, señor, cómo se le ocurre, está de lo más bien la señora, de lo más tranquila y contenta, Inés le arrebata el fono a la Rita para oír la voz de su marido y se lo devuelve para que la Rita conteste, los deja hablar otro poco y se lo vuelve a quitar para oír su voz, después se despiden y cuelgan. La Dora viene con la María Benítez. Las cuatro mujeres apenas caben en la salita de la portería. La Rita frunce sus cejas.

—¿A qué vino ésta?

—Se me pegó. No me quiso prestar el dado si no la dejaba que me acompañara. Estaba acostada. Tuve que esperar que se vistiera para venir.

—¡Qué vieja más pesada!

—¡Dios mío, misiá Inés!

—¿Qué?

—Habló igual, igual a la Rita.

—A ver, otra vez.

—¡Qué vieja más pesada! Metete, no sé qué viene a intrusear aquí en mi salita cuando nadie la convidó. Al olor de los pasteles habrá venido, no digo yo, si una no puede estar tranquila en ninguna parte...

Maravilladas escuchan tu voz y tus frases de vieja. Se ríen a carcajadas, incluso tú misma. Les cuentas que eres capaz de imitar todas las voces. La de la Dora. La de la Rita. La de la María Benítez. Hasta la voz de la Brígida que ya va para el año de muerta sabes imitar. Juegan a las adivinanzas. La Rita sale de la pieza y cierran la puerta. Las otras dos se quedan con Inés adentro y ella habla como la María Benítez: la María Benítez, acierta la Rita. Después sale la María Benítez Benítez. Inés habla como la Dora: la Dora, acierta la María, qué juego más entretenido, es como de circo, vamos a jugarlo un día con más viejas, con todas las viejas cuando estemos reunidas en la cocina después de misa algún domingo y con las huérfanas que se van a entretener mucho con este juego nuevo y también con los juegos que don Jerónimo dijo que va a mandar con su chofer mañana. La Dora fue la que sugirió:

—Apuesto que don Jerónimo reconocería que usted no es la Rita, por teléfono.

—Apuesto que no.

—Apuesto que sí.

—¿Qué apuestas, Dora?

—El canódromo.

—Ya.

—¿Y si gano yo?

—Te doy este vestido negro.

—Pero si no es para tanto, misiá Inés.

—Y no tiene más que seis.

—Te apuesto este vestido de lana, suizo, bueno, bien abrigado, que te va a quedar perfecto, contra el canódromo que te regaló ese niño.

—Bueno.

Marcas el número de tu casa. Esperas un poco. Es él. Qué quiere, Rita, qué pasa otra vez, me tienen inquieto porque estoy seguro de que algo le pasa a la Inés y no me quieren decir nada, no, no, cómo se le ocurre, don Jerónimo, lo que pasa es que tiene frío y quiere que le manden sus abrigos de pieles, el visón que es tan sufrido dice, y el astracán, y también la cajita con sus alhajas que no son muchas ni muy importantes, pero dice misiá Inés, tan piadosa, que hizo una manda que tiene que pagar con todas sus alhajas ahora que hizo voto de pobreza, una no puede tener alhajas cuando hace voto de pobreza dice la señora, don Jerónimo. ¿Qué quiere que le diga a ella, don Jerónimo? ¿Que mañana a las doce? ¿Que va a venir usted? Ella no lo va a poder ver porque quiere descansar, quizás después, la semana que viene o la otra, ahora no porque quiere rezar mucho y arrepentirse de todos sus pecados aunque yo no sé de qué pecados estará hablando una señora tan católica como misiá Inés, bueno, que mande todo, los juegos y los paltós y la cajita de alhajas mañana a las doce con el chofer. Cómo no, don Jerónimo, y usted también cuídese. Y disculpe la molestia, señor, que yo no hice más que obedecer las órdenes de misiá Inés. Colgaste: ustedes las cuatro viejas lanzaron carcajadas y mientras reían y les corrían lágrimas de risa, tú ibas a hacer un paquete con el canódromo de la Dora.

—El dado es de la María Benítez.

—Tómalo, María.

—Gracias, señora.

—¿Para qué lo usas?

—Lo tenía guardado.

—Te lo juego.

—¿A qué?

—Al canódromo.

—¿Contra qué?

—Lo que quieras.

—¿Me quedará bueno ese vestido?

—Te lo juego contra tu dado.

—Bueno, María, tú eres la perra colorada, yo soy la perra amarilla. Lástima que estos animales sean tan ordinarios, de plástico, conociéndolo, seguro que Jerónimo mañana me va a mandar un ajedrez chino y un tablero de damas de marfil y ébano, así es de botarate y pretencioso. Pero fíjate, Dora, está de lo más viejo este tablero de canódromo, es una porquería, no ves que se está partiendo aquí en el medio donde se dobla que es donde siempre se parten los tableros de canódromo, mañana, cuando tenga un tiempecito, voy a coserlo para que no se termine de romper.

—¡Qué miedo, señora, no hable como la Brígida!

—¡No vaya a ser pecado, está muerta hace un año! Si hasta voz de vieja se le pone...

—Vieja soy.

—Pero no es ni la María, ni la Dora, ni la Rita, ni la Brígida; es usted misma...

—Pero puedo ser la Brígida.

—¿Cómo?

—Apaguen las luces.

—¡Ni muerta...!

—Amalia, mujer, pásame el tarro con las galletas y anda a decirle a la Madre Benita que cuando tenga tiempo pase por aquí un ratito que tengo que decirle una cosa, pero que no se moleste por mí, cuando tenga tiempo nomás...

Entonces te ríes como la Brígida y las tres viejas, serias, arrinconadas, mirando tu mandíbula balbuceante y sin dientes, tus manos que mueves como las de la Brígida, el meñique un poco levantado, te ruegan que no, les da miedo, y entonces tú te vuelves a reír y les dices ya, chiquillas, atraquen las sillas para jugar, no, voy a jugar con la María nomás, ya, el número mayor empieza. Yo, seis. Tú, cuatro, yo empiezo: seis otra vez, bravo, me toca de nuevo: cuatro, al agua, para atrás. Tú, María, no brujulees tanto el dado con tus manos de madera, tiras, tu perra avanza, corre, galopa, se adelanta, la mía no puede, cae al agua una y otra y otra vez, qué mala suerte, no puedo pasar, me dejó atrás, mi perra amarilla está vieja, no sirve para nada, renga, encogida, no corre, apenas se arrastra y casi no puede salir del agua mientras la perra de la María llega sin dificultad a la meta.

—¡Ganó la María!

—Ganaste...

—¡Es que es perro!

Tiras el animalito de plástico al brasero, se chamusca, lo miras arder con tus ojos iracundos que esperan que se consuma en la oleada de humo fétido, se disuelve chirriando sobre las brasas, los ojos pican con el humo del plástico, qué olor más asqueroso, a azufre será, qué humo más tupido,

mientras las viejas te desnudan en la humareda despoján-
dote de tu buen vestido de lana negra para la María, voy
a tener que tomarle un poco de la sisa, te vi en el humo,
Inés, tu cuerpo desnudo tiritando, sí, lo vi, lo vi, no podrás
negarme que ahora sí que vi tu cuerpo y lo conozco ahora
que riéndose de tu fracaso las viejas te desnudaron y encorvada por tu derrota saliste con la cabeza gacha, mientras
desde la puerta que despedía humo fétido las tres viejas te
decían que tuvieras cuidado con las corrientes de aire, mire
cómo el viento se lleva el humo de la perra amarilla, que
duerma bien, misiá Inés.

—Ojalá.

—Buenas noches.

—Buenas noches.

23

No quiero que quemes nada todavía. Lo quemaremos todo cuando llegue el momento. Por eso paso el día enfermo, encogido en mi sitial gótico, al sol, vigilándote mientras esperas a que me reponga para que te ayude: sentada en el corredor de la cocina pelas papas en una olla con una vieja harapienta que puede haber sido la Madre Anselma, y otras dos que te están contando el funeral de la Brígida. Te levantas. Dices que tienes que ir a barrer tu habitación, no, no, misiá Inesita, no se moleste, yo se la barro, yo le lavaré su ropa interior, sus medias, la ropa blanca no hay que colgarla al sol porque se pone amarillenta pero se puede colgar al sol si se cuelga al revés, no importa porque ya no tengo ropa interior blanca y quiero hacerlo todo yo, que nadie trabaje por mí. No es que me lo haya propuesto sino que un buen día me encontré barriendo mi pieza, haciendo mi cama, lavando mi ropa como la cosa más natural del mundo. Pelo papas. Que no me manden mi oratorio. Rezo hincada en el suelo como las demás, y si ellas se pueden pasar la vida sin sacramentos, también puedo yo. Vienen las señoras, mis amigas o conocidas, a buscar cosas en sus celdas y le preguntan a la Madre Benita: ¿Pero que no dicen que la Inés Azcoitía vive aquí ahora? ¡No la veo desde antes de que se fuera a Europa! ¿Cómo está? ¿Por qué no le dice que me gustaría hablar dos palabritas con ella? No se dan cuenta de que yo estoy al otro lado del patio, pasan junto a mí sin reconocerme y vuelven a salir, irritadas porque vinieron a curiosear y no me vieron: dicen que anda hecha una facha la Inés, figúrate, con sus millones, y envejecida que da pena, una mujer como ella que ha sido una de las mujeres más elegantes, increíble, pero de vuelta de sus celdas las señoras —que antes eran la Picha y la Olga y la Rosa y la Tere, pero ahora son las señoras— no me reconocen al pasar junto a mí, se tuvieron que conformar con un rollo de alfombra de pasillo que la Iris Mateluna arrastra en el carro que era del Mudito, pero que él ya no puede arrastrar porque no ha estado nada de bien el Mudito, se pasa el día sentado en ese sitial adornado con gárgolas de madera y te acercas y me pones la mano benigna en el brazo y me preguntas: ¿Cómo amaneciste?

Yo muevo apenas la cabeza. Tengo los ojos opacos. Sigues de largo después de quitar tu mano de mi brazo tullido por las vendas, mi cuerpo agotado por mis correrías en la noche, si supieras, Inés, si supieras lo que yo sé y que no quiero decirte, no puedo decírtelo porque me tiene tullido y agotado, eso es lo que me está reduciendo más y más, ya estoy tan pequeño que una anciana me podría cargar en sus brazos, pero en las noches salgo y voy a la casa amarilla frente al parque para asomarme por la ventana y oigo voces, don Jerónimo y misiá Raquel hablando, misiá Raquel va a venir hoy, ella te ha respetado pero don Jerónimo le ruega y ella consiente y vendrá a decirte que estás muy pesada con Jerónimo, Inés.

—¿Qué quieres que haga?

—No sé.

—¿Que me vaya a meter en su cama?

—¿Cómo puedes pensar una cochinada así?

—¿Ves?

—¿Qué?

—Que es una cochinada.

—Es una manera de decir...

Que me dejen tranquila, que Jerónimo sobre todo me deje tranquila. Los empleados tienen derecho a una jubilación y no veo por qué yo no voy a tener ese mismo derecho, sesenta y tres años, por Dios, si hubiera tenido hijos, si ahora fuera abuela Jerónimo me dejaría tranquila. No te va a dejar tranquila, eso lo sabes, tiene que vengarse porque no le diste el hijo que necesitaba y no me deja descansar, la idea de que Jerónimo vuelva a tocarme sexualmente me vuelve loca, no puedo soportarlo... usted la abraza y lloran juntas y usted le dice que no llore, que no puede creer que Jerónimo que es un caballero... eso es lo que tú crees, Raquel, está acechándome allá afuera y mientras me aceche y me espere no tendré paz, lo único que puedo tener es miedo y lo único que me protege son estas paredes que quiere derribar, por eso tengo que confundirme con las viejas.

—¿Supiste que se murió la Brígida?

—Voy a mandarle a decir unas misas.

—Gracias. Te quería.

—Yo también a ella.

—Es curioso, Inés... te he estado sintiendo arisca, agresiva, como si ya no me quisieras, pero cuando siento que de veras quisiste a la Brígida, siento que tu cariño me toca.

Porque no tienes cariño Inés, es como si te lo hubieran extirpado con una operación, claro, la clínica en Suiza, ya lo sabe todo el mundo... dicen que la Inés estuvo en Suiza fíjate... a qué habrá ido cuando tenía una salud de fierro... en un sanatorio... para los nervios... sí, podría ser para los nervios, pero hay otras cosas que ustedes no saben: Inés no fue a Europa por lo de su beata, ésa fue su coartada, podía haber despachado ese asunto en un par de semanas y estuvo un año entero. Podía haber continuado el proceso por correspondencia, le dice don Jerónimo a misiá Raquel en su biblioteca de sillones grises, le muestra el *dossier,* le asegura que incluso comprende que te hayas internado en Suiza todo el tiempo que necesitaras para reponerte del golpe —una tontería de la Inés esto de la beata, en fin, qué tengo que meterme yo—, pero don Jerónimo le está diciendo a misiá Raquel otra cosa que no alcanzo a escuchar, el ruido de los autos que pasan, el temor de que me vean asomado a la casa de un hombre rico, me pueden llevar preso y por eso cuando pasa alguien me escondo, no alcanzo a oír toda la conversación que necesito oír para comprender, no oigo porque corre el viento que me despoja de la facultad de oír, ustedes dos hablando detrás de ese vidrio en la biblioteca iluminada, el fuego en la chimenea, amistad de años, más de medio siglo, un ligero parentesco, una intimidad que jamás he podido tocar, se cuentan cosas y se confiesan secretos que nadie que esté acá del vidrio puede oír porque el ruido es insoportable y sólo agarro retazos del diálogo que debía aclarármelo todo antes de que usted hable con Inés:

—¿No hiciste una peregrinación a Fátima y a Lourdes?

—Sí. Pero no fui a Europa a eso, Raquel.

—Si sé, a lo de la beata.

—No, a algo mucho más difícil. Fui a envejecer. A hacer lo único posible para que me deje tranquila.

—No entiendo...

—La clínica en Suiza...

El doctor Azula con su ojo único brillando de rapacidad. Sus manos escamosas, sus dedos de garra de los que es imposible liberarse, te tendió en una cama como la cama que yo conozco, te abrió la carne, jugó con tus entrañas, las examinó, las reordenó, eligió algunas que le interesaron, y mientras sus ayudantes también monstruosos detrás de sus mascarillas inmaculadas te cosían, él se sacó los guantes de goma. Emperatriz, tocada con su cofia de enfermera jefe, acudió a averiguar los resultados de la operación:

—Un capricho de mujer rica, nada más.

—¿Para qué sirve una histerectomía a los sesenta y tres años? No entiendo.

—Ése es el secreto que todas las señoras que van a curiosear a la Casa de la Chimba quisieran saber, mijita.

—¿Y cuál es ese secreto, Cris?

—Por qué vino a que le extirpara el útero.

—Bueno, nuestra clínica es la más famosa de toda Europa, así es que no tiene nada de extraordinario que la Inés haya venido...

El doctor Azula la miró con su ojo único empañado con ternura, amor, reconocimiento, satisfacción, plenitud. Puso su garra sobre la mano rechoncha de Emperatriz.

—¿Qué hubiera sido de mí si no fuera por tu energía y tu empuje? Te lo debo todo...

—No todo...

—Me hubiera quedado emborrachándome en la Rinconada, esclavo de Boy, si no hubiéramos huido a tiempo esa noche en el café del centro...

Emperatriz se impacienta. Con los años, Cris se está poniendo sentimental. Recuerda demasiado a menudo otros tiempos.

—Sí, Cris. Mira. ¿Nos vamos a quedar con su útero?

—¿Para qué? No.

Claro que no, no sirve para nada. Te sientas al borde de tu cama y cubres tu cara con tus manos, mientras misiá Raquel te escucha sobrecogida porque estás inventando cosas, Inés, siempre has sido fabuladora, tienes vocación de vieja, es sólo cuestión de permitir que la vieja aflore y se apodere de ti, por eso misiá Raquel te escucha sentada muy tiesa en su silla con su cartera en el regazo agarrada firmemente con las dos manos porque ni ella ni nadie te puede creer que hasta tu edad tuviste sangre todos los meses, sangre sucia y regular que me esclavizaba como a una chiquilla, a mi edad, como si fuera castigo de Dios por alguna cosa horrible que hice y que no recuerdo, todos los meses, insistentemente, no sabes cómo he rezado, sobre todo cuando era más jóven y tenía esperanza de darle un hijo a Jerónimo, rezábamos y rezábamos con la Peta Ponce, salve va y salve viene, padrenuestro de corrido y padrenuestro al revés, oraciones que nosotras mismas inventábamos para implorar merced de quien quisiera darla, escapularios con reliquias de no sé quién que la Peta me cosía en los corpiños, no te imaginas cómo rezábamos con la Peta para que este mes, por fin, no me ensuciara mi sangre, anunciando así mi limpieza y el advenimiento de Boy, esclava inmunda de mi sangre hasta los sesenta y tres años, no llores más, Inés, deja que misiá Raquel te consuele sin lograrlo porque sigues llorando y llorando, cada mes la esperanza de que ese mes por fin se había agotado tu feminidad, que ibas a tener paz para comenzar a envejecer como todo el mundo, pero no sin tregua, sangre todos los meses... un monstruo, Raquel, un monstruo. La malo es que a Jerónimo siempre le han fascinado los monstruos.

—Claro. ¿Te acuerdas de ese secretario que tuvo hace años, uno como medio enano pero no enano y con el labio leporino mal cosido, y como gibado... una calamidad?

—Creo que sí.

—¿Cómo se llamaba?

—Sí, sé quién dices...

—Se llamaba... espera...

—¡Qué me voy a estar acordando!

—Era raro.

—Pero no tan monstruoso como yo, Raquel, sí, reconoces que tú eres el verdadero monstruo, Inés, y sigues siéndolo a pesar de tu operación porque le vas asegurar a misiá Raquel que Jerónimo no te dejaba en paz hasta antes de irte, que hasta los sesenta y tres años tu marido también monstruoso te obligaba a hacer el amor con él todas las noches como si fueran chiquillos, nadie puede creerte, Inés, y esa noche misiá Raquel irá a hacerle una visita a

Jerónimo para interrogarlo, no oigo muy bien porque pasa un tranvía destartalado, un camión al mismo tiempo, autos, las sirenas que tocan a incendio y parejas cuchichean en los umbrales y las campanadas de la Merced, no logro oír lo que usted explica a misiá Raquel y tengo que volver corriendo a la Casa para no perderme lo que Inés está confesando entre llantos, saber la mentira por lo menos aunque no sepa la verdad, Jerónimo comenzaba muy suavemente, con mucha ternura, cariños que por último yo me dejaba hacer porque por qué no, aunque poca paciencia me quedaba y francamente hubiera preferido rezar un rosario o leer el diario de la tarde, pero no me dejaba. Iba tocándome más y más, poco a poco, tú ves, a esta edad una ya no es ninguna preciosura en cama, ni tampoco caminando por los corredores de la Casa, Inés, cuando te detienes junto a mi sitial a charlar con las gárgolas, cómo estás, Mudito, cómo has amanecido, si parece que este hombre amaneciera más encogido cada día, pobrecito, y sigues caminando hacia tu habitación y sentada al borde de tu cama le aseguras a misiá Raquel que a la edad de una da un poco de vergüenza, no sé, todo caído, el derrumbe completo así es que a una misma le da un poco de repugnancia, pero Jerónimo no, era como si no viera eso y no me permitiera tener la edad que tengo y la frialdad de mi cuerpo de vieja no tuviera derecho a existir, y poco a poco, todas las noches, iba despertando desde el fondo de mi cuerpo de vieja cansada a la mujer joven que yo no era ni soy. Podía haberme entregado a él fríamente, era mi última esperanza poder hacerlo, pero no, imposible, Jerónimo no se conformaba con ese simulacro habitual en tantas mujeres, me vencía, Raquel, qué horror, despertaba a una muerta, lograba que me entusiasmara y que respondiera a pesar mío a los sesenta y tres años y era como si tuviera que darme el horrible trabajo de resucitar los restos de una Inés joven y entusiasta para encarnarme en ella. Cansa mucho resucitar todas las noches.

—¡Qué falta de respeto de Jerónimo! ¿Y por qué no se buscaba otra mujer?

—¿No te das cuenta de lo que quería?

—Supongo que lo que todos los hombres.

—No.

—¿Cómo?

—¿No te dije que yo seguía igual todos los meses?

Claro, eso es lo que le interesaba en ti, Inés, no vayas a creer otra cosa, no te quiso nunca y tú siempre lo supiste y lo sabes ahora y para vengarte has dejado que el doctor Azula te mutile, eso era lo único que lo amarraba a ti y a ninguna otra mujer. Jerónimo se podía haber conseguido las queridas que se le hubieran antojado, le estás diciendo a misiá Raquel para tratar de convencerla de que no es todo una mentira, que no quedó inerte tu marido después de esa noche, te morirías de vergüenza si supieran tus amigas que Jerónimo jamás volvió a tocarte porque yo no lo permití, le robé la posibilidad de hacerlo y la he venido a guardar aquí donde las viejas me fajan todas las noches para anularme y yo me dejo anular porque dejándome anular anulo a Jerónimo, eso debías contarle a misiá Raquel en vez de estos cuentos, yo le contaré cómo íbamos a la casa de doña Flora, la Hortensia, la Rosa, la Amapola refregándose con él ante mis ojos que le devolvían todo, no, tú no quieres que nadie sepa, tú sientes vergüenza porque después de esa noche en la Rinconada te abandonó para siempre y le estás contando a misiá Raquel que le implorabas a Dios que Jerónimo se enamorara de otra para que te dejara tranquila. Siempre te ha dejado tranquila. Le cuentas que te resucitaba todas las noches y siempre has sido un despojo.

Refugiado bajo el dintel de la ventana porque ha comenzado a garuar, casi lo oigo, a través de los visillos, casi me siento chamuscado por el arco voltaico azul de sus ojos, me mentía, Jerónimo le está diciendo, la Inés me mentía mucho, me decía que este mes se había atrasado una semana, dos, y yo no la tocaba para no estropear a mi hijo. Le regalaba alhajas, y el visón y todo... hasta que ya no podía más, Raquel, no podía seguir engañándolo, no podía soportar su ilusión, y entonces, llorando, le confesaba que sí, no, otra vez no, sangre otra vez. Yo no podía soportar verlo sufrir con la esperanza, no puedes tener una idea de cómo me ha hecho sufrir esta mujer, Raquel, pero usted también está mintiendo, don Jerónimo, porque dejó de sufrir hace ya mucho tiempo, cuando mató a la perra amarilla en la Rinconada y se hundió para siempre en su sillón en el Club y en su retórica en el Senado... por eso, Raquel, para no verlo sufrir al pobre yo dejaba que las cosas siguieran igual y noche tras noche, te lo juro, sin tregua, en esta mujer vieja que soy y que quiere descansar y tener paz para sus piedades y para no hacer nada, mi marido conjuraba en mi cuerpo frío un cuerpo ardiente que le respondía, pero que no era mi cuerpo, y porque no era yo, respondía a pesar de que hubiera dado cualquier cosa por no responder... mató en mí el derecho a no ser un monstruo.

Es un diálogo que mantienes con las gárgolas del sitial, las encarnaciones del miedo, sordas, mudas, quizás ciegas, agentes del vacío, el pánico que prefiere retorcerse y transformarse en monstruo antes de no ser nada... mira este patio lleno de sol: las viejas se han arremangado las blusas porque hace calor. Brazos de gárgola. Manos de gárgola que llevan una tetera ennegrecida. Una que está sentada al borde del corredor bosteza y parece que todo, nosotros, el patio, el sol, nos fuéramos a perder por el pasillo interminable que se inicia en su boca. Otra amarra un montón de revistas. Pasa la Madre Benita, le sonríen, la saludan, le piden cosas, ella se va porque tiene mucho que hacer y cierra la puerta. Siento el olor asqueroso de la comida en la cocina, caras mantenidas como unidad por las amarras de sus arrugas y tú confiesas que es por tu fracaso como mujer de Jerónimo que estás empeñada en darle una antepasada que lo empariente con Dios.

—Ésas son cosas de vieja, Inés.

—Puede ser, Raquel, pero las viejas tienen poderes y prerrogativas que las jóvenes no conocen, una anarquía que todo lo permite, una falta de obligaciones que cumplir porque si las cumplen o no las cumplen no le importa nada a nadie. Y manteniéndome joven con su asedio Jerónimo me estaba robando las prerrogativas de las viejas y sus poderes. ¿Te acuerdas de que yo venía tanto a esta casa?

—Esa manía tuya de acumular cachivaches... yo nunca lo encontré natural.

—Estás muy equivocada. Era lo más natural del mundo, las viejas acumulan cosas, venía para acá con la naturalidad con que estas viejas van enfermándose, poniéndose decrépitas, cada día más inútiles sin que eso afecte a nadie, alistándose para desaparecer, la envidiable sencillez con que se van muriendo... yo las envidiaba, es una forma de libertad que yo no podía comprar, seguía esclava de un orden, de ciclos que renovaban la esperanza hasta que ya no pude más y me fui a Europa con la coartada de la beata.

Te escucho y no te puedo creer. La reduces a una coartada. ¿Por qué te metes todos los días en tus celdas, entonces, a escarbar? ¿Buscando algo? ¿O simplemente como escarban las viejas entre sus cachivaches por escarbar? El doctor Azula te despojó de la posibilidad de ser mujer, ya no puedo, Raquel, él no puede, nadie puede, soy libre, ya no *podría* sentir, pertenezco al sexo sintético que es el sexo de las viejas.

—¿Y Jerónimo sabe?

—Claro.

—¿Cómo?

—Le escribí, lo primero después de la operación. Pensé que quizá sería mejor al llegar, pero durante la convalecencia me di cuenta de que no iba a atreverme a encararme con él, totalmente imposible mirarlo de frente y decirle lo que había hecho para liberarme... no, no era capaz y resolví escribirle en vez de darle una explicación cara a cara...

—¿Fue entonces que se deshizo de la Casa? Todos creímos que era uno de esos famosos accesos de furia que le dan, porque no volvías o algo así, sí, misiá Raquel, no se le nota nada por fuera, y sintió furia y terror y necesidad de deshacerse de todo, claro, para qué iba a conservar la Casa, era como si esta Casa encarnara su esperanza... ya no servía para nada, pero jamás ha servido para nada, Inés, eso no lo has comprendido nunca, es lo más temible y lo más importante de esta Casa, por eso estamos todos encerrados adentro y por eso voy tapiando habitaciones y ventanas y corredores y patios, para que nadie los use, para que desaparezcan del recuerdo, borrar esta Casa que Jerónimo sabía que a ti te gustaba... ahora las mugres, los lotes de porquerías amontonados por los rematadores en los pasadizos, con etiquetas escritas con lápiz azul, se acabó el remate, esos lotes quedarán ahí para siempre, yo en mi sitial, los montones de cojines apolillados con el número 2013, quién va a dar nada, vendrán sólo cachureros, no va a haber remate, pero tampoco va a haber Ciudad del Niño, sólo va a haber viejas aquí en número siempre creciente, inventaremos ritos y manías cultivadas con esmero, nos odiaremos, escucharemos lo que dos viejas cuchichean al otro lado del tabique, quién tendrá un poco de mate, a la Lucy le salió un orzuelo, lo mejor para los orzuelos es refregárselos con el poto de una mosca, así se quitan, que éste sea tu mundo, que él no venga a verte, ya estoy clausurando puertas para que no entre jamás en esta Casa, que yo no lo vea aquí, quedar ciego además de sordomudo para no verlo. Quiero protegerte. No es un hijo lo que quiere de ti, Inés, eso no le ha interesado nunca. ¿No te da más terror pensar que es *a ti* a quien quiere? Has hecho bien en refugiarte en el mito de ese hijo, dejando a don Jerónimo afuera, clamando en la intemperie. Tienes miedo de que ahora venga a tocarte y siga queriendo tocarte, aun sin la esperanza, eso sería lo peor de todo, lo irrefrenable, no lo puedo soportar... hablas tantas cosas raras, Inés, ya no eres la misma de antes, mi amiga de toda la vida, casi prima, la Inés y la Raquel son uña y carne, no te reconozco y no te niego que me das un poco de repugnancia y de miedo.

—¿Cómo me vas a reconocer tú si ni yo misma me reconozco? Es como si otra dijera las cosas que estoy diciendo y otra sintiera lo que estoy sintiendo.

Claro, misiá Raquel te mira y se da cuenta de que no eres tú. Por una vez, y aunque no lo sabes, no estás mintiendo. Lo que el doctor Azula dejó de ti es bien poco: el pelo, ahora grisáceo, pero el mismo, las uñas astillándose al rasguñar las mismas pesadillas que en las noches de la Casa rasguñan las viejas para salvarse, para no caer, para que no se las lleven, para que no las encierren, y claro, tu piel, tu superficie, descuidada y manchada ahora, pero tuya. Lo que no sabes es que adentro de ese saco de tu piel el doctor Azula y Emperatriz lo cambiaron todo, tú crees que dejaron algo pero no dejaron nada, te imaginas que se quedaron sólo con tu útero pero para qué les podía interesar si es inservible, les interesaban piezas más importantes, más difíciles de conseguir para injertárselas a otros clientes que paguen más y así enriquecerse como se han enriquecido esos dos con su clínica en Suiza, el ojo certero de Azula y sus garras que saben elegir, la cofia blanca, la concentración de Emperatriz que saca cuentas y dispone turnos detrás de un escritorio blanco que conozco en una sala blanca que conozco, rodeada de enfermeras blancas con mascarillas que se desplazan silenciosas sobre sus zapatillas de goma blanca para que ningún ruido moleste a los pacientes que acuden de todo el mundo para que los dos monstruos los despojen de lo que quieran despojarlos y les injerten lo que quieran injertarles, alteran a los seres, cambian a una persona por otra o por varias, deforman a la gente, fabrican seres que creen ser el mismo pero son otro o quizás otros, mezclan, revuelven, intercambian, todas las permutaciones son posibles en sus laboratorios blancos donde la unidad del ser no se respeta, y en una sala refrigerada, blanca, guardan en frascos de vidrio rotulados con un precio fijado por Emperatriz los órganos que nos roban a todos y que venden a precios increíblemente caros porque al fin y al cabo ésta es la clínica más famosa del mundo entero, la de más éxito, quién se iba a figurar que íbamos a tener el éxito que hemos tenido, Cris, desde luego tú jamás te lo imaginaste y no estoy muy segura de que lo hayas querido, me costó un esfuerzo enorme sacarte de tu letargo en la Rinconada, sacudirte de una vez y convencerte, vamos, vamos, Cris, éste es el momento preciso, si no huimos ahora Jerónimo se vengará de nosotros, vamos, no nos quedemos aquí, tengo que apurarme, si no me apuro será demasiado tarde y por eso es que dejé listas mis maletas el día anterior, sin olvidar ni un solo detalle. Temprano a la mañana siguiente Basilio las acarreó al auto que esperaba oculto a bastante distancia de las casas de la Rinconada, detrás de unas zarzas, no lo fuera a ver Boy y comenzara a hacer preguntas.

Esperando el regreso del gigante para que ahora la acarreara a ella sobre sus hombros, daba los últimos toques a su *toilette* matinal, siempre demorosa, pero más que nunca en un día como hoy. Trató de hacerlo lo más silenciosamente posible para no despertar a Cris, que roncaba en el lecho conyugal. Dormía mucho. En realidad, casi todo el tiempo, hasta tarde por las mañanas, siestas interminables, amodorrado en hamacas durante el día, bostezos al crepúsculo o entre plato y plato. Aburrimiento, alegaba Cris. Pero la verdad era que se lo pasaba así porque bebía demasiado: el aliento como para inflamarse si se le prendía un fósforo, su único ojo opaco, saltón, inyectado en sangre, y el vaso de whisky siempre cerca. Claro que se aburría. Pero por su propia culpa: trabajo, lo que se llama trabajo de veras, bueno, nada, desde años, con Boy ahora sano y crecido y desarrollándose como un adolescente cualquiera... un poco de acné, anginas en invierno, la luxación de un tobillo de sus piernas siempre debiluchas, cosas así.

Más de una vez Emperatriz tuvo que decirle que no fuera estúpido y dejara de darle la lata sobre su añorada clínica, que cortara la cantinela de su arrepentimiento por haber venido a sumirse en la Rinconada, un desierto desde el punto de vista de estímulos que lo impulsaran a recuperar su antigua ambición de pertenecer a la vanguardia de su especialidad. Cállate, le gritaba Emperatriz, abúlico, eso eres, aunque alegues que echas de menos tus actividades científicas prefieres tus siestas, tu whisky, tus devaneos con cualquier *mujer más gorda del mundo:* en cuanto Emperatriz descubría la intriga, la alimentaba a pan y agua hasta hacerla perder sus encantos. Al casarse con él, ella creyó casarse con alguien que era *alguien,* con un científico verdadero... para terminar en esto: un borrachín que roncaba. Al principio, cuando las lamentaciones de su cónyuge la conmovían, le decía bueno, ya está, hemos ahorrado una fortuna que tenemos colocada en la Banque de Genève, si quieres huyamos a instalar la clínica en Suiza, yo te ayudaré a transformarla en un centro que irradie saber por el mundo entero. Esos proyectos tan vivos durante los primeros años fueron debilitándose hasta que el tiempo los redujo a nada. Al dejar atrás lo que Cris llamaba *la campaña heroica* para salvarle la vida al monstruo que sin sus manos peritas, aunque también monstruosas, hubiera muerto, quiso publicar un estudio sobre el caso. Don Jerónimo se lo prohibió:

—Doctor Azula, yo lo contraté para que atienda a mi hijo, no para que lo use con el fin de obtener prestigio.

Y el asunto quedó en nada. Esa noche se tomó tres whiskys en vez de uno. Y después, todo, proyectos, ambiciones, todo fue quedando en nada. Cris le decía a su mujer:

—Don Jerónimo me desalentó.

—Déjate de leseras. Estás igual a Humberto Peñaloza, que alegaba que Jerónimo le robó la voluntad para escribir su famoso libro, que tenía que deshacerse de Jerónimo para recuperar su fuerza.

Emperatriz jamás se conformó: se había casado con un cero a la izquierda, con un don nadie. Le soltaba monsergas interminables, que cuando la pareja era reciente, culminaban en azotainas que el marido propinaba a Emperatriz, y que en esa época terminaban en los deleites del lecho conyugal donde hacían las paces.

Jerónimo los delegó a los dos, como pareja, como dos seres inteligentes y unidos, para que se hicieran cargo de continuar el experimento de la Rinconada y llevarlo hasta sus últimas consecuencias después de que Humberto desapareció. ¡Ahora todo el peso caía sobre sus pobres hombros femeninos! La verdadera tortura era ese viaje anual para presentarle a Jerónimo el panorama de la Rinconada durante el año que concluía: la cantidad de mentiras destinadas a dejar contento a Jerónimo sin tentarlo a hacer una visita, como una vez él propuso cuando a ella se le pasó la mano al pintarle un cuadro demasiado color de rosa... bueno, no era fácil. La idea pavorosa de que Jerónimo se presentara un buen día en la Rinconada hizo que Emperatriz dejara caer sobre el cristal de su *coiffeuse* el tapón de plata del perfumero. Crisóforo despertó bostezando.

—Mi café.

—Buenos días.

—¡Qué dolor de cabeza!

—Claro, anoche quedaste hecho un saco. Basilio tuvo que ayudarme a acostarte.

Él bostezó otra vez. Se puso serio.

—Emperatriz.

—¿Qué?

—Dime la verdad.

—¿Qué cosa?

—¿Era realmente Chivas Regal el whisky de anoche?

Emperatriz, que había engordado con los años, se estaba poniendo el corsé. Ahora, por suerte, con ella imponiendo las reglas, no corría la estupidez impuesta por Humberto Peñaloza de que todos los servidores de Boy debían andar desnudos.

—Sí.

—Estás mintiendo. Era un whisky pésimo, nacional. Para robarme mi plata trasvasijas whisky ordinario a botellas usadas de Chivas Regal.

Cris se puso su bata de brocado italiano listado. Emperatriz se alisó los guantes de cabritilla. Reconocía los síntomas previos a una de esas tormentas para las que ahora no tenía paciencia, puesto que no culminaría como en otros tiempos. Mejor partir lo más pronto posible, sobre todo con Cris de malas: todo dispuesto para que durante sus cuatro días de permanencia en la capital —aprovecharía para ver algunas colecciones, qué otro placer le queda a una con un marido así— no ocurrieran percances desagradables.

—Bueno. Me voy.

—Dale saludos míos a don Jerónimo.

—Se los daré encantada, lindo.

Él bostezó, observando:

—¡Qué ridícula te ves con ese vestido con tantos vuelitos! No tienes ni edad ni cogote para *jabots* románticos.

Uno de los pocos dogmas que mantenía viva y con ánimo a Emperatriz era el de su gusto exquisito en cuestiones de moda. Que ese marido que para mal de sus pecados

473

Dios le dio se atreviera a criticarla, la hizo soltar todo lo que se había propuesto callar: claro muy bien, él con sus problemas de Chivas Regal y de vuelitos más o vuelitos menos, pero ella, sí, ella, una pobre mujer débil, era la única valiente que les defendía su paraíso con esta salida anual para urdir el laberinto de mentiras sólidas como viejas paredes de adobe con que enredaba a Jerónimo, mantenerlo lejos de la Rinconada, la puerta tapiada, año tras año renovando el trabajo de tapiarla y conservar los murallones de monstruos de tercera y cuarta categoría, que, defendiendo a la *élite,* encerraban a Jerónimo afuera. ¿Qué le pasaría a él, por ejemplo, a Cris, y a todos, si ella decidiera esta misma tarde, en la biblioteca de los profundos sillones de terciopelo gris, contarle la verdad de lo que con los años había venido sucediendo en la Rinconada? Claro, se derrumbaría el paraíso del que ninguno se atrevía a salir, afuera oirían las risas lacerantes que en este mundo clausurado no sólo no oían sino que olvidaron. Ella, con una palabra, podía romper la clausura, derribar el portón: el parque con su piscina olímpica y sus canchas de tenis y sus toldos de colores, y las aldeas de los valles pobladas por monstruos de tercera, de cuarta, de quinta, de sexta categoría, monstruos que en un decenio fueron allegándose esperanzados la Rinconada, poblando su periferia, ahuyentando a los paisanos normales, para rodear a la Rinconada con capas y capas y capas de monstruos que acudían de todo el mundo atraídos por la leyenda, aspirando a parecerse a los de primera, imitándolos para subir de categoría hasta llegar a la *élite* formada por los habitantes de un mundo placentero en que todos se conocían y dictaban reglas que a todos convenían pero que los otros creían dogmas, protegiendo con su envidia y con su ambición a la *élite* deslumbradora, separándola cada vez más de la remotísima realidad de los seres normales... ella, Emperatriz, podía decirle una frase a su primo y con eso exterminarlos. Para protegerlos, ella, anualmente, se sacrificaba bajando al infierno. Que ni él ni ellos creyeran lo contrario, *era* el infierno: no era chiste este viajecito de todos los años. Lágrimas le costaba este sacrificio de exponerse a las miradas de estupefacción que la seguían en la calle, a las risas de sus primas solteronas que jamás creyeron que Emperatriz pescara marido y que seguían riendo a pesar de que pescó y ellas no, sentir de nuevo, cada año, el dolor de no poder engañar su carne insólita, de tener que recordar su condición de espectáculo absurdo, de excepción curiosa... mientras ellos... Emperatriz lloraba... mientras ellos lo olvidaban cómodamente apoltronados, aquí, escondidos. ¿Qué diría... qué haría, mejor, Jerónimo, si ella le contara lo que estaba pasando... desde hace cuántos años...? Díme, Cris, ¿desde cuándo? Desde que Humberto se fue. Claro. ¿Qué haría Jerónimo si viera los manjares que Boy devora? ¿Los pasteles espectaculares como castillos de merengue y helado y el cristal de las frutas de colores? ¿Y los albornoces de terciopelo color ciruela que a Boy le gustaba usar, y los trajes de aparato que lucía en los banquetes a que invitaba a todo el mundo, las mesas cargadas de fruteras como torres de muchos pisos, los candelabros de infinitos brazos, los pavos, las perdices, la expresión del chancho con su manzana en la boca y su mirada de perejil? ¡Que beban, que coman, que se emborrachen! Gritos incoherentes ahogados por la música de intrincados instrumentos que el hermano Mateo construía según modelos antiquísimos, y que él mismo ejecutaba. Unos en los brazos de otros en las alfombras y los cojines, racimos de enanos trepándose a las tetas desnudas de la *mujer más gorda del mundo*, chupándoselas de a dos y tres y descolgándose por las trenzas de las gigantas, los jorobados mordiéndole las nalgas a la Berta, Boy azotándola, a ella, a Emperatriz, con racimos de uva, rociando el cuerpo de Melchor que dormitaba borracho con azúcar en polvo, y a Melisa con vino tinto, y haciendo bailar a Rosario con sus muletas. ¿Qué diría si supiera que desde muy chico Boy perseguía a todas las mujeres blandiendo su miembro descomunal, y que ellas por orden estricta de Emperatriz, y fuera quien fuera, la Berta, ella misma, Melisa, la telefonista de orejas de ala de murciélago, cualquiera, se dejaba perseguir un poco, para entregarse a lo que Boy quisiera después de los chillidos de rigor, detrás de los matorrales? ¿Qué diría Jerónimo?

—...

—Claro, no sabes qué contestar.

No. Nadie contestaría. Año a año ella le iba proporcionando a Jerónimo informes sobre un desarrollo ficticio de Boy, ciñéndose a las líneas generales del proyecto inicial que se mantuvo en vigencia hasta que Humberto desapareció. Cuando Jerónimo supo lo de la huida de su secretario, estuvo a punto de disolverlo todo. Vino a la Rinconada para hacer una visita de inspección. Pero quedó tan encantado con el limbo que imperaba en la mente del Boy de cinco años, que decidió dejarlo todo en manos de Emperatriz, su prima tan querida, y del doctor Crisóforo Azula, un médico verdaderamente notable a juzgar por los resultados. Pero a medida que el niño fue pasando de la infancia a la pubertad y de la pubertad a la adolescencia, se hizo clarísimo que iba a ser imposible mantenerlo en el limbo. ¿Cómo evitar el dolor de muelas y el apaciguamiento divino de las aspirinas? ¿Por qué me duelen, por qué me dejan de doler, qué es esto que me pasa y me deja de pasar? ¿Cómo ocultarle el frío del invierno y la tibieza de la primavera? Emperatriz no se cansaba de repetir que estaba segura de que Humberto huyó por cobardía cuando comenzó a darse cuenta de que la ficción del limbo iba a fracasar porque Boy tenía una naturaleza incontrolable, que todo, en realidad, era incontrolable. O incontrolable para él, porque para decir la verdad, ella, Emperatriz, a su manera, lo controlaba y lo había controlado durante más de diez años: con mentiras. Bastaban esas mentiras anuales. Y la debilidad de las piernas de Boy, dolencia que jamás se quiso remediar. Emperatriz hizo desaparecer todos los medios de locomoción, autos, coches, carretelas, mulas, caballos, burros, bicicletas, carretillas, todo lo que ayudara al movimiento humano, dejándolo reducido al radio abarcado por la capacidad de las piernas endebles, de modo que pudo dejar que Boy saliera al parque y donde quisiera, segura de que el mundo que podía conocer quedaba automáticamente limitado por su debilidad. Todos le creyeron a Emperatriz:

—A mí no me vengan con cuentos. Esto no fue idea de Jerónimo. Tiene que haber sido ocurrencia del Humberto ése. Lo que pasa es que Humberto quería tener circo propio, reírse de nosotros, y con este engaño, sin que el propio Jerónimo lo supiera, estaba incluyéndolo a él, a Jerónimo, entre los personajes de su circo, porque a su modo Jerónimo es el más monstruo de todos. En fin. Lo principal sigue en pie: Boy no sabe que afuera existe un mundo de seres crueles y distintos. Lo demás, pamplinas. Cosas de Humberto, que era un mentiroso.

Una vez, años antes, Crisóforo Azula, que asistió borracho a una de las sesiones anteriores a la partida de Emperatriz a la ciudad, comentó delante de todos los monstruos de primera:

—¿Humberto mentiroso?

—Humberto.

—Lo que pasa es que tienes sangre en el ojo?

—¿Quién? ¿Yo? ¿Por qué voy a tener sangre en el ojo?

—Te dejó plantada.

—¿A mí?

Los monstruos guardaron silencio.

—Claro. Dijiste que se iba a casar contigo. ¿Por qué, si es mentira lo que estoy diciendo, tenías todo tu ajuar, hasta tu vestido de novia con la cola bordada y tu tocado, listo cuando decidimos casarnos de la noche a la mañana, después de la famosa visita de don Jerónimo?

—Me arrepiento de la hora...

—Atrévete a negar que estuviste enamorada de él.

Para que el silencio de los monstruos de primera no dejara desnuda su vergüenza, Emperatriz agarró el toro por las astas:

—No le hagan caso al pobre Cris, está reblandecido. Que yo tuve mi *flirt* con Humberto Peñaloza es verdad, para qué voy a estar negándolo. Pero quiero aclarar una cosa: enamorada, lo que se llama enamorada, jamás estuve. Sólo me hice la enamorada porque desde el principio fue mi intención quedarme yo con las riendas. Y fui viendo cómo ese roto acomplejado enredó a Jerónimo... había que salvarlo. Un cosmos limitado, un presente inalterable y continuo. Es imposible que un ser como Jerónimo invente cosas así. El pobre no es demasiado inteligente. Su famoso viaje a Europa no le sirvió más que para andar, como todos los criollos rastacueros que bailaban tango en esa época, con *cocottes:* quién sabe cuál le pegaría la espiroqueta que hizo de Boy lo que es y nos dio a nosotros esta situación privilegiada. En fin, lo que quiero que entiendan es que Jerónimo es un buen señor, común y corriente, muy versado en cuestiones de política nacional y que conoce a todo el mundo. Se hubiera conformado con mandar a Boy a un sanatorio: todas las familias tienen un loco o un monstruo o un degenerado. No. Fue invención de Humberto Peñaloza para vengarse de Jerónimo. ¿Ustedes creen que había alguien que no supiera que el secretario de Jerónimo, compañero de farras, factotum para los servicios más bajos, no estuvo enamorado de la Inés y que hizo todo lo posible para levantársela a su patrón? Y cuando yo me di cuenta de que el odio de Humberto crecía y crecía hasta ponerse peligroso, me interpuse para defender a mi pariente incauto. Si quieres saber la verdad, Cris, lo pasé estupendamente pololeando con Humberto.

Año tras año Emperatriz regresaba de la capital con la noticia de que el interés de Jerónimo por Boy, por ellos, por la Rinconada, decrecía. Si ella lograba maniobrar de modo que Jerónimo hiciera testamento a favor de Boy dejándola a ella de albacea, bueno, que se pusiera gagá, sobre todo si la nombraba tutora de Boy este año, ahora mismo, aumentando su estipendio y depositando en el banco una suma importante que ella administraría para mantener la Rinconada.

Sus llaves. Su cartera. Su portadocumentos. Basilio ya esperaba para transportarla sobre sus hombros hasta el auto escondido, para que Boy no hiciera preguntas... qué insoportable se estaba poniendo Boy ahora último con tanta pregunta. ¡Qué difícil ahora distraerlo con juegos, hasta con fiestas y mujeres y con las competencias deportivas que Basilio organizaba de modo que nunca dejara de triunfar! No, ahora no bastaban los juegos, ahora era todo por qué, para qué, cómo, cuándo... una complicación horrible. ¿*Coral Blush* de Revlon, o *Flamingo Passion* de Dorothy Gray? *Coral Blush*. Vería si era verdad que los rouges se usaban más oscuros este año: sería fatal porque a ella no le sentaban nada. El doctor Azula, anudándose el cordón de su bata, siguió a Emperatriz hasta la mesita donde encontró listo el café:

—Vas muy elegante.

—¿No dijiste recién que me veía ridícula?

—¿A quién piensas ver?

—A Jerónimo, por supuesto.

—¿A él piensas seducirlo con tanto adobo?

Emperatriz frunció los ojos de rabia.

—¿Que hayas llegado a esto?

—No me has contestado si piensas verlo.

—¿A quién?

—A Humberto.

Emperatriz suspiró:

—¿Quieres darme su dirección?

—¿De quién?

—De Humberto. Si pudiera encontrarlo, lo vería, porque si quieres saber la pura verdad, me muero de ganas de verlo. He tratado de averiguar dónde está y qué es de él, mis agentes recorren todos los rincones del país buscándomelo. Pero no está. Desapareció. Se lo tragó la tierra sin dejar rastro. Es como si jamás hubiera existido. A veces pienso... sí, pienso que yo lo inventé a él, que yo lo soñé a él tal como él soñó este mundo en que nos tiene cautivos. Las cosas eran tan distintas cuando él estaba.

—Sí. Lo pasábamos bien.

—¿Te acuerdas de los tés que yo daba?

—¿Y de las reuniones en la tarde en su terraza, con el fresco, cuando la conversación se ponía...?

—¿Y las discusiones sobre las películas experimentales de los franceses jóvenes y los norteamericanos, que la Berta hacía traer para la sala de proyecciones que construyó?

—Mmmm... todo tenía otra categoría...

—Por eso. Si lo encontrara sería el fin.

—¿Te irías con él?

—No sé. ¿Te importa?

Crisóforo Azula estaba acostumbrado a que Emperatriz se pusiera un poco histérica antes de partir a entrevistarse con Jerónimo. Comprensible. Pobre. ¿De dónde sacaba tanto impulso, tanta energía, y para qué? Dejando la servilleta encima de la mesa, Cris se inclinó para besar la mejilla que Emperatriz le ofrecía.

—¿Necesitas que te traiga algo, Cris?

—Sí, una botella de Chivas auténtico.

—Tonto.

—Que te vaya bien.

—Adiós, Cris, pórtese bien, mijito.

24

El domingo, temprano por la mañana, la Iris le abrió la
puerta: el abrigo de visón color caramelo sobre el brazo, el
cofrecito de cuero para las alhajas en la mano. Le entregó
las cosas. Ella extendió papeles de diario sobre mi carrito y
encima acomodó todo lo que el chofer trajo, para que así
nada se ensuciara.

—Espera.

Volvió del auto con paquetes de todos los tamaños, tableros envueltos, cajas llenas de fichas que suenan, me tinca
que éste es un juego de damas comentó la Rita haciendo
golpetear el contenido de una caja junto a la oreja de la
Iris Mateluna, y esto, qué será, tantísimos juegos por Dios,
qué vamos a hacer con tantísima cosa que inventan, ahora
sí que no vamos a tener tiempo ni para aburrirnos.

—¿Cómo ha estado misiá Inesita?

La Iris le sonrió al chofer, muy bien, seguro que nunca
ha estado mejor, ni en su propia casa, aunque esta Casa
también es de ella.

—Salúdala. Díle que allá la extrañamos mucho.

Se cierra la mampara. La Rita ha metido sus manos
coloradotas entre los pliegues del visón, qué fina esta piel,
cómo se llamará, qué suavecita, qué calentita debe ser, por
eso habrá pedido sus pieles la señora, pobre, aquí en la
Casa no hay calefacción y ella no debe estar acostumbrada
como una, a ver, Iris, pruébate el abrigo, no, encima de los

hombros nomás, pero yo te arranco el manto estupendo porque no te pertenece, debes ignorar la existencia del esplendor, ni siquiera rozarlo: ya, déjense, son cosas de misiá Inés, las voy a acusar a la Madre Benita, que la Iris se lleve todo para adentro.

Siguiendo a la Iris que arrastra mi carrito ahora que no tengo fuerza, cruzo el.patio de la portería, el corredor del patio de la cocina donde tenemos que ahuyentar a las viejas que acuden a ver qué cosas traen ahí, mira, Antonieta, pieles, palpan, agarran, dejen que son de la señora y se va a enojar con ustedes si tocan los paquetes, qué cajita más linda con incrustaciones doradas, qué cosas habrá adentro de tanto paquete tan bien hecho que se ve que son paquetes de tienda, el patio del tilo, paso frente a la capilla y doblando hacia el claustro del patio de la palmera llego hasta tu puerta. Golpeo. Me abres. Tu bata lacre está manchada, el ruedo sucio, le falta un botón. Te ibas a peinar, porque estás chascona, y al verme ensartas la peineta en las mechas grises de tu nuca, pero tus ojos borronientos de sueño se hacen precisos al fijarse en las cosas que te traigo: que la Iris me deje el visón, el astracán y el cofrecito aquí encima de mis sábanas revueltas, no vale la pena que entren los paquetes a mi celda, Mudito, ayúdenme a ponerme el visón encima de la bata y llevemos todos estos paquetes a la cocina, las viejas deben estar tomando desayuno. Te seguimos con mi carrito cargado de juegos a lo largo de los pasadizos que barres con el borde de tu bata púrpura, la peineta ensartada en tus greñas, los pliegues suntuosos de tu visón cayendo de tu espalda que comienza a encorvarse, en tus manos el cofre de cuero azul adornado con flores de lis de oro.

Las viejas están reunidas en la cocina para tomar el desayuno: pan, el fondo en que hierve el café, estornudos, cuchicheos, el humo de los palos que arden en el vientre de la cocina negra, figuras que son apenas un rasgo, un perfil que define un bulto, cabezas y mandíbulas que tiemblan un poco pero incontrolablemente, el escorzo de un brazo que la luz dibuja entre harapos olvidando dibujar la mano, tazas de esmalte plomizo, codo junto al pan desmigajado sobre la madera lavada y fregada y gastada de la mesa, trozos de seres que vuelven a componerse para levantarse, ha entrado la dueña, la señora vestida de escarlata, envuelta en su manto de pieles, portando un cofre flordelisado, seguida por su bufón que va repartiendo paquetes de regalo, los reciben manos temblorosas, uñas astilladas desgarran envoltorios, dedos tiritones destapan cajas, mira, un ludo, qué tiempo hace que no juego al ludo, y éstas son damas, y éste un rompecabezas, y éste un ajedrez pero es tan difícil jugar al ajedrez yo encuentro que es un juego de hombres, carreritas de caballos, de autos, de perros, tableros a cuadros blanco y negro, con puntas, con agujeros, mira Clementina lo que me tocó a mí, qué será, qué cosa tan rara parece dominó pero es un juego que se llama mah-jong que nadie sabe cómo se juega pero las fichas son tan lindas, naipes, muchos naipes, docenas de barajas, ahora sí que no nos vamos a poder aburrir nunca más porque tenemos para jugar juegos distintos toda la vida, misiá Inés, que Dios se lo pague, usted es un alma caritativa de veras, una santa.

Una vieja le besa la mano, otra se arrodilla para besarle el borde del visón, se van organizando grupos alrededor de los tableros y las barajas, Inés se pasea entre las mesas observando el garito, afuera picotean las palomas en el sol débil del patio pero adentro, en la humareda, las figuras se giban sobre los tableros y las manos barajan naipes en la penumbra, una partida de brisca con naipes flamantes no es como una partida de brisca con mis naipes traposos que voy a guardar porque les falta la sota de bastos, tú das, Zunilda, a ti te toca robar, yo no quiero jugar con la Ema porque es una tramposa, ven a esta mesa, Iris, si quieres jugar dominó yo te enseño, no, que la Iris juegue aquí con nosotras a las carreritas de caballos que es un juego más para chiquillas chicas, la Eliana que juegue con ustedes si quieren o la Mirella, se olvidan del café que humea y del pan y de los ojos abiertos de las brasas y de la misa que iban a oír en la radio de la Brígida que preside en el aparador, el Padre Azócar dice que nos vale porque somos ancianas, somos enfermas, nos cuesta mucho caminar, pero hoy no oímos misa porque nuestra bienhechora nos trajo juegos y nos vigila paseándose entre nosotras mientras jugamos, sonriente con la alegría que ve en nuestros ojos que lagrimean, escuchando el ruido de los dados agitándose en el cubilete, manos casi tullidas que organizan pilas de fichas verdes, de fichas negras para un juego que desconocen, caen bolitas de cristal rodando por el suelo, una vieja se encuclilla, otra gatea debajo de la mesa para buscar la bolita de cristal lechoso entre las patas calzadas con zapatillas que revientan, pies hinchados, várices cubiertas con medias sucias, pero las viejas a quienes pertenecen las enaguas manchadas y los juanetes ni se dan cuenta de que hay una vieja gateando porque me falta una bolita, era como leche mi bolita, quita para allá tu pata pues, Clemencia, qué importa que falte una bolita nomás, ya, empecemos a jugar, brisca sí, burro sí, chiflota sí, pero póker no, ni monte... no, no por Dios, no vayan a jugar al monte que es el juego del demonio y está penado por la ley, yo no sé qué juego será éste con fichas de tantísimos colores, y el tablero tan bonito mejor guardarlo para que la Rita me lea las instrucciones que vienen aquí en la tapa que yo no leo no vaya a creer que no leo porque no sé leer sino porque la letra es tan chiquitita y tengo tan mala vista, ésa no es regla del dominó, María, usted está inventando reglas que le convienen, qué hablái tú que soi una vieja ignorante nomás, pasó la hora de la misa pero no importa porque misas transmiten a toda hora y más tarde hay una misa cantada de lo más linda pero tampoco nos acordamos de oír esa misa porque nuestras manos agrieta- das agitan los cubiletes, nuestros dedos arcillosos roban un as de oro y adelantan seis espacios el caballito azul y revuel- ven las fichas del tablero porque la Rosa Pérez hizo trampa, yo no juego más con la Rosa Pérez, que se vaya a otra mesa alegan nuestras bocas sumidas que resoplan indignación mientras humea el fuego y se enfría el café y misiá Inés se pasea, se pasea, coloca su mano un segundo sobre el hom- bro de la Zunilda que le sonríe, se pasea y no dice nada, mira, escucha, se pasea envuelta en su visón color caramelo, arrastrando su bata lacre entre las mesas donde ruedan los dados, corren los caballos, luchan los reyes y los alfiles, se acumulan las fichas negras y se terminan las blancas, diga usted si no es trampa pues, misiá Inés, usted sí que debe entender de estas carreras de autos, no, no entiendo nada de carreras de autos, pero de carreras de perros, sí.

—A ver, háganse a un lado.

Te sientas en la banqueta. Depositas el cofre azul flordelisado junto al tablero. Dices que tú eres la perra amarilla. Las otras cinco jugadoras eligen sus animales y los alinean en la partida. Agitas el cubilete. Lo pones boca abajo sobre la mesa, tapando el dado, antes de decir:

—Bueno, toda la gracia del juego es apostar alguna cosa, porque si uno no gana ni pierde no vale la pena jugar a nada. Si gana la perra amarilla, cada una me tiene que dar algo. ¿Qué apuestas tú, Rita?

—Mi chal a cuadros.

—Ya. ¿Y tú, Antonieta?

—Este delantal floreado.

—Es de percala. ¿Y la Rosa Pérez?

—No sé... mis zapatillas...

—¿A ver?

—Mire.

—Están harto aportilladas. ¿Lucy?

—Esta horquilla de carey legítimo.

—Poca cosa.

—Mis cuatro horquillas de carey, entonces.

Sacándoselas del moño, su pelo llueve como ceniza sobre sus hombros. Colocas las horquillas de la Lucy encima del cofrecito azul.

—¿Y tú, Auristela?

—Mi escapulario.

—Es de trapo.

—Pero grande, y bordado... era de mi mamá.

—Ya.

Vas a descubrir el dado pero antes de hacerlo miras a las cinco viejas, una por una. No descubres el dado.

—¿No me preguntan qué apuesto yo?

—¡Ay, misiá Inesita, por Dios, no se moleste!

—Ya nos ha regalado bastantes cosas.

—¡Cómo se le ocurre, misiá Inés!

—No pues, señora...

Tu mano está crispada sobre el cubilete. Los animales en la partida se inquietan por iniciar la carrera. Tienes el rostro ceñudo, estas viejas no entienden de qué se trata.

—No, así no tiene ninguna gracia, tengo que arriesgarme a perder algo yo también. ¿Saben lo que les quiero apostar? Si pierdo, les doy este abrigo de piel, es buena piel, visón, muy bonito, miren, toquen, cuándo han tocado algo tan suave, es precioso, todo el mundo me lo envidiaba. Ya no lo necesito. ¿Para qué quiero cosas así si hice voto de pobreza? Y el astracán a la que salga segunda. Y mi placa de brillantes que tengo guardada aquí en el joyero, a la tercera, y mis perlas para las orejas, a la cuarta, y mi *cabochon* de zafiro, a la quinta. Aquí tengo mis alhajas. ¿Les gustaría verlas? Él me las regalaba... pero no las necesito. No. No se las voy a mostrar a nadie hasta que alguien gane. Entonces sí que voy a abrir el joyero. Antes no.

Mientras enumeras tus apuestas el asombro apaga las voces en todas las mesas y después se levanta el clamor, sillas que se retiran y caen, fichas y bolitas derramadas, viejas que se aglutinan alrededor de tu mesa atraídas por tus apuestas suntuosas, por el lujo de las palabras pieles, perlas, brillantes, zafiros, un muro de rostros viejos como el adobe, descascarados, ojitos parpadeantes y bocas trembleques, viejas codiciosas ante lo inconcebible, un ruedo de harapos fétidos y grises, cuando mucho pardos, alrededor de las seis jugadoras, tú sonriente, afable, todos los ojos fijos en tu mano sobre el cubilete, que todavía no inicia el juego ante las asiladas y las huérfanas que retienen la respiración, estupefactas ante la enormidad que sus ojos van a presenciar. Levantas el cubilete:

—Cuatro. Un, dos, tres, cuatro...

Huye la perra amarilla acosada por las otras perras, perseguida por los jinetes vengativos que sólo dejan el recuerdo de una polvareda en una noche plateada, se esconde en las zarzas que arañan su piel sarnosa, vadea charcos y lagunas y siglos y esteros pero jamás logra saciar el hambre que acalambra sus tripas porque no es suficiente la basura que come, los huesos que roe, los desechos que logra robar y huye para que no la castiguen como siempre la han castigado, corre en la dirección que le señala el astro cómplice, remonta cerros y baja a quebradas y corre y corre para que se cumpla lo que tiene que cumplirse y que nunca se cumplirá, se esconde para que las bestias feroces no la descuarticen porque la odian por fea y por flaca y por angurrienta, pero la perra amarilla corre y corre por los campos y por los desiertos y la aridez de los roquedales y los bosques de espinos que crecen para punzarla, y por las calles y por los parques acercándose un poco, en la noche, a las casas, para merodear por si encuentra algo, la perra es enclenque, piojenta, encogida, no es feroz la perra amarilla, nunca ataca, nunca muerde aunque quisiera hacerlo, pero cuando los cuatro perros negros se distraen en sus juegos no pierde la ocasión para meterse entre sus patas y robarles el bofe, y en la noche, en el parque, sus ojos encendidos vigilan como han vigilado siempre, le aúlla a la luna pidiéndole consejos, claves, comunicándole lo que la luna no sabe y pidiéndole ayuda que la luna le concede porque los jardineros no encontraron su cuerpo destrozado, corre y corre y corre la perra amarilla, débil pero corre sin que las demás perras puedan alcanzarla, siempre a la cabeza a pesar del agotamiento, de la necesidad de descansar, duerme durante generaciones en los bosques donde nadie la encuentra y cuando despierta sale a husmear en los basureros buscando comida, los chiquillos la patean, ya, ándate, déjanos culiar tranquilos perra de porquería qué tenís que estar mirándonos, no me rompái el pantalón si no querís que te rompa la jeta de una patada, mírala, si parece que estuviera relamiéndose, y yo me río y tú te ríes y a mí se me baja y tú te subes los calzones y no gozo ni yo ni tú aunque quizás sí ella, sale a escape otra vez y corre y corre acezante, la lengua colgando, deja una polvareda y los ladridos de las otras perras furiosas que no la pueden alcanzar, hambrienta siempre pero siempre viva, más viva y más alerta que las otras perras, ya va a llegar a la meta la perra amarilla, y las viejas se ríen y gritan y apuestan y se escarban la boca y se insultan y chillan porque todas quieren que gane misiá Inés que es tan buena con nosotras, que no gane la perra colorada ni la verde ni la negra ni la azul ni la blanca sino que gane como tiene que ganar porque siempre gana la perra amarilla que por fin salta el charco con un seis, juega otra vez, cuatro, un, dos, tres, cuatro y cae agotada en la meta.

—¡Bravo!

—¡Viva la perra amarilla!

—¡Gané!

—¡Ganó misiá Inesita!

—¡Bravo!

—¡Viva misiá Inesita!

Mientras las viejas comentan los pormenores de tu triunfo, tú te paras. Te sacas la peineta que tenías ensartada en la nuca, te la pasas por el pelo, organizas un moño en tu nuca y lo vas prendiendo con las horquillas de carey que la Lucy dejó sobre tu cofre: una, dos, tres, cuatro. Cuatro horquillas de carey auténtico, bueno, del de antes, no como el carey de ahora: las viejas te observan en silencio. Te despojas de tu abrigo de visón y me lo entregas para que lo ponga en mi carrito. Apenas me lo puedo. Arrebatas de los hombros de la Rita su deshilachado chal a cuadros y te cubres con él. Te miran sobrecogidas pero entienden que así tiene que ser. En silencio la Antonieta se saca su delantal y te lo pones, y agachas la cabeza para que la Auristela te cuelgue el escapulario como una reliquia adornando tu pecho.

—¿Y las zapatillas de la Rosa Pérez?

—No le van a quedar bien, misiá Inés.

—¿A ver? Pásamelas.

La vieja se queda descalza mientras usted se prueba el par de chancletas aportilladas.

—Un poco grandes me quedan pero no importa. Me voy a poner varios pares de medias bien gruesas para el frío, y así sí que me van a quedar buenas.

—¿Trajo medias gruesas, misiá Inés?

—No. Pero ustedes deben tener. A ver si mañana jugamos otra partida de canódromo y ustedes apuestan medias gruesas que me van a hacer tanta falta.

—Ya.

—Bueno. Me voy.

La Iris y yo te seguimos con mi carro. A medida que nos alejamos por el corredor se desvanecen las voces de las viejas en la cocina. Caminas lentamente, encorvada bajo tu chal, se te cae una horquilla de carey, te agachas, la recoges y vuelves a prenderla en tu moño desordenado que deja algunas mechas sueltas. Abres la puerta de tu pieza indicándome que despache a la Iris, Iris, ándate, después te cuento, pero no te interesa ni ver ni que te cuente porque te has ido desvaneciendo, eres sólo la fuerza que arrastra mi carrito que yo ya no puedo arrastrar porque estoy así como me ve, misiá Inés, pero me vuelven las fuerzas cuando desaparece la Iris y abres el esplendor de tu cofre: sacas tu zafiro, tu placa de brillantes, tus perlas. Metes las alhajas en el bolsillo del delantal de la Antonieta y vuelves a cerrar tu joyero. Me entregas el astracán, que tiendo junto al visón en mi carrito, y te sigo por el pasillo hasta tus celdas. Abres la primera. Me indicas que te pase los dos abrigos, abres un ropero y entre muchos abrigos pretéritos cuelgas tu astracán y tu visón después de haber distribuido las alhajas en los bolsillos.

—¿Tendrá bastante naftalina este ropero, Mudito?

Te respondo que sí.

Pareces satisfecha. Cierras el ropero con una llave, la puerta de tu celda con otra. Te sigo por los pasillos, por los patios silenciosos, por la galerías, entre los lotes de pedestales con etiqueta número 388, de maceteros con el número 883, las interminables sillitas doradas desfilan por los pasadizos, cruzo detrás de ti frente a la gruta de Lourdes, te persignas, me persigno, y llegamos a la portería. La Rita tiembla, cruzada de brazos en un rincón.

—¡Estás verde, mujer!

—De frío.

Pero no está verde, está pálida, tenue, como si estuviera borrándose. Inés se arrebuja en el chal. Marca el número del teléfono de su casa y pregunta con la voz trizada de la Rita:

—¿Hablo con la casa de don Jerónimo Azcoitía?

—...

—¿Podría hablar con él?

—...

—Dice misiá Inesita que lo despierten nomás aunque esté durmiendo, que quiere que yo le diga a él mismo el recado que la señora le manda a decir, no, a nadie más, disculpe, no es culpa mía, la señora dice que es muy urgente así que tiene que ser al tiro.

Bostezas. No miras a la mujer cuya voz te has robado. Jerónimo siempre duerme hasta tarde los domingos, eso lo sabes, y va a misa de doce cuando va. Ahora último ha estado yendo poco. Esperas.

—¿Don Jerónimo?

—...

—Sí, don Jerónimo, con la Rita, muy bien gracias, para servirle, y usted cómo ha estado. Perdone que lo llame tan temprano hoy que es domingo, pero misiá Inés, que se ha puesto muy exigente y rara, le diré, me dijo que tenía que llamarlo a esta hora exacta, aunque usted durmiera. ¿No está durmiendo bien? Qué pena... la echará de menos. ¡Cómo no va a echar de menos a su señora, pues, don Jerónimo por Dios! Sí, está bien, pero le manda a decir que si no es mucha molestia le mande toda su ropa, sí, toda la que tiene, dice, la que está en el closet grande de su dormitorio, que la va a necesitar, sí, hasta los trajes elegantes. Y también todos los frascos y las cosas de tocador, dice, y la mesita de tocador también porque la echa de menos, quiere estar cómoda aquí y para qué se va a estar perdiendo allá en la casa mientras que aquí... sí, señor, cómo no, señor... y dice también que no le gusta nada la cama que le pusieron aquí en la Casa y que no puede dormir en la noche, no se acostumbra, ella no dice pero apuesto a que no puede dormir porque ella sí que lo echará de menos a usted... ay, qué diablo es usted, don Jerónimo, si yo soy soltera... así es que la señora dice que también quiere que le mande su cama con el colchón, las frazadas, la cubrecama, la colcha, las almohadas, las sábanas, sí, todas las sábanas con su monograma, ella sabe cuántos juegos son, así es que se los tienen que mandar todos y todas sus toallas y sus sábanas de baño... no, don Jerónimo, la señora se va a enojar, tiene que ser hoy, ella sabe que es domingo y es difícil encontrar un camión porque a la gente no le gusta trabajar los domingos, pero dice que usted se las arregle, que tiene que ser hoy... me dijo que le dijera que prefería no hablar con usted porque está un poco ronca, todas aquí estamos un poco resfriadas con las neblinas que bajan a la hora de la oración, qué raro, en esta época del año, por qué será, dicen que el tiempo está cambiando por culpa de la bomba atómica, no digo yo, si no sirven nada más que para desgracias esas cosas, dice misiá Inesita que a ver si la semana que viene cuando se sienta mejor lo llama por teléfono porque tiene muchas cosas que decirle dice, pero hasta que no se sienta bien de veras prefiere descansar, sí, siempre se cansa la pobre señora, o está un poco decaída o tristona... perdóneme pero no es que yo quiera meterme en cosas que no tengo derecho a hablar, pero discúlpeme si le digo que creo que es porque anda rara con lo de la beata, sí, se me ocurre que es por eso y porque van a echar abajo esta Casa que ella quiere tanto...

La vieja voz de la sirvienta se despide de tu marido. Cuelgas el fono. Le sonríes a la Rita, te acercas a ella, le haces una caricia en el pelo.

—¿Tienes frío, Rita?

—No mucho.

—Pero estás tiritando.

—De puro vieja será.

—Está malo el tiempo, como le dijiste a mi marido...

—Sí, raro está.

—Bueno. Mañana no vas a tener frío. Vas a ver. Ninguna de las asiladas va a tener frío. Me van a traer toda mi ropa, todas mis cosas, y les voy a dar oportunidad para que me las ganen jugando al Canódromo, hasta que me ganen todo y yo me quede sin nada porque no puedo soportar más la vida teniendo tanta cosa, quiero despojarme de todo, tengo lindos abrigos, Rita, vas a ver que más de alguno ganas, la perra amarilla no puede ganar todas las veces y ustedes se van a quedar con hartas cosas regias mías.

La Rita sonríe feliz.

—Bueno. Me voy a mi pieza. ¿Quieres hacerme el favor de decirle a la María Benítez que me prepare una taza de té bien caliente y me la lleve al dormitorio?

—¿Cargado?

—No, más bien clarito.

—A la Brígida le gustaba cargado en la noche. La Amalia se lo preparaba. ¡Que se la hayan tenido que llevar en una ambulancia, cuando no estaba enferma ni nada la pobre, porque lloraba tanto por el asunto del dedo que se le perdió a ese santo que ella decía que era un arcángel!

—Pobre Amalia.

—Pobre. Nosotras estamos buscando el dedo para mandárselo a la Amalia y así se mejore.

—Buenas noches, Rita.

—Buenas noches, señora.

25

He notado que se van desvaneciendo esas finísimas líneas coloradas como cicatrices que dibujan los contornos de tus ojos y tu frente, de tus orejas y tus párpados y tu boca, y hasta las que veía en tus manos rodeando tus uñas como restos de incisiones y tus muñecas como recuerdos de suicidios, y la base de cada dedo. Arrugas... sí, por qué no, podrían pasar por arrugas y no dudo que dentro de unos meses eso es lo que llegarán a ser: tan arrugada que se está poniendo misiá Inesita, murmuran las viejas cortas de vista, no tiene edad para estar así de concluida pero es porque como hizo voto de pobreza, ahora no mantiene su juventud con masajes, limpiezas de cutis, pomadas, máscaras que distienden los músculos del rostro, como antes que lo hacía todas las semanas. Sí, las viejas tienen razón. No eres la de antes. Te ha crecido un poco de vello en el mentón y en el labio superior reseco y comienzan a asomarse pelos negros, gruesos como cerdas, por los orificios de tu nariz. Pero tú no ves estas cosas porque ahora no hay espejo en tu dormitorio. Todos tus objetos de *toilette,* tu mesita, tus frascos, tu peineta de plata, todos tus muebles, tu cama, tus frazadas, tus vestidos, los vas apostando noche tras noche en el canódromo de juguete y la perra amarilla siempre gana. Por eso, porque ganas, desaparecen tus cosas: llevamos tus lujosos objetos vencedores en mi carrito hasta tus celdas, y los guardamos cuidadosamente para que prolonguen por toda la eternidad sus existencias sin uso, y no se gasten. Mientras tanto, duermes en el catre de la Zunilda Toro que reemplazó el tuyo, con una camisa de dormir de la Ema, tomas té en una taza de la María Benítez, te cubres con el chal de la Rita, en lugar de cartera andas con una bolsa sucia de no sé quién en las manos, usas las medias que le has ido ganando a la Dora y a la Auristela y los calzones de la Lucy, te cubres con harapos, duermes en un colchón meado, te peinas con una peineta desdentada, rehúsas calzar nada que no sean las zapatillas aportilladas de la Rosa Pérez.

Sin embargo, cuando te observo muy de cerca sin que te des cuenta, veo que las cicatrices finísimas no han desaparecido totalmente. El proceso de reabsorción es lento. Tienes que esperar unos meses todavía. Nunca he dudado de que el doctor Azula es el cirujano más notable del mundo: los portentos que ejecuta en su clínica en Suiza llenan los diarios. Los pacientes que se internan sufren los achaques más variados, pero la mayor parte lo hace porque quieren rejuvenecer, codiciosos de órganos nuevos que funcionen mejor que los propios. Tú, en cambio, así se lo aseguraste a misiá Raquel, te internaste en la clínica del doctor Azula para envejecer definitivamente. Dada la demanda de miembros y órganos en buen estado tu caso fue sencillísimo, ya que el doctor Azula es maestro en cambios e injertos. Hay que advertir a sus futuros pacientes que suele robarse alguna pieza para reservársela y revenderla, como lo hizo conmigo, dejándome convertido en este ser compuesto de trozos que desconozco.

Sí, Inés, te observo con minuciosidad todos los días cuando llevamos a tus celdas tus sábanas con monograma o una sillita de laca: las cicatrices de tus operaciones se están borrando. Ahora estoy seguro de que fuiste a Suiza para convertirte en la Peta Ponce que siempre quiso encarnarse en ti y tú en ella y pronto, cuando terminen de fundirse los delgados cordones rojos de tus cicatrices para transformarse en arrugas y verrugas y bolsas de carne y piel desmoronada o reseca, la Peta y tú lograrán lo que vienen tratando de hacer desde el fondo de los siglos. La vida sin ser parte tuya no le interesa a la Peta Ponce. Como única solución vio la posibilidad de venderle su cuerpo inútil al doctor Azula porque tú ibas a caer en sus manos. El cirujano desarmó el cuerpo de la vieja, reservó sus órganos en recipientes especiales, los guardó en cámaras diseñadas por él que proporcionan el oxígeno necesario, que bombean sangre, suero, agua, cortó los órganos con bisturíes muy delicados para que después el lugar de la incisión no se notara, almacenó todo en sótanos asépticos, revestidos de loza blanca sin vida, sin muerte, sólo con espera, listos para cuando llegara la ocasión de servirse de ellos. Fue allá, en Suiza, donde te esperó la Peta descuartizada, y tú, incauta —o quizá sabiendo que venías viajando desde el fondo de los siglos para realizar la síntesis de la tradición familiar de la niña-beata con la conseja popular de la niña-bruja, acudiste donde tenías que acudir, a la clínica donde el doctor Azula y Emperatriz tenían reservados para ti los órganos de la vieja para transformarte en ella, en esta pordiosera sucia, de moño gris, de uñas resquebrajadas, con callos y

juanetes, de manos verrugosas, de cabeza tembleque, que
poco a poco va absorbiendo y anulando lo que queda de
la Inés incompleta que se fue a Europa con el pelo teñido,
un abrigo de pelo de camello, y accesorios de cocodrilo.

El antiguo convenio decía, sin embargo, que las dos
debían dejar de ser dos distintas para transformarse en una.
Pero tú eres ingenua, Inés, no sabes que la vejez es la forma
más peligrosa de la anarquía, que no respeta leyes ni tratos
prestigiados por los siglos, las viejas son poderosas, sobre
todo si han arrastrado tantos años de miseria como lo ha
hecho la Peta. Ya es muy tarde para que puedas defenderte
pero mejor será que lo sepas antes de que desaparezcas,
porque desaparecerás, que la Peta, que no respeta ningún
convenio, se está apoderando de todo lo tuyo que quedaba y eres cada día menos Inés y cada día más y más la
Peta que te está anulando. Te repito que eres ingenua, Inés,
sentimental, no te diste cuenta de que la intriga de la Peta
tuvo otra motivación que la de unirse contigo: acuérdate
de la fuerza de los miserables, del odio de los testigos, que
existe aunque esté sepultado bajo la admiración y el amor,
no te olvides de la envidia de los insignificantes y los feos y
los débiles y los mezquinos, de los talismanes que guardan
debajo de sus camas o en sus colchones, de la venganza de
los que han expiado tus culpas, la Peta encubrió y dejó que
la humillaras y la usaras y ahora está cobrando al usarte ella
a ti para introducirse bajo tu forma en esta Casa, porque
eso es lo que la Peta quería, Inés, ésa era la causa de su saña
y su codicia: desentrañarme de mi refugio donde vivía
disfrazado de Mudito o de otra vieja más, adueñarse de mí

para cobrarme mi amor, y disfrazándose ella, esta vez, con la carne de su señora, repetir la noche de la Rinconada porque has conservado el sexo ardiente de Inés como yo he conservado la potencia de don Jerónimo, y vienes a buscar esa potencia, a unirte otra vez con ella, a cobrarme el placer que te he negado durante años y años.

Claro, tú no sabías que el sexo de la Peta es lo más vivo de toda ella, y creíste que con estos injertos ibas a quedar convertida en una ancianita indefensa que no desea ni necesita nada, pero ya comenzarás a sentir las urgencias de eso en que has quedado convertida cuando comiencen a funcionar los órganos que recién se ligan a tu carne, verás qué doloroso es sentir el hambre de satisfacción sexual que te negaré hasta el fin, el desgarro que es la imposibilidad de olvidar esa noche que pasamos juntos en tu cama en la Rinconada. Me acosarás aquí en la Casa. Cuando te des cuenta de quién eres y en quién te ha transformado Crisóforo Azula, no me vas a dar tregua.

Así tiene que ser, así ha sido siempre, Inés, Inés-Peta, Peta-Inés, Peta, Peta Ponce, jamás he podido tocar la belleza porque al desearla la convierto en desastradas dueñas de pensión, Emperatriz con su jeta babosa, las viejas de esta Casa, las pordioseras que me siguen cuando me atrevo a salir a la calle, imágenes decrépitas de la belleza que mi nostalgia crea y mi avidez destruye, ándate, déjame en paz, no te interpongas entre lo que queda de mí y lo que queda de ella, tú harapienta, tú con las manos deformadas por las verrugas acercándote desde el final del pasadizo con tu seriedad enigmática que esconde la burla y tu desvalidez emocionante que encubre la intención precisa de dirigirte a cobrar tu pieza, que soy yo. ¿Para qué me quieres? Déjame decirte la verdad. Yo no estuve en el lecho contigo esa noche en la Rinconada, Peta, fue don Jerónimo, sí, él, y él busca tu ardor, Inés le habló a misiá Raquel de la potencia insaciable de su marido que tu avidez busca, yo no tengo nada, Peta, te lo juro, mira mi sexo, lo estás mirando: sobre la cama de la Iris las viejas me están cambiando los pañales porque me hice pipí para darles gusto, mira cómo agarran ese trozo de carne inerte para jugar con él, algo sucio, que no sirve más que para producir meados hediondos, asqueroso, yerto, ya ves, ni vello púbico tengo, soy una guagua, soy impotente, déjame, no sirvo para nada. Ándate de la Casa. Búscalo a él, que tiene la facultad de colmar tu apetito. Devuélveme la Casa, que las viejas me amarren, me hagan una humita, que me transformen en imbunche. Soy el Mudito. A veces soy otra vieja más. Soy el muñeco de la Iris. ¿Tú crees que si tuviera algo de potencia, al acostarme todas las noches con la que juega a ser mi mamá pero no es mi mamá porque nunca tuve mamá, no me enloquecería su cuerpo joven al refregarse a mi cuerpo para hacerme sufrir y yo le digo no, Iris, no sacas nada porque no tengo nada y por eso no puedo sufrir? Sí, te equivocaste al venir a la Casa a buscarme. Sólo sumas una vieja más a la comitiva de viejas que me ha perseguido toda la vida, Inés-vieja, Inés-fea, poniéndote así al alcance de mi mano, pero no es la Inés-fea, la Inés-Peta, la que quiero, es Inés sola, luminosa, inalterable, ésa es la Inés que quiero, la que guardas en las fotografías de tus baúles que conservas en tu celda, Inés montando a caballo en la Rinconada, Inés con traje de baile de macramé color tango, Inés con un sombrero que le ciñe la cabeza y le despeja la nuca y el cuello alto, Inés con un manto de pelo, Inés paseando del brazo de don Jerónimo por el *paddock* del Club Hípico, Inés en *vis-à-vis* con misiá Raquel que nunca fue bonita, Inés... en fin, te conozco Inés bella en el fondo de tus baúles con llave, en la ropa que has usado y que guardas en esta Casa, que ha tocado el cuerpo de Inés bella y que yo toco, pero esa Inés sólo vio mis ojos encandilados de testigo una noche en su parque y después de las operaciones de Crisóforo Azula creo que ni siquiera me ve, toma unos pesos de propina, Mudito, vamos a guardar esta cartera de cocodrilo, esta lámpara de porcelana, esta alfombra de Tabriz, este par de miniaturas montadas en terciopelo, esta bata de levantarse de nylon acolchado que es muy abrigadora y está nueva, vamos a guardar todas las cosas que esta noche les gané a las viejas en el canódromo, en mi celda, no puedo, Peta, déjame, anda a buscarlo a él y desentráñalo porque él tiene la culpa de que nuestros destinos hayan tomado las formas monstruosas que han tomado para poder sobrevivir... yo barriendo tu dormitorio, tú rezando de rodillas en el suelo frente a una cruz de palitos amarrados con tientos que hiciste el otro día para emular a tu antepasada, no a la antepasada de Inés, de esa mujer que reza mientras barro su cuarto y que amo porque la Peta es la única mujer en el mundo que he amado, no merezco más que una propina porque mi padre me aseguró que no tenía rostro y no era nadie, eso me lo enseñó desde niño, por eso no me quedas más que tú, pero no puedo permitirlo, antes de que los injertos del doctor Azula crezcan y sus tejidos se unan completamente a tu carne y las glándulas comiencen a secretar sus jugos, cuando todavía —aunque fea y zaparrastrosa— sigas siendo Inés, yo me apoderaré de ti y el recuerdo de tu belleza será mío y haré lo que quiera con él después de usar lo que quede, te desollaré para exhibir tu pellejo, el verdadero pellejo ensangrentado de la perra amarilla y entonces no existirás ni tú ni tú, ninguna de las dos, las dos desaparecerán en el fondo del pasillo más profundo, huye, Peta, busca al otro, para qué quieres mi sexo lacio, déjame tranquilo, déjame anularme, deja que las viejas bondadosas me fajen, quiero ser un imbunche metido adentro del saco de su propia piel, despojado de la capacidad de moverme y de desear y de oír y de leer y de escribir, o de recordar si es que encuentro en mí alguna cosa que recordar, y de oírte rezando arrodillada frente a la crucecita de palos y tientos, verme obligado a preguntarme quién será esa mujer que conozco, quién es esa mujer, tan cambiada que está la pobre misiá Inesita, tan buena, tan concluida que está, es una santa, una de las señoras más piadosas y más caritativas que hay, y buena de veras, no se pinta las uñas ni fuma como hombre como misiá Raquel, se preocupa de nosotras que somos pobres y enfermas, sólo ella se acuerda de nosotras para protegernos, hace casi un año que misiá Raquel ofreció una limosna en recuerdo de la Brígida, y ya ven, nada, no, no es que sea mala, es que está preocupada de otras cosas, tantos hijos y nietos, mientras que misiá Inesita ya ni se viste a la moda ni nada, y tú desgranas tu rosario pesado de indulgencias porque te lo bendijo el Santo Padre, y tienes los ojos cerrados. Sin abrir los ojos y sin suspender tus oraciones me haces una señal, apenas un movimiento de cabeza, indicándome que ya es hora de que salga de tu habitación y te deje sola.

★ ★ ★

... Entoooooooooonces, se oyeron los aullidos de los perros en el campo, los mugidos de las vacas, los toros bramando, los caballos relinchando, las ovejas balando, y las monjitas comenzaron a asustarse porque en ese tiempo esto quedaba muy aislado, qué pasará, por qué tienen miedo los animales de algo que nosotras no sabemos que está ocurriendo en la noche, qué nos querrán avisar, qué vamos a hacer, a quién preguntarle qué es esto tan angustiador que pasa... y entoooooooonces, entonces sí que comenzó lo terrible: relámpagos en el cielo que iluminaban toda la cordillera, los truenos adentro de la tierra que se sacudía y se agrietaba, las monjitas chillando y corriendo por todos lados medio muertas de miedo porque toda esta Casa se estaba sacudiendo que parecía que ya se iba a caer... y entoooooooonces, las monjitas la vieron a ella en el medio del patio, hincada, con los brazos extendidos en cruz...

Te han oído la historia mil veces desde que llegaste, bordas sobre la trama esencial, inventas detalles y adornos para electrizar a las huerfanitas que nunca se cansan de oírte, como si ellas, también, aguardaran la síntesis final de la conseja de la niña-bruja con la tradición de la niña-santa, a ustedes les gusta escuchar a misiá Inesita que es tan buena porque imita los relinchos y los mugidos y los ladridos, qué bien lo hace, misiá Inesita, a ver, otra vez, una vaca ahora... y su ternerito... les encanta verla estirar los brazos en cruz para sostener los muros que se van a desplomar pero que no se desploman porque ella los sostiene. Lo que más las entretiene es cuando misiá Inesita comienza a temblar como un terremoto: juguemos al terremoto, señora por favor, es tan divertido sentadas aquí en el banco bajo la palmera del patio de la portería, la Eliana, la Frosy, la Iris, la Verónica y la Mirella se apelotonan encima de ti que estás sacudiéndote y temblando y ellas también tiemblan muertas de miedo con la catástrofe, muertas de la risa, mezclados sus cuerpos y sus brazos y sus piernas con tus miembros, hasta que la Eliana pisa a la Frosy por casualidad, oye, pesada, ya no te aguanto más encima, el alfiler de gancho que cierra el paltó café de la Iris me pinchó, me rasguñaste de adrede... bueno, chiquillas, déjenme tranquila que estoy asorochada, uf, qué calor, ahora que terminamos de jugar al terremoto vamos a rezar todas juntas una salve por su alma que los descreídos quieren olvidar, rogándole la merced de que revele su verdad... una aparición... una señal... cualquier cosa irrefutable de la cual nos podamos aferrar para no rasguñar en la noche. Rezan... los ojos cerrados... las manos juntas... las voces contritas... siguen tus plegarias que las guían por los meandros de tu devoción... Dios te Salve Reina y Madre... Amén. Ahora un Padre nuestro para terminar, ya misiá Inés, ahora juguemos a otra cosa, sí, después seguimos rezando, cuando esté oscuro, de día no dan ganas de rezar. Ahora juguemos.

—¿A qué quieren jugar?

—Al ludo.

—No, a las damas...

—No, a los disfraces...

—No, a las carreritas...

—No, chiquillas, hoy voy a enseñarles a jugar a otra cosa.

Te paras. Síganme a la portería, que no nos vayan a ver porque es un juego muy peligroso, Iris, ven conmigo, mijita, no te vayas a separar de mí... tu mirada de vieja es furtiva, espías por el rabillo del ojo legañoso, te encorvas, tus manos se transforman en garras mientras las huerfanitas se ríen imitándote, uy, qué miedo, no nos vayan a ver que nos pueden castigar, no hay nadie en la portería, el Mudito nomás creo que andaba por ahí, las huerfanitas te siguen, imitando tu simulación de sigilo al avanzar escondiéndose detrás del diamelo, detrás de la gruta de mampostería, y escondiéndose detrás de las pilastras del corredor llegan todas sanas y salvas hasta la portería. Las huerfanitas se sientan en el banco... abres la puerta de la sala de la Rita y desde el umbral preguntas:

—¿Quién quiere empezar?

—Prima.

—No, gané palabra, yo prima.

—No, mejor comencemos con la Iris.

—Bueno.

La Iris se pone de pie en medio de la portería mientras las demás se acomodan para contemplar el espectáculo.

Está muy gorda porque yo ya voy a nacer. Escucha las instrucciones de la señora:

—Mira, este juego es así: voy a marcar un número de teléfono y voy a entablar una conversación. Tú tienes que contestar como si estuvieras al otro lado de la línea, pero sin equivocarte, y adivinar quién está hablando con quién.

La cara de masa blanca sin cocer y ahora sin pintura no demuestra entusiasmo ni aversión, ni sí ni no, son las chiquillas desde el banco las que opinan:

—¡Qué juego más difícil!

—Van a ver que es divertido.

—Es juego para grandes.

—Y les voy a dar un premio.

—¿Qué? ¿Qué? ¿Qué?

—Ah, eso después, un premio estupendo...

—Una alhaja...

—Un vestido..

—Plata...

—Un canódromo...

A la Iris no le interesan los premios, está esperando en el medio de la portería para que la animen, te va a resultar difícil ganar, Iris, yo estaré guiándote desde las oquedades de esta gruta de Lourdes sin Virgen y sin Bernardita... te conduciré como tantas veces desde aquí he conducido tus paseos por el barrio, con el Gigante, al baldío, a la tienda de revistas, a comprar una cocacola, a hacer el amor con embajadores y generales y académicos y periodistas y don Jerónimo y Romualdo. Si me obedeces, vas a ganar. Sólo tú puedes ganar, porque no existes, ni la Mirella, ni la Eliana, ni la Frosy, ni la Verónica podrían ganar porque ellas existen, en cambio tú no eres más que un envoltorio, así es que no tengas miedo, sonríele a Inés, díle que sí, que bueno, el premio será tan magnífico y tan terrible que yo sólo me atrevo a recibirlo a través de tu persona miserable. Observas cómo la señora está sonriendo al marcar el número... el aparato suena y suena. Cuando la Iris oye el clic del otro lado de la línea, frunce el ceño y comienza a pasear por la portería, como si entendiera todo esto que le produce una gran preocupación. La Iris está escuchando y entendiendo.

—Aló... aló... sí, sí, con él quiero hablar, sí, buenas tardes, cómo ha estado usted, nosotras aquí así nomás... para qué le voy a estar mintiendo, ya no puedo más, no sé qué hacer...

La Iris se detiene frente a la puerta, y abriendo las manos gordas con un gesto de impotencia, pregunta.

—¿Pero qué pasa ahora, por Dios?

—Lo que pasa es que ustedes nos tienen tan abandonadas que esta Casa santa se está transformando en un garito pecaminoso, aquí ya no se juega sólo por divertirse en los tableros que hizo traer misiá Inés, no, ésa no fue más que la intención inicial. Fíjese, cómo es posible, ahora apuestan todo lo que tienen, abrigos, frazadas, relojes descompuestos, calendarios, jaulas con tordos o sin, paraguas rajados, toda su ropa, sus teteras, sus medias... están enviciadas, encanalladas...

—No exagere...

—No sé, eso es lo que se murmura, las viejas son muy solapadas, no he podido comprobarlo, me esconden las cosas, a veces tengo la sensación espantosa de que no sé ni la mitad de lo que pasa aquí en la Casa...

Ya, Iris, infla tus mejillas, arquea tus cejas preocupadas, paséate de un lado a otro de la portería con tus manos a la espalda, tu abrigo largo como una sotana, tu aire pomposo, tu preocupación adquiere un matiz ficticio cuando insistes en que esto no puede ser, hay que ponerle atajo a este asunto inmediatamente, mientras las chiquillas alineadas en el banco contemplan la comedia de la Iris. Tú sigues hablando por teléfono. Tienes un codo apoyado en la pared. Cambias el peso de tu cuerpo de una pierna a la otra, no miras a la Iris porque estás comprometida con ese fono que recoge tus palabras, lo ajustas, cambias el auricular de una mano a otra:

—...lo peor de todo es lo que andan diciendo de misiá Inés. Son cosas que oigo a través de un tabique, cuchicheos que se detienen cuando entro a una habitación: dicen que misiá Inés siempre gana porque está protegida por la beata, se está hablando mucho de la beata ahora aquí en la Casa. Demasiado. Yo ya no puedo soportarlo más, si me contestaran de frente y me dijeran la verdad, en fin, no me sentiría tan impotente, pero sus sonrisas y sus achaques, no puedo sacarlas de ahí, me enredan con sus mentiras, pero es como una marea invisible que no puedo controlar justamente porque es invisible, fíjese que dicen... dicen... siempre ese dicen. Dicen que misiá Inés obliga a la beata a protegerla en el juego, y para que la proteja mantiene un culto por ella aquí, le ha ofrecido que esto nunca será la Ciudad del Niño sino su Santuario, con basílicas y peregrinaciones y todo, imagínese, cuando las oigo rezar rosarios, que antes me parecían tan inocentes, ahora me da miedo. Cuando las veo cortar lirios morados se me ocurre que es para adornar alguna imagen de la beata que deben tener escondida por ahí para venerarla.

La Iris se detiene bruscamente en el medio de la portería. Arrastra su abrigo oscuro por el suelo. Está aterrado, furioso, abre los ojos de raso muy abiertos, alza los brazos como para detener algo y exclama:

—Herejía. ¡Esto es una herejía! ¡Que no vaya a salir esta historia sacrílega de la Casa...!

—... y les quita todo lo que las pobres viejecitas apuestan... a ninguna le queda una frazada, ni un chal, ni un brasero, andan tiritando por los corredores, hay varias con bronquitis porque andan medio desnudas y usted conoce las ventoleras de la Casa...

—¿Y qué hace con tanta mugre?

—Contra las porquerías de las viejas, ella apuesta sus propias cosas, tan lindas que son, pieles, muebles, alhajas, vestidos, zapatos finos, de todo, y como siempre gana, la cosa de valor que ella apostó contra la porquería, la guarda, para la beata, dice, parece que está esperando el momento en que los cardenales la beatifiquen...

—¿Pero que no entiende que eso falló definitivamente hace más de un año?

—No sé. Duerme en un jergón porque guardó sus muebles finos y sus sábanas. Anda vestida como una pordiosera. Ya no le queda nada bueno. Y va apostando lo mejor de las cosas que les ha ido ganando a las viejas contra cosas peores, y cuando gana, hace paquetes con lo que ella apostó, para la beata, dice... y los guarda, y se pone las zapatillas que acaba de ganar, más aportilladas que las que tenía y las medias más viejas, y los calzones más rotos, se saca los que tenía y empaqueta y guarda... para la beata... arregló su dormitorio con despojos y se viste con harapos que yo veo que se ponen cada día peores porque cambia todos los días, cada vez que la veo parece una vieja distinta, más sucia y miserable, me cuesta reconocerla, sus celdas se van abarrotando de paquetes con cosas propias y con porquerías... gana un par de zapatos en peor estado que los que tiene puestos, se los saca, se pone los que acaba de ganar, anda con unas chancletas increíbles...

—¡Increíble! ¡Increíble! Tanta mugre...

La Iris acciona, se hincha como un pavo furibundo, se siente personalmente ofendida por tanta suciedad, agarra la cola de su sotana soberbia para no arrastrarla por el suelo sospechoso de la portería donde se está paseando, mientras las chiquillas aplauden la comedia de la Iris, este señor tan importante va a tolerar que las cosas sigan hasta cierto punto nomás... tú cuelgas el fono... la Iris desinflada, convertida de nuevo en una chiquilla gorda cubierta con un abrigo raído que le queda grande, tú miras a la Iris preguntándole quiénes eran los dos personajes que estaban hablando pero tú mueves la cabeza respondiendo que no sabes porque se desvaneció la imagen que durante unos instantes te iluminó. Podrías seguir hablando si yo te dijera cosas desde donde estoy, para que continuaras el diálogo interminable, a mí me dice que son cosas que las viejas le han regalado y como ella ha hecho voto de pobreza tiene que igualarse con ellas, anda inmunda, piojenta, el otro día en el patio de la cocina, al sol, la Ema, con un peine, le estaba sacando las liendres del pelo... para qué seguir. Contéstale a Inés, Iris. Sabes quien eres. Sabes con quien dialogabas:

—¿Quiubo, Iris?

Obedéceme, así ganarás el premio que necesito, contesta, no me dejes convertido en una sombra entre estas rocas pintarrajeadas, necesito ese premio, tienes que ganarlo para mí:

—La Madre Azócar hablando con el Padre Benítez...

¡Imbécil! Te has turbado... las chiquillas se aprietan la barriga de risa con la confusión de la Iris, tonta grande ésta, cuándo va a aprender, perdió, la Iris Mateluna perdió, misiá Inesita, ahora me toca a mí jugar a este juego tan divertido, la Iris no ganó porque dijo una tontería. Te corriges:

—La Madre Benita hablando con el Padre Azócar.

—Bah, ahora qué gracia tiene.

Tú las haces callar: alzas las manos. A pesar de tus harapos y de tus piojos, tus manos de piel manchada conservan tu autoridad de propietaria, la señora que con un visón sobre los hombros llevaba una caja flordelisada de oro como ofrenda. Los poderes superiores no pueden quedar sordos a donaciones magníficas.

—A ver, Iris. Ésta es tu última oportunidad de ganar el premio. Díme el número de teléfono que marqué. ¿Qué número era?

No titubeas al decir el ocho tres siete dos nueve uno, yo te los voy metiendo en tu dura cabeza para obligarte a ganar ese premio que ansío y necesito, la sangre que el doctor Azula me robó volverá a correr por mis venas, dejaré de ser una mancha de humedad en una pared, me rescatarás, o no, quizás oyendo su voz me repliegue más, hasta quedar anulado.

—83 72 91...

—Muy bien, Iris. ¿Ven que la Iris no es tan tonta, chiquillas? Ahora mereces el premio.

—¿Qué le va a dar, misiá Inesita?

—Yo quiero jugar después de la Iris para ganar una cosa linda.

Esperan que de entre tus harapos produzcas un relumbrón, pedrería, mostacilla, alhaja, pero no, tú abres de par en par la sala de la Rita.

—Entra.

La Iris te obedece.

—Marca el 63 76 84.

La Iris marca, suena el aparato y tú te vas a sentar en el banco, donde las huerfanitas te hacen lugar. Contestan al otro lado de la línea. El milagro se va a producir: oiré su voz. Dialogaremos.

—Aló... ¿Estará Jerónimo?

Que esperemos, lo van a llamar, nos dicen.

—Ahora es él: oírlo es tu premio, Iris.

Tú contestas desde el banco, con voz de caballero, mientras las huerfanitas te observan.

—Aló, Jerónimo. ¿Cómo estás?

—Inés.

—Sí, mira, Jerónimo, quería decirte algo...

—Salúdame por lo menos. No he tenido el privilegio de oír tu voz desde que llegaste...

—Déjate de tonterías. Tengo cosas muy importantes que decirte. Lo he pensado muy bien estas semanas que he estado aquí en la Casa. No quiero que el Arzobispo ni el Padre Azócar ni nadie toque ninguna parte de mi herencia. He decidido adoptar a la Iris Mateluna. Voy a dejarle todo. Que ella se encargue de seguir buscando la beatificación, que ella impida que boten esta Casa para negociar con ella...

—Nadie quiere negociar, Inés, tranquilízate.

—Esta Casa es aterradora, Jerónimo, no puedo tranquilizarme porque ella está enterrada aquí en alguna parte y yo quiero resucitarla para que no esté debajo de la tierra o adentro de las paredes de adobe, vieras, en la noche hay caras terribles que salen de las paredes y llenan mi pieza. Voy a decirle a la Madre Benita que le haga poner una cama en mi dormitorio a la Iris Mateluna, para que me acompañe, no sabes lo sola que estoy... si vieras lo incómodo que es tener que estar tocando el timbre y esperar a que despierten y vengan tres o cuatro veces cada noche... o las caras de mártires que me ponen cuando las despierto en la noche para que me hagan una taza de té caliente, como si fuera tan difícil, claro que aquí hay que comenzar por prender la cocina con carbón de espino, pero al fin y al cabo esta Casa y estas viejas son mías...

—A ellas también las debes tener locas...

La Iris grita enfurecida:

—¿Qué quieres decir con ese *también?*

—Como me tienes medio loco a mí.

—No me mientas. No fue eso lo que quisiste decir. Crees que ellas *también* están locas, igual que yo.

—Mira, Inés... tenemos tantas cosas de que hablar... tantas cosas íntimas, entre tú y yo... qué ha pasado... Óyeme, Inés...

Te pones de pie y avanzas con las manos tendidas como para tocar a la Iris, quizás acariciarla. Le darías cualquier cosa con tal de que te entendiera, tienes el acento suave, la palabra envolvente como tus brazos, la inflexión acariciante como las palmas de tus manos: no me toques, Jerónimo, no me vas a tocar jamás, entiendes.

—Me estoy aburriendo, Inés.

—¿De qué te estás aburriendo?

—Bueno, ya que despachas mi cariño así, te diré: tu presencia en la Casa está desbaratando el proyecto de la Ciudad del Niño. Estaba casi listo, el remate a punto de realizarse, cuando tú llegaste...

—Sí, toda la Casa llena de lotes con etiquetas que están comenzando a ponerse amarillas.

—Se iba a firmar la venta de los terrenos de la parte de atrás de la manzana y con eso se iba a financiar la mitad de la construcción porque los terrenos ésos están muy caros, y lo demás lo ponía el Arzobispo. El mes que viene va a haber la última reunión de los interesados por los terrenos de atrás y darán su ultimátum: se hace inmediatamente el negocio o no se hace. Es natural. No se puede dejar esperando a hombres de negocios tanto tiempo. Se construye o no se construye la Ciudad del Niño. Contigo instalada allá no se puede hacer nada.

—Sí, lo sé.

—¿Por eso estás ahí?

—Por eso y por otras cosas.

—¿Qué cosas?

La Iris deja caer el fono que queda colgando de su hilo, y se encara con Inés:

—¿Crees que voy a dejar que *vendan* tierra santa? Estás, estás loco, Jerónimo, si crees que encima de todo lo que me has hecho voy a permitir que te hagas parte de la conspiración para quitarme esta tierra en que está enterrada la beata y que tú y el cura Azócar quieren vender al mejor postor.

La Iris tiene la cara descompuesta. Agita sus manos, sus ojos brillan, pardos, amarillos, verdes, pardos sobre todo porque su abrigo es pardo, pero hacen relucir la furia, y agita los puños, decidida, inflamada con la defensa de tu partícula de eternidad. Inés retrocede y exige:

—Tienes que salir de la Casa, Inés.

Las dos veces se enfrentan y se trenzan. La Iris se ríe a carcajadas. Inés pregunta:

—¿Por qué te ríes?

—Si crees que voy a volver a vivir contigo...

Se te caen las manos. Todo lo que era duro en Jerónimo se disuelve: ruega, la ternura más desoladora ablanda su mirada, quiebra su cuello, endulza su voz:

—Inés... si quieres te voy a buscar yo mismo.

—Me lo dices para engatusarme con tus mentiras, estás segura de que ésa no es la intención de tu marido, sabes que Jerónimo le tiene terror a la Casa, asco, dice, pero es terror, estás segura de que jamás vendrá porque él manda aquí a sus enemigos para encerrarlos, que se pudran transformados en viejecitas que tosen y juegan a la brisca, esta Casa está llena de toda la gente que Jerónimo quiso hacer desaparecer, los que saben demasiado de su vida, sus maquinaciones, o sus debilidades, los que quiere eliminar porque lo entorpecen... dicen... dicen que hace más de un siglo que los Azcoitía han estado mandando a esta Casa a toda la gente que quieren hacer desaparecer. ¿Quién sabe si la famosa beata no fue más que una chiquilla díscola cuya rebeldía fue necesario reprimir... que con el fin de reprimir a una niña se alzaron estos muros de adobe? Vaya uno a saber. Para decirte la verdad, Jerónimo, me doy cuenta de que no soy más que otra de tus víctimas.

—¡Cómo puedes pensar eso, Inés!

Al decirlo, tus ojos están empapados por lágrimas que retienes. La Iris ha salido de la sala de la Rita con todo nuestro miedo y nuestro odio y nuestra envidia y nuestro asombro y nuestro amor configurados en sus facciones pastosas que se prestan para cualquier modelado. Tienes una seguridad de que en esto estamos juntas las tres, tú, la Iris Mateluna y yo: nuestro único deseo es hacer desaparecer a ese hombre que se alza ante ti, porque la única forma de encontrar paz es que Jerónimo no exista, eso lo sabemos las tres, está escrito en los ojos extasiados de la Iris que no dejan de contemplarte, las dos están llorando, se deshacen en sollozos al mismo tiempo y nos refugiamos una en los brazos de la otra besándonos, jurándonos todo, nada, no sé qué, fidelidad, que todo encontrará una culminación, sí, las cosas irán tomando un curso ascendente y desde la cima veremos el panorama total, no llores, Iris, no llore, misiá Inés, no llore, don Jerónimo, no llores, Inés, basta. Las huerfanitas aplauden y comentan lo bien que lo hizo la Iris, si ésta nació para artista, y misiá Inesita de dónde sacará tanta novela que cuenta, qué entretenido es esto, ahora me toca jugar a mí, no, a mí, a mi señora Inesita, todas las huerfanitas rodean a la Iris y a ti que sollozan abrazadas en medio de la portería, mientras en la sala de la Rita el fono caído se cimbra en su cuerda y oigo que una voz dice:

—Aló... aló... ¿Podría hablar con Humberto Peñaloza?

26

No pudieron hablar con Humberto Peñaloza porque al oír ese nombre huyó por los pasadizos hasta el fondo de la Casa, no existe Humberto Peñaloza, es una invención, no es una persona sino un personaje, nadie puede querer hablar con él porque tienen que saber que es mudo. En una habitación remota abarrotada de fardos de diarios y revistas reblandecidas por la humedad se refugió su sombra vulnerable. Mudo, Mudito, no te vayas, no desaparezcas, te vas a morir de hambre, no, dónde estás, Mudo, Mudito, dónde estás, vamos a cansarnos de buscarte porque somos viejas y enclenques y les tenemos terror a las ventoleras, no te nos vayas a morir de hambre, Mudito, mira, aunque no sabemos dónde te escondiste te dejamos platos de comida en los pasillos y corredores para que comas cuando quieras, como un perro, pero las sombras no comen hasta que se atreven a ser alguien y esa sombra carente de nombre quiere fundirse con las otras sombras de la habitación, reducirse a la dimensión de un papel de diario. La sombra sin nombre ni hambre va empequeñeciendo al ocultar su terror, que le impide incorporarse a las otras sombras y adquirir la dimensión plana de una noticia, apretujada en su hoyo en los diarios revenidos, el terror se concentra en su pequeñez, me repleta, me hace intolerable a mí mismo, sin movimiento, sin hambre, sin voz, sin oído, sin vista casi... casi sin vista pero todavía conservan su poder mis ojos y porque lo conservan es que este pequeño bulto que soy no tolera más el terror sin salida que lo comprime y me doy cuenta de que ha llegado el momento inaplazable. Tengo que nacer.

Una mañana amanecí en la cama de la Iris, casi sofocado por el calor de su cuerpo y el abrigo de sus sábanas, miren, miren, viejas, anoche nació la guagua por fin, miren, ya no estoy gorda, miren cómo lloriquea y está meada, yo no sabía que era tan fácil tener guagüita, si no es fácil, Iris, en tu caso fue fácil porque es una guagua milagrosa, por eso no te diste ni cuenta, miren qué bien quedó, parece que ni siquiera hubiera perdido mucho peso, claro, si la guagua tenía que nacer, ya estaba bueno, tanto pasado los nueve meses y por muy milagro que sea una se pone medio saltona y no sabe qué hacer ni qué pensar cuando el embarazo se pasa tanto de los nueve meses, pero de qué nueve meses estái hablando pues, Ema, éste fue embarazo milagroso así es que no hay de dónde comenzar a contar los nueve meses, es una tontera eso de los nueve meses, te estái poniendo igualita a la Amalia con el asunto de los nueve meses que no entendió nunca y fue entonces que le dio por buscar el dedito, a ti también te van a llevar a la Casa de Orates si no te callái con el asunto de los nueve meses, ves, ya nació el niño. ¡Qué guagua más flaca y más enclenque tuviste, Iris, qué niño con ojos tan tristones! Pero es el niño. De eso no hay duda. Es el niño, Boy, miren, si parece que tuviera una aureola chiquitita pero aureola de todas maneras. Y me visten con las sedas y los tules del ajuar que Inés tenía guardado para mí en su mundo. Con las cosas de los cajones de arriba. Sí, porque las cosas de los cajones de abajo me quedan chicas todavía. Cuando me vaya encogiendo Inés me las irá regalando, y a medida que el porcentaje que queda de mí se reduzca me sentaré en esas sillitas de miniatura, dormiré en esas camas de cartulina dorada adentro del chalet suizo, donde la Iris me criará.

Todas me tratan con miramientos y consideraciones. Antes, cuando era sólo el muñeco de la Iris, no las merecía. Me dejan chuparle las tetas, quisiera jugar con ellas con mis manos pero no puedo porque me tienen fajado adentro de la humita, y la Iris me acaricia y me besa. Entronada en la silla de oro y damasco carmesí del presbiterio, conmigo en brazos, recibimos las reverencias de las feligresas, sus oraciones, sus cánticos apenas susurrados para que las otras no oigan porque las otras son unas envidiosas, encienden cirios, nos rodean de flores, Inés prosternada entre las demás viejas que nos piden cosas, que se me pase el reuma, que nos den porotos en vez de garbanzos la semana que viene, que a Rafaelito lo suelten de la cárcel por la estafa que dicen que el niño hizo, pero cómo la va a haber hecho si era tan bueno de niño cuando yo lo criaba y tenía el pelo color de choclo, miren, aquí lo tengo para que me crean, una salve para que la Madre Benita no nos descubra, un credo para que el niño crezca santo, un padrenuestro para que nunca salga de esta Casa, y las viejas rezan y cosen y cantan alrededor nuestro, hemos traído la cama y la cuna, todo lo hemos trasladado a la capilla porque como ahora somos tantas las viejas ya no cabemos en el sótano, rezamos pero también jugamos en este garito que la Iris y yo presidimos entre los santos de yeso pegoteados y repintados: sí, salves y credos, pero también los cubiletes en que se agitan los dados, las fichas en el suelo porque no hay mesas y si queremos jugar tenemos que jugar aquí porque la Madre Benita no nos dejaría jugar en la cocina hasta tan tarde porque se gasta mucha luz y el Arzobispo no manda plata para pagar las cuentas, pero misiá Inés que es tan buena y tan devota de la Iris que ella dice que no se llama Iris Mateluna sino que es la beata Inés de Azcoitía, nos da mucha plata para que salgamos embozadas en nuestros chales si es que nos queda un chal que misiá Inesita no nos haya ganado en el canódromo, para comprar ramos de flores frescas, de las más caras, y cirios y más cirios y todas las cosas que necesitemos para el culto de la beata que sobrevivió y ahora ella la ha descubierto para que seamos todas felices, tan flacuchento este chiquillo que la beata tiene en brazos, yo creía que los niños-santos eran gorditos y rubios como en los cuadros de pintura, pero éste es morenito, no importa, la cosa es que es un niño milagroso concebido sin mancha y sin pecado, cómo no va a ser milagro, pero no le vamos a contar a nadie, ése fue el consejo de la Brígida y tenía razón, para cuidarlo entre nosotras nomás sin enseñarle nada y nosotras hacerle todo, yo sus brazos, tú su boca, ella sus pies, si es lindo mi niño dice la Iris, lindo el niño de la niña-beata en que los de Roma no creyeron pero ustedes están comprobando con sus propios ojos que la beata ha hecho este milagro más, y su hijo va a hacer el milagro más grande de todos al suprimir para nosotras el trance de la muerte: por orden de él no moriremos, sino que, cuando él lo disponga, nos vamos a encaramar, toditas las que lo hemos servido, en una carroza blanca tirada por tres pares de caballos enjaezados con penachos y manteletas y riendas blancas para subir al cielo... espérense nomás las envidiosas y los curas herejes incrédulos de Roma, uno de estos días no van a encontrar a ninguna de nosotras en la Casa porque la beata junto con su hijo nacido sin que ningún hombre le haya hecho la cochinada nos llevarán al cielo, aunque yo creo, Rosa, que sería mucho más lindo que todos nos vieran, no le parece a usted, misiá Inesita, que todas las otras, las envidiosas que el niño no salvará, y el Padre Azócar, y la Madre Benita, y los vecinos nos despidan cantándonos aquí en la puerta de la Casa y que lo transmitan por la radio como las misas y los partidos de fútbol, y el niño un poco más crecidito llevando en sus manos las riendas blancas de los caballos blancos, nosotras con nuestros sacos al hombro encaramadas en la carroza blanca que tendrá que ser amplia porque somos muchas no siete como al principio, subiendo, subiendo entre una lluvia de pétalos, despidiéndonos de todas las demás con mucha pena pero no podemos llevarlas, chiquillas, voluntad no falta, pero no cabemos más que nosotras en la carroza.

Tú eres la convertida más ardiente: tienes todo planeado. Una vez muerto Jerónimo la fortuna que pasará a tus manos la pondrás al servicio de la beata Inés de Azcoitía para reconstruir la Casa que perpetuará tu propio nombre, yo sabía que viniéndome a vivir aquí iba a encontrarla por fin, y este niño que lleva en sus brazos tendrá que convencerlos en Roma y dejará en vergüenza al Embajador ante la Santa Sede que es un comunista, sí, estoy dispuesta a emprender el viaje a Roma otra vez, haré cualquier sacrificio por la beata y por el niño. A mi regreso triunfante el Arzobispo me tendrá que devolver la Casa para hacer un santuario, con frescos de la vida de la beata pintados sobre un fondo de oro y muchos curitas y canónigos y personas que investiguen el milagro y que escriban sobre él y sobre la beata para que todo el mundo la conozca, y también construiremos cuartos para que vivan el niño y la beata y ustedes, ay, no, nosotras no queremos nada, misiá Inesita, que no demuelan nada, que nada cambie hasta que el niño crezca, mejor será que usted no vaya a Roma hasta que el niño esté más grandecito, quédese aquí con nosotras para criarlo como debe ser, sin que se mueva adentro de su humita, bien amarrado hasta que haga el milagro de llevarnos a todas al cielo. Pero claro, tenemos que esperar a que Jerónimo se muera para que la fortuna pase a mis manos. Hay que hacerlo desaparecer para que me deje tranquila, que no llame por teléfono a la Raquel para que me convenza de que hable con él, si sólo fuera hablar sería distinto pero su existencia cerca de nosotros siempre está amenazándonos con el peligro de hacernos revivir... lejos, lejos, Jerónimo, para que tu voluntad no pueda doblegar la nuestra. Él no tiene fe. A ustedes se lo digo en confianza. Su aparente piedad es sólo política, nada más, y por eso tenemos que esperar que desaparezca Jerónimo para entronizar a la Iris con su hijo en brazos, aunque me digan que no los cardenales a mí qué me importa si tengo la fortuna de Jerónimo en mis manos y puedo construir con ella el santuario que haga perdurar el nombre que ellos quisieron sepultar, ustedes, mientras tanto, aquí conmigo, tranquilas, no, no se van a morir, el niño va a alcanzar a hacer su milagro antes que mueran para llevarlas al cielo, a un sitio exactamente igual a éste, pero tenemos que esperar, esperar todas cantando y rezando, pero también jugando al canódromo con que las voy despojando de todo, las viejas tiritan de frío en la capilla, no tienen zapatos, yo hago un montón a mi lado con las cosas que voy ganando y después las guardo para el niño, nada es para mí, todo será para el niño, ahora pañales, algodón, colonia, talco del mejor, cirios, flores, después serán otras sus necesidades y puede necesitar alguna de estas cosas que les he ido ganando a las viejas, yo siempre soy la perra amarilla, no puedo desprenderme de ella, tengo la obligación de hacerla correr por los montes y los caminos y por los campos y hacerla vadear esteros y lagos, en mis manos revive, no es que quiera ganarles las cosas, pobres viejas, para qué necesito mugres si no es para elegir la más mugrienta y apolillada para cambiarla por otra prenda un poco menos sucia y rota que llevaba puesta, yo no quiero ganar, es la perra la que me obliga a ganar corriendo por la pista, uno, dos, tres, cuatro, agua, atrás, dos, tres, tú, Rita, tú Rosa, a mí ahora, la sombra de la perra amarilla es enorme sobre el muro y vibra y corre mientras los cirios se consumen y mi pila de harapos para el niño, por si acaso, porque la perra amarilla me impone la servidumbre de hacerla ganar una y otra vez, crece y crece mi montón de porquerías que las brujas me entregan llorosas, sus pobres talismanes que no quiero yo sino la perra que corre por las paredes de la capilla execrada donde la Iris y el niño presiden entronados, y las viejas lloran, tienen que jugar, ellas, como yo, obedecemos a la perra, somos ávidas, nuestras manos arrancan vestiduras, se apoderan de relojes descompuestos, del calendario con la última página de hace siete años, de las zapatillas, de la media impar, de la gorra de bañista color frambuesa, gané, gané, la perra amarilla ganó otra vez porque es invencible y yo grito y les arrebato lo que me ruegan que no les cobre aunque yo no quiero abusar con estas ancianas, no quiero despojarlas, pero la perra amarilla quiere, yo la obedezco porque así corre y ladra y le aúlla a la luna y vadea charcos, uno, dos, tres, cuatro, cinco, seis, me toca otra vez, qué suerte misiá Inesita, ya empezó, cinco, uno, dos tres, cuatro, cinco, enorme en la pared su sombra, las viejas no ven qué grande y qué viva es la sombra de la perra porque ellas sólo ven mi tablero y el miedo de que les arrebate unas varillas de paraguas, una bufanda desteñida, eso ven, corre, corre, perra, ya Iris, deja a tu niño para que te lo cambien, ven a jugar conmigo, qué cosa apuestas, bueno, me gusta tu abrigo café, contra él van las zapatillas éstas que eran de la Rosa Pérez, tira tú primero, cuatro, uno, dos, tres, cuatro, ahora la perra blanca, uno, dos, mala suerte, y corre la perra azul por el tablero y la perra colorada por el tablero, pero la perra amarilla corre y corre ensangrentándose las patas para llegar primero a la meta y así yo arranqué el abrigo café de los hombros de la Iris que trata de impedírmelo, tengo frío, pero a mí no me importa aunque me da pena que la beata tenga frío, lucho por quitártelo porque la perra lo quiere, qué te importa que te dé frío, Iris, ya tuviste a tu niño así es que ya no estás inflada, bueno, si quieres, como un gran favor, porque eres la beata, mañana te daré la revancha para ver si me puedes ganar el abrigo de vuelta para que no tengas frío, tú con tu guagua amorosa en tu cama sí que no vas a pasar frío, las guaguas calientan mucho cuando duermen en la misma cama que su mamá, y yo no me caliento con nada, mis huesos se van enfriando más y más y más y más y no sé qué hacer para que se calienten.

★★★

Justamente a eso le tengo miedo: que tus huesos y tu carne se enfríen para siempre, señal indudable de que los injertos que te hizo el doctor Azula en Suiza van apoderándose de ellos. Significa que ese proceso ya tan avanzado te va a borrar, expulsando hasta la última gota de calor que Inés Santillana de Azcoitía logró esconder en el cuenco de su mano, para ser sustituido por la sequedad que encierra el puño verrugoso de la Peta Ponce. Sí, te quedan pocos días, Inés, nos queda poco: eso de sentir que el frío menesteroso viene trepándose a tus huesos como la maleza que cubre las ruinas hasta ahogarlas es la evidencia de que el final se acerca, que una vez anulada tú, yo quedaré encerrado aquí en esta Casa con la Peta, cercado por estos muros sin salida contra los que la vieja me arrinconará diciéndome mira, por fin vine, aquí me tienes, soy tu pareja porque soy grotesca, vuelvo a ti para repetir la noche de la Rinconada y cobrarte el amor que me debes, para penetrar estos muros que te encierran consentí permanecer descuartizada, sin vida y sin muerte, en los frascos del doctor Azula, mis órganos dentro de esas máquinas niqueladas que les iban suministrando oxígeno, sueros, sangre para que mis órganos siguieran funcionando hasta que ella viniera a buscarme, y fuiste a buscar a la Peta, Inés, estoy agotada, doctor Azula, quiero envejecer, déme órganos y piel viejos, facciones de arpía, una cabellera rala y grisácea para gozar del descanso de peinármela en un moño que no aspire a la elegancia. Esto ya lo haces. Andas harapienta y desgreñada. Les tienes miedo a las ventoleras. Te has puesto mentirosa como ellas: cómo no voy a saber que lo que le contaste a misiá Raquel es una mentira, si la virilidad de don Jerónimo desapareció después de nuestra noche en la Rinconada, después de que encerré mis ojos en esta Casa para que él no pudiera gozar de mi envidia, y tengo su potencia, es mía, me pertenece para guardarla junto con mis manuscritos en un cajón debajo de mi cama. Sin embargo, a instancias de misiá Raquel le concediste una entrevista a don Jerónimo para el martes próximo, martes hoy, martes mañana, martes toda la semana recitan las brujas encendiendo sahumerios, por eso es que tú, que finalmente te estás transformando en bruja, elegiste un martes para que él pisara por primera vez esta Casa: no sé qué mal pensarás hacerle si es que para entonces se ha completado tu transformación, y con la sequedad y el frío de tus huesos hayas adquirido el poder de las viejas para derrotar a Jerónimo con tu fealdad completa.

El niño va a impedir la entrada de don Jerónimo a la Casa. No puedo dejarlo entrar, ni permitir que su guante gris-perla o gris-paloma me roce el codo, podría aparecer desde el pasado vestido con un chaqué gris para ir a las carreras, o con el brazo en cabestrillo y las vendas heridas con mi sangre como en ese recorte que Inés guarda y que apareció en un *Mercurio* de hace cuarenta años, no puedes traer tu arrogancia de hombre completo a esta Casa desvalida, de ser a quien nada le falta y por eso, porque me han extirpado todo menos el veinte por ciento que siempre va en disminución, sentiré la voz nostálgica que me urge desde dentro: ahí lo tienes, Humbertito, humíllate, solicítale un favor o cualquier cosa que seguramente te concederá porque nada le costará concedértela ya que tu pedido será insignificante, ruégale, que te otorgue facilidades para comprar una casa, que nos bajen el arriendo de la casa que habitamos, que te busque un puesto, que te dé una tarjeta de recomendación, pídele, admíralo, envídialo porque él lo tiene todo y es todo y tú no tienes nada y no eres nadie, y yo rabioso me lanzaría sobre él como una bestia hambrienta para atosigarme de sus cosas, devorarlo hasta hartarme, sí, sí, sé que haría algo espantoso que nos aniquilaría a todos si don Jerónimo apareciera en la Casa, no podría contenerme si tuviera que abrirle la puerta para que entre a descubrir lo que queda de Inés, tendría que esconderme para que él no viera mis ojos que desde guagua, en esa población donde dicen que una vieja me encontró, me han venido salvando la vida, también ahora aquí en la Casa porque soy una guagua con una mirada tan triste y tan espiritual que tengo que ser

531

santo dicen las viejas, usted la necesita, don Jerónimo, no me lo niegue, no rechace mi mirada pero no venga a la Casa, si intenta venir voy a tener que lanzarme otra vez a las calles a buscarlo para hacerlo desaparecer, cómo encontrar aliados, quién me ayudará a no dejarlo pisar ni siquiera la portería, miércoles, jueves, los días se sustituyen iguales a los anteriores, en las pocas ventanas que quedan sin tapiar la noche cae brusca como una carta que de pronto alguien dio vuelta mostrando sólo su espalda igual a las espaldas de todas las cartas de la baraja mientras otras viejas juegan al canódromo en la noche en la capilla, entre los cirios, a mis pies, alrededor del trono de oro del presbiterio, se han declarado enemigas esas dos, Inés y la Iris arrodilladas en el suelo una a cada lado del tablero, las viejas hechizadas por la partida, inmovilizadas por la excitación que delegan en otras, la Iris casi desnuda porque misiá Inés le ha ido ganando todo, tiene frío, tiene sangre en el ojo, sólo su ira la calienta porque ya no tiene abrigo ni vestido ni zapatos ni enagua, toda su ropa está en un montón junto a misiá Inesita que es tan buena y tan buenaza para los juegos, la Iris tiembla, sacude el dado en el cubilete, entran chiflones por los orificios que antes ocupaban los vitrales, castañetean sus dientes, la cara fija en una mueca de furia y lanza los dados sobre el tablero, pierde el sostén, se lo saca, Inés lo coloca en su montón porque la sombra inmensa de la perra ganó y ella tiene derecho al sostén de la Iris dejándola con las tetas bamboleando y las viejas gritan no juguís más, Iris, estái endemoniada por el juego, no seái lesa, de tal palo tal astilla, si dicen que tu padre que fusilaron perdió hasta la vida jugando al monte y por eso tuvo que matar, yo no había oído nunca ese cuento, no sé si será cierto pero dicen... dicen tantas cosas, estás enviciada, Iris, no juguís más, chiquilla por Dios, hasta peso estái perdiendo, ayer le jugaste a misiá Inés tu ración de garbanzos, hoy tu ración de lentejas y tu pan además de toda tu ropa y todas tus revistas y un rouge gastado, no podís seguir así chiquilla por Dios, anda a cuidar tu guagua que está moquillando en el damasco colorado del trono, que otras jueguen al canódromo, que otras se ofrezcan de víctimas a la perra amarilla que todas las noches nos va desnudando, pero tú, ya está bueno, mira cómo estái, ya no te puedo prestar mi chal aunque me gustaría porque me da pena verte encuclillada y desnuda, tiritando al lado del tablero, pero no te lo presto porque me tengo que cuidar, no ves que estoy convaleciendo de angina, y yo del reuma, y yo de tortícolis, además jugái de pura viciosa, porque odiái a misiá Inesita desde que comenzaste a jugar al canódromo con ella, encomiéndate a un santo siquiera, arrodíllate delante de esta figura que se llama Santa Brígida aunque no se parece nada a la que se llevaron en la carroza negra y que nosotras vamos a tener que trasladar a la carroza blanca, rézale, pero la Iris no reza. Inés tampoco reza. Antes la Iris era la beata pero ahora es sólo su enemiga, quiere despojarla de todo, qué más quiere, qué va a apostar ahora la chiquilla si no le quedan más que esos calzones cochinos. La perra amarilla gana siempre.

—Bueno. ¿Qué apuestas ahora, Iris?

No, no, te gritamos las viejas rogándote que tengas un poco de cerebro para tus cosas, estás flaca, Iris, estás resfriada, nuestras caras angustiadas nos cercan en la penumbra, no, Iris, aquí anda el diablo, tenís que tener más carácter, no hablen del diablo que da miedo y hay una sola vela prendida junto al tablero, la Iris hincada a un lado luciendo sus tetas enormes que sólo puedo chupar, nunca jugar con ellas como la Damiana y como juegan las guaguas con las tetas de sus mamás, desnudas las tetas, los pezones duros de frío, ponme tus pezones en la boca para calentártelos refregándolos con mi lengua áspera y ella, la señora, la dueña, sus hombros cubiertos con un chal a cuadros y el moño deshecho, hincada al otro lado, mirando a la Iris, retándola:

—¿Quiubo? ¿Qué apuestas?

—Mi guagua.

Primero el breve silencio de la estupefacción, luego el clamor, no podís hacer eso, Iris, soi una cabra degenerada apostando al hijo de tus entrañas que además es santo, míralo cómo llora el pobre porque lo tenís botado en el damasco de la silla sin preocuparte de que esté bien abrigadito en su cuna, mira cómo le corren los mocos, mira la pena con que te mira porque los niños santos comprenden las cosas y él comprende que su mamá lo está apostando contra la perra amarilla en el tablero de misiá Inesita que es tan buena la señora y tan caritativa pero tan jugadora que se ha puesto aquí en la Casa, si ya no parece la misma de antes.

Tú, Inés, me miras como sopesándome, como para calcular cuánto valgo y decidir entre tantas posibilidades qué apuesta oponer a la de la Iris: apuesta algo bello, Inés, te lo ruego, algo suntuoso como tu abrigo de visón color caramelo, como tus perlas para las orejas, como el derecho a tocar tu carne antes de que la Peta Ponce se apodere completamente de ella, apuesta algo que me asegure que valgo mucho.

—Aceptada.

—¿Y usted qué apuesta?

Miras alrededor tuyo, el montón de andrajos, lo palpas, no, esas cosas no, sonríes, te llevas la mano a la boca con ese gesto de algunas viejas para ocultar la falta de dientes, y de pronto, penetras más allá del gesto habitual y metes tu mano en tu boca, te sacas la prótesis, la pones al lado del tablero quedando con la boca sumida y desdentada como las que dicen no sabíamos nada misiá Inesita por Dios, todas creíamos que tenía tan bonitos dientes para su edad y lo comentábamos, los admirábamos, será la buena alimentación desde chica decíamos, a nosotras que nacimos pobres y crecimos desnutridas comenzaron a estropeársenos los dientes a los quince, como a la Iris.

—Mis dientes.

Se aquietan los rostros tallados en la oscuridad. Ocultan las manos entre los andrajos, brillan los ojos aguachentos que han sido testigos de tanto y ahora son testigos de esto, el círculo de las viejas silenciosas estrecha a las dos arrodilladas a los pies de mi trono de oro, una a cada lado del tablero, la perra amarilla es Inés, la perra blanca es la Iris, ruedan los dados en los cubiletes.

—Número mayor comienza.

Inés juega un dos, la Iris un cuatro. Comienza la Iris. Un cuatro de nuevo para la perra blanca, un, dos, tres, cuatro: la perra blanca es de plástico, sostenida sobre una pequeña plataforma del mismo material innoble, las manos de la Iris la hacen avanzar sobre el tablero de cartón ordinario donde hay casas y laderas y ríos torpemente dibujados. Inés tira un cinco. La perra amarilla, inquieta, lista, se lanza a la carrera aullando a campo traviesa, uno, por el camino polvoriento, dos, cruza el cerco de laureles, tres, se detiene en medio del charco que refleja la luna para beber un poco de agua y con el cuatro sigue en subida por la suave ladera de un monte hasta llegar con el cinco al patio de una granja y sigue corriendo y corriendo, la perra de plástico blanco queda detrás mientras la perra amarilla ya casi no se divisa, corre más que nunca antes porque me quiere a mí, voy a pertenecerle, por eso se esfuerza la perra amarilla, para merecerme con un triunfo espectacular, uno, dos, tres, cuatro, cinco, seis, qué suerte misiá Inesita juegue otra vez, cuatro, uno, dos, tres, cuatro, voy a ser de Inés porque la perra amarilla va a lograr que ella me tome en sus brazos justo antes de que sus brazos se conviertan en los brazos leñosos de la Peta que me aprisionarían, se adueñaría de mi sexo con su sexo podrido y mi sexo se pudrirá dentro de su sexo lleno de gusanos voraces, la perra amarilla me está salvando de los brazos de la vieja, corre, corre, perra amarilla aullándole a la luna y siguiendo sus rayos, ya no se divisa la perra de plástico, las viejas chillan, retuercen sus manos, rezan rosarios, ya no saben quién quieren que gane pero todas apuestan a misiá Inesita aunque la pobre Iris tiene frío, voy a ser tuyo, por fin, aunque sea sólo del recuerdo de una Inés demasiado perfecta para que jamás haya existido pero dócil a la perra amarilla que se escurre entre los batros de la orilla del pantano para ocultarse de los diez jinetes peligrosos, la perra amarilla cuya sombra oscilante condena los rostros de algunas viejas y rescata momentáneamente a otros, uno, dos, tres, qué importa que sea sólo un tres si le falta tan poco pues misiá Inesita, a ver, Iris, ya, apúrate, no le brujulees tanto al dado, tíralo, uf, un dos nomás, ahora usted misiá Inesita, no le va a costar nada ganar un, dos, tres, cuatro, cinco, seis, para atrás, pero le toca jugar otra vez porque es un seis: tres, un, dos, tres, justo, gana, viva, la perra amarilla llegó a la meta y la Iris chilla y se cubre la cara con las manos mientras las viejas felicitan a misiá Inesita, bailan regocijadas mientras la Iris se convierte en una corteza inútil, ya no es la beata, ya no es nadie, Inés se pone de pie, le da una patada a su propia dentadura que se pierde en algún rincón de la capilla, me toma en sus brazos ansiados cuya blandura recuerdo, ella es la beata de veras, ella es milagrosa, se sienta majestuosa conmigo, en su trono, las viejas se inclinan, encienden más cirios, llueven los pétalos de las flores, incienso, el milagro lo hizo misiá Inés, ella es la verdadera santa, ella es la dueña, mañana mismo comenzará el culto aquí en la capilla con Boy en sus brazos, concebido sin intervención masculina por la beata Inés de Azcoitía en que los de Roma no creen porque son unos herejes que no creen en los milagros, son todos comunistas, no tienen la fe de la buena gente de antes, que se abran las puertas de la capilla, que corran a avisarles a todas las viejas de la Casa manda la beata, a todas incluso a las otras que sólo sospechaban, acuden viejas de todos los patios, descalzas y arrebozadas en chales, llevando velas en palmatorias, arrastrando sus camisas de dormir de franela, dicen que misiá Inesita hizo un milagro, que a pesar de su edad y aunque ningún hombre la ha tocado dio a luz un niño esta noche en la capilla, chancletean apuradas para no perderse el espectáculo, una legión que acude por los corredores y los patios y los pasadizos para venerar a misiá Inés y felicitarla por el milagro, ella es la beata Inés de Azcoitía que las llevará a todas a la salvación no en una sola carroza blanca sino que en un cortejo de carrozas blancas, quizás una para cada vieja porque misiá Inés es millonaria, dicen, para irnos cantando con todas nuestras pertenencias al cielo, estamos de fiesta todas las viejas porque no vamos a tener que morirnos, eso daba miedo y ahora no habrá para qué tenerles miedo a los pasadizos tenebrosos y a las vastas habitaciones huecas donde la Iris se debe haber perdido, su destino no es de interés para nadie ahora que se presenta la perspectiva de boato y esplendor, ella es ajena a eso, digan lo que digan la Madre Benita y el Padre Azócar y hasta el Arzobispo mismo organizaremos rituales aquí en esta capilla para que la beata Inés de Azcoitía los presida desde su trono de oro, con el niño en sus brazos, igual que en los cuadros de pintura. Los chales de las que acuden se agitan en los chiflones de los corredores, las que no sabían nada oyen por fin de las bocas temblorosas de las otras viejas lo que tanto ansiaron saber y corren a prosternarse, el asombro las ilumina ante el milagro de la beata rediviva vestida de harapos y sin dientes y con las greñas grises revueltas igual que ellas, ahora cantan todas, se hincan todas, reconozco a la Madre Julia con su frente tocando al suelo, el coro de las voces rezándonos rosarios, la Eliana extasiada, contestando a padrenuestros con avemarías, hasta que Inés dice ya, me cansé, quiero ir a descansar, debe ser tarde. Ustedes, mientras me acuesto, prepárenme al niño como lo hacen las nanas con los niños de la gente rica, que les llevan a sus hijos a la cama cuando ya los han lavado y empolvado y perfumado, y entonces la mamá mima a su hijo. No antes.

—Parece que el niño también tiene sueño.

—Debe estar mojado.

—Hay que cambiarlo.

—Hay que cambiarlo para llevárselo a la señora.

—Sí, llévenmelo a la cama.

—¿Se va a acostar, entonces?

—Sí, estoy cansada.

—Bueno, en cuanto esté listo...

—Trataré de esperarlo despierta.

—No nos vamos a demorar nada.

—Lavarle el poto nomás.

—¿Se habrá hecho caca?

—Déjame oler... puf, sí...

—Qué chiquillo más cochino.

—Más respeto con el niño, Rosa, por favor...

—Bueno, buenas noches, señora.

—Buenas noches.

Me están lavando, las cuarenta asiladas asisten a la ceremonia, me rasuran el vello púbico, los testículos, manipulan mi sexo sin asco porque saben que es una cosa inútil, pongamos al niño encima de un colchón blanco, encima de una sábana blanca, y se lo ponemos piluchito así en la cama a la señora, eso le va a gustar porque así calientan más los niños, sí, entonces hay que afeitarlo todo, las piernas flacas, el mentón, hay que tener cuidado con el cutis delicado de una señora como misiá Inesita.

★ ★ ★

Tu cuarto está oscuro. Nuestro cuarto. Bajo las sábanas, a mi lado en nuestra cama, respiras profunda y acompasadamente con el sueño del veronal que no puedes dejar de tomar todas las noches para vadear los terrores del duermevela. Aunque tú no lo sepas, en la noche quieta de los adobes de esta Casa, en esta habitación oscura y en esta cama caliente, vamos a cumplir la magia del momento que estos muros han venido conspirando desde siempre para que se cumpla. Inés. Cómo caminabas por los corredores de la Rinconada. Tu cuello alto, tu voz quizá demasiado ronca pero siempre tibia, tus piernas largas, tu cabeza pequeña, cómo se te caía de las manos el libro que leías reclinada en tu *lit-de-repos...* tu figura sugerida se fue perdiendo en el atardecer de los corredores y ya no puedo recuperarla, tu cutis de miel, tus ojos pardos, verdes, amarillos, cómo ladeabas la cabeza un poquito al hablarme, al sobrepasar la sonrisa para tocar los límites de la risa sin llegar jamás a ella: estás aquí, conmigo en esta cama, encarnando la belleza aunque ya no seas bella pero todavía eres tú, todavía no eres la Peta que está viniendo a buscarme desde el interior de tu carne que sigue siendo la de Inés y que voy a tocar ahora, antes que la Peta aflore. Siento tu olor aquí, aunque avanzando detrás, siento el olor a vejez y a decrepitud y a codicia libidinosa que va a vencer tu olor, rozo tu mano áspera y la retiro insultado por esa aspereza, pero aguardo en silencio porque todavía eres Inés, quiero estar bajo tu sábana, en la aureola de tu calor que hará resurgir en mí la potencia que tengo yo y no tu marido, deja que mi deseo traspase la barrera repelente de tu actualidad, déjame desnudo junto a ti para que vaya descartando tu fealdad, tu rapiña, tu vejez, tu locura, tu estupidez, disfraces sucesivos que nunca te sacaste, déjame tolerar un poco más tu fetidez para descubrir, en el fondo horrible de tu olor, a la Inés incambiable oculta bajo esta ruina sucia, déjame invocarte como debiste ser siempre para que mi potencia te reconozca aquí en el calor tuyo que acaricia mi cuerpo desnudo. Duermes. Te oigo dormir. Lástima que ronques. Tenemos nuestras cabezas sobre la misma almohada. Si sólo pudiera rejuvenecerte un poco, derribar el trabajo de Azula, entonces, estoy seguro, podría no quedar fuera de ti, podría desearte con mi cuerpo con la misma ansiedad con que te desea mi imaginación, si tuvieras la suavidad de la piel de la Iris, sus pechos levantados, sus piernas lisas, sí, don Jerónimo, si Inés tuviera estas cosas usted se daría cuenta de que mi virilidad es más verdadera que la suya, pero así no, no quiero humillarme otra vez, quiero salir del encierro, quiero tocar la belleza como belleza, no disfrazada de carne ajada y manchada de mugre, de estas greñas grises, de este cuerpo olisco bajo su camisa de dormir sin lavar. Pero eres tú. Eso tiene que bastar. No quiero tocarte. Tócame tú a mí primero. Solicítame.

Tomo tu mano dormida y con ella rozo mi cuerpo. Me tienes que reconocer, Inés, acéptame siquiera ahora, tal como soy, sea quien sea, Humberto, Mudito, vieja, guagua, idiota, fluctuante mancha de humedad en la pared, despierto porque me estás tocando. La noche del campo es inmensa afuera. Salta y salta el tordo que nos mira desde su jaula. Despierto porque tus dedos ásperos pero todavía no verrugosos están ciñéndome el miembro, están acariciando mi vientre, dormida te vuelves hacia mí, Inés todavía, te acercas a mi cuerpo desnudo que estará listo en un segundo, en cuanto tu boca desdentada busque la mía y no la rehúya. Tu cuerpo dormido se pega al mío, dormida te pones de espalda, me arrastras para ponerme sobre ti, y entonces yo te toco, mis manos en tus pechos que encuentro fláccidos y grito:

—¡Inés!

Despiertas.

—Jerónimo...

No dijiste Humberto. Dijiste la misma palabra odiada que dijo la Peta Ponce esa noche en la Rinconada, y en la oscuridad lo revolvió todo y confundió el tiempo y los reflejos y los planos que otra vez me confunden. Esas sílabas dirigidas a mí otra vez. Entonces yo tampoco aceptaré que seas tú. No sé quién eres, ya no eres Inés, te toqué y mi vara mágica te transformó en una arpía desdentada, desde el fondo de tu carne la vieja surgió a tu superficie y se apoderó de ti, desde el horizonte dorado regresó la bruja atada al tronco y se encarnó en la niña, los injertos del doctor Azula y Emperatriz triunfaron, eres una vieja,

eres la Peta que renace bajo mi cuerpo aterrorizado y tú te
incorporas bajo él, chillando, rechazándome, si no te quiero, Peta, me das asco, me das miedo, has suplantado a Inés
completamente, la has anulado, no quiero tocar tu carne
agusanada aunque chilles y en la oscuridad me escabullo
y me pierdo en las tinieblas de los pasillos donde resuenan
tus gritos de terror más y más roncos, ya no es tu voz, es la
voz de la Peta, una voz de anciana, encías desdentadas que
piden ayuda, le tienes terror a la muerte, Inés ya no está,
está sólo la Peta que por fin logró entrar consiguiendo que
el doctor Azula la disfrazara de Inés, la Peta chillando, socorro, socorro, Madre Benita por Dios, socorro, no puedo
prender la luz, tengo miedo de la oscuridad, el timbre sí,
suena el timbre, atraviesa toda la Casa, el timbre de misiá
Inés, qué le pasará a la señora que pide socorro y llora y
no saben que ya no eres Inés sino que la Peta y acuden a
ayudar a la señora que pide socorro y llora, Madre Benita
por favor encienda la luz, despiertas llorando, sentada casi
desnuda al borde de tu cama, asegurando a gritos que hasta hace un minuto había un hombre manoseándote entre
las sábanas, me deben haber violado, ya no puedo más, no
me pude defender porque el veronal produce un sueño
muy profundo y ella ya no puede, no es capaz. ¿No sería
un sueño malo?, propone la Madre Benita ¿No sería la
pesadilla inicial? No, no, fue verdad, mire, Madre, la huella
de sus dedos en mi pecho que me apretó hasta hacerme
doler, desperté con el dolor, no, misiá Inés, no necesita
mostrarme nada, ustedes, viejas, váyanse, mejor que ellas
no sepan nada de estas cosas, misiá Inés, mire que son muy

murmuradoras, ustedes vayan a acostarse que no fue más que una pesadilla de la señora, sí, sí, Madre Benita, por favor que se vayan las viejas, pero francamente pues misiá Inés cómo le voy a creer que en la noche un hombre, un degenerado, se le metió en la cama si en esta Casa no hay ningún hombre, no grite más, cálmese, tome un vaso de agua, tome... no, no quiero tomar más cosas, una nunca sabe las cosas que le dan a tomar y pueden ser peligrosas. Claro pues, misiá Inés. ¿Ve cómo se da a la razón? Son esos remedios que usted toma para dormir los que le dan esos malos sueños.

—¿Sueños?

—¿Qué otra cosa?

—¿Se atreve a insinuar, Madre...?

—Una pesadilla.

—No, eso no es lo que está insinuando.

—¿Qué, entonces?

—Que estoy loca.

—Misiá Inés...

—Claro. Usted es igual a las otras. Todas creen que estoy loca porque me vine a vivir aquí. Pero me voy de esta Casa esta misma noche, ya no me quedo más, me da terror que en una Casa santa como ésta sucedan escándalos así, es el colmo y es culpa suya, Madre Benita, no me venga a decir que no porque es bien poco lo que vigila, viera las cosas que yo podría contarle y las voy a contar cuando esté afuera, no crea que no, imagínese, un hombre desconocido en la cama de una mujer como yo, una vieja que quiere tranquilidad para pasar sus últimos días en oración, entreteniendo y ayudando a las asiladas en lo que puede, humillándose por sus pecados, y mire lo que sucede, ahora estoy acordándome de más cosas que ese hombre desnudo me estuvo haciendo en la cama, sí, estaba completamente desnudo, no crea que a pesar de la oscuridad no lo vi arrancarse de mi pieza, no crea que no sentí sus muslos entre los míos, su... me dan escalofríos pensar en él, yo sometida otra vez a la esclavitud de la que creía que me había librado para siempre, ese hombre quiso violarme como me han violado todas las noches de mi vida porque nunca ha sido ni ternura ni pasión ni amor, Madre Benita, siempre violación, todas las veces, desde la primera noche que nos casamos siempre el asalto, nunca nada compartido, siempre un ser extraño metido conmigo entre las sábanas obligándome a sentir cosas que eran distintas de las cosas que yo quería sentir...

—Misiá Inés...

—¿Qué?

—No cuente cosas que después se va a arrepentir de haber dicho, cosas de su vida privada...

—Yo no tengo vida privada. Mi vida privada fue de otra persona.

—Creo que lo mejor que puedo hacer es llamar a don Jerónimo para que la venga a buscar.

—Sí... no. Está en la Rinconada.

—¿Qué hago, entonces?

—No sé... me voy...

—¿Cómo? ¿Adónde?

—Llame por teléfono a la Raquel.

—Bueno, voy...

—No me vaya a dejar sola ni por nada.

—Si quiere, llamo a alguna de las asiladas.

—Ni por nada...

—Con el Mudito entonces...

—Bueno, con el Mudito, usted adelántese, yo meto unas cuantas cosas en mi maletín y el Mudito me acompaña a la portería para esperar a la Raquel...

Usted sale corriendo por los pasadizos, Madre Benita, esto es grave, Inés ha enloquecido, no es posible, no puede suceder, no pueden cargarme con estas responsabilidades además de las otras. Y claro, llama a misiá Raquel, la pobre Inés siempre ha tenido estas obsesiones, claro, pura locura, dice que si don Jerónimo se le acerca se tira por la ventana para matarse, yo llamaré a un médico que vaya inmediatamente, Madre Benita, hay que llevarla a un sanatorio, dicen que en Suiza estuvo en uno, sí estuvo en uno en Suiza, Madre, pero no para los nervios aunque ahora veo por lo que usted me cuenta de esta noche que debe haber sido algo como un manicomio y Jerónimo no le ha querido contar a nadie, usted sabe lo orgulloso que es, pero cómo voy a comprender que una mujer como la Inés tenga esa clase de locuras tan cochinas pues, Madre, yo me voy a demorar un poco, seguro que de la Asistencia Pública llegan antes, y los médicos de la Asistencia Pública llegaron antes, vestidos de blanco, mientras Inés esperaba con su *nécessaire* en la portería llorando, y cuando los vio comenzó a huir y a chillar y entre los médicos y los asistentes y yo la pillamos, quisieron darle una pastilla pero la escupió, inútil tratar de ponerle una inyección porque se puede quebrar la aguja, y yo ayudé al médico y a los enfermeros a ponerle una camisa de fuerza a la Peta Ponce que pataleaba y escupía y mordía diciendo que ella no estaba loca, que todas las viejas de esta Casa estaban locas, que yo era un inmundo porque me había metido en su cama, y le amarramos la camisa de fuerza, gritaba que fueran a ver la capilla si no le creían, qué locuras habla esta pobre mujer decía el médico, pobre señora decían los enfermeros, yo movía mi cabeza compasiva, la Madre Benita rezaba con los ojos llenos de lágrimas mientras entre todos amarrábamos la camisa de fuerza y ella pataleaba y mordía, pobre señora, pobre Peta Ponce, en el mismo cuerpo de Inés encerrándolas a las dos terminarás tus seculares persecuciones detrás de las rejas de un manicomio, lejos de mí, sin acceso a lo que tú querías que yo te diera, vigilada por enfermeros de fuerza brutal pero vestidos enteramente de blanco que te domarán, sí, cuando llegues al hospital te habrás incorporado a la carne de Inés, después, allá adentro, quizás alguna de las dos prevalecerá o quizás no, quizás por temporadas seas la Peta y por temporadas Inés, o vivan el amor más completo encerradas en la misma carne, el milagro de Azula se habrá cumplido, la Peta inutilizada, la Peta encerrada por loca, porque nadie creerá los cuentos horribles que contarás obsesionada por esa alucinación de un hombre desnudo metido en tu cama y que fui yo, yo con mi potencia que no te quise dar, Peta, te la negué, y me vengué de ti y de Inés que me negó su boca como si yo fuera sucio, y a ti, Peta, te encerrarán disfrazada en la carne de Inés para que no busques más mi sexo, se las llevarán a las dos en el mismo cuerpo, ya no tendré que temer a la Peta ni desear a Inés porque estarán presas en un manicomio mientras yo, con toda calma, guardaré mi potencia en el cajón debajo de mi cama, que es donde guardamos tantas cosas nosotras las viejas.

Lograron ponerle una inyección. Se fue aplacando. La tendieron en la camilla, Madre, no me deje irme sola, acompáñeme por favor que tengo tanto miedo, imploraste antes de dormirte, y usted, Madre, en su misión de misericordia se sube a la ambulancia blanca que se las lleva a todas al manicomio: cuando despiertes despertarás en una habitación blanca con una sola ventana que no será ventana sino una gran fotografía que creerás que es ventana de verdad porque hasta esa deferencia tienen con los locos, nos ponen una fotografía para que creamos que existe un afuera. No volverás a salir. Nadie creerá que yo ni ningún hombre estuvo en tu cama, ningún hombre se mete en la cama de una vieja como tú, Peta, ni yo que soy lo más despreciable, basura, basura, aquí en esta Casa no hay más que basura dice el Padre Azócar, pero tuve que pasar por el difícil trance de iniciar una violación para deshacerme de ti. Inés no importa. La inventé yo para tocar la belleza, pero en el fondo de esa belleza de Inés joven habitabas tú, desde siempre, desde los siglos de los siglos, viva como las hogueras, variable como el agua, esperando el momento cuando yo creyera que tenía a la belleza en mis brazos para escamotearla, como escamoteó el cacique a la niña-bruja y te colocó a ti en su lugar para que recibieras el castigo, y desde el fondo de los siglos intentaste hacer el cambio inverso. Pero yo te vencí. Si eres bruja, lo que es dudoso —quizás no seas más que una vieja miserable cualquiera—, te engañé y logré eliminarte. Inés no fue más que mi señuelo. Eres tú la que sufrirás encerrada porque sabrás que yo, lo deseado, estoy lejos de tu alcance mientras tú miras una ventana clara, alta, colocada muy arriba para que no sientas el impulso de huir a buscarme, ni te tiente arrancar con tus uñas la superchería de esa foto. Por eso, mañana clausuraré todas las ventanas que me quedan por tapiar aquí en la Casa. Ahora es imposible abrir ninguna. Las he ido tapiando con tanto cuidado que ni siquiera se nota que alguna vez existieron, porque de noche, encaramado en mi andamio, me dedico a crear llagas en el enlucido, poros llenos de baba blanca donde se crían las arañas, descascaramientos de antiguas pinturas sucesivas, para crear una simulación de deterioro. He ido eliminando las ventanas. Como ahora tendré que eliminarlo a él. Te preocuparás por el bienestar de tu pobre mujer enferma que no sabrás que es la Peta Ponce. Tengo que eliminarte. Mi imaginación es tu esclava como era esclavo tuyo el cuerpo de Inés, necesitas mi imaginación para existir, Inés y yo tus sirvientes, Inés y yo animales heráldicos inventados para sostener tu proporción heroica simétricamente, uno a cada lado. Ya la eliminé a ella. Comienzas a tambalear. Ahora me eliminaré yo para que te desplomes y te partas en mil fragmentos al caer y pondrán los fragmentos en el carro del Mudito y el Mudito los arrastrará hasta su patio para que la lluvia y el tiempo y el viento y las malezas te corrompan y te eliminen. Tengo muchas páginas en blanco esperando que yo escriba tu fin, tengo mucho tiempo para inventarte el fin más abyecto porque ahora estoy a salvo aquí en la Casa, esta noche se quedó sin la presencia ordenadora de la Madre Benita, todo puede ocurrir ahora que la viejas limpiaron la capilla sin dejar huellas de nuestra ocupación y se fueron a dormir. Despertarán mañana con la mente en blanco para crear de nuevo el universo, las haré bailar, detrás de mis ventanas tapiadas, toda la Casa anulada, sin orificios para entrar ni salir, la Casa imbunche, todas nosotras imbunches, nosotras ya no tenemos nada, yo ya no temo a la Peta Ponce porque la Madre Benita se la llevó en un furgón blanco, amarrada con una camisa de fuerza, chillando pero dejando de chillar poco a poco, para ir a encerrarla quizás en un hoyo en el centro de la tierra, se la llevó en un furgón blanco, misiá Raquel, qué cosa tan terrible lo que le pasó a la pobre misiá Inesita tan buena la pobre, hace como media hora que se fueron y misiá Raquel también se va a buscarte al hospital. Cuando misiá Raquel se va, yo sé que todas las viejas y las huérfanas duermen para olvidarlo todo. Yo abro la mampara, que es el único orificio que le va quedando a esta Casa, abro el portón, cierro y salgo a la calle.

27

Hace rato que sonaron las doce de la noche en la torre de la Merced. En las calles de verano el calor persigue a las camisas sudadas y a los hombros desnudos que blanquean un instante antes de desaparecer detrás de la oscuridad. Las luces en los cafés del centro no se apagan, aunque podrían apagarlas porque casi todas las mesas están vacías... sólo un muchacho barbudo aburriéndose junto a su soñolienta compañera de pelos lacios, tres hombres solos, los tres de terno azul y bigote recortado hombre, es el colmo que los sueldos sean lo que son y han sido siempre y la botella de vino de siempre, personas que jamás llegarán a ser personajes, gente tibia, incolora, intercambiable, sin nada de insólito reflexiona Emperatriz siguiendo al doctor Azula entre las mesas manchadas con tinto, restos de sándwich juntando moscas en un plato, servilletas de papel arrugadas, el tubo fluorescente parpadea y quiere apagarse, qué feo es esto, Cris, no importa, no tenemos tiempo, instalémonos en esta mesa y llamemos al mozo de chaqueta manchada.

—Dos capuchinos.

Aúllan los Rollings Stones para ese público sentado en sillitas de colorinches ácidos que pasa por alto sus urgencias musicales, sus exhortaciones y lamentaciones. Café. Es necesario aclarar el entendimiento en una ocasión así: decidir inmediatamente, aquí mismo, ahora, en la vulgaridad estridente de este local, el futuro de sus vidas.

—Arrancarnos, Emperatriz.

—¿Adónde?

—A Europa.

—¿Tú crees que si Jerónimo quisiera vengarse de nosotros no nos encontraría allá? Acuérdate de que Europa ya no está tan lejos como en tus tiempos.

—Claro, con esto del *fly now pay later...*

—Claro. Además, hazme el favor de decirme por qué le tienes tanto miedo a Jerónimo. ¿Somos esclavos suyos? ¿Por qué se va a vengar de nosotros porque Boy se arrancó? ¿Qué culpa tenemos? Nosotros podemos retirarnos de su servicio en el momento que se nos antoje. Si vieras lo aburrida que estoy con quince años de conversaciones con la Berta.

—Emperatriz.

—¿Qué?

—Aprovechemos para irnos. Tenemos toda nuestra fortuna en Suiza. Ha ido creciendo con los años, es muy grande.

El doctor Azula esperó el fin de la entrevista anual, encuclillado entre los acantos del parque frente al caserón amarillo. Los había visto conversar y reírse en la biblioteca, tomar coñac en copas panzudas, fumar, examinar juntos los contratos para reajustar los sueldos más importantes, apagar las luces para proyectar *slides* de la bucólica vida de la Rinconada.

Al salir, Emperatriz le dijo a su primo que no, gracias, que esta noche prefería que no la mandara a dejar al Crillon en su Mercedes, la noche tan tibia, tanto tiempo que no caminaba por las calles de la ciudad... le gustaría perderse un poco, vagar por esos lugares que antes conocía tan bien.

—Buenas noches, Jerónimo.

—Buenas noches, Emperatriz.

Cruzó la calzada hacia el parque y Cris surgió entre los acantos. Se lo dijo en dos palabras: Boy desapareció. ¿Cómo? ¿Cuándo? Imposible. Cuenta, cuenta. ¿Qué vamos a hacer, qué vamos a hacer, por Dios? ¿No dejó rastros, algún indicio? No, nada, todos se culpan unos con otros en la Rinconada. Basilio casi mató a Melchor cuando éste, por último, le gritó maricón, tú tienes la culpa, tú tienes que ser, el niño no se puede haber alejado mucho sin que tú lo llevaras sobre tus hombros, maricón, pero no es Basilio, nadie sabe quién es el culpable, la Rinconada en revolución, los monstruos de primera con sus maletas hechas esperando el regreso de Emperatriz con sus sueldos anuales, los monstruos de segunda y de tercera intrigando para apoderarse de puestos más altos, el rumor extendiéndose por los campos habitados por monstruos insignificantes que iniciaron un rastreo entre las matas. La Berta declaró que a ella no le importaba la plata y se iba y Cris estaba seguro de que a estas horas, con lo arrebatada que era la Berta, ya estaba en la ciudad quién sabe dónde... decían que en la periferia de la Rinconada se había producido un crimen, atracos a mano armada, ranchos incendiados en cuanto los monstruos inferiores supieron la noticia de la desaparición de Boy y comenzaron a desbandarse porque decían que alguien había divisado a un ser normal cerca de los galpones, que los seres normales, al saber que Boy había huido, comenzaban a avanzar, a invadirlos para ocupar tanto rancho con el fuego todavía calentando y gallinas en el corral, todo abandonado así, tal cual, porque el paraíso se iba a terminar, era necesario huir para no verse devorados por la venganza... el desbande, Emperatriz, la ruina...

—¿Y mis sombreros?

—Piensa en los que te vas a poder comprar en Europa.

—Dicen que allá la artesanía no es lo que era.

—En fin, Emperatriz...

—Aunque pienso...

—No es hora de pensar, mijita, es hora de actuar...

Bajó los ojos.

—Mijita.

Ella no contesta.

—Imagínate la vida que podríamos llevar allá, libres. Yo no estoy tan desvinculado de los medios científicos. La gente no ha olvidado lo que he hecho por el adelanto de la ciencia. Una casa de reposo, un sanatorio elegante en Suiza para monstruos hijos de padres ricos, uno que otro transplante cuando me interese el caso. Con el dinero que hemos ahorrado en estos quince años de sacrificio...

—Mis Fiat acaban de dar cría...

—No pretendo estar a la vanguardia, como antes. Pero me quedan conocimientos para formar un equipo de primera...

—Yo podría descansar...

—¡No, mi amor, te necesito! ¿No te das cuenta de que formas parte de mi vida creativa, que sin ti no existe?

Además, eres, siempre has sido y siempre serás una mujer de acción y te necesito como directora de mi establecimiento: cabeza para las finanzas no tengo, y organizar el personal... sólo en ti tengo confianza...

—¿Es verdad, Cris?

—Te lo juro...

—Y podemos tomar vacaciones largas cuando todo ande bien y no haya problemas graves...

—Comprarnos una villa en Marbella, que sale tanto en el *Vogue*...

—¡Ay, sí, sí! Donde van todos los *beautiful people,* la Audrey Hepburn, la Marisa Berenson, la Penelope Tree... ¿Y cómo sabes tú que Marbella es lo que está de moda? ¿Que no te reías tanto de mi cultura a base del *Vogue?*

—A veces lo hojeo en el wáter... Imagínate, *vernissages* en París, Marbella dicen que está precioso. Hacerte retratar por Claudio Bravo...

—Prefiero a Leonor Fini... más mi tipo...

—Bueno, Leonor Fini. Pero volver a España... Santillana del Mar, Santiago de Compostela, esos pueblecitos vascos verdes, verdes, de donde salieron nuestros antepasados... ver todo eso juntos será como verlo por primera vez.

La voz de Cris hablándole. La virilidad de su castellano pedregoso, reseco:

—Es cuestión de querer. Tú misma lo dijiste. No somos esclavos de Jerónimo.

La enana guarda silencio un instante y cierra los ojos.

—Hay una cosa que quiero que me digas, Cris.

—¿Qué?

Mantiene los ojos cerrados, húmedos bajo sus pestañas postizas, y extiende la mano sobre la mesa, apartando el azucarero. Cris la toma con sus garras y la aprieta: la pregunta y la respuesta son mudas, pero es necesario el acto de contrición.

—Emperatriz, mi amor, cómo puedes dudarlo. A pesar de mis debilidades, de las tonterías que he hecho, debidas más que nada a la inactividad, tú eres y seguirás siendo la única mujer de mi vida. ¡Vámonos mañana, en el primer avión!

Ella, con el rostro iluminado, abre los ojos para mirar el ojo único de Cris y se da cuenta de que alrededor de ellos las otras mesas del café se han ido llenando, que los pasillos entre las mesas están ocupados por un hacinamiento de gente de pie, mirándolos... separan sus manos, las esconden, pero nosotros seguimos de pie, fascinados, sin demasiada burla porque casi no comprendemos, cercándolos a ella y a Cris con nuestra curiosidad de seres homogéneos, destruyéndolos con nuestro asombro, aprisionándolos, amarrándolos a sus sillas con nuestra estupefacción, nosotros somos seres distintos a Emperatriz y a Cris, somos idénticos al curioso del lado porque ninguna deformidad nos señala, nuestras miradas les ponen grillos para inmovilizarlos... empleadillos de banco... detectives... suches de ministerios... inverosímiles muchachitos melenudos que debían meter en la cárcel por revolucionarios o maricones, lo mismo da... a lo mejor putillas... vendedores viajeros entre tren y tren... un ciego, una limosnera, un carabinero de franco, nuestra curiosidad inmovilizándolos. Emperatriz alcanza a murmurar:

—Vamos.

—Sí, vamos.

—Paga, Cris...

—¡Mozo!

El mozo se acerca:

—¿Cuánto debo?

—El patrón manda a decir que nada, gracias...

Emperatriz se pone en pie, arrebujándose en su *Emba Mutation Mink*. En Europa, chinchillas. Sí, señor, dicen que en *Evas,* en Barcelona, don Carlos vende chinchillas violeta. Sí, señor, tendré un abrigo de chinchillas violeta. Para alguien de mi estatura no puede resultar demasiado caro.

—¿Pero, por qué?

—Bueno, es que ustedes han llamado tanto la atención que se fue corriendo la voz de que estaban pololeando aquí y empezó a entrar gente de la calle para verlos... miren cómo están las mesas, todas llenas y mucho consumo a esta hora cuando en los demás cafés de por aquí penan las ánimas. Es cortesía de la casa...

Emperatriz toma el portadocumentos y siguiendo a su marido se abren paso entre los curiosos, que irrumpen en aplausos al verlos salir, no, Cris, no vamos a ninguna parte, volvamos a escondernos en la Rinconada, mientras más pronto mejor, Jerónimo no se va a meter con nosotros por un año más y Boy no va aguantar un año afuera, con permiso, dejen pasar, dejen salir, no se aglomeren en la puerta, no, no es circo, autógrafos de qué quieren que firmemos, vamos, Emperatriz, tengo el coche a un par de cuadras. Los curiosos se quedan agolpados a la puerta del café mientras la pareja se pierde calle abajo. Un mendigo estrafalario, con

los ojos relumbrantes y las manos elocuentes, los siguió
tratando de hacerse comprender, sordomudo, dijo Emperatriz, dale una limosna, Cris, qué asco como anda vestido, qué tipo tan insignificante, qué débil, quiere decirnos
algo, articulo palabras que ellos no pueden oír, gesticulo,
explicarles la necesidad de deshacernos de Jerónimo, todos necesitamos destruirlo, a eso vine, salí de la Casa a
encontrarme con ustedes para confabularnos, qué quiere
este hombrecito, por qué no se va y nos deja tranquilos, es
que está desesperado, sí, desesperado porque nos queda tan
poco tiempo antes de que Jerónimo actúe, este mendigo
debe tener hambre, mira lo zaparrastroso que anda, la cara
transparente como un ánima, mira cómo le tiemblan las
piernas, se detienen bajo un farol como para ayudarme,
los monstruos extienden hacia mí su piedad, miran mis
labios moviéndose, aprenden a leer sílabas y palabras, después conceptos en mis labios mudos, entienden, escuchan
sobrecogidos, ya no necesito gesticular tanto, hablamos, tenemos tanto, tanto que decirnos ustedes y yo, tienen que
seguir mis instrucciones hasta el final, prométanme que no
quedará ni un vestigio de su existencia.

★ ★ ★

—Berta...
La Berta no contestó.
—¿A dónde vas en esa facha?
La Berta siguió arrastrándose.
—¿Te has vuelto completamente loca?

Se dirigía desnuda hacia los patios de Boy, los ojos vidriosos, la mirada vaga, sin responderle a Emperatriz que seguía exhortándola, qué impudor, pues, Berta, y con este clima espantoso, y no es que quiera decirte una pesadez pero date a la razón, ni tú ni yo tenemos edad para andar exhibiéndonos así... Berta... Berta... increíble, desnuda y arrastrándose como en los tiempos de Humberto Peñaloza: ella, que le imitaba su estilo en el vestir y se había mandado hacer un carrito eléctrico que con la presión de botones, sin ningún esfuerzo y no sin cierto garbo, la llevaba de un lugar a otro. Emperatriz no la veía desnuda desde hacía por lo menos... diez... no, doce años. ¡Qué concluida estaba! Claro, *falsies,* ahí tenía Cris la prueba ante sus ojos de que los pechos de la Berta de ahora no eran los buenos pechos de la Berta que él conoció... que viera la verdad literalmente desnuda. Lo hacía para molestarla a ella, a Emperatriz, su mejor amiga, su única amiga durante años y años, contéstame, Berta, qué loca andar así, tus brazos ya perdieron la fuerza para arrastrar tu cuerpo que se ha puesto tan caderudo, te lo digo aunque te ofendas porque tienes que reaccionar. La Berta no se ofendió. Sus manos enormes agarraban el pasto del prado, la gravilla, óyeme, Berta, las gradas para subir del jardín al corredor arrastrando su cola, y como en otros tiempos golpeó tres veces con la frente en la portería que separaba los patios de Boy del resto de la Rinconada. El médico y su mujer se miraron como diciéndose: ésta se volvió loca.

La puerta se abrió. Basilio, inmenso, desnudo, todavía fuerte como un gladiador, les abrió para dejarlos entrar al vestíbulo. Sin mirar a Basilio, Emperatriz tomó la manilla de la puerta del primer patio de Boy, pero no se abrió. Estaba con llave.

—¿Quién tiene la llave?

—Yo, señora Emperatriz.

—Abre.

—No puede entrar.

—¿Cómo que no puedo entrar? Yo puedo entrar donde se me antoje en esta casa.

—Pase usted, señora Berta...

Basilio abrió la puerta con la llave inmensa y la Berta se escurrió hacia el patio sin oír las exclamaciones de Emperatriz, Berta, Berta, díme qué pasa, y el gigante volvió a echarle llave a la puerta. Se colgó la gran anilla en el antebrazo, las llaves pendientes como dijes de un brazalete de esclava.

—Basilio.

—¿Señora?

—¿Quieres decirme qué significa todo esto?

—No entiendo, señora.

—Eres un bruto.

—Aquí no ha cambiado nada, señora, estoy de turno...

Emperatriz, mirándolo desde su estatura de rana, gritó:

—¡Dame esas llaves!

Basilio no se las dio.

—¿Cómo que no ha cambiado nada, Basilio?

La puerta se abrió desde adentro y apareció Boy completamente desnudo: la autoridad del sexo descomunal entre las piernas enclenques, los brazos cortos, el pecho sumido, el peso de la joroba proyectando hacia adelante, el rostro donde la ojiva de la boca quedaba presa entre la nariz y el mentón, el artificio de la frente, las orejas y los labios sin cuajar como los de un feto, el arco voltaico de los ojos azules descubiertos por párpados de lagarto... Emperatriz sintió por primera vez que esa mirada eléctrica la chamuscaba, su voluntad convertida en ceniza. Boy saludó a la pareja.

—Sí, Emperatriz. Aquí no ha pasado nada.

—No entiendo.

—Desnúdense los dos y entren. Quiero hablar con ustedes un rato.

—Tan temprano para desnudarme... y... y francamente no estoy preparada.

Los párpados de víbora replegados desde ese azul los obligó a desvestirse. Emperatriz reflexionaba, para no pensar en cosas más graves, que con el apuro no se fijó en qué ropa interior se ponía y además no estaba nada de fresca después del viaje tan largo en auto, fuera de lo incómodo de desnudarse delante de alguien, antes era distinto, Boy no escudriñaba así por muy libidinoso que fuera, antes ella siempre *aparecía* desnuda, y Cris, Dios mío, qué facha, qué panza, no muy grande pero en punta debajo del ombligo. Por suerte que muchos años antes mandó quitar del vestíbulo la mirada indiscreta del espejo: no hubiera soportado verse *ella,* hoy, desnuda y chata y cabezona y rechoncha y gorda y de carnes fláccidas. *Ella,* por lo menos, no se veía. Boy caminó alrededor de la pareja unos instantes, y bramó:

—¡Esperpentos! Son tan repugnantes que no son ni siquiera divertidos, no me dan ganas de reírme sino de llorar. Y anda acostumbrándote a andar desnuda, Emperatriz, porque aquí no ha pasado nada. Síganme.

Emperatriz balbuceó algo.

—No te entiendo, Emperatriz, mejor habla claro. Te advierto que ésta es la última conversación que tú y yo vamos a tener sobre ciertos puntos. Después vamos a correr una cortina sobre tus sinvergüenzuras de los últimos doce años...

—¡Sinvergüenzuras, yo...!

—Sí, sinvergüenzuras tuyas y de tu marido, que traicionaron la idea de mi padre genial y me han explotado a mí... sí, Emperatriz, no te asustes tanto, ahora sé qué es tener padre, sé quién es mi padre, sé qué tramó y sé muy bien cuánto y qué será mío una vez que mi padre muera, sí, ahora sé qué es poseer, y qué es morir... no te asustes, tranquilízate, se aprende mucho en cinco días de andar afuera. Como te digo vamos a correr una cortina: aquí no ha pasado nada. Voy a concederte la gracia de no acusarte a mi padre. Podría hacerlo pero no lo voy a hacer porque resulta que para mis planes no me conviene.

¿Por qué volvieron a la Rinconada? Suiza hubiera sido tan fácil, tan cómodo, ella podía viajar con el pasaporte español de su marido. Las palabras sin sonido de un pordiosero los obligaron a regresar a este infierno.

—Estoy esperando tu explicación, Emperatriz.

Todas esas caras mirándonos en el café...

—¿Todas esas caras mirándolos en el café?

—¿Cómo sabe?

—Ahora lo sé todo. Tengo aliados afuera que me están ayudando a cumplir mis designios, porque también sé lo que es tener designios: mis aliados son los que sufrieron conmigo durante estos cinco días que anduve afuera, los que se identificaron conmigo cuando quise transformarme en ser humano. Ellos le avisaron a mi padre que yo huí, y vendrá, Emperatriz, lo prometió, quiere ver si es verdad que has estado cumpliendo tus obligaciones de mantenerme prisionero en el limbo.

—¿Hoy?

—No sé, quizá dentro de unos días, tú sabes que con los años mi padre se ha ido aletargando...

—¡Por Dios que está concluido Jerónimo!

—Claro y tú te aprovechas de eso. Quiero advertirte una cosa. Mi padre va a venir, pero no sabe nada de cómo tus fechorías han desvirtuado su idea inicial. Comprende que su presencia en la Rinconada es necesaria... una visita, una visita que yo, y tú, porque tú me ayudarás, haremos que se prolongue mucho, mucho tiempo...

—¿Pero qué va a hacer Jerónimo aquí?

—Eso lo veremos. Si no quieres que te eche a ti y a Azula y a los demás monstruos a la calle para que la gente los persiga y se rían de ustedes como la otra noche se rieron de ustedes en un café y como se rieron de mí en los bares y en las calles y en una casa de putas donde no me quisieron dejar tocar a ninguna de las mujeres normales porque, dijeron, los monstruos son del demonio y traen mala suerte y las putas me echaron a la calle... si no quieren que los eche y que rompa este paraíso, tienen que jugar mi juego y obedecerme. Ya se lo advertí a los demás. Voy a borrar el mundo de afuera. Y si no me obedeces le voy a contar a la Berta que eres una siútica, que jamás pisaste ese colegio aristocrático de que hablas, que tú sabes quién es todo el mundo en la sociedad, pero nadie sabe quién eres tú.

—¡Me muero si la Berta lo sabe!

—Bueno. Consiento en no decir muchas cosas: pero tienes que jugar mi juego porque eres mi prisionera. Tenemos que anular el mundo de afuera. Tú, Azula, me operarás de nuevo: esta vez extirparás esa fracción de mi cerebro donde habré reunido todas las experiencias de esos cinco días afuera y después me volverás a cerrar, dejándome ignorante y puro como en otros tiempos.

—Va a ser difícil...

—Pero se puede.

—Sí, se puede.

—Es sólo el interior de mis patios lo que importa. El resto es de ustedes para que hagan lo que quieran, no me interesa, quédate con todo, Emperatriz, te regalo toda la Rinconada y lo demás, tú y Azula y los monstruos de primera, que hagan lo que se les antoje con mi fortuna cuando mi padre muera si me permiten convertirme de nuevo en abstracción. Después de cinco días afuera no me interesa vivir. Un poeta dijo: «¿Vivir? ¿Vivir? ¿Qué es eso? Dejemos que nuestros sirvientes lo hagan en nuestro lugar.» Ustedes son mis sirvientes. Ustedes vivirán lo que yo me niego a vivir. Ahora que conozco la realidad, sólo lo artificial me interesa.

—¿Y él?

—¿Quién, mi padre o el otro?

Emperatriz titubeó antes de contestar:

—Jerónimo.

—Si yo hubiera tenido un hijo monstruoso como yo, hubiera hecho exactamente lo que él hizo conmigo. Lo vi pasar por la calle una mañana, vestido de gris muy claro, con un guante empuñado en la mano. Por eso tu bisturí, Azula... te ofrezco a ti y a Emperatriz todo lo que voy a heredar si me extirpas esos días. Injértaselos a otro para que viva dentro de mi pesadilla. Luego me encerraré en mis patios donde ustedes preservarán el orden inicial.

—¿Y Jerónimo?

—Vendrá. Muy pronto. Ya se están encargando mis amigos de cuchichear en su oído, de tentarlo con la mayor de todas las tentaciones...

—¿Cuál?

—Que yo tenga un hijo. Así, después de pasar por el infierno de un eslabón monstruoso, la estirpe quedará depurada. Quiero que la operación sea lo más pronto posible, Azula. Todo es para ustedes con tal de que mantengan mi limbo. ¿Se quieren ir o se quedan?

Ellos se miraron en silencio.

—Pueden irse si quieren.

Emperatriz había cerrado los ojos, sus manitas gordas, una sobre la otra en su falda. Ella y su marido movieron la cabeza en señal de negación. Boy dijo:

—Bueno. Hay que ir preparándose. La verdad que se inventó para mí será *la* verdad, y moriré sin angustia porque habré olvidado *qué* es morir. Muchas *mujer más gorda del mundo,* anda cebándomelas, Emperatriz, todas iguales, pura carne, y tú, Azula, revisa tus recetas con gusto a vainilla para volver a dármelas como alimento desde hoy mismo, jamás comeré otra cosa, y la sucesión de gordas será como la sucesión de papillas bien preparadas: nutritivas, me mantendrán el organismo en buen funcionamiento, pero no anhelaré nada más.

—¡Pero Boy!

—¿Qué, Emperatriz?

—¿Y él?

—¿Quién?

La enana cerró los ojos y chilló, un alarido agudo y prolongado. Se calmó en un segundo.

—¿Ves, Emperatriz?

—¿Qué?

—¿El dolor de querer tocar a alguien que no se puede tocar?

—¿Fue él quien le contó todo?

—Él.

—En fin. ¿Cuándo vendrá Jerónimo?

—No sé, pero cuando venga seré el Boy de diecisiete años que él soñó. Con una diferencia: que hasta que él desaparezca y yo pueda someterme a la operación con que Azula me extirpará esos cuatro días, será una ficción, yo estaré fingiendo y ustedes también. Después, cuando Azula me opere y mi padre desaparezca, yo les entregaré todo para que desde afuera ustedes mantengan mi verdad.

El doctor Azula se puso de pie.

—Yo no voy a tomar parte en un crimen.

—¿Quién habló de crimen, Cris? No seas tonto, mi lindo.

28

—¿Él decoró todo esto?

—Él...

—Llegó a tener bastante buen gusto. Humberto era inteligente. Éste es un departamento sumamente agradable. Uno podría vivir una vida entera aquí...

—Éste es el dormitorio.

—Que traigan mis maletas para acá.

—Yo creí que te ibas a alojar en mi departamento...

—No sé, al ver todo esto, me tentó vivir en el departamento de Humberto. Usted... ¿Cómo se llama?

—Basilio, señor.

—Traiga mi equipaje y ordene mi ropa en la pieza de vestir mientras yo me preocupo de otras cosas.

Salieron a la terraza, desde donde vieron la extensión lujosa del prado, la piscina, los quitasoles de colores, los olmos, magnolios, araucarias y eucaliptos del parque, y más allá la cordillera.

—Se me había olvidado lo bonito que era todo esto.

—Es extraordinario. Cris siempre dice...

—¿Y esto? La biblioteca. Mi Claude Lorrain. ¡Qué tiempo que no lo veía! Es como encontrarse de nuevo con un amigo que uno no ve desde hace mucho tiempo y uno se pregunta cómo ha tolerado la vida sin su conversación. No es un Claude cualquiera, es estupendo, ahora no se consiguen Claudes tan importantes así nomás... Y ésta, la mesa de nogal donde escribía...

—Escribía pocón.

—Lástima. Talento le sobraba.

—En realidad no escribió jamás nada, Jerónimo. Se lo llevaba pensando en lo que iba a escribir, y a veces, cuando en las tardes nos reuníamos aquí un grupo de lo más agradable, nos contaba sus proyectos.

—En fin, quizá sea para mejor. Uno de los defectos de Humberto fue creer que mi biografía era material literario.

—Sí, empezó hablando de eso, pero después todo se deformó mucho. Humberto no tenía la vocación de la sencillez. Sentía necesidad de retorcer lo normal, una especie de compulsión por vengarse y destruir y fue tanto lo que complicó y deformó su proyecto inicial que es como si él mismo se hubiera perdido para siempre en el laberinto que iba inventando lleno de oscuridad y terrores con más consistencia que él mismo y que sus demás personajes, siempre gaseosos, fluctuantes, jamás un ser humano, siempre disfraces, actores, maquillajes que se disolvían... sí, eran más importantes sus obsesiones y sus odios que la realidad que le era necesario negar...

—Interesante, Emperatriz. Eres buena crítica literaria...

—Tantos años de convivir con él.

—Claro. Pero fíjate que creo que el problema principal del pobre era su necesidad de que yo tuviera una estatura espiritual y una consistencia de que carezco y por eso esa necesidad de inventarme una biografía en la que se perdió... ah, Azula, pase, pase, qué gusto de verlo, siéntese, usted, Basilio, un whisky para el doctor. Qué agradable esta casa, ¿no?

—Mi casa también es bonita, primo.

—Sí, pero el buen gusto en ti no tiene gracia, Emperatriz. Fuiste siempre pobre y tu madre creo que fue empleada de la Compañía de Teléfonos...

Emperatriz enrojeció: dijeran lo que dijeran, su madre había sido una gran dama.

—... pero tenías algo en que basar tu buen gusto. El de Humberto, en cambio, era pura invención. En fin, no hablemos de él, están tú y Azula para seguir manteniendo esto en pie...

Todo iba tal como él quería, eso se lo aseguraba Emperatriz, nada iba a defraudarlo: los resultados del proyecto que le entregaron a ella eran francamente prodigiosos. ¿Prefería descansar de su viaje o ir inmediatamente a ver a su hijo?

—No... estoy un poco cansado. Y tengo bastante hambre...

—¿Quieres verlo después de almuerzo, entonces?

Jerónimo, titubeando, dijo tal vez no, mejor hoy no, en realidad estaba sumamente cansado, hoy prefería recorrer el parque que tantos recuerdos le traía, conocer a la gente de afuera o quizá dormir una buena siesta y que le prepararan la terraza para pasar ahí el resto del día. Quizá mañana, sí, sin duda mañana por la mañana temprano...

Pero a la mañana siguiente mandó que le ensillaran un caballo. Salió solo a recorrer las alamedas de su fundo, las lagunas rodeadas de batros, a escuchar las bandadas de queltehues, a visitar las chozas de los inquilinos ahora habitadas por monstruos de tercera, de cuarta y de quinta clase... bien hecho, Emperatriz, te felicito, eso de rodear las casas con un cinturón aislante de monstruos me parece una precaución estupenda, le dijo Jerónimo durante la cena esa noche, la cara colorada por el sol, una sonrisa beatífica suavizándolo.

—Emperatriz...

—¿Qué?

—Me ha entrado un antojo... un antojo de niño chico...

—¿Qué será?

—Me acuerdo del manjar blanco que antes hacía aquí en la Rinconada la Peta Ponce en una olla de cobre, manjar blanco de leche recién ordeñada. La vieja se pasaba las tardes enteras revuelve que revuelve la olla, y el dulce quedaba con un gusto un poco a humo de leña de espino, la leche un poco cortada... en fin, de repente me acordé y me dieron ganas...

—¡Pero Jerónimo! Nada más fácil. Mañana mismo doy órdenes y lo tendrás para el desayuno de pasado mañana...

Jerónimo fue postergando día a día su visita a los patios de Boy. Viviendo entre los alegres monstruos que salpicaban en la piscina, que ensayaban sus *puts* en los *greens,* que escuchaban a Petula Clark en sus *Transoceanics* mientras se cubrían el cuerpo con *Ambre Solaire* para tostarse, hojeando el último *Paris Match* para saber con quién se iba a casar Gunther Sachs, Jerónimo pareció relajarse un poco y la Berta no pudo resistir la tentación de hacerle una caída de ojos bastante insinuante. Cualquier cosa, cierto recodo en una de las avenidas de hortensias gigantes, un ángulo de los corredores, suscitaba en él evocaciones de su mujer. Emperatriz no se cansaba de hacerle preguntas sobre Inés, sus joyas, cómo se vestía...

—Todas sus cosas están guardadas.

—¿Dónde?

—En la Casa de Ejercicios Espirituales de la Encarnación de la Chimba...

—Ah, esa capellanía de la familia.

—Sí. Hay celdas y celdas llenas con sus cosas. Apollándose, me figuro.

—¡Qué lástima que todo eso vaya a terminarse!

—¿Terminarse?

Jerónimo se detuvo, enorme ante Emperatriz. Tuvo miedo al verlo tan bello, con su pelo blanco todavía abundante. Estar frente a él, mirarlo, era lo mismo que percibir, de pronto en un café, que el público burlón está destrozando lo más íntimo de uno... al mirarlo hacia arriba la enana sintió vértigo.

—Nada se va a terminar.

—Bueno, no eres eterno...

—¿No?

—En fin, supongo...

—Durante estas semanas que he pasado tan agradablemente aquí en la Rinconada, he reflexionado que *esto* no puede terminar. Que Boy se case, sí, y que las cosas no se terminen. No sé si será el gusto de ese manjar blanco preparado por la Peta Ponce lo que me ha dado tantas ganas, de repente, de tener nietos.

—¿Y nosotros, primo?

—¿No les he estado pagando buenos sueldos durante no sé cuántos años? Estoy seguro de que podrán arreglárselas.

—Hay cosas que no se arreglan con dinero.

—Eso es un clisé ridículo.

—No creas.

—¿Qué quieres decir?

—Nosotros también somos tus víctimas.

Era la palabra a la que quería llegar.

—¿Víctimas, Emperatriz?

—Sí. Víctimas. Resguardado por nosotros... por nuestra monstruosidad, tu hijo es rey. Nosotros somos la utilería: el telón pintado, las bambalinas, las cabezotas de cartonpiedra, las máscaras. Si se retiran de alrededor del personaje central que nació sobre el escenario encarnando a un rey... bueno, caerá en un abismo. Tu proyecto no será tan fácil de realizar...

—Estás tratando de protegerte.

—Sí. Acuérdate de que salgo una vez al año. Y esa salida una vez al año me hace reafirmar mi preferencia por seguir para siempre formando parte de una escenografía de cartonpiedra pintado. ¿Piensas llevártelo para buscarle novia y desbandarnos?

—No sé, no sé nada todavía. Quiero verlo. Tengo mucha curiosidad por verlo. Mañana.

En cuanto Jerónimo se retiró a dormir en la torre de Humberto, Emperatriz y el doctor Azula, después de conferenciar con los monstruos de primera, fueron a despertar a Boy. Le contaron los pormenores del proyecto de su padre: casarlo con una prima fea, que tuvieran hijos y nietos, que viviera en la ciudad, que se dedicara a la política, a los negocios, que fuera socio del Club de la Unión. Que se termine la Rinconada, eso quiere.

Boy se rió muy largo. La Rinconada no se iba a terminar. Él se encargaría de eso. Si ellos, los monstruos de primera, lo ayudaban, él se encargaría de preservarles este escondrijo. Una vez que Jerónimo cayera en sus manos nada disolvería la Rinconada, el mundo de cartonpiedra a que aludió Emperatriz iba a convertirse en la realidad, ella misma no tendría necesidad de volver a salir jamás. Sí, sí, ante el peligro de tener que volver a un mundo que no recordaban y que preferían no recordar, le juraron a Boy obedecerle en todo porque era necesario aliarse y olvidar rencillas para proteger su mundo tal como estaba planteado. Que nada lo pusiera en peligro. Jerónimo no tenía derecho. Ellos no estaban dispuestos a ser sus instrumentos ni a formar parte de un mundo que a él se le antojaba desbaratar porque sí, porque recordó algo, porque comió manjar blanco o tuvo miedo o sintió nostalgia... porque ya se había aburrido con sus demás juegos, como un dios un poco inferior que nunca sobrepasó una frívola y antojadiza niñez en que sus juguetes viejos tienen siempre que ser reemplazados por nuevos juguetes que su aburrimiento envejecerá y destruirá... como una deidad arteriosclerótica que cometió la estupidez, al crear el mundo, de no ponerse al resguardo de los peligros que podían gestarse en su propia creación... no, no, abuso, ellos no estaban dispuestos a aceptar que un buen día les prendiera fuego como a una cantidad de disfraces y juegos y tableros y fichas y máscaras viejas, no iban a permitirle que los obligara a salir de nuevo a eso que llamaban la realidad, todos los años, al regresar y después de recuperarse con un par de días de reposo en cama, Emperatriz contaba cosas espeluznantes, no podía dejarlos en la intemperie que ya no recordaban, no queremos desaparecer, no queremos que la Rinconada se disuelva: estaban con Boy para lo que él quisiera. Para que los mandara. Para todo. Serían sus peones si él les prometía defenderlos contra ese padre infernal que iba a destruirlos si el hijo no los defendía de ese señor que se creía dueño del mundo sólo porque lo inventó. Sí, que Boy dispusiera de ellos.

★ ★ ★

A pesar de su edad, Jerónimo, desnudo, conservaba la perfección de su arquitectura, como si, al pasar por él los años no hubieran encontrado fallas en qué enredarse para acentuarlas. Al verlo entrar en el primer patio de Boy la enana lanzó un chillido de dolor auténtico, huyó para no verlo y no dejarse ver, sollozando, desobedeciendo a Jerónimo que la conminaba a que no exagerara su papel, puesto que al fin y al cabo no se trataba más que de simular terror en presencia de Boy y Boy no acudía aún. Pero la enana huyó chillando desnuda por los corredores, avisando a los demás que huyeran, que tuvieran cuidado, que un ser horrendo había aparecido quién sabe cómo ni de dónde.

La Berta gemía enroscada como un lagarto agónico detrás de un matorral rectangular que no ofrecía huecos donde esconderse, pero sin poder despegar sus ojos alucinados de la aparición que iba cruzando el patio llamándolos amistosamente. Melchor trató de ahuyentarlo con unas ramas. Basilio le tiraba piedras. Melisa se ocultó detrás del pedestal del efebo jorobado, gritándole a Boy que huyera, que se pusiera a salvo si podía, que algo incomprensible, espantoso estaba sucediendo. Boy, al divisar a Jerónimo al final del corredor, avanzó hacia él hasta quedar separado por diez pasos: durante un minuto lo escudriñó, el corazón duro, sus ojos devorando cada detalle de ese aparecido... no, no puede ser, se cubrió la cara, dio media vuelta y huyó hasta el fondo de la casa dando alaridos de incomprensión angustiada, que se lo lleven, que no esté aquí, Emperatriz, qué es esta aparición que me hace sentir esto que jamás he sentido antes y que no estaba programado sentir y que me hace llorar de pavor aunque no sé qué es pavor, Melchor, Basilio, explíquenme, es repugnancia señor, es asco, señor, es miedo, nosotros también lo sentimos, es terror ante la presencia de un ser tan estrafalario que puede ser peligroso, qué es peligroso, cálmese, señor, ya se irá acostumbrando, todos tendremos que acostumbrarnos y además parece que no fuera malvado, sí, tiene que ser malo, su maldad es ser tan excepcional que asusta porque es increíble, cálmese, señor...

Ese día Boy se negó a acercarse más a su padre.

En la noche, mientras el adolescente dormía, en el comedor de Emperatriz —las perdices estaban quizá más exquisitas que las de su niñez— Jerónimo la felicitó por la convicción con que ella y los demás habían actuado. Un instante, dijo, temió que una piedra lanzada por Basilio le pegara. Emperatriz le aseguró que donde Basilio pone el ojo pone la piedra, la comedia había sido digna de que la filmaran, opinó la Berta, tan excelentes fueron las actuaciones.

—No es tanto que actuemos, primo...

—¿Me quieres decir que en realidad soy un adefesio?

Los invitados rieron a la luz de las velas color lila. La mesa estaba adornada con lilas. Emperatriz vestía de negro con un ligero tul birmano color lila como un chal sobre los hombros.

—¡Qué ocurrencia, primo! Aunque quizás sí...

—¿Cómo?

—Es que cuando estamos adentro, en los patios... las reglas del universo que tú inventaste han estado en vigencia durante tanto tiempo que no necesitamos actuar, que yo por lo menos...

Todos asintieron.

—...y no tenemos para qué fingir pavor ante tu monstruosidad, porque allá adentro, de hecho, te conviertes en un ser monstruoso.

Jerónimo tomó un vaso de vino.

—Estupendo. Un poco incómodo al principio, pero en fin, me iré acostumbrando. Puede ser que logre que él también se acostumbre a mí. No sé, me interesa mucho conocerlo, hablar con él.

—Después, poco a poco, cuando aprendas su idioma.

—Muy bien.

—Vencer su sensibilidad extrema, manejar tu presencia que además de ser insólita en un mundo en que lo insólito no existía, bueno, todo eso se va a demorar un poco...

—¿Qué me aconsejan que haga?

—... tener paciencia.

Todos los días, y cada día durante un período un poco más largo que el día anterior, Jerónimo, después de desnudarse en la portería, entraba a los patios de Boy. Todos los días, a cierta hora, la Berta, desnuda, reclinaba sus añosas carnes inertes sobre ciertos escalones, se apoyaba contra una pilastra, se arrastraba por los senderos de matorrales podados y cuadriculados, seguida por su gato de cabeza hipertrófica. Todas las tardes una *mujer más gorda del mundo* entraba a proporcionar al adolescente su dosis de placer. Todas las mañanas el doctor Azula examinaba a Boy, un ritual, todo era ritual. Tres veces al día Emperatriz le suministraba su alimento disfrazado bajo el sabor de la vainilla... todos los días Melchor... todos los días Basilio... un horario previsto, dosis estipuladas... y ahora, imperceptiblemente, unos cuantos minutos más cada día para que así el niño no se diera cuenta de que un nuevo elemento se iba incorporando, Jerónimo, desnudo, transitaba por los corredores, indiferente al terror que su presencia causaba a esos seres que iban huyendo a su paso. Llegó a acostumbrarse a que de vez en cuando una piedra lanzada por Basilio lo rozara, que un bofetón de Melchor quedara estampado en su cara o que las uñas de la Berta, histerizada por su presencia, rasguñaran sus muslos. Boy lo observaba desde lejos. Pero lo observaba. Eso era ya un paso adelante, comentaban en la noche en la salita de Emperatriz, satisfechos con los progresos hacia una relación padre-hijo.

—Siente curiosidad por mí.

—Estupendo: es el principio.

—Lo que tenemos que hacer ahora es conseguir que se me acerque, que se deje sentir atraído por mi monstruosidad.

Al día siguiente, según lo planearon esa noche, el senador fingió dormitar sobre un banco al sol, dándose cuenta de que Boy se ponía a acecharlo desde una ventana. Las argumentaciones del hermano Mateo lograron vencer la repugnancia del adolescente para acercarse a su padre y examinarlo: el hermano Mateo tuvo que sujetar a Boy frente a Jerónimo en su reposo monumental. Boy cerró los ojos. Sólo fingió mirar: la imagen de su padre ya estaba impresa con incisiones demasiado dolorosas detrás de sus párpados.

—¿Ve, señor, que no es tan espantoso?

—Sí, sí es... más espantoso que visto desde lejos.

—Si lo medita, lo puede encontrar cómico... mire la ridícula monotonía de sus proporciones, por ejemplo, y la espalda tan derecha y el cutis de grano tan fino y tan homogéneo, sin ningún interés de textura ni sorpresas de color... no me diga que no es cómico, como un globo inflado con aire...

Boy lanzó una carcajada que despertó a Jerónimo. Convulsionado, con los ojos lagrimeando, se apretaba el estómago de la risa y señalaba a su padre con su dedo retorcido, tienes razón, Mateo, no es feroz, mira cómo soporta que lo azote con esta varilla, qué risa da tirarle el pelo, párate, camina, míralo cómo obedece y cómo camina, Mateo, tan tieso, los pasos todos iguales, la cabeza tan alta, qué cómico es, así es que esto es reírse, yo no sabía cómo era esto de reírse y me gusta reírme, no, no quiero que se vaya, que no se nos arranque, quiero que este monstruo se quede aquí para reírme de él, quiero que salte. ¡Salta! ¡Otra vez! ¡Otra! ¡Ahora en una pata! Ahora que corra, míralo cómo corre por el sendero y vuelve acezando, qué cosa más divertida, tráeme a una *mujer más gorda del mundo* para meterlo en la cama con ella y ver qué hace, si es que puede o sabe hacer algo, mira Emperatriz, mira Mateo, mira Berta, mira Melisa cómo este monstruo se revuelca con la gorda, no puede hacer nada con ella, miren eso recogido y arrugado como un guante viejo que tiene donde yo tengo mi estupendo miembro que se endurece con el menor estímulo.

—Un poco molesto.

Jerónimo tomó un trago de su daiquirí frappé, perfecto, como sólo sabía prepararlos Emperatriz. Comió un *pretzl:* exquisito, norteamericano, sí, claro, ella sólo servía cosas importadas.

—¿Pero por qué, primo?

—En primer lugar porque, claro, a mi edad ya no estoy para estos trotes, y francamente, cuando los vi rodeándome y fingiendo esas carcajadas, bueno... uno no puede concentrarse lo suficiente *to make a good job of it...*

Emperatriz casi se ahogó de la risa asegurándoles que lo que dijo Jerónimo era intraducible, que ellos nunca comprenderían el *wit* de su primo, qué lástima que no vendría a la celebración de su cumpleaños porque seguramente sería *the life of the party.*

—¿Pero por qué no voy a ir si me convidas?

—Humberto nunca iba a las fiestas que dábamos.

—Ése sería él...

—Un baile de fantasía. Lo doy todos los años. Y no sé si te va a gustar, porque para que haya más gente convidamos, además de los monstruos de primera, a los de segunda y de tercera... no sé si te gustará tanta mezcolanza de gente.

—No hay nada que no disimule un buen disfraz.

—¿Contamos contigo, entonces?

—Encantado.

Le aseguraron que los bailes que daba Emperatriz eran sencillamente fabulosos, siempre con un tema, el año anterior, por ejemplo, el tema fue «El Chalet Suizo», y todos se pusieron *dirndls* y *lederhausen,* decorando la casa de Emperatriz, su *boudoir* y sus salones con nieve simulada y *edelweiss* en las ventanas.

—Fue muy divertido.

—Hubieras visto a Basilio con pantalón de cuero y gorrito con pluma...

—Y a la Melisa que se llevó el premio de *yodeling...*

Otras veces, había sido «La Alhambra», le dijeron, y el nunca olvidado «Hospital». Este año Emperatriz había decidido que el tema sería «La Corte de los Milagros». Haría decorar su casa y su jardín como un convento en ruinas, y ellos se disfrazarían de viejas libidinosas y chasconas, de mendigos hambrientos, de lisiados y sacristanes y ladrones, de frailes y monjas... se trataba de rivalizar en la suntuosidad de sus harapos, en la exquisita estilización de la miseria, haría pintar manchas de humedad y descascaramiento en las paredes, para que ellos deambularan por pasillos estrechos y patios simulados, entre muros derruidos y capillas execradas, y entregarse a una orgía sin freno... para qué iba a tener freno si todos llevarían máscaras de seres normales roídos por la enfermedad y destruidos por la pobreza... nadie reconocería a nadie.

★ ★ ★

Esa noche, después de que Jerónimo se fue a dormir en la torre de Humberto, los monstruos de primera entraron a conferenciar con Boy. Lo encontraron abatido. Era evidente que se estaba guardando algo. Emperatriz lo emplazó a confesarlo, porque si en estos momentos no se confesaban todo, los planes podían fallar. Boy murmuró:

—Doctor Azula...

—¿Sí?

—Quiero consultarle una cosa. Usted se ha comprometido a extirparme esos horrendos cinco días en que lo aprendí todo. ¿No es verdad?

—Sí.

—Necesito que también me extirpe a mi padre. ¿Puede extirparme a mi padre, doctor Azula?

El médico lo pensó.

—Quizás esa imagen ya se haya alojado demasiado profundamente en su cerebro... un tumor que está echando raíces y produciendo metástasis... No sé. Al hacerlo tendría también que extirpar un trozo grande de su cerebro, y entonces, claro, le quedaría apenas una sombra de conciencia, viviría en una penumbra, en un limbo apenas distinto a la muerte sin caer en ella, vivo, pero...

Boy hundió su rostro en sus manos. Lo oyeron gemir. Los monstruos se miraron. ¿Cómo compadecerlo? Nadie se movió. Nadie encendió un cigarrillo ni dijo una palabra hasta que Boy, cubriéndose la cara, declaró:

—Quiero parecerme a él. Azula, sálveme... saque cuanto quiera de mi cerebro, déjeme convertido en un vegetal, pero extírpemelo a él...

Al día siguiente le dijeron a Jerónimo que Boy mostraba una inquietud evidente por comunicarse con él, pero que para esto era necesario no ya visitar sus patios a ciertas horas, sino que trasladarse a vivir adentro. Boy preguntaba por él. A veces, en la noche, despertaba gritando que le trajeran a su monstruo. Jerónimo aceptó encantado: la perspectiva de que en unos cuantos días iba a poder hablar con su hijo, aunque fuera de las cosas más rudimentarias, lo llenaba de contento, y entre las cosas más rudimentarias del ser humano estaba, naturalmente, la procreación. Claro, tenía que entrar desnudo donde Boy. Basilio lo vio desnudarse en la portería, le abrió la puerta, Jerónimo entró y el gigante cerró con doble pestillo y cadena y llave. Esa noche el conciliábulo tuvo lugar en la terraza de Humberto, los monstruos rodeando a Boy. Era necesario acelerarlo todo.

—¿Tienes preparados los documentos, Emperatriz?

—Todos.

—Pásamelos... y tinta para firmar. Uno, dos, con sus copias, poder general con seis copias... qué aburrido esto de firmar tanto papel... estos otros son menos importantes. Ah, y mi testamento, toda mi fortuna en usufructo para una cooperativa o sociedad cuyo presidente será Emperatriz, que se encargará de preservar y aumentar el circuito de la Rinconada con sus distintos niveles de monstruos...

Al día siguiente, cuando se encontraron por casualidad junto al estanque de la Diana, el adolescente toleró que su padre le dirigiera la palabra: él le contestó que muy bien, que consentía en escucharlo, pero que gateara como un animal, sí, así, y desde esa posición y en ninguna otra le hablara: Jerónimo le comenzó a decir que él era su padre, pero no sé qué es padre, y que su madre... qué es madre... hay que empezar por explicarle todo a este niño y desde esta posición, siguiéndolo como un perro por los corredores, tratando de explicarle mientras Boy no sólo no comprendía sino que se reía de sus palabras. Hasta que se dio vuelta, lo miró hacia abajo y después se alejó bostezando.

Jerónimo se puso de pie en cuanto Boy desapareció. Y anduvo recorriendo los patios en busca de Emperatriz para comunicarle los adelantos en sus relaciones, que, aunque incómodas todavía, eran un adelanto. Al tratar de acercarse a ella, la enana le gritó:

—Aléjate, te tengo asco, no me toques, no te acerques, no sé qué le ha dado a Boy por estos adefesios que no sirven más que para estorbo.

Emperatriz se negó a oírlo. Jerónimo consideró que en realidad la enana se estaba propasando. Pero recordó lo que en una ocasión le dijo su prima: que cuando ellos estaban dentro de los patios, ellos no *actuaban,* sino que *reaccionaban,* impulsados por las reglas fijadas por él y por Humberto hacía tantos años, ellos ya no eran libres, condicionados a ciertas reacciones impuestas por Jerónimo. Decidió que esa noche iba a salir... qué hacía aquí, incómodo y humillado, al fin y al cabo, si sus sillones de terciopelo gris lo esperaban en la biblioteca de su casa amarilla frente al parque... cuestión de mandar a Boy a una clínica o algo así, ya buscaría, y dispersar a todas esas incómodas carotas... o caretas... estaba cansado, de pronto se cansó muchísimo de todo esto, no era cómodo que se rieran de sus años, que lo obligaran a andar a gatas, que lo mandaran a lavar vidrios, a barrer pasadizos y habitaciones vacías y galerías y patios interminables, a clausurar puertas, a enlucir muros, a quemar diarios viejos, a limpiarle el trasero carcomido a la Venus retozona, a hacer piruetas, a correr acosado por la jauría de perros rengos, sin cola, sarnosos, sin orejas, con las patas inutilizadas, los ojos refulgentes en las cabezas hipertróficas y los colmillos peligrosos de baba que chorreaba en sus jetas, tener que obedecer a cualquiera de esos monstruos que, al fin y al cabo, sí, sí, para qué les tengo miedo si puedo dispersarlos cuando se me antoje... todos los días se proponía decirle a Emperatriz que hasta aquí nomás iba a llegar la farsa y licenciarlos, pero nunca logro hablar con ella, caigo agotado en mi cama, sueño con monstruos que me cercan, los veo al despertar, ya no sé cuáles son los monstruos de la vigilia y cuáles los del sueño, los rostros espantosos de narices descomunales y mandíbula pesada y la boca repleta de dientes, todos agotados de la risa porque soy yo el monstruo, me lo gritan día y noche por los pasillos confusos donde van apareciendo más monstruos desconocidos porque ahora todos los monstruos son desconocidos, quisiera encontrarme siquiera con uno de mis monstruos conocidos, pero no... debe ser mi sueño esto de los pasadizos llenos de telarañas y si es sueño es natural que mis monstruos amigos, los de la vigilia, no puedan entrar al sueño para rescatarme, sálvenme de esta persecución en que me gritan que soy el hazmerreír del mundo entero, ya no me acuerdo de dónde estaba la puerta de salida, yo no conozco estos pasadizos ni estos patios, los acaban de poner aquí, si encuentro la puerta de salida podría convencer a Basilio de que me deje salir, pero Basilio no está, deambula gente parecida a Basilio que no es Basilio, primos, hermanos, tíos, quizás, iguales a él, pero no él, porque no me contestan más que con improperios cuando yo les imploro, Basilio, ábreme, te doy lo que quieras si me dejas salir, no es Basilio porque me tira piedras que me hieren el pecho, estas jorobas, rostros albinos, cabezotas de *bull-dog,* las gigantas mostrencas de andar bamboleante que me persiguen son todos adefesios de mi propiedad a quienes yo les sabía el nombre y les hablaba, y me respondían, pero ahora son sordos y mudos porque lo único que quieren es perseguirme para que me canse y caiga a la cama a dormir sin poder advertirle seriamente a Emperatriz que está bueno, que se deje de juegos, que la justicia se haga cargo de todos, pero me persiguen también en la noche, cansándome para afrontar el día, barriendo todo lo que hay en mí menos mi deseo de implorar clemencia, por lo menos una tregua, pero no me la dan, gritan y chillan y me azotan y se ríen alrededor mío, me llevo las manos a la cara para tocarme las facciones y reconocerlas aunque no fueran más que mis facciones monstruosas de siempre, sí, sí, sí, reconozco que siempre he sido deforme, jamás un ser que ha tenido importantes cargos públicos y que me han amado mujeres muy bellas... no quedan vestigios de las facciones de ese hombre. Me detengo sudoroso, acezando, y me enfrento con la multitud de monstruos elegantemente vestidos, *tailleur* y accesorios de cocodrilo, bata de toalla colorada del atleta acromegálico, el tocado de margaritas blancas y amarillas apropiado para el verano sobre la cabezota de *bull-dog,* una sotana blanca *wash-and-wear* también muy apropiada para la estación, él con un traje gris perla, corbata de plastrón gris y guantes grises empuñados en la mano, todos frescos, a punto de reintegrarse a sus vidas completamente normales en cuanto algo... no sé qué... no quiero pensar qué... suceda o no suceda. Soy el único distinto, enrojezco de vergüenza al comprobar que soy el único desnudo en esta reunión mundana tan *comme il faut.* Mi hijo, elegantísimo, se adelanta:

—¿Cómo se permite dar este escándalo? ¿Está loco? ¿Qué le pasa?

—¿Qué les pasa a ustedes? Algo raro pasa aquí. Emperatriz, dame las llaves, pero no oyen porque se están riendo con carcajadas que me llenan la cabeza y me la van a hacer estallar porque están encerradas adentro, una, la suya, aguda, definitiva, me reta a ver si me atrevo a asegurar de nuevo que ustedes son los anormales y no yo y yo digo sí y Boy llama a Basilio, ven, Basilio, llevémoslo para que se vea, y Basilio y otros monstruos forzudos me arrastran pataleando, gritando déjenme tranquilo, pero me arrastran hasta el estanque de la Diana Cazadora y me obligan a subirme al borde. Todos los monstruos ataviados con chaquetas de *tweed,* con *tailleurs,* con sombreros, con cartera y zapatos de cocodrilo, contemplan la escena desde el borde del estanque presidido por la Diana con su giba, su mandíbula acromegálica y la media luna sobre su frente. Basilio me sujeta de un brazo, Boy me tiene preso el otro y en medio del silencio su voz me dice:

—Mírate.

Bajo los ojos para ver lo que sé que veré, mis proporciones clásicas, mi pelo blanco, mis facciones despejadas, mi mirada azul, mi mentón partido, pero alguien tira una piedra insidiosa al espejo de agua, triza mi imagen, descompone mi cara, el dolor es insoportable, grito, aúllo, encogido, herido, las facciones destrozadas, con un esfuerzo me libero de las manos que me aprisionan y huyo tratando de arrancar con mis uñas esa máscara que no me puedo sacar aunque sé que es máscara porque esta noche es el baile de Emperatriz y yo me he disfrazado de monstruo, me rasguño la cara que sangra y sangrando me prueba que no es careta, pero rasguño más porque tengo que sacármela a pesar del dolor y aunque quede sin cara, sí, me reconocí monstruo retorcido en el reflejo del estanque, ellos, los demás, son seres armoniosos, espigados, regulares, yo soy el bufón de esta corte de personajes principescos envueltos

en el lujo de sus vestidos, soy el único desnudo, tengo que
encontrar mi ropa para cubrir mis deformidades y que así
dejen de reírse de mí. Yo tenía ropa. Busco la puerta por
los pasillos repentinamente desiertos, quiero encontrar la
portería pero no hay puertas, las han tapiado para el baile
de Emperatriz, han colgado telarañas y descascarado los
muros y prolongado las galerías con perspectivas falsas que
me hacen golpearme la cabeza al tratar de huir por ellas,
han tapiado todo para encerrar mi imagen monstruosa,
sí, no es más que una imagen, tengo otra, ahora que han
desaparecido puedo correr hasta el estanque de la Diana
sin que nadie se dé cuenta para recobrar la otra imagen
que no encuentro en el agua, flota solo ese revoltijo de
facciones, esa descomposición de planos, esa exageración
de rasgos, esas supresiones, suturas, cicatrices, esos hombros
que no encajan con el cuerpo, el cuello borrado, los brazos
de longitud fluctuante, es mi imagen borrosa que espera a
que se disipe la luz de la tarde para volver a armarse de otra
manera, pero la luz no borra nada porque es noche de luna
llena y no puedo huir si le prometí a Emperatriz asistir a
su baile de disfraces y para eso me puse este rostro que
sangra porque no me lo puedo sacar, la máscara fracturada
no cubre nada, encontrar a alguien que me ayude y me
guíe, correr acosado por los gatos de cabezas fenomenales
que pueden apoderarse de mí en la oscuridad que ahora
es completa fuera de sus pupilas encendidas, no, no, allá
en el fondo de ese pasillo simulado hay luz, voces, quizá
mis amigos, quizá música, corro, soy yo, soy yo, espérenme,
estoy endeble, pero voy a llegar a la luz y a la música...

tropiezo, caigo, la cara se me deshace en su golpe contra el piso de ladrillos, arrodillado en el suelo me aprieto lo que me queda de facciones para unirlas, para forjar algo parecido a un rostro, como si fuera arcilla, es blanda, quizá logre reconstruir mis facciones antiguas, pero ya no me acuerdo de cómo eran, al tratar de moldearme un rostro me quedan trozos adheridos a las manos, gateo hacia la luz, con la cabeza, como un perro me abro la puerta, el baile de Emperatriz, me mintieron para que yo me disfrazara de monstruo harapiento, en medio de la luz bailan los conocidos y los desconocidos con pelucas monumentales como de repostería, con turbantes dorados y chorreras de perlas, antifaces opalescentes, dominós de brocado, zapatillas de raso en punta bailando un minué, las crinolinas girando, los tricornios en la mano, los uniformes reluciendo, las máscaras de cartonpiedra bellísimas ocultando sus rostros monstruosos, hoyuelos de coquetería, bailan las parejas, unidos los dedos delicadamente, beben en copas de cristal helado cuando entro a gatas para que no me vean, yo vine disfrazado para otro baile, un baile en que todo era puertas tapiadas y pasillos interminables y seres imbéciles resguardados detrás de paredes de adobe piadoso, no este baile donde todo es claro y fino y liviano, me engañaron, tengo que huir antes de que las marquesas y los cardenales y los príncipes y los alabarderos se rían de mí, me van a dar una paliza porque vine disfrazado de monstruo y ellos no, yo sí, ellos no, el agua del estanque me ayudará a cambiar de cara, la luna dibuja en el agua hasta el último detalle de mi máscara flotando en el agua, si pudiera sacármela, arrancársela al agua donde quizá sería menos dolorosa la separación de carne y carne... arrodillarme en el borde... estirar el brazo para arrancarme la máscara del terror.

Mucho más tarde, cuando las parejas salieron al jardín para tomar el fresco, lo vieron flotar en el estanque de la Diana. ¡Salvarlo! ¡Llamar a los otros para salvarlo si está vivo! Tiran al suelo sus abanicos y escarcelas para ayudar al salvataje con garfios y cordeles: sacaron del agua a un ser retorcido, horripilante, monstruoso. Boy, erguido en toda su altura, bajó hacia él el arco voltaico de sus ojos azules y lo reconoció:

—Es mi padre.

Emperatriz asintió:

—Sí, es Jerónimo.

Y entre todos esos seres perfectos, desesperados con la gravedad del accidente sufrido por el senador que a su edad quizá no debía haber bebido tanto en un baile de disfraces, hicieron todo lo necesario para enviar el cadáver a la capital en la más suntuosa urna. También lo dispusieron todo para que, en cuanto las autoridades y los abogados regresaran a la capital, el doctor Azula llevara a cabo la operación necesaria para extirpar de la memoria de Boy esos cinco días que anduvo afuera de la casa, y la imagen de su padre, hasta sus raíces más soterradas.

La noticia de la muerte del senador causó verdadera consternación en la capital. El país entero, entonces, recordó los servicios del eminente hombre público y se le tributaron los mayores homenajes: trasladaron sus despojos al cementerio sobre una cureña cubierta con el pabellón nacional. Muchos opinaron que esto no debió haber sido así, ya que el papel de Jerónimo de Azcoitía fue más bien político antes que histórico y que su nombre sólo perduraría en los textos especializados. A pesar de las discusiones a propósito de los honores concedidos —o quizá por eso mismo—, todo el mundo acudió al entierro. En el mausoleo de la familia, su cuerpo ocupó un nicho con su nombre y las fechas de su nacimiento y de su muerte, equiparándose en el mármol con los Azcoitía que lo precedieron. Los oradores evocaron sus logros, la enseñanza de esta vida ejemplar que señalaba el fin de una raza a la que el país, pese a los cambios del mundo contemporáneo, se reconocía deudor. Una pesada cadena de fierro cerró las rejas del mausoleo donde, dentro de unas horas, comenzarían a podrirse las flores. Dándole la espalda, los caballeros vestidos de negro se alejaron lentamente entre los cipreses, lamentando el fin de tan noble linaje.

29

En cuanto volví esa noche, todo ya terminado, fui a despertarlas una por una en sus rucas para avisarles que la Madre Benita se había llevado a Inés. Claro, opinaron, será por el frío, cómo iba a vivir aquí la pobre señora con este frío que le estaba helando los huesos, no hay quien caliente una pieza en esta Casa, debió haberse construido una buena ruca, bien hechita, en uno de los corredores, el Mudito si hubiera estado bien y no como está podía haber ayudado a la pobre misiá Inesita a hacerse una ruca igual a las rucas en que vivimos nosotras para no pasar tanto frío en este invierno que se prolonga y parece que nunca fuera a abandonar la Casa, ella estará acostumbrada a sus comodidades con calefacción central y todo, bien regalona es misiá Inesita, claro, una señora tan rica, cómo va a ser.

—¿Qué se llevó?

Nada. Un *nécessaire*. Lo dejó todo, nuestras cositas que nos hacían tanta falta y que ahora vamos a poder recuperar, la bandada murmuradora aumenta con las viejas que van saliendo de las rucas hacia la capilla por los pasadizos, una, dos viejas llevan velas ensartadas en palmatorias, a recuperar sus cosas. Abren las puertas y encienden más velas: las viejas se lanzan sobre los montones de objetos cochambrosos que perdieron jugando al maldito canódromo, no gritan, no pelean por las cosas sino que las reconocen y las reparten, este delantal de percala floreada de medioluto es igualito al tuyo pero éste es el mío y aquél otro del otro montón es el tuyo, las formas blandas de las viejas iguales e intercambiables han ido marcando lo que les pertenece, zapatos aportillados, medias huachas, chales, mira, Rita, aquí encontré tu chal a cuadros que el otro día nomás estabas diciendo que te hacía tanta falta, frazadas, colchas, enaguas de lana, cada cosa vuelve a las manos de su dueña después de esa breve permanencia en otras manos que no dejaron su sello: éste es el escapulario de la Auristela, el pelo de Rafaelito para la Clemencia que no podía conformarse con perderlo, el rosario de la Lucy que dice que el Papa lo bendijo pero nadie le cree, estas medias de quién son, son de lana plomiza, si tienen agujeros para los juanetes son las mías, toda la ropa de la pobre Iris, hasta su abrigo café.

Ahora la Iris lo usa todo el día. Como le faltan algunos botones, se lo prende con un alfiler de gancho sobre el pecho. Conserva restos de adorno de piel de castor en el cuello y en los bolsillos porque es bien bueno y bien abrigadorcito el paltó que la Brígida le dio a la Iris y como la chiquilla anda medio resfriada no se lo saca de encima, mírala cómo le chorrean los mocos y se los limpia con la manga o con las manos agrietadas por los sabañones. Mírenla. Pero ya nadie mira a la Iris, ni siquiera las otras huerfanitas, que ahora que no está la Madre se pasan las tardes haciendo bromas por teléfono, como les enseñó a jugar misiá Inesita.

Yo miro a la Iris. La acecho desde un umbral o agazapado detrás del diamelo: le gusta sentarse en el corredor, debajo de los aparatosos vitrales que los rematadores adosaron a las pilastras. Se queda ahí, inerte, dejando pasar las horas, negada en los reflejos del sol al atravesar los cristales, materia pasiva que recibe el color ámbar, y cuando el sol avanza un poco, un jirón de cielo azul cruzándole la cara, una estrella en su boca, en su hombro, desaparece, la Iris flotando con ninfeas en la luz verde-acuática, la Iris ensombrecida por un manto piadoso, la Iris desnudada por el reflejo rosa de una túnica santísima y yo durante horas enteras contemplando las lentas mutaciones de la Iris, atardece, el viento agita las ramas verdaderas que revuelven la luz en que las cosas se están disolviendo debajo del vitral, la Iris disolviéndose en lagunas tornasoladas que fluctúan, pero el reflejo de una mano ha rescatado su rostro dibujándole un nuevo perfil preciso ahora que se amarra todo el pelo en la nuca con un elástico y así despeja sus facciones para revelar una estructura ósea de cierta nobleza cuyo embrión comienza a divisarse: porque eres tú, te reconozco, ella te bautizó antes que se la llevaran al manicomio, Inés desnuda y sonrosada bajo el reflejo de la túnica, Inés pura, Inés antes de Jerónimo, Inés antes de la Peta, Inés antes de Inés, Inés antes de la beata y de la bruja, Inés antes de mí, has absorbido el color de la túnica y permaneces de pie bajo el arrebol de los cristales sin saber adónde ir ni qué hacer ni quién eres, desnuda, recién despierta, las manos unidas, mirando las sombras que se tienden sobre el patio, que avanzan y me esconden y yo avanzo escondido, menos de un veinte por ciento que avanza entero, yo entero erguido al acercarme a ese resto de luz que te desnuda bajo los vitrales, quisiera anular ese veinte por ciento para descansar pero no puedo porque existes, Inés, porque te tengo presa entre estas paredes inexpugnables, Inés, porque desde mi limbo me estás haciendo descender al infierno de la existencia obligado a desear, y no me dejas olvidarme de que respiro y he respirado pero jamás he respirado suficiente, que quiero y he querido pero jamás he saciado ningún deseo, Inés, acaricias ese gato que ronronea contra tu pecho desnudado por la luz que confabula con el silencio de este patio remoto para urgirme, estás lista, Inés, estoy listo aquí en la sombra, a dos pasos de ti, aguardando que tus brazos suelten al gato antes de que la oscuridad vuelva a vestirte y me acerco a Inés desnuda y te digo al oído:

—Inés.

Respondes sin sorprenderte:

—¿Qué?

Voy a saciarme sin que la Peta se interponga, sin que Jerónimo me impulse o me prohíba porque ahora ni Jerónimo ni la Peta existen, sus exigencias se borraron, soy libre frente a esta mujer libre: el infierno. No te alejes, Inés, aunque se haya desvanecido la luz y te hayas cubierto de ropajes otra vez, te tengo atracada contra mi cuerpo. Tiritas. No es de frío: tus ojos dicen que sientes otra cosa que no es frío ni es paralelo a lo que siento yo, es miedo, no me tengas miedo, Inés, déjame guiar tu mano aquí bajo los vitrales como dentro de una carpa multicolor, tu mano tensa en la mía, pero me obedece, tus ojos repletos de terror, tu pelo revuelto contra el firmamento de cristal y tus muslos se me escabullen y tu boca como siempre, desde el comienzo, desde la pesadilla inicial rechazando mi boca porque mi boca es sucia, quiero vengarme porque rechazas mi boca que no es sucia y obligo a tus dedos a que toquen mi sexo, lo agarras, lo aprietas como sólo se puede apretar un trozo de carne potente y hundes en él tus uñas y con un tirón rabioso me lo arrancas de raíz, nervios, arterias, venas, testículos, tejidos, mi cuerpo vaciándose de sangre a borbotones que te salpican: mira tus manos ensangrentadas, mira cómo corre tu sangre por tus piernas formando el charco en que te paras chillando, histérica pálida, descompuesta, los ojos cerrados, no quieres ver la sangre que te empapa y gimes porque no entiendes, no me rechazarías si yo me acercara ahora porque te apoderaste de mi instrumento peligroso dejándome una llaga incurable entre las piernas, yo no grito, yo quedo anulado por las sombras, tú gritas, llamas, convocas, embrujada en ese charco de sangre, pidiendo auxilio, el cristal sin luz te ensombrece mientras acuden las viejas, qué pasa, qué le pasará a esta chiquilla que chilla tanto y no reconoce y se desmorona en el charco de sangre. Ella murmura:

—Es mentira.

—¿Mentira qué?

—Que iba a tener un hijo...

¿De qué hijo está hablando? El Mudito es el hijo que estuvimos esperando tanto tiempo y nació hace tanto tiempo que ya no hay nadie aquí en la Casa que recuerde cuándo nació, para eso lo hemos ido criando promociones y promociones de viejas, el niño obediente no hace nada más que lo que nosotras le dejamos hacer, el niño es santo y es siempre niño sobre todo de noche cuando estaba la Madre Benita, pero ahora que no está y que nos instalamos todas en la capilla el niño es niño todo el tiempo, por eso es que estamos con nuestras bolsas y paquetes, listas, viviendo en la capilla todas juntas como después de la guerra o de un terremoto, esperando el momento en que el niño nos lleve a todas las viejas de la Casa al cielo en sus carrozas blancas tiradas por caballos con gualdrapas blancas y va a llamar a otros niños santos como él para que traigan guirnaldas y toquen las trompetas y las liras. La Iris mueve la cabeza. No, no, no... estás negando mi santidad, te da terror que yo haya adquirido el poder que quería.

—... hinchándome y me estaba doliendo por aquí desde hace días... señora Rita, no era verdad que antes yo tenía sangre todos los meses... decía nomás para que no me creyeran tonta, como todas las demás cabras sabían leer... yo por lo menos eso...

¿Pero qué importancia tienes tú, Iris, preguntan las viejas, y qué importa que ésta sea tu primera menstruación, si ya tenemos al niño y estamos listas para partir? La Iris delira, habla de cuando salía de noche, si nunca ha salido de noche, y del Gigante como si existieran los gigantes, se prende gimiendo de la pollera de la Rita, ni que la estuvieran matando chillaría tanto por algo que a todas les tiene que pasar y con tomar un poco de sal de Eva y una aspirina... ya, chiquilla, no llorís tanto, qué locuras estái hablando, a quién es que no dejabas que te hiciera nada más que toquetearte, y ella y el Gigante ése que le ha dado por nombrar, porque la Iris está difariando, hacían nanay pero

nunca tuto, hacer tuto es malo, pero nanay no, y comenzó
a hincharse de miedo y a esconderse debajo del abrigo
café... estái mintiendo, levantando falso testimonio contra
el niño, cállate la boca, dices que él te echaba en la noche
a la calle para que fuerai a juntarte con el Gigante y después volvierai y le contabas todo lo que hicieron, dónde te
había tocado y tú a él, es un cochino, un degenerado que
trató de hacer tuto conmigo y me dio miedo y por eso...

—¿Oír tus cochinadas?

—¿Cómo?, si es sordo.

—No es sordo.

—Mentirosa.

—¿No te da vergüenza, Iris?

—Son cosas que ella se imagina.

—No... él me obligó a tocarlo...

—¡Asquerosa!

—¿Cómo va a ser que una chiquilla tan chica...?

—Es verdad... y me preguntaba cosas: qué más... qué más.

—Es mudo.

—No puede preguntar nada.

—No es mudo: es un mentiroso.

—¡No te atrevas a decir blasfemias contra el niño!

—Te vamos a matar a palos si sigues hablando así...

—Aquí tengo una varilla.

—Yo con el zapato.

—¡Es cierto!

—¿Cómo?, si es santo.

—Ésta lo que quiere es quitarnos al niño.

—Y llevárselo.

—No tenís nada que ver con el niño, Iris.

—El niño es de nosotras.

—Lo vamos a esconder.

—Sí, mejor esconderlo.

—El niño nació en esta casa hace muchos años.

—Nadie se acuerda de quién fue su madre.

—Y padre no tuvo.

—No, porque los hombres son cochinos.

—Y no puede contar quién fue su madre.

—Claro, porque es mudo...

La Iris se incorpora, las manos, el abrigo café, las piernas, toda entera embadurnada con sangre. A través del toldo de cristales incoloros brillan las estrellas verdaderas. La Iris está furiosa:

—No es mudo.

La Dora le pega un bofetón.

—Ni es guagua.

La Lucy le pega un varillazo en las piernas.

—Ni es santo.

La Rita le tira el pelo.

—¡Puta!

—¡Sí, puta!

—Cuando estabai delirando confesaste tus pecados...

—Sin decirnos nada, salías a corretear de noche.

—... y no te arrepentiste...

—¡Chiquilla puta!

—Hay que castigarla.

—Sí, castiguémosla.

—Sí, por puta.

Te traen a la capilla. La Rosa Pérez y la Clemencia ya me curaron la llaga que dejaste entre mis piernas, cubrieron de gasas ese vacío y lo vendaron, fajándome bien fajado para que así el niño no se moje de noche y sobre todo para que no moje su sabanita, cuesta tanto que se sequen las sábanas con este tiempo que está haciendo y no hay nada más cochino que las sábanas con olor a pichí de guagua. Al verte entrar y avanzar hasta mi cuna y quedarte parada contemplándome como si pensaras, como si pudieras pensar, me cubro la cara asustada con mis manitas y lloriqueando digo:

—¡Mala!

—¿Ves?

—Hasta el niño se da cuenta.

—Mala.

La primera palabra del niño. Está aprendiendo a hablar y no hay que enseñarle nada. Todo por culpa de esta tonta cochina de la Iris Mateluna, cómo será de puta que hasta el niño santo que jamás ha salido de esta Casa y es todo inocencia se da cuenta de que es una puta de porquería que no tiene por qué vivir aquí en este ambiente piadoso, rodeada de la santidad de la miseria y la vejez.

—¡Llévensela!

Me miran asombradas: el niño está comenzando a hacer milagros, su poder se está manifestando, nos manda porque sabe que le obedecemos y quiere que saquemos a esta basura de la Casa donde él vive. Nos está insinuando como puede que no va a hacer ningún milagro ni nos va a llevar al cielo mientras no limpiemos el ambiente. Hay que sacar de aquí a esta puta. A ver... vistámosla de puta. Te sueltas el pelo que cae hasta tu cintura. Después de quitarte el abrigo, te ponen un suéter muy ceñido sobre tus tetas, y tú, María, que eres chicoca, préstanos tu pollera verde para que le quede corta y apretada y se le note bien el trasero además de las tetas, te pintan las cejas con hollín, los párpados sumisos con un poco de carboncillo diluido, la boca inmensa y colorada para que quedís bien vistosa a ver cómo te va en tu negocio pues Iris, no, el abrigo no, aunque te dé frío, con el abrigo no se te va a ver el cuerpo y a los hombres les gusta verles el cuerpo a las putas como tú. La Rita y la Dora se arrebozan en sus chales y como tienen que obedecerle al niño te sacan a la calle: así, flanqueada por esos dos cuerpos andrajosos, Inés se va de la Casa encarnada en una muñecona artificial y pintarrajeada igual al Gigante. Ya, vamos, no te quedís parada ahí como tonta que tenís que trabajar y buscarte tu vida, las viejas la empujan, ella obedece mi perentoria orden de irse para siempre, se meten por los callejones desiertos, cruzan plazoletas sin árboles rodeadas de ventanas con todos los postigos cerrados, recorren callejuelas sin faroles para que nadie las reconozca como si alguien pudiera reconocer a un par de viejas iguales a todas las viejas miserables que recorren las calles, atraviesan un sitio baldío y llegan a la avenida donde fingen examinar los carteles de un cine bajo la marquesina de pobres luces. La gente entra y sale del cine, y pasa gente por la calle sin mirarlas, la Iris está tan atontada que no se da cuenta de que éste es un cine por fin, artistas, bailables, señoritas que cierran los ojos cuando las besan, nada, eres envoltorio puro, andas en el vacío siguiendo a las viejas que se apartan de ti un poco para que la gente crea que estás sola. Un señor de traje oscuro pasa y te silba. Las viejas se dan cuenta, te agarran y te meten por una bocacalle hacia el fondo de la cuadra mal iluminada, mira, el señor nos viene siguiendo. Las tres se esconden en un portal. El señor pasa, silba otra vez, se queda en la otra esquina un instante y al regresar hacia la avenida y pasar frente a ellas las viejas te dicen, ya, anda, y la Iris avanza a trabajar así es que es seguro que seguirá de puta, claro viejas, claro que seguirá de puta, qué otro destino puede tener una muñeca de cartonpiedra con la cabeza vacía si no es que la desgarren y despedacen los hombres hambrientos como ése que se la lleva, le ofrece un cigarrillo y se pierde con ella, adiós, Iris, adiós, no fumís, Iris, estái muy chica, en fin, si vai a ser puta mejor que fumís, ya está, es un destino, capaz que hasta lo pasís bien porque dicen que la vida de las putas es harto regalada levantándose tarde y todo, y una la tonta que a los trece años cuando se murió mi paire entré a trabajar en una casa de ricos y tenía que levantarme al amanecer, harto tarde le llegó la regla a esta cabra, pero es diabla la chiquilla, mira cómo se aprovechó de que se estuvo hinchando y trató de engañarnos para que creyéramos que era un embarazo milagroso... sí, Rita, no llore, si le va a ir bien, ese señor tenía cara de bueno y se la llevó en taxi así es que no puede ser malo y seguro que le consigue otro empleo porque no puede ser nada de agradable pasárselo haciendo la cochinada con gente que una ni conoce aunque a una le paguen, pero como la Iris es gordita le va a ir bien porque son las gorditas las que les gustan a los hombres: sí, ellos dicen nos gustan las mujeres que tienen harto de donde agarrarse... qué querrá decir eso, ni siquiera el idioma que hablan los hombres entendemos nosotras las viejas, es como si hablaran en chino algunas veces, y cuando una se va poniendo más y más vieja, menos y menos va entendiendo lo que hablan los hombres. Por eso es que no hay que enseñarle ni una palabra al niño, hay que conseguir que se olvide de las que ya sabe y nosotras sabemos que sabe porque las dijo, diciendo una o dos cosas se comienza y después capaz que vaya a ponerse a hablar cosas malas que nosotras no entendemos.

★ ★ ★

Estamos viviendo en la capilla. Como refugiadas de un territorio devastado por una catástrofe las viejas duermen sobre montones de harapos, sobre almohadas y algún colchón, unas arrimadas a otras para protegerse del frío, cada una con una bolsa que contiene sus pertenencias más queridas que piensa llevarse al cielo, improvisando braseros en latas, un grupo comenta que la desaparición de la Iris hace inminente la partida, alguien tose, otro grupo preparándose la tina donde me meterán para bañarme: en un bidón de parafina hacen fuego para calentar mi agua, han estado arrancando los zócalos y echándolos al fuego, y trozos del entablado y las jambas de las puertas y la baranda de palos torneados del presbiterio y la sillita dorada, y siguen comentando que esto no lo van a demoler nunca a pesar de que ellas ya comenzaron la destrucción, están haciendo desaparecer todos los rasgos de esta capilla donde se me rinde culto con la primitiva liturgia de cuidarme y limpiarme y alimentarme y vestirme con la ropa de Boy, todo su ajuar entero porque les entregué las llaves, han abierto la celda de Inés y su mundo y lo han traído todo, me engalanan y me miman como siempre quise ser mimado. El día es corto en esta época del año. Ellas casi no salen a la luz. Han prohibido a las huerfanitas salir de la capilla, no vaya a haber hombres malos que se las lleven a ellas como se llevaron, por desobediente y mentirosa, a la Iris Mateluna. Las huerfanitas también me miman, ya no las distingo, se han puesto iguales a las viejas, sus manos ásperas, sus toses, sus mentes obnubiladas, sus pasos sigilosos, no nos vayan a oír, no nos vayan a ver, no vayan a venir hombres malos, qué miedo. Casi todo el tiempo es de noche. Yo soy casi todo guagua.

En la noche las viejas salen de la Casa. ¿Qué será de la Madre Benita, no? ¿Usted, Madre Anselma, no ha sabido nada? Ah, usted no es la Madre Anselma, usted es la Carmela nomás, quiubo Carmela, encontraste el dedito de tu arcángel, ah, tú no buscabas el dedito, era la Amalia la que lo buscaba, qué será de la Amalia, ella fue de las primeras, acuérdense, qué será de ella y dónde la tendrán encerrada a la pobre, no es la Carmela sino la Eliana que se puso encima de la cabeza el chal apolillado de la Carmela y las confundí... qué vai a saber tú por qué no ha llamado la Madre Benita cuando te estái poniendo más tonta que la tonta de la Iris, lástima que no tengái cuerpo de mujer porque si no... ¿No es cierto, Rita, que podríamos...? ¿Ninguna de las huerfanitas tiene tetas, ni poto? No, ninguna, así es que no podemos llevarlas a la calle como a la Iris para que ganen unos buenos pesos y traigan plata para tener con qué echarle algo al buche. Pero es raro que no haya llamado ni una sola vez la Madre Benita, no me vengan a decir que no, y lo más raro de todo es que se haya ido sin siquiera despedirse de nosotras después que alegaba que nos quería tanto... el colmo. Ni el Padre Azócar que antes se lo llevaba llamando por cualquier cosa ha llamado. ¡Qué importa! No importa nada, porque el niño ya nos va a llevar y cuando ellos vengan van a encontrar la Casa vacía... se lo merecen, porque se olvidaron de nosotras, ya no queda comida, viejas seremos y con el apetito débil pero algo tenemos que comer... por eso es que yo decía disfrazar de mujer a la Frosy y sacarla a la calle para ofrecerla, pero no, los hombres se dan cuenta de que no es más que una niñita de once años y no nos va a dar nada... algo para tomar que tuviéramos, té o mate o café o una sopita de cabellos de ángel, cualquier cosa pero algo, es el colmo que nos hayan olvidado así, pero no importa, la van a pagar caro con la sorpresa que se van a llevar cuando se den cuenta de que no queda nadie en la Casa. Una noche, la Auristela salió a mendigar y volvió con yerba y azúcar. Después salieron otras, las más atrevidas, la Rita y la Dora en collera, la Zunilda Toro que tiene una voz gangosa muy convincente, y las fueron siguiendo las demás. No se alejan mucho de la Casa porque se cansan y tienen miedo de perderse. Es como si, al anochecer, una lenta marea de cochambre y de súplicas fuera invadiendo el barrio, voces pedigüeñas, pasos menudos que siguen pero podrían perseguir, el aliento fétido que agradece, la mano retorcida que se apodera de la moneda y la esconde en la pollera raída, los ojos que brillan un minuto y se apagan. Una vieja sigue a un muchacho junto a una pared implorando que le dé algo, insistiendo con voz plañidera, el muchacho se apresura pero la vieja lo alcanza y como no se atreve a huir le da una limosna, rápido, para que se vaya, para que lo deje tranquilo, le da más plata de la que debía haberle dado. Una tarde un grupo de viejas llegó con bolsas llenas de verduras y comestibles: contaron que habían seguido a una señora que volvía de hacer las compras y fue tanto el asedio del grupo de viejas hambrientas y lloriquientas y sus gemidos en la calle desierta, que la señora de repente tuvo susto de tanta tos y tanto llanto y tanta insistencia y soltó sus bolsas y huyó corriendo, qué le vamos a hacer, comentaron, la necesidad tiene cara de hereje, así dicen. Comenzaron a ir en grupos al despacho, donde unas entretenían con sus chismes de comadre a la dueña y a las demás parroquianas mientras otras viejas sacaban cosas, a veces cosas inútiles pero siempre tratando de sacar cosas como marraquetas y té y azúcar, cómo alimentar a cuarenta viejas por muy poco hambrientas que seamos las viejas, siempre pedimos algo, una tacita de té, un pedazo de pan aunque esté añejo para ponerlo al rescoldo que deja la leña con que calientan el agua para lavar al niño. Ponen al niño cerca de las brasas para que no le dé frío, a veces casi me asan pero no puedo gritar porque no tengo voz, sí, estas arpías quieren ensartarme en un fierro para tostar mi carne tierna sobre las brasas y devorarme, pero no, me tienden en la cama, hay que tratar bien al niño, míralo Auristela, míralo Teresa, mira los ojazos que tiene, mira cómo nos mira queriendo decir que esperemos un poquitito nomás porque ya va a hacer el milagro, que tengamos paciencia, ya van a venir las carrozas, están pedidas, esperen, mujeres, esperen, pero cómo vamos a esperar si nos estamos muriendo de hambre. La liturgia de cambiarme, de lavarme, de cubrirme con pañales, con calzones, fajarme dentro de una humita ante un altar inexistente, ante los restos de híbridas deidades olvidadas cuyo yeso se desmigaja en la humedad, cae un brazo, una cola de dragón, se trizan en el suelo, las viejas pisan los trozos al correr a recibir a las que vienen llegando de la calle, a ver, qué cosas trajeron hoy, chiquillas. Cuentan que fueron a una carnicería y mientras el dueño cortaba no sé qué piltrafas para una clienta cegatona ellas pudieron sacar... miren, un costillar de cordero completito, fiesta, fiesta, arrancaron más madera del suelo, derribaron una puerta, hicieron fuego esperando hasta que quedaran brasas incandescentes donde pusieron a asar las costillas y el aroma magnífico llegó hasta mis narices: esa noche, mientras encuclilladas alrededor de la fogata roían los huesos del cordero, me metieron dentro de un saco, dejándome sólo la cabeza afuera, como un pavo retobado: me cosieron bien cosidito adentro del saco para que no se vaya a mover el niño, otra puntada, ahí con esa aguja para coser sacos, mejor ponerle otro saco más, tú que no estás comiendo, Zunilda, y que tienes fuerza, métemelo adentro de este otro saco y cóselo, yo también quisiera darle unas puntadas porque sé una puntada que no hay quién corte. Me ponen en la cuna del niño. Mientras ellas festejan el robo del costillar, mientras oigo cómo los muñones de dientes roen los huesos, mientras diviso los bultos que se mueven en la penumbra y los rostros moldeados en la sombra, yo engullo la papilla con que me alimentan, hace semanas que no me dan otra cosa y tengo asco, y no quiero y las viejas se quejan de que este niño esté inapetente, qué tendrá, no vaya a ser frío, mejor meterlo adentro de otro saco más y darle otras puntadas, a ver tú, Carmela, tú tienes más sacos. La Carmela cose. La materia áspera y hedionda del yute me raspa el cuello hasta hacerlo sangrar, quisiera implorarles que suelten un poco el hoyo por donde aso-mo la cabeza, pero cómo, si no sé hablar, nací mudo dicen que en esta Casa, y ahora que no tengo ni manos para hacer señales no puedo comunicarme con ellas. Ni mis ojos tienen poder para rogar que me alivien, ni me miran los ojos cuando me dan mi papilla, o cuando me lavan la cara con un trapo, o cuando cosen otra membrana de saco alrededor de la anterior hasta que ya me llegan a raspar el mentón, no me ven porque no importo, no existo, soy sólo materia pasiva sobre la que van proyectando imágenes, el niño, Boy, el milagro, la hora de la papa, cómo va a ser que no se la tengái lista pues María, un minutito, no me demo-ro nada, el niño va a llorar de hambre, pero ya no lloro ni hablo ni digo teno chueño ni pipí.

Como ahora salen casi todas las noches me dejan solo en la capilla. Quizás en un rincón oscuro queden algunas presencias que no salieron por enfermas o por débiles; agitándose en el cochambre o tosiendo o gargajeando, debe ser alguna vieja agónica que no distingo y que las demás olvidaron con el entusiasmo de su nueva empresa. Porque ahora regresan muy tarde con el botín. Dicen que en este barrio ha habido atracos. Viejas criminales acechan a los transeúntes en las esquinas, los siguen lloriqueando y tosiendo, insistentes y acosadoras, plañendo y mendigando hasta obligar a la persona a que entre por cualquier callejón mal iluminado y cinco o seis viejas se desprenden de la sombra y se dejan caer sobre la víctima, con cordeles y palos, y la despojan de todo lo que tiene: dinero, paquetes, ropa. Dicen que han encontrado a varias personas contusas y desnudas en el barrio. Los umbrales son peligrosos. Algo que en la sombra parece tronco de árbol puede ser una pordiosera desdentada y tiritona que con su cantinela de miserias y enfermedades puede llevarlo a uno a un baldío y la bandada sangrienta se puede lanzar sobre uno... mejor no andar solo de noche por este barrio que no es lo que era antes, en los buenos tiempos, está maleado por estas viejas... pero cómo va a ser cierto... debe ser mentira... nadie cree... la pura verdad... cómo vamos a creer que un grupo de pordioseras ancianas salidas quién sabe de dónde haya invadido este barrio tan tranquilo, dicen que hay gente que quiere cambiarse a otros barrios, dicen que al cabro ése del negocio de compraventa de revistas entraron a pedirle limosna cuando estaba solo y que entre seis viejas le robaron la caja, mejor buscar en otra pensión lejos de aquí, es peligroso salir de noche porque un pedazo de noche de repente se encarna y cae sobre uno para robarle lo poco que lleva en los bolsillos, siguen a la gente, despacito, y de pronto eso que parecía sombra se rebela y se deforma y ataca, eso es lo que pasa, puede ser que esas viejas de que están hablando tanto aquí en el barrio no sean más que las sombras de los miedos, pero de haber muchas viejas... en fin, no sé si muchas pero parece que hubiera más viejas que antes... sale con su cabeza arrebozada en su chal, arrastrando chancletas, deslizándose junto a la pared, sola, pero cuando uno la ve avanzando sola, encorvada y renga, uno sabe que hay un grupo armado esperando detrás de la esquina, así es que uno inmediatamente cruza hacia el farol de la otra vereda, pero divisa a un par de viejas ocultas en el umbral de la casa de más allá, entonces uno sale al medio de la calle y se encuentra con un grupo de sombras que avanzan, y uno quiere volver atrás pero hay sólo un muro sin ventanas porque yo las tapié todas y con mi pincel simulé vejez para que nadie note ausencias, sólo rostros, sólo harapos, a veces atacan y a veces no, es cuestión de suerte porque no se puede tenerles miedo a viejecitas que se escabullen como lauchas y después llegan aquí a la capilla con su botín, a repartirlo, a comer cosas para llevarnos, este paltó de señora gorda se lo voy a llevar de regalo a la Mercedes Barroso, y esta cadena de reloj de oro a la Brígida que va a estar contenta la pobre.

—Vi a la Iris.

—¿Dónde?

—Por aquí cerca.

—¿Cómo?

—Andaba con sombrero.

—No se usan los sombreros.

—Pero ésta que yo digo andaba con sombrero y me miró.

—En mi tiempo los sombreros eran...

—No se le vaya a ocurrir venir a meterse aquí a la Iris.

—Se me ocurre que eso es lo que quiere.

—¿Por qué?

—No sé, ahora que estará rica...

—¿A robarnos al niño?

—¿A quitarnos al niño?

—¿Antes que haga el milagro?

—No puede...

—Tenemos que guardar al niño.

—Sí, tenemos que esconderlo.

—Que él no note que vamos a guardarlo, porque si lo nota le puede dar miedo.

Cada una simula hacer sus menesteres habituales, o realmente los hace: la María Benítez está cocinando pantrucas, alguien dijo que había sacado color el otro día en el despacho, dámela la color para echarles a las pantrucas que sin color son como si no fueran pantrucas pero no hay como las pantrucas hechas en caldo de pava, rompen el suelo a hachazos y atizan el fuego con las astillas, cosen a la luz de una vela, ordenan sus porquerías en sus sacos. Cuatro se acercan a mí con un saco grande: me toman en brazos diciéndome mi lindo, arrurrurrupata, no tenga miedo mi niño, nosotras lo vamos a cuidar para que esa mujer mala y pintarrajeada no se lo venga a robar para hacer cochinadas con usted que es santo. Me meten adentro del saco. Las cuatro se arrodillan alrededor mío y cosen el saco. No veo. Soy ciego. Y otras se acercan con otro saco y me vuelven a meter y me vuelven a coser mientras murmuran jaculatorias que casi no oigo, para que haga el milagro cuando sea su voluntad pero que sea luego, lueguito, porque la Ernestina López se va a morir ahí en el rincón, está enferma, está llorando porque dice que no se quiere morir, cosen, amarran más sacos sobre mi cabeza y otras se acercan y siento levantarse alrededor mío otro envoltorio de oscuridad, otra capa de silencio que atenúa las voces que apenas distingo, sordo, ciego, mudo, paquetito sin sexo, todo cosido y atado con tiras y cordeles, sacos y más sacos, respiro apenas a través de la trampa de las capas sucesivas del yute, aquí adentro se está caliente, no hay necesidad de moverse, no necesito nada, este paquete soy yo entero, reducido, sin depender de nada ni de nadie, oyéndolas dirigirme sus rogativas, prosternadas, implorándome porque saben que ahora soy poderoso y voy a hacer el milagro.

30

—Ha llegado el momento, hijas mías...

Parado en el escalón de la sala de la Rita, el Padre Azócar contempló el grupo de sus hijas: treinta y siete viejas,
el detritus de treinta y siete vidas, pálidas, flacas, débiles,
sucias, estrujadas, treinta y siete según la lista que la Madre
Benita le dijo que encontraría en el cajón de arriba de su
escritorio, ya las había contado, eran efectivamente treinta
y siete viejas, todas más o menos enfermas. Iban a durar
bien poco en la nueva Casa.

—... ha llegado el momento de partir...

Ellas ya lo sabían. Durante toda la mañana cuatro curitas jóvenes, sus elegantes sotanas de un negro nunca antes
visto en la Casa porque en la Casa todo se pone plomizo,
recorrieron patios, pasillos, rucas y habitaciones, rodeando
a las asiladas como cuatro benévolos perros negros rodean
a un piño, y las condujeron a la portería ayudándolas a
cargar sus sacos, atados, canastos, maletas, paquetitos y cajas
amarradas con cordelitos o tiras. El Padre Azócar, sentado a
la mesa de la Rita bajo el teléfono, iba tachando el nombre
de cada una a medida que se iba presentando. Algunas se
asomaron a la calle: ahí estaban esperándolas, blancas, enormes, relucientes, reflejando el sol de la mañana, estaciona-
das frente a la Casa. Claro que no eran carrozas, ya no se
usan las carrozas, eran micros lindas, modernas, los cristales
con un ligero tinte verdoso y quizás hasta calefaccionadas,

lo que sería muy conveniente porque para subir tanto como vamos a tener que subir para llegar al cielo necesitamos calefacción.

—En el barrio alto, en medio de un jardín, las espera una casa blanca preparada especialmente para recibirlas. Dormitorios, capilla, baños, cocinas estupendas, comedor, van a ver, y si nos hemos demorado un poco en venir a buscarlas es porque queríamos tener todo listo y que no faltara ni un detalle. Estas micros que ven en la puerta de la Casa también son para ustedes, para que las lleven a pasear cuando haga buen tiempo, y la Madre Benita está estudiando la posibilidad de llevarlas a veranear a la playa...

—¿Y cómo está la Madre Benita?

El Padre Azócar movió la cabeza con un poco de pena.

—Al principio nada de bien: una especie de agotamiento nervioso, dijeron los médicos, pero con una semana de descanso quedó como nueva, esperándolas. Entre ella y misiá Raquel Ruiz han arreglado todo lo de la sucesión de la Brígida Oyarce, no sé si se acuerdan de ella...

—¡Cómo no nos vamos a acordar de la pobre Brígida!

—¿Que era Oyarce la Brígida?

—No, era Reyes Oyarce...

Discutieron los apellidos de la Brígida: Oyarce por la madre y Reyes por el padre, Reyes por la madre y Oyarce por el padre, no, no es cierto, Carmela, estái mintiendo, Oyarce era el apellido de su marido nomás, no el de ella, cómo no va a saber misiá Raquel, que le pregunten a ella, no, Auristela, si tú no erai ni amiga de la Brígida así es que no me vangái a decir que sabís mejor que yo, mire qué mentirosa es la Lucy, Padre Azócar, que alega que Oyarce no era su apellido de soltera ni de casada, que se llamaba Brígida Farías Reyes de Castro, están gritando, tosiendo, las que minutos antes se habían negado a soltar sus bultos o las imágenes que llevaban envueltas en sacos, dejan todo en el suelo para tomar parte en el alegato, cada una es la única que sabe, todas las demás están equivocadas, las versiones sobre la identidad de la Brígida se multiplican y complican y contradicen, que la había criado una familia Oyarce pero era Reyes, que una familia Reyes la había criado pero era Oyarce, que había servido en la casa de una familia Oyarce antes de entrar donde misiá Raquel, pero qué tiene que ver eso con que su apellido figure como Oyarce, debe ser Oyarzún o en todo caso Oyanedel. El Padre Azócar enmudeció ante el clamor. La Brígida sólo existía en su fábula, culminando en el legado que por fin, ahora que no había forma de salvar la Casa de manos de los demoledores, misiá Raquel entregó al Arzobispo. La Madre Benita, melancólica y cansada, se dejó convencer de que ya no tenía edad para emprender una tarea nueva como la de ecónoma de la Ciudad del Niño, que las técnicas modernas requerían mucha preparación y estudio para una cosa así y sería preferible que fuera a terminar sus días con las demás viejas en la nueva Casa adquirida con el dinero de la Brígida. La Madre Benita aceptó. Pero dijo:

—Vencida.

—No diga eso, Madre.

—Son mis años.

—A todos nos alcanzan, Madre.

—Yo creí que a mí no me iban a alcanzar.

—¿Cómo es eso...?

—... o que me iban a alcanzar de otra manera...

—No entiendo.

—No importa, Monseñor. Concédame por lo menos el privilegio que tienen las viejas, de decir cosas que no significan nada. ¿Cuándo podemos comenzar a instalarnos en la nueva Casa?

De la discusión de los apellidos de la Brígida pasan a pelearse el derecho de que se considere a una o a otra la mejor amiga de la Brígida, y de ahí a quién se quedó con qué cosa de la Brígida, la colcha de raso azulino, la radio a pilas después que se llevaron a la Amalia quién sabe para adónde, la imagen de la Anunciación, la tijerita, el *polissoir,* el gorro de bañista color frambuesa: la Brígida viva, más material que cualquiera de las presencias andrajosas y sus voces tamizadas por los años. El Padre Azócar había tenido la intención de explicarles el origen de la fortuna de la Brígida y del legado, agregando una breve reseña de la historia de la Casa, refiriéndose a Inés de Azcoitía y a los soberbios proyectos que comenzarían a tomar cuerpo en ese mismo sitio en cuanto se iniciara la demolición dentro de una semana... inútil, inútil, las mentes de las viejas se enredaban en una maraña que impedía todo intento de iniciar un orden. En su bolsillo hizo una bolita con el papel donde esa mañana anotó algunos datos para su alocución y la tiró al suelo. Rodó hasta los pies de una vieja que, mientras alegaba con la vieja vecina, la recogió, la estiró cuidadosamente, y sin preocuparse de leer, si es que sabía leer, dobló el papelito y lo guardó: por si acaso. El Padre Azócar la estuvo observando. ¡Increíble! Con razón la pobre Madre Benita había ansiado salir de este infierno de mentes y cuerpos deteriorados. Mejor no explicarles nada. Que creyeran lo que quisieran creer porque las razones y las sinrazones, las causas y los efectos, carecían de vigencia para estos seres anárquicos. En fin. Lo mejor era sacarlas de la Casa y embarcarlas en las micros. Agitando sus brazos y los papeles con las listas, las hizo callar.

—Padre Silva.

—¿Sí, Padre?

—Entre usted y el Padre Larrañaga lleven a la primera micro a ésa... esa señora que está tan enferma. Hay que hospitalizarla. En fin, allá nos están esperando los médicos para comenzar por revisarlas a todas hoy mismo y ellos dirán lo que hay que hacer con ésta... ¿Cómo se llama?

—Ernestina López.

—No pues, Lucy... Ernestina Rivas viuda de López.

—Sí, aquí está: Ernestina Rivas viuda de López.

Abrieron la mampara para pedir una camilla. Pusieron en ella a la enferma y las viejas se hacinaron en la puerta para ver cómo la subían al maravilloso vehículo blanco. ¡Pobre, tan enferma que estaba la señora Ernestina, casi un cadáver! Pero cuando el Padre Larrañaga la sentó junto a la ventanilla de vidrio verdoso, inmediatamente pareció resucitar, y bañada por un rayo de sol que la iluminó desde una de las ventanas del techo, sonrió a sus compañeras y les hizo señas con las manos como diciéndoles apúrense, chiquillas, está rico aquí. Cerraron la mampara otra vez. Sí, apurémosnos para irnos. Las viejas tomaron sus paquetes y sus bultos. Por favor, lo menos posible, les dijo el Padre Azócar, allá les darán de todo, nuevo. ¿No les decía yo, chiquillas, que allá en el cielo le dan de todo nuevo a una? Sí, pero esta santa con cola de dragón que me gusta tanto no la voy a estar dejando. Ni mi bolsa con mis cositas. Ni este Arcángel San Gabriel. ¿No es el de la Amalia? Claro, lo llevo para devolvérselo, seguro que allá adonde nos llevan estará la Amalia y habrá encontrado el dedito. Lo menos posible, hijas, sólo lo indispensable. Habían pasado toda la mañana seleccionando sus pertenencias, haciendo paquetitos un poco más reducidos, la Carmela tiene una maleta de veras y mete todo en ella. Canastos, bolsas de cotí, o simples sacos que se echan al hombro sonrientes porque ahora sí que van a partir, y los curitas jóvenes también sonríen complacidos porque se llevan a estas pobres ancianas a un hogar que la misericordia dispuso para ellas, mientras aquí se va a alzar el brillante proyecto del futuro: gimnasios, torres, teatros, salas de estudio, bibliotecas que atraerán a la muchachada para que no ande maleándose en las calles, hay que demoler esto, no va a costar nada demolerlo, es puro adobe o tabique de barro, el futuro comenzará en cuanto salgan las viejas por la puerta, contentas pero llorosas de emoción y nosotros también estamos emocionados. El Padre Azócar pide silencio otra vez.

—A ver, Padre Silva...

—Sí, Padre.

—... póngase en la mampara y vaya abriendo cuando salga la asilada que yo nombre. Las huerfanitas primero. Que se vayan en la micro de la enferma para que pase a dejarlas al orfelinato antes de ir a la Casa nueva. El chofer ya tiene órdenes. Son cinco las huerfanitas. A ver: Eliana Riquelme.

—Presente.

—Verónica González.

—Presente.

—Mirella Santander.

—Presente.

—Eufrosina Matus.

—Presente.

—Iris Mateluna

Nadie contestó.

—¿Iris Mateluna?

Las viejas se encogieron de hombros, alzaron las manos, estiraron el labio inferior como diciendo qué sé yo, yo no tengo idea, no me vayan a echar la culpa a mí si es que piensan echarle la culpa a alguien, yo no tengo nada que ver con el asunto si es que hay asunto, y además hay que ver lo que era la Iris Mateluna, alguien debería decirle la verdad al Padre Azócar. La Rita se adelantó:

—Padre.

—¿Sí?

—La Iris se fue hace como una semana.

—¿Cómo me van a decir que se fue?

—¿No le digo? Era porfiada, viera...

—No es cuestión de ser porfiada.

—No, pero viera lo mala que era.

—No, Rita, se puso mala, antes no...

—¿Por qué se puso mala, Rita?

—No sé, Padre, comenzó a ponerse exigente y todo...

—¿Cómo, cuándo?

—Cuando ustedes nos dejaron solas.

—Sí, Padre, en la noche se arrancaba a la calle.

—Y desapareció.

—¡Por Dios! No puede desaparecer una niña de quince años.

—Casi dieciséis.

—Pero desapareció.

Qué le vamos a hacer, Padre, no es culpa de nosotras, no había a quién le obedeciera y se volvía loca por los hombres, nos contaron unas vecinas que se paraba en la ventana abierta del segundo piso a gritarles a los hombres que pasaban y todo el barrio la conocía por sus escándalos y una la tonta la última en saber y después desapareció, nosotras no tenemos la culpa, ustedes nos dejaron abandonadas, hambrientas, la Iris se puede haber arrancado de la Casa porque tenía hambre y nosotras llamábamos al Arzobispo por teléfono y a usted mismo, Padre Azócar, pero los secretarios siempre contestaban lo mismo, que esperáramos unos diítas más y cuando comenzó a correrse la voz de que íbamos a tener que quedarnos a morirnos de hambre aquí en la Casa sin que ustedes se acordaran de nosotras, entonces, de miedo digo yo que sería, se debe haber arrancado la Iris Mateluna, en cuanto vea a la Madre Benita le vamos a decir que es el colmo que haya permitido una cosa así, yo estoy harto sentida con ella y no sé si tengo muchas ganas de verla allá arriba...

—¿Dónde?

—¿No dicen que también va a estar en el barrio alto?

—Sí, también.

Eso contestó el Padre Azócar porque no sabía qué contestar. Mejor no plantearse el problema de la Iris Mateluna ahora. Era necesario irse inmediatamente de la Casa. Después se arreglaría el asunto de la Iris. Ya aparecería. Ya se iba a ver qué iban a hacer con su desaparición, o fuga, o... lo que fuera, irse ahora mismo, si se demoraban un minuto más en irse de este recinto, las viejas echarían raíces aquí, se apoderarían otra vez de la Casa sin permitir que se demoliera. Después lo de la Iris Mateluna. Era ésa más gordita, una con el incisivo quebrado recordó de repente con el miedo, no, no, ahora habría que irse inmediatamente y no pensar en lo de la Iris, que podía traer cola. Si traía cola, que la trajera afuera, con la Casa vacía.

—Están tocando el timbre, Padre.

¡La Iris! Es la Iris Mateluna que regresa justo ahora para solucionarlo todo, imploró el Padre Azócar.

—Abra, Padre Silva, por favor.

No es la Iris. Es un peoneta joven, patipelado, con los pantalones arremangados más arriba de las pantorrillas, cargando un zapallo descomunal, de corteza dura, grisácea, irregular como la de un animal prehistórico. El peoneta pregunta:

—¿Casa de Ejercicios Espirituales de la Encarnación de la Chimba?

—Aquí es...

Sin decir más cruzó a toda carrera por el callejón que abrieron las viejas para que pasara el hombre con ese zapallo estupendo. Al llegar al claustro del patio de la portería, se detuvo y preguntó:

—¿Adónde los dejamos?

La Dora contestó:

—Ahí mismo, en el corredor.

Lo depositó sobre las baldosas y volvió a toda carrera, pero en medio del callejón de viejas maravilladas se cruzó con otro peoneta cargando otro zapallo que depositó junto al otro zapallo, regresando a toda carrera y cruzándose con otro hombre cargado con otro zapallo que dejó y regresó corriendo y se cruzó con otro y con otro y con otros, todos corriendo para llenar el pasillo del patio de la portería con esa población de armaduras plateadas, de irregularidades grotescas, sin que nadie osara musitar ni una palabra ante esta invasión de seres de otra era geológica, pasada o futura, cuyo número crecía incontenible, como si estuvieran reproduciéndose obscenamente allí mismo en el corredor porque a una velocidad irrefrenable eran acarreados en los hombros de los peonetas sudorosos, eran dos los peonetas, no, tres, no, cinco, no, dos que bajaban zapallos y más zapallos del camión repleto de zapallos estacionado justo delante de los vehículos blancos: zapallos, oye, tanto zapallo, qué rico, vamos a poder hacer porotos granados ahora que va a empezar el verano, y picarones en invierno, y pan de zapallo para la noche de San Juan, el dulce de zapallo también es bueno y las cazuelas no tienen gusto a nada sin zapallo, éstos de corteza gris son los de mejor calidad, opinó la María Benítez, expertizándolos, hasta que desprendiéndose de su asombro el Padre Azócar, con las listas en la mano, se asomó a la mampara y gritó:

—¿Qué es esto?

El peoneta que pasó junto a él susurró:

—Zapallos.

—Sí, pero...

El chofer, que estaba descargando los zapallos sobre los hombros de los peonetas, le contestó:

—Son del fundo Trehuenque, de parte de misiá Raquel Ruiz. Hace más de un año que dejó la orden de que trajéramos aquí a la Casa lo que quedara de las cosechas y al administrador se le había olvidado, así es que ahora manda esta camioneta de quinientos zapallos.

—¡Quinientos!

—Sí, de los de exportación.

—¿Pero qué voy a hacer con quinientos zapallos?

—Ah, no sé, Padre. Eso lo dirá usted.

Cuando entró de nuevo a la portería, el Padre Azócar encontró que el orden que había logrado establecer se había deteriorado: las huerfanitas se bajaron de la micro y mezcladas con las viejas revoloteaban alrededor de los zapallos, la Eliana bailando encima de ellos, otras cabalgando, galopa, galopa, galopa, overito, galopa, galopa, galopa, nomás, que ya la distancia se acorta, se acorta, se acorta... no podemos dejar estos zapallos aquí, tenemos que decirle al Padre Azócar que nos queremos llevar estos zapallos al barrio alto, son de nosotras, misiá Raquel que es tan buena, que siempre cumple con sus promesas como en el caso del funeral de la Brígida, nos mandó esta limosna de quinientos zapallos, ya chiquillas, miren a la Mirella con la Verónica, suelten que es muy pesado y los hombres sudorosos y acezantes entran más y más zapallos, los caparazones platinados multiplicados a lo largo de todo el corredor, las viejas cercadas por ellos, haciendo pininos para poder pasar entre los monstruos, ya, deja eso, Mirella, y las huérfanas dejaron caer el zapallo que se partió mostrando el terciopelo ricamente anaranjado de sus vísceras que derramaron semillas unidas por ligamentos babosos a la carne que los alojaba dentro de su oquedad, chiquillas de porquería que fueron a romper ese zapallo, que no saben a cuánto está el kilo de zapallo ahora y ese zapallo se va a podrir, no tirís las semillas al patio, sabís cómo son los zapallos que crecen donde cae la semilla y este otro año esto va a quedar hecho una selva de guías y hojas que lo ahogarán todo y se meterán por todas partes, hasta en las piezas, y flores amarillas, sí, lindo sería ver tanto zapallo creciendo, bueno, si es tan lindo por qué no nos llevamos las semillas de este zapallo al barrio alto y allá, no dicen que hay jardín, podemos sembrar la semilla y cosechar hartos zapallos para cazuela y picarones con harta chancaca, sí, Auristela, échese semillas en los bolsillos para llevarlas al barrio alto y sembrarlas allá, tanto zapallo, Dios mío, y siguen bajando más y más, parece que quinientos zapallos son más de los que una creía, ya ni caben en el corredor, es que son tan grandes, de exportación, yo voy a contarlos, sí, contémoslos mientras el Padre Azócar discute furioso por teléfono con misiá Raquel, claro, la está retando porque mandó zapallos, claro, a él qué le importa que una pase hambre, oye, entre unas cuantas por qué no metemos un par de zapallos en las carrozas mientras él discute por teléfono, a ver si entre unas seis los podemos, los choferes las ayudan y logran meter un zapallo en uno de los vehículos blancos: los padrecitos jóvenes gritan, tratan de reordenar el piño disperso, librarlas del ensalmo de las cucurbitáceas rugosas como fetos de rinocerontes. El Padre Azócar sale de la pieza del teléfono, da cuatro gritos y las viejas regresan a la portería. Ordena que vayan saliendo en fila inmediatamente, no, no importan las listas, que vayan acomodándose como quieran en los autobuses, todas se quieren ir en el mismo porque el otro, dicen, el que lleva a la Ernestina López y a las huerfanitas, va a pasar a otra parte primero y ellas quieren llegar pronto, hasta que con órdenes y gritos de los cuatro curas y del Padre Azócar logran bajar a algunas que estaban apiñadas con sus bultos en la misma micro para repartirlas con más sentido. El Padre echa llave a la puerta de la Casa, en fin, parece que no quedó muy seguro esto, pero qué importa, quién va a entrar, y a robar qué si no hay más que mugre adentro, ni remate vamos a hacer, vamos a desmantelar en dos días y comenzar la demolición. El Padre Azócar les da propina a los peonetas y el camión vacío vuelve a Trehuenque. Los chiquillos del barrio, la dueña del despacho de la esquina con su marido, la señora que se peinaba en la ventana, todos salen a despedir a las viejas, acomodadas y felices en sus asientos: mejor entreabrir un par de ventanas, oigan, hace tan bonito sol y dicen que la calefacción no es buena para los bronquios, a la edad de una hay que tener cuidado sobre todo cuando una no está acostumbrada.

Los vehículos se ponen en marcha. Las viejas se despiden, agitando pañuelos y con lágrimas, de esas personas que les hacen señas pero que jamás han visto antes, y para consolarse comienzan a cantar en coro:

Venid y vamos todas
con flores a porfía,
con flores a María,
que Madre nuestra es.

De nuevo aquí nos tienes,
dulcísima doncella,
más que la luna bella,
postradas a tus pies...

★ ★ ★

Ya no hay nadie. He recuperado entera mi claridad. Se ordena mi pensamiento otra vez y cae hasta el fondo de mi transparencia donde su luz desentraña los últimos miedos y ambigüedades enfundadas: soy este paquete. Estoy guarecido bajo los estratos de sacos en que las viejas me retobaron y por eso mismo no necesito hacer paquetes, no necesito hacer nada, no siento, no oigo, no veo nada porque no existe nada más que este hueco que ocupo. La arpillera, los nudos torpes, las puntadas de cordel me raspan la cara. Tengo los hoyos de la nariz llenos de pelusas, también la garganta. Mi cuerpo está encogido por la fuerza con que cosieron los sacos. Sé que ésta es la única forma de existencia, el escozor de las raspaduras, el ahogo de las pelusas, el dolor del agarrotamiento, porque si hubiera otra forma de existencia tendría que haber también pasado y futuro, y no recuerdo el pasado y no sé de futuro, alojado aquí en el descanso venturoso del olvido porque he olvidado todo y todo se ha olvidado de mí. Mi único atributo es el compañero de la soledad. La vigilo para que nadie perturbe el saco que me protege más eficazmente que el adobe de estos muros. Sí, recuerdo los muros. Pero no recuerdo nada más, y el futuro se prolongará sólo hasta el momento en que caigan. Falta poco para que todo esto concluya como debe concluir: se alzará una polvoreda cuando las fauces hambrientas de las palas mecánicas perturben el reposo secular de los adobes que construyen el mundo, y después la violencia de los combos y las apisonadoras doblegará la osadía de la tierra que creyó encarnar muros y laberintos, para devolverla a su estado natural de terreno raso compuesto, como todos los suelos, de piedras y fragmentos de madera y hojas y ramas que irán pudriéndose o secándose, de terrones, de algún trozo de yeso pintado, un ojo, la quijada de un dragón, trapos, papeles que irán desintegrándose, sacos donde podría haber alguien que gritara no, sálvenme, no quiero morir, terror, estoy débil, tullido, inutilizado, sin sexo, sin nada, rasado, pero no gritaré porque no hay otras formas de existencia, estoy a salvo aquí dentro de esto de donde jamás he salido, dueño de esta oquedad que me aloja perfectamente porque ella es mi dueña. Dicen que hay pasadizos efímeros, patios inútiles, pasillos de largas perspectivas simuladas, objetos hacinados

que ya nadie recuerda para qué sirven, manchas de podre-
dumbre que extienden pausadamente sus paisajes por los
muros, el liviano velo de polvo que cae de la madera car-
comida, habitaciones repletas de ese silencio que jamás nadie ha interrumpido porque jamás ha habido nadie aunque
dicen que hubo y que puede haber todavía pero no creo,
alguien que se agita en un rincón afuera, hay alguien, hay
afuera, hay otra tos además de la mía, pero tan apagada que
quizá no sea tos, hay movimientos que yo ya no tengo, es
muy leve, como el que hacen las sombras al organizarse y
avanzar sin pasos porque no hay pies que los den, no es
gato ni perro ni guarén ni gallina ni murciélago ni conejo
lo que oigo respirar a mi lado aunque no puedo oír, cómo
es posible toser tan débilmente a pesar de no ser más que
una estructura de sombras que necesito ver, necesito, necesito y con la necesidad se instaura el terror, la necesidad
de ver el rostro de esa sombra que respira y tose tan cerca,
recobrar la vista y el afuera, muerdo, masco el saco que
tapa mi boca, royendo y royendo para conocer las facciones de esa sombra que existe afuera, masco cordeles, nudos,
parches, amarras, rompo pero nunca lo suficiente, otro
saco, otro estrato que me demoraré un siglo en conquistar
y un milenio en traspasar, envejeceré sin conocer otra cosa
que el gusto del yute en la boca y sin hacer otra cosa que
roer este boquete húmedo de baba, se trizan mis dientes
pero tengo que seguir royendo porque hay alguien afuera
esperándome para decirme mi nombre y quiero oírlo y
masco y muerdo y rajo: masco, muerdo, rajo la última corteza de saco para nacer o morir, pero no alcanzo a nacer ni

a morir porque hay manos que agarran la sección rajada y con una aguja grande para coser sacos cosen el agujero por donde yo iba a mirar y respirar, aire, aire fresco, aire como el de una ventana que no me dejaban abrir porque era figurada, pero por ese agujero mi recuerdo retrocedió un instante hacia el aire de esa ventana y quedé encerrado aquí con la nostalgia de ese aire y esa ventana y no puedo, porque aquí no cabemos yo y mi nostalgia, sólo yo, porque esa nostalgia de aire fingido hace intolerable el picor de las pelusas en la nariz y en la garganta y el gusto repugnante del yute, otro agujero, mis uñas escarban las capas geológicas de los sacos para encontrar salida, se rompen mis uñas, mis dedos sangran, las yemas rotas, los nudillos coloreando, otro saco y otro y otro, sí, ahora, otro agujero, pero las manos de afuera dan vuelta el envoltorio que soy y sin decir palabra, porque no quiere revelarme nada si las manos son de alguien, vuelven a coser, puntada y puntada, cosiendo la rotura para que yo ya no pueda salir y quiero salir para contemplar ese rostro y estiro brutalmente un pie, con el talón, con toda la fuerza que puedo abro otro boquete, pero las manos verrugosas vuelven a coser con la prolijidad de que sólo son capaces esas manos, puntadas menudas, muchas puntadas en cruz zurcen o bordan una cicatriz sobre la trama del saco, no puedo salir, no puedo respirar ni siquiera el aire simulado detrás de la ventana. Esperar. Y durante siglos espero que se forme otra capa geológica con el detritus de los millones de vidas que dicen que existen, para que sepulte de nuevo mi nostalgia. Mi espacio se va reduciendo con los remiendos de la vieja que ha estado cosiendo para que yo no salga, es una vieja la que cose, sentí la vejez de sus dedos manejando los sacos mientras cosía, yo rajo y muerdo, de nuevo cose y cose para reducir mi espacio, las manos dan vuelta al atado por si hubiera una rotura que se escapó a sus ojos legañosos y la encuentra y la remienda cuidadosamente como si se tratara de bordar iniciales sobre la batista más fina, no de coser arpillera. No quedan orificios: el paquete es pequeño y perfecto. Guarda su aguja. De un rincón de la capilla arrastra otro saco y echa adentro el nuevo envoltorio, junto con un paquete de azúcar, varios pares de medias de lana, muchos papeles, yerba, trapos, basura. Con un gran esfuerzo se echa el saco al hombro. Sale de la capilla deambulando por el desierto de los infinitos pasillos simulados, por los patios cotidianos, deslizándose lentamente junto a muros de oscuridad o de barro condenado, y a su paso tan leve y tan blando se escabullen arañas, ratones, murciélagos, cuyes que no hacen ruido, polillas torpes y blandas, palomas viejísimas que nadie echó a la olla... lenta, al cabo de años o siglos logra llegar al patio de la portería y se abre paso por la selva de guías y hojas de zapallo que devoran el claustro, que caen en cascadas, amplias hojas horizontales, tallos verdes y tiernos llenos de jugo, flores amarillas erguidas, la frondosidad por donde ella se abre paso vuelve a cerrarse sobre sus huellas, las huellas que pudieron o no quedar entre las hojas y guías que filtran la luz del sol y de la luna, la mampara, saca la llave de siempre y abre, el portón, también lo abre y sale a la noche con el saco a la espalda, chancleteando encorvada cerca de los muros como si no quisiera desprenderse de la protección de las sombras, cruza bocacalles, camina cuadras y cuadras lentamente, se detiene quejumbrosa a mendigar, recibe la moneda, la mete en un pliegue de su pollera, sigue camino, cruza las avenidas iluminadas, se adentra por el parque, por la alameda de plátanos sin hoja hasta llegar al puente de fierro. Ella sabe hacerlo a pesar de sus años: lo ha hecho tantas veces, desde chica, con los otros niños criados en el cauce del río: se descuelga como una chiquilla por los fierros y cae con su saco. Están debajo del puente, junto a una fogata. Avanza. Se sienta en el suelo, dentro del ruedo de claridad. Hay pocos, esta noche. La llama descompone los rostros, luego se aquieta y todos se acercan más a los tizones que quedan y que ya comenzaron a encanecer. Ella dice:

—No está bueno el fuego.

Mete la mano en su bolsa, saca papeles y astillas para avivar el fuego. Se reclina en ella. Una perra enclenque y tiñosa acude para que la acaricie. Se tiende a su lado. Nadie habla. Arriba, las ramas secas de los plátanos son una radiografía contra la lividez eléctrica del cielo de la ciudad. La vieja toma mate en un tarrito con un asa de alambre, renegrido de tanto estar al fuego. Mete la mano en su bolsa otra vez, saca un trozo de marraqueta, ofrece, alguien acepta mientras ella se queja:

—Malo está el fuego esta noche.

—Malazo.

La vieja vuelve a hurgar en su bolsa, saca más papeles y astillas y los echa a la llama, que momentáneamente crece. Pero dura poco. Alguien dice que se va a buscar refugio en otra parte porque la noche va a ser brava, sí, muy brava, y varios se van. El fuego de papeles y astillas dura poco. Adiós, no viene con nosotros que está tan mala la noche aquí debajo del puente, no, me quedo, estoy cansada y se van sin despedirse y la dejan sola. Tose. Se arreboza en su chal. Se acerca más al rescoldo porque el viento está creciendo y la perra también se va. La llama:

—Psssttt, psssttt...

Pero la perra no vuelve. La vieja se pone de pie, agarra el saco y abriéndolo lo sacude sobre el fuego, lo vacía en las llamas: astillas, cartones, medias, trapos, diarios, papeles, mugre, qué importa lo que sea con tal de que la llama se avive un poco para no sentir frío, qué importa el olor a chamusquilla, a trapos quemándose dificultosamente, a papeles. El viento dispersa el humo y los olores y la vieja se acurruca sobre las piedras para dormir. El fuego arde un rato junto a la figura abandonada como otro paquete más de harapos, luego comienza a apagarse, el rescoldo a atenuarse y se agota cubriéndose de ceniza muy liviana, que el viento dispersa. En unos cuantos minutos no queda nada debajo del puente. Sólo la mancha negra que el fuego dejó en las piedras y un tarro negruzco con asa de alambres. El viento lo vuelca, rueda por las piedras y cae al río.

Santa Ana y Los Dominicos, Chile, 1962-1963
Pollença, Mallorca, 1968
Juenga, Santander, 1969
Vallvidrera, Barcelona, 1969

Claves de un delirio

Los trazos de la memoria en la gestación de *El obsceno pájaro de la noche*

El niño deforme

Muchas personas —y no pocos periodistas al entrevistarme— me preguntan, después de leer un libro mío: ¿cómo se le ocurrió la idea para esta novela?, ¿qué quiso decir?

Nunca deja de extrañarme que se pueda creer que una novela surge de una sola idea y que no es, en realidad, un entretejido de innumerables ideas, de recuerdos, visiones, obsesiones, sugerencias y observaciones que poco a poco van apoyándose unas en otras hasta encontrar la forma y el lenguaje precisos de una novela, sin que al final uno sepa muy claramente qué quiso decir. Así sucede en el caso mío; supongo que en el caso de otros escritores estas cosas se dan de maneras diferentes.

La novela sobre la que con más frecuencia me hacen estas preguntas es *El obsceno pájaro de la noche*. Generalmente, comienzo explicando que toda novela tiene (tal como una persona) su propia *biografía*: una gestación, luego la escritura misma, la publicación y, por último, la suerte que corre el libro una vez publicado. Cada novela, entonces, tiene una biografía particular, distinta a *otras* biografías.

Para trazar la biografía de *El obsceno pájaro de la noche* tengo que remontarme a ciertas épocas y momentos de mi propia vida y de la vida de otros. Y de la vida de mi ciudad, Santiago de Chile; sobre todo, del Santiago entre los años 1957 y 1960. (En ningún sentido quiere esto decir que la novela está determinada por esas fechas... sin descartar la posibilidad de que sí lo esté.)

Remontarme al Santiago de 1957, a la época en que, al menos en mi recuerdo consciente, *El obsceno pájaro de la noche* comienza a separarse, en la forma de un primer núcleo, del resto de mi experiencia, constituye todo un viaje de regreso. Un viaje desde este mundo de la computación, de Pinochet, de las encuestas y las cifras, de la televisión, a ese otro mundo muy distinto que ahora nos parece terriblemente antiguo. A veces nos tienta pensar que ese mundo conserva cierta vigencia, porque suele rescatarlo —quizás divertida o afectuosamente— una cierta inclinación por lo *retro* que he visto como una moda entre los jóvenes que me rodean. Eso sí, no deja de ofenderme un poco que confundan la época de los *flappers* con la de la prohibición del alcohol en Estados Unidos, o la de la Edith Piaf con la de los existencialistas en Francia: para estos jóvenes todo eso sucedió en un pasado bastante borroso, y no perciben la fineza de los detalles ni los matices. Se trata de hitos que no conformaron la vida de ellos, sino la mía.

A fines de la década de los 50 —este asunto de las *décadas* no es más que un truco, un abaratamiento del sentido de lo histórico, una ayuda-memoria— yo era un hombre ya formado, con un par de libros publicados, ya de vuelta de un viaje por Grecia, Yugoslavia, Alemania, Austria y, sobre todo, Italia... Todavía los flamantes trolebuses que cruzaban la ciudad eran considerados un gran adelanto, vehículos muy modernos. Recordábamos que prácticamente «hasta ayer» íbamos al colegio, con uniforme enhuinchado de azul e insignia, o a la universidad cargados de libros, en los viejos tranvías con asientos de mimbre tejido *(carros,* les decíamos)*, con sus acoplados, y el maquinista que se bajaba a cambiar de riel con una palanca negra en algunas esquinas. Se formaba un apelotonamiento, a la hora de almuerzo, de elegantes señoras cargadas de paquetes y tocadas con elegantísimos sombreros de velito, en esa época previa al uso generalizado del automóvil, cuando era raro todavía que en las casas hubiera más que uno para el padre de familia.

La ceremonia de ir a pasear al centro en la mañana era en esos años indispensable, para comprar algo, para tomar un jugo en el Naturista, para comer un sandwich de ave con palta en La Novia. Todavía entonces nos parecía de ayer el recuerdo de una calle Ahumada donde se congregaban los elegantes, o el de la figura de un Presidente de la República sin escolta, acompañado de un amigo y precedido de un perrazo, haciendo a pie el trayecto desde su casa hasta su oficina en el Palacio de la Moneda, saludando él también, a título de ciudadano privado, a las amigas que se le cruzaban, o a sus amigos parados en las escalinatas del Banco de Chile, que levantaban un poco sus hallullas al verlo pasar a esa hora del paseo matutitno por ahumada. Era ésta una ciudad aún benigna, cuyo centro todavía quedaba en el sitio donde Pedro de Valdivia la había fundado en 1541.

A fines de los años 50, que es de cuando quiero hablar, las cosas todavía no habían cambiado tanto, aunque el centro de la ciudad —el centro residencial, al menos— se estaba desplazando, decididamente, desde su antiguo núcleo hacia el oriente, hacia los prefaldeos cordilleranos. Subsistía, sin embargo, esta costumbre del antiguo paseo por la calle Ahumada a mediodía, y la vereda seguía teniendo aroma a fruta fresca, a papaya, frente al Naturista, y a las especias que perfumaban el *Strudel* frente al café Paula, y a medialunas de pollo recién horneadas frente al Lucerna. Pero la gente joven, más moderna, más movida, prefería ir a tomarse un café al paso, acodados en los nuevos mostradores de formica, en el Jamaica o en el Haití.

Ahí estaba yo una buena mañana con mi viejo compañero de colegio Fernando Rivas, tomando café y comentando la vida que pasaba y la que no pasaba, porque ambos, entonces, éramos periodistas. No recuerdo de qué hablábamos, aunque presumo que sería de mi reciente o de mi próximo matrimonio, aunque más bien creo haber estado escuchando un divertido torrente chismográfico capitalino, arte en el que Fernando Rivas era entonces un maestro. Nos empinamos nuestras tazas de café, salimos a la calle, yo atento a sus palabras para no perderme ninguno de sus chistes. Nos detuvimos en una esquina, frente a una luz roja. Pero mi atención viró bruscamente de las palabras de Fernando a otra cosa: frente a mí, en la calle, a unos metros de distancia, se había detenido un gran automóvil negro, mucho más míticamente lujoso que cualquiera de los que se veían entonces en Santiago, conducido por un chofer evidentemente nórdico, apuesto y rubio y dueño de un fuerte mentón partido. Pero lo que vi en el asiento de atrás —durante esos segundos de luz roja en que las palabras de Fernando me tenían como suspendido en un mundo mágico—, lo que percibí con escrupuloso detalle (me parece que lo estoy viendo hoy), fue un muchacho de edad indefinida, aunque ya pasada la adolescencia, magníficamente vestido —camisa de seda, traje de franela listado—, pero totalmente deforme. Era un enano, un gnomo, una criatura de feria: la cara cosida, los ojos asimétricos, la nariz estropeada, el labio leporino... Todos los accidentes e irregularidades que puede tener un rostro, incluso la saliva brillando en los labios y en la lengua que asomaba un poco. El cuerpo era igualmente deforme, con las piernas cortas y nudosas, torcidas, y la mano —aferrando una manilla colgante a su lado, lo que le permitía reclinarse tan cómodamente, tan lujosamente en el interior del coche— igualmente nudosa y de dedos cortos... En fin, esos segundos (pura visión, una visión de total intensidad, sin atribuirle yo más cualidades que las que veía) fueron una visión de fiebre, una alucinación. Sobre todo porque en el Santiago de entonces, el Santiago de lo que nosotros llamábamos el «ubique total», donde todo el mundo conocía a todo el mundo, se habría tenido noticias de un ser como éste, y hubiera sido imposible no identificarlo al instante.

Pero no tuve tiempo de hacerlo, por dos razones: Fernando Rivas me estaba haciendo reír a carcajadas con el chisme sobre una señora que parece que había comprado un loro y se había metido con él en la cama, con resultados que he olvidado, y otra razón fue que nos dieron la luz verde y pudimos cruzar a la otra acera, tranquilamente, mientras Fernando Rivas continuaba con sus cuentos. Es curioso, sin embargo, que mi atención no siguiera puesta en el muchacho del auto sino en los cuentos de Fernando Rivas, que eran tan divertidos. Apenas llegamos a la otra acera, ya había olvidado completamente esa visión; y la olvidé, al parecer, para siempre...

Pero no iba a ser para siempre.

Al año siguiente de este encuentro, creo, hice mi gran viaje a Europa. Anduve por todas partes, desde el castillo de von Brunnenberg, entrevistando a Ezra Pound, hasta Atenas, entrevistando a Katina Paxinou, que acababa de estrenar *Rocco y sus hermanos*, y que en su departamento frente al Partenón me dio una de las lecciones que más me han servido: cuando le pedí que me recitara, contra ese fondo de columnas color miel, algunas estrofas clásicas, en vez de enfurecerse ante mi impertinencia me dijo muy tranquilamente: «Señor, usted no se da cuenta de que soy una profesional...».

Vi y conocí muchas cosas más en ese viaje, tal como recomienda Kavafis en su poema *Ítaca*, pero el regreso era necesario para que todo eso tuviera sentido. Le puse un telegrama a mi novia para que me esperara en el puerto de Santos, donde mi barco se iba a detener. Pensábamos casarnos a bordo, pero decidimos esperar: volvimos a Buenos Aires, donde ella se quedó; y yo regresé a Chile y no nos casamos sino hasta el año siguiente, en 1960.

El espléndido regalo de matrimonio de mis suegros fue una casa. El sitio debíamos elegirlo a nuestro gusto, y el padre de Pilar, que tenía entonces una empresa constructora, la edificaría para nosotros. Mientras tanto, podíamos vivir con ellos en su gran departamento frente al Parque Forestal. Pero como esto no nos permitía suficiente intimidad, alquilamos una casita de campo en Santa Ana, a media hora de Santiago. Yo venía a trabajar en la ciudad tres días a la semana, y el resto me quedaba en el campo escribiendo.

¿Qué escribir? Todavía recuerdo esa casa, que pertenecía a mis amigas Silvia y María Antonieta Portales, ambas hoy muertas. Era modesta, pero tenía rasgos que atraían: un enorme tronco de árbol apenas desbastado a modo de viga central en el salón, y un corredor que en primavera se cubría con las flores blancas, largas como estalactitas, de una enorme enredadera de flor de la pluma. En ese salón, me acuerdo, yo solía dibujar, especialmente desnudos de mi mujer, en la tarde, cuando uno de sus muslos se ponía colorado con el reflejo del fuego de la chimenea. Mis padres, recién llegados de Europa, me habían traído de regalo una máquina de escribir; la instalé en el corredor, bajo la glicina blanca, mirando la plantación de duraznos que hacía las veces de jardín en esa casa.

Por ese entonces yo había leído cuatro libros que me tenían la imaginación revuelta: uno era *Los pasos perdidos*, de Alejo Carpentier, y luego *El acoso*, del mismo autor, que me había prestado Juan Orrego Salas, entonces todavía en Chile. (Todo esto resulta nuevo, sobre todo en castellano, porque en inglés yo conocía antecedentes —faulknerianos— de *El acoso*.) El tercero fue *La región más transparente*, de Carlos Fuentes, que increíblemente daba vuelta todo el universo de «la novela bien hecha» de la vieja tradición inglesa y de sus inmediatos detractores, Virginia Woolf y James

Joyce, que fue la fuente donde me crié; y por último María Pilar, entonces ya mi mujer, me había traído de regalo al casarnos, *Los premios*, una novela de Julio Cortázar —luego vendría *Rayuela*— que acababa de aparecer en Argentina (ya conocíamos sus cuentos, como también el magnetismo de su personalidad, a través del cariño y el influjo que tuvo sobre nuestro querido amigo Alberto Jonquières). Estos tres autores —Carpentier, Fuentes y Cortázar— estaban jugando, experimentando, atreviéndose, usando modelos ya usados para volver a replanteárselos, pensando las cosas de nuevo, y me tenían completamente seducido.

Sin embargo, recuerdo que al instalar mi máquina bajo la glicina, María Pilar, que se aprontaba para partir a Santiago a hacer algunas deligencias, pasó junto a mí y me preguntó:

—¿Qué vas a escribir?

—Una novela.

—¿Qué novela?

—No sé. Sólo sé que quiero escribir una novela muy sencilla y muy clara, sin ninguna de las experimentaciones y dificultades que estos escritores que tanto me han gustado están haciendo. Quiero que sea algo como una parábola, algo muy corto, que no me tome más de un mes, a lo sumo dos, para después mandársela, tal vez, a Margarita Aguirre, en Buenos Aires, a ver si la hace publicar en *Sur*.

María Pilar se fue, pensando quién sabe qué de lo que yo acababa de confiarle. Descendieron sobre mí la soledad, el orden, el silencio, cosas que siempre he necesitado para escribir, y metiendo el papel blanco en la máquina, lo dejé justo donde debía comenzar la primera frase.

Existe una pequeña fotografía en la que se me ve sentado en esa misma silla de mimbre donde aquel día me eché hacia atrás, bajo la misma glicina... Aunque aparezco frente a un atril de pintor, con un papel para dibujar, la fotografía captura toda la atmósfera relajada, feliz, de esos días en Santa Ana, cuando comenzaba a escribir. Y al hacerlo ese primer día, al poner mis dedos sobre las teclas, escribí lo que sería el párrafo inicial de *El obsceno pájaro de la noche*, después muy cambiado pero en esencia el mismo, y que en versiones posteriores no quedó como párrafo inicial, sino formando parte del entramado del libro, en otro lugar:

«Cuando Jerónimo de Azcoitía entreabrió por fin las cortinas de la cuna para contemplar a su vástago tan esperado, quiso matarlo ahí mismo: ese repugnante cuerpo sarmentoso retorciéndose sobre su joroba, ese rostro abierto en un surco brutal donde labios, paladar y nariz desnudaban la obscenidad de huesos y tejidos en una incoherencia de rasgos rojizos... era la confusión, el desorden, una forma distinta pero peor de la muerte. Hasta entonces el copudo árbol genealógico de los Azcoitía, del que era el último en llevar el apellido, había dado sólo intachables frutos de selección: políticos probos, obispos y arzobispos y una beata de piedad espectacular, plenipotenciarios en el extranjero, mujeres de deslumbrante belleza, militares generosos con su sangre y hasta un historiador de fama en todo el continente. Era lícito esperar que Jerónimo no fuera el último Azcoitía, que el lustre del apellido se prolongara en la semilla de hijos y nietos para que la estirpe continuara produciendo frutos cada vez más perfectos hasta el fin del tiempo.

»Pero Jerónimo no mató a su hijo. El espanto de verse padre de esta versión del caos logró interponer algunos segundos de sorpresa paralizadora entre su primer impulso y la acción, y Jerónimo de Azcoitía no mató...»

A medida que iba escribiendo este párrafo —he dado la forma final, definitiva, de lo que fue una primera versión balbuceante y borrosa, pero que contenía esencialmente lo mismo—, me maravillaba de que aquello que había visto por unos segundos, al cruzar una calle del centro de Santiago, hubiera vivido, dormido, hibernado en mí durante tres años, sin que jamás mi atención ni mi recuerdo lo recuperaran, en un rincón oscurísimo de mi cerebro. Y ahora, al disponerme a escribir mi gran novela, fácil, elegante, bien formada, discreta, era esta visión del niño deforme en el auto de lujo la que me atacaba de improviso, dejándome como sin aliento pero cargado con la necesidad de continuar. ¿Quién era este niño? ¿Quién fue ese niño? ¿No iba a ser el que yo decidiera que iba a ser? Sólo llegando al final de mi escritura —cuandoquiera y dondequiera estuviera ese final desconocido— podría saber la respuesta a ese enigma, la verdad de mi texto.

¿Por qué Azcoitía...? Es uno de los misterios de mi memoria. Pese a todo lo que la he saqueado en diversos sicoanálisis y meditaciones por mi cuenta, jamás he podido recobrar ni dilucidar ese porqué. Fuera del hecho de ser un apellido vasco —no sé siquiera si es un apellido, pero debe serlo, aunque ahora sé que al menos es un lugar—, y la clase alta de mi país generalmente lleva apellidos vascos, no encuentro otra pista. Jamás lo oí como apellido, jamás lo vi en un mapa, ni aludido en un escrito, ni en un texto de historia o de literatura, ni sabía entonces donde estaba, aunque sí lo identifiqué como vasco. El hecho de que esa palabra saltara directamente de mi cerebro a la máquina, sin intermediarios, es un fenómeno de creación que no puedo explicar. Me imagino que mi memoria lo tiene que haber recogido como dato de muy tercera importancia en alguna lectura olvidada, y mañosamente lo guardó hasta que pude deshacerme de él utilizándolo, sacándolo de mí. ¿Cuántos datos o palabras siguen dentro de uno este mismo camino? Este depósito de cosas inútiles, de riquezas, de porquerías, de formas, de sonidos, de espacios, ¿existe desconocido y encubierto acaso, hasta que de alguna manera alguien lo utiliza, o algo hace caer ese nombre, esa palabra, ese sonido, ese gesto, desde el aparente olvido hasta la existencia? ¿Qué significado tiene Azcoitía...? Aunque supiera su traducción en español, no creo que fuera posible trazar una filiación desde mi inconsciente hasta ese vocablo, para así explicarlo todo lacanianamente. Más bien, creo que sería posible, pero pasando antes por el texto completo de esta novela, que en sí contiene su única explicación. En todo caso, cuando lo sepa, y sepa qué relación tiene ese significado con mi vida, me imagino que ya no voy a tener inquietud respecto a él, ni respecto a mí mismo... Tal vez todo esto no sea más que una trastada de la memoria, y ni esa palabra ni ese primer párrafo sean, en realidad, lo primero que escribí de *El obsceno pájaro de la noche*, y aquel párrafo haya sido en cambio alguna versión primeriza de, por ejemplo, el capítulo en que el sobrino llega de Europa a visitar a su tío sacerdote. A veces pienso que fue así, y entonces todos los significados cambiarían. Pero creo más bien que todo eso vino después de este primer párrafo —argumentalmente tendría que ser así—, guardado en hibernación durante tres años en mi mente sin que yo lo tocara, manteniendo esa primera visión como si fuera demasiado delicada y cualquier palabra, un comentario del hecho, por ejemplo —habría sido natural hacérselo en ese mismo momento a Fernando Rivas, que gracias a la buena suerte seguía hablando, y yo riendo—, un mínimo de atención, hubiera podido destruir la visión. Y de esa visión inicial partió toda la aventura de escribir *El obsceno pájaro de la noche*, que duró entre siete y ocho años.

Las casas, las viejas, los paquetitos

Creo que el olvido, la recuperación literaria del olvido, o de lo que parecía olvidado, es una de las hebras de la trama en esta novela. Otra igualmente importante es, creo, el hecho muy claro de que entonces yo no tenía casa, y que por ese tiempo, y gracias a la generosidad de mi suegro, estaba construyéndome mi propia casa, a mi gusto. La primera casa mía, no alquilada, no de parientes, no en el extranjero, sino mía; la primera que había tenido en toda mi vida transhumante y de medios económicos poco exigentes y mediocres. Familia y casa. Creo que es la casa más bella que he tenido en toda mi vida. (Ya no me pertenece, fue vendida por unos cuantos dólares durante el pánico financiero de tiempos de Salvador Allende, por mi propio suegro, que también vendió por nada su propia casa y sus colecciones reunidas durante treinta años de vagar por la faz de la tierra.)

Hace poco tuve la osadía de ir a visitarla y el corazón me dio un salto. ¡Qué hermosa es! Recuerdo con el mayor placer, como uno de los momentos más apasionantes que he vivido, esos primeros años de mi matrimonio, cuando la estábamos construyendo. Originalmente yo le había pedido a Sergio Larraín García-Moreno, emparentado con mi hermano, que se hiciera cargo de esta obra; quizás porque en ese momento tenía obras de más consideración entre manos, me refirió a dos arquitectos jóvenes que entonces trabajaban con él: Rodrigo Márquez de la Plata y Jorge Swinburn.

No sé si alguien, entre las cientos de tesis sobre mis novelas, haya escrito sobre el significado de la casa en ellas. Mi vida anterior al matrimonio está jalonada de esas casas, inolvidables no por ricas ni por opulentas, sino porque guardaron trozos reales de mi ser: la casa en Lo Gallardo de Fernando Balmaceda y de su madre, el departamento de Techy Edwards en la Alameda, nuestra propia casa en la avenida Holanda, La Rinconada de San Fernando de Lolito Echeverría, donde yo solía ir a pasar fines de semanas con Hernán Díaz Arrieta (el crítico literario «Alone»); en fin, tantas casas... Casas inolvidables, sobre todo, porque de alguna manera encarnaban un lapso de vida específico: cada casa era como una novela. No porque tuviera nada de novelesco lo que allí aconteciera, sino porque en cada una de ellas los personajes —yo entre ellos— tomábamos una coloración específica, inconfundible. Entonces, todos los personajes pertenecían a alguno de esos diversos mundos indestructibles: la palabra *casa* y la palabra *novela* son una y la misma para mí. No en vano, en el centro de todas mis novelas existe una casa: la casa de las dos palmeras en *Coronación*; la Casa de Ejercicios de la Encarnación de la Chimba en *El obsceno pájaro de la noche*; el departamento madrileño de Pancho Salvatierra en *El jardín de al lado*, novela donde también fluyen otras dos casas; la casa de Marulanda en *Casa de campo*; la casa de Pablo Neruda en *La desesperanza*. Y en todas ellas la trama (el argumento, por llamarlo de algún modo) se desencadena ante la amenaza del mundo exterior de invadir esos recintos cerrados, de adueñarse de esos espacios —esas casas— y causar la destrucción del universo cerrado, autosuficiente, que cada casa es. Significará, me imagino, que tengo una visión apocalíptica del destino de todo espacio cerrado, todo espacio política y socialmente ignorante del mundo exterior. Y los invasores, de diversos modos, alteran o destruyen esos mundos, revelándolos así como puros significantes.

La casa blanca que Jorge Swinburn y Rodrigo Márquez de la Plata construyeron para nosotros en Los Dominicos es realmente admirable. Los dueños posteriores le han agregado trozos sin desvirtuar el concepto original. Me causó profundo dolor mirar esos cuatro olmos ya maduros, grandes, copudos, al centro del patio rodeado de un muro blanco y curvo, libremente circular, que lo encierra como un claustro: yo planté esos olmos cuando eran varillas de un metro de altura, con mis propias manos. Y desde la ventana singular de atrás, más allá del jardín —que ya es otro, distinto al que yo concebí como un jardín mediterráneo, acorde con la inspiración de toda la casa blanca— se alza todavía, como nosotros lo veíamos entonces, el Manquehue, ahora rodeado en su base por el *smog* de Santiago.

Pero quizás, para analizar la gestación de *El obsceno pájaro de la noche*, no sea la casa de Los Dominicos lo más importante. Con Jorge y Poli del Río, durante estos trabajos, nos unió una estrecha y cordial amistad; nos veíamos con frecuencia y con una buena dosis de placer recorríamos Santiago mirando, ya entonces, lo que iba quedando de los barrios viejos. Una tarde en que salimos en camioneta la Poli, Jorge y yo, ella recordó que su madre le había pedido que fuera a cierto convento a buscar una bicicleta vieja que quería hacer reparar para regalársela a su jardinero en la Navidad. Cruzamos el río Mapocho por el puente que estaba entonces en el lugar del histórico Puente de Cal y Canto, ahora destruido, y enfilamos por Independencia hacia las calles que la atravesaban unas cuantas cuadras más allá, no lejos de la Casa de Orates, del Convento de las Monjas del Buen Pastor (que tan triste reputación tendría, en el primer momento de la dictadura, como cárcel de mujeres), y de innumerables iglesias, conventos y hospitales. Nos detuvimos frente a la puerta de un edificio gris, de un piso —a excepción de un sector en que tenía dos—, techado con teja española, las ventanas cubiertas con rejas de hierro. La monja portera nos abrió y entramos. Un hombrecito enclenque, ni viejo ni joven (todo en él era indefinido), arrastraba un carrito, y la Poli, con la llave de su madre en la mano, se internó siguiéndolo por los patios del fondo. Jorge y yo no perdimos el tiempo, y nos fuimos, a nuestra vez, internando hacia la izquierda: los anchos corredores, en algunos patios, estaban ocupados por estructuras efímeras y endebles donde habitaban antiguas sirvientas de familia que se acercaban a nosotros a mendigar. Cruzamos hacia la capilla desacralizada, hacia el patio que servía de cementerio de santos de yeso destrozados... En fin, recorrimos todo un mundo increíble de desechos humanos, de objetos y formas, rémoras sociales, hasta llegar al abandonado huerto del fondo. Un grupo de niñas nos estuvo acosando durante parte de nuestra visita, que no duraría en total más de un cuarto de hora.

¿Para qué más? Era un mundo alucinante, y la alucinación toma apenas un segundo. Recorrimos, después de salir, las calles aledañas, de casas bajas, ubicuas casitas hechas en serie, de adobe y teja, con una puerta y una ventana cada una, construidas tal vez en el siglo pasado, especie de cuevas urbanas que todavía hoy, demolido el convento, siguen habitadas, aunque ya una población nueva, de concreto, con jardines, toma el lugar de aquello que yo, una vez y como alucinadamente, vi. Cada casa estaba pintada de gastados colores distintos para marcar las diversas residencias; en la puerta, alguien sentado en una silla de totora; una vieja soplando sobre un brasero, unos chiquillos jugando al luche —o *rayuela*, como le dicen los argentinos—, el cielo y la tierra marcados en el suelo con un trozo de enlucido caído de un muro. Un hombre pasó repartiendo volantes ínfimos no sé de qué comercio. En fin, para mí son las figuras clásicas de un Santiago pretérito que ya casi no existe.

Pero este mundo alucinatorio de la casa de la calle Cruz prendió en mi mente con una potencia distinta a la del hombre vasco y a la del muchacho deforme, tal vez porque la pregunta que en aquel otro caso me debo haber formulado tácitamente —¿quién será?— había quedado tan absolutamente sin respuesta ni comentario alguno. A esta casa, en cambio, donde yo había visto a las viejas aferrando sus paquetes de desechos envueltos, atesorados, se fueron prendiendo otras imágenes, y durante mucho tiempo lo seguimos comentando la Poli del Río, Jorge Swinburn y yo, y también, más tarde, con mi mujer.

Yo me acordaba de remóras así en la casa de mi niñez, en la Calle del Ejército, una casa distante, pretérita, casi borrada: las empleadas del último patio, la Mercedes Leiva, la Felicinda Bravo, la Carmela Reyes, la Rosa no me acuerdo cuánto, eran todas grandes atesoradoras de desperdicios, maniáticas y enfermas, aferrándose a objetos que sin duda les traían a la memoria cosas que habían olvidado. Sobrevivía el objeto, el desperdicio, perdida ya la memoria que puede haber causado el atesoramiento.

Recuerdo, además, la muerte de una tía de mi madre, Blanquita Portaluppi, pobrísima, discreta, siempre muy bien presentada, que llegaba a la casa cariñosamente a vernos de vez en cuando, y se sentaba a hablar con un poco de costura en la falda, con una taza de té, y con su voz blanda, suave, sin énfasis, hacia una conversación blanda también para quien la quisiera escuchar. Nunca supimos dónde vivía, ni de qué... Se hablaba de un vago, mísero montepío, de la ayuda azarosa y discretísima de los diversos parientes a quienes visitaba. Se sabía que era pobre, pero jamás se quejaba. No pedía ni solicitaba, ni se quejaba de enfermedades ni de falta alguna. Había vivido su niñez en Valparaíso, en el Paseo Templeman, arriba de los cerros que miran la bahía, cuando Valparaíso era una gran ciudad comercial y marina poblada de ingleses (el segundo apellido de Blanquita era Black), y ella recordaba los «paseos venecianos» con faroles chinescos que en ciertas ocasiones, no recuerdo cuáles, se hacían a bordo de barquichuelos por la rada anochecida, y las visitas a los barcos de guerra extranjeros, y los bailes en el Club Naval.

Parece que esta prima de mi madre estuvo de novia en su juventud con un señor Otaegui, que habría sido su gran amor, y justamente en uno de estos paseos venecianos, no imagino en qué lugar de la bahía, no sé si en una embarcación o en tierra, Otaegui acosó a una prima de Blanquita... y la besó. Esta prima le contó todo a Blanquita y a sus padres, y el compromiso matrimonial, entonces, fue inmediatamente cancelado.

Blanquita quedó soltera. La prima, por conservar su «lealtad de familia» en vez de ser discreta, disolvió toda posibilidad de realización de Blanquita. Ella quedó anonadada durante el resto de su vida, con los ojos llenos de faroles chinescos cimbreándose en la brisa de la rada de Valparaíso, mirando las paredes de pensiones más y más míseras porque, poco después de esto, Blanquita se quedó sola: murieron sus padres, y ella no tenía hermanos. Y pobre, además, pues le quedaban sólo unos cuantos muebles de caoba inglesa que ella acarreaba —se decía— a cualquier pensión donde fuera a vivir. Todo eran conjeturas alrededor de su silencio, en torno a su absoluta discreción y privacidad. Mi padre la visitó una vez en una pensión, cuando estuvo enferma, y nos comunicó que el ambiente era desastroso. Se le preguntó por los presuntos lujos. ¿Por qué no los liquidaba? Algo le darían, se decía. Una noche llamaron a mi padre diciendo que la Blanquita estaba enferma: era en una pensión en la calle República. Estaba grave. Mi madre y alguna prima se reunieron en la pensión junto a su lecho de muerte. La habitación, exigua, con poca luz, estaba ocupada, en efecto, por una cómoda de caoba con espejo y una cama igualmente de caoba: allí, en ese cuarto totalmente pulcro, la Blanquita agonizó brevemente, como para no molestar a nadie, y murió. Fue velada y enterrada. Mi madre y la prima, unos días después, fueron a su habitación para desocuparla. Empezaron a abrir cajones, a mirar bajo la cama vacía, detrás del ropero, adentro, y encontraron que tenía muy pocas prendas de vestir, pulcras y en buen estado, pero que todo estaba habitado por una loca población de paquetes, paquetitos, porquerías que atiborraban los cajones, debajo de la cama, por todas partes con sus signos sin significado, obsesivos, enfermos, inmundos, desde quién sabe cuántos años, recordando quién sabe qué. No recuerdo dónde está enterrada la Blanquita. No tiene a nadie que la recuerde. Pero yo recuerdo al señor Otaegui —dicen que a comienzos de siglo, cuando debe haber florecido todo ese mundo en el Paseo Templeman, tenía grandes mostachos a la turca, muy atractivos—, recuerdo los paseos venecianos, y no olvido esa increíble pieza de pensión repleta de andrajos y paquetitos por el suelo y por todas partes, que entreví cuando la velaron en el comedor de la pensión. Todas la mesas de manteles a cuadros rojos y blancos —pueden haber sido azules y blancos— estaban arrinconadas en un extremo, y el ataúd, y las velas ocupándolo todo, con los cinco o diez parientes que tuvieron tiempo para asistir al entierro de esta mujer que desaparecía sin haber dejado otra huella que esos paquetitos que yo, naturalmente, recogí, fascinado por esa casa de la calle

Cruz que, en mi novela, se fundiría con el convento... Gracias un poco a la Blanquita, sus terribles habitantes tuvieron una especie de gancho emocional con mi propia vida y penaron durante tanto tiempo en mi recuerdo.

Fue tan grande la conmoción que en mí produjo la conjunción de la Blanquita con esa casa que llamé después «Casa de Ejercicios de la Encarnación de la Chimba» (la Chimba era el nombre, ya fuera de uso, con que se designaba el barrio del otro lado del río, en su ribera norte; de Ejercicios, porque la portera me contó que antiguamente gente de lo mejor de Santiago se encerraba ahí a hacer sus ejercicios espirituales; y Encarnación por el origen de uno de los personajes principales de la novela), que decidí abandonar completamente la escritura de la novela anterior, la referente al niño deforme y que ya se llamaba «El último Azcoitía», y dedicarme a crear una gran saga en que las viejas y los paquetitos de la casa de la calle Cruz serían el centro de la trama. De algún modo me sentí liberado del peso de tener que construir un personaje tan acartonado como Jerónimo de Azcoitía, un mundo tan ridículamente predecible. Estas viejas, en cambio, tenían algo profundamente significativo: encarnaban todo lo que yo detestaba en mi país, lo retrógrado, lo reaccionario, y constituían ese extraño vínculo, esa amarra de hierro que une mi imaginación con los desechos y los restos del siglo pasado en mi propio país... Estos desechos humanos, o sus equivalentes, eran significado y significante: el significante, clarísimo en la forma de estas imágenes del abandono y del infierno; el significado, borroso, amplio, innumerable.

Monstruos y leyendas

La gente a veces se pregunta por qué mis novelas con tanta frecuencia están llenas de estas rémoras humanas: *Coronación, El obsceno pájaro de la noche, Este domingo*, en fin... Sobre todo, las novelas de mi primera época, antes de salir de Chile y comenzar mi larga peregrinación por Estados Unidos y España... En realidad, fue en España que logré escribir, por fin, *El obsceno pájaro de la noche*, con lo cual, al parecer, me deshice de una vez y para siempre de todos los fantasmas de ese Chile reaccionario, residual, donde había crecido, que me repelía y me fascinaba a la vez, pero que en todo caso me tenía —y tal vez todavía me tenga— preso en sus garras. Era un Chile de clases sociales definidas, y la gran aventura era pasar de la una a la otra. La clase alta era dictadora, mítica, señoreando arriba, rica o no rica, pero al fin y al cabo muy cerca del poder, una clase con la cual yo me hallaba socialmente emparentado y vinculado, pero sin pertenecer a ella cabalmente. Con *El obsceno pájaro de la noche*, creo yo, con la transformación de todas esas obsesiones y dolores en pura fantasía —enraizada esa en una fantasía que era la mía y la de mi país, pero que no era «verdad» sino parte de lo que Freud y Otto Rank llaman «la novela de la familia» (*family romance*)—, me desprendí finalmente, creo yo, de ese terror, el más intenso y permanente terror en mi vida.

Poco he hallado de mi origen por el lado paterno. La familia de mi padre era de la región de Talca, al norte del río Maule, donde alguna vez estuvo la frontera con los indios. Cuando murió la última de las hermanas de mi bisabuelo Donoso, la última de las «niñas Donoso Fantóbal», que fueron muchas y muy solteras, y que se fueron heredando unas a otras —y que nunca se peinaron de otra manera que con un moño cuete, y vestían siempre (no sé por qué las guardo así en el recuerdo) un pequeño delantal de medio luto, el eterno medio luto de las familias decimonónicas—, se hizo un remate de la hermosa casa de Talca. Era un caserón realmente antiquísimo, de muchas habitaciones cerradas, de muchos patios con piedra de huevillo y hortensias y pasionarias. Pero fue un remate curioso para Chile, porque a este remate no podían asistir, ni podían comprar, sino los descendientes de los troncos Donoso Fantóbal, que por cierto eran docenas y docenas. La tía Adelaida, la última Donoso Fantóbal, murió —supongo que alrededor de 1945— con al menos noventa años, y la casa, decían, no había cambiado gran cosa. No recuerdo que hayan tenido muebles particularmente buenos, las mismas caobas que tenía todo el mundo en ese entonces, mesas de comedor muy largas, en el salón unos sofás *peinte* que eran muy altos, pero nada del siglo XVIII... Nada antiguo, a excepción de un cuadro bastante feo de una santa, cuadro que Marcó del Pont, al alojarse en esa casa mientras huía de los patriotas, le dejó en agradecimiento a la familia.

Pero sí recuerdo el río Maule, que entonces recorrimos, y pueblitos como Rincón del Maule, que todavía guarda un curioso aire de época con sus casas de corredores que dan a la plaza, árboles grandes, huertos, muros conventuales rematados con ladrillos... todo bonito, pero nada espectacular.

La presencia del río Maule es poderosa, y se dijo alguna vez que mi bisabuelo —o su padre, mi tatarabuelo, no recuerdo bien— construía las embarcaciones que en aquella época de riqueza triguera llevaban el trigo de esa zona hasta el Perú... Todo esto en el vecino puerto de Constitución.

Creo que fue en este recorrido que escuché gran parte de los cuentos de familia, las llamadas «consejas» y otros cuentos sobre brujas, que son infinitos en esa zona. Oí historias de niñas violadas —y embarazadas— por peones de tez oscura, y luego casadas presurosamente con algún tío solterón que sería un padre para ese hijo indeseado. Cuentos de fortunas amasadas o perdidas, de pájaros de mal agüero que cantaban «tue-tue», de años de sequía y de peste.

A partir de todos estos trozos de historia armé la «conseja», la leyenda familiar, que se generó en mí como un tercer núcleo de esta novela, fácil de conectar con el «núcleo de las viejas» y también con el «núcleo Azcoitía».

Pero creo que la leyenda familiar más rara, la más perturbadora, no fue oída por mí en esa estadía en la región del Maule, sino que me llegó de boca de una de las últimas sobrevivientes de la casa de la Calle del Ejército, una sirvienta que mi madre, no sé por qué, se llevó a nuestra casa de la avenida Holanda para que muriera allí, porque no tenía otro sitio donde hacerlo. Esta mujer moribunda —recuerdo su cara verdosa, su locura mortal, su pelo canoso derramado sobre la almohada— me llamó una tarde y me dijo que quería contarme algo. Yo no podía adivinar qué era. Nada tenía que ver yo con ese estropajo de mujer que agonizaba en el fondo de la casa, más allá del jardín, cerca de la higuera. Me dijo que quería decirme una cosa antes de morir: que ella era hija de un empleado del fundo de mi bisabuelo —el «Odessa» o el «Santa Elena», no sé cuál—, y que en ese fundo había un galpón adonde nadie podía entrar, ni siquiera acercarse... y que en ese galpón vivía escondido un hombre, un niño más bien, negro y curuncho, un hijo que mi bisabuelo había tenido con una de las inquilinas. Difícil era creerle, pero la historia del niño deforme en aquel galpón en medio de un trigal, en el fundo «Odessa», siguió conmigo y me sugirió muchas figuras: la de mi bisabuelo, desde luego, cubriendo con su amplio poncho de vicuña el vano de una puerta, o los hijos de mi bisabuelo, a los que fantaseé vengativos —yo los conocía, y eran los seres más prosaicos, más normales del mundo, incapaces de actos heroicos ni legendarios— y correteando detrás de la bruja que era esta mujer, y por cierto el niño oscuro, deforme, contrahecho, campechano y rural, que fue a insertarse en aquél otro lujoso y remilgado que yo había visto en el asiento de atrás de un auto.

De lo rural salió toda esta falsa conseja, sin duda, y también de ese mundo venían mis tíos-abuelos, la bruja que agonizó en mi casa, y por cierto el parque lleno de monstruos de la Rinconada (se llamó así en la novela porque mi abuela materna había vivido su niñez en un fundo que se llamaba La Rinconada de los Andes).

Pero los monstruos de La Rinconada tienen también otro origen. Mi amiga de entonces, María Elena Gertner, encantadora y desfachatada y llena de imaginación, me hablaba de un ser misterioso, una mujer llamada Olga que estaba perdidamente enamorada del actor más hermoso que transitaba por Santiago en ese tiempo. Fuimos a encontrarnos con Olga una noche en el Parque Forestal, que era su hábitat normal, y estuvimos hablando y nos fumamos unos cigarros... Era una mujer de no tan pocos años, de boca pintada, y muy arreglada, que había perdido el uso de sus piernas, o de la parte inferior de su cuerpo, la que arrastraba como la cola de un lagarto apoyándose en sus grandes manos musculosas. Era muy meticulosa en el vestir y siempre calzaba unos zapatos de lo más finos. ¿Qué parte de esto es sueño y qué es realidad? Ahora, con los años, el recuerdo se me ha confundido: el discurso de María Elena Gertner, la realidad literaria de Emperatriz y la corte de monstruos que habitaban La Rinconada... en todos esos elementos, junto con los monstruos esculpidos en encina en los grandes muebles estilo Enrique II —¿o Enrique III?, no lo sé bien— que eran los muebles de la casa de mi niñez, se forjaron estos «monstruos» de *El obsceno pájaro de la noche*.

Hay un detalle curioso: cuando se trató de que Luis Buñuel hiciera una película con *El obsceno pájaro de la noche*, él me advirtió que no pensaba filmar a partir del texto tal como yo lo había escrito. «A ti ni siquiera te voy a consultar, y ni siquiera te voy a dejar entrar en el plató», me dijo, «porque todavía no sé bien si voy a escribir un guión o voy a filmar directamente con el libro en la mano. En todo caso, te puedo adelantar que sólo pienso utilizar la parte de las viejas en la casa de la Chimba, pero la parte de los monstruos en La Rinconada no me gusta y no la voy a utilizar».

Años de espera: los viajes

Fue pasando el tiempo. Yo tenía todas estas piezas sueltas que parecían partes de un mismo rompecabezas, pero no sabía por dónde juntarlas, ni cómo armarlas para darles un diseño. Ya nos habíamos trasladado a la casa nueva de Los Dominicos, a mi bella e inolvidable casa en cuyo patio sembré cuatro olmos simultáneos alrededor de un pequeño estanque, y donde teníamos un estupendo perro nuevo, un pastor belga negro, de personalidad dulce y ojos dorados, al que bautizamos con el nombre de Yorick, y su esposa, que se llamó Chirusa, menos noble pero igualmente encantadora. Teníamos muy poca plata. Yo me dedicaba a sembrar y llegué a tener un buen plantío de frutillas, con plantas traídas de su fundo por Mónica Bordeu, y dábamos unos vinos calientes con canela y clavo de olor los domingos en la mañana, antes de almuerzo, para quien quisiera venir a visitarnos: Manuel Montt y María Luisa Covarrubias, Canoro y Mercedes Costa Paz —entonces embajadores de Argentina—, Jaime y Mercedes Valdivieso, el jovencísimo Carlos Alberto Cruz antes de emprender su primer viaje a Europa (y creo que alrededor del mundo); en fin, una infinidad de gente, de amigos que en ese tiempo uno tenía energía para cultivar, y que se dejaban caer para conocer la casa y preguntar cómo avanzaba esa gran novela que, se decía, yo estaba escribiendo.

Pero pasaban los años —dos, tres, desde la incepción del *pájaro* en Santa Ana bajo la glicina blanca— y se iban acumulando más y más versiones posibles, más páginas sobre la casa de la Chimba, sobre los Azcoitía y Boy, sobre las leyendas de tierra adentro y de otros tiempos, sobre los monstruos, y todas esas páginas no lograban ajustarse en una sola cosa, en una sola obra.

Eran los tiempo de la lucha por el poder entre Eduardo Frei y Salvador Allende, en las elecciones de 1964, y la gente hablaba incansablemente de política. Trabajando en la revista *Ercilla* —junto a mi amiga Lenka Franulic y bajo distintas férulas directivas—, yo no ganaba dinero suficiente para mantenernos, ni siquiera ayudado por las traducciones mal pagadas que estaba haciendo mi mujer de *Les personnages*, de Françoise Malet Joris, de *Who's afraid of Virginia Woolf*, y de otras cosas peor pagadas todavía. En todo caso, esta situación contradictoria de la importante casa y la falta de dinero me estaba destrozando los nervios, sobre todo porque pese al trabajo —o *por* el trabajo, que me interesaba menos y menos— me quedaba muy poco tiempo para escribir. Echaba de menos esos grandes, extensos espacios en blanco y en silencio que siempre he necesitado para escribir una novela. Sé que otros escritores no los necesitan. Sé que Vargas Llosa lo puede hacer entre campaña y campaña, en un hotel, en un tren, en un café, y que Carlos Fuentes lo hace —de hecho— entre gira de conferencias y gira de conferencias... Pero no es el caso mío, yo necesito paredes amigas, una ventana y un tiempo ininterrumpido hacia adelante y una ausencia de sobresaltos económicos. Esto último jamás lo he logrado, y sólo he escrito aspirando a ello, como contra la corriente.

Una de las cosas que me sucedieron por aquellos años fue que con Hernán Díaz Arrieta —«Alone»—, bueno e incomparable amigo mío, fuimos una vez a visitar a la escritora Marta Brunet. No recuerdo si esta visita fue antes o después de iniciar *El obsceno pájaro de la noche*, pero en todo caso siempre tuve en los oídos, durante la escritura de este libro, las palabras terribles de Marta Brunet: «Dicen que tú eres el heredero de la gran tradición realista chilena», me dijo. Y yo temblé. Todo mi edificio de entonces tembló. Porque, según lo que estaba leyendo —Cortázar, Carpentier, Fuentes, el García Márquez de *El coronel no tiene quien le escriba*—, cualquier cosa era mejor que un realismo o un naturalismo al estilo de Manuel Rojas, a quien, por otra parte, yo admiraba, o de Marta Brunet misma, que es una escritora a quien el gusto, al haber dado algo así como una vuelta completa, podría volver a rescatar. *El obsceno pájaro de la noche* debía tratar materiales, elementos del realismo, pero de otra manera, yo no sabía muy bien cómo, ni tampoco cómo podría articular todas las historias que se agolpaban en mi cabeza, llamadas —así como el papel de mosca llama a las moscas, como un enjambre— por aquéllas otras cuyas líneas ya tenía definidas.

Por una invitación de Carlos Fuentes a un congreso de intelectuales en Chichén-Itzá (con Fuentes, luego de conocernos en la época del colegio, en el Grange School de Santiago, me había reencontrado ya en otro congreso de intelectuales, en Concepción), pudimos salir de Chile.

Supimos que estaríamos fuera un par de meses, para luego volver... a luchar por escribir en nuestra casa blanca de Los Dominicos, y a encarar desde allí lo que me parecía el ahogante ambiente chileno, donde todo el mundo se conocía, donde todo el mundo andaba con una cifra pintada en la frente, donde la gente no cambiaba, era siempre la misma e igual, todo lo contrario del ambiente cosmopolita y libre al que mi mujer y yo aspirábamos. Pero resultó que no regresamos nunca más a Chile... hasta dieciocho años después, cuando Chile era distinto y nosotros ya otras personas, con una hija crecida y con muchos libros y muchos mundos a cuestas, y mucho ruido a mis espaldas.

En México permanecimos más tiempo de lo esperado. Nuestra idea había sido empalmar este viaje con una corta permanencia, luego partir a Nueva York para el lanzamiento de *Coronación* por la editorial de Alfred Knopf. Pero al acercarnos al consulado norteamericano para pedir visa, me la negaron. No quisieron decirme por qué. Que volviéramos al mes siguiente, dijeron, y al siguiente... Me comuniqué con Chile para averiguar qué había sucedido. Era lo siguiente: el embajador de la India de aquellos tiempos, que era casado con una señora que escribía versos e invitaba a intelectuales a su casa, nunca supimos para qué, quizás para que escucháramos sus versos en un idioma que parecía inglés pero que muchas veces resultaba ininteligible, se había acercado a mí en la revista *Ercilla*, pidiéndome que le hiciera una entrevista sobre la invasión del Tíbet por los chinos. Yo le dije que era prematuro, que en todo caso esperáramos un poquito, hasta que yo me informara sobre lo que pensaba el otro lado, el lado chino. Con esto el embajador salió furibundo y ni él ni su esposa, con la que parecía no llevarse muy bien, por otra parte, volvieron a dirigirme la palabra.

Con ocasión de mi solicitud de visa, mi padre hizo averiguaciones y usó empeños para saber qué, en realidad, estaba impidiendo que yo entrara a Estados Unidos. A través de Sergio Larraín y de Gabriel Valdés pudieron averiguar que en la embajada de Estados Unidos existía una acusación en contra mía, hecha por el embajador de la India —de aquellos años—, afirmando que yo era partidario de los chinos, y comunista.

Este malentendido se aclaró fácilmente, obtuve una visa y quedé libre para asistir al almuerzo que ofrecían Alfred Knopf y su mujer Blanche en el Harmonies Club, el «Club de la Unión» judío en Nueva York, según me dijo Knopf.

María Pilar tenía muchos vestidos elegantes (los había conservado de su *trousseau*) para asistir a este almuerzo, pero no tenía zapatos. Partimos corriendo a comprar un par de zapatos a la tienda más barata que encontramos, y fueron la sensación de la fiesta. Alfred Knopf nos recibió muy elegante y refinado, pero algo pintoresco, gran *gourmet*. La comida era increíble: como primer plato nos dieron unas torrejas de melón que llevaban encima dos o tres pedacitos de una carne a la sal muy rara, y como segundo plato, becafigo. Su mujer, Blanche, de piernas largas y flacas, se ocupaba de toda la parte francesa de la editorial; fue ella quien le regaló a Camus el famoso impermeable.

Y ante la conversación ansiosa de María Pilar acerca de no poder quedar embarazada, le contestó muy seriamente: «Don't have children, have dogs».

Durante mi estadía en Estados Unidos, por esas cosas fortuitas que a veces me suceden, me ofrecieron quedarme para enseñar literatura inglesa en la Universidad de Iowa. Fui el primero en hablarles a los alumnos —que no sabían nada al respecto— de la literatura en español. Cuando me preguntaron por qué enseñaba *Spanish Literature* y *Spanish Poetry*, les contesté simplemente: «I'll show you».

Pero durante los dos años en que dicté clases en el Taller de Escritores en esa universidad, me siguió el dolor lacerante de la úlcera que hacía tiempo me torturaba, y no pude escribir una sola línea de *El obsceno pájaro de la noche* (ahora llamado así, después de haber llevado los nombres de «El último Azcoitía», «El arcángel incompleto» y «El sueño de nadie» —del epitafio de Rilke—). Así es que por fin me fui de Iowa a España, donde se hablaba español y la vida era barata.

Nuestra hija nació unos meses después de nuestra llegada a España. El dinero que habíamos ahorrado en Iowa nos duraría aproximadamente un año, y durante ese período, en Mallorca, yo debía terminar de escribir *El obsceno pájaro de la noche*.

Nos instalamos en Pollença. Nos dieron la dirección de la princesa Ghika, quien arrendaba una casa no muy linda pero sí encantadora, arriba de un cerro, rodeada de almendros floridos. En su interior no había nada, así es que vivíamos como bohemios. Por esa época frecuentábamos a

Franco Cerutti, encantador y un poco loco, muy aficionado al teatro. Nos hicimos amigos de los Raskin, una pareja brillante y que sería muy importante a lo largo de nuestras vidas. Eran cantantes de cabaret (él era arquitecto, pero lo había dejado). Además, componían, su gran éxito fue *Those Were the Days*. Durante una época en que no teníamos dinero, nos daban doscientos dólares al mes para que yo pudiera escribir y terminar *El obsceno pájaro de la noche*. También la princesa Osthouska, una polaca muy sofisticada que hacía joyas para vivir y era muy divertida, pero de la que no se conocía ninguna historia, ni nada sobre su vida. María Pilar le preguntó una vez con quién se había casado, y ella le respondió enigmáticamente: «Au d'une autre».

Por esa época leí, intrigado, *Cien años de soledad*, *La casa verde* y *Pedro Páramo*. Debe haber sido durante la lectura de alguna de estas novelas que comprendí que los mitos no eran oficiales, sino creados; que se hacen genéricos al ser usados en la ficción; que antes de convertirse en literatura sólo tienen autoridad antropológica, y que un buen escritor puede convertir cualquier cosa en un mito. Entonces, de muy atrás, de los patios llenos de sirvientes seniles encuclillados con una gallina regalona en el regazo, contándose cuentos unos a otros en los fríos inviernos, y de las grandes habitaciones vacías de mi infancia, emergieron en mi memoria, cuando abrí mis notas sobre *El obsceno pájaro de la noche*, las imágenes de las antiguas leyendas chilenas del *imbunche* y el *chonchón*. Recordé la brujería. Recordé los extensos campos de las haciendas familiares a orillas del río Maule. Recordé la senilidad, los vagabundos, la historia y la pobreza. Toda la leyenda de la bruja-niñera y el rico hacendado y la hija santa brotó en mí, y yo la reuní usando retazos de la memoria familiar, la puse en papel en su forma definitiva en cosa de unos días, se deslizó en ella la perra amarilla, ya que todas las mujeres viejas se convertían en perras amarillas, y la Casa de Ejercicios de la Encarnación de la Chimba se hizo necesaria como eco contemporáneo de esta leyenda que yo había ido construyendo. Las piezas se iban soldando en mi inconsciente: una palabra, una imagen, traía consigo toda una nueva sección del libro para equilibrarlo. Pero de algún modo yo aún estaba dándoles forma a los materiales, materiales literarios ahora, es verdad, ya no materiales realistas, y a pesar de eso había allí una forma que yo no podía encontrar. No se trataba tanto de que la novela creciera o progresara, sino de que se apilaba más y más, y mis dolores de úlcera llegaron a ser casi insoportables cuando transcurrió el año que, habíamos pensado, yo demoraría en escribir mi novela, y nos encontramos sin dinero. «La voy a quemar», le dije a mi esposa, comenzando a lanzar las páginas a la chimenea. «¡No!», exclamó ella arrebatándomela de las manos: «Si la quemas ahora y no terminas esta novela, entonces la novela se quedará dentro de ti y tus dolores te matarán. La única manera de que realmente puedas liberarte de este libro es terminarlo».

Así es que no lo quemé. En lugar de ello, me fui a Fort Collins, Colorado, a enseñar durante un trimestre y a reunir algo de dinero para sobrevivir.

La alucinación final: del caos al cosmos

Un par de semanas después de mi llegada a Colorado (estaba solo, mi familia se había quedado en Mallorca), sufrí mi tercera hemorragia de úlcera, esta vez sumamente grave, y tuve que someterme a una operación de urgencia. Creo que este episodio fue el punto de quiebre en la biografía de *El obsceno pájaro de la noche*. La operación fue larga y difícil, y me dieron mucha morfina para mitigar el dolor. Pero resultó que yo era alérgico a la morfina. Tuve un increíble acceso de locura, con alucinaciones, paranoia y, sobre todo, un terror más ancho que la vida. Cada dolor, cada humillación, cada agravio, estalló en un algo enorme. Era la esquizofrenia. La política, el sexo, los prejuicios raciales enterrados, todos esos elementos adquirieron en esas alucinaciones otra vida... más grande.

Pero sucedió algo muy curioso: un profesor de lógica, al que había conocido en las semanas previas a mi enfermedad, fue testigo de la mayor parte de este episodio. Estuvo sentado frente a mi cama mientras yo alucinaba, y tomó notas. Semanas después, cuando yo estaba en recuperación, me mostró esas notas. Él alega, y yo también puedo recordarlo cuando pienso hacia atrás en esas notas, que toda mi alucinación tenía una extraña estructura que él llamaba «una perfecta reconstrucción paralógica del universo». Lo que yo recuerdo como un infierno, él lo llamó «un acceso moderado de paranoia». De modo que esta operación logró afiatar en mí *El obsceno pájaro de la noche*, pude encontrarle por fin una forma a la novela. Me acuerdo de mis delirios, de los ojos verdes de la enfermera, del temor, del horror que me causaba la idea de que estuvieran mandando mi sangre sana a Vietnam y que ellos, desde allá, mandaran de vuelta sangre enferma para que me la pusieran a mí y yo la purificara con mi cuerpo, para así volver a mandarla de nuevo a Vietnam. Es un delirio que se ha quedado firme y estable en mí.

De vuelta a Pollença, todavía estaba medio chiflado. No me atrevía a dormir porque tenía miedo de quedarme atrapado en la celda de mi pesadilla. Perdí veinte kilos, mi cabello y mi barba habían encanecido. María Pilar no podía creer lo que veía cuando bajé del avión. El miedo se quedó conmigo largo tiempo. Miedo de ser seguido. De ser espiado. De ser encerrado dentro de algo para siempre, emparedado, la sensación de estar en una cárcel y no poder evadirme; terror de mi propia vulnerabilidad, de mis aún permanentes alucinaciones, de esta capacidad de vivir solamente en un universo paralógico. Por ello es que me fui de Mallorca —que era una isla—, y como tenía miedo de quedarme encerrado... nos trasladamos a Barcelona.

Por entonces Barcelona estaba en su apogeo para los latinoamericanos. Éramos viejos amigos con Mario Vargas Llosa y Gabriel García Márquez, que vivían allí. Era la época del *boom*, cuya realidad o validez tantas veces se ha cuestionado. Julio Cortázar y Carlos Fuentes iban con frecuencia a Barcelona. Recuerdo una fiesta en Nueva York, en casa de García Márquez, donde todos estaban presentes, y también las fiestas donde los Goytisolo, en una de las cuales Cortázar bailó un tango sumamente intelectual con nuestra poderosa agente literaria Carmen Balcells, que desde su despacho gobernaba nuestro destinos.

Una vez fuimos a un restaurante con los García Márquez, los Fuentes, los Cortázar, los Vargas Llosa. Era uno de esos lugares donde uno debe escribir lo que desea comer. Nos sentamos y nos pusimos a conversar de inmediato, sin prestar atención al dueño del lugar que, después de esperar un rato, se acercó a nuestra mesa y dijo en voz muy alta: «¿No hay nadie aquí que sepa escribir?».

El obsceno pájaro de la noche tenía, entonces, una forma, pero aún no tenía médula. Durante este período escribí y escribí. Algo sucedió: lo que antes de mi locura había sido el caos, ahora estaba perfectamente claro. Recordé lo que el profesor me había dicho: «Una perfecta reconstrucción paralógica del universo». Pero no tenía más universo ahora que el de las montañas de borradores de *El obsceno pájaro de la noche* que fui apilando, en distintos niveles de escritura, a lo largo de su gestación. Y aún no sabía cómo todos esos distintos niveles iban a cuajar.

Fueron meses muy duros, por lo que María Pilar consiguió con su amigo de juventud Luis Guillermo de Perinat que nos prestaran una casa en Santander, en el balneario de Comillas. La casa y, sobre todo, el jardín eran maravillosos, con las hortensias azules más increíbles, más altas que yo, y que formaban un verdadero bosque, un laberinto de boj por el que mi hija Pilar jugaba a las escondidas, mientras yo terminaba de dar forma a *El obsceno pájaro de la noche*. Trabajaba todo el día. Ahí agarré la cola de la novela, la entendí, me metí adentro, era yo mismo parte de la novela... Gocé mucho toda esa etapa. Pero al terminar mi día de trabajo, buscaba la revista *La Esfera*, y me reía mucho; María Pilar rabiaba con esto, porque no podía entender que después de escribir las monstruosidades de *El obsceno pájaro de la noche* pudiera leer, casi al mismo tiempo, esa revista tan frívola.

Ahí todo se plasmó: Humberto Peñaloza no es el mudito, no es el secretario de don Jerónimo: se volvió una creación de la literatura identificada con los manuscritos, que no tiene otra existencia que la de una colección de alusiones, dudas y papeles. Todo y todos en *El obsceno pájaro de la noche* son producto de la reflexión que hace una persona acerca de otra. Hasta hoy no sé si La Rinconada y la Casa de Ejercicios Espirituales son o no fragmentos de una sola y misma cosa. Un universo construido sobre la falsa premisa de la paralógica tiene la clara ventaja de ser autosuficiente. No tiene que rendir homenaje a la realidad, sino que vive por sí mismo y de sí mismo: no tiene que «funcionar» en relación con cosa alguna, sino sólo de acuerdo a reglas establecidas en el universo postulado de la novela. ¿Cuáles son las reglas que gobiernan *El obsceno pájaro de la noche*? La duda, la inseguridad, no solamente como una realidad sicológica (que es sólo una parte de mi biografía, y por lo tanto insignificante), sino como espacio literario; no la postulación de este universo como historia, sino un reconocimiento a cada grano de experiencia de cada fragmento de esos ocho años que demoré en escribir el libro, como objetividad pura, y un reconocimiento a la dinámica de lo inconsciente, capaz de producir una coherencia que, me gustaría creerlo, yace más allá —y quizá detrás— del tiempo, fraccionada y reconstituida en un todo.

La memoria inconsciente, la memoria trucada que es mitad memoria, mitad fantasía: eso guía mi escritura. Yo creo haber tenido escrita esta novela en mi ADN, y simplemente salió cuando le di apertura.

Pude entonces terminar, retirarme de ella con una reverencia; ahí está, fuera de mí, un objeto con voz propia (como quiero creerlo). Y entregándola, me libero de ella.

Cuando volvíamos a Barcelona desde Santander con *El obsceno pájaro de la noche* bajo el brazo y ya terminado, pasó algo mágico. Durante el viaje en auto, mientras María Pilar conducía —pasábamos por Guipúzcoa, dejando atrás el Castillo de Peñafiel—, y yo dormitaba, de pronto ella me dio un codazo y me señaló un letrero que decía *Azcoitía*. No quise desviarme de la carretera a conocer este pueblo, para que así la magia no se rompiera. Azcoitía es un nombre que yo no conocía, que ni siquiera sabía que existiera; fue una de esas cosas mágicas que a veces me suceden, un nombre que se me ocurrió al iniciar la escritura de la novela... en el momento en que escribí «Cuando Jerónimo de Azcoitía...» ¿Por qué Azcoitía?

En cualquier caso, entender esta novela ya no es mi responsabilidad, sino la de ustedes, para extraer de ella algo que será claramente distinto de los ingredientes que se usaron para escribirla.

JOSÉ DONOSO